KB166508

순수의 시대

The Age of Innocence

세계문학전집 183

순수의 시대

The Age of Innocence

이디스 워튼

송은주 옮김

민음사

차례

1부 7

2부 223

작품 해설 445

작가 연보 454

1부

1

1870년대 초 1월의 어느 저녁, 크리스틴 닐손[1]이 뉴욕 아카데미 오브 뮤직[2]에서 열린 「파우스트」 공연에서 노래를 부르고 있었다.

이미 사치스럽고 화려하기로는 유럽 대도시들의 극장과 어깨를 겨룰 만한 새 오페라하우스[3]가 '40번가 위쪽'[4]의 멀찍이 떨어진 번화가에 준공되었다는 소식이 있었지만, 사교계는 여전히 해마다 겨울이면 시끌벅적한 옛 아카데미의 낡은 붉은색과 금색 박스석에 모여들었다. 보수적인 이들은 이 극장이 작고 불편

---

1) 1843~1921. 스웨덴 출신의 오페라 가수. 구노의 「파우스트」에서 마르그리트 역으로 명성을 얻었다.

2) 1870년대 초 4500명을 수용할 수 있는 세계 최대 규모의 오페라하우스였다.

3) 브로드웨이 39번가와 40번가 사이에 있는, 1883년 개관한 메트로폴리탄 오페라하우스를 뜻한다.

4) 고상하고 견고한 상류사회의 경계선 바깥 지역을 의미한다.

해서 뉴욕이 두려워하면서도 이미 끌리기 시작한 '새로운 인물들'[5]이 잘 오지 않는다는 점 때문에 좋아했고, 감상적인 이들은 이 극장이 지닌 역사적인 의미 때문에 좋아했다. 음악 애호가들은 음향 상태가 훌륭하다며 이곳을 고수했지만, 사실 음악을 들을 목적으로 지어진 건물치고는 음질 면에서 문제가 많았다.

그해 겨울 닐슨 부인의 첫 공연이었다. 일간 신문들이 곧잘 쓰는 표현대로 '보기 드물게 훌륭한 관객들'은 그녀의 노래를 듣기 위해 개인 소유의 브루엄[6]이나 자리가 널찍한 가족용 란다우,[7] 혹은 그보다 볼품은 없지만 더 편리한 '갈색 쿠페'[8]를 타고 눈 덮인 미끄러운 길을 달려 몰려들었다. 갈색 쿠페를 타고 오페라하우스에 오는 것은 일인용 마차를 타고 오는 것 못지않은 영예였다. 떠날 때도 추위와 취기로 새빨개진 자기 마부의 딸기코가 아카데미 현관 아래 보일 때까지 기다리는 대신, 민주주의적 원칙을 장난스럽게 들먹이면서 줄 맨 앞의 갈색 마차에 서둘러 오를 수 있는 엄청난 특권을 누렸다. 훌륭한 고용 마부라면 노련한 직관으로 미국인들이 유흥을 즐기러 갈 때보다 유흥에서 떠나올 때 훨씬 더 서두른다는 사실을 알아챘다.

뉴랜드 아처가 박스석 뒤편 문을 열었을 때는 정원 배경 위

---

5) 메트로폴리탄 오페라하우스는 옛 뉴욕의 전통적인 귀족 사회가 '두려워하기 시작한' 부유한 침입자들의 선두격인 윌리엄 밴터빌트의 부인이, 남편의 막대한 부에도 불구하고 아카데미 오브 뮤직에 박스석을 얻지 못하자 건립을 계획했다고 한다.

6) 두 명이나 네 명이 앉는 사륜마차.

7) 접을 수 있는 앞뒤 두 개의 지붕 덮개가 특징인 사륜마차.

8) 이인승의 밀폐된 좌석 하나와 밖으로 보다 높이 설치된 마부석 하나로 이루어진 사륜마차.

로 막이 오른 참이었다. 그가 더 일찍 오지 못할 이유는 하나도 없었다. 그는 일곱 시에 어머니와 누이하고만 저녁 식사를 한 다음, 고딕 식의 서재에서 담배를 피우며 빈둥거렸다. 그 방은 집 안에서 아처 부인이 흡연을 허용하는 유일한 방으로, 번쩍이는 검은색 호두나무 책장과 등받이 위에 장식이 달린 의자들이 놓여 있었다. 그러나 뭐니 뭐니 해도 뉴욕은 대도시였고, 대도시에서 오페라하우스에 일찍 도착하면 '유행에 맞지 않는다.'는 것쯤은 삼척동자라도 알았다. 뉴랜드 아처의 뉴욕에서 '유행'인가 아닌가는 수천 년 전 선조들의 운명을 지배했던 불가해한 토템들이 주는 공포 못지않은 위력을 발휘했다.

그가 늦은 두 번째 이유는 개인적인 것이었다. 그는 진짜 딜레탕트여서 실제로 경험할 때보다 곧 다가올 쾌락을 그려 보면서 더 정묘한 만족을 얻곤 했으므로, 한가로이 끽연을 즐겼다. 그의 쾌락이 대개 그렇지만, 섬세하고 우아한 것일 때는 특히 그랬다. 이번 경우에 그가 고대한 것은 너무나도 희귀하고 절묘한 순간이었다. 그가 프리마 돈나의 무대 감독과 동시에 도착했더라면, 그녀가 지금 막 "그는 나를 사랑한다……, 사랑하지 않는다……, 사랑한다!"라고 노래 부르며 이슬처럼 맑은 음성에 맞추어 데이지 꽃잎을 흩뿌리는 바로 그 순간보다 더 중요한 순간에 아카데미에 들어서지는 못했을 것이다.

물론 영어를 사용하는 청중들의 이해를 돕기 위해 스웨덴 가수들이 부르는 프랑스 오페라의 독일어 가사를 이탈리아어로 번역해야 한다는 음악계의 의문의 여지가 없는 절대 불변의 법칙에 따라, 그녀는 "그는 나를 사랑한다."가 아니라 "M'ama!"라고 노래했다. 이것은 뉴랜드 아처에게 가르마를 탈 때는 그의 이름 머리글자를 푸른색 에나멜로 새긴 은빗 두 개를 사용한다던가 사람들 앞에 나설 때는 반드시 단춧구멍에 꽃을 꽂는다던가 하는, 그의 삶을 형성하는 다른 모든 관습들과 마찬가지로 자연스러워 보였다.

"M'ama……, non m'ama……." 프리마 돈나는 "M'ama!"라는 사랑의 승리감에 넘친 탄성으로 노래를 끝맺었다. 그녀는 꽃잎이 다 뜯긴 데이지를 자기 입술에 갖다 대고 파우스트 역의 키 작고 거무스름한 배우 캐풀의 교활한 얼굴을 향해 큰 눈을 들었다. 그는 꼭 끼는 자주색 벨벳 윗옷과 깃털 달린 모자 차림으로 자신의 순진무구한 포로처럼 순수하고 진실하게 보이려고 헛되이 애쓰고 있었다.

뉴랜드 아처는 박스석 뒤의 벽에 몸을 기대고 무대에서 눈길을 거두어 극장 반대편을 훑어보았다. 바로 맞은편에는 맨슨 밍고트 노부인의 박스석이 있었다. 부인은 어마어마하게 살이 찌는 바람에 오페라하우스에 나올 수 없게 된 지가 이미 오래였지만, 사교계 행사가 있는 밤이면 더 젊은 집안사람 몇을 자기 대신 꼭 내보냈다. 오늘은 며느리인 로벨 밍고트 부인과 딸 웰랜드 부인이 박스석 맨 앞줄에 있었다. 비단으로 차려입은 이 부인네들 뒤에 흰옷 차림의 한 아가씨가 약간 몸을 움츠린 채 무대 위의 연인들을 황홀한 눈으로 바라보고 있었다. 박스석은 늘 데이지 노래가 나올 동안은 대화를 멈추었다. 닐슨 부인의 "M'ama!"라는 외침이 쥐죽은 듯 조용한 극장의 허공을 날카롭게 가를 때, 그 처녀의 빰에 피어오른 발그레한 홍조는 곱게 땋은 머리 뿌리까지 이마를 온통 붉게 물들이고, 치자꽃 한 송이로 얌전히 여민 명주 망사 깃 장식과 맞닿은 선까지 가슴의 싱그러운 굴곡을 뒤

덮었다. 그녀는 무릎 위의 근사한 은방울꽃 꽃다발로 눈길을 떨어뜨렸다. 뉴랜드 아처는 그녀가 흰 장갑을 낀 손가락으로 부드럽게 꽃을 만지는 모습을 보았다. 그는 자랑스러움에 긴 숨을 내쉬며 다시 무대로 눈을 돌렸다.

무대에는 돈을 아끼지 않았으므로, 파리와 빈의 오페라하우스를 본 이들조차도 대단히 아름다운 무대라고 인정했다. 각광에 드러난 무대 전경은 에메랄드 색의 초록 배경막으로 덮여 있었다. 중앙쯤에는 솜털 같은 푸른 이끼가 덮인 작은 언덕이 좌우 대칭을 이루고, 그 끝에 크로케 용 문들이 서 있었다. 언덕 아래쪽의 관목은 오렌지 나무같이 생겼지만 커다란 붉은색과 분홍색 장미 송이들이 띄엄띄엄 피어 있었다. 장미보다 훨씬 더 커서 흡사 여자 교구민이 멋쟁이 목사를 위해 만든 꽃 모양 펜닦개처럼 생긴 엄청나게 큰 팬지꽃이 장미나무 아래 이끼에서 고개를 내밀고 있었다. 여기저기 장미 가지에 접붙인 데이지꽃은 루터 버뱅크 씨[9]가 훗날 이룩할 경이로운 업적을 예언하는 듯 무성하게 피어 있었다.

닐슨 부인은 이 매혹적인 정원 한가운데 서서 옅은 푸른색 공단 슬릿을 댄 흰 캐시미어 옷을 입고, 파란 허리띠에 그물주머니를 매달고, 모슬린 슈미젯[10] 양쪽으로 굵게 땋은 금발을 세심하게 늘어뜨리고, 눈을 내리깐 채 캐풀의 정열적인 구애에 귀를 기울였다. 그녀는 그가 말로 혹은 눈짓으로 무대 오른쪽에서 비스듬히 튀어나온 깔끔한 벽돌 건물의 1층 창문을 호소하듯 가리킬 때마다 순진무구하게 그의 본뜻을 모르는 체했다.

---

9) 1849~1926. 식물 품종 개량 실험으로 유명한 미국의 원예가.

10) 슈미즈 위에 입어 목과 가슴을 가리는 레이스 장식의 속옷.

뉴랜드 아처는 은방울꽃을 든 처녀에게 다시 눈길을 돌리며 생각했다. '사랑스러운 이! 무슨 뜻인지 짐작조차 못할 거야.' 그러고는 그녀의 열중한 젊은 얼굴을 바라보면서 남성으로서의 우월함에 대한 자부심과 그녀의 한없이 깊은 순수에 대한 애정 어린 경외심이 뒤섞인 소유 의식을 짜릿하게 느꼈다. '『파우스트』를 함께 읽어야지……. 이탈리아의 호숫가에서…….' 그는 남성으로서의 특권을 발휘해 신부에게 알려 주어야 할 위대한 문학작품과 함께할 신혼여행 장면을 다소 막연하게 그려 보았다. 메이 웰랜드가 그에게 뉴욕에서 처녀들이 승낙할 때 쓰는 표현으로 '마음이 있다.'는 암시를 준 것이 바로 그날 오후였다. 그러나 이미 그는 약혼반지, 약혼 키스와 「로엔그린」[11]에 맞춘 결혼 행진을 훌쩍 뛰어넘어 고풍스러운 유럽의 매혹적인 경치를 배경으로 자기 옆에 그녀의 모습을 그리고 있었다.

그는 적어도 미래의 뉴랜드 아처 부인이 바보는 아니기를 바랐다. '젊은 층'에서 가장 인기 있는 기혼 여성들과 어울릴 수 있도록 자신이 계몽적인 교류를 통해 사교술과 민첩한 재치를 발전시켜 줄 생각이었다. 여성들은 이런 기교로 자기 앞에 무릎 꿇은 남성을 장난스럽게 놀려 주기도 하고 부추기기도 하는 법이었다. 가끔씩은 거의 그럴 뻔하기도 했지만, 그가 자기 허영심의 밑바닥을 잘 살펴보았다면, 한때 그를 사로잡았던 매력적인 어느 유부녀만큼 자기 아내가 세상에 밝고 남의 호감을 사는 여자이기를 바라는 마음을 발견했을 것이다. 이 년 동안 마음을 좀 잡지 못했던 것은 사실이지만, 물론 그 불행한 여인의 삶을

11) 바그너의 오페라. 결혼식에서 행진할 때 연주되는 곡.

망가뜨린다거나 겨울을 보낼 그의 계획을 혼란에 빠뜨릴 정도로 마음이 흔들린 것은 전혀 아니었다.

그는 이러한 불과 얼음의 기적이 어떻게 일어나는지, 거친 세상에서 어떻게 지속되는지 단 한순간도 생각해 본 적이 없었다. 그러나 세심하게 빗질을 하고 흰 양복 조끼를 입고 단춧구멍에 꽃을 꽂고 박스석에 잇따라 들어오면서 그와 반갑게 인사를 나누고 오페라글라스로 사회 체계의 산물인 숙녀들을 깐깐히 살펴보는 신사들도 모두 그렇다는 것을 잘 알기에, 굳이 따져 보지 않고 자신의 관점을 고수하는 데 만족했다. 뉴랜드 아처는 지적이고 예술적인 문제에서는 옛 뉴욕 상류사회의 이 선택받은 인물들보다 자신이 우월하다는 사실을 믿어 의심치 않았다. 그는 그중 어느 누구보다도 독서를 많이 했고, 생각도 더 많이 했고, 견문도 훨씬 더 넓었다. 그들은 따로따로 있을 때는 열등함을 드러냈지만, 뭉쳐 있을 때는 '뉴욕'을 대표했다. 아처 역시 남성들끼리의 결속감에 젖어 도덕에 관한 주제에서는 예외 없이 그들의 원칙에 따랐다. 그는 이러한 문제에서 독자 노선을 취한다면 분란을 일으킬뿐더러, 예법을 거스른다는 사실을 본능적으로 알고 있었다.

로렌스 레퍼츠가 오페라글라스를 무대에서 획 돌리면서 탄성을 질렀다. "저런, 맙소사!" 로렌스 레퍼츠는 뉴욕에서 '예법'의 최고 권위자로 통했다. 그는 이 복잡하면서도 흥미진진한 문제를 연구하는 데 그 누구보다도 많은 시간을 바쳤을 것이다. 그러나 그것만으로는 그의 완벽하고 확고한 권능을 설명할 수 없었다. 누구든 벗어진 이마의 경사와 아름다운 수염이 그리는 곡선에서 늘씬하고 우아한 풍채를 마무리하는 긴 에나멜가죽 구두까지, 그를 한번 보기만 하면, 그렇게 좋은 옷을 그처럼 아무렇게나 입을 수 있고, 그렇게 힘 안 들이고 우아하게 최고의 자태를 유지할 수 있는 사람이라면 '예법'에 대한 지식을 타고난 것이 틀림없다고 절감하게 된다. 한 젊은 숭배자는 그를 놓고 이런 말을 했다. "야회복에 언제 검은 타이를 매야 하고 언제 매지 말아야 할지를 친구에게 말해 줄 수 있는 사람이 있다면, 그는 바로 래리 레퍼츠다." 펌프스와 '옥스퍼드 제' 에나멜가죽 구두 중 무엇을 고를지의 문제에서도 그의 권위라면 토를 달 자가 없었다.

"세상에!" 그는 실러턴 잭슨에게 조용히 오페라글라스를 건넸다.

뉴랜드 아처는 레퍼츠의 시선을 따라갔다가 그의 탄성이 밍고트 부인의 박스석에 새로운 인물이 들어설 때 나온 것임을 알고 놀랐다. 그녀는 메이 웰랜드보다 키가 약간 작고 날씬한 젊은 여인으로, 관자놀이 부근에 곱실거리는 갈색 머리를 늘어뜨리고 폭이 좁은 다이아몬드 머리띠를 썼다. 이 머리장식이 암시하듯이 당시 '조세핀 스타일'[12]이라고 불리던 식에 따라 가슴 아래에서 커다란 구식 버클이 붙은 허리띠를 다소 과장되게 죄어 올린 검푸른색 벨벳 드레스를 차려입었다. 이렇게 별스럽게 차려입은 당사자는 자신에게 쏠리는 눈길을 전혀 의식하지 못한 듯 잠시 박스석 중간에 선 채 앞쪽 오른편 구석 맨 끝자리에 앉는 것이 좋을지 어떨지 웰랜드 부인과 얘기를 나누었다. 그러더니 가벼운 미소를 띠고 반대편 구석에 있는 웰랜드 부인의 올케 로

---

12) 조세핀은 나폴레옹의 황후. 가슴 아래에서 허리띠를 맨 얇은 슬립 드레스에 장식이 많은 머리띠를 했다. 1870년대 미국 여성들 사이에 유행하던 레이스를 두른 목선과 바짝 졸라맨 보디스와 대조되는 스타일이다.

벨 밍고트 부인과 나란히 앉았다.

실러턴 잭슨 씨는 로렌스 레퍼츠에게 오페라글라스를 돌려주었다. 모든 사람들이 반사적으로 이 노인의 입에서 떨어질 말을 기다렸다. 로렌스 레퍼츠가 '예법'에서 최고의 권위를 자랑한다면, 잭슨 씨는 '가문'의 최고 권위자였기 때문이다. 그는 뉴욕의 복잡하게 얽히고설킨 모든 인척 관계를 손바닥 보듯 훤히 꿰뚫고 있었다. 그는 솔리 가를 거슬러 올라가 밍고트 가와 사우스캐롤라이나의 댈러스 가의 관계나, 유니버시티 플레이스의 맨슨 치버스와 혼동하지 않고 필라델피아의 솔리 가 종가와 올버니의 치버스 가의 관계와 같은 복잡하기 짝이 없는 문제를 명쾌하게 밝혀 줄 수 있을 뿐 아니라, 각 가문의 주된 특징을 낱낱이 들어 줄 수도 있었다. 예를 들자면 레퍼츠 가의 분가들은 지독하게 인색하다던가, 러시워스 가는 어리석은 결혼을 하는 치명적인 경향이 있다던가, 올버니의 치버스 가는 한 대 걸러 정신병자가 계속 나와서 뉴욕 친척들이 그들과 근친결혼을 줄곧 피해 왔다든가 따위였다. 모르는 이가 없듯, 불쌍한 미도라 맨슨 같은 끔찍한 예외도 있지만……. 그러나 그녀의 어머니가 러시워스가 사람이었다.

실러턴 잭슨 씨는 이렇게 방대한 가족 관계는 물론이고, 좁고 움푹 팬 관자놀이 사이, 숱 많은 은색 머리털 아래 지난 오십 년간 뉴욕 사회의 잔잔한 수면 아래 켜켜이 쌓여 온 추문과 비밀 대부분을 넣고 다녔다. 그의 정보는 실로 멀리까지 뻗어 있고 기억력도 너무나 정확해서, 은행가인 줄리어스 보퍼트의 정체가 무엇인지, 배터리에 있던 옛 오페라하우스에 운집한 관객들을 열광시킨 아름다운 스페인 무희가 쿠바 행 배에 오른 바로 그날,

결혼식을 올린 지 채 일 년도 안 되어 아무도 모르게 상당한 액수의 예탁금을 가지고 사라진 맨슨 밍고트 부인의 아버지 밥 스파이서가 어떻게 되었는지 말해 줄 수 있는 유일한 인물이라고 생각되었다. 그러나 잭슨 씨는 이 비밀을 비롯해 다른 모든 비밀도 자기 마음속에만 담아 두었다. 그는 드높은 명예심 때문에 은밀히 들은 어떤 정보도 다시 입 밖에 내지 않았을 뿐더러, 신중하다는 평판 덕에 알고 싶은 것을 더 많이 알아낼 수 있었다는 점을 잘 알고 있었다.

그래서 박스석에 있는 사람들은 실러턴 잭슨이 로렌스 레퍼츠의 오페라글라스를 되돌려 줄 동안 침을 삼키며 기다렸다. 그는 주름진 눈꺼풀 아래 가늘게 찢어진 푸른색 눈으로 기대에 찬 무리를 말없이 날카롭게 주시했다. 그러더니 생각에 잠긴 듯 수염을 비틀면서 이 말만 했다. "밍고트 가 사람들이 저런 짓을 할 줄은 몰랐는데."

2

뉴랜드 아처는 이 짧은 소동이 벌어지는 동안 묘한 당혹감을 느꼈다.

그의 약혼녀가 어머니와 고모 사이 앉아 있는 박스석에 뉴욕 남성들의 관심이 온통 쏠린 사실이 곤혹스러웠다. 잠시 동안 엠파이어 드레스를 입은 그 숙녀가 누구인지 알아보지 못했고, 왜 그녀의 존재가 그 자리에 있는 사람들 속에 이런 동요를 불러일으키는지도 짐작 가지 않았다. 그러나 서서히 진상이 이해되면서 순간적으로 분노가 일었다. 정말로, 아무도 밍고트 가 사람들이 이런 짓을 할 줄은 몰랐다!

그러나 그들은 그런 짓을 했다. 하고야 말았다. 등 뒤에서 들려오는 숨죽인 속삭임 소리로 미루어, 아처는 그 젊은 여인이 항상 가족들 사이에서 '불쌍한 엘렌 올렌스카'로 통하는 친척, 메이 웰랜드의 사촌임을 알았다. 그녀가 하루인가 이틀 전에 유럽에서 갑자기 왔다는 것은 알고 있었다. 웰랜드 양으로부터 불쌍한 엘렌을 만났으며, 그녀는 지금 밍고트 부인 댁에 머물고 있다는 얘기도 들었다. 아처는 가족 간의 결속에 전적으로 찬성했다. 밍고트 가에 대해 그가 높이 평가하는 점 중의 하나도 그들은 결백한 일족이 낳은 몇몇 검은 양조차 철저히 지켜 준다는 것이었다. 이 젊은이의 마음속에 비열하거나 옹졸한 구석은 조금도 없었고, 미래의 아내가 남의 이목이 두려워 불행한 사촌을 냉대하지 않는 것이 기뻤다. 그러나 백작 부인 올렌스카를 가족 구성원으로 받아들인다는 것과 그녀를 오페라하우스 같은 공개적인 자리에 데려와 뉴랜드 아처가 몇 주 내로 약혼을 발표할 예정인 처녀와 같은 박스석에 앉힌다는 것은 다른 얘기였다. 그는 실러턴 잭슨과 똑같은 기분이었다. 밍고트 가 사람들이 이런 짓을 할 줄은 몰랐다!

물론 가문의 수장인 맨슨 밍고트 부인이 5번가 안에서 남자들도 엄두를 못 낼 일을 해치우는 여장부라는 사실은 잘 알고 있었다. 그는 이 오만하고 강인한 노부인을 항상 존경했다. 부인은 수수께끼 같은 일로 평판을 잃은 아버지를 두었고, 사람들이 기억해 줄 만한 돈도 지위도 없는 스태튼 섬 출신의 캐서린 스파이서에 불과했다. 그러나 부유한 밍고트 가문의 장손과 결혼했고, 딸들 중 둘을 '외국인들', 이탈리아 후작과 영국 은행가에게 출가시켰으며, 갈색 사암이 오후에 입는 프록코트만큼이나 흔했던 시절 센트럴 파크 부근의 접근이 어려운 황무지에 연한 크림색 대저택을 지어 자신의 대담성을 과시했다.

외국으로 시집간 밍고트 부인의 딸들은 전설이 되었다. 그들은 한번도 어머니를 보러 오지 않았고, 부인은 적극적인 정신과 강철 같은 의지력의 소유자들이 흔히 그렇듯이 움직이기 싫어하고 비만했으므로, 초연한 태도로 고국을 벗어나지 않았다. 그러나 파리 귀족들의 저택을 본떴다는 크림색 저택은 부인의 정신적인 용기를 보여 주는 증거로 그 자리에 있었다. 부인은 34번가 위쪽에 살거나 위로 밀어 올리는 창틀 대신 문처럼 여는 프랑스식 창문을 단 것이 뭐가 특이하냐는 식으로 태연자약하게 혁명 이전 시대의 가구와 루이 나폴레옹의 튈르리 궁정 유품에 둘러싸여 여왕처럼 군림했다.

미모야말로 뉴욕에서는 모든 성공을 정당화하고 수많은 결점을 가려 주는 재능이었지만, 실러턴 잭슨 씨를 포함한 모든 이들은 캐서린 노부인에게 전혀 예쁜 구석이 없다는 데 동의했다. 악의적인 사람들은 그녀가 동명의 황녀[1]처럼 강한 의지력과 냉혹한 마음, 오만한 뻔뻔스러움으로 성공했으며, 사생활에서 극단적일 만큼 품위와 위엄을 지킨 덕에 그나마 그러한 뻔뻔함이 통할 수 있었다고 말했다. 맨슨 밍고트 씨는 그녀가 겨우 스물일곱 살 때 죽었다. 그는 스파이서 가에 대한 널리 퍼진 불신 때문에 한층 더 세심하게 신중을 기하여 돈을 '유용하지 못하도록 묶어 두었다.' 그러나 대담한 젊은 미망인은 두려움 없이 자기 생각대로 밀고 나가서 거리낌 없이 외국 사람들과 교제했다. 딸들을 상상도 할 수 없을 만큼 방종하고 화려한 세계로 출가시키고, 공작이며 대사 들과 격의 없이 어울리고, 가톨릭 신자들과도 친분을 쌓았으며, 오페라 가수들을 접대하기도 하고, 마담 타글리오니[2]와 절친한 친구로 지냈다. 그러나 실러턴 잭슨이 제일 먼저 선언

1) 러시아 여제 예카테리나(1729~1796).

2) 1804~1884. 발끝으로 서서 추는 춤을 처음 시작해 명성을 떨친 이탈리아 발레리나.

했듯이, 이 모든 것도 그녀의 평판에는 흠집 하나 내지 못했다. 그가 늘 덧붙였듯이, 예카테리나 대제와 그녀는 그 점 딱 하나에서만 달랐다.

맨슨 밍고트 부인은 이미 오래전에 남편의 재산에 걸린 규제를 다 푸는 데 성공했고, 근 오십 년간 풍족하게 살았다. 그러나 이전에 겪었던 궁핍의 기억 때문에 극도로 근검절약했다. 드레스나 가구 한 점을 살 때는 신경 써서 최고의 것을 골랐지만, 식탁에서의 덧없는 즐거움에 마음껏 돈을 쓸 만큼 대범해지지는 못했다. 그래서 이유는 전혀 다르지만 부인의 음식은 아처 부인의 것 못지않게 빈약했고, 포도주도 이를 보충해 주지 못했다. 부인의 친척들은 부인이 식사에 돈을 너무 아껴서 항상 부유한 생활을 연상시켜 온 밍고트 가의 위신을 떨어뜨린다고 생각했다. 그러나 '고기와 야채를 섞은 모둠 요리'와 맛없는 샴페인에도 불구하고 부인의 집에는 사람들의 발길이 끊이지 않았다. 부인은 뉴욕 최고의 요리사를 불러와 가문의 명예를 회복하자는 아들 로벨의 주장도 이런 웃음 섞인 말로 넘기곤 했다. "난 딸들을 다 출가시켰고 소스는 먹지도 못하는데, 한 집안에 훌륭한 요리사가 둘씩이나 있을 필요가 뭐 있겠니?"

뉴랜드 아처는 이런저런 생각을 하다가 다시 밍고트 가 박스석으로 눈길을 돌렸다. 웰랜드 부인과 올케는 캐서린 노부인이 자기 일족 모두에게 주입한 밍고트 가 사람들 특유의 태연자약함으로 자기들을 둘러싼 눈초리에 맞서고 있었다. 메이 웰랜드만이 얼굴이 발개져서 그 상황으로 인해 느끼는 부담을 숨기지 못했다. 어쩌면 자신을 쳐다보는 그의 눈길을 의식해서일지도 몰랐다. 그 소동의 원인 제공자로 말하자면, 박스석 구석의 자기 자리에 우아한 자태로 앉아 무대를 보고 있었다. 그녀가 앞으로 몸을 내밀자, 남의 눈에 띄지 않기를 바라야 할 숙녀답지 않게 어깨와 가슴이 드러났다.

뉴랜드 아처에게 '취향'에 대한 모욕보다 끔찍한 것은 거의 없었다. 취향은 '예법'조차도 거기 비하면 단지 외적인 표현이며 부차적인 지위에 불과할 정도로 손에 닿지 않을 신성한 가치였다. 올렌스카 부인의 창백하고 진지한 얼굴은 지금 상황이나 그녀의 불행한 처지와 잘 맞아떨어져 그의 상상력에 호소했다. 그러나 터커[3]도 없는 드레스가 야윈 어깨에서 흘러내리자 그는 충격과 함께 곤혹감을 느꼈다. 메이 웰랜드가 이렇게 취향의 명령에 무신경한 젊은 여자의 영향권에 노출되어 있다고 생각하니 불쾌해졌다.

젊은이들 중 하나가 그의 뒤에서 하는 말이 들려왔다. 메피스토펠레스와 마르타의 장면[4]에서는 모두 잡담을 나누었다. "그건 그렇고, 무슨 일이 있었던 거지요?"

"글쎄, 저 여자가 남편을 떠났다지. 그건 아무도 부인하지 않더군."

"남편이 아주 몹쓸 인간이군요, 그렇지요?" 처음 질문했던 솔직한 솔리 가 젊은이가 계속 물었다. 누가 보아도 그 숙녀의 옹호자로 명단에 이름을 올릴 태세였다.

"최악이지. 니스에서 만난 적이 있어." 로렌스 레퍼츠가 위엄 있게 말했다. "몸이 반쯤 마비된 데다 창백하고 냉소적인 인물

3) 17~18세기의 여성들이 걸친, 목에 걸어 가슴에서 합친 마직, 모슬린 따위의 천.
4) 파우스트가 마르그리트와 단 둘이 있게 해 주려고 메피스토펠레스가 마르그리트의 친구인 마르타에게 구애하는 장면.

이지. 머리는 제법 좋지만 속눈썹이 너무 짙고. 여자들과 어울리지 않으면 도자기를 수집하는 그런 인종이라고 할 수 있지. 내가 알기로는 양쪽에 다 돈을 아끼지 않았어."

다들 웃음을 터뜨렸다. 젊은 옹호자가 재우쳐 물었다. "그래서요?"

"흠, 그래서 부인이 남편 비서와 함께 도망갔지."

"아하, 그랬군요." 옹호자의 얼굴이 어두워졌다.

"하지만 그리 오래가지는 못했지. 몇 달 후 그녀가 베네치아에서 혼자 지낸다는 얘기를 들었으니까. 로벨 밍고트가 그녀를 데리러 갔던 모양이야. 그의 말로는 이루 말할 수 없이 비참한 처지에 있더라는군. 그랬겠지. 하지만 그렇더라도 오페라하우스에 이렇게 그녀를 버젓이 데려온다는 건 말이 안 되지."

솔리 가 젊은이가 과감히 말했다. "어쩌면 너무 불행해서 집에 있을 수가 없는 것일지도 모르잖습니까."

이 말에 무례한 폭소가 터져 나왔다. 젊은이는 얼굴이 홍당무가 되어 소위 '이중의 의미'로 흘린 말인 척하려고 애썼다.

"그건 그렇고, 웰랜드 양을 데려온 건 좀 이상하군요." 누군가가 아처를 곁눈질로 흘끔거리면서 소리 죽여 말했다.

"아, 그것도 다 작전의 일부지. 보나마나 할머니의 명령이 있었겠지." 레퍼츠가 웃었다. "노부인이 행동을 취하면 웰랜드 양도 철저하게 따라야지."

막이 끝났고, 객석은 일제히 소란스러워졌다. 갑자기 뉴랜드 아처는 결정적인 행동을 취해야만 할 것 같은 느낌이 들었다. 제일 먼저 밍고트 부인의 박스석으로 가서 기다리고 있는 세상 사람들에게 메이 웰랜드와의 약혼을 발표하고, 사촌의 비정상적인 상황 때문에 덩달아 곤경에 처한 그녀를 끝까지 지켜 주고 싶었다. 그는 이런 충동에 모든 망설임과 주저를 물리치고 붉은 복도를 바삐 지나쳐 극장 반대편으로 향했다.

박스석에 들어서자 그와 웰랜드 양의 시선이 마주쳤다. 아처는 둘 다 높은 미덕으로 여기는 가문의 체통 때문에 그녀가 차마 소리 내어 말하지는 못했어도, 자기 의도를 즉각 이해했다는 것을 알아차렸다. 그들 세계의 사람들은 희미한 암시와 미묘한 뉘앙스 속에서 살고 있었고, 그들이 한마디 말도 없이 서로 이해했다는 사실은 어떤 설명으로 통하는 것보다 더 그들을 가까운 사이로 만들어 주는 듯했다. 그녀의 눈은 이렇게 말하고 있었다. "어머니가 왜 저를 데려오셨는지 아시겠죠." 그는 눈으로 이렇게 대답했다. "무슨 일이 있어도 당신 곁에서 떨어져 있지 않겠소."

웰랜드 부인이 미래의 사위와 악수를 나누며 물었다. "자네도 내 조카 올렌스카 백작 부인을 알고 있겠지?" 아처는 숙녀에게 소개될 때의 관습대로 손을 내밀지 않고 고개만 숙여 인사했다. 엘렌 올렌스카는 옅은 색 장갑을 낀 손에 독수리 깃털로 만든 커다란 부채를 꼭 쥔 채 고개를 가볍게 숙였다. 그는 사각사각 소리가 나는 공단옷을 입은 덩치 큰 금발 숙녀인 로벨 밍고트 부인과 인사를 나눈 다음, 약혼녀 곁에 앉아 나지막한 목소리로 속삭였다. "올렌스카 부인에게 우리가 약혼한다고 말했나요? 모두에게 알렸으면 좋겠는데. 오늘 저녁 무도회에서 내가 약혼 발표를 하면 어떨까요?"

웰랜드 양은 얼굴을 동틀 녘의 하늘처럼 붉게 물들이고 반짝이는 눈으로 그를 바라보았다. "당신이 어머니를 설득하실 수만 있다면요. 하지만 이미 결정된 것을 굳이 바꿀 이유가 있을까요?” 그는 눈빛으로 답할 뿐 아무 대답도 하지 않았다. 그녀는 더 자신 있게 미소 지으며 덧붙였다. “제 사촌에게는 직접 말씀하세요. 그렇게 하셔도 좋아요. 어릴 적에 당신과 자주 함께 놀았다고 하더군요.”

그녀는 의자를 뒤로 빼 그가 지나갈 길을 터 주었다. 아처는 온 극장 안 사람들이 그의 행동을 보아 주기를 바라는 마음에서 재빨리, 조금은 보란 듯이 올렌스카 백작 부인 옆에 앉았다.

“우리 같이 놀곤 했죠, 그렇지요?” 그녀가 진지한 눈빛으로 그를 쳐다보며 말했다. “당신은 못 말리는 개구쟁이 소년이었죠. 문 뒤에서 나한테 입 맞춘 적도 있었고요. 하지만 내가 반했던 상대는 당신 사촌 밴디 뉴랜드였어요. 날 쳐다보지도 않았지만.” 그녀는 박스석의 U자형 곡선을 따라 한번 휙 둘러보았다. “아, 이곳에 오니 모든 것이 얼마나 생생히 떠오르는지……. 여기 있는 사람들 전부 코흘리개 시절부터 알고 지냈죠.” 그녀는 질질 끄는 듯한 약간 외국식 악센트로 말하면서 다시 그의 얼굴로 눈을 돌렸다.

박스석에 있는 사람들의 표정은 온화했지만, 아처는 그들이 바로 지금 이 순간 그 표정에 어울리지 않게 그녀의 재판이 진행 중인 엄숙한 재판정의 광경을 연상하고 있으리라는 생각에 충격을 받았다. 장소에 맞지 않는 경박함보다 더한 악취미도 없을 것이다. 그는 약간 딱딱하게 대답했다. “예, 당신이 정말 오랫동안 떠나 있었지요.”

그녀가 말했다. “아, 너무 많은 세월이 흐르고 흘러, 난 죽어서 땅에 묻힌 것이 틀림없나 봐요. 이 정든 옛 고향은 천국이고.”

이유는 확실히 짚이지 않았지만, 이 말은 뉴랜드 아처에게 뉴욕 사회를 불경스럽게 묘사한다는 인상을 남겼다.

3

늘 변함없이 똑같은 식이었다.

줄리어스 보퍼트 부인은 연례 무도회를 여는 날 밤, 어김없이 오페라하우스에 모습을 나타냈다. 그녀는 자신이 집안일을 누구도 따를 수 없을 만큼 완벽하게 해내며, 안주인이 없어도 세부적인 부분까지 연회 준비를 할 수 있는 유능한 하인들을 거느리고 있다는 것을 과시하기 위해서 항상 오페라 공연이 있는 날 밤에 무도회를 열었다.

보퍼트 가의 저택은 뉴욕에서 몇 안 되는 무도장을 갖춘 집이었다. 맨슨 밍고트 부인의 집과 헤들리 치버스의 집보다도 먼저 지어졌다. 거실의 마룻바닥 위에 '거친 아마포'[1]를 깔고, 달리 아무 쓸모도 없어 나머지 364일 동안 덧문을 내린 어둠 속에 방치해 두었던 위층의 가구와 무도장의 집기들을 옮기고, 구석에

1) 춤꾼들의 발에 마룻바닥이 긁히는 것을 막기 위해 까는 거친 천.

쌓아 두었던 금박 입힌 의자들과 주머니에 싸 두었던 샹들리에를 꺼내는 일이 '촌스러운' 짓이라는 생각이 들기 시작할 때면, 이 의심의 여지가 없는 우월함이야말로 보퍼트 집안의 과거에서 아무리 유감스러운 흠이라도 메워 줄 수 있는 보상으로 생각되었다.

사회에 관한 자신의 철학을 격언으로 표현하기를 즐기는 아처 부인은 언젠가 이런 말을 했다. "모두가 총애하는 평민이 있는 법이지……." 위험스러운 말이기는 했지만, 많은 사람들이 내놓고 말은 못해도 그것이 진실임을 남몰래 인정했다. 그러나 보퍼트 가는 정확히 말하면 평민이 아니었다. 그보다도 훨씬 못하다고 하는 이들도 있었다. 보퍼트 부인은 실은 미국에서 가장 명예로운 가문 출신이었다. 그녀는 사우스 캐롤라이나의 분가 출신인 사랑스러운 레지나 댈러스로, 항상 올바른 동기로 그릇된 행동을 하는 경망스러운 사촌 미도라 맨슨에게 이끌려 뉴욕 사교계에 데뷔한 무일푼의 미녀였다. 맨슨 가와 러시워스 가와 인척 관계에 있다면, 뉴욕 사교계에 입성하는 것쯤이야 튈르리 궁에 무시로 드나들었던 실러턴 잭슨의 표현을 빌리면 "당연한 권리(droit de cité)"였다. 그러나 줄리어스 보퍼트와 결혼하고도 그 권리를 유지할 사람이 누가 있겠는가?

여기서 질문 하나. 보퍼트는 누구인가? 그는 영국인으로 통했고, 붙임성 있는 미남이며, 욱 하는 성질이면서도 관대하고 재기가 넘쳤다. 그는 은행가인 맨슨 밍고트 부인의 영국인 사위가 써 준 소개장을 들고 미국으로 와 실업계에서 금세 중요한 위치를 차지했다. 그러나 낭비벽이 심했고 입이 걸었으며, 전력도 비밀에 싸여 있었다. 미도라 맨슨이 자기 사촌과 그의 약혼을 발표했을 때, 다들 불쌍한 미도라가 저지른 무수한 경거망동의 기록에 어리석은 행동이 또 하나 추가되었다는 식으로 받아들였다.

그러나 지혜로움이 그렇듯 어리석은 행동도 그 결과로 정당화되는 일이 드물지 않은 법이어서, 젊은 보퍼트 부인이 결혼한 지 이 년 후에는 누구나 그녀를 뉴욕에서 가장 근사한 집의 주인으로 인정하게 되었다. 그 기적이 어떻게 이루어졌는지는 아무도 정확히 몰랐다. 그녀는 게으르고 소극적이어서 신랄한 사람들은 우둔하다고까지 했다. 그러나 진주를 주렁주렁 걸고 우상처럼 차려입은 그녀는 해가 갈수록 더 젊어지고, 금발은 더 밝게 빛나고, 더 아름다워져서, 갈색 사암으로 지은 보퍼트 씨의 웅장한 대저택에 앉아 보석으로 휘감은 작은 손가락 하나 까딱하지 않고도 온 세상을 거기에서 좌지우지했다. 눈치 빠른 이들은 보퍼트 씨가 직접 하인들을 교육하고, 주방장에게 새로운 요리를 가르치고, 정원사들에게 만찬 식탁과 거실에 놓을 무슨 온실 화초를 재배할지 일러 주고, 손님 명단을 뽑고, 식후의 펀치를 만들고, 아내에게 친구들한테 보낼 짤막한 쪽지를 받아쓰게 한다고들 수군거렸다. 사정이 그럴지라도 이러한 집안일들은 은밀하게 처리되었고, 보퍼트 씨는 초대된 손님들과 함께 자기 거실을 한가로이 거닐며 태평하고 너그러운 백만장자의 모습을 세상에 보여 주었다. "제 처의 글록시니아[2]가 근사하지 않습니까? 큐 왕립식물원에서 가져온 모양이더군요."

세간에서는 모든 일을 다 제대로 처리해 내는 보퍼트 씨의 방법이 그의 수수께끼라는 데 입을 모았다. 그가 일했던 국제 은행

2) 큰 꽃이 피는 브라질 원산의 관상용 구근식물.

의 '도움'으로 영국을 떠났다는 소문이 쉬쉬하면서 쫙 퍼져 있었으나, 그는 그 소문도 나머지 것들과 마찬가지로 가볍게 처리했다. 뉴욕 사업계의 양심은 뉴욕의 도덕 기준 못지않게 민감하기는 했으나, 그는 자기 앞에 놓인 모든 일을 능숙하게 진행했고, 뉴욕 전체를 자기 거실로 끌어들였으므로, 스무 해가 넘은 지금은 다들 맨슨 밍고트 부인 댁에 간다고 말하듯 예사로운 투로, 일 년도 안 된 미지근한 샴페인과 다시 데운 필라델피아 크로켓 대신 따끈한 들오리 요리와 고급 포도주를 대접받을 기대에 차서 "보퍼트 가에 간다."고 말하게 되었다.

보퍼트 부인은 그날 평소처럼 「보석의 노래」[3]가 시작되기 직전에 자기 박스석에 나타났다. 다시 평소처럼 3막이 끝날 무렵 그녀가 아름다운 어깨에 연극 관람용 외투를 걸치고 사라질 때면, 뉴욕은 이것을 반시간 후 무도회가 시작되리라는 의미로 이해했다.

보퍼트 저택은 특히 연례 무도회날 밤에 뉴욕 사람들이 자랑삼아 외국인들에게 구경시켜 주는 곳이었다. 보퍼트 가는 만찬과 무도회에 쓸 의자와 함께 카펫을 빌려 오는 대신, 뉴욕에서 제일 먼저 붉은 벨벳 카펫을 사서 하인들을 시켜 자기들 소유의 차양 아래 계단에 깔도록 한 사람들 중 하나였다. 그들은 또한 숙녀들이 여주인의 침실에 뒤엉켜서 북새통을 피우며 가스버너의 도움으로 머리를 다시 마는 대신, 복도에서 외투를 벗도록 하는 관습을 처음으로 도입했다. 보퍼트가 자기 아내의 친구들은 모두 집을 나설 때 하녀들이 머리 손질이 완벽하게 되었는

3) 마르그리트가 파우스트의 선물이라며 메피스토펠레스가 두고 간 보석을 걸쳐 보면서 부르는 노래.

지 확인해 주었을 거라고 말했더라는 얘기가 있었다.

당시 그 집은 대담하게도 무도장이 들어가도록 설계되었다. 그래서 사람들은 치버스 가처럼 좁은 복도를 헤치고 무도장까지 가는 대신, 광이 나는 나무 마루에 반사된 촛불이 잔뜩 달린 샹들리에와, 그 너머 동백나무와 양치식물 들이 검은색과 금색 대나무 의자 위로 값진 이파리를 아치처럼 드리운 온실 안을 멀찌가니 바라보면서, 일렬로 늘어선 청록색, 진홍색, 노란색 거실들을 따라 엄숙하게 행진했다.

뉴랜드 아처는 지체 높은 젊은이답게 약간 늦게 입장했다. 그는 비단 양말을 신은 하인에게(그 양말은 보퍼트의 몇 가지 바보 같은 짓 중 하나였다.) 외투를 넘겨주고, 스페인 가죽을 걸어 놓고 불 세공[4]과 공작석으로 치장한 서재에서 잠시 어슬렁거렸다. 그곳에서는 다른 남자들 몇몇이 무도용 장갑을 끼면서 담소를 나누고 있었다. 그는 마침내 보퍼트 부인이 진홍색 거실 앞에서 맞아들이는 손님들의 대열에 끼었다.

아처는 눈에 띌 만큼 신경이 곤두서 있었다. 그는 오페라가 끝난 후 혈기왕성한 젊은이들이 보통 그러하듯이 클럽에 되돌아가지 않았지만, 밤공기가 맑아서 보퍼트 가 저택 쪽으로 발길을 되돌리기 전에 5번가를 따라 제법 멀리까지 산책했다. 그는 밍고트 가가 너무 지나친 행동을 한 것 같고, 밍고트 부인이 올렌스카 백작 부인을 무도회에 데려가라고 명령했을 것 같아서 걱정이 되었다.

그는 박스석의 분위기에서 그것이 얼마나 중대한 실책일지

4) 나무, 금속, 별갑, 상아 등의 정교한 상감 세공.

감지했다. 비록 그가 '끝까지 지켜 주겠다.'고 단단히 결심한 터였지만, 오페라하우스에서 약혼녀의 사촌과 짤막한 대화를 나눈 후로는 그녀 편에 서 주겠다는 기사도적인 열성이 좀 식은 상태였다.

보퍼트가 대담무쌍하게도 말 많은 부그로[5]의 누드화 「사랑의 승리」를 걸어 놓은 노란색 거실까지 어슬렁거리며 걸어가 보니, 웰랜드 부인과 딸이 무도장 문 가까이 서 있었다. 저편에서는 벌써 쌍쌍이 마루 위를 미끄러져 나가고 있었고, 밀랍 촛불빛이 빙글빙글 도는 얇은 망사 스커트 위로, 요란스럽지 않은 화환으로 장식한 처녀들의 머리 위로, 젊은 유부녀들의 머리 장식에 달린 화려한 백로 깃털과 장식 위로, 눈부시게 윤이 나는 와이셔츠 가슴판과 반들반들 빛나는 새 장갑 위로 쏟아졌다.

웰랜드 양은 손에 은방울꽃을 들고(그녀는 다른 꽃다발은 들지 않았다.) 약간 창백해진 얼굴에 흥분을 숨기지 못해 반짝이는 눈으로, 이제 막 춤추는 사람들 틈에 끼려는 듯 입구에 서서 뚫어지게 그쪽을 바라보고 있었다. 젊은 남녀 한 무리가 그녀의 주변으로 모여들어 손뼉을 치며 농담을 주고받고 웃음꽃을 피웠다. 웰랜드 부인은 약간 떨어진 곳에 서서 도를 넘지는 말라는 듯한 암시를 보냈다. 어머니가 그런 경우에 걸맞게 부모로서 내키지 않는다는 식의 태도를 취하고 있을 동안, 웰랜드 양이 약혼 발표를 하고 있음이 분명했다.

아처는 잠시 발을 멈추었다. 물론 약혼 발표를 하고 싶었지만, 자신의 행복을 그런 식으로 알리고 싶지는 않았다. 열기와 소음

---

5) 1825~1905. 프랑스의 화가.

으로 번잡한 무도회장에서 발표한다면 마음속 깊이 가장 소중히 담아 두어야 할 은밀한 매력이 사라져 버릴 것 같았다. 그의 기쁨은 너무나 깊어서 이렇게 표면이 흐려져도 그 정수는 건드려지지 않은 채로 있었다. 그러나 표면도 순수한 채로 있었더라면 더 좋았을 것이다. 메이 웰랜드도 자신과 같은 기분임을 알게 되어 다소나마 마음이 풀어졌다. 그녀의 눈은 애원하듯이 남들의 시선을 피해 그의 눈을 향했고, 그들은 표정으로 이런 말을 나누었다. "기억해요, 우린 옳은 일을 하고 있는 거예요."

그 어떤 호소도 아처의 가슴에 이보다 더 바로 와 닿지는 못했을 것이다. 그러나 그들이 이렇게 할 수밖에 없었던 이유가 어떤 이상적인 것이 아니라 단지 불쌍한 엘렌 올렌스카라는 점이 못내 아쉬웠다. 웰랜드 양 주변에 모인 사람들이 의미심장한 미소를 지으며 그에게 길을 터 주었다. 그는 사람들의 축하를 받고 나서 약혼녀를 무도장 한가운데로 이끌어 와 그녀의 허리에 팔을 감았다.

"이제는 말할 필요가 없겠군요." 그는 그녀의 솔직한 눈을 보고 미소 지으며 말했다. 그들은 「아름답고 푸른 도나우」의 부드러운 선율을 타고 움직였다.

그녀는 아무 대답도 하지 않았다. 입술을 떨며 미소를 지었으나, 눈은 여전히 어떤 형용할 수 없는 환영에 홀린 양 공허하고 심각했다. 아처는 그녀를 꼭 껴안으면서 속삭여 불렀다. "메이." 약혼하고 처음 맞는 순간을 비록 무도회장에서 보내고 있다고 하더라도, 그는 그 속에 뭔가 엄숙하고 신성한 것이 있다고 느꼈다. 이렇게 순결하고, 눈부시고, 착한 여인을 곁에 데리고 새로운 삶을 막 열려는 참이지 않은가!

춤이 끝나자 두 사람은 약혼한 커플답게 온실로 천천히 걸어갔다. 양치식물과 동백나무 들이 이룬 높은 벽 뒤에 앉아, 뉴랜드는 그녀의 장갑 낀 손에 입을 맞추었다.

"당신이 말씀하신 대로 했어요." 그녀가 말했다.

"알아요. 기다릴 수가 없었소." 그는 미소 지으며 대답했다. 잠깐 사이를 두었다가 이 말을 덧붙였다. "다만 장소가 무도회장이 아니었더라면 좋을 뻔했소."

"예, 저도 알아요." 그녀가 다 이해한다는 듯이 그와 눈을 맞추었다. "하지만 어쨌든 여기에서라도 단 둘이 함께 있잖아요?"

"오, 사랑스러운 이, 언제까지라도 그럴 거요!" 아처가 외쳤다.

틀림없이 그녀는 항상 이해할 것이다. 항상 옳은 말만 할 것이다. 여기 생각이 미치자 그의 행복의 잔이 넘쳐흘렀다. 그는 유쾌하게 말을 이었다. "가장 나쁜 점은, 당신에게 키스하고 싶은데 할 수가 없다는 거요." 그는 이 말을 하면서 온실 안을 잽싸게 휘둘러보고 그 순간에는 단 둘뿐이라는 것을 확인하자, 그녀를 확 끌어당겨 번개같이 입을 맞추었다. 그는 이렇게 대담무쌍한 행동을 무마하고자 그녀를 온실의 덜 외진 곳에 있는 대나무 소파로 이끌어, 그녀의 꽃다발에서 떨어진 은방울꽃 옆에 앉았다. 그녀는 말없이 앉아 있었고, 그들의 발치에 세상이 햇빛을 받은 골짜기처럼 펼쳐져 있었다.

"제 사촌 엘렌에게 얘기하셨나요?" 그녀가 곧 꿈속에서 말하는 듯한 투로 물었다.

그는 화들짝 정신을 차리고 그 말을 하지 않았다는 것을 기억해 냈다. 잘 알지도 못하는 외국 여자에게 그런 얘기를 하기가 내키지 않아 입이 떨어지지 않았다.

"못했소. 그럴 기회가 없었소." 그는 황급히 둘러댔다.

"아." 그녀는 실망한 기색이었지만 부드럽게 자기주장을 관철시키려 했다. "제가 하지 못했으면 그때 당신이 하셨어야죠. 사촌이 오해하지 않았으면 좋겠는데……."

"그야 그렇지. 하지만 그 말을 해야 할 사람은 당신이 아니오?"

그녀는 이 말에 잠시 생각에 잠겼다. "제가 제때 할 수 있었더라면 그랬을 거예요. 하지만 때를 놓쳤으니 우리가 여기 모든 이들에게 알리기 전에 제가 당신께 오페라하우스에서 엘렌한테 알려 달라고 부탁했다고 해명해 주셔야 할 것 같아요. 그러지 않으면 제가 자기를 잊었다고 생각할지도 몰라요. 아시다시피 엘렌은 우리 가문 사람이고, 너무 오래 멀리 가 있었기 때문에 다소 예민해져 있으니까요."

아처는 그녀를 뜨거운 눈으로 바라보았다. "당신은 정말 천사구려! 사촌에게 꼭 말하리다." 그는 붐비는 무도장 쪽으로 조금 근심스러운 눈길을 던졌다. "하지만 아직 그녀를 보지 못했는데. 오기는 왔소?"

"아뇨, 막판에 가지 않기로 결정했어요."

"막판에?" 그는 엘렌이 잠시나마 올 생각을 했다는 데 놀라움을 감추지 못하고 되풀이했다.

"예, 엘렌은 춤추는 걸 정말 좋아해요." 메이는 이렇게만 대답했다. "하지만 자기 옷이 무도회에 어울리지 않는다고 갑자기 마음을 바꾸더군요. 우리가 보기에는 아주 예뻤는데. 그래서 고모님이 집으로 데려가셨답니다."

"아, 그랬군……." 아처는 만족하여 건성으로 대꾸했다. 약혼녀에게서 무엇보다도 그의 마음에 들었던 점은 그들 둘 다 자라면서 배운 대로 '불쾌한' 것은 무시한다는 관습을 최대한 충실히 실천하겠다는 단호한 의지였다.

그는 곰곰이 생각했다. '메이도 나처럼 자기 사촌이 오지 않은 진짜 이유를 알고 있어. 하지만 불쌍한 엘렌 올렌스카의 평판에 어두운 그늘이 있다는 것을 아는 티는 절대 내보이지 말아야지.'

4

다음 날 의례적인 첫 약혼 방문을 주고받았다. 이런 문제에서 뉴욕의 관습은 정확하고 확고했다. 뉴랜드 아처는 이 관습에 순응하여 먼저 어머니와 누이를 대동하고 웰랜드 부인 댁을 방문하러 나섰다. 그런 다음 그와 웰랜드 부인과 메이는 존경받는 여가장의 축복을 받기 위해 맨슨 밍고트 부인 댁으로 마차를 타고 갔다.

맨슨 밍고트 부인 댁 방문은 아처에게는 늘 흥미로운 사건이었다. 그 집은 물론 유니버시티 플레이스와 5번가 아래쪽[1]에 있는 다른 오래된 가문의 저택들만큼 유서 깊지는 않아도, 이미 그 자체가 역사적인 기록이었다. 그런 집에서는 보통 1830년대의 모습 그대로 장미 화환 무늬의 카펫과 자단목 콘솔, 검은색 대리석 앞장식이 붙은 둥근 아치형의 벽난로, 광택이 나는 거대한

1) 그리니치 빌리지의 워싱턴 광장 부근을 뜻한다. 이 지역은 뉴욕 상류사회에서도 가장 전통이 깊은 가문들의 주거지역이 되었다.

마호가니 책장이 음울한 조화를 이루었다. 그러나 더 나중에 집을 지은 밍고트 부인은 제일 좋은 육중한 가구들을 전부 내다 버리고, 밍고트 가문 대대로 내려오는 가보들을 제2제정 시대의 경박한 실내 장식품들과 뒤섞어 놓았다. 1층 거실 창가에 앉아서 북쪽으로 흘러와 자신의 고적한 문 앞을 지나가는 삶과 유행을 관조하는 것이 부인의 습관이었다. 부인은 자기 집 문 앞까지 유행이 흘러오기를 기다리느라 조급해하지도 않았다. 부인의 인내심은 자신감 못지않았다. 부인은 창고, 채석장, 단층 술집, 황폐한 정원의 목조 온실, 염소들이 그 뒤에 숨어 풍경을 둘러보는 바위들이 자기 집 같은, 어쩌면 훨씬 더 웅장한 주택들이 (부인은 공명정대한 여성이었으니까) 늘어나면서 머잖아 자취를 감추게 되리라고 확신했다. 덜컹거리는 낡은 합승 마차가 시끄러운 소리를 내며 달려가는 자갈길은 사람들이 파리에서 보았다는 매끄러운 아스팔트포장으로 바뀔 것이다. 그때까지는 부인이 만나고 싶은 사람은 누구나 부인을 보러 올 테니, 지리적으로 외딴 곳에 있어도 하등의 문제될 것이 없었다. 부인은 저녁 식사 메뉴에 단 한 가지도 추가하지 않고도 보퍼트 가만큼 힘 안 들이고 자기 집을 손님으로 꽉 채울 수 있었다.

부인은 중년에 들어서면서부터 용암이 저주받은 도시를 홍수처럼 덮치듯 엄청나게 살이 불어나, 맵시 있는 발과 발목을 지닌 통통하고 활달하며 자그마한 여성에서 자연현상처럼 거대하고 위엄 있는 존재로 바뀌었다. 부인은 이러한 침몰을 자신이 겪은 그 외의 다른 시련들과 마찬가지로 달관한 태도로 받아들였고, 아주 고령에 이른 지금은 주름 없이 탱탱하고 발그스레한 살 한가운데 본래의 자그만 얼굴이 발굴을 기다리듯 남아 있는 모습을 거울에 비추어 보며 위안을 얻었다. 부드러운 이중 턱선은 작고한 밍고트 씨의 작은 초상화가 걸린, 눈처럼 하얀 모슬린으로 가린 여전히 흰 가슴에 아찔할 만큼 깊이 파묻혔다. 검은 비단이 물결처럼 그 주변과 아래, 널찍한 안락의자의 가장자리를 타고 굽이치며 흘러내렸고, 두 개의 작고 하얀 손이 큰 파도 위에 떠 있는 갈매기처럼 놓여 있었다.

맨슨 밍고트 부인은 비대한 몸집 때문에 층계를 오르내릴 수 없게 된 지 이미 오래였다. 독립적인 성격인 부인은 위층에 응접실을 만들고 자신은 1층에 자리를 잡았다. 뉴욕의 모든 예법에 정면으로 위배되는 식이었다. 그래서 부인의 거실 창문 옆에 함께 앉으면, 항상 열려 있는 문과 뒤에 고리를 단 노란색 다마스크 천 칸막이 커튼을 통해, 소파처럼 커버를 씌운 큼직하고 낮은 침대와 야단스러운 레이스 주름장식을 달고 금테를 두른 거울이 달린 화장대가 있는 예기치 않은 침실 광경이 눈에 들어왔다.

부인의 방문객들은 프랑스 소설의 장면들을 연상시키는 이러한 이국적인 집안 배치와, 단순한 미국인은 꿈에서도 생각지 못할 부도덕으로 이끄는 유혹적인 건축 구조에 경악하면서도 매혹되었다. 그것은 사악한 구(舊)사회에서 정부를 거느린 여자들이 소설에서 묘사된 대로 한 층에 모든 방이 다 있고 외설스럽게 다닥다닥 붙어 있는 아파트에서 살아가는 방식을 연상시켰다. 뉴랜드 아처는 불륜이 벌어지는 무대 배경 같은 밍고트 부인의 침실에서 『드 카모르 씨』[2]에 나오는 밀애 장면을 몰래 그려 보고, 그런 곳에서 영위해 온 부인의 티끌 한 점 없는 삶을 떠올려

2) 프랑스 작가 옥타브 푀예(1821~1890)의 소설.

보면서 재미있어했다. 그러나 부인이 정부를 원했다면, 이 두려움을 모르는 여인은 상대에게도 원하는 것을 주었을 것이라고 감탄하는 심정으로 생각했다.

약혼한 커플이 방문할 동안 올렌스카 백작 부인이 할머니의 거실에 나타나지 않아서 다들 마음을 놓았다. 밍고트 부인은 그녀가 외출했다고 했다. 집안의 명예에 먹칠을 한 여자가 이렇게 훤한 대낮에, 그것도 '쇼핑하기 좋은 시간'에 외출하다니 좋게 보이지는 않았다. 그러나 어쨌든 그 덕에 그녀와 함께하는 난처한 상황을 모면하고, 그녀의 불행한 과거가 그들의 찬란한 미래에 드리울 것 같은 희미한 그림자를 피할 수 있었다. 방문은 예상했던 대로 무사히 진행되었다. 밍고트 노부인은 손녀의 약혼에 기뻐했다. 눈치 빠른 친척들은 이미 오래전에 예상하고 가족회의에서 신중하게 결정을 내린 후였다. 부인은 눈에 띄지 않는 발톱에 크고 굵은 사파이어를 박은 약혼반지에 아낌없이 감탄을 쏟았다.

"이건 새로운 세팅이랍니다. 물론 보석의 아름다움을 돋보이게 해 주지만, 보수적인 분들이 보시기에는 좀 노출이 심할지도 모르겠네요." 웰랜드 부인은 장래의 사위에게 이해를 구하는 듯 곁눈질을 보내면서 설명했다.

"보수적인 사람들이 보기에 어떻다고? 내 얘기를 하는 건 아니겠지, 얘야? 난 새로운 것이라면 뭐든 좋아한단다." 노부인은 안경 없이도 전혀 불편을 느끼지 않는 작고 밝은 눈 가까이 보석을 들어 올리며 말했다. "아주 근사하구나." 부인은 보석을 돌려주며 덧붙였다. "통도 크구나. 내 젊을 적에는 카메오 세공한 진주 세트면 충분하다고 했는데. 하지만 진정으로 반지를 돋보이게 하는 건 그걸 낀 손일 테지. 그렇지 않은가, 아처 씨?" 부인은 작고 뾰족한 손톱과 손목 주위에 노인성 지방이 상아 팔찌처럼 덕지덕지 붙은 자그마한 손을 흔들었다. "내 손은 로마에서 페리지아니[3]가 모델로 삼았었지. 자네라면 메이의 손을 모델로 쓸 테지. 틀림없이 그렇게 할 게야. 메이는 손이 크지. 현대식 스포츠를 즐기느라 관절이 늘어나서. 하지만 피부는 희어. 그러면 결혼식은 언제 할 텐가?" 부인은 갑자기 말을 끊고 아처의 얼굴에 시선을 고정했다.

"아……." 웰랜드 부인이 머뭇거리자, 아처가 약혼녀를 향해 미소를 보내면서 대답했다. "부인께서 저를 밀어 주시기만 한다면 되도록 빨리 하고 싶습니다, 밍고트 부인."

"어머니, 저애들이 서로를 더 잘 알도록 시간을 좀 주어야지요." 웰랜드 부인이 이런 때에 어울리게 짐짓 주저하는 태도로 끼어들었다. 노부인이 맞받아쳤다. "서로를 안다고? 말도 안 되는 소리를! 뉴욕 사람들은 다들 서로를 잘 알고 있잖니. 젊은이가 원하는 대로 하게 해 주려무나, 얘야. 포도주의 거품이 다 꺼질 때까지 기다려서는 안 되지. 사순절이 오기 전에 결혼을 시키렴. 겨울 이맘때면 내가 폐렴을 앓을 수도 있거든. 결혼식 조찬은 내가 차려 주고 싶구나."

이렇게 기쁘다느니 믿기 어렵다느니 감사한다느니 하는 말을 사이사이 적절한 때에 섞어 가며 두런두런 대화를 주고받았다. 화기애애하게 방문이 진행되던 중, 문이 열리며 보닛을 쓰고 망토를 두른 올렌스카 백작 부인이 뜻밖에도 줄리어스 보퍼트를

3) 로마의 조각가.

이끌고 들어오는 바람에 분위기가 깨졌다.

숙녀들 사이에 사촌 사이답게 반가운 속삭임이 오갔고, 밍고트 부인은 은행가를 향해 페리지아니가 모델로 삼았다던 손을 들어 보였다. "하! 보퍼트, 어인 행차신가!" 부인은 남자들을 성으로 부르는 기묘한 외국식 습관이 있었다.

"감사합니다. 더 자주 찾아뵈었어야 하는 건데." 방문객이 여유 만만하게 거만한 태도로 말했다. "늘 일이 바빠서 말이죠. 하지만 매디슨 광장에서 엘렌 백작 부인을 만났답니다. 친절하게도 저에게 집까지 함께 걸어가자고 하시더군요."

"아, 이제 엘렌이 왔으니 분위기가 더 즐거워지겠군!" 밍고트 부인은 다른 사람은 안중에도 없다는 듯 신이 나서 외쳤다. "앉아요, 앉아, 보퍼트. 그 노란 안락의자를 당겨서. 재미있는 소문 좀 들려주시게. 당신 무도회가 아주 근사했다던데. 레뮤얼 스트루더스 부인도 초대했다지요? 흠, 그 여자 얼굴을 내 눈으로 보고 싶은데 말이야."

부인은 엘렌 올렌스카의 안내를 따라 복도를 이리저리 거니는 친척들은 까맣게 잊었다. 밍고트 노부인은 항상 줄리어스 보퍼트에게 경탄을 아끼지 않았다. 그들은 냉정하고 오만불손한 태도와 관습을 무시하고 질러가는 방식에서 어딘가 닮은 데가 있었다. 이제 부인은 구두약 회사 주인이었던 스트루더스의 미망인으로, 작년 기나긴 첫 유럽 외유에서 돌아와 작지만 견고한 뉴욕의 요새를 공격하러 나선 레뮤얼 스트루더스 부인을 보퍼트 가가 처음으로 초대하기로 결정한 이유를 알고 싶어 몸이 달았다. "물론 당신과 레지나가 그녀를 초대한다면야 일이 다 된 거지. 우리에게는 새로운 피와 새로운 돈이 필요해. 게다가 듣기로는 대단한 미인이라더군." 탐욕스러운 노부인의 말이었다.

복도에서 웰랜드 부인과 메이가 모피 옷을 걸치던 중, 아처는 올렌스카 백작 부인이 뭔가 알고 싶은 것이 있다는 듯 미소를 띠고 자기를 쳐다보는 모습을 보았다.

"당신도 이미 알고 계시겠지요……. 메이와 저에 대해서 말입니다." 그는 쑥스러워하며 웃었다. "어젯밤 오페라하우스에서 당신에게 그 소식을 전하지 않았다고 메이한테 꾸지람을 들었답니다. 우리가 약혼했다는 얘기를 당신에게 해 주라고 했는데, 사람이 너무 붐벼서 말을 꺼낼 수가 있어야지요."

올렌스카 백작 부인의 미소가 눈에서 입가로 번져 나갔다. 그녀는 더 어려 보였고, 그가 소년 시절 알던 대담하고 까무잡잡한 엘렌 밍고트의 모습에 더 가까워진 듯했다. "물론 알고 있지요. 정말 기뻐요. 하지만 그렇게 붐비는 데에서야 누가 그런 얘기부터 꺼낼 수 있겠어요." 숙녀들이 문 앞에 있었다. 그녀가 손을 내밀었다.

"안녕히 가세요. 나중에 절 보러 오세요." 그녀는 계속 아처에게서 눈을 떼지 않고 말했다.

5번가로 돌아가는 마차 안에서 그들은 밍고트 부인과 부인의 나이, 활기, 모든 훌륭한 특징들을 놓고 얘기를 나누었다. 아무도 엘렌 올렌스카에 대해서는 입도 벙긋하지 않았다. 그러나 아처는 웰랜드 부인이 무슨 생각을 하는지 알고 있었다. '도착한 바로 다음 날 사람이 붐비는 시간대에 줄리어스 보퍼트와 함께 5번가를 활보하다니, 엘렌이 실수했어.' 아처도 마음속으로 덧붙였다. '게다가 지금 막 약혼한 남자가 유부녀를 방문할 시간 따위는 없다는 정도는 알고 있어야지. 하지만 그녀가 살았던 사회에서는 그런가 보지. 그런 짓밖에는 안 하나 봐.' 그는 자신의 국제화된 관점을 자랑스럽게 여겼음에도 불구하고, 자신이 뉴욕 사람이며, 같은 부류의 사람과 연을 맺게 된 데 하늘에 감사했다.

5

다음 날 저녁 실러턴 잭슨 씨는 아처 가 사람들과 정찬을 같이 하러 왔다.

아처 부인은 수줍음이 많아서 교제를 피했으나, 사교계의 근황에는 관심이 많았다. 부인의 오래된 친구인 실러턴 잭슨 씨는 수집가의 인내심과 박물학자의 조예를 동원해 친구들의 속사정을 관찰했다. 그와 함께 사는 누이동생 소피 잭슨 양은 오빠를 찾는 데가 하도 많아서 미처 부르지 못한 나머지 사람들의 대접을 받으면서, 그가 그린 그림의 빈틈을 효과적으로 메워 줄 소소한 소문거리들을 물어 들였다.

그래서 아처 부인은 뭔가 궁금한 일이 생기면 잭슨 씨를 정찬에 청했다. 부인의 초대를 받는 영예는 아무나 누릴 수 있는 것이 아니었고, 부인과 딸 제이니는 훌륭한 청중이었으므로 잭슨 씨는 보통 누이를 보내지 않고 몸소 왔다. 모든 조건을 자기 입맛대로 맞출 수 있다면 뉴랜드가 외출하고 없는 저녁을 택했을 것이다. 뉴랜드가 자기와 마음이 맞지 않아서가 아니라(두 사람은 클럽에서 아주 사이좋게 어울렸다.) 이 연로한 이야기꾼은 이 집안 숙녀들은 절대 그런 법이 없는데 뉴랜드는 자기 말의 신빙성을 따져 본다는 느낌을 가끔씩 받았기 때문이었다.

잭슨 씨는 완벽이라는 것이 가능할 수 있다면, 아처 부인의 음식이 조금 더 좋아져야 한다고 했을 것이다. 그러나 당시 뉴욕은 사람들의 생각 속에서 음식과 옷과 돈에 신경 쓰는 밍고트가와 맨슨 가 부류와, 여행, 원예, 훌륭한 소설에 돈을 아끼지 않고 속된 쾌락을 경시하는 아처·뉴랜드·밴 더 루이든 일족으로 크게 나뉘었다.

모든 것을 다 가질 수는 없는 법이다. 로벨 밍고트와 식사를 한다면 들오리와 거북 요리와 고급 포도주를 맛볼 수 있다. 애들린 아처에게서 식사 대접을 받는다면 알프스 산정의 경치와 『대리석 목신상』[1]을 놓고 환담을 나눌 수 있고, 운이 좋으면 케이프[2]에서 온 아처 가의 마데이라 포도주를 대접받기도 한다. 그래서 잭슨 씨는 아처 부인이 친절하게 불러 줄 때면 진정한 절충주의자답게 동생에게 이런 말을 하곤 했다. "지난번 로벨 밍고트네 집에서 저녁 식사를 한 이후로 약간 통풍기가 온 것 같은데. 애들린의 집에 가서 좀 식이요법을 하는 것도 좋겠지."

아처 부인은 오래전에 남편을 잃고 웨스트 28번가에서 아들과 딸을 데리고 살았다. 위층은 뉴랜드에게 내주고 두 여자는 더 비좁은 아래층에서 지냈다. 그들은 취미와 관심사를 훌륭히

---

1) 너새니얼 호손(1804~1864)의 소설.

2) 아프리카 대륙 남단에 있는 남아프리카공화국의 주.

조화시켜, 테라륨[3]에 양치식물을 기르고, 마크라메 레이스[4]와 리넨에 수를 놓아 양모 자수품을 만들고, 미국 독립 혁명 시대의 유약을 바른 식기류를 수집하고, 《굿 워즈》[5]를 정기구독하고, 이탈리아의 분위기를 느끼기 위해 위다[6]의 소설을 읽었다. 그들은 농촌 생활에 관한 소설을 더 좋아했다. 동기와 습성을 이해하기 쉽다는 점에서 사교계 사람들을 다룬 소설도 좋아했지만, 농촌 생활을 다룬 소설에는 풍경 묘사와 더 유쾌한 감정 묘사가 있기 때문이었다. 그들은 디킨스는 "한번도 신사를 그린 적이 없다."고 혹평했고, 새커리는 불워[7]보다 훌륭한 세계에 덜 정통하다고 여겼다. 그러나 이제 슬슬 불워는 구식으로 치부되었다.

아처 부인과 딸은 둘 다 아름다운 경치에 열광했다. 자주 가는 해외여행에서도 주로 이런 경치를 찾아다니며 찬미했다. 그들은 건축과 미술은 남자들, 특히 러스킨[8]을 읽는 교양 있는 사람들에게나 걸맞은 주제라고 생각했다. 아처 부인은 신대륙 출신이었고, 마치 자매 같은 모녀는 흔히들 얘기하는 '진짜 신대륙 사람'이었다. 그들은 키가 크고 창백하며 약간 구부정한 어깨에, 코가 길고 미소 짓는 모습이 예뻤는데, 빛바랜 레이놀즈[9]의 초

---

3) 식물, 육지 동물, 양서류 등을 실내에서 기르기 위해 설치하는 유리 상자.

4) 매듭 끈이나 굵은 실을 이용해 기하학적인 무늬로 올이 성기게 짠 레이스 또는 술 장식.

5) 1860년부터 1906년까지 매월 출간된 런던의 문학잡지.

6) 1839~1908. 영국 태생의 인기 소설가.

7) 1803~1873. 영국 소설가이자 극작가.

8) 1819~1900. 영국의 예술·건축 비평가.

9) 1723~1792. 2000명이 넘는 당대 명사들의 초상을 그린 영국 초상화가.

상화와 같은 일종의 활기 없는 아름다움을 지니고 있었다. 아처 양의 갈색과 자주색 포플린 옷이 처녀다운 몸피에 해가 갈수록 점점 더 낙낙해지고 아처 부인은 나잇살 때문에 검은색 비단옷이 꽉 낀다는 점만 빼면, 그들은 완벽하게 닮아 보였다.

뉴랜드도 알다시피, 그들은 비슷한 습관을 지녔지만 정신적으로도 닮지는 않았다. 서로 친밀하게 의지하며 함께 살아 온 오랜 습관 덕에, 그들은 비슷한 말투를 썼다. 둘 다 서로 자기 의견을 내세우고 싶어 "엄마 생각에는……." 혹은 "제이니가 생각하기에는……."으로 말을 시작하는 버릇이 있었다. 그러나 실제로는 조용하고 상상력이 부족한 아처 부인은 쉽게 일반적이고 친숙한 의견을 따르는 반면, 제이니는 억눌린 로맨스의 샘에서 솟아나는 기발하고 놀라운 공상에 끌렸다.

모녀는 서로를 매우 좋아했고, 아들이자 오빠를 숭배했다. 아처는 그들의 지나칠 정도의 찬양을 은밀히 즐기면서 양심의 가책을 느꼈으나, 그들을 무조건적으로 사랑했다. 그는 가끔씩은 자기가 농담을 즐겨서 위신을 떨어뜨린다는 생각이 들기도 했지만, 어쨌든 남자라면 자기 집에서 권위를 존중받아야 한다고 생각했다.

이번만큼은 아처도 자기가 밖에 나가서 식사를 해 주기를 잭슨 씨가 바랄 것이라고 확신했다. 그러나 그로서는 그렇게 하지 않아야 할 나름의 이유가 있었다.

물론 잭슨 씨는 엘렌 올렌스카의 얘기를 하고 싶었고, 아처 부인과 제이니는 당연히 그의 이야기를 듣고 싶었다. 세 사람 모두 뉴랜드가 밍고트 가문과 곧 인척 관계를 맺을 것을 알고 있으므로, 그가 한자리에 있으면 다소 거북스러울 터였다. 아처는 그들이 이 난국을 어떻게 타개할지 흥미로운 호기심을 느끼며 기다렸다.

그들은 레뮤얼 스트루더스 부인에 대한 얘기로 둘러서 시작했다.

아처 부인이 부드럽게 말했다. "보퍼트 가가 그녀를 불렀다니 유감스러운 일이에요. 하지만 레지나는 늘 남편이 시키는 대로 하니까. 보퍼트는……."

"보퍼트는 그런 일에 함축된 미묘한 의미를 미처 모르는 게지요." 잭슨 씨는 청어 구이를 조심스레 살펴보면서 아처 부인의 요리사는 왜 항상 어란을 숯덩이로 만들어 놓을까 수천 번은 한 생각을 또 했다. 뉴랜드는 오랫동안 그와 마찬가지로 그 이유가 궁금했으므로, 그의 침울하고 못마땅한 표정에서 항상 그런 기미를 읽어 낼 수 있었다.

"오, 틀림없이 그렇겠지요. 보퍼트는 천박한 사람이니까." 아처 부인이 말했다. "저희 조부님은 제 어머니께 늘 이런 말씀을 하셨답니다. '네가 무슨 짓을 해도 좋지만, 처녀들을 보퍼트 같은 녀석에게 소개시키지는 말아라.' 하지만 적어도 신사들하고는 잘 어울렸잖아요. 영국에서도 그랬다던데. 정말 알 수 없는 일이라고……." 부인은 제이니를 힐끗 보고 말을 끊었다. 부인과 제이니는 보퍼트의 비밀을 속속들이 다 알고 있었지만, 아처 부인은 공식적으로는 미혼자들에게 부적절한 주제라는 입장을 견지했다.

아처 부인이 말을 계속했다. "하지만 스트루더스 부인 말인데요, 그녀에 대해서 어떻게 생각하세요, 실러턴?"

"이건 내가 한 말이 아니라 관객석 앞 휴게실에서 나온 얘긴

데…… 살아 있는 밀랍 인형 극단[10]과 함께 뉴잉글랜드를 돌아다녔다더군요. 사람들 말로는 경찰이 해산시킨 후…….” 이번에는 잭슨 씨가 제이니 쪽을 힐끗 보았다. 제이니의 눈이 튀어나온 눈꺼풀 아래에서 호기심으로 커지고 있었다. 그녀 때문에 스트루더스 부인의 과거 얘기는 잠시 끊어졌다.

잭슨 씨가 말을 계속했다.(아처는 그가 어째서 아무도 집사장에게 쇠칼로 오이를 자르지 말라는 말을 안 해 주었을까 의아해하는 모습을 보았다.) “그러다가 레뮤얼 스트루더스를 만났다지요. 그의 광고사가 구두약 광고 포스터에 그녀의 머리를 썼대요. 알다시피 그녀의 머리카락은 이집트 여자처럼 아주 새까맣지 않습니까. 어쨌거나 그는 결국 그녀와 결혼했지요.” 그는 ‘결국’을 띄어서 잔뜩 빈정거리는 투로 음절마다 힘주어 발음했다.

“오, 그렇게 되었던 것이군요. 뭐 어쨌거나 상관없지만.” 아처 부인이 건성으로 말했다. 숙녀들은 사실 그때만큼은 스트루더스 부인에게 관심이 없었다. 엘렌 올렌스카야말로 그들에게는 새롭고 입맛 당기는 주제였다. 아처 부인은 곧이어 이 말을 하기 위해 스트루더스 부인의 이름을 입에 올렸을 뿐이었다. “그런데 뉴랜드의 새 친척인 올렌스카 백작 부인은요? 그이도 무도회에 왔던가요?”

아들과의 관계를 언급할 때 그 안에는 가볍게 비꼬는 어조가 숨어 있었다. 아처는 이를 눈치 챘고, 예상한 일이었다. 매사에 지나칠 정도로 기뻐하는 일 없이 무덤덤한 아처 부인도 아들의 약혼에는 뛸 듯이 기뻐했다. “더군다나 러시워스 부인과 그런 어

10) 배우들이 역사적 인물이나 문학작품 속의 유명한 인물을 본뜬 밀랍 인형처럼 꾸미고 나와서 자동인형처럼 연기하는 공연. 19세기 후반에 인기를 끌었다.

리석은 짓이 있었던 뒤이니." 부인은 한때 뉴랜드의 영혼에 영원히 상처를 남길 비극 같았던 사건을 암시하면서 제이니에게 이런 말을 했다. 아무리 꼬투리를 잡으려고 보아도 뉴욕에서 메이 웰랜드만 한 신붓감은 없었다. 물론 이런 신붓감을 얻을 자격이 되는 인물도 뉴랜드뿐이었다. 그러나 젊은 남자들은 너무나 어리석고 변덕스러우며, 세상에는 요사스럽고 부도덕한 여자들이 널려 있어서, 외아들이 사이렌들의 섬을 무사히 지나쳐 티 없이 순결한 가정의 안식처에 안착하는 모습을 보게 된다면 기적이나 진배없었다.

아처 부인이 무슨 생각을 하고 있는지 아들도 눈치 챘다. 그러나 그는 자신과 메이가 약혼을 너무 서둘러 발표했다는 점, 아니 어쩌면 그렇게 한 이유 때문에 어머니의 심기가 몹시 편치 않다는 것도 알았다. 그는 대체로 인정 많고 관대한 가장이었으므로, 그날 저녁 집에 머물렀던 것도 그런 이유에서였다. "밍고트가의 가족애가 마땅찮다는 건 아니다. 하지만 뉴랜드의 약혼이 어째서 올렌스카 같은 여자 일로 영향을 받아야 하는지는 도통 모르겠구나." 아처 부인은 다정함의 화신에서 약간 벗어난 모습을 보여 주는 유일한 상대인 제이니에게 불평을 늘어놓았다.

부인은 웰랜드 부인을 방문할 동안 훌륭하게 처신했다. 훌륭한 처신에는 부인을 따를 이가 없었다. 그러나 뉴랜드는 방문 내내 어머니와 제이니가 올렌스카 부인이 언제 불쑥 나타날까 신경이 곤두서서 안절부절못하고 있다는 것을 알았다. 그의 약혼녀도 틀림없이 짐작했을 것이다. 그들이 다 같이 집을 떠날 때, 부인은 아들에게 이 말을 하고야 말았다. "오거스타 웰랜드가 홀로 우리를 맞아 주었으니 얼마나 다행인지 모르겠다."

이렇게 어머니가 홀로 속을 끓이는 모습을 보면서, 아처도 점점 더 밍고트 가가 지나쳤다는 쪽으로 마음이 기울었다. 그러나 그들의 마음에 가장 먼저 떠오른 생각을 암시라도 한다면 모든 행동 규범에 어긋날 것이므로, 그는 이렇게 간단히 대답했다. "아, 약혼을 하면 으레 치러야 할 가족 행사죠. 빨리 끝날수록 좋지요." 그 말에 어머니는 포도 장식으로 테를 두른 회색 벨벳 보닛에 늘어뜨린 레이스 베일 아래에서 입술을 찌푸릴 따름이었다.

그는 그날 저녁 잭슨 씨에게서 올렌스카 백작 부인 얘기를 '끌어내는' 것이 어머니 나름대로의 정당한 복수라고 느꼈다. 그는 밍고트 가의 장래 일원으로서 공식적으로는 자기 의무를 다했으므로, 사적인 자리에서 그녀가 도마에 오른다 해도 이의는 없었다. 벌써 그 주제가 슬슬 지겨워지기 시작했다는 점만 제외하면.

잭슨 씨는 우울한 얼굴의 집사가 자신만큼이나 회의적인 표정으로 건네준 미지근한 생선 요리 한 조각을 맛만 보았고, 버섯 소스는 냄새도 제대로 맡아 보지 않고 거절했다. 그는 난처한 듯했고 배고픈 기색이었다. 아처는 그가 어쩌면 엘렌 올렌스카 얘기로 식사를 마무리할지도 모른다고 생각했다.

잭슨 씨는 의자에 몸을 뒤로 기대고 칙칙한 빛깔의 틀을 두른 채 어두운 벽에 걸려 촛불 빛을 받고 있는 아처 가 사람들과 뉴랜드 가, 밴 더 루이든 가 사람들의 초상을 둘러보았다.

"아, 자네 조부님은 잘 차린 만찬을 무척이나 좋아하셨지, 뉴랜드!" 그는 뒤편에 흰색 기둥이 있는 시골 저택을 배경으로 스톡 타이를 매고 푸른색 코트를 입은 통통하고 가슴이 떡 벌어진 젊은 남자의 초상을 쳐다보며 말했다. "그분이라면 요즘 외국인과의 결혼에 대해 뭐라고 말했을지 궁금하군!"

아처 부인은 선조의 요리에 빗댄 암시를 모른 척했다. 잭슨 씨는 신중하게 말을 이었다. "아니, 백작 부인은 무도회에 오지 않았다오."

"아……." 아처 부인의 어조에는 이러한 뜻이 담겨 있었다. "그만한 예의는 있군요."

"아마 보퍼트 가는 그녀를 모를걸요." 제이니가 노골적으로 악의를 드러내며 한마디 했다.

잭슨 씨는 존재하지 않는 마데이라 포도주를 맛보는 듯이 가볍게 입맛을 다셨다. "보퍼트 부인은 아마 모를 테지만, 보퍼트는 알 겁니다. 오늘 오후 엘렌이 보퍼트와 함께 5번가를 산책하는 모습을 온 뉴욕 사람들이 다 보았다니까요."

"세상에……." 아처 부인은 외국인들의 행동을 미묘한 의식 차이 탓으로 돌리려 해 봐도 소용없게 되었음을 확실히 깨닫고 탄식을 뱉었다.

"오후에는 둥근 모자를 쓸지 보닛을 쓸지 궁금해요." 제이니가 말했다. "오페라하우스에서는 아주 단순하고 밋밋한 진한 푸른색 벨벳을 입었던데. 꼭 잠옷 같은."

"제이니!" 어머니가 소리쳤다. 아처 양은 얼굴이 붉어졌으나 태연한 척하려고 애썼다.

"어쨌거나 무도회에 가지 않은 건 그나마 품위 있는 행동이었지." 아처 부인이 말을 이었다.

아들은 삐딱하게 대답했다. "품위를 생각해서 그랬던 것 같지는 않은데요. 메이의 말로는 가려고 했다가 옷차림이 어울리지 않아서 그만두었다니까."

아처 부인은 그럴 줄 알았다는 듯 웃음을 지었다. "불쌍한 엘렌." 부인은 동정하는 투로 덧붙였다. "미도라 맨슨이 그 애를 유별나게 키웠다는 사실을 잊지 말아야지. 사교계에 처음 데뷔하는 무도회에 검은 공단 드레스를 입도록 허락받은 여자애한테 뭘 바라겠니?"

"아, 나도 기억이 나는군!" 잭슨 씨가 덧붙였다. "불쌍한 것!" 그 기억을 즐기면서, 그 광경이 예언하는 바를 그때 이미 다 알아챘다는 말투였다.

제이니가 말했다. "엘렌 따위 멋없는 이름을 계속 쓰는 것도 이상해요. 나 같으면 엘레인으로 바꾸겠어요." 그녀는 이 말이 가져온 효과를 보려고 식탁을 휘둘러보았다.

오빠가 웃음을 터뜨렸다. "엘레인은 또 뭐냐?"

"몰라요. 좀 더 폴란드 식으로 들리잖아요." 제이니가 얼굴을 붉히며 대답했다.

"더 눈에 띌 것 같은데. 눈에 띄기를 바랄 리야 없겠지." 아처 부인이 냉담하게 말했다.

"왜 안 된다는 거죠?" 아들이 갑자기 따지는 투로 불쑥 말했다. "눈에 띄어서는 안 될 이유라도 있나요? 어째서 부끄러운 짓을 한 사람처럼 숨어 있어야 한다는 겁니까? 운이 나빠 불행한 결혼을 했으니 물론 '불쌍한 엘렌'이지요. 하지만 죄인처럼 고개도 못 들 이유는 없다고 보는데요."

잭슨 씨가 생각에 잠긴 투로 말했다. "내 생각에는 그게 바로 밍고트 가의 입장인 것 같아."

뉴랜드의 얼굴이 붉게 달아올랐다. "그런 뜻으로 하신 말씀이라면, 전 그들이 시킨 대로 말하는 게 아닙니다. 올렌스카 부인은 불행하게 살았어요. 그것이 따돌림을 당할 이유는 될 수 없습니다."

"소문이 돌고 있어." 잭슨 씨가 제이니 쪽을 쳐다보면서 말했다.

"아, 압니다. 비서 얘기 말씀이시군요." 뉴랜드가 그의 말을 받았다. "말도 안 되는 얘깁니다. 어머니, 제이니도 다 컸어요. 비서가 그녀를 사실상 감금했던 야수 같은 남편으로부터 도망치도록 도와줬다는 소문이요? 그랬다 한들 그게 뭐 어쨌단 말입니까? 그런 경우라면 우리 중 누구라도 똑같은 행동을 할 겁니다."

잭슨 씨는 어깨 너머로 시무룩한 표정의 집사에게 말했다. "그럴 수도 있겠지……. 그 소스 말이야……, 조금만 줘 봐. 어쨌거나……." 그는 소스를 덜고 나서 말했다. "그녀가 집을 구하는 중이라더군. 여기에서 살 작정인가 봐."

"이혼하려고 한다던데요." 제이니가 대담하게 말했다.

"그랬으면 좋겠군!" 아처가 외쳤다.

그 말은 평온하고 순수한 분위기의 아처 가 식당에 폭탄처럼 떨어졌다. 아처 부인은 섬세한 눈썹을 치켜떠서 특유의 의미심장한 곡선을 그렸다. "집사……." 아처도 이렇게 은밀한 주제는 가족 외의 사람 앞에서 거론하기에 적합지 않다는 생각이 들어, 황급히 밍고트 노부인을 방문한 이야기로 화제를 돌렸다.

저녁 식사 후, 오랜 관습에 따라 아처 부인과 제이니는 우아하게 주름잡은 긴 드레스 자락을 질질 끌며 거실로 올라갔다. 신사들이 아래층에서 담배를 피울 동안, 그들은 무늬를 새긴 갓을 씌운 램프 옆에 앉아, 아래에 녹색 비단 주머니를 넣은 자단 목 탁자를 사이에 두고 뉴랜드 아처 부인의 거실에 둘 '예비용' 의자를 장식하게 될 들꽃 태피스트리 띠의 양쪽 끝에 수를 놓았다.

거실에서 이런 의식이 진행되고 있을 동안, 아처는 고딕 식 서재에서 잭슨 씨에게 벽난로 옆의 안락의자를 내주고 담배를 건넸다. 잭슨 씨는 만족스럽게 안락의자에 몸을 깊숙이 파묻고 앉아 자신만만한 태도로 담배에 불을 붙이고, 가늘고 주름진 발목을 빨갛게 타는 장작 쪽으로 뻗으면서 이렇게 말했다. "자네는 그 비서가 그녀가 도망치도록 도와주었다고만 했지? 그는 일 년 후에도 여전히 그녀를 도와주고 있었어. 로잔에서 동거 중인 두 사람을 만난 이가 있다더군."

뉴랜드는 얼굴이 새빨개졌다. "동거했다고요? 그게 뭐 어떻단 말입니까? 자기 자신 말고 누가 그녀의 인생을 바꿀 권리가 있겠습니까? 남편이 창녀와 살고 싶어 한다 해도 젊은 여성을 산 채로 묻어 버리려 하는 위선에는 진절머리가 납니다."

그는 말을 멈추고 분이 치솟아 몸을 옆으로 돌려 담배에 불을 붙였다. "여자들도 자유로워져야 합니다. 우리들처럼 말입니다." 그는 너무 분개한 나머지 그 말에 숨은 엄청난 의미는 생각해 보지도 않고 선언조로 말했다.

실러턴 잭슨은 장작 쪽으로 더 발을 뻗고 야유하듯 휘파람 소리를 냈다. 잠시 있다가 그가 입을 열었다. "글쎄, 올렌스키 백작도 그 점에 있어서는 자네와 같은 의견이라는 건 확실해. 그가 아내를 되찾아 오려고 손가락 하나라도 까딱했다는 얘기는 전혀 못 들었으니까."

6

그날 저녁 잭슨 씨가 자리를 뜨고 숙녀들이 사라사 무명 커튼을 친 침실로 물러간 후, 뉴랜드 아처는 생각에 잠겨 자기 서재로 올라갔다. 평소처럼 불침번을 서는 하인이 난롯불을 꺼지지 않게 해 두고 램프 심지를 잘라 놓았다. 책들이 열을 지어 꽂혀 있고, 벽난로 선반 위에 청동과 강철로 만든 '검술가들'의 조상들이 놓여 있고, 유명한 그림들의 사진이 있는 그 방이 그날따라 유난히 푸근하고 정겨워 보였다.

그는 난로 옆의 안락의자에 털썩 앉아 메이 웰랜드의 커다란 사진에 눈길을 던졌다. 그 사진은 그들이 연애를 막 시작했을 때 받은 것으로, 이제는 탁자 위의 다른 모든 초상화들을 제치고 들어섰다. 그는 자신이 영혼의 보호자가 되어야 할 처녀의 솔직한 이마, 진지한 눈과 쾌활하고 순진한 입을 바라보며 새삼 경외감을 느꼈다. 그가 속해 있고 믿고 있는 사회 체제의 무서운 산물로, 저 아무것도 모른 채 모든 기대를 품고 있는 처녀는 메이 웰랜드의 낯익은 모습 속에서 낯선 사람처럼 그를 돌아보았다. 다시 한번 결혼은 그가 배워 온 대로 안전한 정박지가 아니라 전인미답의 바다를 헤쳐 나가는 항해라는 사실을 절감했다.

올렌스카 백작 부인의 사례를 맞닥뜨리자, 오래 굳어진 신념이 뒤흔들려 그의 마음속에 위험스럽게도 붕 떴다. "여성들도 자유로워져야 합니다. 우리들처럼 말입니다." 그의 선언은 그의 세계에 존재하지 않는 것으로 치부하기로 합의한 문제의 뿌리를 건드렸다. '참한' 여자라면 아무리 학대를 당해도 그가 의미한 것과 같은 자유를 절대 요구하지 않을 것이다. 그러니 그와 같이 너그러운 남성들은 뜨거운 논쟁에서 기사도 정신을 발휘하여 그들에게 이 권리를 기꺼이 허용해 줄 자세가 되어 있다. 이러한 말뿐인 관대함은 사실 모든 것을 묶어 놓고 사람들을 낡은 양식에 속박하는 엄격한 관습을 기만적으로 위장한 데 불과했다. 그러나 아처는 약혼녀의 사촌 편에 서서, 자기 아내를 위해 그녀가 교회와 국가의 격렬한 비난을 받아 마땅할 행동[1]을 하더라도 옹호해 주겠다고 맹세했다. 물론 이 같은 곤란한 상황은 어디까지나 가정이었다. 자신이 그 폴란드 귀족 망나니가 아닌 이상, 만약 자기가 그라면 아내에게 어디까지 권리를 허용해 줄까 따져 보는 것도 우스꽝스러운 일이었다. 그러나 뉴랜드 아처는 바보가 아니었으므로, 그와 메이라면 훨씬 덜 추잡하고 모호한 이유로도 서로의 유대 관계가 허물어질 수 있다는 사실을 알고 있었다. '점잖은' 남성으로서 그녀에게 자신의 과거를 숨겨야 하고, 그녀는 혼기에 든 처녀로서 숨길 과거가 없어야 한다는

1) 이혼을 의미한다.

이유로 말미암아, 그들은 진짜 서로에 대해 아는 것이 없지 않은가? 상대방에 대한 사소한 일들이 드러나기 시작하면서 서로에게 싫증이 나고 오해가 생기거나 짜증을 내게 된다면? 그는 친구들 중 행복한 결혼 생활을 한다는 이들을 떠올려 보았으나, 메이 웰랜드와 영원히 열정적이고 애정 넘치는 부부 관계를 유지할 수 있으리라는 답을 희미하게나마 제시해 주는 예는 하나도 찾지 못했다. 그는 이러한 관계가 되려면 먼저 경험, 다양한 재능, 자유로운 판단력이 전제되어야 하나, 메이는 이러한 요소들을 갖지 않도록 세심하게 교육받았다는 사실을 깨달았다. 자신의 결혼도 물질적, 사회적 이해로 맺어진 지루한 관계가 한쪽의 무지와 다른 쪽의 위선으로 유지되는 대다수의 결혼과 별반 다르지 않을 거라는 오싹한 예감이 스치고 지나갔다. 이러한 이상을 질투가 나리만치 가장 완벽하게 구현한 남편으로 로렌스 레퍼츠가 떠올랐다. 로렌스는 예법의 최고 고수답게 아내를 자기 편한 대로 완벽하게 길들여 놓아서, 세상이 떠들썩하도록 유부녀들과 불륜을 저지르고 다녀도 아내는 아무것도 모른 채 만면에 미소를 띠고 "우리 집 양반은 얼마나 엄격한지 모른답니다."라는 말을 하고 다녔다. 행여 누가 그녀의 면전에서 줄리어스 보퍼트가 태생이 의심스러운 '외국인'답게 소위 "딴살림을 차렸다."는 말이라도 꺼낼라치면, 분개하여 얼굴을 붉히고 눈길을 돌렸다.

아처는 자신은 래리 레퍼츠 같은 난봉꾼과 거리가 멀고, 메이도 거트루드 같은 멍청이가 아니라는 생각으로 스스로를 달래려 애썼다. 그러나 그 차이는 결국 지성의 차이였지 기준의 차이는 아니었다. 실제로 그들은 모두 진실은 결코 말하지도, 행하지도, 생각조차 하지 않고 다만 일련의 자의적인 기호들로 표현하는 상형문자의 세계에서 살고 있었다. 웰랜드 부인이 왜 아처가 보퍼트의 무도회에서 약혼을 발표하도록 딸을 재촉했는지 환히 알고, 본심은 그가 그렇게 하기를 바랐으면서도, 딸의 손을 억지로 내준다는 태도로 내키지 않는 척했을 때도 그랬다. 진보된 문화권의 사람들이 읽기 시작한 원시인에 대한 책에서 야만인 신부가 비명을 지르며 부모의 움막에서 끌려 나가는 것과 같은 식이었다.

물론 그 결과로 이 정교한 신비화의 체계 한복판에 있는 처녀는 솔직하고 숨김없이 말하기 때문에 오히려 더 불가해한 존재로 남았다. 그녀는 숨길 것이 전혀 없기에 솔직하고, 무엇을 경계해야 할지 모르기 때문에 무심했다. 고작 이 정도 준비로 흔히들 '삶의 실체'라는 말로 얼버무리는 것 속으로 하룻밤 새에 던져지려는 참이었다.

뉴랜드는 진지하지만 차분한 사랑을 하고 있었다. 그는 약혼녀의 환하게 빛나는 미모, 건강, 승마술, 우아한 태도와 게임할 때의 민첩한 머리 회전, 자신의 지도 아래 계발하기 시작한 책과 사상에 대한 수줍은 관심에 기쁨을 느꼈다. 그녀는 그와 함께 「국왕 목가」를 비웃을 정도로 발전했으나, 아직 「율리시스」나 「연을 먹는 사람들」[2]의 아름다움을 감상할 수준에는 이르지 못했다. 그녀는 솔직하고 충실하며 용감했고, 그의 농담에 웃어 주는 것으로 알 수 있듯 유머 감각도 있었다. 순진하게 쳐다보는 그녀의 영혼 깊은 곳에 쾌락에 눈뜨게 될 강렬한 열정이 숨어

2) 세 편 모두 앨프레드 테니슨(1809~1892)의 시.

있을지 모른다는 의심도 들었다. 그러나 그녀를 한번 슬쩍 훑어 보면 이 모든 솔직함과 순진함이 단지 인공적으로 꾸며진 데 불과할지 모른다는 생각에 다시 낙담했다. 길들여지지 않은 인간의 본성은 솔직하지도 순진하지도 않다. 본능적으로 뒤틀린 교활함에 가득 차 방어 태세를 취하고 있을 뿐이다. 그리고 그는 이 순수가 어머니, 숙모, 할머니 들과 이미 죽은 지 오래인 여자 선조들의 음모로 교묘하게 조작되고 인공적으로 만들어졌으며, 왕처럼 마음껏 부술 수 있는 눈으로 빚은 조각인 양 그가 원하고 가질 권리가 있다고 생각하도록 강요되어 왔다는 점 때문에, 이 순수에 억눌리는 느낌이 들었다.

이러한 생각에는 좀 진부한 데가 있었다. 결혼 날짜를 잡아 둔 젊은 남자들이라면 한번쯤은 다 해 보는 생각이었다. 그러나 뉴랜드 아처에게 이러한 상념에 흔히 뒤따르게 마련인 일말의 가책과 자기 비하는 손톱만큼도 없었다. 그는 신부가 자기에게 주게 될 한 점 흠 없는 깨끗한 페이지에 대한 보답으로 자기 쪽에서도 텅 빈 페이지를 내밀 수 없다고 탄식하지는 않았다. 새커리의 주인공들이 그런 짓을 하는 꼴을 보면 오히려 분노를 느끼곤 했다. 자기가 그녀와 똑같은 식으로 양육되었다면 숲 속의 아이들[3]처럼 혼자서는 아무 데도 갈 수 없게 되었으리라는 진실을 외면할 수 없었다. 아무리 열심히 생각해 보아도 그의 사고는 자기 신부가 자신과 똑같은 경험의 자유를 허락받을 수 없었던 진짜 이유에까지 미치지는 않았다.

하루 중 이맘때쯤이면 꼭 이런 의문들이 그의 마음속을 떠다

3) 옛 영국 민요. 두 아이들이 탐욕스러운 숙부에 의해 숲에 버려져 죽는다는 내용이다.

니게 마련이었다. 그러나 마음이 불편해질 만큼 오랫동안 세세히 이를 따져 보게 된 것은 하필 이런 때 올렌스카 백작 부인이 도착한 탓이었다. 그는 약혼한 바로 그 순간, 순수한 생각과 밝은 희망에만 차 있어야 할 그런 때에, 건드리지 않고 놔두고 싶은 문제들을 모조리 끄집어내는 추문에 말려든 것이다. "엘렌 올렌스카 때문에!" 그는 난롯불을 덮어 끄고 옷을 벗으면서 투덜거렸다. 왜 그녀의 운명이 자신과 조금이라도 얽혀야 하는지 알 수가 없었다. 약혼한 이상 어쩔 수 없이 그녀 편을 들어주느라고 무릅써야 할 위험이 이제야 비로소 희미하게 감지되었다.

며칠 후 기어이 일이 터졌다.

로벨 밍고트가 하인이 셋 나오고, 코스마다 요리 두 가지씩과 중앙에 로마 펀치가 놓이는 소위 '정찬' 초대장을 발송했는데, 낯선 손님들을 왕족 아니면 최소한 대사라도 되는 듯 대접하는 후한 미국식 풍습에 따라 "올렌스카 백작 부인을 만나러 오시기 바랍니다."라는 문구를 초대장 머리에 넣은 것이다.

대담하고 까다롭게 추려진 초대 손님의 면면에서 예카테리나 대제의 단호한 손길이 느껴졌다. 로렌스 레퍼츠 부부, 사랑스러운 미망인 레퍼츠 러시워스 부인, 해리 솔리 부부, 레기 치버스 부부, 젊은 모리스 대거닛과 그의 처를 비롯해 유명한 '젊은 부부들' 중에서도 가장 인기 있고 평판 좋은 사람들 외에도, 약방의 감초 격인 셀프리지 메리 부부, 초대해 달라고 요구할 자격이 있는 보퍼트 부부, 실러턴 잭슨 씨와 오빠가 같이 가자는 곳이면 어디든지 가는 누이동생 소피 같은 오랜 지원군들이 포함되었다. 이들 모두 오랜 뉴욕 생활에서도 조금도 시들해지는 법 없이 밤낮으로 어울려 즐기는 소규모의 내부 그룹에 속해 있었으므로, 서로 완벽하게 잘 맞았다.

이틀 후 믿을 수 없는 일이 벌어졌다. 보퍼트 가와 잭슨 씨와 그의 누이만 빼고 모두 밍고트 가의 초대를 거절한 것이다. 그런 모욕을 준 이들 중에 밍고트 가 일원인 레기 치버스 부부까지 섞여 있고, 보통 예의상 쓰는 "선약이 있어서……."라는 듣기 좋은 변명 하나 없이 한결같이 "초대를 수락할 수 없어서 유감스럽습니다."라고 거절 편지를 써 보낸 점 때문에 의도적인 모욕은 한층 도를 더했다.

그 시절의 뉴욕 사교계는 너무 작고 사람도 얼마 없어서, 사교계에 속한 사람들은 고용 마부나 집사, 요리사까지 모두 남들이 어느 날 저녁에 한가한지도 훤히 알 정도였다. 그랬으므로 로벨 밍고트 부인의 초대장을 받은 사람들은 올렌스카 백작 부인을 만나지 않겠다는 단호한 의사를 잔인하리만치 노골적으로 밝힌 셈이었다.

이것은 예상치 못한 타격이었으나, 밍고트 가는 그들 식대로 의연하게 이에 맞섰다. 로벨 밍고트 부인은 웰랜드 부인에게 사정을 털어놓았고, 웰랜드 부인은 뉴랜드 아처에게 털어놓았다. 그는 격분하여 어머니에게 열변을 토하며 명령조로 호소했다. 어머니는 처음에는 내면의 반감과 외부의 여론에 고민했으나, 결국 늘 그랬듯이 아들의 부탁을 뿌리치지 못했다. 어머니는 그의 주장을 받아들이자마자 앞서 망설였다는 점 때문에 한층 더 열을 내어 회색 벨벳 보닛을 쓰고 이렇게 말했다. "루이자 밴 더 루이든을 만나 보고 오마."

뉴랜드 아처 시대의 뉴욕은 작고 매끄러운 피라미드와 같아서, 균열을 만들거나 발 디딜 자리를 내기가 매우 힘들었다. 아처 부인이 '보통 사람들'이라고 부르는 이들이 피라미드의 바닥에서 튼튼한 기초를 이루었다. 그들은 명문가와의 혼인 덕택에 신분 상승한 존경받는 집안들로, 훌륭하지만 그다지 눈에 띄지 않는 다수였다. 스파이서 가나 레퍼츠 가, 잭슨 가가 여기 속했다. 아처 부인이 늘 하는 말이었지만, 이들은 예전 사람들만 못했다. 5번가의 한쪽 끝에서 군림하는 캐서린 스파이서 노부인과 다른 쪽 끝을 차지한 줄리어스 보퍼트에게서 훨씬 더 오랜 세월 이어져 온 전통을 기대할 수는 없는 일이다.

이 부유하지만 주목을 받지 못하는 맨 아래층에서 폭이 더 좁아지면서 위층을 형성하는 집단은 밍고트 가, 뉴랜드 가, 치버스 가, 맨슨 가로 대표되는 소수의 유력한 가문들이었다. 이들을 피라미드의 꼭대기로 생각하는 이들도 많았으나, 그들 자신, 적어도 아처 부인 세대 사람들은 전문적인 계보학자의 눈으로 보아 그 우뚝 솟은 최고의 자리를 차지할 수 있는 가문은 훨씬 더 소수에 불과하다는 사실을 알고 있었다.

아처 부인은 자식들에게 곧잘 이런 말을 했다. "쓰레기 같은 요즘 신문들이 뉴욕의 귀족에 대해 뭐라고 떠드는지 내 앞에서는 말도 꺼내지 마라. 귀족이 있다 해도 그 안에는 밍고트 가도 맨슨 가도 못 끼어. 뉴랜드 가도 치버스 가도 아냐. 우리 조상님들은 점잖은 영국이나 네덜란드 상인들일 뿐이야. 한 밑천 잡아 보려고 식민지로 건너왔다가 일이 잘 풀리는 김에 눌러앉으셨던 거지. 너희 조상님 중에는 독립선언문에 서명하신 분도 있고, 워싱턴의 참모부에서 장군이 되어 새러토가 전투를 치르고 버

고인 장군[4]의 칼을 받은 분도 있지. 자랑할 만한 일이긴 하지만, 지위나 계급과는 아무 상관없어. 뉴욕은 줄곧 상업 공동체였고, 진정한 의미에서 귀족 혈통이라고 할 수 있는 집안은 딱 셋뿐이야."

아처 부인과 그녀의 아들딸은 뉴욕의 다른 모든 사람들과 마찬가지로 이 특권층이 누구인지 알고 있었다. 그들은 바로 핏츠 가와 폭스 가와 혈연관계인 오래된 영국 명문가에서 내려온 워싱턴 스퀘어의 대거닛 가, 그라스 백작 후손과 혼인한 래닝 가, 네덜란드 출신 맨해튼 초대 지사의 직계 후손이며 프랑스와 영국의 귀족 가문과도 혁명 전 시대에 여러 명이 혼인한 밴 더 루이든 가였다.

래닝 가에 살아남은 후손은 매우 고령이지만 활달한 노처녀 두 명뿐이었다. 이들은 가족 초상화와 치편데일 양식[5] 가구에 둘러싸여 쾌활하게 옛 추억에 잠겨 살았다. 대거닛 가는 상당히 규모가 큰 일족으로, 발티모어와 필라델피아의 최고 명문과 인연을 맺었다. 그러나 이들 위에 우뚝 서 있는 밴 더 루이든 가는 이제 쇠퇴기로 접어들었고, 그중 두각을 나타내는 인물은 헨리 밴 더 루이든 부부뿐이었다.

헨리 밴 더 루이든 부인의 결혼 전 이름은 루이자 대거닛이었다. 그녀의 어머니는 유서 깊은 채널 아일랜드 가문의 뒤 락 대령의 손녀로, 뒤 락 대령은 콘윌리스 밑에서 종군하다가 종전 후

---

4) 1722~1792. 영국의 장군. 미국 독립 전쟁 중 1777년 뉴욕의 새러토가 전투에서 우세한 식민지 군대에 패했다.

5) 영국의 가구 제작자 토머스 치펀데일(1718~1779)의 이름을 따서 붙인 여러 가지 가구 양식.

부인인 세인트 오스트레이 백작의 다섯째 딸 앤젤리카 트리베나와 메릴랜드에 정착했다. 대거닛 가, 메릴랜드의 뒤 락 가, 콘월 지방 귀족으로 그들의 친척인 트리베나 가는 항상 돈독한 관계를 유지해 왔다. 밴 더 루이든 부부는 현재 트리베나 가의 종손인 세인트 오스트레이 공작을 콘월의 영지와 글로스터셔의 세인트 오스트레이로 한 차례 이상 장기 방문한 적이 있었다. 공작 각하는 대서양을 건너기를 두려워하는 공작 부인은 대동하지 않고, 언제고 혼자 답방하겠다는 뜻을 수차례 밝히셨다.

밴 더 루이든 부부는 메릴랜드의 트리베나에 있는 집과 허드슨 강변에 있는 훌륭한 영지인 스키터클리프에서 지냈다. 스키터클리프는 네덜란드 정부가 유명한 초대 지사에게 하사한 식민지 중 하나로, 밴 더 루이든 씨가 아직도 '퍼트룬'[6]으로 있었다. 그들은 매디슨 가에 있는 크고 고적한 저택은 거의 문을 잠가 두고, 뉴욕에 오면 그곳에서 아주 가까운 친구들만 맞이했다.

아처 부인이 갈색 쿠페의 문 앞에서 갑자기 발을 멈추고 이렇게 말했다. "너도 함께 가면 좋을 텐데, 뉴랜드. 루이자는 널 참 좋아한단다. 물론 내가 이렇게 나서는 건 사랑스러운 메이 때문이지. 또 우리가 다 함께하지 않는다면 사회라는 것이 유지되지 못할 테니까."

6) 장원 제도와 비슷한 소작제로, 원래 아메리카에 있던 네덜란드 식민지에서 실시했던 제도.

7

헨리 밴 더 루이든 부인은 사촌인 아처 부인의 이야기에 조용히 귀를 기울였다.

밴 더 루이든 부인이 원래 말이 없는 데다 타고난 기질과 교육으로 인해 자기 의견을 분명히 밝히지 않는 성격이 되기는 했어도, 정말로 좋아하는 사람에게는 매우 친절하다는 점을 미리 말해 두어야겠다. 이런 사실을 직접 겪어 알고 있다 해도, 임시로 아무것도 덮지 않고 놔둔 옅은 색 비단 안락의자와, 금박 입힌 벽난로 선반의 장식품들을 덮은 얇은 천과, 조각을 새긴 아름답고 오래된 액자에 걸린 게인즈버러[1]의 초상화 「앤젤리카 뒤락 부인」이 있는 매디슨 가의 천장이 높고 벽이 흰 거실에 앉아 있노라면 한기가 드는 것은 어쩔 수 없었다.

헌팅턴이 그린, 베니션 포인트[2]로 장식한 검은색 벨벳 옷을

1) 1727~1788. 18세기 영국의 가장 뛰어난 초상화가, 풍경화가.

2) 이탈리아 식의 바늘로 뜬 레이스.

입은 밴 더 루이든 부인의 초상화가 아름다운 여자 조상의 초상화를 마주보고 있었다. 이 초상화는 다들 "카바넬[3]의 것만큼 훌륭하다."고 평했고, 그려진 지 이십 년이 지났지만 여전히 "실물과 똑같았다." 그 아래 앉아서 아처 부인의 이야기에 귀를 기울이고 있는 밴 더 루이든 부인의 모습은 초록색 렙[4] 커튼 앞의 금박 입힌 안락의자에 축 늘어져 기댄, 아름다우면서 훨씬 더 어린 여인의 쌍둥이 자매라 해도 좋을 것 같았다. 밴 더 루이든 부인은 지금도 사람들 앞에 나설 때나 손님을 맞아 자기 집 문을 열 때(절대 집 밖에서 식사를 하지 않았으므로)는 베니션 포인트로 장식한 검은색 벨벳 드레스를 입었다. 회색으로 변하지 않고 하얗게 세어 버린 부인의 아름다운 머리카락은 가운데에서 가르마를 타 넘겼으며, 옅은 푸른색 눈 사이로 쭉 뻗은 콧날은 초상화가 그려졌을 때보다 조금 더 오뚝해졌다. 그녀는 항상 뉴랜드 아처에게 오랜 세월 생중사(生中死)의 상태로 빙하 속에 얼어붙은 코르셋처럼, 완벽한 무결점의 존재가 지니는 숨 막히는 분위기 속에 다소 으스스하게 보존되어 왔다는 인상을 주었다.

아처는 자기 가족들처럼 밴 더 루이든 부인을 존경하고 숭배했다. 그러나 부인의 부드럽고 나긋나긋한 다정함이 무슨 부탁인지 듣기도 전에 원칙에 따라 "안 돼."라고 말해 버리는 불같은 노처녀인 어머니 쪽 아주머니들의 엄격함보다 더 접근하기 어렵다는 것을 알고 있었다.

밴 더 루이든 부인은 거절도 응낙도 하지 않고 항상 관용을 베풀어 줄 듯한 모습으로 있다가 마침내 얇은 입술에 희미한 미

3) 1823~1889. 프랑스 화가.

4) 골이 지게 짠 천.

소를 띠면서 늘 판에 박은 대답만 되풀이했다. "먼저 저희 바깥양반과 상의해 보겠어요."

부인과 밴 더 루이든 씨는 너무 똑같이 닮았으므로, 아처는 사십 년간 그렇게 밀착된 부부 관계를 유지해 와서 한 몸이 되다시피 한 사람들이 어떻게 서로를 분리시켜 이들에게는 논쟁에 버금갈 상의를 할 수 있을지 의심스러울 지경이었다. 그러나 둘 다 반드시 이렇게 비밀회의를 거쳐야만 어떤 결론이든 냈으므로, 아처 부인과 아들은 용건을 설명한 다음 체념한 태도로 귀에 못이 박히도록 들은 말이 또 나오기를 기다렸다.

그러나 남을 놀라게 하는 법이 거의 없는 밴 더 루이든 부인이 이번에는 종 치는 줄을 향해 긴 손을 뻗어 그들을 놀라게 했다.

"저희 바깥양반도 그 이야기를 듣고 싶어 할 것 같군요."

그녀는 하인이 나타나자 엄숙한 어조로 이렇게 덧붙였다. "주인어른이 신문을 다 읽으셨거든 여기로 좀 와 주실 수 있을지 여쭈어라."

부인은 "신문을 다 읽으셨거든"이라는 말을 장관의 아내가 "각료 회의를 마치셨거든" 하는 투로 말했는데, 이는 오만한 성품에서 나온 것이 아니라 평생에 걸친 습관에서 비롯한 것이었다. 부인은 친구들과 친척들의 태도 탓에 남편의 지극히 사소한 몸짓 하나까지도 거의 사제의 행동만큼 의미심장한 것으로 여기게 되었다.

재빠르게 조치를 취하는 것으로 보아 밴 더 루이든 부인도 아처 부인 못지않게 이 사건을 중대 사태로 생각하는 듯했다. 그러나 자신이 너무 앞서간다고 비칠까 염려되었는지, 더할 나위 없이 부드러운 표정으로 이렇게 덧붙였다. "바깥양반은 늘 당신을 만나고 싶어 하시거든요, 애들린. 또 뉴랜드를 축하해 주고 싶으실 거고요."

이중문이 육중하게 다시 열리더니 그 사이로 헨리 밴 더 루이든 씨가 나타났다. 그는 키가 크고 여윈 몸에 프록코트를 입었다. 하얗게 센 머리에 아내처럼 콧날이 쭉 뻗었고, 옅은 푸른색이 아니라 옅은 회색이라는 점만 빼면 냉랭한 친절이 밴 눈빛도 똑같았다.

밴 더 루이든 씨는 아처를 친척답게 다정히 맞아 주었다. 아내와 똑같은 표현으로 축하의 말을 나지막이 건네고는 군림하는 제왕처럼 거침없는 태도로 비단을 덮은 안락의자에 앉았다.

"지금 막 《타임스》를 다 읽었다네." 그가 긴 손가락을 가지런히 놓으면서 말했다. "시내에 있으면 오전에는 너무 바빠서 점심 식사 후 신문을 읽는 편이 더 편하더군."

"아, 그런 말씀을 하시는 분들이 많더군요. 에그먼트 숙부님도 늘 저녁 식사를 하고 나서 아침 신문을 읽는 편이 더 마음 편하다고 하셨지요." 아처 부인이 곧바로 맞장구를 쳐 주었다.

"맞아. 아버님도 서두르는 건 딱 질색이셨지. 하지만 요즘은 워낙 숨 쉴 틈도 없이 헐떡이면서 사니." 밴 더 루이든 씨가 목소리를 가다듬고 말하면서 아처에게는 주인의 이미지와 그대로 맞아떨어지는, 온통 천으로 덮어 둔 큰 방을 즐거운 얼굴로 둘러보았다.

"하지만 신문을 다 읽으신 거지요, 여보?" 아내가 끼어들었다.

"물론 다 읽었지." 그가 아내를 안심시켰다.

"그럼 애들린의 얘기를 좀 들어 주셨으면……."

"아, 실은 뉴랜드의 얘기랍니다." 아처 부인이 미소를 지으며 말했다. 그러고는 로벨 밍고트 부인이 모욕당한 끔찍스러운 이야기를 한 번 더 되풀이했다.

아처 부인은 이런 말로 이야기를 끝맺었다. "물론 오거스타 웰랜드와 메리 밍고트 모두 당신과 헨리가 알아야 한다고 생각했어요. 특히 뉴랜드의 약혼과 관련된 일이니……."

"음……." 밴 더 루이든 씨는 깊이 한숨을 내쉬었다.

정적 속에서 하얀 대리석 벽난로 위 금박 입힌 시계의 초침 소리가 분시포[5] 소리처럼 크게 울렸다. 아처는 이 두 여윈 노인들은 스키터클리프의 완벽한 잔디밭에 눈에 잘 안 띄게 자란 잡초를 뽑고 밤마다 함께 페이션스[6]를 하면서 소박하고 고립된 생활을 하는 편이 훨씬 나을 텐데, 총독처럼 엄숙하게 나란히 앉아서 운명으로부터 부여받은 머나먼 조상들의 권위를 대변하고 있다고 생각하니 경외심이 느껴졌다.

밴 더 루이든 씨가 먼저 입을 열었다.

"자네는 정말로 로렌스 레퍼츠가 의도적으로 방해한 탓이라고 생각하는가?" 그가 아처를 향해 몸을 돌리며 물었다.

"저는 그렇다고 봅니다. 래리는 최근 들어 평소보다 좀 심한 짓을 했습니다. 이런 얘기를 꺼내도 루이자 아주머니가 괜찮으시다면 말씀드리겠습니다만, 자기 동네에서 우체국장의 아내라던가 뭐 그런 사람과 부적절한 일이 있었다고 합니다. 불쌍한 거트루드 레퍼츠가 뭔가 의심을 해서 곤란해질까 염려가 되면 이런 소동을 일으켜서 자기가 얼마나 도덕적인 사람인지 과시하고, 남편으로서 자기 아내가 교제하기를 원치 않는 사람들과

5) 조난 또는 장례식 때 일 분마다 쏘는 대포.

6) 혼자서, 또는 둘이서 하는 카드 게임.

만나도록 아내를 초대하는 건 무례한 일이라고 목소리를 높이고 다닙니다. 그는 올렌스카 부인을 방패막이로 이용하고 있을 뿐입니다. 전에도 그가 똑같은 짓을 꾸미는 것을 본 적이 있습니다."

"레퍼츠 부부가!" 밴 더 루이든 부인이 말했다.

"레퍼츠 부부가!" 아처 부인도 앵무새처럼 되풀이했다. "로렌스 레퍼츠가 남의 사회적 위치에 대해 왈가왈부하고 다니다니 에그먼트 숙부님이라면 뭐라고 말씀하실까? 사교계 꼴이 어찌 된 건지 원."

"아직 그 지경까지는 안 되었기를 바라야지." 밴 더 루이든 씨가 단호하게 말했다.

"아, 당신과 루이자가 좀 더 자주 나와 주시기만 한다면!" 아처 부인이 탄식했다.

그러나 곧 부인은 자신의 실수를 알아차렸다. 밴 더 루이든 부부는 자기들의 은둔 생활에 대한 어떤 비판에도 병적일 만큼 민감하게 반응했다. 그들은 상류사회 관습의 권위자이자 최고 법원이었고, 본인들도 이를 알고 자기들의 운명으로 받아들였다. 그러나 천성적으로는 자기들의 역할에 전혀 맞지 않게 수줍음이 많고 내성적인 사람들이었다. 그래서 할 수 있는 데까지 스키터클리프의 외진 숲 속에 은거했고, 도시에 오더라도 밴 더 루이든 부인의 건강을 구실로 모든 초대를 거부했다.

뉴랜드 아처는 어머니를 구하러 나섰다. "뉴욕 사람치고 아저씨와 루이자 아주머니가 어떤 존재인지 모르는 이가 없잖습니까. 밍고트 부인이 올렌스카 백작 부인이 당한 모욕을 두 분께 꼭 상의해야겠다고 생각하신 이유도 그 때문이고요."

밴 더 루이든 부인이 남편을 쳐다보자, 남편도 부인을 쳐다보았다.

"마음에 안 드는군. 이름 있는 가문의 일원이 그 가문의 지원을 받는 이상 논쟁은 끝났다고 봐야지."

"제 생각도 그래요." 그의 아내가 새로운 의견이라도 내놓는 투로 말했다.

밴 더 루이든 씨가 말을 계속했다. "일이 어쩌다 이런 지경까지 왔는지 모르겠군." 그는 말을 멈추고 다시 아내를 쳐다보았다. "여보, 올렌스카 백작 부인은 미도라 맨슨의 첫 남편을 통해 이미 우리 친척이나 진배없다는 생각이 드는구려. 그렇지 않더라도 뉴랜드가 결혼하면 친척이 되는 게 아니오." 그는 뉴랜드 쪽으로 눈길을 돌렸다. "오늘 아침 《타임스》를 읽어 보았는가, 뉴랜드?"

"예, 읽었습니다." 아처는 아침에 커피를 마시면서 평소처럼 신문 여섯 장을 대충 훑어보았다.

부부는 다시 서로를 마주 보았다. 그들의 생기 없는 눈빛이 서로 얽혀 오랫동안 진지하게 의논했다. 그러더니 밴 더 루이든 부인의 얼굴에 옅은 미소가 피어올랐다. 부인은 분명히 남편의 눈빛에서 뭔가를 읽어 내고 동의했다.

밴 더 루이든 씨가 아처 부인 쪽으로 몸을 돌렸다. "루이자가 밖에 나가서 식사를 해도 좋을 만큼 몸 상태가 괜찮다면, 로벨 밍고트 부인에게 이렇게 전해 주었으면 좋겠구나. 로렌스 레퍼츠 부부가 빠진 자리를 처와 내가 대신 메워 주고 싶다고 말이다." 그는 이 말의 반어적인 의미를 깊이 전달하려는 듯 잠시 말을 끊었다. "그렇게까지 수고하시게 할 수야 있겠어요." 아처 부인이 말은 그렇게 하면서도 얼굴에 화색이 돌았다. "하지만 뉴랜드도 오늘 아침 《타임스》를 읽었다니, 다음 주에 루이자의 친척인 세인트 오스트레이 공작이 러시아에 도착하신다는 것을 알고 있을 테지. 다음 여름에 있을 국제 경기에 새 슬루프[7] '기니비어'를 진수하실 예정이라더군. 또 트리베나에서 들오리 사냥도 좀 하신다 하고." 밴 더 루이든 씨가 다시 말을 멈추더니 좀 더 인정 넘치는 투로 말을 이었다. "공작님을 메릴랜드로 모시고 가기 전에 여기에서 그분을 뵙도록 몇 사람을 초대할 생각이야. 아주 소규모 만찬으로 말이지. 환영회는 나중에 하고. 올렌스카 백작 부인이 우리 초대를 받아들여 준다면 루이자도 나처럼 기뻐할 거라고 믿는다." 그는 일어나 사촌을 향해 긴 몸을 딱딱하지만 친근하게 구부리고 이렇게 덧붙였다. "루이자가 곧 나가면서 직접 만찬 초대장을 두고 올 거라고 내가 대신 말해도 괜찮겠지. 물론 우리 명함도 함께 말이야."

아처 부인은 이 말에서 문 앞에서 대기하고 있는 60인치 키의 밤색 말을 절대 기다리게 해서는 안 된다는 암시를 알아채고, 황급히 감사의 말을 남기고 일어섰다. 밴 더 루이든 부인은 아하스에로스 왕을 설득한 에스델[8]처럼 아처 부인을 향해 자비로운 미소를 보냈다. 그러나 남편은 손사래를 쳤다.

"내게 감사할 필요 없어, 애들린. 전혀 그럴 필요 없다고. 이런

---

7) 주돛, 지브, 그리고 때때로 한 개 이상의 앞돛 등 세로돛을 단, 돛대가 하나인 범선.

8) 페르시아 왕 아하스에로스(크세르크세스 1세)의 아름다운 유대인 아내 에스델이 제국 전역에 살고 있는 유대인들을 전멸시키라는 명령을 철회해 달라고 왕을 설득한 이야기가 성경에 있다.

일이 뉴욕에서 있어서는 안 되지. 내가 도울 수 있는 한은 그렇게 안 될 거야.” 그는 친척들을 문 쪽으로 안내하면서 근엄하면서도 부드럽게 선언했다.

두어 시간 후 밴 더 루이든 부인이 사시사철 외출할 때면 타는 훌륭한 C형 버루시[9]가 밍고트 노부인 댁 문 앞에 서서 커다란 사각 봉투를 전했다는 소문이 온 뉴욕에 쫙 퍼졌다. 그날 저녁 오페라하우스에서 실러턴 잭슨 씨는 그 봉투에 밴 더 루이든 부부가 다음 주 그들의 사촌 세인트 오스트레이 공작을 위해 베푸는 만찬에 올렌스카 백작 부인을 청하는 초대장이 들어 있었다는 소식을 전했다.

박스석의 젊은이들은 이 선언에 미소를 주고받으면서 로렌스 레퍼츠를 힐끔힐끔 곁눈질했다. 레퍼츠는 태평스럽게 객석 앞쪽에 앉아 길고 멋진 수염을 잡아당기면서 소프라노의 노래가 잠시 쉬는 틈을 타 위엄 있게 한마디 했다. “파티[10] 말고는 아무도 「몽유병 여인」[11]에 나설 생각을 하지 말아야 해.”

---

9) C 모양으로 지붕을 접은 사륜마차.

10) 1843~1919. 이탈리아 소프라노 가수.

11) 빈센초 벨리니의 1831년 작 오페라.

8

뉴욕 사람들은 올렌스카 백작 부인의 미모가 "옛날만 못하다."는 데 대체로 의견이 일치했다.

뉴랜드 아처의 소년 시절 그녀가 처음 뉴욕에 나타났을 때는 열 살 남짓의 눈이 부시도록 깜찍하고 예쁜 소녀였다. 사람들은 그녀를 두고 "그림 같다."며 입을 모아 칭찬했다. 그녀의 부모는 대륙을 방랑하며 살았다. 그녀는 어린 시절을 두루 배회하며 보낸 끝에 양친을 모두 잃고, 자신도 방랑자였던 고모 미도라 맨슨의 손에 맡겨졌다. 미도라는 '정착하기 위해' 뉴욕으로 돌아가려던 참이었다.

두 번이나 과부가 된 불쌍한 미도라는 항상 자리를 잡겠다고 귀향을 했고(돌아올 때마다 집이 더 초라해졌다.) 그때마다 새 남편 아니면 입양한 아이를 데리고 왔다. 그러나 몇 달 후면 늘 그랬듯이 남편과 헤어지거나 피보호자와 싸움을 했고, 황망히 집을 처분하고는 다시 방랑길에 오르기 일쑤였다. 미도라의 어머니는 러시워스 가 사람이었고 그녀가 마지막으로 한 불행한 결혼의 상대자는 미치광이 치버스 가 사람이었으므로, 뉴욕은 그녀의 기행(奇行)을 너그러이 눈감아 주었다. 그러나 엘렌의 부모는 방랑벽이 너무 심하다는 유감스러운 결점이 있기는 했어도 인기 있는 이들이었으므로, 미도라가 고아가 된 어린 조카딸을 데리고 돌아오자 사람들은 예쁜 아이가 이런 사람의 손에 맡겨져서 안됐다고 생각했다.

어린 엘렌 밍고트의 가무스름한 붉은 뺨과 곱슬머리가 아직도 상복을 입었어야 마땅할 어린아이에게는 어울리지 않는 명랑한 분위기를 자아냈지만, 모두들 그녀에게 친절히 대해 주고 싶어 했다. 미국의 상중(喪中) 예법에서 불변의 규칙을 어긴 것은 미도라가 저지른 수없이 엉뚱한 짓 중 하나였다. 그녀가 증기선에서 내려왔을 때, 가족들은 그녀가 오빠를 위해 쓴 검은 크레이프 베일은 올케들의 것보다 7인치나 짧고, 어린 엘렌은 주워온 집시 아이처럼 진홍색 메리노 모직옷에 호박(琥珀) 목걸이를 건 모습을 보고 할 말을 잃었다.

그러나 뉴욕은 미도라를 포기한 지 이미 오래였으므로, 몇몇 노부인들만 엘렌의 요란한 옷차림에 고개를 가로저었을 뿐, 다른 친척들은 그녀의 강한 개성과 활달함에 반했다. 그녀는 겁이 없고 붙임성 좋은 어린애였다. 곧잘 당황스러운 질문을 던지고 조숙한 말을 내뱉었으며, 이국적인 장기도 몇 가지 있어서 스페인 숄 춤을 추기도 하고 기타에 맞춰 나폴리의 연가를 부르기도 했다. 이 소녀는 고모(진짜 이름은 솔리 치버스 부인이었지만, 가톨릭교회의 허락을 받아 첫 남편의 성을 되찾아서 스스로를 맨슨 후작 부인이라고 불렀다. 이탈리아에서는 이 이름을 만초니라고 바꿀 수 있기 때문이었다.)의 방침에 따라 사치스럽지만 일관성 없는 교육을 받았다. 이전 같으면 감히 꿈에도 생각할 수 없는 식으로 '모델을 보고' 그림을 그린다던가, 전문 음악가들과 함께 5중주에서 피아노를 연주하기도 했다.

물론 이런 것은 아무 짝에도 쓸모가 없었다. 몇 년 후 불쌍한 치버스가 결국 정신병원에서 숨을 거두자, 그의 미망인은 괴상망측한 상복을 걸치고 다시 짐을 꾸려, 이제는 또랑또랑한 눈망울에 키가 크고 야윈 소녀로 자란 엘렌을 데리고 떠났다. 한동안 그들로부터는 아무런 소식도 없었다. 그러다가 엘렌이 전설적인 명성의 엄청나게 부유한 폴란드 귀족을 튈르리 궁전에서 열린 무도회에서 만나 결혼했다는 소식이 들려왔다. 그 귀족은 파리와 니스, 피렌체에 웅장한 저택이 여러 채 있고, 카우스에는 요트가 있으며, 트란실바니아에는 넓은 사냥터가 있다고 했다. 그녀는 전설이 되어 사라졌다. 몇 년 후 미도라가 다시 초췌하고 가난해진 모습으로 세 번째 남편을 애도하며 뉴욕에 돌아와 훨씬 더 작은 집을 구하러 다니자, 사람들은 부유한 조카딸이 왜 고모를 도와주지 않았을까 의아해했다. 그러더니 엘렌 본인의 결혼 생활도 불행한 파탄을 맞았으며, 친족들 사이에서 조용히 묻혀 쉴 곳을 찾아 귀향할 예정이라는 소식이 뒤를 이었다.

일주일 후 뉴랜드 아처는 올렌스카 백작 부인이 그 역사적인 만찬 저녁에 밴 더 루이든 가의 거실에 들어서는 모습을 보면서 이런 생각들을 떠올렸다. 행사는 엄숙한 분위기였다. 그는 그녀가 이 상황을 어떻게 잘 헤쳐 나갈지 다소 초조했다. 그녀는 약간 늦게 와서 한 손에는 장갑도 끼지 못한 채였고, 손목에는 팔

찌를 끼고 있었다. 그러나 뉴욕에서 가장 선택받은 무리들조차 다소 기가 질리는 거실로 들어서면서도, 조금도 서두르거나 당황한 기색이 없었다.

그녀는 방 중앙에서 발을 멈추고, 입은 꽉 다물었으나 눈에는 미소를 담고 주위를 둘러보았다. 그 순간 뉴랜드 아처는 그녀의 외모에 대한 세간의 평을 부정했다. 예전의 빛을 잃은 것은 사실이었다. 붉은 뺨은 핏기를 잃었고, 마르고 수척해져 거의 서른에 가까울 제 나이보다 더 들어 보였다. 그러나 그녀에게는 신비스러운 아름다움이 있었고, 머리를 움직이는 모양새나 눈의 움직임에는 확신이 있었다. 아처는 그녀의 이러한 몸가짐이 극적인 과장은 전혀 없이 대단히 자연스럽게 몸에 배어 있으며, 의식적인 힘으로 가득 차 있다는 인상을 받았다. 동시에 그녀는 그 자리에 모인 숙녀들보다 더 수수했으므로, 나중에 제이니로부터 듣기로는 많은 사람들은 그녀의 외양이 '유행에 맞지' 않는다고 실망했다. 유행이야말로 뉴욕이 가장 높이 평가하는 것이기 때문이다. 아처는 어쩌면 그녀가 예전에 지녔던 생기가 사라지고 움직임이며 목소리, 나직한 말투가 너무 조용해서 그런 인상을 주었으리라고 생각했다. 뉴욕은 이런 내력을 지닌 젊은 여성에게 훨씬 더 특별한 무언가를 기대했다.

만찬은 다소 위압적인 분위기였다. 밴 더 루이든 가에서의 만찬이야 원체 가벼운 마음으로 즐길 수 있는 일이 아니었지만, 그들의 친척인 공작까지 합석하고 보니 거의 종교 예식을 치르는 듯 엄숙한 분위기가 흘렀다. 아처는 관록 있는 뉴욕 토박이라야 보통 공작과 밴 더 루이든 가 공작 사이의 미묘한 차이를 감지할 수 있을 거라는 생각에 으쓱해지는 기분이었다. 뉴욕은 스트루더스 가 부류는 제외하고, 이따금 찾아오는 뜨내기 귀족들을 냉담하게, 일종의 불신에 찬 거만함으로 맞이했다. 그러나 밴 더 루이든 가와 같은 자격 증명을 제시하면 고풍스러운 격식을 다해 따듯하게 맞아 주었으므로, 귀족들로서는 디브렛[1]에 나오는 지위 말고 다른 이유가 있다고는 상상도 못 할 것이었다. 아처가 웃어넘기면서도 옛 뉴욕을 소중히 여기는 것도 오로지 이러한 차별 때문이었다.

밴 더 루이든 부부는 이 행사의 중요성을 강조하기 위해 최선을 다했다. 뒤 락 가의 세브르 산 고급 자기와 트리베나의 조지 2세 접시가 나왔고, 밴 더 루이든 가의 로스토프트 자기[2]와 대거닛 가의 크라운 더비 자기도 나왔다. 밴 더 루이든 부인은 그 어느 때보다도 더 카바넬의 그림 속 인물처럼 보였고, 할머니에게서 물려받은 작은 진주와 에메랄드로 치장한 아처 부인은 아들에게 이자베이[3]의 세밀화를 연상시켰다. 모든 숙녀들은 가진 것 중에서 제일 근사한 보석을 달고 나왔으나, 장소와 행사의 특성상 대개가 다소 무거워 보이는 구식 세팅이었다. 노처녀 래닝 양은 진짜로 자기 어머니의 카메오를 달고 스페인 양식의 블론드 숄을 두르고 왔다.

만찬석상에서 젊은 여성은 올렌스카 백작 부인 한 명뿐이었다. 그러나 아처는 다이아몬드 목걸이와 높이 솟은 타조 깃털 사이로 노부인들의 기름기 흐르는 살진 얼굴을 자세히 살펴보면

1) 영국 귀족 연감.
2) 영국 서퍽 로스토프트에서 1757~1802년에 만든 보(Bow) 자기와 비슷한 인산염 연질(軟質) 자기.
3) 1804~1886. 프랑스의 화가.

서, 기이하게도 그녀의 얼굴에 비하면 미숙해 보인다는 느낌을 받았다. 그녀가 어떤 일을 거쳐 지금과 같은 눈빛을 갖게 되었을지 상상하니 마음 한편이 서늘해졌다.

여주인의 오른편에 앉은 세인트 오스트레이 공작이 당연히 그날 저녁의 주빈이었다. 그러나 올렌스카 백작 부인이 기대보다 눈에 덜 띄었다면, 공작은 거의 보이지도 않았다. 그는 예의바른 사람이었으므로 최근에 방문했던 어떤 공작처럼 만찬에 사냥복을 입고 오지는 않았다. 그러나 그의 야회복은 너무나 초라하고 헐렁했으며, 웅크리고 앉은 자세라든가 셔츠 앞섶을 덮은 무성한 턱수염 등 차려입은 모양새가 너무 볼품없어서 만찬 복장 같지가 않았다. 그는 키가 작고 등이 굽었다. 햇볕에 그을린 얼굴에 코가 크고 눈은 작았으며, 사람 좋은 미소를 띠고 있었다. 그러나 말이 거의 없었고, 다들 여러 차례 숨을 죽이고 귀를 기울여 주었는데도 목소리가 너무 작아서 옆에 앉은 사람들에게밖에는 들리지 않았다.

만찬이 끝난 후 남자들이 숙녀들과 어울리게 되자, 공작은 곧장 올렌스카 백작 부인에게 다가가 구석 자리에 함께 앉아 유쾌하게 대화를 나누었다. 먼저 로벨 밍고트 부인과 헤들리 치버스 부인에게 인사를 드리는 것이 순서였고, 백작 부인은 붙임성 있지만 늘 건강 걱정이 지나친 워싱턴 스퀘어의 어번 대거닛 씨와 대화를 나누던 중이었는데도 공작은 아랑곳하지 않았다. 대거닛 씨는 그녀를 만나는 기쁨을 누리고자 1월에서 4월까지는 집 밖에서 식사를 하지 않는다는 철칙까지 깨고 왔던 것이다. 백작 부인과 공작은 거의 이십 분 가까이 얘기를 나눴다. 그런 다음 백작 부인은 자리에서 일어나 홀로 넓은 거실을 가로질러 뉴랜드 아처의 옆에 앉았다.

숙녀가 한 신사와 있다가 다른 사람과 어울리려고 일어나서 걸어가 버린다는 것은 뉴욕의 거실에서는 예법에 어긋나는 일이었다. 예법대로라면 숙녀는 자신과 이야기를 나누고 싶어 하는 남자들이 옆에 와서 앉을 때까지 조각처럼 꼼짝 말고 기다려야 한다. 그런데 백작 부인은 자기가 규칙을 깼다는 사실조차 모르는 것이 확실했다. 그녀는 아처 옆의 소파에 아주 편안히 앉아서 다정스러운 눈으로 그를 쳐다보았다.

"저랑 메이 얘기를 하고 싶으시겠지요." 그녀가 입을 열었다.

대답 대신 그가 질문을 던졌다. "공작님과 전부터 아는 사이셨습니까?"

"예, 니스에서 매해 겨울 공작님을 만났답니다. 도박을 무척 즐기세요. 도박장 문턱이 닳도록 드나드셨지요." 그녀는 이 말을 "야생화를 좋아하신답니다."라는 말과 다를 바 없는 덤덤한 투로 했다. 잠시 있다가 솔직하게 덧붙였다. "제가 만나 본 사람들 중에서 가장 우둔한 분일 거예요."

아처는 너무나 우스운 나머지 그녀가 앞에 한 말에서 받았던 가벼운 충격은 잊어버렸다. 밴 더 루이든 가의 공작이 우둔하다는 사실을 발견하고 감히 그런 의견을 입 밖에 낼 수 있는 숙녀를 만난다는 것은 누가 뭐래도 흥미진진한 일이었다. 그는 그녀가 지나가는 말처럼 거리낌 없이 한 갈피를 드러낸 이전 삶에 대해 좀 더 듣고 싶은 마음이 강하게 들었다. 그러나 괴로운 기억을 건드릴까 두려워 무슨 말을 하면 좋을지 망설이던 사이, 그녀는 원래 주제로 다시 돌아갔다.

"메이는 정말 사랑스러운 애예요. 뉴욕에서 그렇게 예쁘고 영리한 처녀는 본 적이 없어요. 그 애를 많이 사랑하지요?"

뉴랜드 아처는 얼굴이 빨개져 웃음을 터뜨렸다. "남자로서 좋아할 수 있는 만큼."

그녀는 그의 말에 숨은 아무리 작은 의미라도 놓치지 않겠다는 듯이 곰곰이 생각했다. "당신 생각에는 한계가 있을 것 같나요?"

"사랑하는 데 말입니까? 있다 해도 전 찾지 못했습니다!"

그녀는 이 말에 흥분했다. "아, 진짜 로맨스군요?"

"로맨스 중에서도 가장 낭만적이죠!"

"근사하기도 해라! 그리고 당신들은 스스로의 힘으로 그런 로맨스를 찾아냈단 말이죠? 당신들을 위해 사전에 준비되었던 게 아니고요?"

아처는 그녀를 의아스럽게 쳐다보았다. "우리나라에서는 미리 정혼해 두지 않는다는 걸 잊었나요?"

그는 곧 그녀의 뺨에 퍼지는 홍조를 보고 잘못 말했다고 후회했다.

"맞아요. 잊고 있었군요. 제가 가끔씩 이런 실수를 범하더라도 용서해 주셔야 해요. 제가 있었던 곳과 여기가 모든 면에서 다르다는 걸 잊어버릴 때가 있어서요." 그녀는 손에 쥔 독수리 깃털로 만든 빈 풍의 부채로 눈길을 떨어뜨렸다. 아처는 그녀의 입술이 떨리는 모습을 보았다.

"정말 죄송합니다. 하지만 이제 당신은 여기 친구들 속에 있는걸요." 그가 충동적으로 말했다.

"예, 알아요. 어딜 가도 느낄 수 있어요. 그 때문에 돌아온 거죠. 모든 것을 다 잊고 밍고트 가나 웰랜드 가 사람들, 당신과 당신의 유쾌한 어머님, 오늘밤 이 자리에 있는 다른 모든 좋은 사람들처럼 다시 완벽한 미국인이 되고 싶어요. 아, 메이가 왔군요. 빨리 그녀에게 가 보고 싶으시겠지요." 그녀는 이렇게 말했으나 움직이지는 않았다. 문에서 다시 아처의 얼굴로 눈을 돌렸다.

거실은 만찬 후에 온 손님들로 붐비기 시작했다. 올렌스카 부인이 쳐다보는 쪽으로 눈을 돌려 보니 메이 웰랜드가 어머니와 들어서고 있었다. 흰색과 은색의 드레스를 입고 머리에는 은색 화환을 쓴 키 큰 처녀는 사냥을 마치고 이제 막 말에서 내리려는 다이애나[4]처럼 보였다.

"아, 경쟁자가 너무 많군요. 벌써 사람들한테 둘러싸였는데요. 소개받으려는 사람들 중에 공작님도 있군요." 아처가 말했다.

"그럼 나랑 조금만 더 있어요." 올렌스카 부인이 나지막이 속삭이며 깃털 달린 부채로 그의 무릎을 가볍게 쳤다. 아주 가벼운 접촉이었지만 애무처럼 그의 몸에 전율을 일으켰다.

"예, 그러지요." 그는 자기가 무슨 말을 하는지도 모르고 똑같이 나지막이 대답했다. 그러나 그때 밴 더 루이든 씨가 어번 대거닛 씨를 이끌고 다가왔다. 백작 부인은 정중한 미소를 지으며 그들에게 인사를 했고, 아처는 자신을 향한 주인의 경고하는 듯한 눈빛을 느끼며 일어나 자리를 내주었다.

올렌스카 부인이 그에게 작별을 고하듯이 손을 내밀었다.

"내일, 5시 이후에 기다리고 있을게요." 그녀는 이렇게 말하고 대거닛 씨를 위해 비켜 주며 물러갔다.

"내일……." 아처는 되풀이해 중얼거렸다. 그러나 그들은 아무

---

4) 로마 신화에 나오는 사냥의 여신.

런 약속도 한 적이 없었고, 대화 중에도 그녀가 그를 다시 만나고 싶다는 암시를 준 적이 전혀 없었다.

자리를 떠나면서 훤칠한 키에 눈부시게 차려입은 로렌스 레퍼츠가 아내를 소개시키려고 데려오는 모습을 보았다. 거트루드 레퍼츠가 만면에 환한 웃음을 지으며 백작 부인에게 이렇게 말하는 소리가 들렸다. "어릴 때 같이 무용 학교에 다녔잖아요……." 그녀의 뒤로 백작 부인에게 자기소개를 하려고 순서를 기다리는 사람들 중에는 로벨 밍고트 부인 댁에 백작 부인을 만나러 오지 않겠다고 완강히 거절했던 부부들이 여럿 눈에 띄었다. 아처 부인의 말 그대로였다. 밴 더 루이든 가는 일단 마음을 먹으면 어떻게 한 수 가르쳐야 할지를 알고 있었다. 놀라운 점은 그들이 마음먹는 일이 드물다는 것이었다.

누군가 어깨를 건드리기에 돌아보니, 밴 더 루이든 부인이 검은색 벨벳 드레스에 가문의 다이아몬드를 걸친 고귀한 자태로 그를 내려다보고 있었다. "뉴랜드, 이렇게 사심 없이 올렌스카 부인을 위해 애써 주다니 정말 고맙군요. 내가 헨리에게 정말로 도와주어야 한다고 말했지요."

그는 부인을 향해 어정쩡한 미소를 지었고, 부인은 그의 수줍음 많은 성격을 이해한다는 듯 이렇게 덧붙였다. "메이가 오늘처럼 사랑스러운 모습은 본 적이 없어요. 공작님도 이 방에서 제일 예쁜 처녀라고 하시더군요."

9

올렌스카 백작 부인은 "5시 이후"라고 말했다. 뉴랜드 아처는 그 시간에서 삼십 분쯤 넘겨 허술한 주철 발코니 옆에 거대한 등나무가 내리누르듯 서 있고, 회반죽 칠이 벗겨진 집의 초인종을 울렸다. 그녀는 웨스트 23번가에 있는 이 집을 방랑자인 미도라에게 빌렸다.

확실히 정착해 살 만한 동네는 아니었다. 작은 양장점, 박제사, '글쟁이' 들이 그녀의 이웃이었다. 아처는 지저분한 길 아래 멀리 포장도로 끝에 다 쓰러져 가는 목조 건물 하나를 알아보았다. 종종 마주치는 작가이자 신문기자인 윈셋의 집이었다. 윈셋은 자기 집에 사람들을 초대하지 않았다. 그러나 언젠가 한밤에 산책하던 도중 아처에게 그 집을 가리킨 적이 있었다. 아처는 가볍게 몸서리를 치면서 다른 대도시에서라면 사람이 저렇게 비참한 집에서 살겠느냐고 자문했었다.

올렌스카 부인의 집도 창틀에 페인트를 좀 더 칠했다는 것만 빼면 그 집보다 그다지 나을 것이 없었다. 아처는 수수한 집 앞쪽으로 다가가면서, 그 폴란드 백작은 그녀에게서 환상은 물론이고 재산까지 빼앗아 간 모양이라고 중얼거렸다.

아처는 불만족스러운 하루를 보낸 참이었다. 웰랜드 가에 가서 점심을 먹은 다음 메이를 공원에 산책하러 데리고 나가고 싶었다. 그녀를 독차지하여 어젯밤 그녀가 얼마나 황홀하게 아름다웠는지, 얼마나 자랑스러웠는지 말해 주고 싶었고, 결혼을 서두르자고 조르고 싶었다. 그러나 웰랜드 부인은 단호한 자세로 그에게 아직 방문해야 할 집안들을 반도 돌지 못했음을 상기시켰고, 그가 결혼 날짜를 앞당기고 싶다는 암시를 흘리자 비난의 눈초리로 한숨을 내쉬었다. "할 일이 산더미 같은데……. 자수 놓을 것 하며……."

그들은 란다우 마차를 타고 친척들의 집을 돌아다녔다. 아처는 오후 방문이 끝나자 자기가 교묘하게 덫에 걸린 야생 동물처럼 전시되었다는 느낌에 사로잡혀 약혼녀의 집을 떠났다. 그는 그들이 가족 간의 정을 꾸밈없이 자연스럽게 보여 주었을 뿐인데, 인류학 서적을 읽은 탓에 이렇게 야비한 눈으로 보게 된 것이라고 생각했다. 그러나 웰랜드 가가 다음 가을까지는 결혼식을 올릴 생각이 없다는 사실을 떠올리자, 그때까지 어떻게 견딜지 낙심으로 온몸의 기운이 다 빠져나가는 것 같았다.

웰랜드 부인은 문을 나서는 그의 뒤에 대고 말했다. "내일은 치버스 가와 댈러스 가를 방문할 예정이야." 그는 부인이 집안들을 알파벳 순으로 방문할 생각이며, 두 집안은 알파벳 상으로 앞쪽 순서라는 사실을 알아차렸다.

그는 메이에게 올렌스카 백작 부인의 부탁인지 명령인지 모를 청에 따라 그날 오후 그녀를 방문키로 했다고 말해 주려 했다. 그러나 단둘이 있게 된 짧은 시간에는 다른 용건들이 더 급했고, 그 문제를 꺼내기가 좀 꺼려졌다. 메이는 그가 사촌에게 친절히 대해 주기를 누구보다도 바라고 있다. 약혼 발표를 서둘렀던 것도 그런 바람 때문이 아니었던가? 백작 부인의 도착이 아니었더라면 자기가 아직까지 자유로운 몸은 아니라도 적어도 이보다는 서약에 덜 매인 몸이었을 거라고 생각하면 기분이 묘해졌다. 그러나 메이는 일이 그렇게 되기를 원했고, 그는 그 이상의 책임은 던 기분이었다. 그래서 굳이 선택한다면 메이에게 말하지 않고 마음대로 그녀의 사촌을 방문하고 싶었다.

올렌스카 부인의 문 앞에 서자 무엇보다도 호기심이 앞섰다. 자기를 불렀던 어조를 어떻게 해석해야 좋을지 몰랐다. 그녀가 보기보다 단순치 않은 인물이라고 결론지었다.

가무잡잡하고 이국적인 용모에 화려한 목도리 아래 가슴이 불룩 솟은 하녀가 문을 열어 주었다. 그는 막연히 시칠리아 사람일 것이라고 생각했다. 하녀는 흰 이를 다 드러내고 활짝 웃으며 그를 맞아 주었다. 그의 질문에는 알아듣지 못한다는 표시로 고개를 가로저으면서 좁은 복도를 따라 벽난로 불빛이 희미한 거실로 안내했다. 방은 비어 있었다. 하녀는 주인을 찾으러 갔는지, 아니면 그가 왜 거기 왔는지도 이해를 못 했는지 의아스러울 정도로 긴 시간 동안 그를 홀로 남겨 두었다. 시계태엽을 감으러 갔을지도 모른다는 생각도 들었다. 그 방에서 유일하게 눈에 띄는 물건인 시계는 멎어 있었다. 그는 남부 사람들은 몸짓으로 의사소통을 한다는 사실을 알고 있었으므로, 하녀가 어깨를 움츠리며 미소 지은 의미가 자기 말을 못 알아듣겠다는 뜻이었음을 알아차리고 실망했다. 마침내 하녀가 램프를 들고 돌아왔다. 아처는 그 사이에 단테와 페트라르카의 작품에 나오는 구절을 짜맞추어 하녀에게서 이런 대답을 얻어 냈다. "주인마님은 외출하셨습니다. 하지만 곧 돌아오실 거예요."

그동안 그는 램프 불빛으로 희미한 그림자가 어른거리는 매혹적인 방을 둘러보았다. 그 방은 그가 보았던 어느 방과도 닮은 데가 없었다. 올렌스카 백작 부인이 잔해라고 부르는 자기 소유물 일부를 가져왔다는 것을 알고 있었다. 어두운 색의 작고 얇은 테이블, 벽난로 장식 위에 놓인 작고 섬세한 그리스 청동상, 낡은 액자에 넣은 이탈리아 풍 그림 두 점이 걸린 빛바랜 벽지 위에 못으로 박아 둔 붉은색 다마스크 천이 아마도 그것들이리라고 짐작되었다.

뉴랜드 아처는 자신이 이탈리아 미술에 조예가 있다는 것을 자랑스럽게 여겼다. 소년 시절 러스킨에 심취했고, 존 애딩턴 시먼즈,[1] 버넌 리[2]의 『유포리온』, P. G. 해머턴[3]의 수필, 월터 페이터의 훌륭한 최신 작품 『르네상스』를 비롯해 최근 책들을 전부 다 읽었다. 그는 보티첼리에 대해서는 막힘없이 이야기할 수 있었고, 프라 안젤리코[4]에 대해서는 약간 겸손한 태도로 논했다. 그러나 이 방의 그림들은 그가 이탈리아를 여행하면서 익히 보았던 어떤 그림과도 달랐으므로 당황했다. 어쩌면 그를 기다리는 이가 아무도 없는 것이 분명한 이런 이상한 빈 집에 와 있게

1) 1840~1893. 영국의 학자이자 역사가. 『이탈리아의 르네상스』 저자.

2) 1856~1935. 영국의 소설가이자 수필가, 평론가.

3) 1834~1894. 영국의 작가, 예술 평론가.

4) 1400~1485. 이탈리아 화가.

되자, 기묘한 상황 때문에 관찰력이 흐려졌을지도 몰랐다. 메이 웰랜드에게 올렌스카 백작 부인의 초대를 말할 걸 그랬다는 생각이 들었다. 약혼녀가 자기 사촌을 만나러 올지도 모른다는 생각에 약간 불안했다. 대단히 가까운 사이인 양 해 질 녘에 숙녀의 거실 난롯가에 혼자 앉아 기다리는 모습을 본다면 그녀가 어떻게 생각하겠는가?

그러나 이왕 왔으니 기다릴 생각이었다. 그는 의자에 깊숙이 몸을 묻고 장작 쪽으로 발을 쭉 뻗었다.

이런 식으로 그를 불러 놓고는 잊어버렸다니 이상한 일이었다. 그러나 아처는 기분이 상했다기보다는 호기심이 동했다. 방의 분위기가 그가 여태껏 숨 쉬어 온 공간과 너무나도 달라서, 모험을 하는 듯한 기분에 꺼림칙한 느낌도 사라져 버렸다. 그는 예전에도 붉은 다마스크 천과 '이탈리아 풍' 그림을 걸어 놓은 거실을 본 적이 있었다. 팜파스 그래스와 로저스[5]의 작은 조상들을 놓은 미도라 맨슨의 누추한 셋집이 몇 가지 소품을 적절히 이용한 것만으로 손바닥 뒤집듯이 예스럽고 낭만적인 아취를 풍기는 아늑하면서도 '이국적인' 분위기로 탈바꿈한 데 깊은 인상을 받았다. 그는 의자와 탁자를 배치한 방식이나 가까이 있는 날씬한 꽃병에 보통 한 다스씩 사는 자크미노 장미[6]를 두 송이만 꽂아 둔 것, 손수건에 뿌린 것이 아니라 멀리 떨어진 저잣거리에서 풍겨 오는 터키 산 커피와 용연향, 말린 장미가 어우러진 향 같은 희미한 냄새에서 실마리를 찾아 그 비결을 발견해 보려

5) 1825~1892. 미국 조각가.

6) 프랑스 자작인 장 자크미노의 이름을 딴 붉은 장미.

고 했다.

그의 생각은 정처 없이 떠돌다 메이의 거실은 어떤 모습이 될까 하는 데까지 흘러갔다. '꽤 후한' 웰랜드 씨는 이미 동부 39번가에 새로 건축한 집을 점찍어 두었다. 이웃과 멀리 떨어져 있고, 젊은 건축가들이 차가운 초콜릿 소스처럼 뉴욕 전체를 뒤덮은 색조인 갈색 사암에 반기를 들고 사용하기 시작한 황록색 돌로 지어졌지만, 수도관 배설은 흠잡을 데가 없었다. 아처는 주택 문제는 미뤄 놓고 먼저 여행을 하고 싶었다. 그러나 웰랜드가는 장기 유럽 신혼여행에 동의할 뿐 아니라 이집트라면 겨울이라도 괜찮다 허락하더라도, 부부가 돌아와 살 집이 있어야 한다는 데에는 한 치의 양보도 없었다. 아처는 자기 운명이 정해졌다고 느꼈다. 남은 일생 동안 그는 매일 저녁 그 황록색 저택 계단의 주철 난간 사이로 올라가 폼페이 식의 현관을 지나쳐 노랗게 니스 칠을 한 징두리판을 두른 복도로 들어설 것이다. 그러나 그의 상상은 거기서 끝이었다. 거실 위쪽에 퇴창이 있다는 것은 알아도, 메이가 어떻게 꾸밀지는 상상해 볼 필요도 없었다. 메이는 웰랜드 집안 거실의 자주색 공단과 노란 술, 가짜 불 세공 탁자와 마이센 자기를 넣어 둔 금테 두른 유리 상자에 아무 불만이 없었다. 그녀가 자기 집에서는 다른 것을 원할 거라고 추측할 만한 이유는 전혀 없었다. 그녀가 서재는 그가 원하는 대로 '진지한' 이스트레이크 식 가구[7]와 유리문이 없는 단순한 스타일의 새 책장으로 꾸미게 해 줄 것이라는 생각으로 위안을 삼을 수밖에 없었다.

7) 영국의 디자이너 찰스 로크 이스트레이크(1833~1906)가 묘사한 스타일대로 디자인한 가구.

가슴이 풍만한 하녀가 들어와 커튼을 열고 장작을 더 넣고는 위로하는 투로 말했다. "곧 올 거예요, 곧 와요." 하녀가 나간 후 아처는 일어나서 이리저리 거닐기 시작했다. 더 기다려야 할까? 처지가 좀 우스꽝스러워지고 있었다. 올렌스카 부인의 말을 오해했을지도 모른다. 자신을 초대한 것이 아니었을 수도 있다.

조용한 거리의 포석 위로 말발굽 소리가 울리더니 집 앞에서 멈추었다. 마차 문이 열리는 소리가 들렸다. 그는 커튼을 열고 초저녁 어스름 속을 내다보았다. 그의 앞에 선 가로등 불빛에 줄리어스 보퍼트의 큰 말이 끄는 영국제 브루엄이 보였고, 그 은행가가 마차에서 내려 올렌스카 부인이 내리도록 도와주는 모습이 눈에 들어왔다.

보퍼트는 모자를 손에 들고 서서 무슨 말인가를 했는데, 상대는 거절하는 것 같았다. 그런 다음 그들은 악수를 나누었고, 보퍼트는 그녀가 계단을 오를 동안 자기 마차로 돌아갔다.

그녀는 방에 들어서서 아처가 거기 있는 모습을 보고도 전혀 놀라지 않았다. 그녀는 도대체 웬만한 일에는 눈도 깜짝 않는 듯했다.

"내 웃기는 집 어때요? 나한테는 천국이에요." 그녀가 말했다.

그녀는 작은 벨벳 보닛을 풀어 긴 코트와 함께 벗어 던져 놓고 깊은 생각에 잠긴 눈으로 그를 응시했다.

"집을 아늑하게 꾸며 놓았군요." 그는 이렇게 대꾸하면서 무미건조한 표현이라고 느꼈으나, 간결하면서도 강한 인상을 주고 싶은 마음이 앞선 나머지 도리어 판에 박힌 말을 벗어나지 못했다.

"아, 정말 작은 집이지요. 친척들은 우습게 봐요. 하지만 어쨌거나 밴 더 루이든 가보다는 덜 음침하잖아요."

이 말에 그는 감전된 듯한 충격을 받았다. 밴 더 루이든 가의 웅장한 집을 감히 음침하다고 말할 만큼 삐딱한 사람은 거의 없을 것이다. 그 집에 들어가는 특권을 허락 받은 사람들은 덜덜 떨면서 "훌륭하다."고 말했다. 그러나 그녀가 다들 떠는 이유를 입 밖에 내어 말하자 그는 갑자기 기분이 좋아졌다.

"근사해요. 이렇게 꾸며 놓다니." 그가 다시 한번 말했다.

"난 작은 집이 좋아요. 하지만 여기, 내 나라, 내 고향에 있게 되어서 무엇보다도 기뻐요. 그리고 여기 혼자 있게 되어서." 마지막 말은 그에게 거의 들리지 않을 만큼 낮게 했지만, 그는 그 말을 놓치지 않았다.

"혼자 있어서 좋다고요?"

"예, 친구들이 외로움을 덜어 주는 한." 그녀는 난롯가 가까이 앉아서 말했다. "나스타샤가 곧 차를 가져올 거예요." 그에게 다시 안락의자에 앉으라고 손짓을 하고는 이렇게 덧붙였다. "벌써 당신 자리를 골라 놨군요."

그녀는 머리 뒤로 팔을 깍지 껴서 몸을 뒤로 젖히고 눈을 내리깐 채 불을 바라보았다.

"이 시간이 내가 제일 좋아하는 시간이에요. 당신은 어때요?"

그는 체면을 지키려 근엄하게 대답했다. "당신이 시간을 잊어서 유감입니다. 보퍼트와 함께 있느라 시간 가는 줄도 몰랐나 보군요."

그녀는 재미있다는 표정이었다. "저런, 오래 기다렸어요? 보퍼트 씨가 집을 여러 채 보여 주었답니다. 이 집에서는 오래 살기 어려울 것 같아서요." 그녀는 보퍼트와 아처 모두 금세 마음속에서 지워 낸 듯한 투로 말을 이었다. "이상한 동네에서 산다고 이렇게까지 말이 많은 도시는 본 적이 없어요. 어디에 살든 그게 뭐 대수라고? 여기도 괜찮은 동네라던데."

"상류층이 사는 곳은 아니죠."

"상류층이라고! 당신네들은 다들 그런 걸 노상 따지고 사나요? 왜 자기 좋을 대로 하면 안 되나요? 하지만 내가 너무 내 식대로 살아온 것 같기는 해요. 어쨌든 당신네들이 하는 대로 하고 싶어요. 나도 사랑받고 있다고 느끼고 싶고, 안전하다고 느끼고 싶어요."

그는 어젯밤에 그녀가 자신을 이끌어 줄 손길이 필요하다고 말했을 때와 같이 감동을 받았다.

"당신 친구들도 당신이 그렇게 느끼기를 바라고 있어요. 뉴욕은 끔찍이도 안전한 곳이오." 그는 순간적으로 비꼬아서 덧붙였다.

"예, 그렇겠죠? 누구나 그렇게 느낄 거예요." 그녀는 빈정거림을 눈치 채지 못하고 이렇게 외쳤다. "여기 있으면 마치 착한 소녀였을 때 수업을 다 마치고 휴가를 받는 기분일 거예요."

좋은 뜻에서 나온 비유였지만, 그의 기분은 그리 유쾌하지 못했다. 자신이 뉴욕에 대해 경박하게 말한 것이 꺼림칙하지는 않았으나, 다른 사람이 같은 투로 말하는 것을 들으니 기분이 좋지 않았다. 그녀는 뉴욕이 강력한 기관차 같은 곳이며, 거의 자신을 깔아뭉갤 지경까지 갔었다는 것을 아직도 짐작조차 못한 것 같았다. 그녀는 온갖 종류의 사회적 관계들을 파탄 직전에 이어 붙이려 했던 로벨 밍고트의 만찬을 통해 자신이 얼마나 아슬아슬하게 위기를 모면했는지 깨달았어야 했다. 그러나 그녀는 거의 파국을 맞을 뻔했음을 내내 전혀 눈치 채지 못했던가, 그렇지 않으면 밴 더 루이든 가의 만찬에서 거둔 승리에 취해 그것을 보지 못했다. 아처는 전자 쪽으로 생각이 기울었다. 그녀의 뉴욕은 여전히 아무것도 달라지지 않은 모습일 거라고 생각하니 짜증이 났다.

"어젯밤에는 뉴욕이 당신 앞에 실체를 드러냈죠. 밴 더 루이든 가는 뭐든 할 바에는 확실하게 해요."

"맞아요. 얼마나 친절하신 분들인지! 정말 멋진 파티였어요. 다들 그분들을 무척 존경하는가 봐요."

그 말은 왠지 어울리지 않았다. 래닝 양의 티 파티에나 어울릴 법한 표현이었다.

"밴 더 루이든 가는 뉴욕 사교계에서 가장 막강한 영향력을 지니고 있지요. 불행히도 부인의 건강 때문에 좀처럼 손님을 접대하는 일이 없지만." 아처는 말을 하면서도 스스로 젠체하는 투라고 느꼈다.

그녀는 머리 뒤로 깍지 꼈던 손을 풀고 깊은 생각에 잠긴 눈으로 그를 바라보았다.

"아마도 그것이 이유가 아닐까요?"

"이유라니요?"

"그들이 큰 영향력을 갖는 이유 말예요. 자기들을 아주 희귀한 존재로 만드는 거죠."

그는 약간 얼굴을 붉히고 그녀를 빤히 쳐다보았다. 갑자기 그 말에 담긴 통찰이 이해되었다. 그녀는 단 한 방으로 밴 더 루이든 가의 급소를 찔러 무너뜨렸다. 그는 웃음을 터뜨리고 그들을 단념했다.

나스타샤가 손잡이 없는 일본식 잔에 담은 차와 뚜껑을 덮은 작은 접시들을 가져와 낮은 탁자 위에 쟁반을 놓았다.

"하지만 당신이 내게 설명해 줄 테죠. 내가 알아야 할 것들 모두." 올렌스카 부인이 몸을 앞으로 숙여 그에게 잔을 건네주면서 말을 계속했다.

"내게 말해 줘야 할 사람은 당신이에요. 내가 이미 오래전에 눈뜬장님이 되었던 것들을 보도록 내 눈을 띄워 줘요."

그녀는 팔찌 중 하나에서 금으로 된 작은 담뱃갑을 떼어 내 그에게 건네고 자기도 한 개비 꺼냈다. 난로 위에 담뱃불을 붙이기 위한 긴 불쏘시개가 있었다.

"아, 그렇다면 우리는 서로를 도울 수 있겠군요. 하지만 내가 훨씬 더 많은 도움이 필요해요. 내가 무엇을 해야 할지 말해 줘야 해요."

이런 대답이 목구멍까지 올라왔다. "보퍼트와 마차를 타고 거리를 돌아다니면서 남들 눈에 띄지 말아요." 그러나 그는 그녀의 분위기이기도 한 그 방의 분위기에 흠뻑 취해 있었다. 그런 충고를 해 봤자 사마르칸트에서 장미 기름을 놓고 흥정하는 사람에게 뉴욕에서 겨울을 나려면 덧신이 꼭 있어야 한다고 얘기하는 격일 것 같았다. 뉴욕이 사마르칸트보다 더 먼 곳에 있는 듯했다. 그들이 정말로 서로를 돕기로 했다면, 그녀는 그가 자기 고향을 객관적으로 보게 만들어 주어 상호부조의 첫 단계를 시작한 셈이었다. 그렇게 보니 뉴욕이 망원경을 거꾸로 들여다본 것처럼 당황스러울 만큼 작고 멀어 보였다. 그러나 사마르칸트에서 뉴욕을 본다면 그럴 것이다.

장작에서 불꽃이 일자, 그녀는 불 위로 몸을 구부리고 가느다란 손을 불 가까이 뻗었다. 타원형의 손톱 주위로 희미한 빛무리가 보였다. 불빛은 그녀의 땋은 머리에서 삐져 나온 검은 머리카락을 적갈색으로 물들였고, 창백한 얼굴을 더 창백하게 만들었다.

"당신에게 무엇을 해야 할지 일러 줄 사람들은 나 아니라도 많을 텐데요." 아처는 그 사람들에 대해 왠지 모를 질투심을 느끼며 대꾸했다.

"오, 제 고모님들 말씀이신가요? 아니면 우리 할머니?" 그녀는 그 문제를 정확히 보고 있었다. "그분들이야 다들 저를 위해 뭔가 해 주고 싶어 안달이시죠. 특히 불쌍한 할머니 말예요. 저를 데리고 있고 싶어 하셨어요. 하지만 전 자유로워져야 했기에……." 그는 무시무시한 캐서린 부인을 그토록 가볍게 말하는 데 놀랐고, 올렌스카 부인이 아무리 외로울지라도 이렇게까지 자유를 갈구하게 된 원인을 생각하면 가슴이 뭉클해졌다. 그러나 보퍼트 생각이 떠나지 않고 마음 한구석을 괴롭혔다.

"당신 기분이 어떤지 알 것 같습니다. 그래도 가족들이 당신에게 조언을 줄 수 있겠지요. 차이점도 설명해 주실 테고, 취할 방도를 알려 주시겠죠."

그녀는 가느다란 검은 눈썹을 치켜떴다. "뉴욕이 그 정도로 복잡한 미궁인가요? 난 아주 거침없이 곧게 쭉 뻗어 있는 줄 알았는데. 5번가처럼요. 교차로마다 번호가 매겨져 있고!" 그녀는 그가 이 말을 희미하게 부인하려는 기미를 눈치 챘는지, 온 얼굴에 매력을 부여하는 희귀한 미소를 띠고 이렇게 덧붙였다. "내가 뉴욕을 바로 그 이유 때문에 얼마나 좋아하는지 아신다면……. 단순하게 쭉쭉 뻗어 있고, 모든 것마다 정직하게 커다란 꼬리표가 붙어 있고!"

그는 이 기회를 놓치지 않았다. "모든 것에 꼬리표가 붙어 있을지 모르지만, 모든 사람에게는 아니죠."

"그럴지도 모르죠. 내가 너무 단순하게 생각하는지도 몰라요. 하지만 그렇다면 당신이 경고해 주세요." 그녀는 불에서 눈길을 거두어 그를 바라보았다. "내가 하는 말의 의미를 이해하고 사정을 설명해 줄 수 있을 것 같은 사람이 여기에 딱 두 명 있어요. 바로 당신과 보퍼트 씨예요."

아처는 그 이름이 자기 이름과 같이 나오자 움찔했으나, 재빨리 마음을 바꾸어 이해하고 동정을 느꼈다. 그녀는 사악한 무리들과 너무 가까이 살아온 탓에 아직도 그들의 공기에서 숨 쉬기가 더 편한 것이 틀림없다. 그러나 아처도 자기를 이해한다고 느끼고 있으니, 할 수 있는 얘기는 다 해 주어 그녀가 보퍼트의 실체를 파악하고 혐오하게 만드는 것이 그의 임무일 것이다.

그는 부드럽게 대답했다. "이해합니다. 하지만 먼저 옛 친구들의 손을 놓지 말아요. 당신 할머님이신 밍고트 부인이나 웰랜드 부인, 밴 더 루이든 부인과 같은 노부인들 말입니다. 그분들은 당신을 좋아하고 칭찬하십니다. 당신을 도와주고 싶어 하세요."

그녀는 고개를 저으며 탄식했다. "오, 알아요. 저도 알아요! 하지만 그분들이 불쾌한 얘기에는 귀를 닫는다면 얘기는 달라지죠. 웰랜드 고모님은 그런 이유로 제게 말도 못 꺼내게 하셨어요. 여기에서는 아무도 진실을 알고 싶어 하지 않는 건가요, 아처 씨? 진짜 고독이란 거짓 흉내만을 요구하는 이런 사람들에게 온통 둘러싸여 사는 거예요!" 그녀는 얼굴을 손으로 감쌌다. 그녀의 가느다란 어깨가 흐느낌으로 들먹였다.

"올렌스카 부인! 오, 그러지 말아요, 엘렌." 그는 이렇게 외치며 놀라 벌떡 일어나서 그녀 위로 몸을 굽혔다. 그는 그녀의 한 손을 끌어다가 꼭 잡고 어린아이의 손을 잡고 하듯 따뜻이 쓰다듬으면서 중얼중얼 위로의 말을 주워섬겼다. 그러나 곧 그녀는 손을 빼내고 눈물 젖은 속눈썹을 들고 그를 올려다보았다.

"여기에서는 아무도 울지 않나요? 하긴 천국에서라면 울 필요가 없겠지요." 그녀는 웃으면서 느슨하게 풀린 땋은 머리를 잡아당기며 찻주전자 쪽으로 몸을 구부렸다. 그녀를 '엘렌'이라고 부른 것과 그녀가 이를 눈치 채지 못한 것이 마음속에 화인(火印)처럼 새겨졌다. 거꾸로 들여다본 망원경 저쪽 먼 끝에서 뉴욕에 있는 메이 웰랜드의 희미한 흰 실루엣이 어른거렸다.

갑자기 나스타샤가 고개를 불쑥 들이밀고 이탈리아어로 뭐라 말했다.

올렌스카 부인은 머리카락을 손으로 잡아당기면서 외쳤다. "물론, 물론이지." 곧 세인트 오스트레이 공작이 치렁치렁한 모피를 걸치고 어마어마한 검은 가발을 쓰고 붉은 깃털 장식을 단 숙녀를 안내하여 방으로 들어왔다.

"친애하는 백작 부인, 제 옛 친구 스트루더스 부인을 모셔왔습니다. 어젯밤 파티에 초대를 받지 못하셨는데, 당신을 만나고 싶어 하셔서요."

공작은 그들을 향해 미소를 보냈고, 올렌스카 부인은 환영 인사를 웅얼거리며 이 기묘한 커플 쪽으로 갔다. 그녀는 어떻게 그들이 기묘한 짝이 되었는지, 공작이 어째서 이렇게 자기 멋대로 친구를 데려올 생각을 했는지 몰라 어리둥절한 모습이었다.

아처가 느낀 대로 말하자면 공작 본인도 모르는 것 같았다.

"당신을 정말 만나고 싶었어요." 스트루더스 부인이 요란스러운 가발과 화려한 깃털에 어울리는 은쟁반에 구슬 구르는 듯한 목소리로 외쳤다. "젊고 재미있고 매력적인 사람이라면 누구하고든 친구가 되고 싶어요. 공작님 말씀으로는 음악을 좋아하신다던데, 그렇게 말씀하셨죠, 공작님? 직접 피아노 연주도 하셨다면서요? 그럼 내일 저녁 저희 집에 사라사테[8]의 연주를 들으러 오시지 않겠어요? 아시다시피 매주 일요일 저녁마다 행사를 연답니다. 일요일은 뉴욕이 뭘 해야 할지를 모르는 날이니까요. 그래서 제가 '놀러 오세요.' 하는 거지요. 공작님이 당신도 사라사테라면 마음에 들어 하실 거라더군요. 당신 친구들도 많이 올 거예요."

올렌스카 부인의 얼굴이 기쁨으로 환하게 빛났다. "친절도 하셔라! 제 생각을 다 해 주시다니 공작님은 정말 좋은 분이세요!" 그녀가 티테이블로 의자를 끌어다 놓자 스트루더스 부인이 기쁜 듯이 편안히 앉았다. "불러 주셔서 정말 감사해요."

"좋아요. 그러면 이 젊은 신사분도 함께 오세요." 스트루더스 부인이 지나칠 만큼 싹싹한 태도로 아처에게 손을 내밀었다. "이름은 기억이 안 나지만…… 틀림없이 전에 만난 적이 있는 것 같은데……. 여기서고 파리고 런던이고 내가 만난 사람이 한둘이라야지. 외교계에 계시지 않나요? 외교관들하고는 다 아는데. 음악 좋아하세요? 공작님, 이 분도 꼭 데리고 오세요."

공작은 턱수염 사이로 "그러고 말고요."라고 말했다. 아처는 딴 데 정신이 팔려 자기에게는 신경도 안 쓰는 어른들 틈에 낀

---

8) 1844~1908. 스페인의 유명한 바이올린 연주자. 1859년부터 사십 년에 걸친 세계 연주 여행을 시작했다.

수줍은 어린 학생처럼 거북한 기분이 되어 딱딱하게 절을 하고 물러났다.

그는 방문이 이렇게 끝났어도 그다지 유감스럽지 않았다. 다만 더 빨리 끝이 나서 쓸데없이 감정을 허비하지 않았더라면 좋았을 거라는 생각뿐이었다. 겨울의 밤거리로 나서자 뉴욕이 다시 그의 눈앞에 거침없이 펼쳐졌고, 메이 웰랜드는 그 속에서 가장 사랑스러운 여인이 되었다. 그는 정신이 없어서 그날 아침에는 그녀에게 매일 보내던 은방울꽃 한 상자를 보내는 것을 잊었다는 생각이 나서, 꽃을 보내려고 단골 꽃가게로 발길을 돌렸다.

그는 카드를 적고 봉투를 받으려고 기다리면서 화초로 빽빽한 가게 안을 훑어보다가 노란 장미 송이[9]에 눈길이 멎었다. 이렇게 태양처럼 빛나는 꽃은 한번도 본 적이 없었다. 은방울꽃 대신 이 꽃을 메이에게 보내고 싶은 충동이 솟았다. 그러나 그 꽃은 그녀처럼 보이지 않았다. 타오르는 듯한 아름다움 속에는 뭔가 지나치게 화려하고 강렬한 것이 있었다. 그는 갑작스러운 충동에 따라 자신이 무슨 짓을 하고 있는지도 모른 채 꽃장수에게 장미를 다른 긴 상자에 넣게 하고 카드에 올렌스카 백작 부인의 이름을 적어 두 번째 봉투에 슬쩍 집어넣었다. 그런 다음 되돌아서서 다시 카드를 꺼내고 상자에 빈 봉투만 남겨 두었다.

"바로 보내 주겠소?" 그는 장미를 가리키며 물었다.

꽃장수는 그러겠다고 대답했다.

---

9) 흔히 질투, 부정, 오래 지속되지 않을 사랑의 상징으로 쓰인다.

10

다음 날 그는 메이를 설득해 점심 식사 후 센트럴 파크에 산책을 하러 나왔다. 메이는 유서 깊은 뉴욕 감독 교회의 관습에 따라 일요일 오후면 보통 부모님과 함께 교회에 갔다. 그러나 웰랜드 부인이 손자수를 놓은 혼수 수십 가지를 웬만큼 준비하려면 약혼 기간을 길게 잡을 필요가 있다고 설득한 것이 바로 그날 아침의 일이었으므로, 그녀가 교회를 하루 빠져도 눈감아 주었다.

기분 좋은 날씨였다. 몰[1]을 따라 늘어선 헐벗은 나무들은 군청색 천장을 이루면서 흩날리는 크리스털처럼 빛나는 눈 위로 둥글게 활처럼 가지를 굽혔다. 메이는 날씨 탓에 발갛게 얼어 서리 맞은 젊은 단풍나무처럼 빛났다. 아처는 그녀에게 쏠리는 시선에 자랑스러움을 느꼈고, 그의 잠재된 혼란도 그녀를 소유했

1) 센트럴 파크에서 가장 아름다운 산책로.

다는 단순한 기쁨 앞에서 사라져 버렸다.

"아침마다 제 방에서 은방울꽃 향기에 잠을 깨다니 정말 기분 좋아요!" 그녀가 말했다.

"어제는 좀 늦었지. 아침에 시간이 없어서……."

"하지만 미리 주문해 두어서 아침마다 음악 선생처럼 제시간에 맞춰 오는 것보다 당신이 매일 기억해서 보내 주니까 꽃이 훨씬 더 사랑스럽게 느껴지는걸요. 거트루드 레퍼츠가 로렌스와 약혼했을 때 그렇게 했다던데."

"아, 그들이 그랬단 말이지!" 아처는 웃음을 터뜨리며 그녀의 예리한 지적에 재미있어했다. 그는 메이의 탐스러운 볼을 곁눈질하며 마음이 푸근하고 편안해져서 이런 말을 덧붙였다. "어제 오후 당신에게 은방울꽃을 보내는 참에 화려한 노란 장미가 눈에 띄기에 포장해서 올렌스카 부인에게 보냈소. 괜찮은가?"

"어쩜 그런 일을 다 하셨어요! 그렇게 친절을 베풀어 주시다니 얼마나 좋아하겠어요. 엘렌이 왜 그 얘기를 하지 않았는지 이상하네요. 오늘 우리와 함께 점심 식사를 하면서 보퍼트 씨가 멋진 난을 보냈고 사촌인 헨리 밴 더 루이든 씨가 스키터클리프에서 카네이션 바구니를 보냈다는 말만 하던데. 꽃을 받고 무척 놀랐나 봐요. 유럽에서는 사람들이 꽃을 안 보내는가 보죠? 멋진 풍습이라고 생각하더군요."

"오, 내 꽃이 보퍼트가 보낸 꽃에 가렸다고 해도 놀랄 건 없겠군요." 아처가 발끈해서 말했다. 그때 문득 자기가 장미에 카드를 넣어 보내지 않았다는 사실이 기억났고, 장미 얘기를 괜히 했다는 후회가 들었다. 사실 하고 싶었던 말은 이것이었다. "어제 당신 사촌을 방문했소." 그러나 망설여졌다. 올렌스카 부인이 그의 방문에 대해 이야기하지 않았다면 자기가 말하는 것이 이상하게 보일 수도 있다. 그러나 말하지 않자니 그 일은 그가 싫어하는 비밀스러운 냄새를 풍기게 되었다. 그는 이런 문제를 떨쳐 내려고 자기들의 계획과 미래, 약혼기간을 길게 잡자는 웰랜드 부인의 주장으로 화제를 돌렸다.

"그 정도를 길다고 하시다니! 치버스와 레기는 이 년이나 약혼 기간을 가졌잖아요.[2] 그레이스와 솔리는 거의 일 년 반을 보냈고. 우리도 그렇게 하지 못할 이유가 뭐가 있겠어요?"

전통을 고수하는 처녀다운 질문이었고, 그는 그런 질문을 유치하다고만 생각하는 자신이 부끄러웠다. 틀림없이 그녀는 자기가 들은 말을 되풀이해 옮기고 있을 뿐이었다. 그러나 그녀는 스물두 번째 생일이 얼마 남지 않았다. 그는 몇 살쯤이면 '참한' 숙녀들이 스스로 말을 하게 되는지 궁금해졌다.

'우리가 허용하지 않는 한, 그런 일은 결코 없겠지.' 그는 깊은 생각에 빠져 실러턴 잭슨 씨에게 이성을 잃고 외쳤던 말을 떠올렸다. "여자들도 우리처럼 자유로워져야 합니다."

이 젊은 여인의 눈을 가린 안대를 벗겨 내고 세상을 똑바로 바라보게 해 주는 것이 곧 그의 임무가 될 것이다. 그러나 얼마나 오랜 세월 그녀 앞 세대의 여성들이 가족의 지하 납골당에 자신을 구속한 채 살아왔던가? 그는 과학 서적에서 읽은 새로운 이야기들 중 눈을 사용할 필요가 없어서 퇴화시켰다는, 켄터키의 동굴에 사는 물고기들의 예를 떠올리며 가볍게 몸서리를

---

2) 당시 사교계에서는 전통적으로 약혼을 일 년 이상 미리 발표했다. 신부 될 이가 임신하지 않았으며 양쪽 모두 결혼을 서둘러야 할 이유가 없음을 분명히 밝히기 위해서였다.

쳤다. 그가 메이 웰랜드의 눈을 띄워 주었을 때 아무것도 보지 못하고 텅 빈 허공만 우두망찰 응시하게 된다면 어찌할 것인가?

"우린 더 잘 해낼 거요. 뭐든지 다 함께할 거요. 여행을 하는 것도 좋겠지."

그녀의 얼굴이 밝아졌다. "그럼 정말 근사할 거예요." 그녀는 여행을 정말로 좋아하게 될 것이다. 하지만 그녀의 어머니는 왜 그들이 매사를 그렇게 남들과 다르게 하고 싶어 하는지 이해하지 못할 것이다.

"'다르게'라는 말 한마디로는 다 해명이 되지 않는다는 소리 같군!" 구혼자가 외쳤다.

"뉴랜드! 당신은 너무 특이해요!" 그녀는 깔깔대며 웃었다.

아처는 자신이 그런 상황에서 젊은 남자라면 으레 하리라고 예상되는 식 그대로 말했고, 그녀도 본능과 전통에 따라 배운 대로 특이하다는 말까지 판에 박힌 듯이 대답하고 있다는 사실을 깨닫고 마음이 무거워졌다.

"특이하다고! 우리는 모두 똑같은 식으로 접은 종이에서 오려 낸 인형들처럼 서로 닮았소. 판박이 벽지 무늬처럼 똑같지. 당신과 내가 서로에 대해 새삼 놀랄 것이 있겠소, 메이?"

그는 발을 멈추고 자기들의 토론에 흥분하여 그녀의 얼굴을 마주보았다. 그녀는 한 점 티끌도 없는 경탄을 가득 담은 눈으로 그를 바라보았다.

"맙소사, 사랑의 도피라도 할까요?" 그녀가 웃음을 터뜨렸다.

"당신이 원한다면……."

"당신은 정말로 절 사랑하는군요, 뉴랜드! 정말 행복해요."

"하지만 그렇다면 왜 더 행복해지면 안 된단 말이오?"

"그렇다고 소설 주인공들처럼 굴 수는 없잖아요, 그렇지 않아요?"

"왜 안 되지? 어째서 안 된다는 거요?"

그녀는 그가 계속 우기자 좀 지겨워진 것 같았다. 그렇게 할 수 없다는 것은 아주 잘 알고 있었지만, 굳이 이유를 대자면 성가셨다. "전 당신과 논쟁을 할 만큼 영리하지 못해요. 하지만 그런 건 좀…… 천박해요, 그렇잖아요?" 그녀는 모든 논쟁을 확실히 끝낼 결정적인 한마디를 찾았다는 투로 내뱉었다.

"천박해지는 것이 그렇게 두렵소?"

그녀는 이 말에 화들짝 놀랐다. "물론 싫어요. 당신도 싫어하시잖아요." 그녀는 약간 화난 투로 대꾸했다.

그는 말없이 선 채 지팡이로 구두코를 신경질적으로 톡톡 쳤다. 그녀는 논쟁을 제대로 마무리 지었다고 여겼는지, 쾌활하게 말을 계속했다. "참, 엘렌에게 내 반지 보여 준 얘기 했나요? 엘렌이 그렇게 아름다운 세팅은 처음 봤대요. 뤼 드 라 페[3]에도 이런 건 없대요. 당신을 사랑해요, 뉴랜드. 당신은 정말 미적 감각이 뛰어나요!"

다음 날 오후 아처가 저녁 식사 전 서재에 앉아 언짢은 기분으로 담배를 피우고 있는데, 제이니가 어슬렁거리며 들어왔다. 그는 법률 관계 업무를 보고 있는 사무실에서 돌아오는 길에 그와 같은 뉴욕 상류층들이 흔히 그러듯 유유자적하게 클럽에 들르지 않았다. 그는 의기소침해진 데다 약간 화가 난 상태였고,

---

3) 파리의 오페라하우스 근처에 있는 평화의 거리. 멋진 식당과 극장들로 유명하며, 1870년대에는 파리를 방문한 부유한 외국인들이 선호하는 곳이었다.

매일 같은 시간에 같은 일을 해야 하는 데 대한 혐오감을 떨치지 못하고 있었다.

"똑같아, 똑같아!" 그는 그 시간이면 대개는 집으로 가는 대신 클럽에 들렀기 때문에, 판유리 뒤에서 어슬렁거리는, 눈에 익은 높은 모자를 쓴 이들의 모습을 볼 때마다 성가시게 자꾸 떠오르는 노랫가락처럼 머릿속을 맴도는 말을 투덜투덜 내뱉었다. 사람들이 무슨 얘기를 하고 있을지는 물론이고 각자 토론에서 어떤 역할을 맡을지도 훤했다. 물론 그들의 주요 화제는 공작일 테지만, 금발 숙녀가 검은 승마용 말 한 쌍이 끄는 밝은 노란색 소형 브루엄을 타고 5번가에 나타난 일 또한 도마 위에 올라 샅샅이 파헤쳐질 것이다.(원인 제공자는 보퍼트일 것이라고 생각되었다.) 이른바 이런 '여자들'[4]은 뉴욕에서는 찾아보기 힘들었고, 자기 소유 마차를 몰고 다니는 이들은 더 드물었으므로, 패니 링 양이 사람이 붐비는 시간에 5번가에 출현한 일로 사교계가 벌집 쑤신 듯 시끄러웠다. 바로 그 전날 그녀의 마차가 로벨 밍고트 부인의 집 앞을 지나갔는데, 밍고트 부인은 즉시 손을 뻗어 종을 울리고 마부에게 그녀를 집까지 모셔다 주도록 명령했다. "밴 더 루이든 부인 같았으면 어떻게 했을까?" 사람들은 진저리를 치면서 수군거렸다. 바로 그때 사회가 무너지고 있다며 로렌스 레퍼츠가 늘어놓는 장황한 설교가 아처의 귀까지 흘러들었다.

그는 동생 제이니가 들어오자 짜증스레 고개를 쳐들었다가 재빨리 그때 막 펴 놓고 있었던 스윈번[5]의 『체스터라드』 위로 몸을 수그렸다. 제이니는 책이 쌓여 있는 책상을 힐끗 보고 프

4) 숙녀로 취급받는 여자들과 대조하여 경멸적인 의미로 인용 부호를 사용했다.
5) 1837~1909. 영국 시인.

랑스어 판 『재미있는 이야기』를 펼쳐 보았다. 그러나 고풍스러운 프랑스어에 얼굴을 찡그리고 한숨을 내쉬었다. "오빠는 뭐 이런 어려운 것을 읽어!"

"뭐라고?" 그는 예언자 카산드라[6] 같은 태도로 자기 앞에 버티고 선 동생에게 물었다.

"어머니가 화가 잔뜩 나셨어."

"화가 나셨다고? 누구한테? 무슨 일로?"

"소피 잭슨 양이 방금 왔다 갔어. 잭슨 양의 오빠가 저녁 식사 후에 올 거라는 전갈을 갖고 왔어. 잭슨 씨가 말하지 말라고 해서 많은 이야기는 하지 않았지만. 잭슨 씨는 직접 와서 자세한 얘기를 전하고 싶어 하신대. 그분은 지금 루이자 밴 더 루이든 부인과 함께 있어."

"제발, 동생아, 툭 터놓고 시원하게 말해 보렴. 네가 무슨 말을 하려는 건지 알려면 전지전능한 신의 힘이라도 빌려야겠다."

"그런 불경한 소리를 할 때가 아니야, 오빠……. 교회에 가지 않는 것만으로도 어머니는 충분히 기분 상하셨으니까……."

그는 신음 소리를 흘리고 다시 책으로 눈을 돌렸다.

"오빠! 들어 보라고. 어젯밤 오빠 친구 올렌스카 부인이 레뮤얼 스트루더스 부인의 파티에 참석했대. 공작이랑 보퍼트 씨랑 같이 갔다는 거야."

동생의 말 중 마지막 말에 까닭 모를 분노가 치솟았다. 그는 분노를 감추려고 웃어 보였다. "그래, 그래서 어쨌다는 거냐? 그녀가 가려는 줄 알고 있었어."

---

6) 그리스 신화에 나오는 인물로, 아폴론에게 예언의 능력을 받았다.

제이니는 얼굴이 하얗게 질려 눈을 부릅떴다. "알고 있었다고? 그런데도 말리지 않았어? 경고를 주지 않았단 말이야?"

"말린다고? 경고를 준다고?" 그가 다시 웃음을 터뜨렸다. "난 올렌스카 백작 부인과 결혼하기로 한 게 아니야!" 자기가 말해 놓고도 이상하게 들렸다.

"오빠는 그녀의 가족과 결혼할 거잖아."

"가족이라고, 가족!" 그가 이죽거렸다.

"오빠, 가족 같은 건 안중에도 없어?"

"조금도 개의치 않아."

"루이자 밴 더 루이든 부인이 어떻게 생각할지도 관심 없어?"

"그건 더더욱 관심 없다. 할망구들처럼 어리석은 생각이나 하고 있다면."

"어머니는 할망구가 아니야." 순진한 동생은 입술을 비틀며 소리쳤다.

그는 맞받아 이렇게 소리 지르고 싶었다. "아니, 어머니는 할망구야. 밴 더 루이든 가 사람들도 그렇고, 우리도 전부 다 그래. 진실의 날개 끝이 스치고 지나가면 다 드러날 일이야." 그러나 그는 동생의 갸름하고 온순한 얼굴이 구겨지면서 눈물범벅이 되는 모습을 보고 쓸데없이 동생을 괴롭혔다는 생각에 부끄러워졌다.

"망할 올렌스카 백작 부인! 바보같이 굴지 마라, 제이니. 난 그녀의 보호자가 아니야."

"물론 아니지. 하지만 오빠가 웰랜드 가에게 약혼 발표를 앞당기도록 부탁하는 바람에 우리 모두 그녀 편에 서야 하게 됐잖아. 그것만 아니라면 밴 더 루이든 가가 공작을 위한 만찬에 그녀를 초대하는 일 따윈 결코 없었을 텐데."

"글쎄, 그녀를 초대해서 무슨 피해라도 보았니? 그녀는 그 방에서 제일 근사해 보였어. 그녀 덕에 밴 더 루이든 가의 연회가 평소보다 장례식 분위기를 덜었다고."

"알고 있겠지만 밴 더 루이든 씨는 오빠 때문에 그녀를 초대한 거야. 밴 더 루이든 씨가 부인을 설득했다고. 그런데 이젠 너무 화가 나서 내일 스키터클리프로 돌아가시겠대. 정신 좀 차려, 오빠. 오빠는 어머니가 어떤 기분이신지 모를 거야."

뉴랜드는 어머니를 찾아 거실로 갔다. 어머니는 바느질감에서 고개를 들고 심란한 표정으로 물었다. "제이니한테 들었니?"

"예." 그는 어머니와 어조를 맞추려고 애썼다. "하지만 전 별로 심각하게 생각지 않습니다."

"루이자와 헨리를 불쾌하게 만든 것이 심각한 일이 아니라고?"

"올렌스카 백작 부인이 그분들 보시기에 천한 여자의 집에 간 정도의 사소한 일로 불쾌해하실 수 있다는 사실 말이죠."

"그분들 보시기에라고!"

"글쎄, 그렇지요. 하지만 좋은 음악을 제공해 주고, 온 뉴욕이 지겨워 죽으려는 일요일 저녁에 사람들을 즐겁게 해 주는 여자지요."

"좋은 음악이라고? 내가 알기로는 어떤 여자가 테이블 위에 올라가 파리에서나 갈 법한 곳에서 부르는 노래들을 불렀다던데. 담배에 술까지 마시고."

"글쎄요, 그 정도야 드물지 않은 일이고, 그런다고 세상이 뒤집히지는 않아요."

"너 진심으로 프랑스 식 주일을 옹호하는 게냐?"

"런던에 있었을 때 영국식 주일에 대해 불만이 많으셨잖아요."

"뉴욕은 파리도 아니고 런던도 아니야."

"예, 물론 아니죠!" 아들이 투덜댔다.

"네 말뜻은 이곳 사교계가 변변찮다는 거냐? 네 말이 옳다 치자. 하지만 우린 여기 속해 있고 로마에선 로마법을 따라야 해. 엘렌 올렌스카라면 특히 더 그렇지. 화려한 사교계에서의 삶을 등지고 돌아온 사람이니까."

뉴랜드는 아무 대답도 하지 않았다. 잠시 후 어머니가 말했다.

"보닛을 쓰고 잠시 후 저녁 식사 전에 루이자한테 데려다 달라고 네게 부탁할 참이었다." 그는 눈살을 찌푸렸으나 어머니는 말을 계속했다. "루이자에게 네가 지금 막 한 얘기를 해 주면 좋겠구나. 외국 사교계는 우리와 다르고 사람들도 그다지 까다롭지 않고, 올렌스카 부인은 우리가 이런 일을 어떻게 생각하는지 아직 잘 몰라서 그랬던 거라고 말이다. 얘야, 너도 알다시피……." 어머니가 순진한 척 빈틈없이 덧붙였다. "네가 그렇게만 해 준다면 올렌스카 부인을 위해서도 좋은 일이잖니."

"사랑하는 어머니, 우리가 그 문제와 무슨 상관이 있는지 전도통 모르겠군요. 공작이 올렌스카 부인을 스트루더스 부인 댁에 데려갔어요. 사실은 그가 그 전에 스트루더스 부인을 데리고 그녀를 방문했어요. 그들이 왔을 때 저도 그 자리에 있었고요. 밴 더 루이든 가가 누구하고든 싸우고 싶다면 진짜 적은 자기들 지붕 밑에 있다고요."

"싸운다고? 뉴랜드, 헨리가 싸우는 걸 본 적이라도 있니? 게

다가 공작은 그의 손님인 데다 외국인이고. 외국인들은 뭐가 뭔지 잘 모르잖니. 그들이야 어쩌겠니? 하지만 올렌스카 백작 부인은 뉴욕 사람이니 뉴욕의 의견을 존중할 줄 알아야지."

아들이 격분해서 외쳤다. "그들이 꼭 희생자가 있어야겠다면, 제가 올렌스카 부인을 그들 앞에 던져 놓으라는 말씀이시군요. 저든 어머니든 왜 그녀의 죄를 속죄하기 위해 나서야 된다는 건지 모르겠군요."

"그야 넌 밍고트 가 편에서만 보니까 그렇지." 어머니가 거의 분노에 가까운 신경질적인 어조로 대답했다.

시무룩한 얼굴의 집사가 칸막이 커튼을 젖히고 이렇게 말했다. "헨리 밴 더 루이든 씨가 오셨습니다."

아처 부인은 당황하여 바늘을 떨어뜨리고 의자를 뒤로 밀었다.

"램프를 하나 더 가져와요." 부인이 물러가는 집사의 등 뒤에 대고 외칠 동안, 제이니는 몸을 굽혀 어머니의 모자 주름을 펴주었다.

밴 더 루이든 씨의 모습이 문 앞에 나타나자, 뉴랜드 아처는 사촌을 맞으러 앞으로 나갔다.

"그렇잖아도 당신 얘기를 하던 중이었답니다." 뉴랜드가 말했다.

밴 더 루이든 씨는 이 말에 당황하여 어쩔 줄 몰라 했다. 그는 장갑을 벗고 숙녀들과 악수를 나눈 다음, 운두가 높은 모자를 수줍은 듯 만지작거렸다. 제이니가 안락의자를 앞으로 당겼고, 아처가 말을 이었다. "그리고 올렌스카 백작 부인 얘기도요."

아처 부인의 얼굴이 창백해졌다.

"아, 매력적인 여성이지요. 지금 막 그분을 만났습니다." 밴 더 루이든 씨가 다시 정중한 표정을 되찾고 말했다. 그는 의자에 깊숙이 앉아서 모자와 장갑을 구식으로 옆의 마룻바닥 위에 내려놓고 말을 이었다. "꽃꽂이 솜씨가 보통이 아니더군요. 스키터클리프에서 카네이션 몇 송이를 보내 준 적이 있는데, 아주 놀랐답니다. 우리 수석 정원사가 하는 대로 큰 다발로 꽂아 둔 것이 아니라, 여기저기 대충 흩어 놓았더군요……. 표현하기가 힘들군요. 공작님이 이런 말씀을 하셨답니다. '거실을 얼마나 솜씨 좋게 꾸며 놨는지 한번 가서 보십시오.' 정말 그 말대로더군요. 루이자도 데려가고 싶을 정도였답니다. 동네가 그렇게 불쾌한 곳만 아니라면."

평소와 달리 밴 더 루이든 씨의 유창한 이야기가 끝나도 무거운 침묵만 흘렀다. 아처 부인은 신경질적으로 팽개쳐 두었던 바구니에서 자수 감을 끄집어냈고, 뉴랜드는 벽난로에 몸을 기대고 손에 쥔 벌새 깃털로 만든 가리개를 비틀면서 두 번째 램프에서 나오는 빛에 비친 제이니의 놀라 입을 다물지 못한 얼굴을 바라보았다.

밴 더 루이든 씨가 묵직해 보이는 퍼트룬 인장 반지를 낀 핏기 없는 손으로 긴 회색 바짓자락을 쓰다듬으면서 말을 계속했다. "실은 제 꽃에 대한 답례로 아주 예쁜 카드를 보내왔기에, 감사의 뜻을 전하려고 들렀습니다. 하지만 물론 우리끼리만 하는 얘기지만, 공작과 함께 파티에 간 데 친구로서 주의를 주려는 뜻도 있었습니다. 들으셨는지 모르겠습니다만……."

아처 부인이 너그러운 미소를 흘렸다. "공작님이 그녀를 파티에 데려가셨다고요?"

"영국의 대공들이 어떤 사람들인지 아시잖습니까. 누구 할 것 없이 다 똑같아요. 루이자와 저는 우리 사촌을 무척 좋아합니다만, 유럽의 궁정에 익숙해져 있는 이들에게 작은 우리 공화국에서 문제를 일으키지 않기를 기대하기란 무리겠지요. 공작님은 재미있는 곳이라면 어디라도 가는 분이니까요." 밴 더 루이든 씨가 말을 멈추었으나 아무도 입을 열지 않았다. "그렇습니다. 어젯밤 공작님이 올렌스카 백작 부인을 데리고 레뮤얼 스트루더스 부인 댁에 간 모양입니다. 실러턴 잭슨이 방금 전에 와서 이 어이없는 얘기를 해 주고 갔는데, 루이자는 좀 속상해하더군요. 그래서 당장 올렌스카 백작 부인에게 가서 아주 간단한 암시를 흘리는 정도로 뉴욕에서 이런 일을 어떻게 받아들이는지 알려 주는 것이 가장 좋겠다고 생각했습니다. 그렇게 해도 예의에 어긋나지 않으리라고 여겼습니다. 백작 부인이 우리와 함께 만찬을 한 날 저녁 말하기를…… 잘 가르쳐 주시면 고맙겠다고 하기에……. 정말 고마워하더군요."

밴 더 루이든 씨는 저속한 감정이 아직 남아 있는 자라면 자기만족이라 할 모습으로 방을 둘러보았다. 아처 부인의 얼굴에 이런 경우 어울릴 온화하고 자비로운 표정이 떠오르자, 그 역시 그런 표정이 되었다.

"두 분 다 어쩜 그렇게도 늘 친절하세요! 메이와 사돈댁 될 분들을 위해 이렇게 애써 주시다니 뉴랜드는 특히 감사히 여길 거예요."

그녀는 아들을 경고하는 눈길로 쏘아보았으나, 그는 이렇게 말했다. "대단히 감사합니다. 하지만 당신도 올렌스카 부인이 마음에 드셨을 거라고 믿습니다."

밴 더 루이든 씨는 부드럽게 그를 보았다. "내가 좋아하지 않는 사람이라면 절대 우리 집에 부르지 않는다네, 뉴랜드. 실러턴 잭슨에게도 좀 전에 그렇게 말해 줬지." 그는 시계를 힐끔 보고 일어서면서 덧붙였다. "루이자가 기다리고 있어서요. 일찍 저녁 식사를 하고 공작을 오페라하우스에 데려갈 예정이랍니다."

손님의 등 뒤로 칸막이 커튼이 엄숙히 닫힌 후에도 아처 가족들은 입을 열지 않았다.

"근사해. 낭만적이기도 해라!" 마침내 제이니가 침묵을 깼다. 그녀의 애매한 말이 무슨 뜻에서 나왔는지 아무도 정확히 몰랐고, 가족들은 이미 오래전에 해석하기를 포기했다.

아처 부인이 한숨을 쉬며 고개를 저었다. "일이 다 잘 되기만 한다면야." 부인은 당연히 그렇게 되지 않을 줄 알고 있다는 투로 말했다. "뉴랜드, 실러턴 잭슨 씨가 오늘 저녁에 올 때까지 어디 나가지 말고 있으렴. 그분한테 뭐라고 말하면 좋을지 정말 모르겠구나."

"불쌍한 어머니! 하지만 그는 오지 않을 거예요." 아들은 웃으면서 몸을 구부려 어머니의 찌푸린 이마에 키스했다.

11

두어 주 후, 뉴랜드 아처는 레터블레어, 램슨 앤 로 법률 사무소의 자기 방에 멍하니 넋을 놓고 앉아 있던 중 대표의 호출을 받았다.

뉴욕 상류계급에서 삼대에 걸쳐 공인된 법률 고문 역할을 해 온 고령의 레터블레어 씨는 당혹스러운 표정으로 마호가니 책상 뒤에 앉아 있었다. 그가 바짝 깎은 허연 구레나룻을 쓰다듬으면서 튀어나온 이마 위로 헝클어진 회색 머리털을 손으로 쑤시고 있을 동안, 무례한 후배 변호사는 그가 병명이 알쏭달쏭한 환자를 놓고 끙끙대는 가족 주치의 같다고 생각했다.

"선생……." 그는 항상 아처를 '선생'이라고 불렀다. "작은 문제가 하나 있어서 좀 가서 검토해 줬으면 하네. 스킵워스 씨나 레드우드 씨에게는 당분간 알리지 않는 편이 좋을 듯한데." 그가 언급한 신사들은 사무소의 다른 고참 동료들이었다. 뉴욕에서 오래된 법률 회사들에는 흔한 경우이지만, 사무소 이름에 있는 변호사들은 모두 이미 고인이 된 지 오래였다. 한 예로 지금 이 자리에 있는 레터블레어 씨는 간판에 이름을 올린 사람의 손자였다.

그는 이맛살을 찌푸리며 의자에 몸을 젖혔다. "집안 문제라서……." 그가 말을 계속했다.

아처는 고개를 들었다.

레터블레어 씨가 이해를 구하는 듯한 미소를 띠고 고개를 까딱하더니 말했다. "밍고트 가 말인데, 맨슨 밍고트 부인이 어제 날 부르셨다네. 손녀인 올렌스카 백작 부인이 남편과 이혼 소송을 하고 싶어 한다더군. 지금 관련 서류들이 내 수중에 있어." 그는 말을 끊고 책상을 톡톡 쳤다. "선생이 머잖아 그 집안과 인척 관계가 될 테니 선생과 상의하는 편이 좋을 듯해서……. 더 진행시키기 전에 말이야."

아처는 관자놀이로 피가 몰리는 것을 느꼈다. 올렌스카 백작 부인 집을 방문한 이후로 그녀를 만난 것은 딱 한 번뿐이었고, 그나마도 오페라하우스의 밍고트 가 박스석에서였다. 그 후로 그녀의 강렬하고 끈질긴 이미지는 그의 의식 표면에서 멀어져 갔고, 그와 동시에 메이 웰랜드가 본래의 자리를 회복했다. 그는 제이니가 처음 입에서 나오는 대로 떠들었을 때 이후로는 그녀의 이혼에 관해 듣지 못했으므로, 근거 없는 뜬소문으로 치부해 버린 터였다. 이론적으로는 이혼이라는 생각은 어머니 못지않게 아처에게도 반감을 일으켰다. 보나마나 캐서린 밍고트 부인이 뒤에서 부추겼겠지만, 레터블레어 씨가 노골적으로 그를 이 일에 얽어 들이려고 하는 데 짜증이 났다. 무엇보다 밍고트 가에는 자기 말고도 이런 일에 나설 남자들이 얼마든지 있을 테고,

그는 아직 메이와 결혼도 하지 않았다.

그는 상사가 말을 계속하기를 기다렸다. 레터블레어 씨는 서랍을 열고 꾸러미 하나를 끄집어냈다. "이 서류들을 좀 훑어보면……."

아처가 얼굴을 찡그렸다. "죄송합니다만, 이유가 단지 앞으로의 관계 때문이라면 스킵워스 씨나 레드우드 씨와 상의하시는 편이 좋겠습니다."

레터블레어 씨는 놀란 얼굴이었고 다소 기분이 상한 것 같았다. 아랫사람이 이렇게 처음부터 거절하는 일은 흔치 않았다.

그는 고개를 숙였다. "선생이 주저하는 것도 이해하네. 하지만 이번 경우만큼은 정말 신중을 기해야 하기 때문에 내 부탁대로 해 달라는 거네. 이건 내 뜻이 아니라 맨슨 밍고트 부인과 그분 아드님의 뜻이야. 로벨 밍고트와 웰랜드 씨도 만났다네. 다들 선생 얘기를 하더군."

아처는 분이 치밀어 올랐다. 지난 보름간 다소 맥이 빠져 시간 가는 대로 주변 상황에 몸을 맡긴 채 지내면서, 메이의 화사한 미모와 상냥함에 다소 성가시게 느껴지는 밍고트 가의 요구들을 잊고 있던 참이었다. 그러나 밍고트 노부인의 명령을 듣고 보니 미래의 손녀사위에게 무슨 권리로 이런 강요를 하는 것인가 싶어 화가 났다. 그는 자기 처지에 약이 올랐다.

"그녀의 숙부님들이 이 문제를 처리해 주셔야지요." 그가 말했다.

"그렇게 했지. 지금까지는 가족들이 문제를 다뤘어. 그들은 백작 부인의 생각에 반대하고 있어. 하지만 부인은 뜻을 굽히지 않고 법원의 판정을 요구한다는 거야."

아처는 아무 말도 하지 않았다. 손에 든 꾸러미를 열어 보지도 않았다.

"백작 부인이 재혼하고 싶어 합니까?"

"그런 것 같아. 본인은 부인하지만."

"그렇다면……."

"우선 이 서류를 살펴봐 줄 수 없겠나? 그런 다음 그 문제를 자세히 얘기하면서 내 의견을 말해 주지."

아처는 마지못해 반갑지 않은 서류를 받고 물러 나왔다. 지난번 만남 이후로 그는 올렌스카 부인에 대한 부담을 떨쳐 버리려고 알게 모르게 애썼다. 난롯가에서 그녀와 단둘이 시간을 보내는 동안 일시적으로 친밀감이 생겨났으나, 하늘의 뜻이었는지 세인트 오스트레이 공작이 레뮤얼 스트루더스 부인과 불쑥 들이닥치고 백작 부인이 그들을 기쁘게 맞아 주는 바람에 그러한 친밀감은 깨어지고 말았다. 이틀 후 아처는 그녀가 밴 더 루이든가의 호의를 되찾은 희극에서 원조를 제공했다. 그는 조금은 씁쓸하게 막강한 권력을 지닌 노신사가 보낸 꽃 한 다발에 이렇게 효과적으로 감사를 전하는 법을 아는 숙녀라면, 보잘것없는 젊은이에게서야 개인적인 위로든 공개적인 옹호든 아쉽지 않을 것이라고 혼잣말을 했다. 이런 식으로 문제를 보니 자신의 입장이 간단히 정리되었고, 빛을 잃었던 가정적인 미덕도 놀라울 정도로 제 모습을 찾았다. 그는 아무리 생각해도 메이 웰랜드가 위기 상황에 처해 개인적인 문제를 떠벌린다거나, 낯선 남자들에게 비밀스러운 속마음을 열어 보이는 모습은 상상도 할 수 없었다. 그 다음 주에는 메이가 어느 때보다도 아름답고 훌륭해 보였다. 그녀가 조바심치는 그의 간청을 단번에 꺾을 답을 찾아냈으므로, 그는 약혼 기간을 길게 갖고 싶다는 그녀의 소망에도 굴복했다.

"알다시피, 당신 부모님은 중요한 문제에서는 어린 소녀였을 때부터 죽 당신 뜻대로 하게 해 주셨잖소." 그가 불평하자 그녀는 티 없이 밝은 표정으로 대답했다. "맞아요. 그래서 어린 소녀로서 부모님의 마지막 부탁을 차마 물리칠 수가 없어요."

그것이 유서 깊은 뉴욕의 방침이었다. 그가 늘 아내에게서 듣기를 바랐던 대답도 바로 그런 것이었다. 그러나 뉴욕의 공기를 일상적으로 호흡하다 보면, 그보다 조금이라도 덜 맑은 공기 속에서는 질식할 것만 같은 때가 있었다.

그가 들고 나온 서류들을 통해 알 수 있는 것은 실제로는 많지 않았다. 그러나 그는 서류를 읽고 숨이 막혀 고함이라도 치고 싶어졌다. 서류들은 주로 올렌스키 백작의 변호사들과 백작 부인이 재정 문제의 해결을 의뢰한 프랑스 법률 사무소 간에 주고받은 편지들이었다. 백작이 아내에게 보낸 짧은 편지 한 통도 있었다. 뉴랜드 아처는 그것을 읽고 나서 일어나 서류들을 봉투 속에 도로 쑤셔 넣고 다시 레터블레어 씨의 집무실로 들어갔다.

"편지들 여기 있습니다. 원하신다면 올렌스카 부인을 만나 보겠습니다." 그는 간신히 목소리를 쥐어 짜내어 말했다.

"고맙네, 고마워, 아처. 오늘밤 다른 약속이 없거든 나와 함께 저녁 식사를 하세나. 그 문제는 차후에 검토하기로 하고. 자네가 내일 우리 고객을 방문하겠다면 말이지."

뉴랜드 아처는 그날 오후 다시 집까지 곧장 걸어왔다. 지붕 위로 순결한 초승달이 뜬 청명한 겨울 저녁이었다. 그는 그 순수한 달빛으로 영혼의 폐를 가득 채우고 레터블레어 씨와 저녁 식사 후 밀담을 나눌 때까지 아무와도 말을 섞고 싶지 않았다. 결정을 바꿀 수는 없었다. 올렌스카 부인의 비밀이 다른 사람들 눈앞에 드러나게 놔두느니 그가 직접 만나야 했다. 깊은 동정심이 파도처럼 일어 그의 무관심과 조급함을 쓸어가 버렸다. 그녀는 그의 앞에 무방비로 노출되어 동정심을 자아내는 모습으로 서 있었다. 무슨 수를 써서라도 그녀가 더 이상 미친 듯이 운명에 맞서느라 상처 입지 않도록 구해 주어야 했다.

그는 웰랜드 부인이 그녀의 과거에서 '불유쾌한' 것은 모조리 묻어 두라고 했다는 올렌스카 부인의 얘기를 떠올리고, 바로 이런 정신 자세가 뉴욕의 공기를 이렇게 순수하게 유지하는 것이 아닌가 싶어 움찔했다. '우린 결국 바리새인에 불과한가?' 그는 인간의 추악함에 대해 본능적으로 느끼는 혐오감과 인간의 나약함에 대해 똑같이 본능적으로 이는 동정심 사이에서 혼란을 느꼈다.

그는 처음으로 자신의 원칙이 늘 얼마나 단순했던가를 절감했다. 그는 위험을 두려워하지 않는 젊은이로 통했고, 가련하리만치 어리석은 솔리 러시워스 부인과의 밀애도 세상에 다 알려져서 모험을 감행하고 있다는 기분조차도 들지 않았다. 그러나 러시워스 부인은 어리석고, 허영심 강하고, 원래 비밀을 좋아하는 성격이어서, 그의 매력이나 능력보다는 밀애에 따르는 비밀스러움과 위험에 훨씬 더 끌렸던 '그렇고 그런' 여자였다. 그 사실을 어렴풋이 깨달았을 때는 가슴이 무너지는 듯했으나, 지금은 오히려 그 점 때문에 그 사건을 더 긍정적으로 보게 되었다. 즉, 그녀와의 정사는 그 또래 젊은이들 대다수가 한 번은 겪고 넘어

가는 통과의례였고, 그런 경험을 통해 냉정한 양심과 확고한 신념으로 사랑하는 상대와, 즐기면서 불쌍히 여기는 상대 사이의 하늘과 땅 같은 차이를 구분하게 된다. 이런 관점에서 어머니와 숙모들을 비롯한 나이 든 여자 친척들은 부지런히 젊은이들을 부추겼다. 이들은 모두 아처 부인과 마찬가지로 '이런 일이 벌어지면' 남자들이 어리석었음은 말할 것도 없지만 나쁜 건 항상 여자 쪽이라고 믿었다. 아처가 아는 나이 든 여자들은 하나같이 경솔하게 사랑에 빠진 여자는 모조리 사악하고 교활한 여우들이며, 단순한 남자들은 그런 여자들의 치맛자락에 휩싸여 맥을 못 추게 된 것이라고 생각했다. 그들이 취해야 할 조치는 단 하나, 남자를 설득해서 참한 처녀와 결혼시켜 보살핌을 받게 하는 것이다.

아처는 복잡한 옛날 유럽 사회에서는 애정 문제가 이렇게 단순하고 쉽게 구분되지는 않았을지도 모른다는 생각이 들었다. 부유하고 한가하며 겉치장에 치중하는 사회에서는 이런 일이 훨씬 더 비일비재할 것이다. 천성적으로 예민하고 남과 어울리지 않는 여자라면, 주변 환경이 가해 오는 압박 속에서 완전히 무방비 상태에 고립된 채 인습적인 규범에 따라 변명의 여지가 없는 구렁텅이에 빠지게 될지도 모른다.

그는 집에 도착하자마자 다음 날 몇 시에 방문하면 좋겠는지 묻는 편지를 간단히 적어 사환을 시켜 올렌스카 백작 부인에게 전달하게 했다. 사환은 곧 백작 부인이 다음 날 오전은 밴 더 루이든 부부와 함께 스키터클리프에 가서 일요일을 보낼 예정이지만, 저녁 식사 후에는 혼자 있을 거라는 전갈을 갖고 돌아왔다. 쪽지는 다소 지저분한 종이였고 날짜나 주소도 없었지만, 필적은 힘차면서도 자유로웠다. 그는 스키터클리프에서 장중한 고독에 묻혀 주말을 보내겠다는 그녀의 생각에 웃음이 나왔으나, 곧 이어 다른 어디에서보다도 '불유쾌한' 것을 완강히 외면하는 냉랭한 분위기를 느끼게 되리라는 생각이 들었다.

그는 정확히 7시에 레터블레어 씨의 집에 도착했다. 저녁 식사 후 곧 양해를 구하고 자리를 뜰 핑계가 있어서 기뻤다. 그는 넘겨받은 서류들을 읽고 자기 의견을 정리해 두었으며, 상사와 그 문제를 특별히 의논하고 싶지는 않았다. 레터블레어 씨는 홀아비였으므로, 그들은 단 둘이 누렇게 빛이 바랜 「채텀의 죽음」[1]이나 「나폴레옹의 대관식」[2]의 판화가 걸린 어둡고 초라한 방에서 천천히 양껏 식사를 했다. 찬장 위에는 가장자리를 따라 물결무늬를 판 셰러턴 칼집 두 개 사이에 오 브리옹[3] 병과 고객의 선물인 오래된 래닝 포트와인 병이 있었는데, 날건달 같은 톰 래닝이 샌프란시스코에서 베일에 싸인 수치스러운 죽음을 맞기 한두 해 전에 팔아 버린 것이었다. 포도주 저장고를 팔아 버린 일에 비하면, 가족들로서는 오히려 그의 죽음이 덜 남부끄러운 사건이었다.

부드러운 굴 수프를 먹은 후 청어와 오이가 나왔고, 그 다음에는 옥수수튀김을 곁들인 어린 칠면조 구이, 건포도 젤리와 셀러리, 마요네즈를 곁들인 들오리 요리가 나왔다. 레터블레어 씨

1) 미국 화가 존 싱글턴 코플리(1738~1815)의 그림.
2) 나폴레옹의 초대 궁정 화가였던 다비드(1748~1825)의 그림.
3) 샤토 오 브리옹에서 생산된 매우 유명한 레드 와인.

는 샌드위치와 차로 점심을 때우고 저녁은 천천히 포식했으며, 손님들을 대접할 때도 똑같은 식을 고집했다. 마침내 마지막 의식까지 모두 끝나고 식탁이 치워졌다. 레터블레어 씨는 담배를 피워 물고 의자에 몸을 뒤로 젖히고는 포트와인을 밀어 놓았다. 그는 등을 쭉 펴고 뒤에서 타는 난롯불의 온기를 기분 좋게 즐기면서 이렇게 말했다. "온 가족이 이혼에 반대하고 있네. 내 생각에도 당연한 일이고."

아처는 즉각 자신은 반대 의견이라고 느꼈다. "하지만 왜입니까? 일단 소송을 한 이상……."

"그런 게 무슨 소용인가? 백작 부인은 여기에 있어. 백작은 저기 있고. 그들은 대서양을 사이에 두고 있다고. 백작 부인은 남편이 알아서 돌려주지 않는 이상 자기 돈을 1달러도 더 되찾지 못할 거야. 저 망할 가톨릭교도들의 결혼 조항에 철저히 명시되어 있다고. 일이 저쪽에서 진행되었다는 점을 생각하면 올렌스키는 제법 너그럽게 행동한 거야. 부인에게 땡전 한 푼 안 주고 내쫓을 수도 있었어."

아처도 이를 알고 있었으므로 아무 말도 하지 않았다.

레터블레어 씨가 다시 입을 열었다. "하지만 내가 보기에는 부인이 돈 때문에 그러는 것은 아니야. 그러니 가족들의 말대로 혼자 살면 되지 않겠나?"

아처는 한 시간 전에 이 집에 올 때만 해도 레터블레어 씨와 전적으로 같은 의견이었다. 그러나 이 이기적이고 뱃가죽에 기름이 끼어 남의 일에는 아무 관심도 없는 노인은 갑자기 불유쾌한 것에 맞서 바리케이드를 치느라 여념이 없는 사회의 바리새인 같은 목소리를 대변했다.

"백작 부인이 결정할 문제라고 생각합니다."

"흠……, 부인이 이혼을 결심할 경우 어떤 결과가 올지 생각해 봤나?"

"남편이 편지에 적은 위협을 뜻하시는 겁니까? 그게 심각한 의미가 있겠습니까? 악한이 홧김에 퍼부은 대거리에 불과합니다."

"그야 그렇지. 하지만 그가 정말로 소송에 맞서고 나온다면 불유쾌한 얘기들이 나올 수도 있어."

"불유쾌하다고요!" 아처가 분통을 터뜨렸다.

레터블레어 씨는 의아하다는 듯 눈썹을 치켜뜨고 그를 바라보았다. 아처가 속마음을 설명하려 애써 봤자 소용없음을 깨닫고 잠자코 고개를 숙이자, 상사가 말했다. "이혼은 항상 불유쾌하지."

레터블레어 씨가 잠시 뜸을 들이다가 재차 물었다. "자네도 그렇게 생각하지 않나?"

"당연히 그렇죠." 아처가 말했다.

"그래, 좋아. 자네만 믿겠네. 밍고트 가도 자네에게 기대를 걸고 있을 걸세. 부인이 생각을 바꾸도록 자네가 힘써 보겠나?"

아처는 망설이다가 마침내 이렇게 말했다. "올렌스카 백작 부인을 만나 보기 전에는 확답은 드릴 수 없겠습니다."

"아처, 이해가 안 되는군. 이혼 소송으로 시끄러운 집안과 결혼하고 싶은가?"

"그 문제와는 무관하다고 생각합니다."

레터블레어 씨는 포트와인 잔을 내려놓고 젊은 동료를 신중하고 근심스러운 눈으로 바라보았다.

아처는 그가 명령을 철회할지도 모른다는 생각이 들었다. 이유는 확실히 모르겠으나 그렇게 되는 것은 싫었다. 그 일이 자신에게 떠맡겨진 이상, 손들고 물러서고 싶지는 않았다. 그는 그럴 가능성을 없애기 위해 밍고트 가의 법적 양심인 이 융통성 없는 노인을 안심시켜야겠다고 생각했다.

"보고를 드리기 전까지는 딱 잘라 말씀드리지 않겠다는 뜻입니다. 올렌스카 부인의 말을 다 듣고 나서 제 의견을 말씀드리는 편이 나을 것 같습니다."

레터블레어 씨는 뉴욕의 가장 훌륭한 전통에 어울리는 신중한 자세에 만족스럽게 고개를 끄덕였고, 아처는 시계를 힐끗 보면서 약속을 핑계로 작별 인사를 했다.

12

뉴욕 사람들은 오랜 관습대로 7시에 저녁 식사를 했다. 아처는 저녁 식사 후 남의 집을 방문하는 것을 좋게 생각하지 않았지만, 아직 그런 습관이 널리 퍼져 있었다. 아처는 웨이벌리 플레이스에서 5번가까지 한가로이 걸어갔다. 긴 대로는 공작을 위해 만찬을 연 레기 치버스 가 문 앞에 늘어선 마차들과, 무거운 외투와 목도리를 두르고 갈색 돌계단을 올라 가스등이 켜진 복도로 사라지는 노신사들의 모습이 가끔씩 눈에 띄는 것을 제외하면 고적했다. 워싱턴 광장을 가로질러 가던 중 노신사 뒤 락 씨가 사촌인 대거닛 가를 방문하는 모습이 눈에 띄었고, 웨스트 10번가 모퉁이를 내려갈 때는 래닝 양을 방문하러 가는 회사 동료 스킵워스 씨가 보였다. 5번가를 좀 올라가자, 보퍼트가 불빛이 희끄무레하게 비치는 자기 집 현관에 나와 브루엄을 타고 어딘지 모르지만 아마도 입에 올릴 수 없는 목적지로 사라졌다. 오페라 공연도, 파티도 열리지 않는 밤이었으므로, 보퍼트의 외출은 틀림없이 비밀스러운 것이었다. 아처는 근래 리본 장식이 달린 커튼과 꽃 상자들이 보이고, 새로 칠한 문 앞에 패니 링 양의 연노란 브루엄이 기다리는 모습이 자주 눈에 띄는 렉싱턴 가 너머 작은 집과 관계가 있으리라 짐작했다.

예술가, 음악가, '글쟁이' 들이 거주하는 지도에도 없는 동네는 아처 부인의 세계를 구성하는 작고 매끄러운 피라미드 바깥에 있었다. 이렇게 무리에서 떨어져 나온 이들은 사회 구조 안에 통합되고 싶다는 생각 따위는 꿈에도 하지 않았다. 그들은 좀 특이하게 산다는 소리를 듣기는 했어도 대체로 꽤 존경을 받았으나, 교제를 피하고 싶어 했다. 미도라 맨슨은 한창 잘나가던 시절 '문학 살롱'을 열기도 했으나, 작가들이 자주 들르기를 꺼린 탓에 곧 문을 닫고 말았다.

그 외에도 똑같은 시도를 한 사람들이 있었다. 열정적이고 입심 좋은 어머니와 그녀를 닮아 단정치 못한 딸 셋이 있는 블렌커 가에 가면, 에드윈 부스,[1] 패티, 윌리엄 윈터[2]와 셰익스피어 극의 신인 배우 조지 리그놀드,[3] 잡지 편집인들과 음악·문학 비평가들을 만날 수 있었다.

아처 부인과 친구들은 이런 사람들은 다소 대하기 어려워했다. 기묘하고 예측 불가능하며 삶이나 생각의 배후에 무엇이 있는지 알 수 없는 이들이었다. 아처 가 사람들은 문학과 예술을 매우 존중했다. 아처 부인은 항상 자녀들에게 워싱턴 어빙,[4] 피

---

1) 1833~1893. 유명한 미국의 비극 작가.

2) 1836~1917. 뉴욕《트리뷴》에 사십 년간 리뷰를 쓴 미국 연극 칼럼니스트.

3) 1839~1912. 영국 배우.

4) 1783~1859. 미국의 수필가, 전기 작가, 역사가, 설화 작가.

츠그린 핼럭,[5] 「죄인 요정」을 쓴 시인[6]과 같은 사람들이 있어서 사회가 더 유쾌하고 교양 있는 곳이 되었다고 자식들에게 강조하곤 했다. 그 세대의 유명 작가들은 '신사'들이었다. 그들의 뒤를 이은 무명 인사들도 마음가짐은 신사답겠지만, 출신과 외양, 머리 모양, 무대와 오페라와의 가까운 관계 때문에 전통적인 뉴욕의 기준에는 맞지 않았다.

아처 부인은 이런 말을 곧잘 했다. "내 소녀 시절에는 배터리에서 커낼 가까지 내가 모르는 이가 없었단다. 누구나 알 만한 사람들만 마차가 있었지. 그때는 누가 누구인지 알아보는 것이 일도 아니었어. 지금은 아무도 알 수가 없고, 굳이 알려고 애쓰고 싶지도 않아."

그 깊은 골짜기를 이어 줄 인물이 있다면, 도덕적인 편견이 전혀 없고 거의 졸부들이나 마찬가지로 미묘한 차이에 무관심한 캐서린 밍고트 노부인이 유일했다. 그러나 부인은 책이라곤 들춰 본 적도 없고 그림도 보지 않았다. 단지 튈르리 궁전에서 승승장구하던 시절 이탈리아인[7]이 공연을 벌이던 축제의 밤을 기억나게 해 준다는 이유로 음악만 들었다. 대담무쌍하기로는 부인과 어깨를 겨룰 보퍼트도 두 집단의 통합을 주도할 인물이 될 법했다. 그러나 격식을 따지지 않고 교제에 나서기에는 그의 으리으리한 저택과 비단 양말을 신은 하인들이 걸림돌이 되었다. 더군다나 그는 밍고트 부인 못지않게 일자무식이었고, '글쟁이들'을 돈을 받고 부자들을 위해 즐거움을 조달해 주는 업자 정

5) 1790~1867. 미국의 시인.

6) 미국 시인 조지프 로드맨 드레이크(1795~1820).

7) 코메디아 델라르테의 이탈리아 극 전통을 계승한 극단.

도로 치부했다. 그의 의견에 영향을 미칠 수 있을 만큼 부유한 이들 중 여기에 이의를 제기한 사람은 아무도 없었다.

뉴랜드 아처는 그가 기억하는 어린 시절부터 항상 이런 사실들을 알고 있었고, 자기 세계를 이루는 구조의 일부로 받아들였다. 그는 화가나 시인, 과학자, 심지어 위대한 배우의 지위가 공작의 지위에 버금가는 값어치를 갖는 사회도 있다는 것을 알고 있었다. 메리메[8]의 『미지의 소녀에게 보낸 편지』[9]는 그가 손에서 놓지 않는 책 중 하나였다. 새커리, 브라우닝,[10] 윌리엄 모리스[11]를 대화의 주제로 삼는 거실 분위기 속에서 산다면 어떨까 상상해 보기도 했다. 그러나 그런 것은 뉴욕에서는 꿈도 꿀 수 없었고, 생각만으로도 문제를 일으킬 소지가 있었다. 아처는 '글쟁이들'과 음악가, 화가 들과 제법 교분이 있었다. 센추리[12]나 당시 막 출현하기 시작한 작은 음악·연극 클럽에서 그들을 만나기도 했다. 그는 이런 곳에서는 그들과 즐거운 시간을 보냈지만, 블렌커 가에서는 함께 있으면 지루했다. 그곳에서 그들은 마치 노획해 온 희귀품처럼 곁을 스쳐 가는 열정적이고 헤픈 여자들과는 상대가 안 되었다. 네드 윈셋과 더없이 흥미진진한 대화를 나눈 후에조차 늘 그의 세계가 작다면 그들 세계도 마찬가지이고, 어느 쪽이든 자기 세계를 넓히려면 서로 자연스럽게 섞일 만큼 행동 방식이 비슷해지는 길밖에 없다고 생각하며 헤어졌다.

---

8) 1803~1870. 프랑스의 소설가이자 생생한 역사소설로 유명한 문필가.

9) 메리메가 제니 다켕이라는 소녀와 주고받은 편지 모음집으로, 그의 사후 출간되었다.

10) 1812~1889. 영국 시인.

11) 1834~1896. 영국의 화가, 디자이너, 시인, 사회주의자, 사회 이론가.

12) 1847년 웨스트 43번가에 위치한 뉴욕에서 가장 유명한 문화 클럽.

그는 올렌스카 백작 부인이 살아왔고 고통을 겪었으며 아마도 신비스러운 기쁨을 맛보았을 세계를 그려 보려 애쓰면서 이런 기억을 떠올렸다. 밍고트 할머니와 웰랜드 가 사람들이 그녀가 '글쟁이들'이 모여 사는 '보헤미안' 동네에서 사는 데 반대했다는 이야기를 그에게 들려주면서 그녀가 재미있어하던 기억도 떠올랐다. 그녀의 가족이 질색하는 것은 위험이 아니라 가난이었다. 그러나 그녀는 그런 어두운 데까지는 생각이 미치지 않았고, 문학이 체통을 손상시킨다고 생각해서 그러는 줄로만 여겼다.

그녀 자신은 그런 생각을 전혀 하지 않았다. 그녀의 거실 여기저기 흩어져 있는 책들은 주로 소설이었지만, 폴 부르제[13]니 위스망스[14]니 공쿠르 형제[15] 같은 낯선 이름들이 아처의 관심을 끌었다. 그는 그녀의 집 문으로 다가갈 동안 이런 것들을 곰곰이 생각하면서, 그녀가 기상천외한 방식으로 그의 가치를 뒤집고 있으며, 그녀가 현재 처한 어려움을 돕고자 한다면 그가 알아 온 그 어떤 것과도 판이하게 다른 조건들을 염두에 둘 필요가 있다는 것을 새삼 깨달았다.

나스타샤는 수수께끼 같은 미소를 띠며 문을 열어 주었다. 복도의 긴 의자 위에는 검은담비로 테를 두른 외투와 안쪽에 금색으로 J. B.라고 새겨진 짙은색 실크로 된 접힌 오페라 모자, 흰색 실크 목도리가 놓여 있었다. 두말할 것도 없이 이 값비싼 물건들

13) 1852~1935. 프랑스 소설가이자 비평가. 이디스 워튼의 친구였다.

14) 1848~1907. 네덜란드 태생의 프랑스 소설가.

15) 에드몽(1822~1896)과 쥘(1830~1870). 함께 문필 활동을 한 프랑스 소설가.

의 임자는 줄리어스 보퍼트였다.

아처는 화가 치밀었다. 너무 화가 난 나머지 명함에 몇 마디 휘갈겨 놓고 돌아가려 했다. 그러다가 올렌스카 부인에게 편지를 쓰면서 지나치게 신중을 기하느라 그녀를 은밀히 만나고 싶다는 말을 하지 않았던 것이 기억났다. 그러니 그녀가 다른 손님들에게 문을 열어 주었다 해도 그의 탓이었다. 그래서 보퍼트에게 너무 오래 머물러 방해하지 말라고 눈치를 주어야겠다고 단단히 마음먹고 거실로 들어섰다.

그 은행가는 벽난로에 기대어 서 있었다. 벽난로 위에는 오래된 수놓은 천이 덮여 있고, 누르스름한 밀랍으로 된 교회용 양초를 꽂은 나뭇가지 모양의 청동 촛대들이 놓여 있었다. 보퍼트는 가슴을 앞으로 쑥 내밀고 벽난로에 어깨를 기댄 채 에나멜가죽 구두를 신은 한쪽 발로 몸을 지탱하고 있었다. 아처가 들어섰을 때 그는 미소 띤 얼굴로 난로 오른편 소파에 앉은 여주인을 내려다보고 있었다. 소파 뒤의 테이블 위에는 꽃이 병풍처럼 높이 쌓여 있었고, 올렌스카 부인은 보퍼트의 온실에서 온 선물이 틀림없는 그 난과 진달래를 배경으로 한 손으로 머리를 받치고 넓은 소맷자락이 젖혀져 팔꿈치까지 맨살을 드러낸 채 반쯤 누운 자세로 기대앉아 있었다.

저녁에 손님을 맞는 숙녀들은 소위 '단순한 디너 드레스'를 입는 것이 상례였다. 그런 드레스는 몸에 꼭 맞는 갑옷 같은 고래수염 비단 코르셋에 목선을 살짝 파서 너풀거리는 레이스를 달고, 주름 장식을 단 소매는 손목에 꼭 끼어 에트루리아 식의 금팔찌나 벨벳 끈이 보일 정도로만 손목을 드러냈다. 그러나 관습에 구애받지 않는 올렌스카 부인은 턱까지 올라오는 목선에 붉은색 벨벳을 두르고 앞섶에 윤나는 검은 모피를 댄 드레스를 입고 있었다. 아처는 마지막으로 파리를 방문했을 때 본 신진 화가 카롤뤼스 뒤랑[16]의 초상화를 떠올렸다. 그는 모피로 턱선을 두르고 이렇게 대담하게 몸에 착 붙는 드레스 차림을 한 숙녀의 그림으로 살롱[17]에 큰 논란을 불러일으켰다. 저녁에 후덥지근한 거실에서 걸친 모피라든가, 목도리로 감싼 목과 맨살을 드러낸 팔의 조합에는 뭔가 삐딱하고 도발적인 요소가 있었지만, 매력적인 효과는 부인할 수 없었다.

"기막힌 행운이군요. 스키터클리프에서 사흘을 꼬박 보내신다니!" 아처가 들어섰을 때 보퍼트가 우렁차고 냉소적인 목소리로 이렇게 말하고 있었다. "모피와 뜨거운 물병을 있는 대로 다 가져가는 게 좋을 겁니다."

"어째서요? 그 집이 그렇게 추운가요?" 그녀는 마치 키스해 달라는 듯 묘한 태도로 왼손을 아처에게 내밀면서 물었다.

"아뇨, 그 집 마나님이 그렇지요." 보퍼트는 아처에게 건성으로 고개를 끄덕이고 말했다.

"아주 친절한 분이시던데요. 저를 초대하러 몸소 와 주셨어요. 할머니는 제가 당연히 가야 한다고 하셨고요."

"할머님이야 물론 그렇게 말씀하시겠죠. 저는 다음 일요일 델모니코스[18]에서 당신을 위해 조촐한 굴 만찬회를 열 계획입니다. 안 오신다면 정말 유감스러울 겁니다. 캄파니니[19]와 스

16) 1837~1917. 프랑스 화가.
17) 1667년부터 파리에서 해마다 열린 공식 미술 전시회.
18) 1831년 로렌조 델모니코가 세운 뉴욕의 고급 식당.
19) 1845~1896. 이탈리아 오페라 가수.

칼키[20]를 비롯해서 유쾌한 사람들을 잔뜩 부를 테니까요."

그녀는 은행가와 아처를 번갈아 쳐다봤다.

"아, 뿌리치기 힘든 유혹이군요! 스트루더스 부인 댁에 갔던 저녁을 제외하면 여기 온 후로 예술가들을 한 명도 만나지 못했어요."

"어떤 예술가 말씀이십니까? 화가라면 아주 훌륭한 이들을 두어 명 알고 있는데, 괜찮으시다면 소개해 드리겠습니다." 아처가 대담하게 끼어들었다.

"화가라고요? 뉴욕에도 화가들이 있소?" 보퍼트는 자기가 그림을 사지 않는 한 화가가 한 명이라도 있을 리 없다는 투로 물었다. 올렌스카 부인이 차분하게 미소 지으며 아처에게 말했다.

"정말 근사하겠군요. 하지만 실은 극작가나 가수, 배우, 음악가 들을 두고 한 말이랍니다. 제 남편 집에는 그런 이들의 발길이 끊이지 않았지요."

그녀는 '제 남편'이라는 말을 어떤 불길한 암시도 없이 결혼 생활의 잃어버린 즐거움을 애석해하는 듯한 투로 입에 담았다. 아처는 자기 평판을 위험에 처하게 하면서까지 결혼 생활을 깨려고 하는 바로 그 순간에 과거를 그렇게도 쉽게 입에 올릴 수 있다니 경솔한 것인지 태연한 척하는 것인지 알 수 없어 당혹스러운 눈길로 그녀를 바라보았다.

그녀가 두 남자를 향해 말을 계속했다. "예기치 않았던 일이라면 즐거움이 더하겠죠. 똑같은 사람을 매일 본다면 아마 지겨울 거예요."

---

20) 1850~1922. 이탈리아 콘트랄토 가수.

"끔찍이도 지루한 일이지요. 뉴욕은 지루해서 죽을 지경이라고요." 보퍼트가 투덜댔다. "게다가 당신을 위해서 분위기를 좀 돋우려 했더니 약속을 어기시다뇨. 다시 생각해 보세요! 일요일이 마지막 기회라고요. 캄파니니는 다음 주 발티모어와 필라델피아로 떠날 예정이란 말입니다. 내 사실(私室)에 스타인웨이 제 피아노[21]가 있으니 밤새 나를 위해 노래를 불러 줄 거라오."

"근사하기도 해라! 다시 잘 생각해 보고 내일 아침 편지를 드리면 안 될까요?"

그녀는 상냥하게 말했지만, 목소리에 희미하게나마 거절의 뜻이 담겨 있었다. 보퍼트는 이를 분명히 느꼈으나, 거절에 익숙하지 않았으므로 미간을 잔뜩 찌푸린 채 그녀를 뚫어지게 응시했다.

"지금은 왜 안 됩니까?"

"이렇게 늦은 시각에 결정하기에는 너무 중대한 문제이니까요."

"이 정도 시간을 늦다고 하십니까?"

그녀는 그의 시선을 차갑게 맞받아쳤다. "예, 아처 씨와 사업상 잠시 할 얘기도 있고요."

"아." 보퍼트가 짧게 내뱉었다. 그녀의 어조에는 더 이상 매달릴 여지가 없었으므로, 그는 가볍게 어깨를 으쓱하고 냉정을 회복하여 능숙한 태도로 그녀의 손에 키스하고 문을 나서면서 외쳤다. "뉴랜드, 백작 부인이 여기 머물도록 설득한다면 당신도 만찬회에 끼워 주겠소." 그러고는 거만한 발걸음을 느릿느릿 옮

21) 독일 태생의 가구 제작가 헨리 스타인웨이(1797~1872)가 설립한 미국 회사에서 만든 피아노.

겨 방을 나갔다.

잠시 동안 아처는 그녀가 레터블레어 씨로부터 자기가 방문한다는 언질을 받았을 거라고 생각했다. 그러나 그녀의 엉뚱한 말은 그의 생각을 뒤집어 놓았다.

"당신도 화가들을 알고 있나요? 그들이 이웃에 사나요?" 그녀는 호기심으로 눈을 반짝이며 그에게 물었다.

"오, 그런 건 아닙니다. 예술가들이 사는 동네가 어딘지는 모릅니다. 변두리에 띄엄띄엄 흩어져 살겠지요."

"하지만 그런 데 관심이 많죠?"

"그야 물론이죠. 파리나 런던에 있을 때 전시회라면 하나도 놓치지 않았는걸요. 부지런히 쫓아다녔지요."

그녀는 주름잡은 긴 옷자락 사이로 엿보이는 작은 공단 신발코를 내려다보았다.

"저도 한때는 무척이나 좋아했더랬지요. 내내 그런 데 미쳐서 살았어요. 하지만 이제는 그러지 않으려고 해요."

"그러지 않으려고 한다고요?"

"예. 과거의 생활을 던져 버리고 이곳의 다른 모든 사람들과 꼭 같아지고 싶어요."

아처의 얼굴이 붉어졌다. "당신은 아무리 해도 다른 사람들과 똑같아지지는 않을 거요."

그녀가 곧게 뻗은 눈썹을 약간 치켜떴다. "아, 그런 말 마세요. 다르다는 것을 내가 얼마나 싫어하는지 당신은 모를 거예요!"

그녀의 얼굴이 비극 배우의 가면처럼 어두워졌다. 그녀는 앞으로 몸을 숙이고 가느다란 손으로 무릎을 감싸 안더니, 그에게서 눈을 돌려 공허하고 어두운 시선을 먼 곳에 던졌다.

"난 그 모든 것으로부터 도망치고 싶어요." 그녀가 단호하게 말했다.

그는 잠시 기다렸다가 헛기침을 했다. "압니다. 레터블레어 씨한테서 들었습니다."

"아?"

"그 때문에 왔습니다. 레터블레어 씨가 부탁하셔서……. 제가 법률 회사에 있다는 건 아시겠지요."

그녀는 좀 놀란 듯했다가 곧 눈을 빛냈다. "저를 위해 그 일을 맡아 주시겠다는 말씀이군요? 레터블레어 씨 대신 당신에게 의논해도 되지요? 오, 그렇게 되면 일이 훨씬 더 쉬워질 거예요!"

그는 그녀의 어조에 마음이 움직여 어깨가 으쓱해지는 동시에 점점 더 강한 자신감을 느꼈다. 그는 그녀가 보퍼트를 쫓아 버리려고 사업 얘기를 들먹였음을 알았고, 그 사실에 일종의 승리감을 느꼈다.

"그 얘기를 하러 여기 온 겁니다." 그가 되풀이해 말했다.

그녀는 여전히 팔로 머리를 받치고 소파 등에 몸을 기댄 채 말없이 앉아 있었다. 그녀의 얼굴은 마치 드레스의 화려한 붉은 빛에 가린 듯이 창백하고 어두워 보였다. 그녀는 갑자기 아처에게 애처롭고 가련하기까지 한 모습으로 다가왔다.

"이제 본론으로 들어갑시다." 그는 어머니와 주변 사람들을 줄곧 비판했으면서도, 자신도 똑같이 본능적으로 뒷걸음질치고 있음을 깨달았다. 이런 낯선 상황에 대처할 준비가 거의 안 되어 있었다! 관련 용어들도 생소하기만 했고, 소설이나 연극 속의 한 장면 같았다. 이런 일이 눈앞에 닥치고 보니 소년처럼 어색하고 당황스러웠다.

잠시 후 올렌스카 부인이 갑자기 열띤 어조로 말했다. "난 자유로워지고 싶어요. 과거를 모조리 다 지워 버렸으면 좋겠어요."

"이해합니다."

그녀의 얼굴이 밝아졌다. "그럼 절 도와주실 거죠?"

그가 주저했다. "먼저…… 조금 더 알 필요가 있습니다."

그녀는 놀란 듯했다. "제 남편이나 그이와의 결혼 생활에 대해서는 알고 있지 않나요?"

그는 그렇다는 표시를 했다.

"그렇다면…… 뭐가 더 있죠? 이 나라에서는 이혼이 허용되잖아요? 난 프로테스탄트 교도예요. 우리 교회에서는 이런 경우에 이혼을 막지 않아요."

"물론 그렇지요."

그들은 둘 다 입을 다물었고, 아처는 그들 사이에 올렌스키 백작이 보낸 편지의 망령이 험상궂은 얼굴로 섬뜩하게 도사리고 있음을 느꼈다. 그 편지는 반 페이지에 불과했으며, 그가 레터블레어 씨에게 말한 대로 성난 악한이 홧김에 내뱉은 폭언일 뿐이었다. 그러나 그 뒤에 얼마만큼의 진실이 숨어 있을까? 올렌스키 백작의 아내만이 알 일이었다.

"레터블레어 씨에게 주신 서류를 검토해 봤습니다." 마침내 그가 입을 열었다.

"그보다 더 끔찍한 것이 있을까요?"

"없겠지요."

그녀는 자세를 약간 바꾸어 손을 들어 눈을 가렸다.

아처가 말을 계속했다. "물론 아시겠지만, 남편께서 소송에 맞서겠다고 하신다면……, 협박한 대로……."

"그런다면……?"

"이런저런 얘기들을 꺼낼 수도 있겠지요……. 불유쾌한…… 당신에게 거슬릴 수도 있는 얘기들을……. 그런 얘기들을 공개적으로 해서 세상에 퍼진다면, 당신에게 해가 될 수도 있겠지요. 만일……."

"만일……?"

"제 말뜻은, 그 얘기들이 아무리 근거 없는 것일지라도 그렇다는 말입니다."

그녀는 한참 동안 말이 없었다. 그는 그녀의 그늘진 얼굴을 계속 보고 싶지 않아서 그녀의 한 손과 무릎 위에 놓은 다른 손 넷째 손가락과 거기에 끼운 반지 세 개를 세부까지 샅샅이 머릿속에 새길 만큼 오래 들여다보았다. 그중에 결혼반지는 없었다.

"그이가 공개적으로 떠들고 다닌다 한들, 내가 여기 있는 이상 그런 비난이 무슨 해가 되겠어요?"

하마터면 이 말이 입에서 튀어나올 뻔했다. "이 불쌍한 여자야……, 다른 어느 곳에 있는 것보다 훨씬 더 해가 된다고!" 그는 이 말을 삼키고 스스로 느끼기에 레터블레어 씨 같은 어조로 대답했다. "뉴욕 사회는 당신이 살았던 곳에 비하면 아주 작은 세계입니다. 게다가 겉보기와는 달리 몇몇이 지배하는 세계지요. 사고방식도 다소 보수적이고요."

그녀가 아무 말도 하지 않았으므로 그는 말을 이었다. "결혼과 이혼에 대해서는 특히 더욱 보수적이죠. 법적으로는 이혼에 찬성하지만…… 사회 관습은 그렇지 않습니다."

"절대 안 되나요?"

"여성이 아무리 상처를 입었고, 아무리 비난받을 일을 하지 않았다 해도, 조금이라도 불리한 모습을 보인다거나, 어떤 것이든 관습에 벗어난 행동을 해서…… 불쾌한 암시에 휘말리게 된다면……."

그녀는 고개를 약간 수그렸다. 그는 그녀가 분노를 터뜨리거나 적어도 거부의 뜻으로 짧은 비명이라도 지르기를 간절히 바라며 다시 기다렸다. 아무 일도 없었다.

작은 시계가 그녀의 바로 곁에서 똑딱똑딱 소리를 냈고, 장작이 두 조각으로 부러지면서 불티를 날렸다. 사위가 쥐죽은 듯 고요했고, 온 방이 걱정스레 아처와 함께 조용히 기다리고 있는 듯했다.

"그래요." 그녀가 마침내 나지막이 속삭였다. "저희 집안에서 하는 얘기도 그거예요."

그는 약간 주춤했다. "무리도 아니지요……."

"우리 집안이라고 해야겠군요." 그녀가 정정하자, 아처는 얼굴을 붉혔다. "당신도 곧 한 집안 식구가 될 테니까요." 그녀가 부드럽게 덧붙였다.

"그럴 테죠."

"그러면 당신도 같은 생각인가요?"

그는 이 말에 일어나서 방을 이리저리 거닐며 낡은 붉은색 다마스크 천에 걸린 그림들 중 하나를 멍하니 응시하다가 머뭇거리며 그녀 곁으로 되돌아왔다. "그렇습니다. 당신 남편의 암시가 진짜라면, 그렇지 않더라도 당신이 그것을 부인할 길이 없다면 어떡하겠습니까?"

"진심으로……." 그가 막 말하려 하는 참에 그녀가 불쑥 말했다.

그는 난롯불을 내려다보았다. "진심으로…… 온갖 추잡한 얘기들이 나올지도 모르는데……, 아니 틀림없이 그럴 텐데, 그래봤자 무엇을 얻을 수 있겠습니까?"

"하지만 자유는……, 그건 아무것도 아닌가요?"

그 순간 편지에 적힌 비난이 사실이며, 그녀는 자기와 죄를 저지른 공범과 결혼하기를 원한다는 생각이 그의 머리를 스치고 지나갔다. 만일 그녀가 정말로 이런 계획을 마음속에 품고 있다면, 미국 법이 이를 엄히 금하고 있다는 것을 어떻게 말해야 할까? 그녀가 그런 생각을 마음속에 품고 있을지 모른다는 의심만으로도 그의 태도는 돌연 가혹하고 냉정하게 바뀌었다. 그가 맞받아쳤다. "하지만 당신은 거칠 것 없이 자유롭지 않습니까? 누가 당신을 건드릴 수 있겠습니까? 레터블레어 씨의 말로는 금전 문제는 이미 해결되었다던데……."

"아, 그래요." 그녀가 건성으로 대꾸했다.

"그렇다면, 고통스럽고 불쾌하기 짝이 없을지도 모르는데 위험을 무릅쓸 가치가 있을까요? 신문들은 또 어떻고……. 얼마나 비열한지! 어리석고 편협하고 부당하죠……. 하지만 아무도 사회를 바꿀 수는 없어요."

"그렇죠." 그녀는 수긍했다. 그녀의 음성은 너무나 가냘프고 절망적이어서 그는 문득 자기가 너무 심했다는 자책감을 느꼈다.

"이런 경우 개인은 거의 예외 없이 집단의 이익으로 여겨지는 것에 희생되고 말지요. 사람들은 가족을 유지시켜 주고 아이들을 보호해 주는 관습이라면 어떤 것이든 집착하니까요. 그게 뭐든 말입니다." 그는 그녀의 침묵으로 드러나 버린 추한 현실을 어떻게든 덮어 보려고 입에서 나오는 대로 진부한 문구들을 두서없이 주워섬겼다. 하고 싶지 않은지 할 수가 없는지 그녀의 입에서는 분위기를 바꿔 줄 만한 말 한마디 나오지 않았으므로, 그는 오로지 자기가 그녀의 비밀을 파헤치려 한다는 느낌을 주지 않았기만 바랄 뿐이었다. 신중한 옛 뉴욕 식대로 하자면, 자신이 치유해 줄 수 없는 상처를 헤집을 위험을 무릅쓰느니 깊이 들어가지 않는 편이 나았다.

그는 말을 계속했다. "아시다시피, 당신을 가장 아끼는 사람들과 같은 식으로 이 문제를 보도록 당신을 돕는 것이 제 일입니다. 밍고트 가, 웰랜드 가, 밴 더 루이든 가, 그밖에 당신 친구들과 친척들 모두 말입니다. 그들이 이런 문제를 어떻게 판단하는지 당신에게 솔직하게 알려 드리지 않는다면 공정치 못한 행동이겠지요, 그렇지 않습니까?" 그는 지겨운 침묵을 덮으려는 일념으로 거의 애걸하듯이 끈질기게 말했다.

그녀가 천천히 입을 열었다. "그렇죠. 공정치 못하겠지요."

불타는 장작이 바스러져 회색 재로 변했고, 램프 중 하나도 가물거렸다. 올렌스카 부인은 일어나서 심지를 돋우고 불가로 돌아왔으나, 도로 자리에 앉지는 않았다.

그녀가 계속 선 채 있는 모습으로 보아 더 이상 할 말도 들을 얘기도 없다는 뜻 같았으므로, 아처도 자리에서 일어섰다.

"좋아요. 당신 뜻대로 하겠어요." 그녀가 불쑥 말했다. 그는 이마로 피가 확 쏠리는 기분으로 그녀의 갑작스러운 굴복에 당황하여 어색하게 그녀의 두 손을 잡았다.

"저는…… 당신을 진심으로 돕고 싶습니다." 그가 말했다.

"정말로 도움이 되었어요. 안녕히 가세요, 친척 오라버니."

그는 허리를 굽히고 그녀의 손에 입술을 대었다. 그녀의 손은 죽은 사람의 손처럼 싸늘했다. 그녀가 손을 거두자, 그는 문을 나와 복도의 희미한 가스등 아래에서 외투와 모자를 찾아 말더듬이들의 때늦은 웅변으로 가득 찬 겨울밤 속으로 뛰쳐나왔다.

13

그날 밤 월랙 극장[1]은 만원이었다.

연극은 디온 부시코[2]가 주인공을 맡고 해리 몬테규[3]와 애더 다이어스[4]가 연인으로 나온 「방랑자」였다. 이 명성이 자자한 영국 극단은 인기 절정을 달리고 있었으므로, 「방랑자」가 상연될 때는 항상 극장이 초만원을 이루었다. 맨 위층 관람석은 흥분으로 떠들썩했다. 1층 정면의 특별석과 박스석의 관객들은 진부한 감상적인 장면이나 인기를 끌려는 뻔한 장면에 가벼운 미소를 지으면서도 맨 위층 관람석 못지않게 연극을 즐겼다.

특히 1층부터 꼭대기까지 극장 전체를 사로잡은 장면이 있었다. 거의 대사가 없는 다이어스 양과의 슬픈 이별 장면 후, 해리

1) 미국의 배우 겸 극작가, 극단 경영인 레스터 월랙(1820~1888)이 경영한 극장.

2) 1820~1890. 아일랜드 태생의 미국 극작가이자 배우.

3) 1844~1878. 미국의 배우.

4) 1844~1908. 미국의 여배우.

몬태규가 그녀에게 작별을 고하고 나가려고 돌아서는 장면이었다. 벽난로 옆에 서서 불을 들여다보는 여배우는 유행을 따른 루핑이나 주름 장식도 없이 큰 키에 맞게 발치까지 길게 흘러내리는 회색 캐시미어 드레스 차림이었다. 목에는 가느다란 검은색 벨벳 리본을 두르고 끝을 등으로 늘어뜨렸다.

애인이 몸을 돌리자 그녀는 벽난로 위에 팔을 괴고 얼굴을 묻었다. 그는 문지방에서 발을 멈추고 그녀를 쳐다보았다. 그러더니 살그머니 되돌아와서 벨벳 리본의 한쪽 끝을 잡고 입을 맞춘 다음 방을 나갔으나, 그녀는 그의 기척을 듣지도 못했고 자세를 바꾸지도 않았다. 이 침묵의 이별을 끝으로 막이 내렸다.

뉴랜드 아처는 항상 바로 이 장면 때문에 「방랑자」를 보러 왔다. 그는 몬태규와 애더 다이어스의 이별 장면이 크루아제트[5]와 브레상[6]의 파리 공연이나, 매지 로버트슨[7]과 켄덜[8]의 런던 공연에서 보았던 것과 견줄 만하다고 생각했다. 절제된 침묵과 말없는 슬픔은 그 어떤 유명한 신파조의 장광설보다 더 그를 감동시켰다.

그 짧은 장면은 일주일인가 열흘쯤 전 문제의 그날 저녁 올렌스카 부인과 밀담을 나눈 후, 이유는 알 수 없지만 작별 인사도 듣지 못하고 떠나온 일을 상기시켜 점점 더 그의 마음을 시리게 했다.

두 장면 사이에서 닮은 점을 찾느니 차라리 그들과 배우들의

---

5) 러시아 출신 여배우.

6) 1815~1886. 프랑스 배우.

7) 1848~1935. 영국 여배우.

8) 1843~1917. 영국 배우이자 극장 경영자. 매지 로버트슨의 남편.

외모에서 비슷한 데를 찾는 편이 쉬울 것이다. 뉴랜드 아처는 아무리 우겨도 젊은 영국 배우의 낭만적인 외모와 한 군데라도 닮았다고 하기 어려웠고, 다이어스 양은 엘렌 올렌스카의 생기발랄한 표정과는 판이하게 창백하고 호감 가지만 못생긴 얼굴에 기골이 장대하고 키가 크며 붉은 머리의 여인이었다. 아처와 올렌스카 부인은 말도 못하고 애만 태우며 작별한 연인 사이도 아니었다. 그들은 변호사에게 최악의 상황에 빠진 고객이라는 인상을 주는 대화를 나누고 헤어진 의뢰인과 변호사였다. 대체 어디에 닮은 점이 있어 이 젊은이의 가슴을 아련한 감흥으로 뛰게 한단 말인가? 변함없이 되풀이되는 일상사 바깥에서 비극적이고 감동적인 일이 벌어질 가능성을 암시하는 올렌스카 부인의 신비스러운 능력 때문인지도 몰랐다. 그녀는 이런 인상을 줄 만한 말은 한마디도 한 적이 없었지만, 그녀의 신비스럽고 특이한 배경에서 나왔건, 아니면 그녀에게 본래부터 내재한 극적이고 정열적이고 범상치 않은 어떤 요소로부터 나왔건, 그 능력은 그녀의 일부였다. 아처는 항상 사건의 원인을 제공하는 타고난 성격에 비하면, 우연과 환경은 사람의 운명을 만드는 데에서 사소한 역할밖에는 하지 못한다고 생각하는 쪽이었다. 그는 올렌스카 부인에게서 처음부터 이런 성격을 감지했다. 조용하고 거의 수동적이기까지 한 이 젊은 여인은 아무리 몸을 사리고 피해보려 무진 애를 써도 다사다난한 삶을 살 수밖에 없도록 정해진 바로 그런 종류의 사람이라는 인상을 주었다. 흥미로운 사실은 그녀가 너무나 연극 같은 인생을 살아온 나머지 그런 상황을 야기하는 본인의 성격은 눈에 띄지 않는다는 것이다. 이상할 정도로 놀라는 법이 없는 것을 보면 그녀는 산전수전 다 겪는 와중에 놀라는 감각을 잃어버린 듯했다. 그녀가 당연하게 받아들이는 것들을 보면 어떤 것들과 맞서 왔는지 짐작이 갔다.

아처는 올렌스키 백작의 비난이 근거 없는 것은 아니라는 확신을 품고 그녀와 헤어졌다. 아내의 과거에서 '비서'라는 정체불명의 인물은 아마도 그녀를 탈출시키면서 뭔가 자기 몫의 보상을 챙겼을 것이다. 그녀는 말로 표현할 수도, 믿을 수도 없는 참기 어려운 상황에서 도망쳤다. 그녀는 젊었고, 겁에 질려 있었고, 절망에 빠져 있었다. 자신을 구해 준 사람에게 감사의 정을 느꼈다 해도 이상한 일이 아니다. 딱하게도 법과 세상은 그녀가 느낀 감사를 가증스러운 남편과 똑같은 눈으로 보았다. 아처는 책임을 맡은 이상 그녀에게 이를 이해시키는 수밖에 없었다. 아울러 틀림없이 그녀는 더 큰 관용을 기대했겠지만, 그는 순진하고 따듯한 뉴욕이야말로 그녀가 가장 자비를 바라기 어려운 곳임을 확실히 이해시켰다.

이 사실을 그녀에게 분명히 알려 주고, 그녀가 이를 체념하고 감수하는 모습을 보는 것은 그에게 참을 수 없이 괴로운 일이었다. 그는 그녀가 말없이 과오를 자인하여 자신을 그의 처분에 내맡김으로써 초라하나 매력적인 모습이 된 듯이, 질투와 동정이 뒤섞인 모호한 감정으로 그녀에게 끌리는 것을 느꼈다. 그녀가 레터블레어 씨의 차갑고 날카로운 눈초리나 가족들의 당혹스러운 시선이 아니라 자기 앞에 비밀을 드러내어 기뻤다. 그는 즉각 양쪽에 그녀가 법적 절차를 밟아도 소용없음을 이해하고 이혼하려는 노력을 포기했다는 사실을 전했다. 그들은 깊이 안도의 한숨을 내쉬며 하마터면 그녀로 인해 겪을 뻔했던 '불유쾌한' 일에서 눈을 돌렸다.

"뉴랜드가 잘 해낼 줄 알았어." 웰랜드 부인은 장래의 사위를 자랑스러워하며 말했다. 그를 은밀히 불렀던 밍고트 노부인은 뛰어난 일처리 솜씨를 칭찬해 주면서 짜증스레 덧붙였다. "어리석은 아이 같으니라고! 내 입으로 누누이 허튼 소리라고 말해 줬지. 기혼녀에 백작 부인으로 사는 게 낫지 노처녀 엘렌 밍고트가 되고 싶으냐고!"

이런 사건들을 떠올리자니 올렌스카 부인과 마지막으로 나누었던 대화가 생생히 되살아나, 두 배우가 이별하는 장면에서 막이 내릴 때 그는 눈에 눈물이 가득 고인 채 일어서서 극장을 빠져나왔다.

나오면서 건물 옆으로 돌다가 박스석에 보퍼트 부부, 로렌스 레퍼츠 부부와 그밖에 한두 사람과 함께 앉은 그녀를 보았다. 그들이 함께 보낸 저녁 이후로 단 둘이 얘기를 나눈 적은 없었고, 그도 그녀와 마주칠 자리를 피하려고 애썼다. 그러나 지금 그들의 눈이 마주쳤고, 보퍼트 부인도 동시에 그를 알아보고 오라며 힘없이 손짓을 했으므로, 박스석에 가지 않을 도리가 없었다.

보퍼트와 레퍼츠가 그가 지나가도록 길을 비켜 주었다. 늘 아름답게 보이는 데만 신경 쓰고 할 말은 별로 없는 보퍼트 부인과 몇 마디 나눈 후, 아처는 올렌스카 부인 뒤에 앉았다. 박스석 안에는 실러턴 잭슨 씨 외에는 아무도 없었다. 그는 일부 사람들의 말로는 춤도 추었다는 레뮤얼 스트루더스 부인의 지난 일요일 환영회에 대해 보퍼트 부인과 은밀하게 속닥이고 있었다. 완벽한 미소를 띠고 객석에서 옆모습이 보이도록 오른쪽으로 머리를 비스듬히 기울인 채 경청하는 보퍼트 부인과 잭슨 씨의 대화를 방패 삼아, 올렌스카 부인이 몸을 돌리고 무대로 시선을 던지며 나지막이 물었다. "그가 내일 아침 그녀에게 노란 장미 한 다발을 보낼 거라고 생각하시나요?"

아처는 얼굴이 붉어지고 심장이 쿵쾅거렸다. 그는 올렌스카 부인을 겨우 두 번 방문했을 뿐이고, 그때마다 카드를 동봉하지 않은 노란 장미 상자를 보냈다. 그녀는 전에는 한번도 꽃에 대해 입도 벙긋한 적이 없어서, 그가 보냈다고는 꿈에도 생각지 않는 줄로만 알았다. 지금 그녀가 갑자기 선물 얘기를 꺼내어 무대에서의 애정 넘치는 작별과 이를 연결 짓자, 기쁨의 전율이 그의 몸을 타고 흘렀다.

"저도 그런 생각을 하고 있었습니다……. 저 장면을 가슴에 품고 가려고 극장을 떠나던 참이었죠." 그가 말했다.

놀랍게도 그녀의 얼굴이 붉어졌다. 그녀는 매끄러운 장갑을 낀 손에 든 진줏빛 오페라글라스를 잠시 내려다보다가 물었다. "메이가 없을 때는 무얼 하시나요?"

"일에 전념하지요." 그는 질문에 약간 불쾌감을 느끼며 대답했다.

오랜 관습대로, 웰랜드 가는 지난주 세인트 오거스틴[9]으로 떠났다. 그들은 웰랜드 씨의 약한 기관지 때문에 늘 그곳에서 겨울 후반부를 보냈다. 온화하고 과묵한 웰랜드 씨는 자기 의견은 없을망정 지켜야 할 습관은 많은 사람이었다. 이런 습관은 아무도 막을 수 없었다. 해마다 남쪽으로 여행을 가면서 꼭 처와 딸을 데려가야 하느냐고 묻는 이도 있었다. 그러나 그의 마음의 평화를 위해서는 반드시 가정생활이 그대로 유지되어야 했다. 웰

9) 1565년 스페인 정착민들이 건설한 플로리다 북동부의 휴양도시.

랜드 부인이 가르쳐 주지 않는다면 그는 자기 머리빗이 어디 있는지, 편지에 붙일 우표를 어디서 사야 할지도 몰랐다.

우애가 돈독한 가족들인 데다 웰랜드 씨는 이러한 숭배의 중심에 있었으므로, 그의 아내와 메이는 그를 세인트 오거스틴에 혼자 보낸다는 생각은 해 본 적도 없었다. 두 아들은 모두 법조계에 몸담고 있어서 겨울 동안 뉴욕을 떠날 수 없었으므로, 항상 부활절에 합류하여 아버지와 함께 뉴욕으로 돌아왔다.

아처가 메이에게 아버지와 동행할 필요가 있느냐를 놓고 감히 왈가왈부할 수는 없었다. 밍고트 가 주치의는 웰랜드 씨가 한 번도 앓은 적이 없는 폐렴의 권위자로 소문난 의사였으므로, 세인트 오거스틴에 가야 한다는 그의 주장은 아무도 굽힐 수 없었다. 원래 플로리다에서 돌아온 후 메이의 약혼을 발표할 생각이었으나, 이를 더 빨리 알렸다 해서 웰랜드 씨가 계획을 바꿀 리는 없었다. 아처도 합류해서 약혼녀와 몇 주간 햇볕을 쬐고 배타기를 즐기면 좋겠지만, 그 역시 관습과 인습에서 자유롭지 못했다. 그의 직무가 아무리 빡빡하지 않다 해도, 한겨울에 휴가를 낼 생각을 한다면 밍고트 가 사람들로부터 경박하다는 비난을 받게 될 것이다. 그는 체념이야말로 결혼 생활에 빠질 수 없는 필수 항목임을 깨닫고, 체념하는 자세로 메이의 출발을 받아들였다.

그는 눈을 내리깔고 자신을 내려다보고 있는 올렌스카 부인의 시선을 의식했다. “당신이 원하시는 대로 했어요……. 충고해 주신 대로.” 그녀가 불쑥 말했다.

“아……, 기쁘군요.” 그는 이런 때에 그 얘기를 끄집어내자 당황하며 대꾸했다.

"저도 알아요……, 당신 말이 옳다는 거." 그녀가 약간 숨을 헐떡이며 말을 이었다. "하지만 살다 보면 때로 어렵고…… 혼란스러워서……."

"압니다."

"당신이 옳다는 것을 저도 잘 알고 있다는 말을 하고 싶었어요. 감사한다는 것도요." 박스석 문이 열리면서 보퍼트의 걸걸한 음성이 그들 사이에 끼어들자, 그녀는 말을 중단하고 재빨리 오페라글라스를 눈에 갖다 댔다.

아처는 일어나서 박스석을 나와 극장을 나섰다.

그는 바로 전날 메이 웰랜드로부터 그녀답게 솔직한 투로 자기들이 없어도 "엘렌에게 친절히 대해 달라"고 부탁하는 편지를 받았다.

> 엘렌은 당신을 좋아하고 무척 존경해요. 아시다시피 그런 내색은 하지 않아도 많이 외롭고 불행해요. 할머님도 로벨 밍고트 외삼촌도 엘렌을 이해하시는 것 같지는 않아요. 그분들은 엘렌이 실제보다 더 세파에 닳았고 사교를 즐긴다고 생각하세요. 가족들은 인정하려 하지 않지만, 틀림없이 뉴욕은 엘렌에게 지루한 곳일 거예요. 제가 보기에도 엘렌은 근사한 음악, 그림 전시회, 화가니 작가니 당신이 찬미하는 수많은 똑똑한 사람들을 비롯한 유명 인사들과의 교제 등, 우리가 겪어 보지 못한 많은 것에 둘러싸여 살아 왔어요. 할머님은 엘렌이 만찬과 의상 이상을 원한다는 것을 이해하지 못하세요. 하지만 뉴욕에서 엘렌이 정말로 좋아하는 것에 대해 대화를 나눌 수 있는 사람은 거의 당신뿐일 거예요.

현명한 메이. 그 편지를 받고 그녀가 얼마나 사랑스러워졌는지! 그러나 그녀의 말대로 따를 생각은 없었다. 바쁘기도 했고, 약혼한 남자로서 남들 눈에 띄게 올렌스카 부인의 옹호자 역할을 떠맡을 생각도 없었다. 그가 보기에 엘렌은 순진한 메이가 생각하는 것보다 훨씬 더 스스로를 잘 돌볼 줄 알았다. 보퍼트가 엘렌의 발밑에 무릎을 꿇고 있고, 밴 더 루이든 씨는 수호신처럼 그녀의 머리 위를 맴돌고 있으며, 로렌스 레퍼츠를 포함한 수많은 후보자들이 주변에서 기회만 엿보고 있다. 그러나 그는 엘렌을 보거나 대화를 나눌 때마다 메이의 순진함이야말로 거의 예언적인 통찰력에 가깝다는 느낌을 지울 수 없었다. 엘렌 올렌스카는 외롭고 불행했다.

14

아처는 로비로 나왔다가 친구인 네드 윈셋과 마주쳤다. 그는 제이니가 '똑똑한 사람들'이라고 부르는 이들 중에서, 클럽이나 음식점에서 나누는 보통 수준의 잡담을 넘어 조금 더 깊이 있는 대화를 즐기는 유일한 친구였다.

그는 극장 반대편에서 윈셋의 초라한 굽은 등을 발견하고, 그의 시선이 보퍼트의 박스석을 향하고 있는 것을 알아챘다. 두 사람은 악수를 나누었다. 윈셋은 길모퉁이 작은 독일식 식당에서 흑맥주 한잔하자고 제의했다. 아처는 그런 곳에서 평상시처럼 대화를 나눌 기분이 아니었으므로, 집에 가서 할 일이 있다는 핑계로 거절했다. 그러자 윈셋이 말했다. "오, 그럼 나도 그렇게 할까. 나도 '부지런한 도제(徒弟)'[1]니까."

함께 어슬렁거리며 걷던 중, 윈셋이 입을 열었다. "이보게, 내

1) 윌리엄 호가스의 판화 「근면과 게으름」 연작에 나오는 인물.

가 진짜로 알고 싶었던 건 저기 자네들 멋진 박스석에 있는 검은 옷을 입은 숙녀 이름이야……. 보퍼트 부부와 함께 있는 숙녀 말이야. 자네 친구인 레퍼츠도 홀딱 반한 것 같은데."

아처는 이유는 알 수 없었으나 슬며시 짜증이 났다. 도대체 네드 윈셋이 어쩌자고 엘렌 올렌스카의 이름을 알고 싶어 하는 것일까? 게다가 무엇보다도, 레퍼츠는 왜 또 거기 끌어들인단 말인가? 이런 호기심을 노골적으로 드러내다니 윈셋답지 않았다. 그러나 마침내 그가 잡지기자라는 데 생각이 미쳤다.

"인터뷰를 하려는 건 아니겠지?" 아처가 웃으면서 말했다.

"글쎄……, 잡지 때문은 아니고…… 그냥 개인적으로 궁금해서 그래." 윈셋이 대답했다. "실은 우리 이웃에 살거든……. 저런 미인이 살기에는 좀 묘한 동네인데 말이야……. 우리 아들이 고양이를 쫓다가 그녀의 집 부근에서 넘어져서 심하게 다친 일이 있었는데, 얼마나 친절히 대해 줬는지 모른다고. 모자도 안 쓰고 뛰어나와 아이를 안고 들어가서 무릎을 아주 훌륭하게 붕대로 감아 줬는데, 얼마나 인정스럽고 아름다웠는지 우리 집사람이 넋이 다 나가서 이름을 묻는 것도 잊었다는 거야."

유쾌한 만족감이 아처의 마음속 가득 퍼져 나갔다. 특별한 것이라곤 전혀 없는 얘기였다. 어느 여자라도 이웃집 아이에게 그 정도 친절은 베풀어 주었을 것이다. 그러나 모자도 쓰지 않고 뛰쳐나가 아이를 안고 들어갔다든지, 불쌍한 윈셋 부인을 이름을 묻는 것도 잊을 만큼 홀렸다는 얘기가 참으로 엘렌답다고 느꼈다.

"올렌스카 백작 부인이야. 밍고트 노부인의 손녀지."

"휴우, 백작 부인이라고!" 네드 윈셋이 휙 휘파람을 불었다.

"백작 부인이 지척에 사는 줄은 몰랐군. 밍고트 가가 아니고 말이야."

"자네가 받아들이기만 하면 그럴 수도 있지."

"아, 그런가……." 사교계에 드나들기를 끔찍이 싫어하는 '똑똑한 사람들'의 성향은 그들의 해묵은 논쟁거리였으나, 둘 다 그 지루한 논쟁을 계속해 봐야 아무 소용없음을 알고 있었다.

윈셋이 불쑥 물었다. "백작 부인이 어쩌다가 우리 동네 같은 빈민가에서 살게 됐지?"

"그녀는 어디에 사는지 따윈 조금도 개의치 않으니까……. 우리의 사소한 사회적 푯말에 대해서도 말이야." 아처는 그녀를 설명해 주면서 은밀한 자부심을 느꼈다.

"흠……, 더 큰물에서 살다 와서 다르단 말이지." 상대방이 말했다. "자, 난 이쪽으로 가야겠네."

그는 구부정한 자세로 브로드웨이를 가로질러 걸어갔다. 아처는 그 자리에 서서 그의 뒷모습을 바라보며 그가 남긴 마지막 말을 곱씹었다.

네드 윈셋에게는 번쩍이는 통찰력이 있었다. 아처는 그 점 때문에 그에게 흥미를 느끼는 한편으로, 그런 통찰력을 갖고도 어째서 대개의 남자들이라면 아직도 필사적으로 노력할 나이에 그렇게 무덤덤하게 실패를 받아들이는 것일까 항상 의아했다.

아처는 윈셋에게 아내와 아이가 있다는 것은 진작부터 알았지만, 그들을 한번도 본 적은 없었다. 두 사람은 항상 센추리나 윈셋이 흑맥주를 마시러 가자고 했던 식당 같은, 언론인들과 연극 관계자들이 자주 드나드는 곳에서 만났다. 그는 아처에게 자기 아내가 병자라고 말한 적이 있었다. 사실일 수도 있고, 아니면 단지 사교성이 부족하거나 야회복이 없거나, 둘 다 없어서일지도 몰랐다. 윈셋 본인으로 말하자면 사회적 관습을 끔찍이도 싫어했다. 더 깔끔하고 편하다는 이유로 저녁에 정장을 차려입는 것을 당연히 여기고, 깔끔함과 편안함이 웬만한 돈으로 얻기에는 너무 값비싼 품목이라는 생각은 한번도 해 본 적이 없는 아처는 윈셋의 그런 태도를 넌더리나는 '보헤미안' 흉내로 치부했다. 상류층 사람들은 옷 갈아입는 것을 당연한 일로 생각할 따름이고 자기가 거느린 하인들의 수를 항상 외우고 다니지는 않는데도, 이렇게 보헤미안인 척하는 자들은 그들을 다른 사람들보다 훨씬 더 단순하고 뻔뻔스러운 인종으로 취급했다. 그럼에도 불구하고 그는 늘 윈셋에게 자극을 받았고, 이 기자의 턱수염이 덥수룩한 야윈 얼굴과 우울한 눈초리가 눈에 띄면 언제나 구석에서 끌어내어 한참 동안 얘기를 나누곤 했다.

윈셋은 좋아서 기자가 된 것은 아니었다. 그는 불운하게도 문학이 필요하지 않게 된 세상에 때를 잘못 맞춰 태어난 순수한 문학청년이었다. 그러나 간결하고 훌륭한 문학 평론집 한 권을 출판하여 그중 120부를 팔고, 30부는 나눠 주고, 나머지는 결국 출판업자가 더 돈이 될 만한 책을 보관할 자리를 만들려고 계약에 따라 폐기해 버린 일이 있은 다음, 자신의 참된 소명을 버리고 유행하는 그릇들과 벽지 도안을 뉴잉글랜드 연애소설과 무알코올 음료 광고와 번갈아 싣는 여성 주간지에 부편집장으로 취직했다.

윈셋은 자기가 만드는 잡지인 《가정의 불꽃》 얘기만 나오면 지치지도 않고 떠들었지만, 그 밑에는 한때 애써 보았으나 포기하고 만 젊은이의 무력한 쓰라림이 숨어 있었다. 아처는 그와 대화할 때마다 자신의 삶을 되돌아보고 그것이 얼마나 빈약한가를 느끼곤 했다. 그러나 윈셋의 삶은 훨씬 더 빈약했다. 그들이 공유하는 풍부한 지적 관심과 호기심 덕분에 항상 매우 즐거운 대화를 나눌 수 있다 해도, 주고받는 이야기는 보통 사변적인 딜레탕티즘의 범위를 넘지 않았다.

"사실, 다 그럴 테지만 사는 게 그다지 녹록지는 않아." 윈셋은 언젠가 이런 말을 했다. "난 완전히 녹초가 됐어. 해 놓은 것도 하나도 없고. 내가 만들 수 있는 제품은 오로지 하나밖에 없는데, 여기에는 그걸 팔 시장이 없어. 내 살아생전에는 안 될 거야. 하지만 자네는 자유롭고 부유해. 한번 세상에 뛰어들어 보지그래? 길은 딱 하나지. 정치에 뛰어드는 거야."

아처는 고개를 뒤로 젖히고 웃음을 터뜨렸다. 거기에서 누구나 한눈에 윈셋 같은 사람들과 다른 사람들, 즉 아처와 같은 부류의 사람들 사이에 있는 메울 수 없는 차이를 볼 수 있을 것이다. 정계에 속한 사람이라면 누구나 미국에서 '신사는 정치에 뛰어들 수 없다.'는 사실을 알고 있었다. 그러나 윈셋에게 그런 식으로 말을 할 수는 없었으므로, 이렇게 돌려서 말했다. "미국 정치에서 정직한 사람이 어떻게 되는지 보라고! 그들은 우리를 원하지 않아."

"'그들'이 누군가? 자네들 모두가 힘을 합친다면 '그들'이 곧 자네들이 되지 않겠나?"

웃음 대신 약간 겸손한 체하는 미소가 아처의 입가에 머물렀다. 이런 논쟁은 길게 끌어 봐야 소용없다. 뉴욕 시정이나 주 정치에 깨끗한 이름을 걸고 뛰어들었던 몇몇 신사들의 비참한 말로를 모르는 이가 없었다. 그런 일이 가능하던 시대는 지나갔다.

이 나라는 정계의 거물들과 이민자들 손에 들어갔고, 점잖은 사람들은 뒷전에 물러나 스포츠나 문화로 만족해야 한다.

“문화라고! 그렇지, 우리한테 문화가 있다면! 하지만 잡초를 솎아 주지도 않고 교잡해 주지도 않아서 여기저기서 말라 죽어 가는 조그만 땅뙈기 몇 군데뿐이잖나. 자네 선조들이 가져온 옛 유럽 전통의 마지막 자취들이지. 하지만 자네들은 가련한 소수자일 뿐이야. 중심도 없고, 경쟁도 없고, 관객도 없어. 버려진 집의 벽에 걸린 그림 같다고 할까. ‘어느 신사의 초상’[2]이라고 해 두지. 자네들은 결코 아무것도 되지 못할 거야. 소매를 걷어붙이고 진창 속으로 들어가지 않는다면 말이지. 그렇게 하든가, 아니면 이민을 가든가……. 제기랄! 나도 이민이나 갔으면…….”

아처는 속으로 어깨를 으쓱하고 윈셋의 변함없는 관심사로 짐작되는 책으로 대화를 돌렸다. 이민이라고! 신사가 자기 조국을 버릴 수 있다니! 아무나 그렇게 할 수 없듯이, 아무나 소매를 걷어붙이고 진창 속으로 뛰어들 수도 없다. 신사는 절제하는 자세로 집에 머물 뿐이다. 그러나 윈셋 같은 사람에게 그런 사실을 깨닫게 해 줄 수도 없다. 문학 클럽과 이국적인 식당들로 가득한 뉴욕이 처음 대하면 만화경보다 더 화려해 보이지만, 알고 보면 5번가에 모여든 티끌보다도 더 단조로운 구성으로 이루어진 작은 상자에 불과한 것도 그런 이유에서이다.

다음 날 아침 아처는 더 노란 장미를 찾아 시내를 헛되이 헤매고 다녔다. 이렇게 찾아 헤매느라고 사무실에 지각했다. 그러

2) 헨리 제임스의 소설 『어느 귀부인의 초상』 제목으로 말장난한 것.

나 지각을 했어도 아무도 눈치조차 못 챘다는 것을 알자, 갑작스레 정교하나 공허한 자기 삶에 격분이 치솟았다. 왜 그 순간 메이 웰랜드와 함께 세인트 오거스틴의 백사장에 있으면 안 된단 말인가? 어차피 일이 바빠서 못 간다고 둘러대어도 속을 사람은 아무도 없다. 레터블레어 씨의 회사처럼 대규모 사유지의 관리나 '보수적인' 투자에 주로 간여하는 전통 있는 법률 회사에는 보통 유복하나 직업적인 야심이 없는 젊은이들이 두엇 있어서, 하루 중 몇 시간을 책상 앞에 앉아 소소한 업무들을 처리하거나 신문을 읽으며 보냈다. 직업을 갖는 것이 바람직하다고 해도 천박하게 돈벌이를 한다는 것은 여전히 경멸스럽게 여겨졌고, 법률가라는 직업은 사업가보다는 더 신사다운 직업으로 생각되었다. 그러나 이 젊은이들 중 정말로 자기 분야에서 성공하겠다는 꿈을 가진 사람은 없었고, 그러기를 원하지도 않았다. 그들 사이에는 이미 열의 없이 대충대충 일하는 태도가 눈에 띄게 퍼져 있었다.

아처는 자신도 이런 태도에 물들었을지 모른다고 생각하면 몸서리가 쳐졌다. 그에게는 물론 다른 취미도 있고 관심사도 있었다. 휴가 때면 유럽을 여행했고, 메이가 말하는 '똑똑한 사람들'과 친분을 유지했고, 올렌스카 부인에게 말했듯이 '뒤처지지 않으려고' 애썼다. 그러나 일단 결혼을 하면 그의 진짜 삶이 펼쳐지는 이 좁은 삶의 여백은 어떻게 될 것인가? 그는 자기보다 열렬하지는 않았겠지만 나름대로 꿈이 있었던 젊은이들이 선배들의 조용하고 사치스러운 일상 속으로 점점 침몰해 가는 모습을 물리도록 보아 왔다.

그는 사무실에서 심부름꾼을 통해 올렌스카 부인에게 오후에 방문해도 좋겠는지 그의 클럽으로 답신을 달라는 내용의 편지를 보냈다. 그러나 클럽에는 아무런 답도 와 있지 않았고, 다음 날도 아무 소식이 없었다. 이런 예상치 못한 침묵에 그는 터무니없을 정도로 마음이 상했고, 다음 날 아침 꽃가게 유리창 너머로 탐스럽게 핀 노란 장미 송이를 보고도 그대로 지나쳤다. 사흘째 되는 날 아침에서야 비로소 올렌스카 백작 부인으로부터 우편으로 짤막한 편지를 받았다. 놀랍게도 스키터클리프에서 보낸 것으로 되어 있었는데, 밴 더 루이든 부부는 공작을 증기선에 태워 보낸 후 곧장 그곳으로 갔던 것이다.

'저는 도망쳤답니다.' 편지를 쓴 주인공은 일반적인 서두 없이 이렇게 돌발적으로 시작했다.

> 극장에서 당신을 만난 다음 날이었어요. 이 친절한 친구들이 저를 받아 주었어요. 조용히 지내면서 생각을 정리하고 싶었어요. 얼마나 친절한 분들인지 당신 말씀대로예요. 여기에 있으니 안전해진 기분이에요. 당신도 우리와 함께 있으면 좋을 텐데요.

그녀는 언제 돌아올지에 대해서는 일언반구도 없이 틀에 박힌 '재배(再拜)'라는 말로 편지를 끝맺었다.

아처는 편지의 어조에 놀랐다. 올렌스카 부인은 무엇으로부터 도망쳤으며, 왜 숨어야 한다고 느끼는 걸까? 처음 떠오른 생각은 해외로부터 닥쳐온 모종의 어두운 위협이었다. 그 다음에는 그녀의 편지 스타일을 모르니까 어쩌면 실감나게 과장한 것일지도 모른다고 생각했다. 여자들은 항상 과장한다. 게다가 그녀는 영어를 완전히 능숙하게 구사하지 못해서, 종종 프랑스어를 번역한 투로 말하곤 했다. 'Je me suis évadée…….' 그런 식으로 옮겨 놓고 본다면, 첫 문장은 단지 지루하게 이어지는 약속에서 도피하고 싶었다는 뜻일지도 몰랐다. 그녀는 변덕스럽고 한순간 즐거움을 느끼다가도 쉽게 싫증 내는 성격인 듯했으므로, 이런 추측은 꽤 그럴법해 보였다.

밴 더 루이든 부부가 그녀를 두 번째 방문에서, 그것도 무기한으로 스키터클리프로 데려갔다고 생각하니 웃음이 나왔다. 스키터클리프가 방문객들에게 문을 열어 주는 일은 가뭄에 콩 나듯 했고, 쌀쌀한 주말에는 선택받은 소수에게만 이런 특권이 허용되었다. 그러나 아처는 파리를 마지막으로 방문했을 때 보았던 라비슈[3]의 유쾌한 희극 「페리숑 씨의 여행」에서, 페리숑 씨가 빙하에서 구해 낸 젊은이에게 끈질기게 변함없는 애정을 쏟아 붓던 것을 기억해 냈다. 밴 더 루이든 부부도 올렌스카 부인을 얼음이나 다름없는 운명에서 구해 냈다. 그녀에게 매혹될 다른 이유들이 많더라도, 아처는 그 밑에 그녀에게 계속해서 구원의 손길을 내밀어 주겠다는 따듯하고도 단호한 결심이 있음을 알았다.

그는 그녀가 없다는 사실을 알고 크게 실망했다. 그때 바로 전날 레기 치버스 부부가 다음 일요일을 스키터클리프에서 몇 마일 떨어지지 않은 허드슨의 자기들 집에서 보내자고 초대했으나 거절했던 일이 떠올랐다.

하이뱅크에서의 해안을 따라 배 타기, 빙상 요트 타기, 썰매 타기, 눈 속에서의 긴 도보 여행, 여자들과 가벼운 희롱과 농지

---

3) 1815~1888. 가벼운 희극으로 유명한 프랑스 극작가.

거리를 주고받는 떠들썩하고 즐거운 파티는 이미 옛날에 싫증이 났다. 게다가 런던의 단골 서점에서 새로운 책이 막 도착했으므로, 이 전리품과 함께 집에서 조용한 일요일을 보내는 편이 더 좋았다. 그러나 그는 곧바로 클럽의 서재로 들어가 다급하게 전보를 써서 하인에게 당장 부치도록 일렀다. 레기 부인은 손님들이 갑자기 마음을 바꿔도 개의치 않았으며, 그녀의 융통성 있는 집에는 항상 남는 방이 있었다.

15

뉴랜드 아처는 금요일 저녁 치버스 가에 도착하여, 토요일에는 하이뱅크에서 주말마다 열리는 모든 의식에 성실하게 참여했다.

그는 아침에 여주인과 대담무쌍한 손님들 몇 사람과 함께 빙상 보트를 타고 한 바퀴 돌고 왔다. 오후에는 레기와 함께 '농장 구경'을 하러 가서 공들여 설비를 갖춘 마구간에서 말에 대한 길고도 감동적인 설명을 들었다. 차를 마신 후 난로를 피운 넓은 방 구석진 자리에서, 그의 약혼이 발표되었을 때 실연의 아픔에 가슴이 찢어졌다고 자기 입으로 떠들고 다녔으나 지금은 그에게 결혼에 대한 소망을 들려주느라 열을 올리는 젊은 숙녀와 대화를 나누었다. 마침내 한밤중이 되어 그는 한 손님의 침대에 금붕어를 집어넣는 일을 도와주고, 신경이 예민한 숙모의 욕실에 도둑으로 꾸미고 들어가는 장난을 친 다음, 육아실에서 지하실에 걸쳐 벌어진 베개 싸움에 끼어 잠시 한몫 거들었다. 그러나 일요일에는 점심 식사 후 커터[1]를 빌려 스키터클리프로 갔다.

스키터클리프에 있는 저택은 이탈리아 식 별장으로 통했다. 이탈리아에 한번도 가 본 적이 없는 사람들도 그렇게 믿었고, 가 본 사람들도 마찬가지였다. 그 저택은 밴 더 루이든 씨가 젊은 시절 '대(大) 여행'[2]에서 돌아와 얼마 남지 않은 루이자 대거닛 양과의 결혼을 기대하며 지은 집이었다. 저택은 커다란 사각의 목재 구조로, 사개맞춤으로 잇고 홈을 판 벽에는 코린트 식으로 연녹색과 흰색을 칠하고, 창문 사이에는 세로로 홈을 판 장식용 기둥을 붙였다. 저택이 서 있는 언덕에서부터 작고 구불구불한 호수까지 조각을 아로새긴 철판으로 된 계단식 단이 놓여 있었다. 계단 가장자리에는 난간을 세우고 단지를 놓았다. 호숫가에는 가지가 늘어진 침엽수들이 서 있고, 아스팔트가 덮여 있었다. 오른쪽과 왼쪽으로는 잡초 하나 없는 멋진 잔디밭이 펼쳐져 있었고, 각각 종류가 다른 '견본' 나무들과 정교한 주철 장식물이 여기저기 흩어져 있었다. 그 아래편 분지에 초대 퍼트룬이 1612년 하사 받은 토지에 지은 방 네 개짜리 석조 저택이 있었다.

새하얗게 눈 덮인 대지와 회색 겨울 하늘을 배경으로 이탈리아 식 별장이 다소 음울한 모습을 드러냈다. 그 저택은 여름에조차 접근하기 어려운 분위기였고, 아무리 대담한 콜레우스[3] 화단도 이 위압적인 저택 전경에 30피트 이내까지는 감히 근접한 적이 없었다. 이제 아처가 종을 울리자 종소리가 거대한 왕릉 같

1) 말 한 마리가 끄는 썰매.

2) 특권층 자제들이 유럽의 교양과 과거의 분위기를 흡입하기 위해 유명한 문화 관광지를 방문하며 유럽 전역을 여행했던 통과의례.

3) 관상용으로 심는 열대식물.

은 건물 안으로 길게 메아리치며 울렸다. 마침내 종소리를 듣고 온 집사는 마치 최후의 영면(永眠)에서 호출당한 듯 놀란 모습이었다.

다행히도 아처는 친척이었으므로 비록 사전 통보 없이 불쑥 나타났어도 올렌스카 백작 부인이 정확히 한 시간 사십오 분 전에 밴 더 루이든 부인과 오후 예배에 참석하러 마차를 타고 나가 없다는 얘기를 들을 자격이 있었다.

집사가 말을 이었다. "주인님은 안에 계십니다. 하지만 제 생각에는 낮잠을 막 주무시고 일어나셨든가 그렇지 않으면 어제 일자 《이브닝 포스트》를 읽고 계실 것입니다. 주인님께서 오늘 오전 교회에서 돌아오시자마자 점심 식사 후 《이브닝 포스트》를 훑어보시겠다고 말씀하시는 것을 들었습니다. 원하신다면 제가 서재로 가서 문가에 귀를 대고……."

그러나 아처는 그에게 고맙지만 가서 숙녀 분들을 뵙겠다고 말했다. 집사는 안심한 기색으로 그의 앞에서 위엄 있게 문을 닫았다.

마부가 커터를 마구간에서 가져오자, 아처는 공원을 지나 큰길로 나갔다. 스키터클리프 마을까지는 1.5마일 정도 거리였으나, 밴 더 루이든 부인은 절대 걷는 법이 없으니 마차를 따라잡으려면 길을 따라가야 했다. 그러나 큰길과 만나는 작은 길을 따라 내려가자, 곧 큰 개를 앞세우고 가는 붉은 망토 차림의 호리호리한 여자가 눈에 들어왔다. 그가 서둘러 앞으로 가자 올렌스카 부인이 반가운 미소로 그를 맞으며 발걸음을 멈췄다.

"아, 왔군요!" 그녀는 머프에서 손을 빼내며 말했다.

붉은 망토를 입고 있으니 그녀의 얼굴이 옛날의 엘렌 밍고트처럼 생기발랄하게 보였다. 그는 웃으면서 그녀의 손을 잡고 이렇게 대답했다. "당신이 무엇으로부터 도망치고 있는지 보려고 왔지요."

그녀는 얼굴빛이 흐려졌으나 이렇게 대답했다. "아, 곧 알게 될 거예요."

그는 그 대답에 혼란스러워졌다. "그렇다면 이미 따라잡혔단 말인가요?"

그녀는 나스타샤처럼 가볍게 어깨를 으쓱해 보이고 목소리를 밝게 바꾸어 말했다. "우리 산책할까요? 예배가 끝나고 나니까 너무 추워요. 무슨 일이 생기더라도 이제 당신이 여기 있으니 날 지켜 주겠지요?"

아처는 피가 머리로 확 몰리는 기분으로 그녀의 망토 깃을 잡았다. "엘렌, 무슨 일이지요? 말해 봐요."

"아, 곧 말할게요. 먼저 좀 뛰어요. 발이 완전히 꽁꽁 얼어 버렸어요." 그녀는 이렇게 외치더니 망토 자락을 그러모으고 눈밭을 가로질러 달아났다. 개도 맹렬히 짖어 대며 그녀의 뒤를 따라 뛰어갔다. 아처는 잠시 선 채 눈밭을 가로지르는 반짝이는 붉은 혜성 같은 모습을 눈으로 즐겼다. 그러다가 그녀의 뒤를 쫓아 달리기 시작했다. 그들은 공원으로 이어지는 쪽문에서 만나 숨을 헐떡이며 웃음을 터뜨렸다.

그녀는 그를 올려다보며 살짝 웃었다. "당신이 올 줄 알았어요!"

"내가 오기를 바랐다는 말이군요." 그는 이런 말장난 같은 대화에 어울리지 않게 벅찬 기쁨을 느끼며 대꾸했다. 하얗게 반짝이는 나무들이 하늘 가득 신비스러운 빛을 뿌렸고, 눈 위를 걸어가자 그들의 발밑에서 대지가 노래 부르는 듯했다.

"어디에서 왔어요?" 올렌스카 부인이 물었다.

그는 대답해 주면서 이렇게 덧붙였다. "당신의 편지를 받았기 때문이에요."

잠시 침묵을 지키더니 그녀가 확 싸늘해진 목소리로 말했다. "메이가 나를 돌봐 달라고 부탁했군요."

"누구의 부탁도 필요 없었습니다."

"당신 말은 누가 보아도 제가 의지할 데 없는 무력한 존재라는 뜻인가요? 저를 더없이 불쌍하고 가련한 여자로 생각하는군요! 하지만 여기 여자들은 그런 것 같지 않던데. 그럴 필요를 절대 느끼지 않는 것 같던데요. 천국의 성인들처럼 말이죠."

그는 목소리를 낮추어 물었다. "무슨 필요 말인가요?"

"아, 나한테 묻지 말아요! 난 당신네 말을 할 줄 모르니까." 그녀가 성이 잔뜩 나서 쏘아붙였다.

"내가 당신이 쓰는 말을 모른다면, 무엇 때문에 왔겠어요?"

"오, 당신은 정말!" 그녀가 그의 팔에 자기 손을 가볍게 올려놓자 그는 진지하게 애원했다. "엘렌, 무슨 일이 있었는지 말해 줄래요?"

그녀가 다시 어깨를 으쓱했다. "천국에서 무슨 일이 생기겠어요?"

그는 입을 다물었고, 그들은 말없이 한동안 걷기만 했다. 마침내 그녀가 입을 열었다. "말해 줄게요. 하지만 어디에서, 도대체 어디에서? 저 거대한 저택에서는 모든 문이 활짝 열려 있고 하인이 쉴 새 없이 차니 난로에 넣을 장작이니 신문 따위를 들고 와서 잠시도 혼자 있게 놔두질 않으니! 미국 집에는 자기 혼자 조용히 있을 수 있는 장소가 아무 데도 없어요? 당신네들은 너무나 수줍어하면서도 지나치게 모든 것을 다 터놓아요. 늘 다시 수녀원에 들어온 기분이에요. 아니면 절대 박수쳐 주는 법이 없는 끔찍할 정도로 예의바른 관객들을 앞에 두고 무대에 서 있거나."

"아, 당신은 우리를 좋아하지 않는군요!" 아처가 외쳤다.

그들은 벽이 낮고 두꺼우며 중앙의 굴뚝 주변에 작고 네모난 창문이 다닥다닥 몰려 있는 옛 퍼트룬의 집을 지나쳐 계속 걸었다. 덧문이 활짝 열려 있었고, 닦은 지 얼마 안 된 창문 너머 난롯불이 아처의 눈에 띄었다.

"집이 열려 있네!" 그가 말했다.

그녀가 우뚝 섰다. "아니에요. 오늘만이에요. 내가 집을 보고 싶다고 해서 밴 더 루이든 씨가 오늘 아침 교회에서 돌아오는 길에 들러 볼 수 있도록 불을 피우고 창문을 열어 두신 거예요." 그녀는 계단을 뛰어올라 문을 열어 보았다. "아직 잠그지 않았네. 잘됐군요! 들어가서 조용히 얘기를 할 수 있겠어요. 밴 더 루이든 부인은 숙모님들을 뵈러 라인벡에 갔으니까 한 시간쯤은 우리를 찾지 않을 거예요."

그는 그녀의 뒤를 따라 좁은 복도로 들어갔다. 축 처졌던 기분이 그녀의 마지막 말에 자신도 이해할 수 없을 만큼 확 살아났다. 수수한 작은 집의 벽과 놋쇠 장식들은 마치 그들을 맞이하기 위해 마법으로 빚어진 것처럼 난로의 불빛을 받아 빛났다. 부엌의 난로에서는 아직 꺼지지 않은 큼지막한 장작더미가 오래된 갈고리에 걸린 쇠주전자 아래에서 어슴푸레 빛을 내고 있었다. 바닥에 골풀을 깐 안락의자 두 개가 타일을 붙인 난로 앞에

서로 마주 보고 놓여 있었고, 델프트 도기[4] 접시들이 선반 위에 벽을 따라 일렬로 놓여 있었다. 아처는 허리를 굽혀 장작을 던져 넣었다.

올렌스카 부인은 망토를 벗고 의자에 앉았다. 아처는 난로에 기대어 그녀를 쳐다보았다.

"지금은 웃고 있군요. 하지만 나한테 편지를 썼을 때는 우울했죠." 그가 말했다.

"맞아요." 그녀가 잠시 침묵을 지켰다. "하지만 당신이 여기 왔으니 우울하지 않아요."

"여기 오래 있지는 못해요." 그는 딱 할 말만 하려고 애쓰느라 입가에 힘을 주면서 대꾸했다.

"그렇죠. 알아요. 하지만 난 앞일은 생각하지 않아요. 지금 행복하면 그것으로 좋아요."

이 말은 유혹처럼 그의 마음속을 파고 들어왔다. 그는 그 유혹에 무감각해지려고 난롯가에서 자리를 옮겨 눈 속에 서 있는 검은 나무를 응시했다. 그러나 마치 그녀도 따라서 자리를 옮기기라도 한 듯, 여전히 자신과 나무 사이에서 나른한 미소를 띠고 불 위로 몸을 수그리고 있는 그녀가 보였다. 아처의 심장은 자신의 의지에 반해 쿵쾅대고 있었다. 그녀가 자기를 피해 도망쳤다면, 그 말을 하려고 이렇게 비밀스러운 방에 단 둘이 있게 될 때까지 기다려 왔다면?

"엘렌, 내가 정말로 당신을 도울 수 있다면, 정말로 내가 오기를 원했다면, 무슨 문제가 있는지 말해 줘요. 무엇 때문에 도망

---

4) 17세기 초에 네덜란드 델프트에서 처음 만들어진 주석유 도기.

치고 있는지 털어놔 봐요." 그가 졸랐다.

그는 자세를 바꾸지 않고 그녀 쪽으로 눈길도 주지 않은 채 말했다. 그 일이 일어난다면, 이렇게 그들이 방 건너편에 떨어져 있고, 그가 바깥의 눈만 바라보고 있을 때 벌어질 것 같았다.

그녀는 한참 말이 없었다. 아처는 그녀가 그의 등 뒤로 살며시 다가와 가벼운 팔로 자기 목을 감는 상상에 골몰한 나머지, 거의 다가오는 소리를 들은 듯했다. 영혼과 마음이 다가올 기적에 두근거리며 기다리던 중, 멍한 그의 눈길에 털로 목깃을 댄 외투를 껴입은 남자의 모습이 잡혔다. 그가 집 쪽으로 난 길을 따라 다가오자 정체가 드러났다. 줄리어스 보퍼트였다.

"아!" 아처는 탄성을 내지르며 웃음을 터뜨렸다.

올렌스카 부인이 벌떡 일어나 옆으로 와서 자기 손을 그의 손에 살짝 얹었다. 그러나 창문을 힐끗 내다보고는 낯빛이 창백해지면서 뒷걸음질쳤다.

"저 사람 때문이었나요?" 아처가 냉소를 흘리며 말했다.

"그가 여기 온 줄 몰랐어요." 올렌스카 부인이 중얼거렸다. 그녀는 여전히 아처의 손을 잡고 있었다. 그러나 그는 손을 빼고 복도로 걸어 나와 문을 활짝 열어젖혔다.

"안녕하십니까, 보퍼트. 이쪽이에요! 올렌스카 부인이 당신을 기다리고 있었어요."

아처는 다음 날 뉴욕으로 돌아오는 여행길에 스키터클리프에서의 마지막 순간을 진력이 나도록 생생하게 다시 머릿속에 그려 보았다.

보퍼트는 올렌스카 부인과 함께 있는 그를 보고 기분이 상한 듯했으나, 평소처럼 거만한 자세로 상황에 맞섰다. 자기에게 거치적거리는 상대는 싹 무시해 버리는 그의 태도는 이런 데 예민한 사람들에게 자신이 눈에 안 보이는 존재나 아예 그 자리에 없는 사람이 된 기분을 느끼게 했다. 아처는 공원을 지나 셋이 함께 걸어 되돌아가면서 존재하지 않는 사람이 된 듯한 이런 기묘한 느낌을 의식했다. 그의 허영심은 상처를 입었지만, 그림자처럼 눈에 띄지 않고 관찰할 수 있는 이점도 있었다.

보퍼트는 평소와 다름없이 여유 있고 자신감 넘치는 태도로 작은 집에 들어섰다. 그러나 미소로도 미간에 세로로 잡힌 주름까지 지우지는 못했다. 올렌스카 부인이 했던 말로 미루어 보퍼트가 올지 모른다고 짐작했을 가능성은 있지만, 그녀도 확실히는 몰랐던 것 같았다. 어쨌거나 그녀는 뉴욕을 떠날 때 목적지를 확실히 알려 주지 않고 설명도 없이 떠나 버려 보퍼트를 화나게 만들었다. 그가 모습을 나타낸 표면상의 이유는 바로 전날 밤 매물로 나온 것은 아니지만 그녀에게 안성맞춤인 '완벽한 작은 집'을 찾았다는 것이었다. 그녀가 잡지 않는다면 바로 팔려 버릴 것이라고 했다. 그는 그녀가 도망가 버려서 자기를 이리저리 찾아 헤매게 만들었다고 짐짓 화난 척 목청을 돋워 비난을 퍼부었다.

"전선으로 얘기하는 새로운 발명품만 제구실을 했던들,[5] 난 그 얘기를 하러 굳이 여기까지 와서 눈 속을 헤치고 당신을 찾아다니는 대신 지금쯤 클럽의 난롯가에서 발이나 쬐고 있었을 텐데 말입니다." 그는 진짜로 화난 이유를 이런 핑계로 덮고 투

5) 그레이엄 벨은 1876년에 전화 특허를 냈다.

덜댔다. 올렌스카 부인은 그가 앞에 꺼낸 얘기를 꼬투리 삼아 대화를 딴 방향으로 돌려, 언젠가는 진짜로 서로 다른 거리에서, 혹은 믿기 어려운 꿈같은 얘기지만 다른 도시에서도 대화를 할 수 있게 될지 모른다는 환상적인 예상을 늘어놓았다. 세 사람은 이 말에 에드거 포나 쥘 베른을 떠올리고, 지식깨나 있다는 이들이 자투리 시간을 가볍게 때울 셈으로 아직은 진지하게 믿기 힘든 새로운 발명품들을 거론할 때면 흔히 입에 올리는 뻔한 얘기들을 주고받았다. 전화 얘기를 하면서 그들은 무사히 저택으로 돌아갈 수 있었다.

밴 더 루이든 부인은 아직 돌아오지 않았다. 아처는 작별 인사를 하고 보퍼트가 올렌스카 백작 부인을 따라 집 안으로 들어갈 동안 커터를 가지러 나왔다. 밴 더 루이든 가가 아무리 예고 없이 찾아온 손님을 반기지 않는다 해도, 보퍼트는 저녁 식사를 대접받고 역으로 돌아가 9시 기차를 탈 수 있으리라는 정도는 미리 계산했을 것이다. 그러나 주인들은 짐도 없이 온 신사가 하룻밤 묵기를 원할 거라는 생각은 꿈에도 하지 않을 것이고, 더군다나 보퍼트처럼 어느 정도 거리를 두고 사귀는 인물에게 그런 제안을 할 리는 없으므로, 그 이상은 물론 얻지 못할 것이다.

보퍼트는 이 모든 것을 다 알고 예상했음이 틀림없었다. 그렇게 작은 보상 때문에 먼 거리를 달려왔다는 사실로 그가 얼마나 몸이 달았는지 짐작하고도 남았다. 그가 올렌스카 백작 부인을 따라다닌다는 데에는 의심의 여지가 없었다. 보퍼트는 예쁜 여자를 따라다닐 때는 물불을 가리지 않았다. 그는 아이도 없는 지루한 자기 집에 흥미를 잃은 지 이미 오래였다. 그는 더 확실한 위안거리뿐 아니라, 늘 자기와 같은 부류 속에서 연애 상대를 찾아다녔다. 올렌스카 부인은 이런 남자로부터 도망치고 있었던 것이다. 문제는 그가 끈덕지게 치근대는 것이 싫어서 도망쳤는지, 아니면 끝까지 버틸 자신이 없어서 도망쳤는지의 여부였다. 만약 후자의 경우라면 자신의 도피에 대한 그녀의 이야기는 모두 눈속임에 불과했고, 떠난 것도 책략에 지나지 않을 것이다.

아처는 진심으로 그렇게 믿지는 않았다. 그가 올렌스카 부인을 안 지는 얼마 안 되었다 해도, 이제 그녀의 표정을, 표정이 아니라면 목소리라도 읽어 낼 수 있게 되었다는 생각이 들었다. 보퍼트가 갑자기 모습을 드러냈을 때 그녀의 표정에서도 목소리에서도 화난 정도가 아니라 절망한 기색이 드러났다. 무엇보다도 그 도피가 책략에 불과하다면 보퍼트를 만날 목적으로 뉴욕을 떠난 경우와 뭐가 다르겠는가? 만일 그녀가 그런 짓을 한 것이라면 관심의 대상이 되기를 포기한 것이고, 가장 천박한 위선자에게 자기 운명을 내던진 셈이다. 보퍼트와 놀아나는 여자라면 더 볼 것도 없다.

아니, 만일 보퍼트를 제대로 판단하고 경멸하면서도 그가 유럽과 미국 양 대륙의 두 사회에 익숙한 점, 예술가와 배우를 비롯해 일반적으로 세상의 이목을 끄는 사람들과 친하다는 점, 편협한 편견을 대범하게 무시하는 점 등 그녀 주변의 다른 남자들보다 우월한 특징 때문에 이미 그에게 끌리고 있다면 훨씬 더 나쁘다. 보퍼트는 천박하고 무식한 졸부였지만, 생활환경이나 타고난 영민함 덕에 도덕적, 사회적으로는 그보다 나을지라도 사고 범위가 배터리와 센트럴 파크를 벗어나지 못하는 많은 남자들보다는 대화를 나눌 가치가 있었다. 더 넓은 세계에서 온 사람이라면 어떻게 그 차이를 느끼고 끌리지 않을 수 있겠는가?

올렌스카 부인은 아처에게 그들이 다른 언어로 이야기하고 있다며 화를 냈다. 아처도 그 말이 어느 정도 사실이라고 생각했다. 그러나 보퍼트는 그녀의 독특한 표현 하나하나를 다 이해했고, 똑같은 표현을 써서 유창하게 말할 수도 있었다. 그의 인생관, 어투, 태도는 올렌스키 백작의 편지에서 드러난 요소들을 좀 더 거칠다 뿐이지 그대로 반영하고 있었다. 이 점은 올렌스키 백작의 아내에게는 불리하게 작용할지도 몰랐다. 그러나 아처도 엘렌 올렌스카와 같은 젊은 여인이 과거를 상기시킨다 해서 반드시 질색하고 물러서지는 않으리라는 정도는 알았다. 그녀는 자신의 과거로부터 완전히 돌아섰다고 믿을지도 모르지만, 그 속에 있는, 한때 그녀를 사로잡았던 요소는 의지와 무관하게 여전히 그녀를 매혹할 것이다.

그래서 아처는 고통스럽지만 객관적인 입장에 서서 보퍼트 편에서, 그리고 보퍼트의 희생자 편에서 이 상황을 이해했다. 그녀의 눈을 뜨게 해 주고 싶은 마음을 억누를 수가 없었다. 때로는 그녀가 부탁했던 것이 바로 이것이었다는 생각마저 들었다.

그날 저녁 그는 런던에서 온 책을 풀어 보았다. 상자에는 그가 이제나저제나 하고 기다리던 물건들이 가득 차 있었다. 허버트 스펜서[6]의 새 책, 왕성한 작품 활동을 하는 알퐁스 도데[7]의 멋진 단편 모음집, 『미들마치』[8]라는 제목의 소설을 비롯해 리뷰

6) 1820~1903. 영국 철학자이자 사회학자.

7) 1840~1897. 프랑스 소설가.

8) 영국 작가 조지 엘리엇(1819~1880)의 소설.

에서 최근의 화제작으로 꼽는 작품들이었다. 그는 이 향연을 즐기기 위해 만찬 초대를 세 건이나 거절했다. 그러나 애서가다운 관능적인 기쁨에 젖어 책장을 넘기면서도 자기가 무엇을 읽고 있는지도 모른 채 이 책 저 책 들었다 놓았다 했다. 갑자기 책들 가운데서 『생명의 집』[9]이라는 제목에 끌려 주문한 작은 시집 한 권이 눈에 띄었다. 그는 이를 집어 들고 예전에 어느 책에서도 느껴 보지 못한 분위기에 빠져들었다. 그 책은 너무나 따듯하고, 풍요롭고, 형용할 수 없이 부드러워서, 가장 기본적인 인간의 정열에 새롭고 잊히지 않을 아름다움을 부여해 주었다. 그는 밤새 마법에 걸린 듯한 책장 사이로 엘렌 올렌스카의 얼굴을 한 여인의 환영을 좇았다. 그러나 다음 날 아침 잠에서 깨어 거리 맞은편으로 내다보이는 갈색 사암 저택들을 바라보며 레터블레어 씨의 사무실에 있는 자기 책상과 그레이스 교회의 가족 예배석을 생각하니, 스키터클리프 공원에서 보냈던 시간은 간밤의 환영만큼이나 있을 수 없는 머나먼 딴 세상일처럼 여겨졌다.

"세상에, 얼굴이 왜 그리 창백해, 오빠!" 제이니가 아침 식탁에서 커피 잔을 앞에 두고 말을 건넸다. 어머니도 덧붙였다. "뉴랜드, 요즘 기침을 하더구나. 과로한 게 아니냐?" 두 여자는 상사들의 철권 독재 아래에서 젊은 그가 격무에 시달리며 허덕이고 있다고 철석같이 믿었고, 그 역시 굳이 그들에게 진실을 알려 줄 필요를 느끼지 않았다.

다음 이, 삼 일은 지루하게 지나갔다. 무엇을 먹어도 모래 씹는 맛이었고, 문득문득 자신의 미래 속에 산 채로 매장되고 있

9) 영국 시인이자 화가인 단테 가브리엘 로제티(1828~1882)의 소네트 연작 시집.

는 기분에 사로잡혔다. 올렌스카 백작 부인이고 완벽한 작은 집이고 아무 소식도 듣지 못했고, 클럽에서 보퍼트를 만났지만 휘스트 테이블 너머로 서로 고개만 까딱 했을 뿐이었다. 나흘째 저녁에야 집에 돌아오니 편지 한 통이 그를 기다리고 있었다.

내일 늦게 오세요. 할 얘기가 있어요. 엘렌.

이 말이 다였다.

아처는 식사를 하러 나가려고 주머니에 편지를 쑤셔 넣으면서 프랑스 식으로 '당신에게.'라고 쓴 끝맺음에 슬며시 웃었다. 저녁 식사를 하고 나서 연극을 보러 갔다. 자정이 넘어 집에 돌아온 그는 올렌스카 부인의 편지를 다시 꺼내어 몇 번이고 천천히 읽고 또 읽었다. 답신을 보내는 방법은 여러 가지였다. 그는 밤잠을 이루지 못하고 하나씩 오랜 시간 곰곰이 따져 보았다. 아침이 되어서야 마침내 커다란 여행 가방에 옷 몇 벌을 던져 넣고 그날 오후 세인트 오거스틴 행 배를 타기로 결심했다.

16

아처는 웰랜드 가 소유라고 들은 집을 향해 세인트 오거스틴의 모래가 깔린 대로를 따라 걷다가, 머리에 햇볕을 이고 목련꽃 아래 선 메이 웰랜드의 모습을 발견하자, 여기 오기를 왜 그리 오래 망설였는지 의아해졌다.

여기에 진실이, 현실이, 그에게 속한 삶이 있다. 그는 자기가 독단적인 구속을 경멸한다고 생각했으나, 휴가를 슬쩍 쓴다면 남들이 어떻게 볼까 두려워 책상 앞을 떠나지 못했던 것이다!

그녀의 입에서 나온 첫 마디는 이러했다. "뉴랜드, 무슨 일이 있었나요?" 그녀가 즉각 자기 눈에서 왜 왔는지를 읽어냈더라면 더 '여성스러웠을' 거라는 생각이 퍼뜩 떠올랐다. 그러나 이렇게 대답했다. "그렇소. 당신을 꼭 만나야겠다는 생각이 들었소." 그녀가 행복감에 얼굴을 붉히자 놀라던 때의 차가운 분위기는 사라졌다. 그는 너그러운 가족들이 레터블레어 씨의 미적지근한 반대조차 가볍게 웃어넘기고 자기를 쉽게 용서하리라는 것을 알았다.

이른 시간이었지만 큰길은 깍듯이 격식 차린 인사 외에 다른 것을 할 장소로는 적당치 않았고, 아처는 메이와 단 둘이 되어서 모든 애정과 갈망을 쏟아 놓고 싶은 마음이 간절했다. 웰랜드가의 늦은 아침 식사 시간까지는 아직도 한 시간이 남아 있었으므로, 그녀는 그에게 들어오라고 하는 대신 시내 밖의 오래된 오렌지 과수원까지 산책하자고 제안했다. 그녀는 지금 막 강에서 배를 타고 온 참이었다. 금빛 잔물결처럼 내리쬐는 햇볕은 그녀를 올가미로 사로잡은 것 같았다. 가무스름하게 볕에 탄 그녀의 뺨 위로 굽이치는 부풀린 머리털은 은실처럼 반짝거렸다. 눈도 더 밝아진 듯, 젊음에 넘쳐 투명하게 빛나다 못해 거의 색이 없는 듯이 보였다. 아처와 나란히 경쾌한 걸음걸이로 걷는 그녀의 얼굴은 대리석으로 깎은 젊은 운동선수처럼 무념무상에 빠져 있었다.

신경이 팽팽히 곤두선 아처에게는 그런 모습이 푸른 하늘과 잔잔한 강의 풍경만큼이나 마음을 진정시켜 주었다. 그들은 오렌지 나무 아래 벤치에 앉았고, 그는 그녀를 팔에 안고 키스했다. 태양이 떠 있는 차가운 샘물을 들이켜는 기분이었다. 그러나 생각했던 것보다 격렬하게 끌어안았던지, 그녀는 얼굴이 홍당무처럼 새빨개져 놀란 듯 몸을 뒤로 뺐다.

"왜 그래요?" 그가 웃으면서 묻자, 그녀는 당황한 얼굴로 그를 쳐다보고 대답했다. "아무것도 아니에요."

그들 사이에 약간 어색한 분위기가 흘렀고, 그녀는 슬며시 자기 손을 그의 손에서 빼냈다. 보퍼트의 온실로 몰래 빠져나와 포옹했던 것을 제외하면 그가 입술에 키스한 것은 처음이었다.

그는 그녀가 소년 같은 침착한 태도를 잃고 어쩔 줄 몰라 하는 모습을 보았다.

"온종일 무얼 하고 지내는지 얘기해 줘요." 그는 머리를 뒤로 젖히고 팔짱을 낀 뒤, 모자를 앞으로 숙여 눈부신 햇살을 막고는 말했다. 꼬리를 물고 떠오르는 자기만의 생각에 빠져 있으려면, 가장 간단한 방법은 그녀에게 익숙하고 간단한 것들에 대해 말하도록 시키는 것이었다. 그는 수영, 배 타기, 승마가 반복되고 군함이 들어올 때 구식 여관에서 가끔씩 열리는 무도회 정도의 변화가 있는 단순한 일상 이야기에 귀를 기울였다. 필라델피아와 발티모어에서 유쾌한 사람들 몇 명이 여관에 소풍을 왔고, 케이트 메리가 기관지염에 걸려서 셀프리지 메리 가가 삼 주간 와 있었다. 그들은 백사장에 론 테니스 코트를 만들려고 계획 중이다. 그러나 라켓을 가진 사람은 케이트와 메이뿐이고, 대부분의 사람들은 론 테니스가 뭔지도 모른다.

그녀는 이런 일들로 너무나 분주해서 아처가 지난주에 보내 준, 송아지 가죽으로 덮은 작은 책 『포르투갈인이 보낸 소네트』[1]를 볼 시간을 낼 수가 없었다. 그러나 「그들이 겐트에서 엑스까지 어떻게 좋은 소식을 가져왔는가」는 그가 맨 처음 읽어 준 시 중 한 편이었으므로 외우고 있었다. 메이는 케이트 메리는 로버트 브라우닝이라는 시인 이름조차 들어 본 적이 없더라는 얘기를 즐겁게 재잘댔다.

곧이어 그녀는 화들짝 놀라며 아침 식사에 늦겠다고 소리쳤다. 그들은 웰랜드 가가 겨울 동안 머무는 허름한 집으로 서둘

1) 영국 시인 엘리자베스 베넷 브라우닝(1806~1861)의 시집.

러 향했다. 그 집 현관에는 페인트도 칠해져 있지 않았고, 울타리에는 다듬지도 않은 갯질경이와 분홍 제라늄이 무성했다. 가정적인 분위기를 고집하는 웰랜드 씨는 지저분한 남부 호텔에서 겪어야 하는 불편에 질색했으므로, 웰랜드 부인은 막대한 비용과 거의 극복하기 힘들어 보이는 어려움 앞에서 한편으로는 투덜대는 뉴욕의 하인들의 힘을 모으고, 한편으로는 그 동네 흑인들의 도움을 얻어 해마다 임시변통으로 그 집을 수선하는 수밖에 없었다.

"의사들 말로는 우리 양반이 자기 집에 있는 것처럼 느껴야 한대요. 그러지 않으면 기후도 아무런 도움이 되지 못할 거라나." 부인은 매해 겨울마다 동정해 주는 필라델피아와 발티모어 사람들에게 이런 설명을 늘어놓았다. 웰랜드 씨는 온갖 산해진미를 다 차려 놓은 아침 식탁 너머로 미소를 보내며 아처에게 이렇게 말했다. "자네도 보다시피, 우리는 야영을 하고 있다네. 문자 그대로 야영이지. 아내와 메이에게 불편을 견디는 법을 가르쳐 주겠다, 이 말이야."

웰랜드 부부는 아처가 불시에 도착하자 딸 못지않게 놀랐다. 그러나 그가 마침 머리에 떠오른 대로 지독한 감기가 막 찾아오려는 느낌이 들었다고 둘러대자, 웰랜드 씨는 그 정도면 어떤 의무라도 저버릴 충분한 이유가 된다고 납득하는 모양이었다.

"주의를 하고 또 해야 하네. 특히 환절기에는 더 말할 것도 없지." 그는 밀짚 빛깔의 핫케이크를 접시에 가득 담고 금빛 시럽을 그 위에 뿌리면서 말했다. "내가 자네 나이 때 조심하기만 했더라면 메이도 골골거리는 노인네와 함께 황무지에서 겨울을 보내는 대신 지금쯤 댄스파티에서 춤을 추고 있었을 텐데 말이야."

"오, 전 여기 있는 게 좋아요, 아빠. 아빠도 다 아시면서. 뉴랜드만 같이 있어 주면 뉴욕보다 천배는 더 좋다고요."

"뉴랜드는 감기가 완전히 떨어질 때까지는 머물러야 해." 웰랜드 부인이 너그러운 투로 말했다. 아처는 웃으면서 안 지키면 큰일 날 것 같다고 말했다.

그는 회사와 전보를 주고받고 나서, 감기를 앓을 기간을 일주일로 잡았다. 레터블레어 씨의 관대한 조처가 어느 정도는 영리한 젊은 부하직원이 올렌스키 백작의 이혼에 관련된 골치 아픈 문제를 만족스럽게 해결한 탓임을 알고 있었으므로, 그는 이 상황이 아이러니하게 느껴졌다. 레터블레어 씨는 웰랜드 부인에게 아처가 온 가족에게 '값어치를 따질 수 없을 만큼 귀한 봉사'를 했으며, 맨슨 밍고트 노부인이 특히 기뻐하셨다고 알렸다. 메이가 한 대뿐인 차를 타고 아버지와 함께 드라이브하러 나간 어느 날, 웰랜드 부인은 이 기회를 놓치지 않고 딸 앞에서는 늘 피했던 화제를 꺼냈다.

"엘렌의 생각이 우리와 너무 달라서 유감이야. 미도라 맨슨이 그 애를 데리고 유럽으로 되돌아갔던 것이 열여덟 살도 채 안 되어서였으니. 사교계 정식 데뷔 파티에 검은 옷을 입고 왔을 때 다들 얼마나 놀랐는지 기억하지? 미도라의 유별난 취미가 또 나왔구나 했더니……, 지금 이렇게 될 줄 알았다니까! 그게 아마 적어도 십이 년 전 일일 거야. 그때 이후로 엘렌은 한번도 미국에 오지 않았지. 그 애가 완전히 유럽 사람이 다 되었다 해도 이상할 게 없어."

"그러나 유럽 사회는 이혼을 허용하지 않습니다. 올렌스카 백작 부인은 자유를 찾고자 하는 것이 미국의 이상에 따르는 행동이라고 생각합니다." 아처는 스키터클리프를 떠난 후 처음으로 그녀의 이름을 입에 올리면서 얼굴이 붉어지는 것을 느꼈다.

웰랜드 부인은 동정 어린 미소를 지었다. "그건 외국인들이 우리에 대해 꾸며 낸 희한한 이야기일 뿐이지. 우리가 2시에 만찬을 한다느니 이혼에 찬성한다느니! 그러니까 외국인들이 뉴욕에 와도 잘 대접해 줘 봤자 어리석은 짓이야. 실컷 대접을 받고 돌아가서는 똑같이 바보 같은 이야기들을 되풀이한다니까."

아처는 아무런 대꾸도 하지 않았고, 웰랜드 부인은 말을 계속했다. "하지만 엘렌이 그런 생각을 포기하도록 설득해 주어서 얼마나 고마운지 모르겠네. 할머니와 로벨 숙부의 말은 전혀 안 들어 먹혔으니까. 두 사람 모두 엘렌이 마음을 바꾼 것은 전적으로 자네 덕분이라고 편지를 보내 왔더군. 실은 엘렌이 할머니께 그렇게 말했다더군. 자네를 얼마나 입에 침이 마르도록 칭찬하는지 몰라. 불쌍한 엘렌……, 늘 제 고집대로 하는 아이였지. 앞으로는 어찌 되려는지."

"우리 모두 그녀가 잘 되도록 애쓰고 있잖습니까." 그는 이렇게 말했지만, 진짜 하고 싶었던 말은 이것이었다. "그녀가 점잖은 남자의 아내가 되는 것보다 보퍼트의 정부가 되기를 원하신다면 제대로 하신 겁니다."

만일 그가 생각만으로 그치지 않고 이런 말을 입 밖에 내뱉는다면 웰랜드 부인이 뭐라고 말할지 궁금했다. 평생에 걸쳐 사소한 문제들을 휘둘러 오면서 위엄 있는 척하는 태도가 몸에 밴, 변함없이 침착한 자세가 한순간에 무너져 내리는 모습이 눈에 선했다. 젊은 시절 딸처럼 아름다웠던 그녀에게는 그 미모의 흔적이 아직도 남아 있었다. 그는 메이의 얼굴도 똑같이 절대 흔들리지 않는 순수로 무장한 중년의 모습으로 두꺼워져 갈 운명일까 자문했다.

아, 안 된다, 메이가 상상력에 맞서 정신을, 경험에 맞서 가슴을 봉인하는 그런 순수에 갇히는 것은 싫다!

웰랜드 부인이 말을 이었다. "진심으로 하는 말인데, 그런 끔찍한 일이 신문에 난다면 우리 바깥양반에게는 치명타가 될 거야. 자세한 사정이야 난 모르지. 불쌍한 엘렌이 나한테 그 얘기를 하려고 했을 때도 못 하게 했다네. 난 돌봐야 할 환자가 있잖나. 그러니 항상 밝고 행복한 기분을 유지해야 해. 그렇지만 바깥양반은 엄청난 충격을 받을 거야. 일이 어떻게 결판났는지 소식을 기다리던 때에는 아침마다 미열이 있었다네. 세상에 이런 일이 있을 수도 있다는 것을 딸이 알게 된다고 생각만 해도 무서웠던 거지. 뉴랜드, 자네도 물론 그런 기분이었을 테지. 자네가 얼마나 메이 생각을 하는지 우리 모두 아니까."

"저야 항상 메이 생각뿐이지요." 아처가 대화를 거기서 끝내려고 몸을 일으키며 대꾸했다.

그는 결혼 날짜를 앞당겨 달라고 졸라 볼 셈으로 웰랜드 부인과 호젓하게 대화할 기회를 노리고 있었다. 그러나 부인의 마음을 움직일 만한 주장이 생각나지 않았으므로, 웰랜드 씨와 메이가 차를 타고 문으로 다가오는 모습이 보이자 마음이 놓였다.

그의 유일한 희망은 다시 메이에게 간청하는 것뿐이었으므로, 떠나기 전날 스페인 선교사 풍의 황폐한 정원으로 그녀와 함께 산책하러 갔다. 그 배경은 유럽의 풍경을 떠올리게 만들기에 안성맞춤이었다. 메이는 지나칠 정도로 맑은 눈에 신비스러운 그림자를 던지는 챙 넓은 모자 아래 더할 나위 없이 사랑스러운 모습으로 그라나다와 알람브라에 대한 그의 이야기에 진지하게 귀를 기울였다.

"올 봄에 이런 것들을 전부 다 볼 수도 있어요. 세비야에서 열리는 부활절 의식까지도 말이오." 그는 더 큰 양보를 얻어 낼 속셈으로 자기 요구를 과장해서 내밀었다.

"세비야에서 부활절을 보낸다고요? 다음 주부터 사순절인데!" 그녀가 웃었다.

"사순절에 결혼하면 안 될 이유라도 있나요?"[2] 그가 맞받아쳤으나, 그녀가 너무 놀라자 실수했음을 알아차렸다.

"물론 그런 뜻으로 한 말은 아니오. 하지만 부활절 후 곧장 식을 올린다면 4월 말에는 배를 탈 수 있을 거요. 사무실에서 예약해 두면 되지."

그녀는 이 가능성에 꿈꾸는 듯 미소 지었다. 그러나 그녀에게는 꿈꾸는 것으로 충분해 보였다. 그가 시집에서 현실에서는 일어나지 않을 아름다운 일들을 큰 소리로 읽어 주는 것을 듣고 있는 모습이었다.

"오, 계속해요, 뉴랜드. 듣고만 있어도 행복해요."

"하지만 왜 듣는 데 그쳐야 한단 말이오? 현실로 만들어서는 안 되는 거요?"

"물론 그렇게 할 거예요. 내년이면." 그녀의 목소리에서 아쉬움이 가시지 않았다.

"좀 더 빨리 그렇게 되기를 바라지 않나요? 지금 도망가자고

---

2) 부활절로 이어지는 사십 일에 걸친 애도 기간 중에는 세속의 쾌락을 찬양하기보다는 억누르므로, 사순절 동안 결혼하는 것은 적절치 못한 일로 여겨졌다.

당신을 설득할 수는 없는 거요?"

그녀는 고개를 숙여 그의 시선을 피해 모자 챙 아래로 얼굴을 숨겼다.

"왜 내년으로 꿈을 미루어야 한단 말이오? 나를 봐요! 내가 얼마나 당신을 아내로 맞고 싶어 하는지 모르겠소?"

잠시 동안 그녀는 꼼짝도 하지 않았다. 그러더니 맑은 눈에 괴로운 빛을 가득 담아 그를 보았으므로, 그는 그녀의 허리를 안은 팔을 반쯤 풀었다. 그러나 갑자기 그녀의 표정이 바뀌더니 심각해졌다. "제가 정말로 알고 있는 건지 확신이 안 서요." 그녀가 말했다. "저에 대한 애정이 변치 않으리라는 자신이 없어서 그러시나요?"

아처는 의자에서 펄쩍 뛰어 일어났다. "맙소사, 무슨 말인지 모르겠군." 그는 화난 투로 불쑥 내뱉었다.

메이 웰랜드도 일어섰다. 그들은 서로를 마주 보았다. 그녀는 기품 있고 여성스러운 자태였다. 둘은 대화가 예기치 않은 방향으로 흘러간 데 당황하여 잠시 아무 말이 없었다. 이윽고 그녀가 나지막이 말했다. "그렇다면, 다른 누군가가 있나요?"

"다른 누군가라니, 당신과 나 사이에 말이오?" 그는 그녀의 말을 제대로 알아듣지 못해 스스로에게 그 질문을 되풀이할 시간이 필요하다는 듯이 천천히 반복했다. 그녀는 그의 목소리에서 반신반의하는 기미를 눈치 챈 듯, 심각한 어조로 말을 이었다. "우리 솔직히 얘기해요, 뉴랜드. 가끔씩 당신이 변했다는 느낌이 들었어요. 특히 우리 약혼을 발표한 뒤부터."

"말도 안 되는 소리를!" 그가 정신을 차리고 외쳤다.

그녀는 그의 항의에 희미한 미소로 대응했다. "만일 그렇다면, 그 얘기를 한대도 우리에게 해될 것은 없겠죠." 그녀는 잠시 말을 끊더니 우아한 동작으로 고개를 들어 덧붙였다. "혹은 사실이 아닐지라도, 얘기하는 게 좋지 않겠어요? 당신이 별 생각 없이 실수를 저질렀을 수도 있으니까요."

그는 고개를 숙이고 그들의 발밑, 햇볕이 내리쬐는 길에 드리워진 나뭇잎 그림자를 들여다보았다. "실수야 늘 쉽게 저지르는 법이지. 하지만 당신이 암시하는 그런 실수를 했다면, 당신에게 결혼을 서두르자고 애원할 리가 있겠소?"

그녀도 고개를 떨어뜨리고 양산으로 나뭇잎 그림자를 가리면서 표현을 찾으려 애썼다. 마침내 이렇게 말했다. "예, 결혼으로라도 문제를 해결하고 싶을 수도 있겠죠. 그것도 하나의 방법이니까."

그는 그녀가 조용히 할 말을 다 하는 데 놀랐으나, 그렇다고 해서 그녀가 태연하다고 오해하지는 않았다. 모자 챙 아래 창백해진 옆모습과 단호하게 꽉 다문 입술 위로 콧구멍이 가볍게 떨리는 모습이 보였다.

"그렇다면?" 그는 벤치에 앉아 장난스럽게 보이려고 이마를 찌푸린 채 그녀를 올려다보며 물었다.

그녀는 자기 자리에 다시 무너지듯 앉아서 말을 이었다. "처녀가 부모님들 생각처럼 아무것도 모른다고 생각해선 안 돼요. 나도 들은 말이 있고 눈치가 있어요. 스스로 느끼고 생각할 수 있다고요. 당신이 내게 사랑한다고 고백하기 훨씬 전 다른 누군가에게 마음을 준 적이 있다는 걸 알고 있어요. 이 년 전 뉴포트에서는 그 얘기를 모르는 이가 없더군요. 무도회에서 베란다에 당신들이 함께 앉아 있는 모습을 보았을 때, 그녀가 슬픈 얼굴로 집으로 들어가는 모습을 보고 안됐다고 느꼈어요. 나중에 우리가 약혼했을 때도 그 일이 기억났어요."

그녀의 목소리는 가라앉아 거의 속삭임처럼 들렸다. 그녀는 양산 손잡이를 두 손으로 맞잡았다 놓았다 했다. 아처는 부드럽게 그 손을 자기 손으로 감싸 쥐었다. 그의 마음은 뜻 모를 안도감으로 부풀어 올랐다.

"귀여운 이, 그거였소? 당신이 진실을 알았더라면!"

그녀가 재빨리 고개를 쳐들었다. "그렇다면 제가 모르는 진실이 있단 말인가요?"

그는 여전히 그녀의 손을 놓지 않았다. "내 말은, 당신이 얘기한 과거사에 대한 진실 말이오."

"하지만 전 그걸 알고 싶어요, 뉴랜드. 알아야만 해요. 누군가에게 올바르지 못한 짓을 하고 제가 행복해질 수는 없어요. 당신도 마찬가지일 거라고 믿어요. 남의 불행을 딛고 우리가 어떻게 미래를 꿈꿀 수 있겠어요?"

그녀의 얼굴에 너무나 비장한 용기가 서려 있었으므로, 그는 그녀의 발밑에 무릎이라도 꿇고 싶을 지경이었다. "오랫동안 당신한테 이 말을 하고 싶었어요." 그녀가 말을 계속했다. "두 사람이 서로를 진심으로 사랑한다면 어쩔 수 없이 세상 사람들에게 등을 돌려야 할 수도 있겠지요. 당신이 어떤 식으로든 맹세했다고 생각한다면……, 우리가 말한 그 사람에게 맹세를 했다고……, 조금이라도 그렇다면……, 당신이 지켜야 할 만한 맹세를……, 그녀가 이혼을 해서라도……. 뉴랜드, 저 때문에 그녀를 포기하지는 마세요!"

까마득한 과거의 일로 완전히 잊고 있던 솔리 러시워스 부인과의 밀애 사건에 그녀가 마음을 쓰고 있었다는 것이 놀랍기도 했지만, 그녀의 관대함에 느낀 경탄에 비하면 아무것도 아니었다. 그렇게까지 무모하게 상궤를 벗어난 태도에는 초인적인 데마저 있었다. 다른 문제들이 그를 짓누르고 있지만 않았더라면, 자기에게 옛날 정부와 결혼하라고 설득하는 웰랜드 가 따님의 영웅적인 자세에 놀라 정신이 멍해졌을 것이다. 그러나 그는 아직도 아찔한 파국까지 갔던 여파에서 헤어나지 못하고 소녀의 신비에 경외감을 느낄 따름이었다.

잠시 동안 그는 입을 떼지 못하다가 간신히 이렇게 말했다. "당신이 생각하는 그런 맹세나 의무 같은 건 없소. 이런 경우는 꼭 이렇다 저렇다 분명히 잘라 말하기는 힘들지만……, 그러나 아무 문제도 없어요……. 당신의 관대함에 반했소. 그런 일에 대해서는 나도 당신과 같은 견해니까……. 어리석은 인습이야 뭐라 하든……, 그때그때 진상에 따라 판단해야 한다고 생각하오……. 내 말은, 자유를 누릴 여성 개개인의 권리는……." 그는 자기 생각을 털어놓은 데 놀라 말을 중단했다가 미소 띤 얼굴로 그녀를 바라보며 다시 말을 계속했다. "그렇게 많은 것을 이해할 수 있다면, 조금만 더 나아가서 마찬가지로 또 다른 형태의 어리석은 인습에 굴복하는 것이 쓸데없는 짓이라는 것을 이해해 줄 수는 없을까요? 우리 사이에 아무도, 아무것도 없다면 더 미루느니 빨리 결혼해도 좋지 않겠소?"

그녀는 기쁨으로 얼굴을 붉히고 고개를 들어 그의 얼굴을 바라보았다. 그는 그쪽으로 고개를 숙이면서 그녀의 눈에 기쁨의 눈물이 가득 차오르는 것을 보았다. 다음 순간 그녀는 당당한 여성에서 청순가련한 소녀로 되돌아간 듯했다. 그녀가 용기 있게 나선 것은 모두 다른 사람을 위해서였으며, 자신을 위해서는 전혀 그러지 못한다는 것을 알았다. 억지로 냉정을 유지하는 것보다 말을 꺼내는 것이 그녀에게는 훨씬 더 큰 노력이 필요했으며, 그가 사실을 확인시켜 주자마자 지나치게 모험심에 들떴던 아이가 어머니의 팔로 다시 돌아간 듯이 평상시의 모습으로 되돌아왔음이 분명했다.

아처는 그녀에게 계속 간청할 마음이 나지 않았다. 그는 그녀의 투명한 눈에서 그를 단 한 번 꿰뚫어 보았던 새로운 존재가 사라져 버린 데 너무나 깊이 실망해 버렸다. 메이는 그의 실망감을 눈치 챈 듯했으나, 어떻게 풀어 줘야 할지는 몰랐다. 그들은 일어나서 말없이 집으로 걸어왔다.

17

"오빠 친척인 백작 부인이 오빠가 없는 동안 어머니를 만나러 왔었어." 그가 돌아온 날 저녁 제이니 아처가 오빠에게 알렸다.

어머니와 동생과 저녁 식사를 하던 아처가 놀라서 눈을 들자, 아처 부인은 자기 접시만 들여다보며 딴전을 피웠다. 아처 부인은 자신이 집에 틀어박혀 있다 해서 세상으로부터 잊혀져야 한다고 생각하지는 않았다. 뉴랜드는 그가 올렌스카 부인의 방문에 놀라자 어머니가 좀 화가 났다고 짐작했다.

"흑옥 단추 달린 검은 벨벳 폴로네즈[1]를 입고 작은 초록색 원숭이털 머프를 끼고 왔던데. 그렇게 근사하게 차려입은 건 처음 봤어." 제이니가 계속 떠들었다. "일요일 이른 오후에 혼자 왔지 뭐야. 다행히도 거실에는 아직 난롯불이 있었어. 새 명함통을 갖고 있던데. 오빠가 너무 잘해 줘서 우리하고도 알고 지

1) 원래 폴란드 여성들이 입던 외투 모양의 드레스.

내고 싶었대."

뉴랜드가 웃었다. "올렌스카 부인은 늘 친구들에 대해서 그런 식으로 말해. 고향 사람들과 다시 함께 있게 되어서 얼마나 좋아하는지 모른단다."

"그래, 우리한테도 그렇게 말하더라." 아처 부인이 말했다. "여기 있게 되어서 고맙게 생각하는 것 같더구나."

"어머니도 그녀가 맘에 드셨으면 좋겠네요."

아처 부인은 입을 삐죽 내밀었다. "나 같은 노인네한테도 호감을 사려고 애쓰기는 하더라."

"어머니는 그녀가 순진하지 않다고 생각하셔." 제이니가 눈을 가늘게 뜨고 오빠의 얼굴을 쳐다보며 불쑥 끼어들었다.

"구식 노인네의 느낌일 뿐이지. 난 메이가 딱 좋다." 아처 부인이 말했다.

"아, 그들은 서로 달라요." 아들의 말이었다.

아처는 세인트 오거스틴을 떠나면서 밍고트 노부인에게 전달할 메시지를 잔뜩 받았다. 그는 돌아온 지 하루 이틀쯤 후 노부인을 방문했다.

노부인은 평소보다도 더 따듯하게 그를 맞아 주었다. 올렌스카 백작 부인이 이혼할 생각을 포기하도록 설득해 주었다고 그에게 감사해 마지않았다. 그가 허락도 없이 사무실을 비우고 메이가 보고 싶다는 이유만으로 세인트 오거스틴까지 달려갔다는 얘기를 하자, 부인은 느끼하게 킬킬대면서 살찐 손으로 그의 무릎을 토닥여 주었다.

"아, 아, 그렇게 구속을 걷어차 버린 게로군, 그렇지? 오거스타와 웰랜드가 심각한 얼굴을 하고 세상의 종말이라도 왔다는 듯이 굴지 않던가? 하지만 꼬마 메이는, 그 애는 다 알지, 내 말이 틀림없지?"

"그랬기를 바랍니다. 하지만 제가 간청하러 간 일에 대해서는 영 동의해 주질 않더군요."

"정말인가? 그 일이 뭐였는데?"

"4월에 결혼식을 올리자는 약속을 받아 내고 싶었습니다. 1년을 더 허비할 필요가 있을까요?"

맨슨 밍고트 부인은 작은 입을 오므려 얌전 떠는 숙녀 같은 표정을 지으며 심술궂은 눈꺼풀 아래 그에게 장난스레 눈을 깜빡였다. "'엄마에게 물어 보세요.' 이랬겠군. 안 들어도 뻔해. 아, 밍고트 가 족속들이란……. 하나같이 똑같아! 태어날 때부터 판에 박힌 듯해서 자네가 도저히 어떻게 해 볼 수가 없다고. 내가 이 집을 지었을 때 다들 내가 캘리포니아로 이주하려는 줄 알았지! 아무도 40번가 위쪽에 집을 지은 적이 없었으니까. 크리스토퍼 콜럼버스가 미국을 발견하기 이전에도 배터리 위쪽으로는 집을 지은 이가 없었지. 없었어, 없고말고. 그들 중 누구도 남과 다르게 되고 싶지 않은 거라고. 남보다 튀는 걸 천연두만큼이나 무서워해. 아, 아처, 내가 천한 스파이서 가 태생인 것을 하늘에 감사한다니까. 하지만 내 자손들 중에는 귀여운 엘렌을 제외하고는 나를 닮은 녀석이 하나도 없어." 부인은 갑자기 말을 끊더니 여전히 그에게 장난스레 눈을 깜박이며 노인들이 잘 하듯이 엉뚱한 말을 툭 던졌다. "도대체 왜 자네가 귀여운 엘렌과 결혼하지 않은 건가?"

아처가 웃었다. "우선 말씀드리면, 그녀가 결혼할 상황이 아니었기 때문이죠."

"물론 그랬지. 그래서 더 안됐어. 이제는 너무 늦었지. 그 애 인생은 끝났어." 부인은 젊은 시절의 희망을 묻은 무덤에 세상 잡사를 던져 넣는 노인답게 냉담한 태도로 말했다. 아처도 마음 한구석이 서늘해져서 서둘러 이렇게 말했다. "부인의 힘으로 웰랜드 가의 마음을 바꿔 놓아 주시면 안 되겠습니까, 밍고트 부인? 전 약혼 기간을 길게 잡고 싶지 않습니다."

캐서린 노부인은 그에게 이해한다는 듯한 미소를 보냈다. "그럴 테지. 나도 알아. 자네는 영리해. 자네가 어린 소년이었을 때 벌써 제일 성미가 급한 줄 알았다니까." 부인이 머리를 젖히고 웃자 턱살이 잔물결처럼 요동쳤다. "아, 엘렌이 왔군!" 부인의 외침과 함께 그녀가 칸막이 커튼을 열고 나타났다.

올렌스카 부인이 웃음 띤 얼굴로 다가왔다. 생기발랄하고 행복해 보이는 얼굴이었다. 그녀는 할머니에게 키스하려고 허리를 굽히면서 아처에게 반가운 듯이 손을 내밀었다.

"아처에게 네 얘기를 하던 참이었단다. 왜 귀여운 엘렌과 결혼하지 않았냐고 말이지."

올렌스카 부인은 여전히 미소를 잃지 않은 채 아처를 쳐다보았다. "그래서 뭐라고 대답하던가요?"

"오, 얘야, 대답은 네가 직접 찾아내도록 하렴! 아처는 약혼녀를 만나러 플로리다에 다녀왔다는구나."

"예, 알아요." 그녀는 여전히 그에게서 눈을 떼지 않았다. "당신 어머님을 뵈러 가서 당신이 어디에 갔는지 여쭤 보았답니다. 제가 보낸 편지에 답을 안 주시기에 아픈 게 아닌지 걱정했어요."

그는 서두르느라고 갑자기 떠나야 했다느니, 세인트 오거스틴에서 편지를 보낼 생각이었다느니 두서없이 주워섬겼다.

"거기 가서는 당연히 내 생각은 다시 떠오르지도 않았겠죠!" 그녀는 애써 아무렇지도 않은 척하려는 듯 명랑한 태도로 그에게 계속 밝게 웃었다.

'여전히 내가 필요하다 해도, 그런 티를 내지 않겠다고 마음먹은 거야.' 그는 그녀의 태도에 마음이 괴로워져 이렇게 생각했다. 어머니를 만나러 와 주어서 고맙다고 말하고 싶었지만, 노부인의 심술궂은 눈앞에서는 혀가 굳어 버린 듯 거북스럽기만 했다.

"아처를 좀 보렴. 빨리 결혼하고 싶어 몸이 달아 무단이탈을 해서 그 바보 같은 계집애한테 달려가 무릎 꿇고 애걸했다지 뭐냐! 사랑에 빠진 남자답지. 멋쟁이 밥 스파이서도 불쌍한 우리 어머니한테 바로 그런 짓을 하지 않았겠니. 그러더니 내가 품에서 떨어지기도 전에 어머니한테 싫증이 나 버렸지. 나를 위해 여덟 달만 기다리면 됐는데도![2] 하지만 자네는 스파이서 가 사람이 아니야, 아처. 자네도 메이도 아니니 다행이지. 스파이서의 사악한 피를 이어받은 사람은 우리 불쌍한 엘렌뿐이지. 나머지는 모두 머리부터 발끝까지 밍고트 가 사람이야." 노부인이 경멸하는 어조로 말했다.

아처는 올렌스카 부인이 할머니 옆에 앉아 계속 찬찬히 자기를 뜯어보고 있음을 의식했다. 그녀의 눈에서 명랑한 기색은 가셨다. 그녀는 부드러운 어조로 이렇게 말했다. "물론, 할머니, 아처 씨가 원하는 대로 일이 되도록 우리가 그들을 설득할 수도

---

2) 그녀의 부모가 결혼한 지 팔 개월 만에 그녀가 태어났다거나, 혹은 출생 후 팔 개월 만에 젖을 떼었다는 뜻으로 한 말.

있겠지요."

아처는 가려고 일어났다. 올렌스카 부인의 손을 잡자 그녀가 답장을 받지 못한 편지에 대해 몇 마디라도 넌지시 해 주기를 기다리고 있었다는 느낌이 들었다.

"언제 만날 수 있겠습니까?" 그는 엘렌과 함께 문 쪽으로 발을 옮기며 물었다.

"아무 때고 좋아요. 하지만 그 작은 집을 다시 보고 싶다면 빨리 오셔야 해요. 다음 주면 이사할 거니까."

장식 못을 낮게 둘러 박은 거실에서 램프 불빛 아래 보냈던 기억에 잠시 가슴 한구석이 아릿했다. 짧은 시간이었지만 그의 기억 속에 깊이 새겨져 있었다.

"내일 저녁은 어때요?"

그녀가 고개를 끄덕였다. "내일, 좋아요. 하지만 일찍 오세요. 외출할 거니까."

다음 날은 일요일이었으므로, 그녀가 일요일 저녁에 '외출할' 예정이라면 갈 곳은 당연히 레뮤얼 스트루더스 부인 집뿐이었다. 그는 가볍게 짜증이 솟았다. 그녀가 그곳에 가는 것이 마음에 안 들어서는 아니었다. 그는 밴 더 루이든 부부의 뜻이야 어떻든 그녀가 가고 싶은 곳이라면 어디든지 가기를 바랐다. 그보다는 그곳에서 틀림없이 보퍼트를 만나게 될 것이고, 그녀도 이를 분명히 예상하고 있으며, 어쩌면 바로 그 목적으로 가려는 것일지도 모른다는 생각 때문이었다.

"좋아요. 내일 저녁." 그는 되풀이하면서 일찍 가지 않고 늦게 도착해서 스트루더스 부인 댁에 가지 못하도록 막든가, 그렇지 못하면 그녀가 출발한 뒤에 도착하겠다고 속으로 다짐했다.

모든 사정을 고려해 보아 의심의 여지없이 가장 손쉬운 해결책이었다.

결국 그는 고작 8시 반에 등나무 아래에서 종을 울렸다. 처음부터 그 정도만 늦을 셈은 아니었지만, 이상한 불안감을 누르지 못해 그녀의 집으로 달려온 것이었다. 그러나 그는 스트루더스 부인의 일요일 저녁은 무도회와는 다르고, 그녀의 손님들은 마치 평소의 비행을 그런 식으로라도 벌충하겠다는 듯 보통 일찍 온다는 사실을 기억해 냈다.

그는 올렌스카 부인의 방으로 들어서면서 뜻밖에도 모자와 외투들을 발견했다. 그녀가 다른 사람들과 저녁 식사를 할 예정이었다면 왜 그에게 일찍 오라고 했을까? 나스타샤가 받아 놓아 둔 자기 옷 옆에 놓인 옷들을 자세히 살펴보니 화가 나기보다는 호기심이 일었다. 외투들은 사실 점잖은 집안에서는 보기 힘든, 희한하기 짝이 없는 것이었다. 얼핏 보아도 줄리어스 보퍼트의 것은 분명 아니었다. 하나는 '기성복' 디자인의 보푸라기가 잔뜩 일어난 노란색 얼스터 외투[3]였고, 또 하나는 프랑스어로 '맥팔레인' 비슷한 케이프가 달린 낡아빠진 구식 망토였다. 덩치가 엄청나게 큰 사람 것인 듯한 그 옷은 험하게 오래 입은 티가 확연했고, 오랫동안 술집 벽을 쓸고 다녔는지 짙은 초록색 천의 주름에서 젖은 톱밥 냄새가 풍겼다.[4] 그 위에는 나달거리는 회색 목도리와 약간 성직자의 것처럼 생긴 기묘한 펠트 천 모자가 얹

---

3) 원래 허리띠가 달린 두껍고 헐렁한 더블 오버코트.

4) 당시에는 소란스러운 취객들이 흘리는 술을 흡수하도록 술집 바닥에 톱밥을 깔아 놓았다.

혀 있었다.

아처가 나스타샤에게 어떻게 된 일이냐는 듯 눈썹을 추켜세우자, 그녀도 자기 눈썹을 추켜세우면서 심드렁하게 "지아(gia)!"라고 외치고 거실 문을 활짝 열어젖혔다.

여주인은 방에 없었다. 놀란 그의 눈에 벽난로 옆에 서 있는 한 숙녀의 모습이 들어왔다. 키가 크고 야윈 몸매에 단정치 못한 차림새를 한 이 숙녀는 정신이 어지러울 정도로 복잡하게 격자무늬와 줄무늬, 단색 띠를 배열하고, 치맛단에 정교하게 술과 장식을 단 옷을 입고 있었다. 희끗희끗해지기 시작한 머리 위에는 스페인 식 빗 장식을 꽂고 검은 비단 스카프를 둘렀으며, 류머티즘에 걸린 손에는 꿰맨 자국이 훤히 보이는 비단 장갑을 꼈다.

그녀의 옆에는 두 외투의 주인들이 아침부터 입고 다닌 것이 분명한 옷차림새로 서서 담배연기를 구름처럼 내뿜고 있었다. 아처는 두 사람 중 네드 윈셋을 알아보고 깜짝 놀랐다. 더 나이 든 다른 한 사람은 낯이 설었는데, 엄청나게 큰 체격으로 보아 '맥팔레인'의 임자가 틀림없었다. 그는 회색 머리카락이 헝클어져 힘없는 사자 같았고, 마치 무릎을 꿇은 군중에게 축복을 나누어 주듯이 앞발을 크게 휘젓는 몸짓으로 팔을 움직였다.

이들 세 사람은 벽난로 앞 깔개 위에 서서 올렌스카 부인이 늘 앉는 소파 위에 놓인, 자주색 팬지꽃이 점점이 박힌 입이 벌어질 만큼 커다란 진홍색 장미 다발에서 눈길을 떼지 않았다.

"요즘 같은 계절에는 값이 만만치 않을 텐데. 아무리 마음의 표현이라 해도 그렇지!" 아처가 막 들어섰을 때 그 부인이 탄식조로 툭툭 내뱉듯 말하고 있었다.

그가 나타나자 세 사람은 놀라며 몸을 돌렸다. 부인이 다가와 손을 내밀었다.

"아처 씨, 내 조카나 다름없는 뉴랜드!" 그녀의 말이었다. "내가 맨슨 후작 부인이랍니다."

아처가 머리 숙여 인사를 하자 그녀가 말을 계속했다. "엘렌이 나를 며칠 묵게 해 주었답니다. 쿠바에서 스페인 친구들과 겨울을 보내고 돌아왔어요. 정말 유쾌하고 고상한 친구들이었지. 카스티야라비에하의 지체 높은 귀족들이랍니다. 당신도 사귀어 보면 좋을 텐데! 하지만 우리 친구인 카버 씨가 부르셔서 돌아왔어요. 사랑의 공동체 계곡[5]을 설립한 애거턴 카버 박사를 모르시나요?"

카버 박사가 사자 갈기 같은 머리를 숙여 인사를 했다. 후작 부인이 다시 입을 열었다. "아, 뉴욕, 뉴욕, 삶의 활기라고는 도대체 찾아볼 수가 없는 곳이야! 윈셋 씨하고는 아시겠지요."

"아, 그렇습니다. 바로 얼마 전에도 만났습니다. 그 단체를 통해서는 아니지만." 윈셋이 건성으로 웃음 지으며 말했다.

후작 부인은 꾸짖듯이 고개를 가로저었다. "당신이 어찌 알겠어요, 윈셋 씨? 바람은 불고 싶은 대로 부는 법이지.[6]"

"암, 그렇지, 그렇고말고!" 카버 박사가 불쑥 끼어들어 우렁찬 목소리로 웅얼거렸다.

"어쨌거나 앉으세요, 아처 씨. 우리 넷이 유쾌한 만찬을 즐기고 나서 엘렌은 옷을 차려입으러 올라갔답니다. 당신을 기다리

---

5) 19세기에는 기독교 사회주의의 이상에 따라 조직된 유토피아 공동체들이 많이 있었다.

6) 요한복음 3장 8절.

더군요. 곧 내려올 거예요. 우린 지금 이 굉장한 꽃을 보고 감탄하던 중이었어요. 엘렌도 돌아와서 보면 놀랄 거예요."

윈셋은 계속 선 채였다. "유감이지만 이만 가 봐야겠습니다. 올렌스카 부인에게 이 동네를 버리고 떠나시면 우리 모두 허전할 거라고 전해 주십시오. 이 집은 오아시스였는데."

"아, 하지만 그 애가 당신을 버리는 건 아니라오. 그 애는 시와 예술이 없으면 숨을 쉴 수 없으니까. 시를 쓰시지요, 윈셋 씨?"

"아닙니다. 가끔 읽기나 하지요." 윈셋은 이렇게 말하고 일행 모두를 향해 인사를 한 후 방을 빠져나갔다.

"삐딱한 반항아에 작은 야만인. 하지만 기지가 넘쳐. 카버 박사님, 재기발랄한 젊은이라고 생각지 않으세요?"

"재기 따위는 일체 관심 없습니다." 카버 박사가 준엄하게 말했다.

"아, 아, 재기 따위는 안중에도 없다고요! 이 분은 우리 나약한 인간들에게 너무 무자비하지 않아요, 아처 씨! 하지만 생기로 충만한 삶을 사시니까요. 잠시 후 블렌커 부인 댁에서 하실 강의를 머릿속으로 준비하시는 중이랍니다. 카버 박사님, 블렌커 부인 댁으로 출발하기 전에 시간이 허락한다면 아처 씨에게 직접 접촉[7]에 대한 박사님의 명쾌한 발견을 설명해 주시겠어요? 하지만 안 되겠군요, 벌써 9시가 다 되었으니. 그렇게 많은 분들이 박사님의 말씀을 기다리고 있는데 더 이상 붙잡아선 안 되겠죠."

카버 박사는 이런 결론에 약간 실망한 기색이었으나, 자신의

---

7) 영계와의 교신. 19세기 중반 영국에서 시작되어 미국까지 퍼진 영적 운동에서 핵심을 이루는, 죽은 자와 대화할 수 있는 능력에 대한 믿음.

육중한 금시계를 올렌스카 부인의 작은 괘종시계와 비교해 보고 마지못해 떠나려고 거대한 팔다리를 추슬렀다.

“나중에 뵙지요.” 그의 말에 후작 부인은 미소로 답했다. “엘렌의 마차가 오는 대로 곧 뒤따라가겠어요. 강의를 시작하시기 전에 가도록 할게요.”

카버 박사는 아처를 생각에 잠긴 눈으로 바라보았다. “이 젊은 신사분도 내 경험에 관심이 있다면 부인이 데려오셔도 블렌커 부인이 뭐라 하시지는 않겠지요?”

“아, 박사님, 그럴 수만 있다면 틀림없이 블렌커 부인은 대환영일 거예요. 하지만 엘렌이 아처 씨에게 용건이 있을 것 같네요.”

“유감이군요. 내 명함이오.” 카버 박사가 이렇게 말하면서 아처에게 명함을 건네주었다. 거기에는 고딕체로 이렇게 쓰여 있었다.

애거턴 카버 사랑의 골짜기 뉴욕 키타스쿼타미

카버 박사가 인사를 하고 나가자, 맨슨 부인은 아쉬움 때문인지 안도감에서인지 한숨을 내쉬며 아처에게 다시 의자에 앉으라고 손짓했다.

“엘렌은 곧 내려올 거예요. 그 애가 오기 전에 이렇게 조용히 당신과 얘기할 수 있게 되어 기쁘군요.”

아처도 뵙게 되어 기쁘다고 웅얼거렸고, 후작 부인은 나지막이 탄식조로 말을 이어 나갔다. “나도 다 알아요, 아처 씨. 당신이 얼마나 애써 주었는지 우리 애한테 다 들었답니다. 현명한 충고를 해 주시고 용기 있는 단호한 모습을 보여 주셨다더군요. 너무 늦지 않아서 하느님께 감사해요!"

아처는 이 말에 당황하여 몸 둘 바를 몰랐다. 올렌스카 부인은 그가 자기의 사적인 일에 개입한 사실을 온 세상에 떠들고 다닌 것이 아닐까 싶었다.

"올렌스카 부인이 과장하셨군요. 저는 단지 물어보시기에 법적인 의견을 드렸을 뿐입니다."

"아, 하지만 그렇게 하면서 당신은 우리 현대인들이 일컬어 말하는 신의 섭리를 무의식적으로 실행한 도구 역할을 한 것이 아니었을까요, 아처 씨?" 부인은 머리를 한쪽으로 기울이고 신비스럽게 눈을 내리깔며 외쳤다. "바로 그 순간에 대서양 건너편에서 저한테 누가 다가와서, 어떤 호소를 했는지 상상도 못하시겠지요!"

그녀는 마치 누가 엿들을까 두렵다는 듯이 자기 어깨 너머로 힐끗 돌아보더니, 의자를 더 바짝 당기고 작은 상아 부채를 들어 입을 가리고 속삭였다. "다름 아닌 백작이었답니다. 딱하게도 정신 나간 바보 올렌스키 말이죠. 엘렌이 자진해서 돌아오도록 설득해 달라고 부탁하지 뭡니까."

"세상에 그럴 수가!" 아처는 펄쩍 뛰어 일어나며 외쳤다.

"끔찍한 얘기지요? 당연히 그렇겠죠. 그러고도 남을 일이지. 불쌍한 스타니슬라스는 늘 나를 가장 좋은 친구라고 불러 주었지만, 그이 편을 들어 줄 수는 없지. 그는 완전히 엘렌에게 굴복했어요." 그녀는 야윈 가슴을 쳤다. "내가 직접 그의 편지를 여기 가져왔답니다."

"편지라고요? 올렌스카 부인도 봤습니까?" 아처는 부인의 말에서 받은 충격에서 헤어나지 못하고 더듬거렸다.

맨슨 후작 부인은 부드럽게 고개를 저었다. "시간이, 시간이 필요해요. 난 엘렌을 잘 알아요. 도도하고 고집 센 애지. 용서할 여지가 전혀 없는 걸까요?"

"하지만 맙소사, 용서한다면 그 지옥으로 되돌아가야 한다는 건데……."

"아, 그래요." 후작 부인이 수긍했다. "그 애는 그렇게 표현했지요. 까탈스럽기도 하지! 하지만 아처 씨, 좀 참고 물질적인 면을 고려해 본다면……. 그 애가 어떤 것들을 포기했는지 아시겠어요? 소파 위에 있는 저 장미, 저런 것이 니스에 있는 남편의 으리으리한 정원 온실 안에는 끝도 없이 펼쳐져 있다고요. 보석은 또 어떻고……, 역사적 가치가 있는 진주며 소비에스키 에메랄드,[8] 검은담비털하며……. 그런 것들을 모조리 내팽개치다니! 나도 늘 그랬지만 그 애도 예술과 아름다움을 그렇게도 좋아하고 목숨처럼 아꼈는데. 온통 그런 것들로 둘러싸여 지냈다니까요. 그림이며 귀한 가구들, 음악, 지적인 대화……. 아, 아처 씨, 미안한 말이지만 이곳 사람들은 그런 건 꿈도 못 꾸어 보았을걸요! 그 앤 그 모든 것을 맘껏 누렸다우. 모두 그 애를 여왕처럼 떠받들어 주었지. 나더러 뉴욕에서는 아무도 자기를 멋있다고 생각해 주지 않는다더군요. 맙소사! 그 애 초상화가 아홉 차례나 그려졌다고요. 유럽 최고의 화가들이 그 애의 초상을 그리는 특권을 허락해 달라고 애걸했지. 이런 게 아무것도 아니라고요? 애정이 넘치는 남편이 깊이 뉘우치고 있는데도?"

---

8) 폴란드 왕 얀 3세 소비에스키와 관계가 있는 유명한 보석.

맨슨 후작 부인이 말을 하면서 어찌나 흥분했는지, 과거의 회상에 취한 그녀의 표정을 보면 어떤 일에도 눈 하나 깜박하지 않을 인간이 아닌 이상 아처조차 흥이 날 지경이었다.

누군가 그에게 불쌍한 미도라 맨슨을 처음 만났을 때 사탄의 사자로 가장한 모습일 것이라고 예언했다면 웃어넘겼을 것이다. 그러나 그는 지금 웃을 기분이 아니었다. 그녀는 엘렌 올렌스카가 이제 막 빠져 나온 지옥에서 곧장 온 사람처럼 보였다.

"엘렌은 아직 이런 사정을 전혀 모르고 있습니까?" 그가 불쑥 질문을 던졌다.

맨슨 부인은 발개진 손가락을 입술 위에 갖다 댔다. "직접 들은 것은 없지만 짐작은 하지 않겠어요? 이런 얘기를 누가 해 주겠수? 아처 씨, 사실은 당신을 기다리고 있었다우. 그때부터 당신이 그 애한테 확고한 지위를 차지하고 영향력을 발휘하게 되었다더군요. 당신의 도움을 받았으면 좋겠는데……. 당신이 알아 주었으면……."

"그녀가 돌아가야 한다는 것 말씀이십니까? 차라리 그녀가 죽는 꼴을 보고 말겠습니다!" 그가 격분하여 외쳤다.

"아." 후작 부인은 겉으로는 화난 티를 내지 않고 중얼거렸다. 그녀는 장갑을 낀 손가락으로 어울리지 않는 상아 부채를 접었다 폈다 하면서 안락의자에 앉아 있었다. 그러더니 갑자기 고개를 번쩍 쳐들고 귀를 기울였다.

"그 애가 오는구려." 그녀가 재빨리 속삭이고는 소파 위의 꽃다발을 가리켰다. "당신은 저 쪽이 더 낫단 말이우, 아처 씨? 이러나저러나 결혼은 결혼이고…… 조카애는 아직도 유부녀이니……."

18

"두 분이서 무슨 꿍꿍이를 하고 계신가요, 미도라 고모?" 올렌스카 부인이 방으로 들어서면서 외쳤다.

그녀는 무도회라도 가는 차림새였다. 촛불에서 나오는 빛으로 드레스를 짠 듯 그녀의 자태는 온통 아른거리는 은은한 광휘를 발했다. 그녀는 경쟁자들로 바글거리는 방에 당당히 들어서는 미녀처럼 머리를 높이 쳐들었다.

"여기 네가 놀랄 만한 멋진 것 얘기를 하던 참이었단다." 맨슨 부인이 자리에서 일어나 짓궂게 꽃을 가리키며 대꾸했다.

올렌스카 부인은 갑자기 우뚝 서서 꽃다발을 쳐다보았다. 얼굴빛은 그대로였으나 여름날 번갯불처럼 서슬 푸른 분노를 숨기지 못했다. "아." 그녀는 아처가 처음 듣는 날카로운 쇳소리로 외쳤다. "나한테 꽃다발을 보내다니 누가 이런 우스꽝스러운 짓을 했지? 웬 꽃다발이람? 게다가 하고많은 날 중에서 하필 오늘밤에? 무도회에 갈 것도 아니고, 결혼 약속을 한 처녀도 아닌데. 그런데도 늘 우습지도 않은 짓을 하는 사람들이 있다니까."

그녀는 문으로 되돌아가 문을 열고 소리쳐 불렀다. "나스타샤!"

이 동에 번쩍 서에 번쩍 하는 하녀가 잽싸게 모습을 나타내자, 아처는 올렌스카 부인이 그가 알아들을 수 있도록 일부러 신경 쓴 듯한 이탈리아어 발음으로 말하는 소리를 들었다. "이걸 쓰레기통에 갖다 버려!" 그러나 나스타샤가 불만스러운 듯이 쳐다보자, 이렇게 말했다. "하긴, 불쌍한 꽃이야 무슨 죄겠니. 이걸 가져온 소년한테 세 집 건너 있는 윈셋 씨 댁에 갖다주라고 해라. 여기에서 저녁 식사를 한 가무잡잡한 신사분 말이야. 윈셋 씨 부인이 앓아누워 있어. 꽃을 보면 기뻐할지도 모르지……. 그 소년은 벌써 가고 없다고? 그럼 얘야, 네가 직접 다녀오렴. 여기 내 망토를 걸치고 빨리 갔다 와. 지금 당장 집에서 저걸 치워 버리고 싶단 말이야! 그리고 어디서 난 꽃인지 절대 말하면 안 돼!"

그녀는 벨벳 오페라 망토를 하녀의 어깨 위에 걸쳐 주고 거실로 되돌아와 신경질적으로 문을 닫았다. 레이스 아래 그녀의 가슴이 심하게 오르내렸다. 아처는 잠시 동안 그녀가 울음을 터뜨릴 줄 알았다. 그러나 그녀는 도리어 한바탕 웃음을 터뜨리더니, 후작 부인과 아처를 번갈아 보고 갑자기 이렇게 말했다. "당신들 두 사람, 친구가 되었군요!"

"아처 씨도 그렇게 생각하실 거다, 얘야. 네가 옷을 입을 동안 참을성 있게 기다리셨어."

"예, 두 분께 시간을 충분히 드렸죠. 머리가 말을 잘 안 들어서." 올렌스카 부인이 시뇽 스타일[1]로 올린 머리에 손을 대 보며

1) 쪽진 머리.

말했다. "카버 씨가 가셨으니 고모가 블렌커 씨 댁에 늦겠네요. 아처 씨, 고모를 좀 마차에 태워 주실래요?"

그녀는 후작 부인을 따라 복도로 나서서 부인이 쌓아 놓았던 덧신이며 숄, 목도리를 주섬주섬 걸치는 모습을 본 다음, 문간에서 이렇게 말했다. "잊지 마세요, 10시에 마차가 날 태우러 돌아와야 해요!" 그러고는 거실로 되돌아갔다. 아처가 거실로 다시 들어가 보니 그녀는 벽난로 옆에 서서 거울에 비친 자기 모습을 뜯어보고 있었다. 뉴욕 사회에서는 숙녀가 잔심부름하는 하녀를 "얘야."라고 부르거나 자기 오페라 망토를 입혀 심부름을 보내는 것은 보기 드문 일이었다. 아처는 이렇게 경이로울 만큼 서슴없이 마음 가는 대로 행동하는 세계에 있다는 유쾌한 흥분감을 가슴속 깊은 곳에서부터 느꼈다.

올렌스카 부인은 그가 뒤로 다가가도 꼼짝하지 않았다. 두 사람의 눈빛이 거울 속에서 잠깐 마주쳤다. 다음 순간 그녀는 돌아서서 소파에 몸을 던지고 한숨지으며 말했다. "담배 한 대 피워야겠어요."

그는 담뱃갑을 건네주고 불을 붙여 주었다. 불빛이 그녀의 얼굴을 확 비출 때, 그녀는 눈에 웃음을 담고 그를 바라보며 말했다. "내가 화낸 거 어떻게 생각해요?"

아처는 잠시 주저했다가 갑자기 결심을 하고 대답했다. "당신 고모님 말씀이 이해가 되는군요."

"고모가 나에 대해 뭐라고 하시는지 알아요. 그래서요?"

"고모 말씀으로는 당신이 온갖 화려하고 진기하고 흥미로운 것에 익숙해져 있다고 하시더군요. 여기서는 우리가 아무리 해도 당신에게 줄 수 없는 그런 것들 말입니다."

올렌스카 부인은 담배 연기 사이로 살짝 미소 지었다.

"고모는 못 말리는 낭만주의자라니까요. 늘 그런 식으로 위안을 찾으며 살아왔지요."

아처는 다시 망설이다가 또 한번 모험을 해 보았다. "고모님의 낭만주의가 항상 정확한가요?"

"고모 말이 사실이냐는 거죠?" 엘렌은 생각에 잠겼다. "글쎄요, 사실인 것도 있고 사실이 아닌 것도 있죠. 하지만 왜 그런 질문을 하죠? 고모가 무슨 얘기를 했는데요?"

그는 난롯불로 눈길을 돌렸다가 다시 그녀의 빛나는 자태로 눈을 돌렸다. 이것이 그들이 이 난롯가에서 보내는 마지막 저녁이 될 것이고, 곧 마차가 그녀를 데리러 올 것이라고 생각하니 심장이 죄어 오는 듯했다.

"올렌스키 백작이 고모님께 당신이 되돌아오도록 설득해 달라고 부탁했다더군요."

올렌스카 부인은 아무 대답도 하지 않았다. 반쯤 들어 올린 손에 담배를 든 채 미동도 없이 앉아 있었다. 표정에도 아무런 변화가 없었다. 아처는 이미 알고 있던 대로 그녀가 어떤 일에도 절대 놀라지 않는다는 사실을 기억해 냈다.

"당신도 알고 있었군요?" 그가 침묵을 깼다.

그녀의 침묵이 길어지자, 담배에서 재가 떨어졌다. 그녀는 재를 바닥에 문질렀다. "편지를 가져왔다는 암시를 주시더군요. 딱도 해라! 고모가 슬쩍 비추기를……."

"고모님이 여기 갑자기 오신 것도 당신 남편의 부탁을 받아서입니까?"

올렌스카 부인은 이 질문에 대해서도 곰곰이 생각하는 듯했다. “그건 확실히 말하기 어렵군요. 저한테는 ‘교령회’라나 뭐라나 카버 박사가 여는 모임 때문에 왔다고 했어요. 카버 박사랑 결혼하지 않을까 걱정이에요……. 불쌍한 고모, 늘 누군가와 결혼을 하고 싶어 안달이시니. 하지만 쿠바에 있는 사람들이 아마 고모한테 진저리가 났을 거예요! 제 생각에는 고모가 그들한테 보수를 받고 친구 노릇을 해 주었던 것 같아요. 사실 고모가 왜 왔는지 잘 모르겠어요.”

“하지만 고모님이 남편의 편지를 가져왔다는 건 알고 있잖아요?”

다시 올렌스카 부인은 말없이 생각에 잠기더니, 입을 열었다. “진작부터 예상했던 일이니까요.”

아처는 자리에서 일어나 벽난로에 기대어 섰다. 갑작스러운 불안감이 엄습해 왔다. 시간이 얼마 남지 않았고, 지금 당장이라도 돌아오는 마차 바퀴 소리가 들려올지도 모른다는 생각에 입이 잘 떨어지지 않았다.

“고모님은 당신이 돌아갈 거라고 믿고 계시던데요?”

올렌스카 부인은 그 말이 떨어지기 무섭게 고개를 들었다. 얼굴뿐 아니라 목과 어깨까지 온통 새빨갛게 물들어 있었다. 그녀가 얼굴을 붉히는 일은 드물었으나, 불에 덴 듯 고통스럽게 보였다.

“나에 대한 잔인한 얘기들을 믿고 있었군요.” 그녀가 말했다.

“오, 엘렌, 용서해 줘요. 난 어리석은 데다 인정머리 없는 놈이오!”

그녀가 살짝 웃었다. “그렇게까지 말할 것 없어요. 당신도 걱정거리가 있잖아요. 웰랜드 가에서 당신의 결혼을 놓고 이해하기 어려운 태도를 취하는 거 나도 알고, 물론 당신 생각과 같아요. 유럽에서는 우리 미국인들이 왜 그렇게 약혼 기간을 길게 잡는지 이해 못해요. 우리처럼 차분하지 못해서인가." 그녀는 '우리'를 비꼬는 투로 가볍게 강조해서 발음했다.

아처는 빈정거리는 투를 느꼈으나 반박할 마음은 나지 않았다. 무엇보다도 자기 얘기에서 의도적으로 화제를 돌리고 싶어서 꺼낸 말일지도 모르고, 자신의 마지막 말로 그녀에게 상처를 준 후였으니 그녀가 이끄는 대로 따라야 한다고 생각했다. 그러나 시간이 얼마 남지 않았다는 생각에 필사적인 심정이 되었다. 그들 사이에 다시 말로 장벽을 친다고 생각하면 견딜 수가 없었다.

그가 퉁명스레 말했다. "맞습니다. 전 남부로 가서 부활절 후 결혼해 달라고 메이에게 간청했지요. 그때 결혼해선 안 될 이유는 하나도 없는데 말입니다."

"메이는 당신을 깊이 사랑하잖아요. 그런데 메이 마음을 바꾸지 못했단 말인가요? 똑똑한 아이니까 그런 불합리한 미신의 노예가 되지는 않을 줄 알았는데."

"너무 똑똑해서 탈이지요. 미신의 노예가 아니에요."

올렌스카 부인은 그를 쳐다보았다. "그렇다면 이해가 안 되는군요."

아처는 얼굴을 붉히고 황급히 말했다. "흉금을 터놓고 솔직히 대화를 나눴어요. 거의 처음이었죠. 메이는 내가 조급하게 구는 것을 나쁜 징조로 여기더군요."

"맙소사, 나쁜 징조라뇨?"

"변함없이 자기를 사랑할 자신이 없어서라나요. 간단히 말하면 내가 더 마음이 끌리는 누군가로부터 도망치기 위해 자기와 당장 결혼하고 싶어 한다는 거예요."

올렌스카 부인은 이상하다는 듯이 이 말을 곰곰이 생각했다. "하지만 메이의 생각이 그렇다면, 왜 서두르지 않는 건가요?"

"그녀는 그런 사람이 아니니까요. 훨씬 더 고상해요. 그러니까 더더욱 약혼 기간을 길게 잡아서, 나에게 시간을 줘야 한다고……."

"다른 여자를 위해서 자기를 포기할 시간?"

"내가 원한다면 그렇게 하라는 거죠."

올렌스카 부인은 불 쪽으로 몸을 기울이고 뚫어지게 불을 들여다보았다. 아처의 귀에 고요한 거리를 잰걸음으로 달려오는 말발굽 소리가 들려왔다.

"고상하군요." 그녀의 목소리가 약간 갈라져 나왔다.

"맞아요. 하지만 우스꽝스럽죠."

"우스꽝스럽다고요? 당신이 다른 사람을 사랑하고 있지 않으니까?"

"다른 사람과 결혼할 의사가 없으니까요."

"아." 또다시 긴 침묵이 흘렀다. 마침내 그녀가 그를 올려다보며 이런 질문을 던졌다. "그 다른 여자 말인데……, 그녀는 당신을 사랑하나요?"

"아, 다른 여자 따위는 없어요. 내 말은, 메이가 생각하고 있던 사람은 절대 아니라고……."

"그렇다면 도대체 왜 서두르는 건가요?"

"당신 마차가 왔어요." 아처가 말했다.

그녀는 몸을 반쯤 일으키더니 멍한 눈으로 주변을 둘러보고, 옆의 소파 위에 놓인 부채와 장갑을 기계적으로 집어 들었다.

"그렇군요. 가야겠네요."

"스트루더스 부인 댁에 가십니까?"

"예." 그녀는 미소 지으면서 덧붙였다. "초대를 받으면 가야지요. 그러지 않으면 너무 외로울 테니까요. 함께 가실래요?"

아처는 어떻게든 그녀를 계속 자기 옆에 있게 해서 남은 저녁을 자신과 보내도록 만들어야겠다고 느꼈다. 그는 질문을 무시하고 벽난로에 기댄 채, 쳐다보는 것으로 그녀의 손에서 장갑과 부채를 떨어뜨릴 수 있다는 듯이 뚫어져라 보기만 했다.

"메이의 추측이 맞아요." 그가 말했다. "다른 여자가 있소. 하지만 메이가 생각한 사람은 아니야."

엘렌 올렌스카는 대답도 않고, 움직이지도 않았다. 잠시 후 그는 그녀의 옆에 앉아 그녀의 손을 잡고 부드럽게 펴서 그들 사이 소파 위에 장갑과 부채를 떨어뜨렸다.

그녀는 놀라서 벌떡 일어나 그에게서 떨어져 난롯가 반대편으로 가 버렸다. "아, 날 사랑하면 안 돼요! 수도 없이 많은 사람들이 그렇게 했어요." 그녀가 얼굴을 찌푸리며 말했다.

아처도 낯빛이 변해 벌떡 일어섰다. 그녀가 할 수 있는 한 이보다 더한 책망은 없었다. "난 당신을 사랑한 적 없소. 앞으로도 그런 일은 없을 테고. 하지만 당신은 우리 중 한쪽이라도 가능한 상황이었더라면 내가 결혼하고 싶었을 여자요."

"우리 중 한쪽이라도 가능했더라면?" 그녀는 놀라 입을 다물지 못하고 그를 바라보았다. "불가능하게 만든 사람이 바로 당신인데, 어떻게 그런 말을 할 수 있어요?"

그는 단 한 줄기 빛의 화살이 내는 길을 좇아 어둠 속을 더듬듯이 그녀를 응시했다.

"내가 불가능하게 만들었다고……?"

"당신, 당신, 바로 당신이라고!" 그녀가 막 울음을 터뜨리려는 어린아이처럼 입술을 바르르 떨면서 울부짖었다. "내가 이혼을 포기하게 한 사람이 당신 아니던가요? 당신이 내게 이혼은 이기적이고 사악한 행동이니, 결혼의 존엄성을 지키고 추문으로 가문의 이름에 먹칠하는 일이 없도록 자기 자신을 희생해야 한다고 가르쳐 주었잖아요? 게다가 우리 가족이 곧 당신 가족이 될 테니까……, 메이와 당신 가족을 위해서……, 당신이 말한 대로, 내가 해야만 한다고 당신이 알려 준 대로 했단 말예요. 아." 그녀는 갑자기 웃음을 터뜨렸다. "당신을 위해서 포기했다는 얘기를 털어놓고 말았군요!"

그녀는 다시 소파에 주저앉아 비탄에 잠긴 가면무도회 참가자처럼 좍 펼쳐진 드레스 자락 위로 몸을 웅크렸다. 아처는 난롯가에 서서 꼼짝도 않고 그녀를 바라보았다.

"이럴 수가." 그가 신음했다. "내가 생각했던 건……."

"당신 생각에?"

"아, 무슨 생각을 했는지는 묻지 말아요!"

그녀를 계속 쳐다보고 있노라니, 그녀의 목에서 얼굴로 불타는 듯한 홍조가 스멀스멀 퍼져 나갔다. 그녀는 꼿꼿이 앉아서 기품 있고 당당한 자세로 그를 마주 보았다.

"물어야겠어요."

"그렇다면 말하죠. 당신이 나에게 읽어 보라고 주었던 편지에 있던 내용 말인데……."

"남편의 편지 말인가요?"

"그렇소."

"그 편지라면 두려울 것이 전혀 없어요. 일고의 가치도 없어요! 내가 두려워하는 건 가족에게 오명과 수치를 안겨 주는 것뿐이죠. 당신과 메이에게까지도."

"맙소사." 그는 다시 신음하며 손으로 얼굴을 감쌌다.

뒤이은 침묵이 아무리 애써도 영원히 감당할 수 없을 것만 같은 무게로 그들을 짓눌렀다. 아처는 자기 비석 아래 깔려 온몸이 부서지는 기분이었다. 미래를 아무리 둘러봐도 그의 마음에서 이 짐을 덜어 줄 만한 것은 아무것도 눈에 띄지 않았다. 그는 조금도 자기 자리에서 움직이거나 손에서 머리를 들지 않았다. 손으로 가린 눈은 칠흑 같은 어둠 속만 계속 응시했다.

"그렇지만 당신을 사랑했소……." 그가 간신히 말했다.

그녀가 여전히 웅크리고 있으리라고 짐작되는 난롯가 반대편 소파 구석에서 어린아이가 우는 소리처럼 희미하게 억눌린 울음소리가 들려왔다. 그는 놀라 일어나서 그녀 쪽으로 갔다.

"엘렌! 무슨 짓이오! 왜 우는 거요? 돌이킬 수 없는 짓은 아무것도 하지 않았어요. 난 아직 자유롭고, 당신도 곧 그렇게 될 거잖소." 그녀를 팔에 안고 젖은 꽃 같은 얼굴에 입을 맞추는 순간, 그들의 모든 헛된 공포가 햇살 속으로 나선 유령들처럼 사그라졌다. 그녀에게 손이 닿으니 이렇게 모든 것이 단순해지는데, 서로 방 반대편에서 오 분 동안 언쟁을 벌이며 서 있기만 했다는 것이 놀라울 따름이었다.

그녀는 그의 입맞춤에 응했으나, 잠시 후 그는 그녀의 몸이 팔 안에서 딱딱하게 굳어지는 것을 느꼈다. 그녀는 그를 밀고 품에서 빠져나왔다.

"아, 가엾은 뉴랜드……. 이렇게 될 줄 알았어요. 하지만 그런

다고 아무것도 바뀌지 않아요." 그녀는 난롯가에서 몸을 돌려 그를 내려다보며 말했다.

"내 인생 전체가 송두리째 바뀌었소."

"아니에요, 아니에요. 그래서는 안 돼요, 그럴 수는 없어요. 당신은 메이 웰랜드와 약혼했어요. 난 남편이 있는 몸이고."

그도 따라 일어나 얼굴을 붉히고 단호하게 말했다. "말도 안 되는 소리! 그런 말해도 이미 늦었소. 다른 사람들이나 우리 자신을 속여서는 안 돼요. 당신이 결혼한 사실은 접어 둔다 쳐도, 이런 일이 있고서 내가 메이와 결혼할 것 같소?"

그녀는 벽난로 선반에 가느다란 팔꿈치를 올려놓은 채 아무 말이 없었다. 뒤쪽의 거울에 그녀의 옆모습이 비쳤다. 올린 머리 타래 중 한 가닥이 풀어져 목 위로 흘러내렸다. 그녀는 초췌하다 못해 나이 들어 보였다.

그녀가 마침내 입을 열었다. "당신이 메이에게도 그런 질문을 할 수 있을지 모르겠군요. 할 수 있나요?"

그는 상관없다는 듯 어깨를 으쓱했다. "달리 어찌 해 보기에는 너무 늦었소."

"당신은 지금 이 순간에는 말하는 것이 가장 쉬우니까 말하고 있을 뿐이에요. 그게 진실이어서가 아니라. 현실적으로는 이미 때가 늦었으니 우리 둘 다 이미 내린 결정에 따르는 수밖에 없어요."

"아, 무슨 말을 하는 건지 모르겠군!"

그녀는 억지로 미소를 지었으나, 얼굴이 펴지기보다는 오히려 일그러지는 측은한 미소였다. "당신은 자신이 나를 위해 상황을 어떻게 바꾸어 놓았는지 전혀 모르기 때문에 이해하지 못하는 거예요. 아, 처음부터, 한참 전부터 난 당신이 한 일을 전부 알았어요."

"내가 한 일이라고?"

"예. 처음에는 이곳 사람들이 날 경계하고 꺼린다는 걸 전혀 몰랐어요. 날 만나러 만찬에 오기를 거부한 모양이더군요. 나중에야 그런 일이 있었고 당신이 어머니를 모시고 밴 더 루이든 씨 댁에 갔던 것을 알았어요. 하나가 아니라 두 집안이 날 도와줄 수 있도록 당신이 보퍼트 가 무도회에서 약혼 발표를 하자고 주장했던 것도……."

그 말에 그가 웃음을 터뜨렸다.

"내가 얼마나 물정 모르는 바보였는지 한번 생각해 보라니까요! 할머니가 어느 날 무심코 이런 얘기를 하시기 전까지는 꿈에도 몰랐어요. 뉴욕은 내게 평화와 자유만을 의미했어요. 난 고향 사람들 속에 있게 되어 너무나 기뻐서, 만나는 사람들 모두 친절하고 선량한 이들이고, 나를 만나 반가워하는 줄만 알았어요. 하지만 맨 처음부터……." 그녀는 말을 이어 나갔다. "당신만큼 친절한 사람은 아무도 없다는 걸 알게 되었어요. 처음에는 그렇게도 성가시고 불필요하게까지 보였던 일들을 해야 하는 이유를 내게 납득할 수 있게 설명해 준 사람도 당신뿐이었고. 그 선량한 사람들은 내게 설명해 주지 않았어요. 그럴 마음조차 없었던 것 같아요. 하지만 당신은 알고 있었어요. 당신은 이해해 주었어요. 당신은 바깥세상이 황금 손으로 유혹하는 줄 알면서도, 세상이 요구하는 것들을 싫어했지요. 불성실과 잔인함, 무관심으로 얻은 행복을 싫어했고. 난 전에는 그런 것을 결코 알지 못했어요. 그건 내가 알았던 그 어떤 것보다도 가치 있는 것이었고요."

그녀는 눈물을 보이거나 동요하는 기색 없이 나지막이 조용조용 말했다. 말 한마디 한마디가 그녀의 입에서 나올 때마다 불타는 납탄환처럼 그의 가슴속으로 떨어졌다. 손에 머리를 묻은 채 허리를 구부리고 앉아 있던 그의 눈에 벽난로 앞 깔개와 그녀의 드레스 자락 아래로 보이는 새틴 신발 코가 보였다. 갑자기 그는 무릎을 꿇고 신발에 입을 맞추었다.

그녀는 그의 몸 위로 허리를 구부려 그의 어깨에 자기 손을 올려놓고 그의 눈을 들여다보았다. 그 눈길이 하도 그윽해서 그는 꼼짝도 할 수가 없었다.

"아, 우리 당신이 한 일을 무위로 돌리지는 말아요!" 그녀가 외쳤다. "이젠 다른 쪽으로 생각을 돌릴 수는 없어요. 당신을 포기하지 않으면 당신을 잃고 말 거예요."

그는 그녀를 향해 간절히 팔을 내뻗었으나, 그녀는 몸을 뒤로 뺐다. 그들은 그녀의 말로 생겨난 거리만큼 떨어져서 서로를 바라보기만 했다. 그러다가 갑자기 그의 분노가 폭발했다.

"그럼 보퍼트 때문이오? 나 대신 그를 택할 거요?"

그 말을 내뱉으면서 그녀의 분노를 맞을 각오를 했다. 그러면 얼마든지 맞받아 자신도 더 분노를 터뜨릴 셈이었다. 그러나 올렌스카 부인은 얼굴빛이 약간 더 창백해졌을 뿐, 질문을 곰곰이 생각할 때 늘 하는 습관대로 팔을 앞에 늘어뜨리고 머리를 약간 숙인 채 서 있었다.

"그는 지금 스트루더스 부인 댁에서 기다리고 있지요. 그에게 가 보지 그래요?" 아처가 빈정거렸다.

그녀는 돌아서서 종을 울렸다. "오늘밤에는 외출하지 않겠어.

마부에게 가서 후작 부인을 모셔오라고 하렴." 그녀는 하녀가 오자 이렇게 일렀다.

문이 다시 닫히자 아처는 증오에 찬 눈으로 그녀를 계속 쏘아보았다. "왜 그런 희생을 하는 거요? 외롭다고 내게 말한 이상 당신이 친구를 만나지 못하게 막을 권리가 내겐 없소."

그녀는 젖은 속눈썹을 내리깔고 보일락 말락 미소했다. "난 이제 외롭지 않을 거예요. 전에는 외로웠어요. 두려웠지요. 하지만 공허함과 어둠은 사라졌어요. 이제 나 자신에게로 돌아오니 한밤중에도 항상 밝게 불이 켜져 있는 방으로 들어가는 어린아이 같은 기분이에요."

그녀의 어조와 표정은 여전히 그녀 주위에 부드럽지만 범접하기 어려운 분위기를 자아냈다. 아처는 다시 신음하듯 내뱉었다. "당신을 이해할 수가 없구려!"

"하지만 메이는 이해해 주면서!"

그는 이런 응수에 얼굴이 붉어졌으나, 그녀에게서 눈길을 거두지 않았다. "메이는 기꺼이 날 포기할 거요."

"뭐라고요! 결혼해 달라고 메이에게 무릎 꿇고 간청한 것이 불과 사흘 전이면서!"

"그녀가 거절했소. 그러니 내게 권리가……."

"아, 그게 얼마나 추악한 말인지 당신이 내게 가르쳐 줬잖아요." 그녀가 말했다.

그는 맥이 탁 풀려 얼굴을 돌렸다. 몇 시간에 걸쳐 가파른 절벽에서 몸부림친 끝에, 이젠 낭떠러지 끝까지 밀려나 잡고 있던 손을 놓치고 암흑 속으로 곤두박질치는 기분이었다.

다시 그녀를 팔 안에 안을 수 있다면 그녀의 주장을 쓸어 내

버릴 수 있을 것도 같았다. 그러나 그녀의 표정과 태도에는 뭔가 서먹한 데가 있었고, 아처 또한 그녀의 진지함에 질려 가까이 다가가지 못했다. 결국 그는 다시 애걸했다.

"우리가 지금 이렇게 돌아선다면 나중에는 더 나쁜 결과가 될 거요. 모두에게……."

"아니, 아니에요, 아니야!" 그녀는 그의 말에 겁에 질린 듯 울부짖다시피 했다.

그 순간 집 안에 종소리가 길게 울려 퍼졌다. 그 전에 문 앞에 마차 서는 소리를 전혀 듣지 못했으므로, 그들은 깜짝 놀라 얼어붙은 듯 꼼짝 않고 서서 서로를 바라보았다.

바깥에서 복도를 건너가는 나스타샤의 발소리가 울렸고, 대문 열리는 소리가 들렸다. 잠시 후 그녀는 전보 한 통을 가져와 올렌스카 백작 부인에게 건네주었다.

"그 부인이 꽃을 받고 매우 기뻐하셨답니다." 나스타샤는 앞치마를 만지작거리며 말했다. "처음에는 남편이 보낸 것인 줄 알고 울면서 바보 같은 짓을 했다고 하시더군요."

여주인은 웃으면서 노란 봉투를 받아들어, 봉투를 열고 램프 가까이로 가져갔다. 그런 다음 다시 문이 닫히자 그녀는 아처에게 전보를 건넸다.

전보는 세인트 오거스틴에서 올렌스카 백작 부인에게 보낸 것이었다. 아처는 전보를 읽어 보았다.

할머님의 전보 성공. 아빠 엄마 부활절 후 결혼 동의. 뉴랜드에게 전보 칠 예정. 알리게 되어 매우 기쁘고 애정을 보냄. 메이.

삼십 분 후 아처는 자기 집 현관문을 열다가 복도 탁자에 쌓인 편지와 쪽지 더미 위에서 비슷한 봉투를 발견했다. 봉투 안의 메시지도 메이 웰랜드로부터 온 것이었고, 내용은 다음과 같았다.

> 부모님이 부활절 후 화요일 12시 그레이스 교회에서 결혼식 올리는 데 동의하심 신부 들러리 여덟 명 목사님을 뵈러 가 주세요 행복에 겨운 메이.

아처는 마치 그렇게 함으로써 거기 담긴 소식을 무효로 돌릴 수 있다는 듯이 노란 편지지를 구겨 버렸다. 그런 다음 수첩을 끄집어내 떨리는 손가락으로 페이지를 넘겼다. 그러나 원하는 내용을 찾지 못하고 주머니 속에 전보를 구겨 넣으면서 계단을 올랐다.

제이니가 화장하는 방 겸 내실로 쓰고 있는 작은 방문 틈으로 불빛이 새어 나왔다. 오빠는 다급하게 문을 두드렸다. 문이 열리자 누이동생이 낡은 자주색 플란넬 실내복 차림에 머리에는 '핀을 꽂고' 나왔다. 동생의 얼굴은 창백하고 걱정스러워 보였다.

"오빠! 그 전보 나쁜 소식은 아니겠지? 일부러 기다리고 있었어. 만약……." 제이니는 오빠에게 온 편지 중 걱정되지 않는 것이 하나도 없었다.

그는 동생의 질문은 들은 척 만 척했다. "올해 부활절이 언제지?"

동생은 이렇게 교인답지 못한 질문에 충격을 받은 표정이었다. "부활절이라고? 오빠! 물론 4월 첫째 주지. 왜 그러는데?"

"첫째 주라고?" 그는 다시 수첩을 뒤적이면서 낮은 목소리로 서둘러 따져 보았다. "첫째 주라고 했지?" 그는 머리를 뒤로 젖히고 한참을 웃어 젖혔다.

"도대체 왜 그러는 거야?"

"아무것도 아니야. 한 달 후면 내가 결혼하게 된다는 것뿐이야."

제이니는 오빠의 목에 매달려 자주색 플란넬 옷에 싸인 가슴을 오빠에게 꽉 눌렀다. "오빠, 정말 근사해! 너무나 기뻐! 그런데 왜 그렇게 계속 웃는 거야? 조용히 해, 엄마가 깨시겠어."

2부

19

상쾌한 봄바람에 흙먼지가 날리는 맑은 날이었다. 양가 마나님들은 색이 바랜 검은담비 털옷과 누레진 흰담비 털옷을 차려입었다. 앞 좌석에서 풍겨 오는 장뇌향에 제단 앞에 쌓인 백합에서 풍기는 희미한 봄 향기도 묻혀 버렸다.

뉴랜드 아처는 교회지기의 신호에 따라 예배실에서 나와 신랑 들러리와 함께 그레이스 교회의 설교단 아래 섰다.

그 신호는 신부와 신부 아버지를 태운 브루엄이 보인다는 뜻이었다. 그러나 신부 들러리들이 벌써 부활절에 만발한 꽃봉오리처럼 오가는 로비에서 진행을 점검하고 의논하려면 상당한 시간이 걸렸다. 이렇게 어쩔 수 없이 지체되는 시간 동안 신랑은 빨리 식을 올리고 싶어 못 견디겠다는 태도로 하객들의 시선 앞에 홀로 서 있어야 했다. 아처는 역사의 여명기부터 유래되었을 19세기 뉴욕 결혼 예식을 구성하는 다른 모든 절차들과 마찬가지로 이 절차를 체념한 자세로 치러 냈다. 그가 걸어야 하는 길에서는 어느 쪽을 선택하느냐에 따라 모든 것이 한결같이 쉬울 수도 있고 한결같이 고통스러울 수도 있었다. 그는 예전에 자기가 들러리로서 똑같은 미로를 따라 인도했던 다른 신랑들처럼 경건하게 신랑 들러리의 복잡한 명령을 따랐다.

지금까지 그는 자신의 의무를 모두 완수했다고 믿어도 좋았다. 신랑 들러리 여덟 명의 금과 사파이어로 된 커프스단추와 최고 들러리의 묘안석 넥타이핀은 물론이고, 흰 라일락과 은방울꽃으로 만든 신부 들러리들의 부케 여덟 개도 제시간에 도착했다. 아처는 친구들과 옛 애인들로부터 온 마지막 선물 더미에 각기 다른 표현으로 감사 인사를 하느라고 잠도 제대로 자지 못했다. 감독(監督)과 목사에게 줄 수고비도 신랑 들러리의 주머니에 잘 챙겨 두었다. 그의 짐은 벌써 결혼식 조찬을 들기로 되어 있는 맨슨 밍고트 부인 댁에 가 있었고, 나중에 갈아입을 여행복도 거기에 있었다. 젊은 부부를 미지의 목적지(초야를 치를 장소를 알려 주지 않는 것이 아주 옛날부터 예식에서 가장 신성한 규칙 중 하나이니까)까지 실어 나를 기차에는 개인용 객실도 예약해 두었다.

"반지 잘 챙기셨나요?" 젊은 밴 더 루이든 뉴랜드가 속삭였다. 그는 신랑 들러리 일을 처음 맡아 본 터라, 무거운 책임감으로 좌불안석이었다.

아처는 수많은 신랑들에게서 익히 보아 왔던 몸짓을 했다. 장갑을 끼지 않은 오른손으로 진회색 조끼 주머니를 더듬어 안쪽에 '뉴랜드가 메이에게, 187×년 4월 모일'이라고 새긴 작은 금반지를 만져 보고 제자리에 잘 있음을 확인한 다음, 다시 자세를 바로잡고 높은 모자와 검은 실로 수놓은 옅은 회색 장갑을 왼손에 쥐고 교회 문을 바라보았다.

머리 위 모조 석재로 된 아치형 천장에 헨델의 행진곡이 우렁차게 울려 퍼졌다. 그 가락을 타고 그가 무심하게 똑같은 설교단 앞에 서서 신랑을 향해 본당 회중석을 올라오는 신부를 지켜보았던 다른 많은 결혼식이 희미하게 떠올랐다.

'어쩌면 이렇게 오페라 개막일 밤과 똑같을까!' 같은 박스석(박스석이 아니라 예배석)에 같은 얼굴들이 있었다. 최후의 나팔소리[1]가 울려 퍼질 때에도 셀프리지 메리 부인은 보닛에 똑같이 하늘을 찌를 듯한 타조 깃털을 꽂고, 보퍼트 부인은 똑같은 다이아몬드 귀걸이에 똑같은 미소를 짓고 있을 것만 같았다. 저세상에도 그들을 위해 벌써 적당한 좌석이 마련되어 있을지 모른다.

그런 다음에도 아직 첫줄에 앉은 낯익은 얼굴들을 하나씩 둘러볼 시간이 있었다. 부인네들의 얼굴은 호기심과 흥분으로 달아올랐고, 남자들의 얼굴은 식전부터 프록코트를 차려입고 결혼식 조찬에서 음식을 놓고 다툴 생각에 부루퉁해져 있었다.

레기 치버스의 목소리가 신랑의 귀에 들리는 듯했다. "캐서린 노부인 댁 아침상은 최악이야. 로벨 밍고트가 자기네 요리사한테 요리를 시키자고 하던데. 그럴 수만 있다면 좋겠구먼." 실러턴 잭슨이 권위자답게 덧붙이는 소리도 귓가에 생생했다. "이보게 친구, 자네 듣지 못했는가? 새로운 영국식 유행에 따라 작은 테이블에 음식이 차려진다네."

아처의 눈길은 잠시 왼쪽 예배석에 머물렀다. 할머니의 흰담

1) 심판의 날을 알리는 나팔 소리.

비털 머프를 끼고 샹티이 베일을 쓴 어머니가 헨리 밴 더 루이든 씨의 팔에 기대어 교회로 들어와 조용히 흐느끼고 있었다.

그는 누이동생을 바라보며 생각했다. '불쌍한 제이니! 목을 아무리 이리저리 돌려 봐도 맨 앞 몇 줄에 있는 사람들밖에는 보이지 않을 테지. 그나마 거의 다 촌스러운 뉴랜드 집안과 대거닛 집안사람들일 테고.'

그는 가족들이 앉도록 흰색 리본을 친 안쪽에서 키가 크고 얼굴색이 불그스레한 보퍼트가 무례한 시선으로 부인네들을 뜯어보고 있는 모습을 발견했다. 그 옆에는 은색 친칠라 털과 제비꽃으로 온몸을 휘감은 그의 아내가 앉아 있었다. 리본에서 멀찍이 떨어진 곳에서 로렌스 레퍼츠의 윤이 나게 기름 발라 빗질한 머리가 예식을 주재하는 '예의 법도'의 보이지 않는 신을 호위하는 듯했다.

아처는 레퍼츠가 날카로운 눈으로 그의 신성한 예식에서 얼마나 많은 결점을 찾아냈을지 궁금했다. 그러던 중 갑자기 한때는 자기도 그런 문제를 중요하게 여겼다는 데 생각이 미쳤다. 그의 일상을 지배했던 그런 소소한 문제들이 이제는 우스꽝스러운 아이들 장난이나, 아무도 이해하지 못한 형이상학적 용어들을 놓고 중세의 신학자들이 벌이는 언쟁처럼 느껴졌다. 결혼식 직전까지 결혼 선물들을 '보여 줄' 것인가 말 것인가를 놓고 격론이 벌어져 분위기를 어지럽혔다. 버젓한 성인들이 이렇게 시시한 문제들을 놓고 흥분해서 소동을 벌이고, 웰랜드 부인이 분개하여 눈물을 흘리며 "차라리 기자들이 내 집을 마음껏 드나들게 하는 편이 낫겠어요."라고 말하는 바람에 보여 주지 않는 쪽으로 문제가 결판난 것이 아처로서는 도무지 이해하기 힘들었다. 그러나 한때는 아처도 이런 모든 문제에 확고한 의견을 적극적으로 개진했고, 자기가 속한 작은 부족의 관습과 예절 하나하나가 온 세상을 좌우할 만큼 중요한 문제라고 믿었다.

그는 생각했다. '우리가 그렇게 복닥거릴 동안에도 어딘가에 진짜 사람들이 살고 있었고, 진짜 사건들이 벌어지고 있었을 거야…….'

"저기 와요!" 신랑 들러리가 흥분한 목소리로 외쳤다. 그러나 신랑도 이미 알고 있었다.

교회 문이 조심스레 열린 것으로 보아 가끔씩 맡는 종지기 역할을 위해 검은색 옷을 차려입은 마구간지기 브라운 씨가 일행을 인도하기 전에 미리 안을 살펴보고 있었다. 문이 다시 살며시 닫혔다. 잠시 시간이 흐른 다음 문이 엄숙히 열리면서 교회 안에 속삭임이 울려 퍼졌다. "가족들이 왔어!"

웰랜드 부인이 먼저 장남의 부축을 받으며 들어왔다. 그녀의 넓적한 분홍빛 얼굴은 엄숙했고, 연한 파란색 천을 옆에 댄 짙은 보라색 새틴 드레스와 작은 새틴 보닛에 꽂은 파란색 타조 깃털도 근사했다. 그러나 그녀가 위풍당당하게 드레스 자락을 바스락거리며 아처 부인의 반대편 예배석에 자리를 잡기도 전에, 하객들은 그 뒤에 누가 오는지 보려고 목을 길게 뺐다. 맨슨 밍고트 부인이 불편한 몸을 무릅쓰고 예식에 참석하기로 했다는 소문이 전날부터 무성했다. 모험을 좋아하는 부인의 성격으로 미루어, 클럽에서는 부인이 본당 회중석까지 걸어 올라와 좌석에 몸을 욱여 넣을 거라는 추측까지 돌았다. 부인이 자기 목수를 보내어 앞좌석의 맨 끝 판자를 떼어 낼 수 있는지 살펴보고 좌석과 맨 앞 사이 공간을 재 보겠다고 우겼다고 했다. 그러나 결과는 실망스러웠고, 가족들은 하루 동안 부인이 거대한 배스 의자[2]를 예배석으로 굴리고 들어가서 설교단 발치에 앉을 계획을 놓고 망설일 동안 속수무책으로 걱정스럽게 구경만 했다.

친척들은 부인의 몸을 이렇게 만천하에 내보인다고 생각만 해도 괴로웠다. 그래서 부인이 의자 폭이 너무 넓어 교회 문에서 보도의 연석까지 쳐 놓은 차양의 쇠기둥 사이를 지나갈 수 없다는 사실을 발견하자, 영리한 부인의 몸을 금으로 휘감아 주어도 아깝지 않을 심정이었다. 아무리 용감무쌍한 캐서린 노부인이라도 잠시 가능성을 고려해 보기는 했을망정, 차마 이 차양을 치워서 한 발짝이라도 더 천막 가까이로 오려고 밖에 서서 아귀다툼하는 양재사들이며 신문기자들 앞에 신부를 내놓을 수는 없었다. "아, 그놈들이 우리 아이 사진을 찍어서 신문에 실으면 어떡해요!" 웰랜드 부인은 어머니가 최후의 계획을 귀띔해 주자 이렇게 외쳤다. 이 상상도 할 수 없는 망측스러운 예측에 온 집안이 하나같이 몸서리를 치며 움찔했다. 노부인은 굴복할 수밖에 없었다. 그러나 한달음에 갈 수 있는 웰랜드 가를 놔두고 브라운에게 특별 요금을 지불해 가면서 외진 변두리 끝까지 마차를 몰게 해서라도 자기 집에서 결혼식 조찬을 열겠다는 약속을 받고서야 포기하는 데 승낙했다.

이 모든 내막이 잭슨 가 사람들의 입을 통해 다 퍼졌다. 하지만 그래도 행여나 하는 일부는 여전히 캐서린 노부인이 교회에 모습을 나타낼지 모른다는 믿음을 버리지 않았으므로, 부인의 자리에 며느리가 대신 앉자 분위기가 눈에 띄게 가라앉았다. 로

2) 영국의 휴양도시 배스의 이름을 딴 의자로, 유리로 케이스를 씌우고 바퀴를 달아 말이 끌거나 하인이 밀어서 움직인다.

벨 밍고트 부인은 그 연배 부인들에게서 흔히 보이는 현상이기도 하지만, 새 옷을 입느라고 애를 쓴 탓에 얼굴색이 불그레해지고 눈빛은 멍하게 풀린 채였다. 그러나 일단 부인의 시어머니가 나타나지 않은 데 대한 실망감이 진정되자, 다들 부인의 라일락색 새틴을 덮은 검은색 샹티이 레이스[3]와 파르마 제비꽃색[4]의 보닛이 웰랜드 부인의 파란색과 진보라색과 더할 나위 없이 훌륭한 대비를 이룬다고 입을 모았다. 그 뒤를 따라 밍고트 씨의 팔을 잡고 줄무늬 옷에 술과 나풀거리는 스카프가 어지러이 뒤엉킨 모습으로 거들먹거리며 들어온 수척한 숙녀는 전혀 딴판이었다. 이 마지막 인물이 시야에 들어오자, 아처는 심장이 오그라들어 그대로 멎는 듯했다.

그는 조카딸 올렌스카 부인과 사 주 전 워싱턴으로 떠난 맨슨 후작 부인이 아직도 그곳에 있을 줄 알았다. 다들 올렌스카 부인이 갑작스레 떠난 이유는 고모를 사랑의 골짜기 신참자로 포섭하는 데 거의 성공한 애거턴 카버 씨의 위험한 달변에서 떼어 놓기 위해서라고 알고 있었다. 그런 상황에서 그들이 결혼식 때문에 돌아오리라고는 아무도 예상치 않았다. 아처는 미도라의 기절초풍할 몰골에서 한동안 눈을 떼지 못하고 그녀 뒤에 누가 들어올지 잔뜩 긴장한 채 지켜보았다. 그러나 짧은 행렬은 그것으로 끝이었다. 가족들은 모두 자리에 앉았고, 여덟 명의 키 큰 신랑 들러리들이 이주 비행을 준비하는 새나 곤충들처럼 무리

3) 굵은 아마사나 비단실로 만든 레이스로, 처음 생산된 프랑스의 도시 이름을 따서 지어졌다.

4) 밝은 연보라색. 이런 색의 제비꽃은 북부 이탈리아의 도시인 파르마가 원산지이다.

지어 벌써 곁문을 통해 로비로 미끄러지듯 입장하고 있었다.

"뉴랜드, 신부가 왔어요!" 신랑 들러리가 속삭였다.

아처는 퍼뜩 정신이 들었다.

그의 심장이 박동을 멈춘 지 꽤 오랜 시간이 흐른 것이 틀림없었다. 정말 흰색과 장미색으로 꾸며진 행렬이 예배석 사이 통로를 반쯤 올라와 있었다. 감독, 목사와 흰 제복 차림의 조수 두 명은 꽃으로 덮인 제단까지 거의 다다랐고, 슈포어의 교향곡 첫 음률이 신부 앞에 꽃잎을 날리듯 음표를 흩뿌렸다.

아처는 눈을 뜨고(그러나 정말로 그가 상상한 대로 눈을 감고 있었을까?) 그의 심장이 평소처럼 다시 뛰기 시작했음을 느꼈다. 음악, 제단 위의 백합향, 점점 더 가까이 다가오는 구름 같은 망사 베일과 오렌지꽃의 모습, 행복에 겨운 흐느낌으로 떨리는 아처 부인의 얼굴, 나지막이 축도를 읊조리는 목사의 목소리, 분홍색 옷을 입은 신부 들러리 여덟 명과 검은색 옷을 입은 신랑 들러리 여덟 명이 지시에 따라 도는 모습, 수없이 보아 온 익숙한 장면이지만 신랑으로서는 처음 보게 된 형언할 수 없이 낯설고 무의미할 따름인 이 모든 광경과 소리, 느낌이 그의 머릿속에서 어지러이 뒤섞였다.

'저런, 반지를 챙겼던가?' 그는 이런 생각에 다시 한번 신랑답게 허둥거렸다.

잠시 후 메이가 그의 옆에 섰다. 그녀로부터 흘러나오는 광채는 뻣뻣이 얼어붙은 그에게까지 따듯한 온기를 전해 주었으므로, 그는 자세를 바로잡고 그녀의 눈에 미소를 보냈다.

"친애하는 여러분, 우리 모두 이 자리에 모였습니다." 목사가 식을 시작했다…….

그녀의 손에 반지가 끼워졌고, 감독의 축도가 낭송되었고, 신부 들러리들은 다시 제자리를 찾아 늘어섰으며, 오르간은 뉴욕에서 신혼부부가 탄생할 때면 예외 없이 울려 퍼지는 멘델스존의 「결혼 행진곡」 첫 음을 연주했다.

"팔을, 당신 팔을 신부에게 주세요!" 젊은 뉴랜드가 신경질적으로 속삭였다. 아처는 다시 한번 자신이 먼 미지의 세계를 떠돌고 있었음을 알아차렸다. 그렇게 딴 데 정신을 판 이유가 무엇이었을까? 아마도 교회당 안을 채운 익명의 군중 속에서 모자 아래 늘어뜨린 검은 곱슬머리가 눈에 들어왔기 때문이리라. 그러나 잠시 후 드러난 코가 긴 낯선 숙녀의 모습은 그녀가 연상시킨 이미지와는 너무나도 터무니없이 달라서, 그는 환각에 사로잡힌 것이 아닌지 의심스러워졌다.

이제 그와 아내는 멘델스존의 선율을 따라 예배석 사이로 천천히 내려갔다. 활짝 열린 문 너머 봄날이 그들에게 손짓했다. 이마에 큰 흰색 리본을 단 뉴랜드 부인의 밤색 말들은 천막 끝에서 앞다리를 쳐들며 자태를 과시했다.

옷깃에 훨씬 더 큰 흰색 리본을 단 하인은 메이를 흰 망토로 덮어 주었고, 아처는 브루엄에 올라 그녀 옆자리에 앉았다. 그녀는 그에게 승리감에 찬 미소를 보냈고, 그들은 그녀의 베일 아래로 손을 꼭 잡았다.

"여보!" 아처가 말했다. 갑자기 그의 앞에 검은 심연이 입을 쩍 벌렸고, 부드럽고 활기차게 울리는 자기 목소리를 들으면서도 그는 그 속으로 점점 더 깊이 가라앉는 느낌이었다. "그래요, 반지를 잃어버린 줄 알았지 뭐요. 결혼식에선 불쌍한 신랑이 으레 그런 실수를 하게 마련인가 보오. 그렇지만 당신이 내게 여유를 주었으니! 그 덕에 정신을 차릴 수 있었다오."

그녀는 5번가에서 갑자기 몸을 돌려 그의 목을 끌어안아 그를 놀라게 했다. "하지만 우리 둘이 함께하는 동안 다시는 아무 일도 생길 리가 없겠죠. 그렇죠, 뉴랜드?"

그날 일정은 세부까지 아주 세심하게 준비되었기 때문에, 젊은 부부는 결혼식 조찬 후 충분한 여유를 갖고 여행복으로 갈아입은 다음, 즐거워하는 신부 들러리들과 눈물짓는 부모들 사이를 지나 넓은 밍고트 가 계단을 내려와서 전통에 따라 비처럼 뿌리는 쌀과 새틴 슬리퍼 세례를 받으며 브루엄에 올랐다. 역에 도착해서도 삼십 분 정도 시간이 있었으므로, 그들은 익숙한 여행객의 분위기를 풍기며 신문 가판대에서 마지막으로 남은 주간지를 사고 메이의 하녀가 벌써 그녀의 비둘기색 여행용 망토와 번쩍거리는 런던 산 새 옷가방을 가져다 놓은 예약 칸에 자리를 잡았다.

라인벡의 뒤 락 아주머니들은 뉴욕에서 아처 부인과 함께 한 주를 보내기로 하고 신혼부부가 마음대로 쓰도록 기꺼이 자기들 집을 내주었다. 아처는 필라델피아나 발티모어 호텔의 흔해 빠진 '신혼부부용 객실'을 면하게 된 것이 반가워 그들 못지않게 쾌히 응낙했다.

메이는 시골에 간다는 생각에 들떠, 여덟 명의 신부 들러리들이 그들 부부가 첫날밤을 치를 비밀 숙소가 어디인지 결국 맞추지 못했다며 어린아이처럼 즐거워했다. 시골집을 빌린다는 것은 '대단히 영국적'이라고 생각되었고, 모두가 입 모아 올해 열린 결혼식 중 최고라고 칭찬한 결혼식에 어울릴 만한 마무리였다. 집의 위치는 신랑 신부의 부모를 제외하고는 누구에게도 알려 주지 않기로 되어 있었으므로, 신랑 신부는 알고 있는 게 아니냐는 책망을 받으면 입술을 오므리고 비밀스럽게 속삭였다. "아, 부모님이 저희한테 말씀해 주지 않으셔서……." 굳이 알려 줄 필요가 없었으므로 이 말은 명백한 사실이었다.

객실에 자리를 잡은 그들은 기차가 숲이 우거진 교외를 빠져나와 봄 풍경 속으로 들어가자, 아처가 예상했던 것보다 편안하게 대화를 나눌 수 있었다. 메이는 표정이나 어조나 결혼식 행사 준비 내용을 적은 쪽지를 그와 비교해 보면서 신랑 들러리와 의논하는 신부 들러리처럼 침착하게 의논하던 어제의 그 소녀 그대로였다. 아처는 처음에는 메이가 떨리는 속마음을 감추려고 이렇게 태연을 가장한다고 생각했으나, 그녀의 맑은 눈빛은 차분하고 무심한 상태임을 드러내 주었다. 그녀는 처음으로 남편과 단 둘이 있게 되었으나, 남편은 어제까지와 같은 매력 있는 동료일 뿐이었다. 그녀가 그렇게 좋아하는 사람은 아무도 없었고, 그렇게 전적으로 신뢰하는 사람도 없었다. 약혼과 결혼이라는 즐거운 모험의 대미를 장식하는 '유희'가 진짜 어른처럼, '유부녀'처럼 그와 단 둘이 여행길에 오름으로써 시작되려 하고 있었다.

세인트 오거스틴의 선교사 정원에서 깨달은 바이지만, 이처럼 깊이 있는 감정과 상상력의 결핍이 공존할 수 있다니 놀랍기만 했다. 그러나 그는 그때조차도 그녀가 양심의 짐을 덜자마자 무표정한 처녀다운 분위기로 되돌아가 그를 놀라게 했던 일을 떠올렸다. 그녀는 아마도 일단 어떤 일이 닥치면 경험으로 최대한 자신의 능력을 활용하여 난국을 헤쳐 나가겠지만, 힐끗 훔쳐 보고 미리 예측하는 법은 결코 없을 것이다.

어쩌면 그렇게 무지할 수 있는 능력 덕에 그녀의 눈빛이 그렇게도 투명하고, 얼굴 역시 개성적이기보다는 전형적인 표정을 띠는 것일지도 몰랐다. 그녀는 마치 시민의 여신[5]이나 그리스 여신의 모델로 포즈를 취하도록 선택된 인물 같았다. 그녀의 아름다운 피부 바로 밑에 흐르는 피는 파괴적인 요소보다는 보존하는 피일 듯싶었다. 그러나 손상시킬 수 없는 젊음의 표정 덕에 그녀의 인상은 냉혹하거나 우둔한 것이 아니라, 원시적이고 순수하게 보였다. 아처는 이런 생각에 깊이 빠졌다가 갑자기 자기가 낯선 사람처럼 놀란 눈으로 그녀를 보고 있었음을 깨닫고, 결혼식 조찬에서 밍고트 노부인이 조찬을 치르게 되어 의기양양해하던 모습을 되새겨 보았다.

메이는 신이 나서 결혼식 얘기를 늘어놓았다. "난 정말 놀랐어요. 당신은 안 그랬어요? 무엇보다도 미도라 이모가 오실 줄이야. 엘렌은 둘 다 몸이 좋지 않아서 여행을 하기는 힘들다고 편지에 썼거든요. 엘렌이 회복되었더라면 얼마나 좋았을까! 엘렌이 보내 준 정교한 옛날 레이스 봤어요?"

그는 조만간 반드시 이런 순간이 오리라 예상했지만, 궁지에 몰리더라도 의지력으로 버틸 수 있으리라고 생각했었다.

"아, 봤소. 아름답더군." 그는 멍한 눈으로 메이를 바라보면서 그 이름을 들을 때마다 간신히 쌓아올린 그의 세계가 이렇게 카드로 만든 집처럼 자기 주위에서 무너져 내릴 것인가 의문스러웠다.

---

5) 도시나 나라의 근본적인 가치를 표현하는 시기의 벽화에 그려진 비현실적인 여성 인물.

"피곤하오? 도착하면 차를 좀 마시는 게 좋겠소. 틀림없이 아주머님들께서 만사를 다 완벽하게 준비해 놓으셨을 거요." 그는 메이의 손을 잡고 빠른 말투로 둘러댔다. 그녀는 곧 로벨 밍고트 외삼촌의 쟁반과 곁들이 요리를 담아 내는 접시와 아주 완벽하게 어울리는, 보퍼트 가에서 보내 준 발티모어 은식기에 근사한 차와 커피를 담아 낼 생각에 정신이 팔렸다.

봄날이 황혼으로 저물 무렵 기차는 라인벡 역에 정차했고, 그들은 승강장을 지나 기다리는 마차로 향했다.

"아, 밴 더 루이든 씨 부부는 친절도 하시지. 우리를 맞이하도록 스키터클리프에서부터 사람을 보내 주시다니." 아처는 평복 차림의 수수한 남자가 그들에게 다가와 하녀로부터 가방을 받아 들자 이렇게 감탄했다.

이 사절이 입을 열었다. "대단히 죄송합니다만 뒤 락 양 댁에 경미한 사고가 일어났습니다. 물탱크에 누수가 발생했답니다. 어제 일어난 일인데, 밴 더 루이든 씨께서 오늘 아침 이 소식을 들으시고 하녀를 첫차에 태워 보내 퍼트룬 저택을 준비해 놓도록 하셨습니다. 가 보면 아시겠지만 아주 안락하게 지내실 수 있을 겁니다. 뒤 락 양께서는 두 분이 라인벡에서와 똑같이 묵으실 수 있도록 요리사를 보내셨습니다."

아처가 말하는 상대를 멍하니 쳐다보았으므로, 그는 더 깊이 사죄하는 투로 다시 한번 되풀이했다. "그 집도 전혀 차이가 없으실 겁니다. 제가 장담하건대……." 그러자 메이가 흥분한 목소리로 곤혹스러운 침묵을 무마하려 나섰다. "라인벡과 똑같다고요? 퍼트룬 저택이라고요? 그 집이 비교도 안 될 만큼 더 훌륭할 거예요. 그렇지 않아요, 뉴랜드? 밴 더 루이든 씨는 너무나 친절하고 다정하신 분이라서 쓸데없는 걱정을 하셨나 봐요."

그들은 하녀를 마부 옆자리에 앉히고, 번쩍이는 신부 가방은 그들 앞자리에 놓고 출발했다. 메이는 들떠서 계속 떠들었다. "한번 상상해 보세요, 전 그 집에 처음 들어가 보는 거예요. 당신은요? 밴 더 루이든 가는 그 집을 극소수의 사람들에게만 보여 주시잖아요. 하지만 엘렌에게는 집을 열어 주시는 것 같던데. 엘렌 말로는 그렇게 아담하고 멋진 곳은 다시없을 거래요. 미국에서 본 집 중에서 거기서 살면 행복할 거라고 생각되는 집은 그 집 하나였대요."

"글쎄, 우리도 그렇게 되지 않겠소?" 남편의 쾌활한 대꾸에 메이는 소년 같은 미소를 지으며 이렇게 답했다. "아, 우리의 행운은 이제 막 시작되었을 뿐이죠. 앞으로도 우리 두 사람 앞에 얼마나 근사한 행운이 펼쳐질까요!"

20

"물론 카프리 부인과 저녁 식사를 해야지, 여보." 아처가 말했다. 아내는 그들의 숙소 아침 식탁에 차려진 거대한 브리타니아 식기[1] 너머로 걱정스레 얼굴을 찌푸린 채 그를 보았다.

줄곧 비가 내리는 황무지 같은 가을의 런던에서 뉴랜드 아처가 아는 사람은 단 둘뿐이었다. 그들은 외국에서 아는 사람을 굳이 찾는 것은 '품위 있는' 행동이 못 된다는 옛 뉴욕 전통을 충실히 따라 이 두 사람을 지치지도 않고 끈질기게 피해 다녔다.

아처 부인과 제이니는 유럽 방문 중 이 원칙을 악착같이 고수하여, 동행하는 여행객들이 친근하게 다가와도 절대 상대하지 않고 과묵한 태도로 대한 끝에, 호텔이나 기차역에서 일하는 고용인들 말고는 '외국인'과 단 한마디도 나누지 않는 대기록을 달성했다. 같은 나라 사람이라면 전부터 알았거나 정당한 자격을

1) 주석, 구리, 안티몬 합금으로 만든 내구성 있는 식기.

인정받은 사람을 제외하고는 훨씬 더 노골적으로 멸시하는 태도를 취했다. 그랬기에 여러 달에 걸친 해외여행 내내 우연히 치버스 가나 대거닛 가, 밍고트 가 사람을 만나지 않는 한 단둘이 얼굴을 맞대고 지냈다. 그러나 아무리 단단히 주의해도 소용이 없는 때도 가끔 있었다. 보츤[2]에서 보낸 어느 날 밤, 복도 건너편 방에 든 두 영국인 숙녀 중 한 사람이 방문을 두드리고 아처 부인에게 혹시 도포제를 갖고 있는지 물었다. 제이니는 이미 그들의 이름, 옷, 사회적 지위를 잘 알고 있었다. 침입자의 언니인 카프리 부인이 갑자기 기관지염 발작을 일으켰다는 것이다. 아처 부인은 여행할 때는 반드시 약방을 꾸려 가지고 다니다시피 했으므로, 다행히도 필요한 처방을 해 줄 수 있었다.

카프리 부인은 심하게 앓았던 데다가 동생인 할 양과 단둘이 여행하던 중이었으므로, 적절한 처방을 해 주고 유능한 하녀까지 보내어 환자가 건강을 회복할 때까지 간호를 도와준 아처 모녀에게 감사해 마지않았다.

아처 모녀는 보츤을 떠나면서 카프리 부인과 할 양을 다시 만날 생각은 전혀 없었다. 아처 부인의 생각으로는 어쩌다 우연히 도움을 준 '외국인'에게 일부러 연락을 취하는 것만큼 '품위 없는' 일도 없었다. 그러나 이런 견해를 알 턱이 없는 데다, 안다 해도 전혀 이해하지 못할 카프리 부인과 동생은 보츤에서 친절을 베풀어 주었던 이 '인정 많은 미국인들'에게 그 후에도 계속해서 감사를 전함으로써 관계를 유지하려 했다. 그들은 아처 부인과 제이니가 유럽 대륙으로 여행을 오면 그들을 만날 기회를 절대

---

2) 이탈리아 북동부의 도시 볼차노의 다른 이름.

놓치지 않았고, 그들이 미국으로 오가는 길에 언제 런던을 지나게 될지를 신기(神技)에 가까울 만큼 정확하게 알아냈다. 아처 부인과 제이니는 그들과의 친교를 끊기 어렵게 되었고, 브라운 호텔에 들어설 때면 항상 두 애정 넘치는 친구들이 자기들을 기다리는 모습을 발견했다. 게다가 이 자매는 자기들처럼 워디언 케이스에 양치식물을 기르고, 마크라메 레이스를 짜고, 분젠 남작 부인의 비망록을 읽으며, 런던의 설교단을 장악한 인물들에게 관심을 가졌다. 아처 부인의 말마따나 그들은 카프리 부인과 할 양을 알게 됨으로써 '또 하나의 런던'을 만난 셈이었다. 뉴랜드가 약혼했을 무렵에는 두 집안 간의 유대가 매우 깊어져서, 두 영국 숙녀에게 마땅히 결혼식 초대장을 보내야 옳다고 생각되었다. 그들은 답례로 알프스에서 피는 꽃을 눌러 만든 꽃다발을 유리 상자에 넣어 보내왔다. 뉴랜드와 아내가 영국으로 떠나는 선상에서, 아처 부인은 마지막으로 이렇게 말했다. "메이를 카프리 부인에게 소개시켜야 한다."

뉴랜드와 아내는 이 명령에 따를 생각이 전혀 없었다. 그러나 카프리 부인은 언제나 그랬듯이 그들의 동향을 놓치지 않고 만찬 초대장을 보냈다. 메이 아처가 차와 머핀 너머로 이맛살을 찌푸리고 있는 것도 바로 이 초대장 때문이었다.

"당신이야 괜찮겠죠, 뉴랜드. 당신은 그분들과 아는 사이니까요. 하지만 전 처음 만나는 사람들 앞에서는 어색해서 몸 둘 바를 모르겠단 말이에요. 무얼 입으면 좋을까요?"

뉴랜드는 의자에 뒤로 기대어 그녀를 보며 웃었다. 그녀는 그 어느 때보다도 매력이 넘쳤고, 더욱 다이애나 여신처럼 보였다. 습한 영국의 공기 덕분에 뺨의 홍조는 더욱 깊어지고, 약간 딱

딱해 보였던 처녀 적의 이목구비도 좀 부드러워진 듯했다. 그 때문이 아니라면, 얼음 밑에서 등불이 빛을 내뿜듯이 내면에서 우러나오는 행복의 광채 때문이리라.

"옷이라고, 여보? 지난주에 파리에서 가방 한가득 왔을 텐데."

"그거야 그렇죠. 제 말은 어떤 옷을 입으면 좋을지 모르겠다는 거예요." 그녀는 입을 약간 삐죽거렸다. "런던에서는 만찬에 참석해 본 적이 한번도 없는걸요. 웃음거리가 되고 싶지는 않다고요."

그는 그녀의 난처함을 이해해 주려고 애썼다. "하지만 영국 여성들도 저녁에는 다른 이들과 똑같이 옷을 입지 않소?"

"뉴랜드! 어떻게 그렇게 우스꽝스러운 소리를 할 수가 있어요? 낡아빠진 무도회 드레스에 맨머리로 극장에 가는 거 봐요."

"그렇다면 집에서는 새 무도회 드레스를 입는 모양이지. 어쨌든 카프리 부인과 할 양은 예외일 거요. 우리 어머니처럼 테 없는 모자를 쓸 거요. 숄도 걸치고. 아주 부드러운 것으로."

"그렇다 쳐요. 하지만 다른 여자들은 어떻게 차려입을까요?"

"당신이랑 별다르지 않겠지." 그는 대꾸하면서 왜 갑자기 그녀가 제이니처럼 옷에 병적인 관심을 보이게 되었을까 의아했다.

그녀는 한숨을 쉬면서 의자를 뒤로 뺐다. "고맙군요, 뉴랜드. 하지만 제게는 그다지 도움이 되지 않아요."

그에게 한 가지 묘안이 떠올랐다. "웨딩드레스를 입으면 어떻겠소? 나쁠 것 없잖소?"

"당신도 참! 지금 갖고 있기만 하면 그렇게 하지요! 하지만 다음 겨울에 입으려고 수선하도록 파리에 보냈는데 워스[3]가 아직

3) 1826~1895. 영국 태생의 고급 의상 디자이너.

돌려보내지 않았잖아요."

"아, 그랬던가……." 아처는 자리에서 일어섰다. "여기 봐요. 안개가 걷히고 있소. 국립 미술관에 서둘러 가면 그림을 대충이라도 한 번 볼 수 있을 거요."

뉴랜드 아처 부부는 메이가 친구에게 쓴 편지에서 애매모호하게 '더없이 행복했다.'는 한마디로 요약한 석 달간의 신혼여행을 마치고 귀국하는 길이었다.

그들은 이탈리아의 호반에는 가지 않았다. 깊이 생각해 보면 한번도 그런 특정한 배경 속에 있는 아내의 모습을 상상할 수 없었다. 메이는 파리에서 양장점들을 돌면서 한 달을 보낸 후, 7월에는 등산, 8월에는 수영을 하는 쪽으로 마음이 쏠렸다. 그들은 이 계획을 한 치도 어김없이 지켜서 7월은 인터라켄과 그린델발트에서, 8월은 누군가가 특이하고 조용한 곳으로 추천한 노르망디 해안의 에트르타라는 작은 마을에서 보냈다. 한두 번쯤 아처가 남쪽을 가리키며 "저기가 이탈리아요."라고 말한 적이 있었다. 메이는 용담꽃 밭 가운데 서서 즐거운 표정으로 대답했다. "당신이 뉴욕을 비울 수만 있다면 다음 겨울에는 꼭 저기에 가 보고 싶어요."

그러나 실제로는 여행은 그가 기대했던 것보다 훨씬 메이의 흥미를 끌지 못했다. 메이는 일단 옷을 주문하고 나자, 여행을 고작해야 걷고, 말을 타고, 수영하고, 근사한 새 테니스 게임을 해 볼 기회가 더 많이 생기는 것쯤으로 받아들였다. 마침내 런던으로 돌아오자(아처가 자기 옷을 주문하느라고 보름을 보냈다.) 메이는 배를 타고 하루라도 빨리 떠나고 싶은 심정을 숨기지 않았다.

런던에는 극장과 상점 말고는 그녀의 관심을 끌 만한 것이 전혀 없었다. 그녀에게는 극장도 파리의 카페 샹탕[4]만 못했다. 메이는 샹젤리제 거리에 만발한 마로니에 아래 식당 테라스에서 몰려가는 '매춘부'들을 구경하고, 남편이 신부가 들어도 무방하리라 생각되는 노래만 해석해 주는 것을 들으며 신기해했다.

아처는 결혼에 대해 옛날부터 이어받은 사고방식으로 되돌아갔다. 거칠 것 없이 자유롭던 총각 시절 장난삼아 탐닉했던 이론을 실행에 옮기기보다는, 전통을 따르고 메이를 친구들이 아내를 다루는 것과 똑같은 식으로 대하는 편이 덜 번거로웠다. 자기가 부자유하다는 생각 따위는 꿈에도 하지 않는 아내를 굳이 해방시키려고 애쓸 필요가 없었다. 메이가 자신의 것이라고 생각되는 자유를 쓸 데가 있다면, 아내의 본분을 다해 남편을 섬기는 제단에 그 자유를 바치는 것뿐이라는 사실을 그는 이미 오래전에 알았다. 그녀는 타고난 품위가 있으니 자신의 자유를 함부로 쓰는 일은 결코 없을 것이다. 남편을 위해서라고 생각될 때 그녀가 그 자유를 되찾을 힘을 발견하는 날이 올지도 모른다. 그러나 그녀는 대단히 단순하고 평범한 결혼관을 가진 만큼, 그의 행동에서 참을 수 없이 부당한 점이 드러나지 않는 한 이런 위기가 닥치지는 않을 것이다. 그녀는 그에 대해 좋은 감정만을 갖고 있으므로, 그런 일은 상상도 할 수 없다. 무슨 일이 벌어지더라도 메이는 항상 성실하고 용감하며 잘 참을 것이다. 메이의 이런 점 때문에 그로서도 똑같은 덕성을 실천하겠다고 맹세하지 않을 수 없었다.

---

4) 콘서트가 열리는 카페.

이 모든 것으로 말미암아 그는 옛날의 정신 자세로 회귀했다. 그녀의 단순함이 편협한 사고에서 비롯되었다면, 그는 짜증을 느끼고 반발했을 것이다. 그러나 그녀의 성격은 그녀의 이목구비 선처럼 섬세하지는 않아도 시원시원했으므로, 그의 옛 전통과 경외심에 대한 수호신이 되었다.

이러한 성격 덕분에 그녀는 매우 편안하고 즐거운 길동무가 되어 주었지만, 외국 여행에 활기를 불어넣어 주지는 못했다. 그러나 그는 금세 둘 다 제자리를 찾을 것이라고 예상했다. 그의 예술적, 지적 생활은 늘 그래 왔듯이 가정의 영역 밖에서 계속 유지될 테니, 압박을 당할 염려는 없었다. 집 안에서 시시하고 답답하다고 느낄 일은 전혀 없을 것이다. 아내에게 돌아가면서 넓은 평지를 활보하다가 갑갑한 방으로 들어가는 기분을 느끼지도 않을 것이다. 그리고 아이들이 태어나면 두 사람의 삶에서 비어 있던 구석들까지 모두 충만해질 것이다.

메이페어에서 카프리 부인이 동생과 살고 있는 사우스 켄싱턴으로 오랜 시간 천천히 마차를 달리면서 그는 마음속에 이러한 생각들을 떠올렸다. 아처도 친구들의 초대를 피할 수만 있다면 피하고 싶었다. 그는 가족의 전통을 좇아 항상 다른 동행들의 존재를 거만하게 무시하면서 유람객이자 구경꾼으로 여행했다. 딱 한 번, 하버드를 졸업한 직후 피렌체에서 유럽 물이 든 특이한 미국인 무리와 어울린 적이 있었다. 그는 궁정에서 작위를 지닌 숙녀들과 밤새 춤을 추고, 잘나가는 클럽의 난봉꾼과 멋쟁이 들과 함께 도박으로 반나절을 보내면서 몇 주를 신나게 즐겼다. 그러나 아무리 그 재미가 세상에 비할 바 없다 해도, 모두 카니발처럼 부질없게만 느껴졌다. 복잡한 연애 사건에 깊이 휘말리고 만나는 사람들에게마다 그 얘기를 해 주고 싶어 안달하는 희한한 국제적인 여성들, 그리고 그들의 비밀 이야기의 주인공이거나 혹은 이야기를 들어 주는 상대가 되는 젊고 멋진 관리들과 머리를 물들인 나이 지긋한 멋쟁이들은 아처가 성장해 온 세계의 사람들과는 너무나 다르고, 마치 돈이 많이 들고 다소 불쾌한 악취를 내뿜는 온실의 외래 식물 같아서 그의 마음을 오래 끌지 못했다. 아내를 이런 세계에 소개한다는 것은 생각할 가치도 없는 일이었고, 여행 중 어떤 사람도 그와 사귀고 싶다는 의사를 뚜렷하게 보인 적이 없었다.

그는 런던에 도착한 지 얼마 안 되어 세인트 오스트레이 공작과 우연히 마주친 일이 있었다. 공작은 즉시 그를 알아보고 친절하게 말했다. "한번 찾아오시오, 알겠지요?" 그러나 제정신이 박힌 미국인이라면 이런 제안을 따를 생각은 전혀 없을 것이므로, 그 만남은 이어지지 않았다. 메이의 영국 이모가 은행가와 결혼하여 요크셔에 사는데도 애써 피하는 마당이었다. 사실 그들은 관광철에 도착했다가 이 잘 알지도 못하는 친척들에게 무례한 속물로 비칠까 봐, 런던 행을 일부러 가을까지 미루었다.

"어쩌면 카프리 부인 댁에 손님은 우리뿐일지도 몰라요. 이 계절이면 런던은 텅텅 비니까. 그런데 당신 정말 아름답게 꾸몄구려." 아처는 핸섬[5]에서 옆에 앉은 메이에게 이렇게 말했다. 깨끗한 백조 솜털을 두른 하늘색 망토를 차려입은 그녀의 모습은 티끌 하나 없이 눈부시게 빛나고 있어서, 구중중한 런던에 내놓기에는 미안할 정도였다.

5) 말 한 필이 끄는 이륜마차.

"우리가 미개인처럼 옷을 입는다고 생각하게 하고 싶지는 않다고요." 메이는 포카혼타스[6]가 들었더라면 분개했을 법한 태도로 코웃음을 치며 대답했다. 그는 가장 순진한 미국 여성들조차도 의복의 사회적 힘에 대해 종교적인 경외심을 품고 있는 데 다시 한번 충격을 받았다.

그는 이런 생각을 했다. '옷은 그들의 갑옷이야. 낯선 타인들에게 맞서 자신을 방어하는 수단이자 도전이지.' 그는 자기를 유혹하기 위해서는 머리에 리본 하나 맬 줄 모르는 메이가 값비싼 의상을 고르고 주문하는 엄숙한 의식에 그렇게 진지한 태도로 임하는 이유를 처음으로 이해했다.

카프리 부인 댁에서의 모임이 소규모일 것이라는 그의 예상은 틀리지 않았다. 길쭉하고 냉기가 도는 거실에는 안주인과 동생 외에 숄을 두른 숙녀 한 명과 그녀의 남편인 사람 좋은 목사, 카프리 부인이 자기 조카라고 소개한 말수가 적은 젊은이, 생기 있는 눈매의 키 작고 거무스름한 신사가 있었다. 부인은 그를 조카의 가정교사라고 소개했고, 그는 부인처럼 프랑스 식으로 이름을 발음했다.

이 어둠침침하고 칙칙해 보이는 사람들 속에서 메이 아처는 석양을 등진 백조처럼 사뿐히 떠다녔다. 그녀는 남편의 눈에 이전 어느 때보다도 더 크고 아름다워 보였고, 사각거리는 소리를 방 안 가득 울리는 듯했다. 그는 그녀가 장밋빛으로 빛을 내며 바스락거리는 것이 어린아이같이 수줍음에 잔뜩 질린 표시임을 알아챘다.

---

6) 1595~1616. 알공킨 족의 인디언 공주.

"도대체 저이들은 내가 무슨 말을 하기를 바라고 있을까요?" 그녀의 눈부신 출현이 다른 이들의 마음속에 똑같은 기대를 불러일으킬 때, 그녀는 어찌할 바를 모르고 그에게 애원하는 눈빛을 던졌다. 그러나 무릇 미인은 정작 스스로도 믿지 못할 때조차도 남자의 가슴에 확신을 일깨우는 법이다. 목사와 프랑스 이름의 가정교사가 곧 그녀의 긴장을 편안하게 풀어 주려 나섰다.

그러나 그들이 최선을 다해 노력했어도 만찬 분위기는 그다지 살아나지 않았다. 아처는 아내가 외국인들을 대하면서 철저하게 자기 고향의 방식을 고수하고 있어서, 그녀의 사랑스러운 자태가 감탄을 자아낼망정 대화는 재치 있는 답변을 끌어내지 못한다는 것을 눈치 챘다. 목사는 곧 노력을 포기했으나, 가정교사는 숙녀들이 거실로 물러가서 모든 사람들이 노골적으로 한숨 놓게 될 때까지 누구보다도 유창하고 세련된 영어로 친절하게 쉴 새 없이 메이에게 말을 걸었다.

목사는 포트와인을 한 잔 마신 후 피치 못할 사정으로 서둘러 자리를 떠야 했고, 환자 같은 인상의 수줍은 조카는 잠자리에 들라고 쫓겨났다. 그러나 아처와 가정교사는 계속 앉아서 와인을 마셨다. 아처는 문득 자신이 네드 윈셋과 마지막으로 대화를 나눈 후 처음으로 대화에 열중하고 있음을 깨달았다. 카프리 부인의 조카는 결핵의 징후를 보여서 해로 학교를 떠나 스위스로 가서 레망 호의 따스한 기후에서 이 년간 요양했다고 했다. 조카는 책을 좋아하는 젊은이여서 가정교사인 리비에르 씨가 그를 영국으로 데려와 돌봐 주는 중인데, 내년 봄에 옥스퍼드에 들어갈 때까지 함께 지낼 예정이라고 했다. 리비에르 씨는 그때면 자기는 다른 일거리를 찾아봐야 할 거라고 간단히 덧붙였다.

아처가 보기에는 이렇게 관심사가 다양하고 재능이 많은 사람이 오래 실업 상태로 있을 것 같지는 않았다. 그는 서른 살쯤 되었고 야위고 못생긴 얼굴에는(메이라면 물론 평범한 얼굴이라고 했을 것이다.) 생각이 고스란히 드러났으나, 그 생기 있는 모습에 경박하거나 천박한 구석은 조금도 없었다.

요절한 그의 아버지는 외교관이었으므로, 아들도 응당 같은 길을 밟으리라고 여겨졌다. 그러나 이 젊은이는 문학에 대한 열정을 억누르지 못해 언론계에 투신했다가 다음에는 저술에 손을 댔으나 성공을 거두지 못한 것이 분명했다. 아처에게 다 들려주지는 않았으나, 그는 이 직업 저 직업을 전전하며 운명의 부침을 거듭한 끝에 결국 스위스에서 영국 청년의 가정교사가 되었다. 그러나 그 전에는 파리에서 오래 살면서 공쿠르 그르니에[7]에도 자주 드나들었고, 모파상으로부터 글을 쓰지 말라는 충고를 받은 적도 있으며,(아처는 이조차도 부럽기 그지없었다!) 어머니의 집에서 메리메[8]와도 여러 차례 얘기할 기회가 있었다고 했다. 그는 한눈에 보아도 지독한 가난에 내내 시달린 티가 완연했고, 어머니와 미혼인 여동생을 부양해야 한다는 근심 걱정에 차 있었으며, 문학에 대한 야심도 꺾인 상태였다. 그의 처지는 사실상 네드 윈셋보다 나을 것이 없어 보였다. 그러나 그는 자기 말대로 지식을 사랑하는 이라면 누구도 정신적으로는 허기를 느끼지 않을 세계에서 살아왔다. 그 세계는 불쌍한 윈셋이 굶주림에 지쳐 갈구하는 바로 그런 세계였으므로, 아처는 가난 속에서도 그토록 풍요를 누리며 지내 온 이 열정적인 무일푼의 젊은이를 자

7) 공쿠르 형제를 중심으로 조직된 살롱.

8) 1803~1870. 프랑스 소설가.

신이 윈셋이 된 듯 질투 섞인 시선으로 바라보았다.

"자신의 감상 능력, 비판적인 독립성을 넘겨주지 않고 지적 자유를 지키는 것이야말로 가치 있는 일 아니겠습니까? 제가 언론계를 떠나 가정교사와 개인 비서 같은 훨씬 더 재미없는 일을 하게 된 것도 그 때문이었습니다. 엄청나게 따분한 일이기는 하지만, 프랑스어로 자신의 도덕적 자유(quant á soi)를 지킬 수 있으니까요. 좋은 얘기를 들으면 누구의 눈치도 보지 않고 대화에 끼어도 되죠. 그러지 않으면 잘 듣고 속으로 대답할 수도 있을 테고요. 아, 좋은 대화라, 그만한 것이 없지요. 그렇지 않습니까? 들이마실 가치가 있는 공기라면 오직 사상의 공기뿐이지요. 그래서 전 외교관이나 기자직을 포기하고도 한번도 후회해 본 적이 없답니다. 둘 다 형태는 다를지라도 자기 자신으로 살기를 포기해야 한다는 점에서는 똑같으니까요." 그는 새 담배에 불을 붙이면서 형형한 눈빛으로 아처를 보았다. "삶을 정면으로 직시하는 것, 그것을 위해서라면 다락방에 살아도 좋지 않겠습니까? 하지만 일단은 다락방 얻을 돈이라도 벌어야겠지요. 고백하자면 개인 교사니 뭐니 '개인'의 고용인으로 늙어 갈 생각을 하면 부쿠레슈티에서 두 번째로 비서 노릇 하는 것만큼이나 소름이 끼친답니다. 가끔씩은 아주 무모한 도박이라도 해야만 할 것 같은 생각이 듭니다. 그래서 말인데, 미국, 그러니까 뉴욕 같은 데 제가 취직할 자리가 없겠습니까?"

아처는 눈이 휘둥그레져서 그를 쳐다보았다. 공쿠르와 플로베르와 교류한 적이 있고, 사상으로 가득 찬 삶이야말로 유일하게 살 가치가 있다고 믿는 젊은이에게 뉴욕이라니! 그는 뉴욕이 바로 그의 우월함과 재능이 성공하는 데 가장 큰 장애가 될 것이라는 말을 어떻게 해야 좋을지 몰라서 당혹감에 빠져 리비에르 씨를 계속 빤히 쳐다보기만 했다.

"뉴욕, 뉴욕이라……. 하지만 군이 뉴욕을 원하시는 이유라도 있습니까?" 그는 필요한 것이라곤 오로지 훌륭한 대화뿐이라고 하는 젊은이에게 자기 고향 도시가 어떤 짭짤한 일자리를 제공할 수 있을지 전연 생각이 떠오르지 않아서 더듬거리며 말했다.

리비에르 씨의 노르께한 피부가 확 붉어졌다. "미국에서는 대도시인 것 같기에……. 거기에서는 지적인 분위기가 더 활발하지 않습니까?" 그가 대답했다. 그러고는 상대에게 호의를 구걸하는 인상을 줄까 두려운 듯 서둘러 말을 이었다. "뭐 이것저것 다 생각해 보는 거죠. 남한테 부탁한다는 말이 아니라 스스로 고려해 본다는 겁니다. 사실 당장 전망이 보이지는 않습니다만……." 그는 자연스러운 태도로 자리에서 일어나며 이렇게 덧붙였다. "카프리 부인이 제가 당신을 위층으로 모시고 오기를 기다리실 겁니다."

집으로 돌아오는 마차 안에서 아처는 이 만남을 곰곰이 생각해 보았다. 리비에르 씨와 보낸 시간은 그의 가슴속에 새로운 공기를 불어넣어 주었고, 그 충동에 따라 우선 다음 날 만찬에 그를 초대하기로 했다. 그러나 그는 유부남들이 어째서 항상 처음 느낀 충동에 따라 행동하지 못하는가를 곧 알게 되었다.

"그 젊은 가정교사는 재미있는 사람이더군. 저녁 식사 후 책이며 이런저런 주제를 놓고 얘기를 나누느라 시간 가는 줄 몰랐다오." 그는 핸섬 안에서 넌지시 떠보았다.

메이는 아처가 반년간의 결혼 생활에서 얻은 단서로 아주 많은 의미를 읽어 내게 된 꿈결 같은 침묵에 잠겨 있다가 퍼뜩 깨어났다.

“그 작은 프랑스인 말인가요? 끔찍하게 상스럽지 않았어요?” 그녀는 차갑게 물었다. 그는 메이가 런던까지 와서 기껏 목사니 프랑스인 가정교사를 만나려고 초대를 받아 나갔던가 내심 실망한 마음을 다독이고 있었겠거니 짐작했다. 그 실망감은 흔히 말하는 속물적인 감정에서 비롯된 것이 아니라, 공연히 외국 땅에서 품위를 잃을 위험을 무릅썼다는 옛 뉴욕 식의 감정에서 나온 것이었다. 메이의 부모님이 5번가에서 카프리 가를 접대했더라면 목사나 선생보다는 더 그럴듯한 인물을 만나게 해 주었을 것이다.

그러나 아처는 기분이 상해서 그녀의 말을 가로막았다.

“상스럽다니, 어디가 상스럽다는 거요?” 그가 다그치자, 메이도 평소답지 않게 기다렸다는 듯이 되받아쳤다. “공부방만 빼고 어디에서고 그럴걸요. 그런 사람들은 교제에는 늘 서투르니까요. 하지만…….” 그녀는 순진한 투로 덧붙였다. “약은 사람이라고 하면 맞는 말일지도 모르죠.”

아처는 ‘상스럽다’라는 말 못지않게 그녀가 ‘약다’라는 말을 쓰는 것이 싫었다. 그러나 그녀에게서 마음에 들지 않는 점들을 자꾸만 곱씹는 버릇이 생길까 봐 두려워졌다. 그녀의 관점은 늘 변함없이 똑같았다. 그가 자라 온 세계의 모든 사람들의 관점이었고, 그가 늘 어쩔 수 없다고 생각하면서도 무시해 왔던 것이었다. 몇 달 전까지만 해도 그가 아는 ‘참한’ 여자들 중에 인생을 다르게 보는 사람은 하나도 없었다. 그런데 남자가 결혼하고 보면 참한 여자들 가운데 꼭 그런 사람이 있게 마련이다.

“아, 그렇다면 그를 저녁 식사에 초대하면 안 되겠군!” 그는 웃으며 이렇게 끝맺었다. 메이는 당황하여 이 말만 되풀이했다. "맙소사, 카프리 가 가정교사를 부른다고요?"

"카프리 가와 동시에 부르려던 건 아니었지만, 당신이 싫다면 그만두겠소. 하지만 정말로 그와 한 번 더 얘기를 나눠 보고 싶었어요. 뉴욕에서 일자리를 얻고 싶어 하던데."

그녀는 무관심했던 만큼 더욱 경악을 금치 못했다. 남편에게 '외국물'이 잘못 들었다고 염려하는 것 같았다.

"뉴욕에서 일자리를요? 어떤 일자리요? 프랑스어 가정교사는 필요 없을 텐데. 어떤 일을 원한대요?"

"내가 이해한 바로는 주로 훌륭한 대화를 즐기는 일이지." 남편이 삐딱하게 응수했다. 메이는 이를 알아듣고 웃음을 터뜨렸다. "오, 뉴랜드, 우스워 죽겠어요! 그건 프랑스 식인가요?"

그는 아내가 리비에르 씨를 초대하겠다는 자신의 뜻을 진지하게 받아들이지 않아서 그 문제가 결과적으로는 자기에게도 편한 쪽으로 해결되어 기뻤다. 한 번 더 만찬 후 대화를 갖게 되면 뉴욕 얘기를 피하기가 어려울 것이다. 그 생각을 하면 할수록 그가 알고 있는 뉴욕은 어느 모로 보아도 리비에르 씨와는 어울리지 않는다는 생각이 강해졌다.

순간 앞으로 많은 문제들이 그렇게 그의 뜻과 반대되는 식으로 해결되리라는 예감이 머릿속을 번쩍 스치고 지나가면서 등골이 서늘해졌다. 그러나 마차 삯을 치르고 아내의 긴 옷자락을 따라 집 안으로 들어가면서, 그는 결혼 생활에서 첫 여섯 달 동안이 제일 힘든 법이라는 흔한 격언을 위안 삼았다. '그 시간만 잘 넘기면 서로의 모난 면들이 닳아서 둥글둥글해지게 될 거야.' 그는 이런 생각을 해 보았지만, 무엇보다도 나쁜 것은 메이가 가하는 압력이 그가 가장 날카로움을 잃고 싶지 않은 바로 그 모난 부분들로 향하고 있다는 것이었다.

21

작고 반짝이는 잔디밭이 크고 눈부신 바다까지 쫙 펼쳐져 있었다.

잔디밭 가에는 진홍색 제라늄과 콜레우스가 둘러섰고, 바다까지 이어지는 구불구불한 길을 따라 띄엄띄엄 늘어선 초콜릿색 주철 꽃병들마다 깔끔하게 덮은 자갈 위로 페튜니아와 아이비 제라늄이 둥글게 감겨 있었다.

절벽 끝과 네모반듯한 목조 주택(그 집 역시 초콜릿 색이었지만, 베란다의 양철 지붕은 차양 흉내를 내느라고 노란색과 갈색의 줄무늬를 그려 놓았다.) 사이 중간쯤 커다란 과녁 두 개가 관목 숲을 등지고 놓여 있었다. 과녁을 마주한 잔디밭 건너편에는 진짜 천막이 쳐져 있었고, 그 주변에는 벤치와 정원 의자들이 놓여 있었다. 여름 드레스 차림의 숙녀들과 회색 프록코트를 입고 운두가 높은 모자를 쓴 신사들 여럿이 잔디밭에 서 있거나 벤치에 앉아 있었다. 때때로 빳빳이 풀을 먹인 모슬린 옷을 입은 날씬한 소녀가 손에 활을 들고 천막에서 걸어 나와 과녁 중 하나를 향해 화살을 날리면, 구경꾼들은 하던 얘기를 중단하고 결과를 주시했다.

뉴랜드 아처는 그 집 베란다에 서서 이 광경을 호기심 어린 눈으로 지켜보았다. 윤이 나게 페인트칠을 한 계단 한쪽에는 밝은 노란색 자기 스탠드 위에 커다란 파란색 자기 화분이 놓여 있었다. 화분마다 끝이 뾰족뾰족한 초록색 식물이 심어져 있었고, 베란다 아래로는 파란 수국이 빨간 제라늄에 둘러싸여 멀리까지 줄지어 늘어섰다. 그의 뒤에는 그가 지나쳐 들어온 거실의 프랑스식 창문을 통해 사라사 무명천으로 만든 두꺼운 쿠션, 소형 안락의자, 은제품이 빼곡히 놓인 벨벳 테이블이 띄엄띄엄 흩어져 있는 반짝이는 마루가 흔들리는 레이스 커튼 사이로 슬쩍 보였다.

뉴포트 양궁 클럽은 항상 보퍼트 가 저택에서 8월 모임을 열었다. 이 스포츠는 지금까지 크로케 외에는 경쟁 상대가 없었으나, 테니스의 인기가 높아지면서 한물가기 시작하는 중이었다. 그러나 테니스는 아직까지 사교계 행사로는 거칠고 우아함이 떨어진다고 여겨졌으므로, 예쁜 드레스와 우아한 자태를 과시할 기회로는 활과 화살이 자기 자리를 고수했다.

아처는 낯익은 광경을 내려다보며 경이롭게 느꼈다. 자신의 반응은 이렇게 완전히 바뀌었는데도 예전 방식 그대로 삶이 흘러가고 있다는 것이 놀라울 따름이었다. 그러한 변화를 그에게 처음으로 절감하게 해 준 것이 바로 뉴포트였다. 지난겨울 뉴욕에서 메이와 함께 아치 형의 내닫이창과 폼페이 식 현관이 있는 황록색의 새 집에 정착한 후, 그는 안도감을 느끼며 사무실의 익숙한 일상으로 되돌아갔고, 이렇게 일상 활동을 재개함으로

써 자연스럽게 과거의 자신으로 돌아갈 수 있었다. 그는 웰랜드 가에서 사 준 메이의 브루엄을 끌 근사한 회색 말을 고르거나 새 서재를 꾸미는 데에서 즐거움을 찾았다. 그리고 회의에 찬 가족들의 반대에도 불구하고 예전부터 꿈꾸어 온 대로 서재에 어두운 색의 돋을새김 무늬가 있는 벽지를 바르고, 이스트레이크제 책장과 '진짜' 안락의자, 테이블을 들여놓았다. 그는 센추리에서 윈셋을, 니커보커[1]에서 같이 어울려 다니던 상류층 젊은이들을 다시 만났다. 법전을 들여다보고 외식을 하거나 집에서 친구들을 대접하고, 가끔씩 저녁에는 오페라나 연극을 보러 가면서 영위하는 삶이 진짜 현실 같았고, 반드시 치러 내야만 하는 의무 같았다.

그러나 뉴포트는 의무를 벗어던지고 순전히 휴일을 즐기자는 분위기로의 도피를 상징했다. 아처는 메인 해변에서 멀리 떨어진 섬에서 여름을 보내자고 메이를 설득하려 애썼다. 그 섬에서는 몇몇 대담한 보스턴 사람들과 필라델피아 사람들이 '원주민' 오두막에서 캠핑을 하고 있었는데, 매혹적인 경치의 숲과 바다에서 거의 사냥꾼 같은 야생의 생활 방식을 즐길 수 있다고들 했다.

그러나 웰랜드 가는 해마다 절벽 위에 자기들 별장이 있는 뉴포트에 갔으므로, 아처도 사위로서 메이와 함께 합류하지 못할 마땅한 이유를 댈 수가 없었다. 웰랜드 부인은 메이가 파리에서 맞춘 여름옷들을 입을 기회를 얻지 못한다면 무엇 하러 옷을 고르느라 그런 고생을 했겠느냐고 다소 날카롭게 따지고 들었

1) 1851년 존 제이콥 애스터와 존 L. 캐드왈라더가 설립한 뉴욕 상류층 남성들의 클럽.

다. 이 주장에 아처는 미처 대답할 말을 찾지 못했다.

메이로서는 여름을 보낼 이렇게 유쾌하고 적절한 방법이 있는데 그가 동참하지 않고 미적거리는 이유를 이해할 수가 없었다. 그녀는 아처가 총각 시절 항상 뉴포트를 좋아했다는 점을 일깨웠다. 이것은 분명히 사실이었으므로, 그는 함께 그곳에 간다면 틀림없이 예전보다 훨씬 더 마음에 들 거라고 시인할 수밖에 없었다. 그러나 보퍼트 가의 베란다에 서서 사람들로 복작이는 잔디밭을 내다보노라니, 전혀 마음에 들지 않을 거라는 예감이 가슴속 깊이 파고들며 전율이 일었다.

메이의 잘못은 아니었다. 여행 중에는 가끔씩 사소한 마찰이 있었어도, 그녀는 익숙한 상태로 돌아오자 안정을 되찾았다. 아처는 메이가 자신을 실망시키지 않을 것이라고 예감했고, 그의 예감이 옳았다. 그는 대부분의 젊은 남자들이 그렇듯이 목적 없는 연애 행각이 일찌감치 씁쓸한 뒷맛을 남기고 끝나 버린 바로 그때, 완벽하게 매혹적인 소녀를 만났기 때문에 결혼했다. 그녀는 평화, 안정, 동지애, 도망칠 수 없는 의무가 주는 안정감을 상징했다.

메이는 그가 기대했던 것을 하나도 빠짐없이 제대로 해냈으므로, 그의 선택이 잘못되었다고는 말할 수 없었다. 뉴욕에서 가장 멋지고 인기 있는 젊은 유부녀 중 한 사람의 남편이 된다는 것은 말할 나위 없이 유쾌한 일이었다. 그녀가 가장 마음씨 곱고 사려 분별이 있는 아내들 중 한 사람이라면 더 말할 것도 없었다. 아처도 이런 점을 결코 모르지 않았다. 결혼 전 그를 사로잡았던 일시적인 광기에 대해서라면, 그가 포기한 마지막 실험으로 생각하기로 했다. 제정신으로 올렌스카 백작 부인과 결혼할 꿈이라도 꾼다는 것은 생각조차 하기 힘든 일이 되었고, 그녀는 그의 기억 속에 가장 가슴 시린 환영으로 남았을 뿐이었다.

그러나 이렇게 추상화하여 지워 버림으로써 그의 마음은 오히려 메아리만 울리는 공허한 공간이 되었다. 보퍼트 가 잔디밭에서 활기에 넘쳐 바삐 움직이는 사람들이 묘지에서 노는 어린아이들처럼 보여 충격을 받은 이유도 그 때문일지 몰랐다.

옆에서 치맛자락 스치는 소리가 들려 돌아보니, 맨슨 후작 부인이 거실 창문 밖으로 옷자락을 휘날리고 있었다. 그녀는 평소처럼 야단스러운 장식과 술을 치렁치렁 휘감고 머리에는 빛바랜 얇은 천을 여러 겹으로 휘감은 레그혼 모자를 썼는데, 모자챙이 조각한 상아 손잡이가 달린 작은 검은색 벨벳 우산보다 훨씬 더 커서 우스꽝스럽게 보였다.

"친애하는 뉴랜드, 당신과 메이가 온 줄 몰랐답니다! 당신은 바로 어제 왔다면서요? 아, 그놈의 일, 일, 직업상의 의무……. 이해해요. 주말 말고는 여기에서 아내들과 함께할 수 없는 남편들이 어디 한둘인가요." 그녀는 머리를 한쪽으로 젖히고 초점이 풀린 눈으로 수심에 잠긴 듯 그를 바라보았다. "하지만 결혼은 긴 희생이지요. 내가 엘렌에게도 입이 닳도록 말했지만……."

아처의 심장이 예전에도 한 번 그랬듯이 기이한 경련을 일으키며 쿵 내려앉더니, 갑자기 그와 외부 세계 사이의 문이 쾅 닫히는 듯했다. 그러나 곧이어 자신이 분명히 목소리를 되찾아 한 질문에 대한 미도라의 대답이 들려왔으므로, 그러한 단절은 한순간에 불과했던 것이 틀림없었다.

"아뇨, 난 여기가 아니라 블렌커 가에 묵고 있어요. 포츠머스에 있는 한적하고 멋진 곳이라우. 보퍼트가 친절하게도 오늘 아침 발이 빠르기로 유명한 자기 말을 보내 준 덕에 레지나의 정원 파티를 적어도 한 번은 구경할 수 있었지요. 하지만 오늘 저녁이면 전원생활로 되돌아가요. 블렌커 가는 특이한 이들이라서 포츠머스에 낡고 고풍스러운 농가를 빌려 놓고 주변에 유명 인사들을 불러 모으지요…….” 그녀는 모자 챙에 숨듯이 약간 고개를 숙이더니, 얼굴을 약간 붉히면서 덧붙였다. “이번 주에 애거턴 카버 박사님이 그곳에서 묵상 모임을 연이어 여신다우. 이렇게 세속의 즐거움을 누리는 유쾌한 모습과 정말 대조적이지요. 하지만 나야 늘 극과 극을 오가며 살아왔으니까! 단조로운 삶은 내게는 죽음이나 마찬가지예요. 엘렌에게도 늘 그렇게 말한다우. 단조롭게 살지 말라고. 그건 모든 치명적인 죄를 낳는 근원이에요. 하지만 그 애는 딱하게도 세상의 쓴맛을 너무 많이 보았어요. 알겠지만 뉴포트에 오라는 초대를 전부 거절했다지 않아요? 심지어 밍고트 할머니와 함께 오라는 것까지도요. 믿을지 모르겠지만 블렌커 씨 댁에 나랑 같이 가자고 해도 듣지 않더군요. 그 애는 부자연스럽고 비정상적인 생활을 하고 있어요. 아, 아직 희망이 있을 때 그 애가 내 말을 듣기만 했어도……. 아직은 가망이 있는데……. 이런 얘기는 그만두고 내려가서 흥미진진한 경기나 보겠수? 메이도 나온다던데.”

그들이 사람들 쪽으로 천천히 걸어가는데, 키가 크고 육중한 몸집의 보퍼트가 단추가 터질 듯이 꽉 끼는 런던 제 프록코트를 입고, 단춧구멍에는 난을 한 송이 꽂은 차림으로 천막에서 나왔다. 아처는 두세 달 만에 그를 처음 보았으므로, 그의 변한 모습에 놀랐다. 무더운 여름 햇살을 받아 불그레한 그의 얼굴은 더 육중하고 비대해 보였다. 떡 벌어진 어깨를 곧게 펴고 걸는 걸음걸이만 아니라면 과식한 데다 옷을 너무 많이 껴입은 노인네처럼 보였을 것이다.

보퍼트를 둘러싸고 온갖 소문이 무성했다. 그는 봄에 새로 구입한 증기선을 타고 서인도 제도로 긴 항해 여행을 떠났는데, 그가 간 데마다 패니 링 양을 닮은 숙녀가 동행했다는 소문이 들려왔다. 클라이드 강에서 건조한 그 배에는 타일을 깐 욕실을 비롯해 듣도 보도 못한 호화 시설들이 다 갖추어져 있어서, 50만 달러는 족히 들었을 거라고들 했다. 그가 돌아와서 아내에게 선물한 진주 목걸이는 속죄의 선물답게 호화스러웠다. 보퍼트의 재산은 그 정도 부담에도 까딱없을 만큼 엄청났지만, 5번가는 말할 것도 없고 월스트리트에까지 불안한 소문이 가라앉지 않았다. 그가 운 나쁘게도 철도에 투기를 했다는 소문도 있었고, 패니 링의 동료 배우들 중에서도 가장 탐욕스러운 자에게 걸려 돈을 뜯기고 있다고도 했다. 보퍼트의 파산이 임박했다는 소문이 퍼질 때마다 그는 이에 화답하듯 새로 난 화원을 짓는다던가, 새 경주마를 구입한다던가, 메소니에[2]나 카바넬의 신작을 자기 화랑에 추가로 들인다던가 하며 새로운 사치 행각을 벌였다.

그는 평소처럼 반쯤은 비웃는 듯한 웃음을 흘리며 후작 부인과 뉴랜드 쪽으로 다가왔다. "안녕하시오, 미도라! 말들이 제구실을 하던가요? 한 사십 분 걸렸지요? 음, 당신이 편한 속도로 달려야 했다는 점을 고려할 때 그 정도면 나쁘지 않군요." 그는 아처와 악수를 나눈 다음, 그들과 함께 천막으로 돌아가며 맨슨 부인 옆에서 나지막이 들릴락 말락 몇 마디를 건넸다.

2) 1852~1917. 프랑스 예술가.

후작 부인이 기묘한 외국식 억양으로 더듬거리며 대답하고 프랑스어로 "내가 어떻게 했으면 좋겠어요?"라는 질문을 던지자, 보퍼트의 얼굴이 일그러졌다. 그러나 아처를 보며 축하의 미소와 함께 억지로 기분 좋은 척 얼굴을 펴고 말했다. "메이가 1등을 하겠지요."

"아, 그럼 그건 가족들에게 남아 있어요." 미도라가 속삭였다. 그 순간 그들은 천막에 도착했고, 엷은 자줏빛 모슬린 옷에 하늘거리는 베일로 소녀 같은 분위기를 낸 보퍼트 부인이 그들을 맞았다.

메이 웰랜드는 이제 막 천막에서 나가고 있었다. 흰 드레스에 연녹색 허리띠를 매고 모자에 담쟁이 장식을 단 그녀는 약혼하던 날 밤 보퍼트 가의 무도회장에 들어서던 때와 다름없이 다이애나 여신 같은 초연한 자태였다. 시간이 흘렀어도 어떤 생각이 그녀의 눈 뒤를 스쳐가거나, 어떤 감정이 그녀의 가슴속을 뚫고 지나간 흔적은 전혀 보이지 않았다. 그녀가 느끼고 생각할 능력이 있음을 알고 있는 남편조차도 경험이 그녀에게 아무런 자취도 남기지 않고 스쳐 가 버린 데 새삼 놀랐다.

그녀는 손에 활과 화살을 들고 잔디밭에 표시해 놓은 자리에 서서 어깨 높이까지 화살을 들어올리고 겨냥했다. 그 태도에는 고전적인 우아함이 흘러넘쳤으므로, 감탄의 속삭임이 일었다. 아처는 종종 일시적이나마 그를 행복하다는 착각에 빠뜨리곤 하는 소유의 기쁨을 즐겼다. 메이의 경쟁 상대인 레기 치버스 부인과 메리 가 딸들, 혈색이 좋은 솔리 가 사람들, 대거닛 가, 밍고트 가 여자들이 초조하게 그녀의 뒤에 모여 서 있었다. 갈색 머리와 과녁의 금색 테두리, 엷은 모슬린 옷과 꽃으로 장식한 모자가 은은한 무지갯빛으로 어우러졌다. 모두 젊고 예뻤으며 한 여름의 싱그러운 매력으로 가득했지만, 몸을 잔뜩 긴장시키고 즐거움에 취해 이맛살을 찌푸린 채 집중하여 기량을 발휘할 때의 아내만큼 님프처럼 자연스러워 보이는 이는 아무도 없었다.

아처의 귀에 로렌스 레퍼츠의 목소리가 들려왔다. "세상에, 저렇게 많은 사람들 중에 메이처럼 활을 다루는 사람은 아무도 없군." 보퍼트가 대꾸했다. "맞아요, 메이가 제대로 하는 건 그것뿐이지요."

아처는 화가 불끈 치솟았다. 메이의 '세련됨'에 대한 주인의 경멸 섞인 칭찬은 남편이라면 오히려 기뻐해야 할 것이었다. 아내에게 매력이 부족하다고 비꼬았다 해도, 그 사실을 들먹인 이가 천박한 남자라면 아내가 뛰어난 자질을 지녔다는 반증이 될 뿐이었다. 그러나 그 말은 그의 가슴속에 희미한 전율을 일으켰다. 최고의 경지까지 다다른 '세련됨'이 무에 불과하다면, 텅 빈 공간을 커튼으로 가려 놓은 것일 뿐이라면? 그는 마지막으로 과녁 한복판을 맞히고 붉게 상기된 얼굴로 침착하게 돌아오는 메이를 보면서, 아직 한번도 그 커튼을 들추어 보지 않았다는 느낌에 사로잡혔다.

메이는 그녀의 우아함 중에서도 가장 빛나는 순진한 태도로 경쟁자들과 나머지 일행의 축하를 받았다. 그녀는 승리를 놓쳤다 해도 마찬가지로 차분한 모습이었을 터이므로, 아무도 그녀의 승리를 질투할 수 없었다. 그러나 메이는 남편과 눈이 마주치자 그의 눈 속에 깃든 기쁨을 알아채고 얼굴을 환히 빛냈다.

웰랜드 부인의 조랑말이 끄는, 버들가지로 엮은 마차가 그들을 기다리고 있었다. 메이가 고삐를 잡고 아처는 그녀 옆에 앉아 흩어지는 마차들 사이를 달려 나왔다.

오후의 햇살이 아직도 밝은 잔디밭과 관목숲 위에 반짝였다. 벨뷰 가에는 빅토리아,[3] 경이륜마차, 란다우 마차, 좌석이 마주 보는 마차들이 보퍼트 가의 정원 파티에서 돌아오는 사람들이나 해변 도로를 따라 오후 드라이브를 마치고 집으로 돌아가는 잘 차려입은 신사 숙녀들을 싣고 두 줄로 오갔다.

"할머니께 가는 게 어때요?" 메이가 갑자기 제안했다. "할머니께 제가 이겼다는 얘기를 직접 해 드리고 싶어요. 저녁 식사 전까지는 시간이 넉넉하니까요."

아처가 동의하자, 메이는 조랑말을 내러갠셋 가로 돌려 스프링 가를 가로질러 멀리 바위투성이 황무지로 마차를 몰았다. 항상 돈을 아낄 수만 있다면 선례 따위는 무시하는 캐서린 대제는 젊은 시절 이 인적 드문 지역에 만이 내려다보이는 땅을 싼값에 조금 사서, 뾰족한 지붕이 여러 개 있고 대들보를 올린 근사한 여름 별장을 지었다. 그 집의 베란다는 자라다 만 듯한 떡갈나무 숲에서 섬들이 띄엄띄엄 흩어진 바다 위로 뻗어 있었다. 구불구불한 마차 길이 제라늄 언덕에 꽂아 놓은 철제 수사슴과 파란 유리구슬 사이로, 줄무늬가 있는 베란다 지붕 아래 번쩍번쩍 윤이 나는 호두나무 대문까지 뻗어 있었다. 그 뒤로는 검은색과 노란색 별무늬가 박힌 마루를 깐 좁은 복도가 이어졌고, 이탈리아인 화가가 올림포스의 신들을 모두 그려 넣은 천장 아래 두꺼운 나사지를 바른 작은 방 네 개가 있었다. 밍고트 부인은 몸이 엄청나게 붇자 그중 한 방을 침실로 바꾸고, 옆방에는 활짝 연 문

---

3) 2인승 사륜마차의 일종.

과 창문 사이에 큰 안락의자를 갖다 놓고 낮 시간을 보냈다. 그녀는 야자수 잎으로 만든 부채를 항상 흔들고 있었지만, 앞으로 불쑥 튀어나온 부인의 가슴 때문에 몸까지의 거리가 너무 멀어서, 부채가 일으킨 바람은 의자 팔걸이의 덮개 끝자락에 간신히 닿는 정도였다.

캐서린 노부인은 아처의 결혼을 앞당기도록 도와준 이후로, 누구라도 기뻐할 만큼 진심을 담아 따듯하게 대해 주었다. 부인은 그가 열정을 억누를 수가 없어 조급하게 군다고 믿었다. 부인은 돈을 쓰는 쪽으로 나가지만 않는다면 충동적인 성격을 열렬히 찬미했으므로, 아처를 맞이할 때마다 항상 공범자로서 다정한 눈짓을 보내고 장난스러운 암시를 던졌지만, 메이는 다행히도 눈치 채지 못하는 것 같았다.

부인은 경기에서 이긴 상으로 메이의 가슴 위에 꽂힌, 다이아몬드 화살촉을 박은 화살을 꼼꼼히 살펴보고 값을 따져 보았다. 자기 젊을 때에는 금세공한 브로치로 충분하다고 생각했지만, 어쨌거나 확실히 보퍼트가 상을 잘 골랐다고 말했다.

"가보로 삼아도 좋겠구나." 노부인은 쿡쿡 웃었다. "잘 두었다 맏딸에게 물려주렴." 부인은 메이의 하얀 팔을 꼬집고 새빨개진 얼굴을 들여다보았다. "이런, 이런, 내가 못할 말이라도 했단 말이냐? 딸은 안 낳고 아들만 낳겠다는 거냐? 맙소사, 또 얼굴 빨개지는 것 좀 봐라! 그 정도 말도 못 하니? 아이고, 우리 자식들이 나더러 머리 위에 그린 저 신들 좀 다 지워 버리라고 애걸하면, 나를 항상 어떤 일에도 충격을 받지 않는 사람으로 만들어 주신 게 너무 고마워서라고 말한단다!"

아처는 폭소를 터뜨렸고, 메이도 눈이 빨개지도록 따라 웃었다.

"자, 이제 파티 얘기를 좀 해 다오. 멍청한 미도라한테서는 들으나 마나일 테니." 노부인의 말에 메이가 외쳤다. "미도라 이모라고요? 포츠머스에 돌아간 줄 알았는데요?" 부인은 차분히 대답했다. "맞다. 하지만 엘렌을 데려가려고 왔단다. 아, 엘렌이 나와 함께 지내러 온 줄 몰랐지? 여름 내내 있으라 해도 싫다고만 하니. 난 오십 년 전에 이미 젊은 애들과 하는 말싸움에는 두 손 들었단다. 엘렌, 엘렌!" 부인은 베란다 바깥의 잔디밭이 보이도록 몸을 앞으로 기울이려고 애쓰며 새된 목소리로 외쳐 불렀다.

아무 대답이 없자 밍고트 부인은 초조하게 지팡이로 반짝이는 마룻바닥을 두드렸다. 밝은 색 터번을 두른 혼혈 하녀가 호출을 듣고 와서 '엘렌 양'이 해변으로 가는 길을 따라 내려가는 모습을 보았다고 여주인에게 알려 주었다. 밍고트 부인은 아처 쪽으로 몸을 돌렸다.

"착한 손녀사위답게 냉큼 달려가서 엘렌을 좀 데려다 다우. 그동안 이 예쁜 아가씨가 파티 얘기를 해 줄 테지." 아처는 꿈꾸는 듯한 기분으로 자리에서 일어났다.

그는 올렌스카 백작 부인을 마지막으로 만난 후 일 년 반 동안 그녀의 이름을 수도 없이 들었고, 그간 그녀에게 무슨 일이 있었는지도 잘 알고 있었다. 그녀는 지난여름 뉴포트에 머물면서 사교계에도 자주 나갔던 모양이지만, 가을이 오자 갑자기 보퍼트가 무진 애를 써서 구해 준 '완벽한 집'을 세놓고 워싱턴에 머물기로 결정했다. 거기에서 그는 겨울 동안 그녀가 사교 면에서 약한 행정부의 약점을 보완해 주리라고 기대되는 '훌륭한 외교계'에서 이채를 발했다는 소식을 들었다.(워싱턴에 있는 미녀들의 소식은 모르는 이가 없으니까.) 그는 이런 이야기와 함께 그녀의 외모, 대화, 관점, 그녀가 고른 친구들에 대한 상반되는 다양한 소문들을 오래전에 죽은 사람 이야기처럼 무심하게 들어 넘겼다. 그런데 양궁 경기에서 미도라로부터 그녀의 이름을 듣자 비로소 엘렌 올렌스카가 다시 살아 있는 존재로 다가왔다. 후작 부인이 생각 없이 혀짤배기소리로 내뱉은 이름은 난롯불을 밝힌 작은 방의 모습과 적막한 거리를 되돌아가던 마차 바퀴 소리를 기억 속에서 다시 불러왔다. 그는 옛날에 읽었던 투스카니의 농촌 소년들 이야기를 생각했다. 길가 동굴 속에서 짚더미에 불을 붙여 채색된 무덤에서 오래전 침묵에 잠긴 망령들을 불러낸다는…….

집이 있는 언덕에서 해변까지 수양버들을 심은 물가 산책로가 이어져 있었다. 늘어진 가지 사이로 흰색으로 칠한 망루와, 영웅적인 등대지기 아이다 루이스[4]가 존경 속에서 말년을 보낸 작은 집이 있는 라임 록이 힐끗 보였다. 그 너머로는 평평한 곳과 고트 섬의 보기 흉한 정부 건물 굴뚝이 있고, 키 작은 떡갈나무들과 석양에 싸여 흐릿하게 보이는 코내니컷 해안이 있는 프루던스 섬까지 만이 금빛으로 반짝이며 북쪽으로 뻗어 있었다.

버드나무 길에서 작은 나무 부두가 길게 튀어나와 있었고 그 끝에는 탑처럼 생긴 여름 별장 비슷한 건물 한 채가 있었다. 그 탑 난간에 한 여자가 해안을 등지고 기대 서 있었다. 아처는 그 모습을 보고 꿈에서 깨어난 듯 발을 멈추었다. 과거의 환영은 꿈이었고, 머리 위 언덕의 집에서는 현실이 그를 기다리고 있었다. 웰랜드 부인의 조랑말 마차가 문 앞에서 뱅뱅 원을 그리며 맴돌

4) 1842~1911. 뉴포트 항의 라임 록에서 오십 년간 등대지기로 일하면서 위험에 빠진 사람들을 구해 유명해졌다.

고, 메이가 부끄러움을 모르는 올림포스의 신들 아래 비밀스러운 희망으로 상기된 채 앉아 있고, 벨뷰 가 멀리 끝에는 웰랜드가의 별장이 있고, 웰랜드 씨는 벌써 만찬을 위해 성장을 하고 병자 특유의 초조한 태도로 손에 시계를 든 채 거실을 서성이고 있다……. 정해진 시간에 무슨 일이 일어나고 있을지 안 봐도 훤히 알 수 있는 그런 집이니까.

'난 누굴까? 그 집 사위…….' 아처는 생각했다.

부두 끝의 인물은 꼼짝도 하지 않았다. 한참 동안 아처는 언덕길 중턱에 서서 범선, 대형 보트, 어선, 낚싯줄을 늘어뜨린 검은 석탄 바지선들이 밧줄에 끌려 이리저리 오가는 모습을 지켜보았다. 애덤스 요새의 회색 성채 너머로 길게 퍼진 석양이 수천 개의 불꽃으로 흩어지고, 그 빛은 바람을 안고 라임 록과 해변 사이의 수로를 통과하는 캣보트[5]의 돛을 물들였다. 아처는 그 광경을 바라보면서 「방랑자」에서 몬테규가 몰래 애더 다이어스의 리본을 입술에 갖다 대던 장면을 떠올렸다.

'그녀는 모르는군……. 짐작도 못 하겠지. 그녀가 내 뒤로 가까이 왔다면 난 알았을 텐데.' 그는 생각에 잠겼다가 갑자기 혼잣말을 했다. "저 돛단배가 라임 록 등대를 다 지나갈 때까지 그녀가 돌아보지 않는다면 되돌아가야지."

그 배는 썰물을 타고 멀어져 갔다. 아이다 루이스의 작은 집을 가린 라임 록 앞을 지나쳐 등불이 걸린 망루를 지나갔다. 아처는 섬의 맨 끝 암초와 배의 고물 사이에서 널따란 바다가 반짝이며 모습을 드러낼 때까지 기다렸다. 그러나 탑의 인물은 미

---

5) 이물에 돛대가 하나 있는 종범선(縱帆船).

동도 하지 않았다.

그는 돌아서서 언덕을 걸어 올라갔다.

"당신이 엘렌을 찾지 못해서 아쉬워요. 다시 만나고 싶었는데." 메이는 어스름을 헤치고 집으로 마차를 몰면서 말했다. "하지만 아마 엘렌은 상관 안 할걸요. 많이 변한 모양이에요."

"변했다고?" 남편이 조랑말의 실룩거리는 귀에 눈을 고정시킨 채 덤덤한 목소리로 되물었다.

"친구들을 상대도 안 한다나요. 뉴욕과 집은 내팽개쳐 두고 이상한 사람들이랑 어울려 다닌대요. 엘렌이 블렌커 가에 있다니 얼마나 끔찍하게 불편할지 생각해 보세요! 미도라 이모가 엉뚱한 짓 벌이지 못하게 지키느라고 그런대요. 말도 안 되는 사람이랑 결혼이라도 해 버릴까 봐서요. 하지만 우리하고 있으면 늘 지겨워했다는 생각이 가끔 들어요."

아처는 아무 대답도 하지 않았으나, 메이는 이전의 솔직하고 기운찬 목소리에서 한번도 느껴 보지 못한 준엄한 어조로 말을 계속했다. "무엇보다도 어째서 남편과 잘 지내지 못하는지 모르겠어요."

그는 웃음을 터뜨렸다. "순진한 자에게 축복 있으라!" 그녀가 당황하여 얼굴을 찌푸리고 그를 돌아보자 이렇게 덧붙였다. "당신이 그렇게 가혹하게 말하는 건 처음 듣는데."

"가혹하다고요?"

"음, 저주받은 자들의 비틀린 몰골을 구경하는 건 천사들에게 최고의 오락이겠지. 하지만 천사들이라도 사람들이 지옥에서 더 행복하다고 생각하지는 않을걸."

"엘렌이 외국에서 결혼한 건 안된 일이에요." 메이는 자기 어머니가 남편이 엉뚱한 변덕을 부릴 때 쓰는 차분한 어조로 말했다. 아처는 메이가 자신을 이치에 맞지 않는 소리를 하는 남편들과 세련되게 한통속으로 몰아넣었다는 사실을 알아챘다.

그들은 벨뷰 가를 내려가 웰랜드 가 별장으로 들어가는 길을 표시하는 주철 등이 위에 달린 나무 문기둥들 사이로 들어섰다. 벌써 창문으로 빛이 새어 나오고 있었다. 마차가 서자, 아처가 머릿속에 그려 본 모습 그대로 장인이 괴로워 못 견디겠다는 표정으로 손에 시계를 들고 거실을 왔다 갔다 하는 모습이 눈에 들어왔다. 웰랜드 씨는 성을 내는 것보다 이 방법이 훨씬 더 효과가 좋다는 것을 오래전에 깨달았다.

아처는 아내 뒤를 따라 복도로 들어가면서 미묘한 분위기의 차이를 감지했다. 웰랜드 가의 호사스러운 저택과 집안 분위기에는 지켜야 할 것과 강요되는 것들로 너무나 빽빽이 채워져 항상 그의 전신에 마취제처럼 몰래 스며드는 뭔가가 있었다. 두꺼운 카펫, 눈치 빠른 하인들, 잠시도 쉬지 않는 정확한 시계 초침 소리, 복도 탁자 위에 쉬지 않고 새로 쌓이는 카드와 초대장, 잠시 숨 돌릴 틈도 없이 이어지면서 식구들 한 사람 한 사람을 옭아매는 사소한 일과 속에서 조금이라도 흐트러지거나 초라한 것은 비현실적이고 위태로워 보였다. 그러나 이제 비현실적이고 무의미하게 보이는 것은 웰랜드 가와 그가 그 안에서 이끌어 갈 삶이었고, 그가 언덕길 중턱에서 망설이며 서 있었을 때 해변에서 본 짧은 장면이 그의 혈관 속을 흐르는 피만큼이나 그에게 바짝 다가왔다.

그는 사라사 무명 벽지를 바른 큰 침실에서 메이 곁에 누워 카펫 위로 비스듬히 새어 들어온 달빛을 보면서, 보퍼트의 말이 끄는 마차를 타고 달빛에 희미하게 빛나는 해안을 지나 귀가했을 엘렌 올렌스카를 생각하며 뜬눈으로 밤을 샜다.

22

"블렌커 가를 위한 파티라고? 그 블렌커 가 말인가?"

웰랜드 씨가 나이프와 포크를 내려놓고 점심 식탁 건너 아내의 얼굴에 걱정과 의심이 뒤섞인 눈길을 던졌다. 아내는 금테 안경을 고쳐 쓰고 고상한 희극을 연기하는 투로 소리 내어 읽었다.

에머슨 실러턴 교수 내외는 웰랜드 부처께서 8월 25일 3시 정각에 열리는 수요 오후 클럽 모임에 함께하시는 기쁨을 허락해 주시기를 앙망합니다. 오셔서 블렌커 모녀분들을 만나 보시기 바랍니다.

캐서린 가, 레드 게이블스.

회답을 바람.

"세상에 맙소사……." 웰랜드 씨는 두 번 읽으니 이 말도 안 되는 사건이 비로소 실감이 난다는 듯 숨을 헐떡거렸다.

"에이미 실러턴이 안됐군. 이러니 남편이 다음번에는 무슨 짓을 벌일지 누가 알겠어요. 실러턴 씨는 블렌커 가 사람들을 안 지 얼마 안 됐을 거야." 웰랜드 부인이 한숨을 쉬었다.

에머슨 실러턴 교수는 뉴포트 사교계 쪽에서 보자면 눈엣가시 같은 존재였으나, 유서 깊고 존경받는 가문 출신이라는 점 때문에 시원하게 뽑아 버릴 수도 없는 가시였다. 세간의 평에 따르면 그는 원래 '나무랄 데 없는' 인물이었다. 그의 아버지는 실러턴 잭슨의 숙부였고, 어머니는 보스턴의 페닐로 가 출신이었다. 양쪽 다 부와 지위를 갖추었으므로 서로 잘 어울렸다. 웰랜드 부인이 늘 하는 말이지만, 도대체 에머슨 실러턴이 뭐가 부족해서 고고학자인지 뭔지 하는 교수 나부랭이가 되었는지, 왜 하필이면 겨울을 뉴포트에서 보내면서 보도 듣도 못한 희한한 일들을 벌이는지 알 수가 없었다. 하지만 그가 전통을 깨뜨리고 사교계를 대놓고 우롱할 셈이었다면, 불쌍한 에이미 대거닛과 결혼하지는 말았어야 했다. 그녀는 '그보다 나은' 남편을 얻을 자격이 충분한 여자였고, 자기 마차를 가질 만큼 재산도 있었다.

밍고트 가 사람들은 아무도 에이미 실러턴이 어째서 집안 가득 장발 남자들과 단발 여자들을 불러들이고, 여행이랍시고 파리나 이탈리아가 아니라 유카탄의 고분 탐사 따위에 그녀를 데려가는 남편의 기행(奇行)을 순순히 받아들이는지 이해하지 못했다. 그러나 그들은 자기들 방식대로 살았고, 자기들이 남들과 얼마나 다른지도 모르는 것이 분명했다. 그들이 클리프에서 온 가족이 모이는 따분한 가든파티를 일 년에 한 번씩 개최할 때면 실러턴 가, 페닐로 가, 대거닛 가와의 관계 때문에 많은 사람들이 모였고, 집안마다 내키지 않아도 대표로 한 명씩은 참석했기 때문이다.

웰랜드 부인이 말했다. “컵 레이스 데이로 하지 않다니 별일이네! 이 년 전에 줄리아 밍고트가 오후 무도회 겸 다과회를 여는 날에 그이들이 흑인을 위해서 파티를 열었던 거 기억하세요! 이번에는 다른 행사랑 겹치지 않으니 다행이군요. 우리 중 몇 사람은 가야 할 테니.”

웰랜드 씨가 신경질적으로 한숨을 내쉬었다. “‘우리 중 몇 사람’이라니, 한 명으로는 부족하단 말이오? 3시면 어중간한 시간인데. 약을 시간 맞춰 먹으려면 3시 반 전에는 집을 나설 수가 없다고. 벤컴이 새로 처방해 준 약은 시간을 칼같이 딱 맞춰 먹지 않으면 아무 효과도 없단 말이오. 그렇다고 당신을 먼저 보내면 난 마차를 타고 갈 수 없을 테고.” 여기까지 생각이 미치자 그는 다시 나이프와 포크를 내려놓았고, 잔주름이 자글자글한 뺨이 근심으로 확 달아올랐다.

“당신이 가실 필요 없어요, 여보.” 아내가 몸에 배어 습관이 된 명랑한 태도로 대답했다. “벨뷰 가 반대편 끝에 전할 카드가 몇 장 있어서 저도 3시 반쯤 되어야 들를 수 있을 테고, 가엾은 에이미가 서운하지 않을 정도는 머물러 있을 거예요.” 그녀는 주저하며 딸에게 시선을 돌렸다. “그리고 뉴랜드가 오후에 계획이 있다면 메이가 당신을 조랑말 마차로 태워다 드릴 수 있을 거고요. 새 황갈색 마구를 한번 써 볼 수도 있을 테지요.”

웰랜드 가에서는 비는 시간을 반드시 웰랜드 부인의 표현대로 ‘계획이 있다.’고 표현했다. 박애주의자들이 늘 실업자들의 유령을 떨쳐 버리지 못하듯, 부인은 항상 ‘무료하게 시간을 때워야’ 할 상황이 올지 모른다는 두려움에 시달렸다. 부인의 또 한 가지 원칙은 부모가 절대로, 아니면 적어도 겉으로 티가 나게 결혼한 자식들의 생활에 끼어들어서는 안 된다는 것이었다. 웰랜드 씨가 요구하는 절박한 사정 때문에 메이의 독립된 생활을 존중하는 자세를 바꾸는 어려운 일을 해내려면, 먼저 웰랜드 부인 자신의 시간이 단 일 초라도 비어 있지 않도록 교묘하게 짜 놓아야 했다.

"아빠를 태워 드리는 것쯤이야 어렵지 않죠. 뉴랜드는 뭔가 할 일을 찾아낼 거예요." 메이는 남편에게 그가 반응을 보이지 않았음을 부드럽게 일깨우는 어조로 말했다. 웰랜드 부인은 사위가 무엇을 하며 하루를 보낼지 미리 생각해 두지 않는다는 것이 늘 마음에 걸렸다. 그는 부인의 집에서 보름을 지내면서, 오후를 어떻게 보낼 생각이냐는 질문을 받으면 이런 기묘한 대답을 한 적이 벌써 한두 번이 아니었다. "아, 기분 전환을 위해 시간을 보내기보다는 아껴 둘 생각입니다." 한번은 부인과 메이가 오래 미뤄 두었던 오후 방문을 한 차례 돌고 왔더니, 그는 집 뒤쪽 해변의 바위 아래 오후 내내 누워 있었다고 고백했다.

"뉴랜드는 당최 앞일은 생각을 안 하는 것 같아." 웰랜드 부인이 언젠가 딸에게 큰맘 먹고 불평을 털어놓자, 메이가 차분하게 대답했다. "그렇지 않아요. 특별히 할 일이 없을 때는 책을 읽으니까, 문제는 없어요."

"오, 그래, 자기 아버지처럼 말이지!" 웰랜드 부인은 이상한 성격이 유전이라면 봐주겠다는 투로 동의했다. 그 이후로는 뉴랜드가 할 일 없이 빈둥거리는 문제는 수면 아래로 가라앉았다.

그럼에도 불구하고 실러턴 가 모임 날짜가 다가오자, 메이는 그가 잘 지낼지 걱정스러운 기색을 감추지 못했다. 그녀는 자기가 잠시 집을 비울 동안 치버스 가에서 테니스 경기를 하든가 줄리어스 보퍼트의 커터 형 범선[1]을 타러 가면 어떻겠느냐고 제안했다. "6시까지는 돌아올 거예요. 아빠는 그보다 늦은 시간에는 마차를 타지 않으시니까요." 그녀는 아처가 소형 무개 마차 한 대를 빌려 그녀의 브루엄에 쓸 두 번째 말을 찾으러 종마 사육장까지 가 볼 생각이라고 말하자 그제야 마음을 놓았다. 그들은 요즘 새 말을 찾는 중이었으므로, 꽤 괜찮은 생각이라고 여겨져 메이는 이렇게 말하듯이 어머니를 쳐다보았다. "이제 그이가 자기 시간을 우리 중 누구보다도 더 잘 계획해서 쓸 줄 안다는 걸 아셨겠지요."

종마 사육장과 브루엄에 쓸 말 생각은 에머슨 실러턴의 초대장 얘기가 처음 나온 바로 그날 아처의 마음속에 떠올랐다. 그러나 마치 그 계획 속에 뭔가 비밀스러운 요소가 숨어 있어서, 발각되면 실행에 옮기지 못하기라도 할 것처럼 속으로만 간직해 왔다. 그러면서도 미리 평지로 18마일 정도는 아직 뛸 여력이 있는 늙은 대여용 말 한 쌍이 끄는 소형 무개 마차를 예약하는 사전 조치를 취해 두었다. 2시가 되자 그는 서둘러 점심상에서 일어나 가벼운 마차를 몰고 나갔다.

그늘 하나 없이 맑디맑은 날씨였다. 북쪽에서 불어오는 산들바람이 군청색 하늘을 가로질러 작은 흰 구름을 몰고 가는 아래로 눈부신 바다가 펼쳐졌다. 이 시간이면 벨뷰 가는 텅 비었다. 아처는 밀 가 모퉁이에서 마부를 내려 준 후, 올드 비치 로드로 내려가서 이스트맨 해안을 가로질러 마차를 몰았다.

1) 돛대가 하나 있는 소형 쾌속 범선.

그는 학교 반공일에 낯선 곳으로 떠날 때처럼 설명할 수 없는 흥분을 느꼈다. 느긋하게 말을 몰아 가면 3시 전에 파라다이스 록 너머 멀지 않은 곳에 있는 말 사육장에 닿을 수 있을 것이라고 예상했다. 그러면 살 듯한 태도로 말을 구경한 후에도 마음껏 쓸 수 있는 금쪽같은 시간이 네 시간이나 있다.

그는 실러턴 가 파티 소식을 듣자마자 맨슨 후작 부인도 블렌커 가 사람들과 함께 당연히 뉴포트에 올 것이고, 올렌스카 부인은 이를 기회 삼아 또 할머니와 하루를 보낼 것이라고 추측했다. 어찌 되든 간에 블렌커 가의 집은 비게 될 테니, 위험을 무릅쓰지 않고도 그 집에 대한 막연한 호기심을 채울 수 있을 것이다. 올렌스카 백작 부인을 다시 만나고 싶은지 어떤지 자신도 확실히 알 수가 없었다. 그러나 만 위쪽 길에서 그녀를 본 후로, 그녀가 사는 곳을 보고, 여름 별장에서 실제 모습을 보았던 때처럼 상상만 하던 모습이 움직이는 것을 눈으로 확인하고 싶은 마음을 억누를 길이 없었다. 자나 깨나 그 소망이 마음속에서 떠나지 않았다. 병자가 변덕이 일어 과거에 맛을 본 적이 있지만 오랜 세월 잊고 살았던 음식이나 음료를 갑자기 찾듯이, 뭐라 콕 집어 말하기 어렵지만 끈질긴 갈망이었다. 그는 올렌스카 부인과 얘기를 나누고 싶은 것인지 아니면 단순히 목소리를 듣고 싶은지도 알지 못했으므로, 그 갈망 너머에 무엇이 있는지, 혹은 그것이 어디로 이어질지는 알 수 없었다. 단지 그녀가 발 디뎠던 장소의 환영과 그 장소를 둘러싼 하늘과 바다의 모습을 떨쳐 낼 수만 있다면, 다른 세상이 덜 공허하게 느껴질지 모른다는 생각뿐이었다.

그는 말 사육장에 도착했으나, 힐끗 둘러만 보고도 자기가 원하는 것은 말이 아니었음을 깨달았다. 그럼에도 불구하고 그는 서두르지 않는다는 것을 스스로에게 보여 주려는 듯 사육장을 한 바퀴 돌았다. 그러나 3시가 되자 고삐를 휘둘러 포츠머스로 가는 샛길로 접어들었다. 바람이 잦아들었고, 지평선의 희미한 아지랑이를 보니 안개가 물때를 타 새커닛 강으로 스며들기만 기다리고 있었으나, 주변의 들판과 숲은 온통 금빛 햇살로 가득했다.

그는 과수원의 회색 지붕 농가들을 지나, 건초 밭과 떡갈나무 숲을 지나, 하늘을 찌를 듯 높이 솟은 흰 첨탑이 있는 마을들을 지나, 들판에서 일하는 일꾼들에게 길을 묻느라 잠시 마차를 세운 후, 마침내 미역취꽃과 검은딸기가 무성한 높은 둔덕들 사이 샛길로 들어섰다. 샛길 끝에서는 푸른 강이 어렴풋이 빛났다. 왼쪽으로 떡갈나무와 단풍나무 숲 앞, 물막이 판자에 칠한 흰색 페인트가 다 벗겨진 채 쓰러져 가는 집 한 채가 눈에 띄었다.

대문 앞으로 난 길가에는 뉴잉글랜드 사람들이 농기구를 숨겨 놓고 손님들이 자기들 말을 매어 놓는 문이 없는 헛간이 서 있었다. 아처는 마차에서 내려 말을 헛간으로 끌고 들어가 말뚝에 매어 놓고 집 쪽으로 향했다. 집 앞 잔디밭은 잡초밭이나 다름없는 꼴이었으나, 왼쪽에는 달리아와 녹병에 걸린 장미 덤불이 빽빽이 자란 회양목 정원이 한때는 흰색이었지만 지금은 귀신이 나올 듯한 격자 세공한 집을 둘러싸고 있었다. 집 꼭대기에 세워진 큐피드의 활과 화살은 어디론가 없어졌으나, 헛되이 과녁을 겨냥한 자세는 그대로였다.

아처는 잠시 문에 기대어 섰다. 아무도 보이지 않았고, 열려 있는 집 창문에서도 아무런 소리가 들려오지 않았다. 문 앞에서

졸고 있는 회색 뉴펀들랜드 종 개도 화살을 잃은 큐피드처럼 도움이 안 되기는 매일반일 것 같았다. 이 조용하고 퇴락한 집이 소란스러운 블렌커 가의 집이라니 이상한 일이었다. 그러나 아처는 잘못 찾지는 않았다고 확신했다.

경치에 취해 거기 한참 서 있노라니 점점 졸음이 왔으나, 마침내 시간이 흘렀다는 느낌에 퍼뜩 깨어났다. 경치 구경도 할 만큼 했으니 이제 가야 하나? 그는 결정을 내리지 못하고 서성이다가, 갑자기 올렌스카 부인이 앉아 있었던 방을 그려 볼 수 있도록 집 내부를 보고 싶은 충동을 느꼈다. 문까지 걸어가서 종을 울리지 못할 이유가 없었다. 만약 그녀가 다른 식구들과 함께 나가고 없다면, 자기 이름을 대고 허락을 얻어 거실로 들어가 메시지를 한 줄 적고 나오면 될 것 같았다.

그러나 그는 그렇게 하지 않고 잔디밭을 가로질러 회양목 정원 쪽으로 갔다. 정원으로 들어가는데 별장 안에 뭔가 밝은 색깔의 물체가 언뜻 보였다. 분홍색 양산이었다. 그 양산은 그를 자석처럼 끌어당겼다. 그녀의 것이 틀림없었다. 그는 별장 안으로 들어가 기우뚱거리는 의자에 앉아서 명주 천으로 된 우산을 집어 들어 조각을 새긴 손잡이를 들여다보았다. 손잡이는 그윽한 냄새를 풍기는 희귀한 나무로 만들어졌다. 아처는 손잡이를 들어 입술에 댔다.

회양목 반대편에서 치맛자락 바스락거리는 소리가 들려왔으나, 그는 양산 손잡이를 꽉 쥔 채 꼼짝도 하지 않고 앉아서 소리가 점점 더 가까워져도 눈을 들지 않았다. 언젠가 기어코 이런 날이 올 줄 알았다…….

"오, 아처 씨!" 젊은 목소리가 요란하게 귀청을 울렸다. 올려다보니 그의 앞에 블렌커 집안 딸들 중에서 가장 뚱뚱한 막내딸이 금발을 풀어헤쳐 산발을 하고 모슬린 옷은 흙투성이가 된 모습으로 서 있었다. 한쪽 뺨에 남은 빨간 자국으로 보아 방금 전까지 베개에 누워 있었던 것 같았다. 그녀의 반쯤 잠에 취한 눈은 반갑다기보다는 어리둥절한 기색으로 그를 향했다.

"세상에, 어디에서 오신 거예요? 제가 해먹에서 잠이 아주 깊이 들었나 봐요. 다른 사람들은 모두 뉴포트에 가고 없답니다. 초인종을 울리셨어요?" 그녀는 두서없이 질문을 던졌다.

아처는 그녀보다 더 당황했다. "저는…… 아니…… 그러니까, 지금 막 왔습니다. 말을 좀 보러 섬에 올 일이 있어서, 겸사겸사 블렌커 부인과 손님들을 뵈려고 왔죠. 그런데 집이 빈 것 같아서…… 그래서 앉아서 기다리고 있었답니다."

블렌커 양은 잠기운을 떨어 내고 한층 관심을 갖고 그를 보았다. "집은 비어 있어요. 어머니는 여기 안 계세요. 후작 부인도 그렇고……. 저 말고는 아무도 없어요." 그녀는 눈빛에 약간 비난의 기색을 담았다. "실러턴 교수님 부처께서 어머니와 우리 모두를 위해 오늘 오후 가든파티를 여시는데 모르셨어요? 전 갈 수 없어서 얼마나 속상했다고요. 목이 아파서요. 어머니는 저녁에나 집에 오게 될 테니 무리라고 걱정하셨어요. 이렇게 실망스러운 경험을 해 본 적 있으세요?" 그녀는 명랑하게 덧붙였다. "물론 당신이 오실 줄 알았더라면 그렇게 실망하지 않았겠지요."

둔한 몸짓으로 교태를 부리려는 눈치가 보이자, 아처는 이를 막아야겠다고 생각했다. "그런데 올렌스카 부인도 뉴포트에 갔나요?"

블렌커 양은 놀란 얼굴로 그를 쳐다보았다. "올렌스카 부인이라고요? 연락을 받고 떠났는데, 모르셨어요?"

"연락을 받고 떠났다고요?"

"앗, 내 제일 좋은 양산이! 케이티 언니가 자기 리본과 어울린대서 빌려 주었더니 칠칠맞게 여기에 흘려 놨네. 우리 집 여자들은 하나같이 이 모양이라니까……. 진짜 보헤미안들이야!" 그녀는 억센 손으로 양산을 바로잡아 펴서 머리 위로 장밋빛 둥근 지붕을 쳐들었다. "예, 엘렌은 어제 떠났어요. 우리더러 자기를 엘렌이라고 불러도 좋다고 했답니다. 보스턴에서 전보가 왔어요. 이틀쯤 가 있어야 할 거라고 하던데. 엘렌은 머리를 참 예쁘게 만져요. 그렇게 생각지 않으세요?" 블렌커 양은 쉬지 않고 재잘거렸다.

아처의 눈은 그녀를 향해 있었지만, 실제로는 아무것도 보지 않았다. 그의 눈에 들어오는 것이라고는 킬킬대는 그녀의 머리 위로 분홍 그늘을 만든 싸구려 양산뿐이었다.

잠시 후 그가 용기를 내어 입을 열었다. "올렌스카 부인이 왜 보스턴에 갔는지 혹시 아십니까? 나쁜 일 때문은 아니었으면 좋겠군요."

그녀는 이 말에 쾌활하게 답했다. "아유, 그럴 리가 없어요. 전보 내용에 대해서는 말해 주지 않았어요. 내 생각에는 후작 부인 귀에 들어가는 게 싫어서였을 것 같아요. 엘렌은 정말 낭만적으로 생기지 않았어요? 「제럴딘 부인의 구애」[2]를 읽고 있을 때는 스콧시던스 부인[3]같이 보여요. 엘렌의 시 낭송 들어 보셨어요?"

아처는 복잡한 머릿속을 정리하느라 바빴다. 자기 미래가 갑자기 눈앞에 펼쳐지는 듯했다. 끝없이 공허한 삶을 보내면서 아

---

2) 엘리자베스 배럿이 1844년 쓴 시.

3) 1844~1896. 영국의 여배우.

무런 사건도 겪지 않은 채 늙어 갈 한 남자의 모습이 보였다. 그는 어스름이 깔리는 황량한 정원, 쓰러져 가는 집, 떡갈나무 숲을 둘러보았다. 올렌스카 부인을 꼭 찾아낼 것만 같은 장소였다. 그러나 그녀는 멀리 가 버렸고, 분홍 양산조차 그녀의 것이 아니었다…….

그는 눈살을 찌푸리고 망설였다. "실은 내일 보스턴에 갈 일이 있습니다. 혹시 그녀를 만날 수 있을까 해서……."

블렌커 양은 여전히 미소를 띠고 있었지만, 아처에게 흥미를 잃고 있음이 분명했다. "아, 물론 가능하죠. 친절도 하셔라! 엘렌은 파커 하우스에 묵을 거예요. 이런 날씨에 그런 곳에 있으려면 죽을 맛일 텐데."

그 후 주고받은 대화는 간간이 기억날 뿐이었다. 가족들이 돌아오기를 기다렸다가 함께 차를 마시고 가라고 그녀가 끈질기게 권유했던 것만 기억할 수 있었다. 결국 그는 그녀가 옆에서 지켜보는 가운데 목제 큐피드의 화살이 닿을 거리를 벗어나 말을 풀고 마차를 출발시켰다. 샛길을 도는 모퉁이에서 문가에 서서 분홍 양산을 흔드는 블렌커 양의 모습이 보였다.

23

다음 날 아침 아처는 폴 리버 열차에서 내려 열기로 후끈한 한여름의 보스턴에 나타났다. 역 근처의 거리에는 맥주와 커피, 썩어 가는 과일 냄새가 진동했고, 셔츠 바람의 사람들이 욕실로 향하는 하숙생들처럼 거리낌 없는 태도로 냄새 속을 오갔다.

아처는 승객용 마차를 한 대 잡아 아침을 먹으러 서머싯 클럽으로 갔다. 유럽의 도시들이라면 아무리 지독한 무더위에도 품위를 잃지 않겠지만, 보스턴에서는 이 상류사회 사람들이 모이는 곳조차도 제집 안방인 양 흐트러진 분위기를 풍겼다. 사라사로 지은 옷을 입은 관리인들이 부잣집 문간에 축 늘어져 기대 있었고, 커먼 공원은 프리메이슨 집회가 있는 날 아침의 공원 같았다. 엘렌 올렌스카가 있을 것 같지 않은 장소를 그려 본다면, 이 더위에 지쳐 한산한 보스턴보다 더 그녀에게 어울리지 않는 곳은 없을 것 같았다.

그는 멜론 한 조각으로 시작하여 토스트와 스크램블 에그가 나오기를 기다릴 동안 조간신문을 꼼꼼하게 읽으면서 격식을 차려 맛있게 아침 식사를 했다. 그는 간밤에 메이에게 보스턴에 볼일이 있어서 그날 밤 폴 리버 증기선을 타고 다음 날 아침 뉴욕으로 가야겠다고 말한 이후로 죽 새로운 활력과 생기에 사로잡혀 있었다. 다들 그가 주초에 뉴욕으로 돌아가게 될 거라고 알고 있었다. 그런데 그가 포츠머스에서 돌아와 보니 운명이 복도 탁자 위에 눈에 띄게 놓아 둔 것처럼 사무실에서 편지 한 통이 와 있어, 갑자기 계획을 변경했어도 전혀 의심을 사지 않았다. 그는 모든 일이 너무 쉽게 풀려서 겸연쩍은 마음마저 들었다. 마음이 불편해지면 로렌스 레퍼츠가 마음껏 놀아나기 위해 능수능란하게 꾸며 내던 계략이 생각났다. 그러나 더 깊이 파고들 기분이 아니었으므로, 이런 생각으로 오래 심란해하지는 않았다.

식사를 마친 후 그는 담배를 한 대 피워 물고 《커머셜 애드버타이저》[1]를 훑어보았다. 그러는 동안 아는 사람들이 두셋 들어와 그와 인사를 주고받았다. 그가 시간과 공간의 그물을 빠져나온 듯한 기묘한 기분을 느끼고 있다 해도, 결국은 같은 세상이었다.

시계를 보니 9시 반이어서 일어나 서재로 들어갔다. 거기에서 몇 자 적은 다음, 사환에게 파커 하우스까지 마차를 타고 가서 답장을 받아 오라고 일렀다. 그런 다음 다른 신문을 펴들고 앉아서 마차를 타고 파커 하우스까지 가는 데 얼마나 걸릴 지 따져 보았다.

1) 판매 중인 상품과 역마차, 기차, 배의 일정표를 주로 싣는 신문.

"숙녀분께서는 외출하셨답니다." 바로 곁에서 갑자기 사환의 목소리가 들렸다. 그는 더듬더듬 되물었다. "외출했다고?" 마치 그 말이 다른 언어인 듯이.

그는 일어나서 홀로 나갔다. 뭔가 착오가 틀림없었다. 이런 시각에 외출했을 리가 없다. 그는 자신의 어리석음에 화가 치밀어 올라 얼굴이 시뻘게졌다. 왜 도착하자마자 전갈을 보내지 않았을까?

그는 모자와 지팡이를 찾아들고 거리로 나왔다. 먼 나라에서 온 여행자가 된 듯 갑자기 도시가 낯설고 광막하고 황량하게 보였다. 그는 잠시 문간에 서서 망설인 끝에, 파커 하우스로 가기로 결심했다. 사환이 잘못 알았고, 그녀가 아직 거기 있다면 어쩔 것인가?

그는 커먼 광장을 가로질러 걷기 시작했다. 나무 아래 첫 번째 벤치에 그녀가 앉아 있는 모습이 보였다. 그녀는 머리 위에 회색 비단 양산을 쓰고 있었다. 어떻게 분홍 양산이 그녀 것이라고 생각할 수가 있었을까? 그는 다가가면서 그녀의 기운 없는 모습에 놀랐다. 그녀는 할 일이 달리 아무것도 없다는 자세로 거기 앉아 있었다. 그는 그녀의 축 처진 옆모습, 어두운 색의 모자 아래 목 위에 낮게 묶은 머리 매듭, 양산을 든 손에 낀 구겨진 장갑을 보았다. 그가 두어 발짝 더 다가가자, 그녀가 몸을 돌려 그를 보았다.

"아……." 그녀가 입을 열었다. 그는 처음으로 그녀의 얼굴에서 놀란 표정을 보았다. 그러나 다음 순간 놀라움은 사라지고 경이와 기쁨에 찬 미소가 천천히 번졌다.

"아……." 그녀가 다시 이번에는 다른 어조로 뭔가 말할 듯 입을 달싹거렸고, 그는 계속 서서 그녀를 내려다보았다. 그녀는 일어서지 않고 그가 벤치에 앉도록 자리를 내주었다.

"볼일이 있어서 왔습니다. 지금 막 도착했어요." 아처가 설명했다. 그는 이유도 모른 채 갑자기 그녀를 보고 놀란 척하기 시작했다. "하지만 도대체 이런 황무지에서 당신은 무얼 하고 있는 거죠?" 그는 지금 무슨 말을 하고 있는지 자기도 몰랐다. 한없이 먼 거리를 사이에 두고 그녀에게 고함을 지르는 기분이었고, 따라잡기 전에 그녀가 다시 사라져 버릴 것만 같았다.

"저요? 아, 저도 볼일이 있어서 왔지요." 그녀가 대답하면서 그쪽으로 머리를 돌려, 그들은 서로 마주 보게 되었다. 그의 귀에 그녀의 말은 거의 들어오지 않았다. 그녀의 목소리만을 느낄 뿐이었다. 그 목소리의 울림이 그의 기억 속에 남아 있지 않았다는 사실에 놀랐다. 그녀의 목소리가 약간 거칠게 울리는 저음이라는 것조차 기억에 없었다.

"머리 모양을 바꾸었군요." 이 말을 하면서도 뭔가 돌이킬 수 없는 말을 내뱉기라도 하는 양 가슴이 두방망이질 쳤다.

"바뀌었다고요? 아니에요. 나스타샤가 없을 때 내가 제일 잘할 수 있는 머리 모양이라서 했을 뿐이에요."

"나스타샤와 함께 있지 않다고요?"

"예, 저 혼자예요. 겨우 이틀인데 굳이 그 애까지 데려올 필요는 없었으니까요."

"혼자서…… 파커 하우스에 있습니까?"

그녀는 예전의 적의를 확 드러내며 그를 쳐다보았다. "위험하다고 생각하나요?"

"아뇨. 위험하지 않습니다."

"그러면 관습에 어긋나서요? 저도 알아요. 그렇겠지요." 그녀는 잠시 생각에 잠겼다. "훨씬 더 관습에 어긋나는 짓도 한 다음이라서 그건 생각도 못 했어요." 그녀의 눈에 희미하게 빈정거리는 기색이 감돌았다. "난 지금 막 상당한 액수의 돈을 돌려받기를 거절한 참이에요. 내 것이지만."

아처는 벌떡 일어나 두어 발짝 물러섰다. 그녀는 양산을 접고 멍하니 자갈길 위에 그림을 그렸다. 그는 곧 돌아와서 그녀 앞에 섰다.

"누군가가…… 여기에 당신을 만나러 왔나요?"

"그래요."

"이 제안을 가지고?"

그녀는 고개를 끄덕였다.

"그런데 당신은 거절했다……, 조건이 안 맞아서?"

"거절했어요." 그녀는 잠시 있다가 말했다.

그는 다시 그녀의 옆에 앉았다. "조건이 뭐였소?"

"아, 번거로운 것은 아니었어요. 가끔씩 그의 식탁 여주인 자리에 앉아 주는 것뿐이죠."

또 다시 침묵이 흘렀다. 아처의 심장이 전에도 그랬듯이 기이하게 쿵쿵거렸다. 그는 할 말을 찾으려고 무진 애를 썼다.

"그는 당신이 돌아오기를 바라는군요……. 어떤 대가를 치르고서라도?"

"글쎄……, 상당한 대가였죠. 적어도 내게는 상당한 액수지요."

그는 꼭 필요한 질문을 찾아내느라 다시 말을 멈추었다.

"당신이 여기 온 건 그를 만나기 위해서였나요?"

그녀는 그를 빤히 쳐다보더니 웃음을 터뜨렸다. "그를 만난다고요? 남편을? 여기에서? 이맘때에는 항상 카우스나 바덴에 있는걸요."

"그럼 사람을 보냈나요?"

"그렇지요."

"편지를 주어서?"

그녀는 고개를 저었다. "아뇨, 그냥 전갈뿐이었어요. 그이는 편지를 쓰는 법이 없어요. 그이한테서 받은 편지는 고작해야 한 통뿐일걸요." 그 말에 담긴 암시에 그녀는 얼굴을 붉혔고, 아처도 덩달아 얼굴이 붉어졌다.

"왜 편지를 절대 안 쓰지요?"

"왜 그가 편지를 쓰겠어요? 비서는 뒀다 뭣에 쓰게요?"

아처의 얼굴은 더욱 새빨개졌다. 그녀는 비서라는 단어가 자기가 아는 한에서는 다른 어떤 의미도 없다는 투로 무심하게 입에 올렸다. 잠시 동안 이 말이 그의 입 끝에서 맴돌았다. "그렇다면 그가 자기 비서를 보냈단 말이죠?" 그러나 올렌스키 백작이 아내에게 보낸 유일한 편지가 너무나 생생하게 떠올라 말을 할 수가 없었다. 그는 다시 말을 끊었다가 대담한 질문을 던졌다.

"그러면 그 사람은?"

"밀사? 밀사 말이군요." 올렌스카 부인은 여전히 미소를 잃지 않고 대답했다. "벌써 떠났을지도 모르지만, 아무래도 상관없어요. 하지만 그는 오늘 저녁까지 기다리겠다고 했어요……. 만약 마음이 바뀌면……."

"그렇다면 당신은 그 기회를 잘 생각해 보려고 여기 나온 거요?"

"바람 좀 쐬려고 나왔어요. 호텔은 너무 답답해서요. 오후 기차를 타고 포츠머스로 돌아갈 거예요."

그들은 서로를 보지 않고 길을 오가는 사람들만 똑바로 바라보며 말없이 앉아 있었다. 마침내 그녀가 다시 그의 얼굴로 눈을 돌리더니 이렇게 말했다. "당신은 변하지 않았군요."

그는 이렇게 대답하고 싶었다. "변했었소. 당신을 다시 보기 전까지는." 그러나 그 말 대신 벌떡 일어서서 무더위에 지쳐 어수선한 공원을 둘러보았다.

"여긴 정말 못 참겠군요. 잠깐 만으로 나가지 않겠어요? 거기라면 산들바람이 불어서 좀 더 시원할 거요. 증기선을 타고 포인트 알리까지 가도 좋을 테고." 그녀가 주저하며 그를 올려다보자, 그가 말을 이었다. "월요일 아침이니 배에는 아무도 없을 거요. 내가 탈 기차도 저녁에나 출발할 테고. 난 뉴욕으로 돌아갑니다. 어떻소?" 그는 그녀를 내려다보며 고집스레 재촉하다가 갑자기 외쳤다. "우리가 할 수 있는 건 다 하지 않았나요?"

"아." 그녀가 다시 머뭇거렸다. 일어나서 양산을 펴고 마치 주변 경치에서 답을 구하기라도 하려는 듯 자기 주위를 휘둘러보더니, 그 자리에 계속 있을 수는 없겠다고 마음을 굳힌 것 같았다. 그런 다음 그의 얼굴로 다시 눈길을 돌렸다. "저에게 그런 말을 해서는 안 돼요." 그녀가 말했다.

"당신이 원한다면 무슨 말이든 하겠소. 아니면 한마디도 하지 않던가. 당신이 내게 말하지 않는다면 나도 입을 열지 않겠소. 누구한테 해가 되기라도 한단 말이오? 난 당신 얘기를 듣고 싶을 뿐이오."

그녀는 에나멜을 칠한 시곗줄에 달린 작은 금시계를 꺼냈다.

"아, 시간은 따져 보지 말고 오늘 하루는 그냥 나한테 맡겨 줘요! 당신을 그 남자로부터 멀리 떨어뜨려 놓고 싶소. 그가 몇 시에 온다고 했소?"

그녀의 얼굴이 다시 붉게 물들었다. "11시요."

"그럼 지금 갑시다."

"내가 가지 않겠다고 해도 기분 상해하지 말아요."

"당신도 간다고 기분 상할 것 없어요. 맹세컨대 당신 얘기를 듣고 당신이 어떻게 지냈는지 알고 싶을 뿐이오. 우리가 만난 지 100년은 된 것 같아요……. 다시 만나려면 또 100년이 흘러야 할지도 모르지."

그녀는 그의 얼굴을 불안한 눈빛으로 바라보면서 여전히 마음을 정하지 못했다. "내가 할머니 댁에 갔던 날, 왜 나를 데리러 해변으로 내려오지 않았죠?" 그녀가 물었다.

"당신이 돌아보지 않아서였지. 당신은 내가 거기 있는 것도 모르더군요. 당신이 돌아보지 않으면 나도 절대로 아는 척 않겠다고 마음먹었소." 그는 말해 놓고 보니 자기도 유치하다는 생각이 들어 웃고 말았다.

"하지만 난 일부러 돌아보지 않았다고요."

"일부러라고?"

"당신이 거기 있는 줄 알았어요. 당신이 마차를 타고 왔을 때 조랑말을 보고 알았지요. 그래서 해변으로 내려갔던 거예요."

"되도록 나한테서 멀리 떨어져 있으려고?"

그녀는 나지막이 되풀이했다. "할 수 있는 한 당신한테서 멀리 떨어져 있으려고 그랬어요."

그는 다시 이번에는 소년처럼 신나게 웃음을 터뜨렸다. "저런,

그럴 필요 없었는데. 다 털어놓는 게 낫겠군요. 내가 여기 온 볼일이라는 건 당신을 찾는 일이었다오. 그건 그렇고, 지금 출발하지 않으면 배를 놓치겠소."

"배라고요?" 그녀는 곤혹스럽게 이마를 찌푸리더니 미소를 지었다. "아, 하지만 난 먼저 호텔로 돌아가야 해요. 쪽지를 남겨 놓고 와야……."

"얼마든지 좋을 대로 하구려. 여기에서 써도 되잖소." 그는 지갑과 새 만년필 한 자루를 꺼냈다. "봉투까지 있소. 준비가 그야말로 완벽하지 않소! 자, 무릎 위에 잘 놓아요. 금방 펜을 준비해 줄 테니. 이 펜은 조심해서 잘 다뤄야 해요. 기다려 봐요……." 그는 펜을 쥔 손을 벤치 등에 대고 힘껏 쳤다. "온도계 수은을 흔들어서 떨어뜨리는 것과 비슷하지요? 그냥 눈속임일 뿐이지만. 자, 이제 써 봐요……."

그녀는 깔깔 웃으면서 그가 지갑 위에 펼쳐 준 종이 위로 몸을 구부리고 쓰기 시작했다. 아처는 몇 발짝 떨어져서 지나가는 행인들을 바라보았으나, 기쁨에 취한 그의 눈에는 아무것도 들어오지 않았다. 행인들은 또 그들대로 발길을 멈추고 커먼 광장에서 잘 차려입은 숙녀가 무릎 위에 쪽지를 놓고 쓰는 보기 드문 광경을 쳐다보았다.

올렌스카 부인은 봉투에 종이를 집어넣고 그 위에 이름을 쓴 다음, 주머니에 넣고 일어섰다.

그들은 비콘 가를 되짚어 올라갔다. 클럽 근처에서 그의 쪽지를 파커 하우스에 전해 주었던 플러시 천을 씌운 '허딕' 마차[2]가

2) 19세기 후반 미국에서 작은 말이 끌었던 합승 마차.

눈에 띄었다. 마부는 모퉁이 수돗가에서 이마의 땀을 씻으며 쉬고 있었다.

"모든 준비가 완벽하게 갖춰져 있다고 내가 말했지요! 여기 우리를 위해 마차까지 있잖소. 봐요!" 그들은 이런 시간에, 마차 승차장이 아직도 '외국의' 신기한 풍물 정도로 여겨지는 도시에서, 마차가 있을 것 같지 않은 이런 장소에서 합승 마차를 만난 기적 같은 일에 놀라워하며 웃음을 터뜨렸다.

아처는 시계를 보고 증기선 승선장에 가기 전에 파커 하우스에 들를 시간이 있겠다고 생각했다. 그들은 무더운 거리를 덜컹거리며 지나 호텔 문 앞에 섰다.

아처는 편지 쪽으로 손을 뻗었다. "내가 갖다 놓을까요?" 그가 물었지만 올렌스카 부인은 고개를 가로젓고 일어나서 광택이 나는 문으로 사라졌다. 얼추 10시 반이 가까웠다. 그러나 그녀의 회답을 기다리다 지친 밀사가 남는 시간을 달리 주체할 방법을 몰라서, 그녀가 들어갈 때 아처의 눈에 힐끗 띄었던 여행객들 틈에 차가운 음료를 들고 벌써 끼어 앉았다면?

그는 허덕 마차 앞을 왔다 갔다 하면서 기다렸다. 나스타샤와 눈이 닮은 시칠리아 젊은이 하나가 그에게 다가와 구두를 닦으라고 권했고, 아일랜드 부인네는 복숭아를 팔려고 했다. 몇 분 간격으로 문이 열리면서 밀짚모자를 뒤로 젖혀 쓴 더위에 찌든 남자들이 쏟아져 나와서 그를 흘깃거리며 지나쳤다. 그는 문이 그렇게 자주 열리고, 문에서 나오는 사람들이 서로 너무나 닮았고, 그 시간에 미국 땅 구석구석에서 호텔 문을 앞뒤로 흔들며 쉴 새 없이 드나드는 다른 많은 더위에 찌든 사람들과도 너무나 닮은 데 놀랐다.

바로 그때, 다른 얼굴들과 동류로 묶을 수 없는 얼굴이 갑자기 나타났다. 그는 왔다 갔다 하면서 제일 먼 지점까지 가 있던 참이어서 그 얼굴을 자세히는 보지 못했다. 야위고 지쳤으나 활달하면서도 놀란 듯하고, 턱이 홀쭉하고 온화한 얼굴, 동시에 수많은 다른 모습을 보여 주는 그 얼굴은 그가 호텔 쪽으로 다시 발길을 돌린 순간 어슷비슷한 얼굴들 속에서 튀어나왔다. 그것은 한 젊은이의 얼굴로, 창백했고 더위 탓인지 근심이 있어서인지 아니면 두 가지 다 때문인지 기운을 잃었지만 어딘가 더 민첩하고 생생하며 또렷하게 보였다. 어쩌면 그가 다른 사람들과 너무나 달랐기 때문에 그렇게 보였을지도 모른다. 아처는 잠시 희미한 기억을 더듬었으나 지나쳐 간 그 얼굴의 정체를 찾아내지 못하고 흘려보냈다. 분명히 외국인 사업가로 보이는 얼굴이었고, 이런 배경에서는 더욱 두드러져 보였다. 그는 인파 속으로 사라졌고, 아처는 다시 왔다 갔다 하는 일로 되돌아왔다.

그는 호텔이 보이는 거리 안에서 손에 시계를 든 모습을 보이고 싶지 않았다. 그는 시계를 보지 않고 시간이 얼마나 지났나를 따져 본 끝에 이런 결론을 내렸다. 올렌스카 부인이 너무 오래 돌아오지 않는다면, 밀사와 마주쳐서 그에게 붙잡혔다고 생각할 수밖에 없다. 여기 생각이 미치자 불안을 넘어 고통스러웠다.

"만일 곧 돌아오지 않는다면 들어가서 찾아봐야겠어." 그가 중얼거렸다.

문이 다시 활짝 열리더니 엘렌이 그의 곁으로 돌아왔다. 그들은 허딕 마차에 올랐다. 마차가 출발하자 시계를 꺼내어 확인해 보니 엘렌이 사라졌던 시간은 고작 삼 분에 불과했다. 헐거운 창문이 얘기를 나눌 수 없을 정도로 시끄럽게 덜컥거리는 소리를 들으며 그들은 울퉁불퉁한 자갈길을 달려 선창으로 향했다.

막상 승객이 반쯤 찬 배의 좌석에 나란히 앉으니 서로 할 얘기가 없었다. 아니면 그들이 하려는 말은 각자 고립되어 행복한 침묵에 빠져 있을 때에만 서로에게 가장 잘 전달되는 것인지도 몰랐다.

외륜이 돌고 부둣가와 배들이 후끈한 대기 속으로 멀어지기 시작하자, 아처는 오래된 익숙한 세계도 전부 멀어지는 기분이었다. 올렌스카 부인도 자기처럼 다시는 돌아오지 않을 긴 항해에 오르는 기분인지 물어보고 싶었다. 그러나 그 말이든 무슨 말이든 꺼내면 그에 대한 아슬아슬한 신뢰감을 망가뜨릴 것만 같아 두려웠다. 사실 그런 신뢰를 배반하고 싶은 마음은 조금도 없었다. 그들이 나누었던 키스의 추억은 한시도 잊히지 않고 그의 입술 위에 뜨겁게 남아 있었다. 포츠머스로 가기 바로 전날조차도 그녀를 생각하면 불꽃이 온몸을 훑고 지나가는 듯했다. 그러나 그녀가 곁에 있고 미지의 세계로 흘러가고 있는 지금, 손대면 산산이 흩어질 것만 같은 더 깊은 친밀감에 도달한 것 같았다.

배가 항구를 떠나 바다로 나가자 산들바람이 그들을 쓰다듬어 주었고, 배와 육지 사이의 바다는 매끄러운 파도로 길게 갈라지더니 잔물결이 되어 물보라를 날렸다. 도시는 여전히 후텁지근한 안개로 덮여 있었지만, 앞에는 잔물결이 이는 신선한 바다가 펼쳐졌고, 등대들이 햇빛을 받고 선 갑들이 멀리 보였다. 올렌스카 부인은 배 난간에 몸을 기대고 입을 벌려 시원한 공기를 들이마셨다. 모자에 긴 베일을 감고 있었으나 얼굴은 베일로 가리지 않았다. 아처는 그녀의 얼굴에 떠오른 평온하면서도 명랑한 표정에 놀랐다. 그녀는 그들의 모험을 당연한 일로 받아들이는 듯했고, 뜻밖에 누군가를 마주칠까 두려워하거나 (더 나쁜 일이지만) 그럴지 모른다는 기대에 기분이 들뜬 것 같지도 않았다.

그는 선실의 초라한 식당에 그들 둘뿐이기를 바랐으나, 순진해 보이는 젊은 남녀들의 시끌벅적한 파티가 한창이었다. 주인 말로는 휴일을 맞은 학교 선생들이라 했다. 아처는 이렇게 시끄러운 데서 얘기를 나눠야 한다고 생각하니 암담해졌다.

"여기는 안 되겠군. 별실을 달라고 해 보겠소." 그의 말에 올렌스카 부인은 전혀 반대하는 기색 없이 그가 별실을 찾으러 들어갈 동안 기다렸다. 별실에는 창문으로 바다가 내다보이는 긴 목제 베란다가 딸려 있었다. 방은 깔끔하고 시원했으며, 올이 성긴 체크무늬 식탁보를 덮은 식탁 위에는 피클 병과 블루베리 파이가 놓여 있었다. 남의 이목을 피하고 싶은 커플을 위한 피난처의 분위기를 노골적으로 풍기는 방이었다. 아처는 올렌스카 부인이 그의 맞은편에 앉으면서 보일락 말락 하게 지은 유쾌한 미소에서 안심한 기색을 본 것 같았다. 남편에게서 도망 나온 여자, 그것도 풍문으로는 다른 남자와 도망친 여자는 뭐든 태연하게 받아들이는 데 도가 텄는지도 모른다. 그러나 그 평온함에는 그의 신랄함을 한풀 꺾는 어떤 것이 있었다. 그렇게 조용하고 차분하며 순진한 그녀의 태도를 보고 있자니, 관습이야 잠시 접어두고 할 말이 산처럼 쌓인 옛 친구로서 둘만 있을 수 있는 공간을 찾는대도 이상할 것이 없다는 생각이 들었다…….

24

그들은 입을 다물고 있다가 사이사이 폭포처럼 말을 쏟아 놓으면서 천천히 생각에 잠겨 점심을 먹었다. 일단 주문이 풀리자 할 말이 많았지만, 때로는 말보다 침묵이 더 많은 것을 전하기도 했다. 말은 침묵으로 이루어진 긴 대화에 딸린 부속물에 불과한 순간들이 있었다. 아처는 특별히 이유가 있어서라기보다는, 그녀의 지난 일을 한마디도 놓치고 싶지 않아서 자기 얘기는 삼갔다. 그녀는 식탁에 기대어 맞잡은 두 손으로 턱을 괴고 그들이 만나지 못했던 일 년 반 동안의 일을 들려주었다.

그녀는 소위 '사교계'에 염증이 났다. 뉴욕은 친절했고 거의 숨이 막힐 정도로 환대를 베풀어 주었다. 자신을 얼마나 따듯이 맞아 주었는지 결코 잊지 못할 것이다. 그러나 처음 느꼈던 신기함이 가시고 나자, 그녀의 표현에 따르면 자기가 너무나 '달라서' 뉴욕의 관심사를 공유할 수가 없다는 것을 깨달았다. 그래서 다양한 사람들과 색다른 견해를 접할 수 있으리라 기대하고 워싱턴으로 옮겨 가기로 작정했다. 아마도 워싱턴에 정착하게 될 것이고, 불쌍한 미도라에게도 거처를 마련해 줄 것이다. 미도라는 다른 어느 때보다도 무모한 결혼을 할 가능성이 높아서 세심한 보살핌이 필요한 때였으나, 다른 친척들은 모두 인내심이 바닥난 상태였다.

"하지만 카버 박사는……, 당신이 걱정한 건 카버 박사 아니었소? 그가 블렌커 가에서 당신과 함께 묵고 있다고 들었는데."

그녀가 살짝 웃었다. "아, 카버 박사는 이제 위험하지 않아요. 아주 약은 사람이에요. 그는 자기 계획을 재정적으로 지원해 줄 부유한 아내를 원해요. 미도라 고모는 그저 개종자로서 광고를 톡톡히 해 주었을 뿐이죠."

"무엇으로 개종했다는 거요?"

"모든 종류의 새롭고 열광적인 사회 계획의 지지자로요. 하지만 아시다시피 전 우리 친구들 속에서 흔히 볼 수 있는 전통, 그것도 남의 전통에 맹목적으로 순응하는 태도보다 그런 계획들이 훨씬 더 흥미로워요. 겨우 다른 나라의 복사판으로 만들려고 미국을 발견했다면 한심한 얘기죠." 그녀는 식탁 너머에서 미소를 지었다. "크리스토퍼 콜럼버스가 셀프리지 메리 가 사람들과 오페라를 보러 가려고 그런 고생을 무릅썼을 것 같아요?"

아처는 정색을 했다. "그럼 보퍼트는……, 보퍼트에게도 이런 얘기를 하나요?" 그가 퉁명스럽게 물었다.

"그를 보지 못한 지가 꽤 되었어요. 하지만 했죠. 알아듣더군요."

"아, 내가 당신에게 늘 했던 말이 그거예요. 당신은 우리를 좋아하지 않아. 그리고 보퍼트가 우리와 너무나 다르다는 이유로 그를 좋아하는 거요." 그는 단출한 방을 둘러보고 텅 빈 해변과 해안을 따라 길게 줄지어 늘어선, 마을의 새하얀 집들을 내다보았다. "우린 지긋지긋하게 지루한 사람들이오. 개성도 없고, 색깔도 없고, 차이점도 없고……." 그러다가 불쑥 말했다. "왜 당신이 돌아가지 않는지 모르겠군요."

그녀의 눈빛이 어두워졌다. 그는 그녀가 분개해서 맞받아치기를 기다렸다. 그러나 그녀는 그의 말을 곰곰이 곱씹어 보는 것처럼 조용히 앉아 있었다. 아처는 그녀가 자기도 그 이유가 궁금하다고 받아치지 않을까 두려워졌다.

마침내 그녀가 입을 열었다. "당신 때문인 것 같아요."

그런 고백을 이보다 더 감흥 없이, 상대의 허영심을 전혀 기쁘게 해 주지도 않는 투로 할 수는 없을 것이다. 아처는 관자놀이까지 온통 새빨개져서 감히 움직이지도, 입을 열지도 못했다. 그녀의 말은 희귀한 나비 같아서 아주 가벼운 움직임에도 놀라 날개를 퍼덕이며 날아가 버릴 테지만, 그대로 두면 나비 떼가 모여들 것만 같았다.

그녀가 말을 계속했다. "당신은 적어도 그런 지루함 속에 아름답고 섬세하고 정교한 어떤 것이 숨어 있다는 사실을 내게 일깨워 주었어요. 내가 다른 삶에서 가장 좋아했던 것조차도 그에 비하면 싸구려로 보일 정도였어요. 어떻게 설명해야 할지 모르겠지만……." 그녀는 심경이 복잡한지 이마를 찌푸렸다. "가장 정묘한 기쁨을 얻으려면 얼마나 많은 어렵고 초라하고 천한 것들을 대가로 치러야 하는지 미처 몰랐나 봐요."

"가장 정묘한 기쁨이라……. 그런 것을 누려 왔다는 게로군!" 그는 이렇게 쏘아 주고 싶었으나, 그녀의 눈빛에 담긴 호소를 보고 입을 다물었다.

"당신에게는 아주 솔직해지고 싶어요. 저 자신에게도. 오랫동안 이런 기회가 오기만 기다렸어요. 당신이 나를 어떻게 도와줬는지, 당신이 나를 어떻게 바꿔 놨는지 말할 수 있도록……."

아처는 눈살을 찌푸린 채 앉아서 바라보다가, 웃으면서 그녀의 말에 끼어들었다. "그러면 당신이 나를 어떻게 바꿔 놨는지는 모르겠어요?"

그녀의 얼굴에서 약간 핏기가 가셨다. "당신을?"

"그래요. 내가 당신을 아무리 많이 바꿔 놨다 해도 당신이 나를 바꿔 놓은 것에 비하면 약과지요. 난 다른 여자가 시킨 대로 결혼한 사람 아니오."

그녀의 창백한 안색이 순식간에 확 붉어졌다. "당신이 오늘은 이런 말을 하지 않기로 약속했다고 생각했는데."

"아……, 여자들이란! 하여튼 나쁜 일은 절대 안 하겠군!"

그녀가 목소리를 낮추었다. "나쁜 일 아닌가요, 메이에게는?"

그는 창가에 서서 위로 올린 창문틀을 두드리면서 그녀가 사촌의 이름을 입에 올릴 때 묻어나는 애틋한 애정을 절실히 느꼈다.

"항상 그 생각을 해야 하잖아요……. 그렇지 않던가요? 당신도 말했지만……." 그녀가 강한 어조로 말했다.

"내가 말한 것?" 그가 멍한 눈길을 바다에 던진 채 되풀이했다.

그녀는 힘겹게 애써 자기 생각을 따라가면서 말을 이었다. "그렇지 않다면, 다른 사람들을 환멸과 불행에서 구하기 위해 많은 것을 버리고 포기한 것이 헛된 노력이라면……, 내가 가슴 사무치게 절감했던 것들이 모두 가짜거나 몽상에 불과하게 돼요. 예전 내가 있던 곳에서는 아무도 그런 것들을 신경 쓰지 않았기 때문에 내 다른 삶이 대조적으로 그렇게 빈약하고 초라했던 거예요……."

그는 자기 자리에서 움직이지 않고 몸을 돌렸다. "그렇다면 당신이 돌아가지 않을 이유가 아무것도 없지 않소?" 그는 대신 결론 내리듯 말했다.

그녀는 절박한 눈빛으로 그를 뚫어지게 바라보았다. "아무 이유도 없다고요?"

"당신이 내 결혼의 성사에 모든 것을 다 걸었다면 말이오. 내 결혼 생활을 보려고 여기 머물러 있을 필요는 없지 않소." 그가 매몰차게 말했다. 그녀가 아무 대답이 없자, 그가 다시 입을 열었다. "그럴 필요가 뭐가 있겠소? 당신은 나에게 진짜 삶을 처음으로 엿보게 해 주었으면서 동시에 가짜 삶을 계속 살라고 부탁했소. 그건 인간이 인내할 수 있는 한계를 넘는 거요. 더 할 말이 없소."

"아, 그렇게 말하지 말아요. 난 견디고 있는데!" 그녀가 눈에 눈물을 가득 담고 소리쳤다.

그녀는 팔을 식탁 위에 축 늘어뜨린 채 눈앞에 위험이 닥쳐도 상관 않겠다는 듯한 태도로 그의 시선에서 얼굴을 피하지 않았다. 그 얼굴은 그 뒤에 숨은 영혼까지, 그녀의 전 존재를 그대로 드러내 주었다. 아처는 그 얼굴에서 갑자기 전해 오는 느낌에 압도되어 말문이 막혔다.

"당신도 그랬다고……. 당신도 지금까지 죽 견디고 있었단 말이오?"

대답 대신 눈물이 그녀의 눈꺼풀에서 넘쳐흘러 아래로 굴러

내렸다.

그들은 여전히 방의 전체 너비에서 반 이상 거리를 사이에 두고 떨어져 있었고, 어느 한쪽도 전혀 움직이지 않았다. 아처는 자신이 그녀의 육체에 이상하리만치 무관심하다는 것을 깨달았다. 23번가의 작은 집에서 그가 그녀의 얼굴을 보지 않으려고 눈길을 옮겼던 때처럼 탁자 위에 내던진 그녀의 손이 우연히 그의 시선을 끌지 않았다면, 그 손을 의식조차 못했을 것이다. 이제 그의 상상이 소용돌이 가장자리를 돌듯이 손을 둘러싸고 뱅뱅 돌았다. 그러나 여전히 더 가까이 다가가려 하지는 않았다. 그는 애무할수록 사랑이 깊어지고 그럴수록 또 애무하고 싶어진다는 것을 알고 있었지만, 그런 더 솔직한 욕망이 육체적 접촉만으로 채워질 것 같지는 않았다. 섣불리 움직였다가 그녀의 말이 남긴 소리와 인상이 지워질까 두려울 따름이었다. 그의 머릿속에는 다시는 절대 완전히 혼자라고 느끼는 일이 없으리라는 생각뿐이었다.

그러나 잠시 후 시간을 허비하고 있다는 느낌이 더 강해졌다. 그들은 밀폐된 공간에 누구의 방해도 없이 단 둘만 있었다. 그러나 그들은 각자의 운명에 단단히 묶여 있어서 차라리 다른 세상 사람들 같았다.

"무슨 소용이 있겠소……, 당신이 돌아간다면?" 그는 그 말 아래에 내가 어떻게 하면 당신을 붙잡아 둘 수 있소? 라는 뜻의 절망적인 절규를 깔고 불쑥 말했다.

그녀는 눈을 내리깐 채 꼼짝도 하지 않았다. "아……, 난 아직 가지 않을 거예요!"

"아직은 아니라고? 그럼 언젠가는 갈 거란 말이오? 이미 그러기로 결심했다는 거요?"

그러자 그녀가 한없이 맑은 눈을 들었다. "약속할게요. 당신이 견디고 있는 한은 가지 않겠다고. 우리가 이렇게 서로를 똑바로 바라볼 수 있는 한은 떠나지 않을게요."

그는 의자에 주저앉았다. 그녀의 대답이 품은 속뜻은 이런 것이었다. "당신이 손가락 하나만 까딱해도 난 되돌아갈 거예요. 당신이 알고 있는 그 수렁으로, 당신이 다 가늠하지도 못할 모든 유혹으로." 그는 그녀가 입 밖에 내어 말한 이상으로 분명하게 이를 알아들었고, 그런 생각이 들자 신성하고 감동적인 무력감에 사로잡혀 자기 자리에 못 박힌 듯 움직이지 못했다.

"당신의 인생은 뭐란 말이오!" 그가 신음처럼 내뱉었다.

"아……, 내 삶이 당신 삶의 일부인 한."

"그러면 내 삶은 당신 삶의 일부가 되고?"

그녀가 고개를 끄덕였다.

"그러면 완전해진다……, 어느 쪽에게나?"

"예, 그렇지 않겠어요?"

그 말에 그는 그녀의 사랑스러운 얼굴 외에는 모든 것을 다 잊고 벌떡 일어섰다. 그녀도 그를 맞이하려 하지도, 그에게서 도망치려 하지도 않고, 최악의 임무를 다 마치고 이 순간만을 기다리고 있었다는 듯 조용히 일어섰다. 너무나 조용해서 그가 다가가자 손을 쭉 뻗는 동작이 막으려는 것이 아니라 그를 이끌려는 것 같았다. 그녀의 손은 그의 손에 붙잡혔으나, 팔은 완강히는 아니라도 체념한 얼굴에서 다 못한 말을 읽을 수 있을 만큼의 거리까지 그를 밀어냈다.

그 자세로 서 있은 지 오랜 시간이 지났는지, 단 몇 분이 지났는지도 알 수 없었다. 그러나 그녀가 침묵으로 해야 할 말을 남김 없이 전하고, 그가 중요한 단 한 가지 사실을 느끼기에는 충분한 시간이었다. 이 만남을 최후의 만남으로 만들 행동은 아무것도 해서는 안 되었다. 그들의 미래를 그녀에게 맡기고, 놓지 말고 꽉 잡고 있어 달라고 부탁하는 외에는 아무것도 해서는 안 되었다.

"불행해지면 안 돼요." 그녀가 자기 손을 빼내면서 갈라진 목소리로 말했다. 그가 대답했다. "돌아가지 말아요……. 안 돌아갈 거죠?" 그것만 아니라면 다 참고 견딜 수 있다는 듯이.

"돌아가지 않을게요." 그녀는 이렇게 말하고 몸을 돌려 문을 열고 식당으로 통하는 길로 나갔다.

시끌벅적한 학교 선생들은 제각기 부둣가로 달려가기에 앞서 자기 소지품들을 챙기는 중이었다. 해변 너머 부두에는 하얀 증기선이 서 있었다. 햇볕에 반짝이는 해수면 위로 보스턴이 아지랑이처럼 어렴풋이 모습을 드러냈다.

25

아처는 선상에서 다른 사람들 틈에 섞여 다시 한번 평온한 기분을 느꼈다. 그런 기분에서 힘을 얻는 한편, 그렇게 평온할 수 있다는 것이 놀랍기도 했다.

그날은 일반적인 관점에서 따진다면 어처구니없는 실패였다. 손에 입술 한번 대 보지도 못했고, 다음에 만날 기회를 약속하는 말 한마디 얻어 내지 못했다. 그런데도 이루지 못한 사랑으로 애끓이고, 열정을 쏟는 상대와 기약 없는 이별을 해야 하는 남자치고는 쑥스러울 정도로 침착하고 편안한 기분이었다. 그녀가 다른 사람들에 대한 도의와 서로에 대한 정직함 사이에서 훌륭하게 균형을 잡아 준 덕에, 그는 그렇게 흥분했다가도 평정을 찾을 수 있었다. 그녀의 눈물과 망설임에서 알 수 있듯이, 그것은 교묘하게 계산된 것이 아니라 하늘을 우러러 부끄럽지 않을 진실함에서 자연스럽게 우러난 균형이었다. 그의 마음은 달콤한 경외감으로 가득 찼다. 이제 위험은 다 지나갔다. 이기적인 허영심이나 닳아빠진 구경꾼들 앞에서 연기를 하고 있는 착각에 빠져 그녀를 유혹하고 싶은 충동을 이겨 낸 데 대해 운명에 감사했다. 폴 리버 역에서 작별 인사로 악수를 나누고 돌아선 후에조차도, 그들의 만남으로 잃은 것보다 구한 것이 훨씬 더 많다는 믿음은 여전했다.

그는 클럽까지 어슬렁거리며 걸어와서 인적 없는 서재에 홀로 앉아 그들이 함께한 시간을 한순간도 놓치지 않고 머릿속에서 이리저리 되새겨 보았다. 자세히 되새겨 볼수록 그녀가 결국 유럽으로, 남편에게로 돌아가기로 결심한다면 새로 제안 받은 조건이 있다 해도 과거의 생활에 이끌려서는 아니라는 생각이 점점 더 굳어졌다. 아니다. 그녀는 자신의 존재 때문에 아처가 그들 둘이 세운 기준에서 벗어나려는 유혹을 느낀다고 생각되면 가 버릴 것이다. 그녀의 선택은 그가 그녀에게 더 가까이 오라고 요구하지 않는 한 그의 곁에 머물겠다는 것이었다. 그가 그녀를 거기 그대로, 안전하지만 손 닿지 않는 곳에 둘 수 있는가에 달린 문제였다.

기차를 타고 달리는 동안 이런 생각이 내내 그의 머리를 떠나지 않으면서 일종의 금빛 안개처럼 그를 둘러쌌고, 주변의 얼굴들은 그 안개 너머로 멀고 흐릿하게 보였다. 옆의 여행객들에게 말을 건다면 그들은 그가 무슨 말을 하는지 이해하지 못할 것 같았다. 이렇게 몽롱한 상태에 빠져 다음 날 아침 깨어나면 뉴욕의 숨 막히는 9월의 현실이 눈앞에 있을 것이다. 긴 열차에서 더위에 지친 얼굴들이 줄지어 그를 지나쳐 갔고, 그는 여전히 금빛 안개 너머 그들을 멍하니 보기만 했다. 그러다가 갑자기 딴 세상의 것 같은 얼굴들 중 하나가 가까이 다가와 그의 의식을 뚫고 들어왔다. 그것은 전날 파커 하우스에서 보았던, 어떤 유형에도 속하지 않고 미국 호텔에서 흔히 마주칠 수 없는 젊은이의 얼굴이었다.

지금 그는 그때와 똑같은 인상을 받고 흐릿하게 뒤죽박죽된 전날의 기억을 다시 떠올렸다. 그 젊은이는 미국 여행을 와서 어찌할 바 모르는 외국인다운 태도로 주변을 둘러보고 있었다. 그러더니 아처에게 다가와 모자를 들어올리고 영어로 말했다. "저, 우리 런던에서 만난 적 있지 않습니까?"

"아, 맞아요, 런던에서!" 아처는 호기심과 동정심을 느끼며 그의 손을 꽉 잡았다. "결국 여기 왔군요?" 그는 이 카프리 가의 프랑스인 가정교사의 영리하면서 다소 핼쑥한 얼굴을 놀란 눈으로 쳐다보며 외쳤다.

"아, 여기 왔습니다. 그래요." 리비에르 씨는 입술을 찡그려 웃어 보였다. "하지만 오래 있지는 못합니다. 모레 돌아갑니다." 그는 단정하게 장갑을 낀 손에 가벼운 여행 가방을 들고 아처의 얼굴을 불안하고 당황스럽다 못해 거의 호소하는 눈빛으로 바라보았다.

"이렇게 선생님과 마주치다니 다행이군요. 괜찮으시다면……."

"그렇지 않아도 막 말씀드리려던 참이었는데, 점심을 함께하시지 않겠습니까? 시내에서 말입니다. 제 사무실로 찾아오시거든 그 동네에 있는 깔끔한 식당으로 모시겠습니다."

리비에르 씨는 퍽 놀라고 감동한 눈치였다. "정말 친절하시군요. 하지만 전 단지 짐을 어떻게 옮겨야 할지 좀 여쭤 보려던 것뿐입니다. 짐꾼도 없고, 물어볼 사람도 마땅치 않아서……."

"그러셨군요. 우리 미국 역을 보면 놀라실 만도 하죠. 짐꾼을 부르면 껌을 건네주는 식이지요. 하지만 따라오시면 제가 구해 드리지요. 그리고 정말로 저랑 점심을 함께하셔야 합니다."

젊은이는 잠시 망설이는 척하더니, 감사해 마지않으면서 선약이 있다고 대답했지만 사실 같지는 않았다. 그러나 어느 정도 길을 대충 파악하자, 그날 오후 방문해도 좋겠느냐고 물었다.

한여름이라 사무실은 한가했으므로, 아처는 시간을 정해 주소를 적어 주었다. 프랑스인은 과장된 몸짓으로 모자를 벗어 거듭 감사를 표하고 쪽지를 주머니에 넣었다. 그는 마차를 타고 떠났고, 아처는 걸어갔다.

리비에르 씨는 정확히 제시간에 면도를 하고 말쑥하게 몸단장을 했으나 여전히 긴장되고 심각한 표정을 풀지 못한 모습으로 나타났다. 아처는 사무실에 혼자 있었다. 리비에르 씨는 권한 자리에 앉기도 전에 불쑥 말을 꺼냈다. "어제 보스턴에서 선생님을 봤습니다."

아처는 대수롭지 않게 여기고 맞장구를 치려다가, 방문객의 집요한 시선에서 왠지 모르겠지만 그냥 넘길 수 없는 뭔가를 발견하고 말문이 막혔다.

"그런 상황에서 우리가 마주쳤다니 이상해요, 정말로 이상합니다." 리비에르 씨가 다시 말했다.

"그런 상황이라뇨?" 아처는 되물으면서 그가 돈을 요구할 셈인가 의심이 들었다.

리비에르 씨는 주저하는 눈빛으로 그를 유심히 살펴보며 말을 계속했다. "저는 지난번에 만났을 때 말씀드렸듯이 일자리를 찾으러 온 것이 아니라, 어떤 특별한 임무를 띠고 왔습니다."

"아!" 아처가 탄성을 내질렀다. 순간 그의 마음속에서 두 번의 만남이 연결되었다. 그는 갑작스레 밝혀진 상황을 정리하느라 잠시 말을 끊었고, 리비에르 씨도 이만하면 됐다고 느낀 듯 침묵을 지켰다.

"특별한 임무라." 아처가 드디어 되풀이해 말했다.

젊은 프랑스인은 손바닥을 펴서 가볍게 들어 보였다. 두 사람은 사무실 책상을 사이에 두고 서로를 보고만 있다가, 마침내 아처가 간신히 입을 열었다. "앉으시죠." 그러자 리비에르 씨는 절을 하고 멀찍이 떨어진 의자에 앉아 다시 기다렸다.

"나와 얘기를 나누고 싶었던 것도 그 임무 때문입니까?" 아처가 물었다.

리비에르 씨가 머리를 숙였다. "꼭 제 일 때문만은 아닙니다. 그 점에 대해서는 제 나름대로 충분히 처리했습니다. 괜찮으시다면 올렌스카 백작 부인에 대한 말씀을 드리고 싶습니다."

아처는 그 말이 나오리라고 짐작했다. 그러나 막상 그 이름이 나오자 덤불숲에서 나뭇가지에 걸리기라도 한 듯 피가 거꾸로 확 솟는 기분이었다.

"그러면 누구를 위해서 이 일을 하려는 겁니까?" 아처가 물었다.

리비에르 씨는 이 질문에도 전혀 동요하지 않았다. "글쎄요……, 백작 부인을 위해서라고 할까요. 외람된 말이 아니라면 말입니다. 아니면 이렇게 말해도 좋겠죠. 추상적인 정의를 위해서랄까."

아처는 그를 빈정거리는 눈으로 주시했다. "다시 말해서 당신이 올렌스키 백작의 밀사란 말이지요?"

그는 리비에르 씨의 창백한 얼굴이 빨갛게 물드는 모습을 보았다. "선생님에게는 아닙니다. 선생님에게 온 건 전혀 다른 이유 때문입니다."

"상황이 이럴진대, 당신에게 다른 어떤 이유가 있을 수 있겠소?" 아처가 힐문했다. "당신이 밀사라면 밀사인 게지요."

"제 임무는 끝났습니다. 올렌스카 백작 부인 문제라면 실패입니다."

"그 문제라면 도와줄 수 없소." 아처는 여전히 빈정대는 투로 대꾸했다.

"그러시겠지요. 하지만……." 리비에르 씨는 말을 멈추고 장갑을 낀 손으로 조심스레 모자를 돌려 안감을 들여다보다가 아처의 얼굴로 다시 눈을 돌렸다. "백작 부인의 가족들도 마찬가지로 단념하도록 도와주실 수는 있으리라 믿습니다."

아처는 의자를 뒤로 밀고 일어섰다. "내가 도와줄 거라고!" 그는 주머니에 손을 찌른 채 자그마한 체구의 프랑스인을 분노에 이글이글 타는 눈빛으로 내려다보았다. 리비에르 씨도 따라 일어났지만 그의 얼굴은 아처의 눈에서 1, 2인치 정도 아래 있었다.

리비에르 씨는 다시 평상시의 창백한 안색으로 되돌아왔다. 핏기 하나 없이 백짓장처럼 창백했다.

아처가 분노를 터뜨렸다. "올렌스카 부인과 나의 관계를 두고 그런 호소를 하는 모양인데, 대체 어째서 내가 그녀의 가족들과 생각이 다르다고 믿는 거요?"

잠시 동안 리비에르 씨의 대답은 그의 얼굴에서 드러난 표정의 변화뿐이었다. 그의 소심한 얼굴은 대단히 곤혹스러운 표정으로 바뀌었다. 평소 어떤 문제든 순발력 있게 잘 대처해 온 젊은이로서 속수무책이 된 꼴을 보이기는 힘들었을 것이다. "아, 선생님……."

아처가 말을 이었다. "백작 부인과 훨씬 더 가까운 사람들이 있는데 굳이 나한테 온 이유를 도통 모르겠군요. 당신이 가져온 문제에 내가 쉽게 접근할 수 있다고 생각하는 이유는 더더욱 모르겠고."

리비에르 씨는 이런 맹공격에 당황하여 안절부절못했다. "제가 선생님께 말씀드리고 싶었던 문제는 제 일이지 제가 띠고 온 임무가 아닙니다."

"그렇다면 더더욱 내가 들어야 할 이유는 없소."

리비에르 씨는 이 마지막 말이 모자를 쓰고 자리를 뜨라는 뜻인지 곰곰이 따져 보는 듯 다시 모자에 시선을 박았다. 그러더니 갑자기 결연하게 말했다. "선생님, 한 가지만 말씀해 주십시오. 선생님이 문제 삼으시는 것은 제가 여기 있을 권리입니까? 아니면 모든 문제가 이미 결판이 났다고 보시는 겁니까?"

그가 조용히 몰아붙이자, 아처는 자신이 서투르게 큰소리만 쳤다는 생각이 들었다. 리비에르 씨는 자기 요점을 효과적으로 들이댔다. 아처는 얼굴을 약간 붉히고 다시 의자에 앉아 그에게도 앉으라고 손짓했다.

"미안합니다만, 왜 그 문제가 끝나지 않았다는 겁니까?"

리비에르 씨는 괴로운 눈으로 그를 마주 보았다. "그렇다면 다른 가족분들처럼 제가 가져온 새로운 제안을 접한다면 올렌스카 부인도 남편에게로 돌아갈 가능성이 높다고 생각하십니까?"

"맙소사!" 아처가 탄식을 뱉자, 방문객은 나지막이 털어놓았다.

"백작 부인을 만나기 전에, 올렌스키 백작의 요청에 따라 로벨 밍고트 씨를 뵈었습니다. 그분하고는 보스턴에 가기 전에 몇 차례 얘기를 나누었습니다. 제가 보기에 그분은 자기 모친의 의견을 그대로 따르시고, 맨슨 밍고트 부인께서 가족 전체에 대단한 영향력을 행사하시는 것 같더군요."

아처는 미끄러운 절벽 끄트머리에 매달린 기분으로 말없이 있었다. 이런 협상에서 자신은 완전히 배제되었을 뿐 아니라, 협상이 진행 중이었다는 것조차 몰랐다는 데 충격을 받은 나머지, 자기가 알고 있는 것이 대체 무엇인지 의구심마저 들었다. 가족들이 자기와 상의하지 않기로 했다면 부족 특유의 예리한 본능으로 그가 더 이상 자기들 편이 아니라는 사실을 느꼈기 때문일 것이다. 양궁 시합날 맨슨 밍고트 부인 댁에 갔다가 집으로 돌아오는 길에 메이가 "무엇보다도 어째서 남편과 잘 지내지 못하는지 모르겠어요."라고 한 말도 그제야 이해가 되었다.

새로이 알게 된 사실들로 혼란스러운 와중에도 그는 그때 자신이 분개해서 대꾸했던 것과, 그 이후로 아내의 입에서 한번도 올렌스카 부인의 이름이 나온 적이 없었다는 사실이 기억났다. 그녀가 지나가는 말처럼 흘린 말은 틀림없이 그의 반응이 어떤지 떠 보려고 던진 미끼였다. 그 결과는 가족들에게 전해졌을 테고, 그 후부터 아처는 암묵적으로 그들의 공론에서 제외되었던 것이다. 그는 메이를 이런 결정에 굴복하게 만든 가족의 규율에 감탄했다. 그가 아는 한 메이는 양심에 걸렸다면 그런 짓을 하지 않았을 것이다. 그러나 메이는 아마도 올렌스카 부인이 홀몸으로 사느니 불행한 아내로 사는 편이 나으며, 왈가왈부할 필요도 없이 당연한 일을 인정하지 않고 어깃장을 놓는 뉴랜드와 이런 일을 의논해 봤자 아무 소용없다는 가족의 의견에 동의했을 것이다.

아처는 고개를 들고 방문객의 걱정스러운 시선을 마주했다. "백작 부인에게 남편의 마지막 제안을 거절하라고 충고할 권리가 있는지 가족들이 회의를 품기 시작한 사실을 모르십니까? 어떻게 그럴 수가?"

"당신이 가져온 제안 말이오?"

"제가 가져온 제안 말입니다."

아처는 내가 알든 모르든 당신과는 상관없는 일이라고 소리쳐 주고 싶어 목구멍이 근질거렸다. 그러나 리비에르 씨의 시선에 담긴, 겸손하지만 쉽게 물러서지 않을 의지를 읽고 이렇게 끝내기를 포기했다. 대신 그의 질문에 다른 질문으로 맞대응했다. "무슨 목적으로 내게 이런 얘기를 하는 겁니까?"

그는 말이 떨어지기가 무섭게 대답했다. "부탁드립니다, 선생님. 진심으로 간절히 부탁드립니다. 백작 부인이 돌아가지 않게 해 주십시오. 아, 제발 붙잡아 주세요!" 리비에르 씨가 외쳤다.

아처는 어안이 벙벙해져 그를 쳐다보았다. 그의 진정으로 괴로워하는 빛이나 단호한 태도로 보아 거짓은 아니었다. 그는 모든 것을 실패로 돌아가게 놔두기로 이미 결심한 것이 분명했고, 단지 자기 입장을 분명히 밝히고 싶어 하는 것 같았다. 아처는 잠시 생각에 잠겼다.

그가 드디어 입을 열었다. "이것이 올렌스카 백작 부인에 대한 당신의 입장인지 물어도 되겠습니까?"

리비에르 씨는 얼굴을 붉혔으나 눈빛은 흔들리지 않았다. "아닙니다, 선생님. 저는 성실하게 제 임무를 수행했습니다. 이유는

군이 말씀드리지 않아도 될 테지만, 저는 진심으로 올렌스카 부인이 자신의 지위와 재산, 그리고 남편의 지위로 얻을 수 있는 사회적 존경을 되찾는 것이 더 나으리라고 믿었습니다."

"그러셨겠지요. 그러지 않았더라면 이런 임무를 받아들이지 않았을 테지요."

"수락하지 말았어야 했습니다."

"그런데, 이제 와서……." 아처가 다시 말을 멈추었고, 그들의 시선이 또다시 한참 동안 서로를 탐색했다.

"아, 선생님, 부인을 뵙고, 그분의 이야기를 듣고 나서 여기 계시는 편이 더 낫다는 것을 알았습니다."

"알았다고요?"

"선생님, 저는 임무를 충실히 이행했습니다. 제 뜻은 한마디도 덧붙이지 않고 백작님의 주장을 전달했고, 그분의 제안을 말씀드렸습니다. 백작 부인은 좋은 분이어서 인내심 있게 잘 들어주셨습니다. 저를 두 번이나 만나 주기까지 하셨으니까요. 제가 말씀드린 사항을 빠짐없이 냉정하게 고려하셨습니다. 그리고 이렇게 두 차례 대화를 나누면서 저는 마음을 바꾸어 사정을 달리 보게 되었습니다."

"무엇 때문에 생각이 바뀌었는지 물어도 될까요?"

"그분에게서 나타난 변화를 본 것으로 충분했습니다." 리비에르 씨의 대답이었다.

"그녀에게서 나타난 변화라고? 그렇다면 전에도 그녀를 본 적이 있단 말입니까?"

리비에르 씨의 얼굴이 다시 붉게 물들었다. "그분의 남편 댁에서 가끔 뵈었습니다. 전 오래전부터 올렌스키 백작을 알고 지냈습니다. 이런 일에 모르는 사람을 보내지 않으리라는 정도는 짐작하시겠지요."

아처의 시선은 사무실의 텅 빈 벽을 떠돌다가 벽에 걸린 미국 대통령의 남성적인 자태가 박힌 달력에 멈추었다. 그의 통치 아래 있는 수백만 평방마일의 땅 어딘가에서 이런 대화가 진행되고 있다는 것이 아무리 해도 상상하기 어려운 기이한 일 같았다.

"변화라……. 어떤 변화를 말하는 겁니까?"

"아, 선생님, 그걸 어떻게 말로 표현할 수 있겠습니까!" 리비에르 씨가 잠시 말을 끊었다. "저는 전에는 생각조차 해 본 적 없는 것을 발견했습니다. 백작 부인은 미국인이라는 사실 말입니다. 그리고 선생님이 그분과 동류의 미국인이라면, 다른 사회에서는 당연하게 받아들이는 것, 적어도 편의상 널리 이루어지는 거래의 일부로 용인되는 것을 생각도 할 수 없다는 사실도요. 올렌스카 부인의 친척들이 이런 것이 무엇인지 이해한다면, 그분들도 틀림없이 부인처럼 돌아가는 것을 무조건 반대하실 겁니다. 그러나 친척들은 남편이 부인을 돌아오게 하려는 이유가 가정생활을 유지하고 싶은 간절한 소망 때문이라고 생각하시는 것 같습니다." 리비에르 씨는 잠시 쉬었다가 이렇게 덧붙였다. "그렇지만 사정이 그렇게 간단치가 않습니다."

아처는 다시 미국 대통령으로 눈길을 돌렸다가 자기 책상과 그 위에 흩어진 서류들을 내려다보았다. 잠시 동안 무슨 말을 해야 좋을지 몰랐다. 그 사이 리비에르 씨가 의자를 뒤로 밀치는 소리가 들렸고, 일어서는 모습이 보였다. 아처가 다시 눈을 들어 보니 방문객도 자기 못지않게 마음이 복잡한 듯 했다.

"감사합니다." 아처가 짧게 말했다.

“제게 고마워하실 필요 없습니다, 선생님. 오히려 제가…….” 리비에르 씨는 말하기가 너무 힘겨운 듯 말을 끊었다. “어쨌든 한 가지만 더 말씀드리고 싶습니다. 제가 올렌스키 백작에게 고용되어 있느냐고 물으셨지요. 지금으로서는 그렇습니다. 저는 몇 달 전 병들고 늙은 부양가족이 딸린 사람으로서 어쩔 수 없는 상황에 몰려 백작에게 돌아가 그의 도움에 기대야 했습니다. 그러나 제가 당신께 이 말씀을 드리려고 여기 올라오는 계단을 밟은 순간부터 이 책임을 벗었다고 생각합니다. 돌아가면 백작에게 사실대로 말씀드리고 이유도 전할 겁니다. 이게 다입니다, 선생님.”

리비에르 씨는 절을 하고 한 발짝 뒤로 물러섰다.

“감사합니다.” 아처는 다시 한번 말하면서 그와 악수를 나누었다.

26

해마다 10월 15일이면 5번가는 덧문을 열고, 카펫을 깔고, 창문에 세 겹으로 된 커튼을 걸었다.

11월 1일까지는 이런 의례적인 집안 정리가 끝났고, 사교계는 주변을 둘러보며 집안 단속을 시작했다. 15일경이면 겨울 사교철이 최고 절정기를 맞아 오페라와 연극이 새로운 매력을 뽐내고, 저녁 약속이 줄을 잇고, 무도회 일정들이 잡혔다. 아처 부인이 뉴욕이 많이 변했다고 늘 말하는 것도 정확히 이맘때쯤이었다.

아처 부인은 방관자적인 고고한 위치에서 주변을 관찰하면서, 실러턴 잭슨 씨와 소피 양의 도움을 받아 표면에 새로 생긴 흠집과 질서정연하게 줄을 맞춘 사교계의 화초들 사이로 삐죽 솟아난 낯선 잡초들을 찾아냈다. 아처가 좀 더 젊었을 때는 이 연례 발표를 기다렸다가 자기는 건성건성 보느라 놓쳤던 미세한 균열을 집어 내는 어머니의 얘기를 듣는 것이 즐거움 중 하나였다. 아처 부인의 생각으로는 뉴욕은 바뀌어서 좋을 것이 하나도 없는 곳이었다. 소피 양도 이런 견해에 적극 동의했다.

실러턴 잭슨 씨는 세상 물정에 밝은 사람답게 판단을 보류하고 중립적인 입장에서 진지하게 숙녀들의 개탄에 귀를 기울여 주었다. 그러나 그조차도 뉴욕이 변했다는 데 이의를 달지 않았다. 결혼한 지 두 해째 겨울, 뉴랜드 아처 역시 뉴욕이 그 전에는 사실 변한 것이 없었다 해도 이제는 틀림없이 변하는 중이라는 사실을 인정하지 않을 수 없었다.

평소처럼 이런 화제는 아처 부인의 추수감사절 만찬 자리에서 나왔다. 한 해 동안의 축복에 공식적으로 감사를 드리는 날, 세상 돌아가는 모습을 그리 격하지는 않은 한탄조로 따져 보고, 무엇에 감사해야 좋을지 모르겠다고 구시렁대는 것이 부인의 습관이었다. 감사해야 할 것이 뭐가 되었든 간에 사교계 돌아가는 꼴은 아니었다. 사교계라는 것이 존재하기나 한다면 말이지만, 지금의 꼴을 보면 성경에 나오는 저주를 내려 달라고 빌어야 할 판이었다. 사실 애쉬모어 박사가 예레미야서(2장 25절)를 추수감사절 설교문으로 고른 것이 무슨 뜻인지 누가 모르겠는가. 성 마태 교회에 새로 온 목사 애쉬모어 박사는 아주 '진보적인' 사람이었다. 그의 설교는 사상 면에서 대담했고 표현은 참신했다. 목사는 겉멋 들린 사교계에 맹비난을 퍼부으면서 항상 '유행'을 언급했다. 아처 부인은 자신도 유행을 따르는 무리 중 하나라고 생각하면 두려운 한편으로 황홀해졌다.

"애쉬모어 박사님이 지당한 말씀을 하셨지. 분명히 눈에 띄는 유행이 있어." 부인은 유행이 집에 난 틈처럼 눈에 보이고 가늠할 수 있는 것인 양 말했다.

"하지만 추수감사절에 그런 설교를 하시다니 이상해요." 잭슨 양이 자기 의견을 말하자, 여주인은 냉담하게 대꾸했다. "아, 우리한테 남은 것에 감사하라는 뜻이겠지요."

아처는 어머니가 해마다 되풀이하는 무시무시한 예언을 늘 웃으면서 들었다. 그러나 올해는 열거되는 변화에 귀를 기울이면서, 아처도 '유행'이 눈에 띈다는 것을 인정해야 했다.

잭슨 양이 운을 뗐다. "드레스가 어찌나 사치스러워졌는지……. 오빠가 오페라 개막일 밤에 저를 데리고 갔는데, 작년에 입었던 드레스를 또 입고 온 사람은 제인 메리뿐이더라니까요. 그것도 앞에 댄 천은 바꿨더군요. 하지만 그이가 파리에서 가져온 드레스를 입기 전에 항상 우리 침모를 불러다가 손을 보니까 내가 아는데, 그 옷 워스에서 가져온 지 이 년밖에 안 됐거든요."

"아, 제인 메리도 우리 중 한 사람이지." 아처 부인은 아가씨들이 파리 제 드레스를 자기 세대들처럼 옷장 속에 묵혀 두지 않고 세관에서 찾아오자마자 떨쳐입고 뽐내기 시작하는 시대가 된 것이 그리 부러워할 일이 아니라는 투로 탄식했다.

잭슨 양이 말을 받았다. "예, 그녀도 몇몇 사람들 중 하나지요. 제가 젊은 시절에는 최신 유행 드레스를 입는 건 천박해 보인다고 생각했는데 말이에요. 에이미 실러턴은 항상 나더러 보스턴에서는 다들 파리 제 드레스를 이 년은 묵혀 둔다고 했지요. 박스터 페닐로 노부인은 매사에 빈틈이 없으셔서 일 년에 벨벳 드레스 두 벌, 새틴 옷 두 벌, 비단옷 두 벌, 포플린 옷 여섯 벌에 최상급 캐시미어까지 열두 벌씩 들여오곤 하셨죠. 늘 똑같이 주문하셔서, 돌아가시기 전 이 년 동안 앓아누우셨을 때 박엽지에서 꺼내지도 않은 워스 드레스가 마흔여덟 벌이나 나왔다지 뭐예요. 그래서 그 집 여자들이 탈상하고 나서 교향악 공연에 처음 그 옷들을 입고 나왔어도 유행에 앞선 것으로 보이지 않았대요."

"아, 맞아, 보스턴은 뉴욕보다도 보수적이지. 하지만 숙녀라면 프랑스 제 드레스를 한 철 정도는 묵혀 두는 것이 안전하겠지요." 아처 부인이 인정했다.

"새 옷이 도착하자마자 아내한테 입혀서 새로운 유행을 일으키는 이는 바로 보퍼트예요. 가끔씩은 레지나가 그 사람들과 다르게 보이려고 너무 기를 쓰는 것 같단 말이에요……. 그러니까……." 잭슨 양이 식탁을 휘둘러보다가 제이니의 동그래진 눈과 마주치자, 알아듣기 힘들게 웅얼거리며 말끝을 흐렸다.

"그녀의 경쟁자들하고 말이지," 실러턴 잭슨 씨가 경구를 지어 내는 듯한 태도로 말했다.

"아……." 여자들이 머뭇거렸다. 아처 부인은 금지된 주제에서 딸의 주의를 돌릴 겸 이렇게 덧붙였다. "불쌍한 레지나! 추수감사절이 그다지 즐겁지 않았을 거야. 보퍼트의 투기에 대한 소문 들었어요, 실러턴?"

잭슨 씨가 관심 없다는 듯 고개를 끄덕였다. 그 문제의 소문을 모르는 이가 없었고, 그는 이미 다 아는 얘기를 확인해 주는 것을 경멸했다.

우울한 침묵이 방 안에 깔렸다. 아무도 보퍼트를 진심으로 좋아하지 않았으므로 그가 개인적으로 큰 곤경에 처한다 해도 그리 안타깝지는 않았지만, 그가 처가에 재정적인 불명예를 안겼다는 사실은 너무 충격적이어서 그의 적일지라도 좋아할 수만은 없었다. 아처가 아는 뉴욕은 사생활에서의 위선은 용인해 주더라도 사업 문제에서는 투명하고 흠 없는 정직성을 요구했다.

한 유명한 은행가가 신용을 잃고 망한 일이 있었다. 오래전 일이었지만, 그 일로 결국 그 회사 간부들이 사회적으로 매장당한 일이 아직도 모두의 기억에 생생했다. 보퍼트가 능력이 있고 부인이 인기가 있어도, 그들 부부도 역시 그런 운명을 피할 수 없을 것이다. 남편의 비합법적인 투기 소문에 손톱만큼이라도 사실이 섞여 있다면, 댈러스의 친척들이 힘을 모아도 불쌍한 레지나를 구하지 못할 것이다.

그들은 덜 불길한 쪽으로 화제를 돌렸으나, 어떤 주제를 건드려도 세상이 타락하고 있다는 아처 부인의 확신을 더 굳어지게 하는 듯했다.

"뉴랜드, 메이를 스트루더스 부인의 일요일 저녁 모임에 가게 했다던데……." 부인이 말문을 열자, 메이가 명랑하게 끼어들었다. "아, 요즘은 다들 스트루더스 부인 댁에 가는 거 어머님도 아시잖아요. 할머니께서 지난번 환영회에 부인도 초대하셨답니다."

아처는 뉴욕이 변화에 대처하려 애쓰고 있다는 생각이 들었다. 변화가 진행될 동안에는 다 같이 무시하다가, 막상 변화가 이루어지고 나면 이전 시대에도 이런 일이 있었을 거라고 편리한 대로 생각하는 식이었다. 성채 앞에는 항상 반역자가 한 명 있었다. 그(혹은 대개 그녀)가 열쇠를 내주고 나면 난공불락인 척해 봐야 무슨 소용인가? 사람들은 일단 스트루더스 부인이 일요일마다 베푸는 편안한 환대에 맛을 들이자, 그녀의 샴페인이 싸구려 술로 바뀌었다 해도 집에 앉아 있을 수가 없었다.

"나도 안다, 얘야, 알아." 아처 부인이 탄식했다. "사람들이 재미를 좇는 한 그렇게 될 수밖에 없지. 하지만 제일 먼저 스트루더스 부인 편을 든 사람이 네 사촌 올렌스카 부인이라는 것만은 아무래도 용서할 수가 없구나."

젊은 아처 부인의 얼굴이 확 붉어졌다. 남편도 식탁에 앉아 있던 다른 손님들 못지않게 놀랐다. "아, 엘렌……." 메이는 자기 부모님이 "아, 블렌커 네 사람들……."이라고 말할 때와 똑같이 비난과 질타가 섞인 투로 웅얼거렸다.

가족들은 올렌스카 백작 부인이 남편의 화해 제안을 고집스럽게 거부해서 그들을 놀라게 하는 한편 불편하게 만들었다는 사실 때문에 그녀의 이름을 입에 올릴 때마다 그런 기색을 드러냈다. 그러나 메이의 입에 오른 그 이름은 아처에게 생각할 거리를 주었다. 그는 아내가 자기 가족들과 같은 투로 말할 때면 종종 엄습해 오는 낯설음을 느끼며 그녀를 쳐다보았다.

아처 부인은 평소 같지 않게 분위기를 제대로 파악하지 못하고 자기 할 말을 다 했다. "올렌스카 백작 부인처럼 귀족 사회에서 살았던 사람들은 우리 사회의 특색을 무시할 것이 아니라, 우리가 유지해 나가도록 도와야 한다는 게 내 평소 지론이다."

메이의 새빨개진 얼굴은 가라앉을 것 같지가 않았다. 거기에는 사회에 대한 올렌스카 부인의 불성실한 태도를 인정한다는 것 이상의 의미가 있는 듯했다.

"우리 모두 외국인들에게는 똑같아 보일 거예요." 잭슨 양이 톡 쏘았다.

"엘렌이 사교계를 좋아한다고 생각지는 않아요. 하지만 엘렌이 무엇을 좋아하는지 정확히 아는 사람은 아무도 없어요." 메이가 콕 집어 말하기 어려운 것을 애써 표현하려 하는 투로 말했다.

"아, 그렇겠지……." 아처 부인이 다시 한숨을 내쉬었다.

올렌스카 백작 부인이 이제 가족들 사이에서도 눈 밖에 났다는 것은 다 아는 일이었다. 늘 헌신적으로 그녀를 감싸고돌았던 맨슨 밍고트 노부인마저도 그녀가 남편에게 돌아가기를 거부한 데 대해서는 변호해 줄 말이 없었다. 밍고트 가는 대놓고 반감을 드러내지는 않았다. 그들의 연대 의식은 너무나도 강했다. 그들은 웰랜드 부인의 입을 빌려 이렇게 말했을 따름이었다. "안됐지만 자기한테 어울리는 곳으로 찾아가게 내버려 둬." 남부끄럽고 이해할 수 없는 일이지만 그곳은 바로 블렌커 집안이 활개치고 '글쟁이들'이 자기들의 지저분한 의식을 축하하는 어둠침침한 구렁텅이 속이었다. 엘렌이 기회와 특권에도 불구하고 겨우 '보헤미안'이 되고 말았다는 것은 믿기 어려웠지만 사실이었다. 그녀가 올렌스키 백작에게 돌아가지 않는 치명적인 실수를 범했다는 사실 때문에 더욱 뒷말이 무성했다. 이러니저러니 해도 젊은 여자가 있어야 할 자리는 남편의 지붕 밑이다. 하물며 그런 조건에서 남편 품을 떠나다니……. 누구라도 자세히 속을 들여다본다면…….

"올렌스카 부인은 신사들한테 인기가 대단하다네요." 소피 양이 심한 말을 했다 싶었는지 분위기를 무마할 양으로 이렇게 말했다.

"아, 올렌스카 부인 같은 젊은 여자는 늘 그런 위험에 노출되어 있지." 아처 부인이 한탄조로 동의했다. 숙녀들은 이 말을 끝으로 거실의 램프 전구 불빛을 따라 모여들었고, 아처와 실러턴 잭슨 씨는 고딕 식 서재로 물러갔다.

난로 앞에 자리를 잡은 잭슨 씨는 훌륭한 담배로 미흡한 저녁식사의 아쉬움을 달래고 나자 비로소 진지한 태도로 이야기를 시작할 자세를 취했다.

"보퍼트가 파산하게 되면, 별별 얘기들이 쏟아져 나올 거야." 그가 선언조로 말했다.

아처는 고개를 번쩍 쳐들었다. 보퍼트라는 이름을 듣기만 하면 호사스럽게 모피로 온몸을 감싸고 스키터클리프에서 눈 속을 헤치고 나아가던 육중한 몸집이 눈앞에 생생하게 떠올랐다.

잭슨 씨가 말을 계속했다. "얼마나 더러운 데에다 돈을 쏟아부었는지 다 드러나게 될걸. 레지나한테만 돈을 쓴 게 아니었으니까."

"글쎄, 그럴까요? 전 아직은 그가 빠져나올 여지가 있다고 보는데요." 아처는 화제를 돌리고 싶어 이렇게 말했다.

"어쩌면 그럴지도 모르지. 오늘 영향력 있는 인물들을 몇몇 만나 볼 예정이라더군." 잭슨 씨는 내키지 않는 투로 동의했다. "물론 그들의 도움으로 그가 위기를 잘 헤쳐 나가기를 바라야겠지. 어찌 되었든 이번만큼은 말이야. 불쌍한 레지나가 파산자들이 모이는 외국의 초라한 휴양지에서 여생을 보낼 거라고 생각하기는 싫으니까."

아처는 아무 말도 하지 않았다. 아무리 비극일지라도 그릇된 방법으로 손에 넣은 돈은 결국 죗값을 치러야 마땅했으므로, 그의 생각은 보퍼트 부인의 운명보다는 더 가까운 문제에만 쏠렸다. 올렌스카 백작 부인 얘기가 나왔을 때 메이가 얼굴을 붉힌 것은 무슨 뜻일까.

그가 올렌스카 부인과 함께 보낸 그 한여름날 이후로 넉 달이 흘렀다. 그때 이후로 그녀를 한번도 보지 못했다. 그녀는 미도라 맨슨과 함께 얻은 워싱턴의 작은 집으로 돌아갔다고 들었다. 아처는 그녀에게 딱 한 번, 언제 다시 만날 수 있겠는지 묻는 간단한 편지를 썼는데, 그녀의 답장은 훨씬 더 짧았다. "아직은 안 돼요."

그 후로 그들 사이에 더는 연락이 없었다. 그는 자기 마음속에 일종의 성소(聖所)를 만들어 놓고 비밀스러운 생각과 열망 가운데 그녀를 간직해 두었다. 그곳은 조금씩 그의 진짜 삶이자 이성이 활동하는 유일한 장이 되어 갔다. 그는 거기에 읽은 책, 정신의 자양분이 되는 생각과 감정, 판단과 공상을 가져다 놓았다. 그 바깥의 실제 삶이 펼쳐지는 무대에서는 갈수록 비현실적이고 불만족스러운 느낌만 커져 갔고, 넋을 잃은 사람이 자기 방에서도 가구에 여기저기 부딪치듯이 익숙한 편견과 전통적인 관점과 이리저리 충돌했다. 넋이 나갔다……, 그가 바로 딱 그런 상태였다. 가장 현실적인 것과 바로 옆에 있는 사람들에게서조차 마음이 떠나 버려서, 때때로 그들이 아직도 자기가 거기 있다고 생각하는 것을 알고 깜짝 놀라기도 했다.

그는 잭슨 씨의 헛기침 소리를 듣고 더 자세한 사실을 폭로하려는 예고임을 알아차렸다.

"물론 자네 처가에서 세간에 도는 얘기를 얼마만큼 알고 있는지는 모르지만……, 올렌스카 부인이 남편의 최근 제안을 거절했다는 얘기 말일세."

아처가 대꾸를 않자, 잭슨 씨는 에둘러 말했다. "안됐어. 정말 안된 일이지 뭔가. 거절하다니."

"안됐다고요? 대관절 어째서요?"

잭슨 씨는 반짝이는 펌프스로 이어진 주름 하나 없는 양말까지 자기 다리를 훑어보았다.

"자, 솔직하게 터놓고 얘기해 보자고. 그녀가 이제 무엇으로 먹고살겠나?"

"이제……?"

"만일 보퍼트가……."

아처는 벌떡 일어나 주먹으로 검은색 호두나무 책상을 내리쳤다. 청동으로 된 이중 잉크스탠드 받침이 받침대 안에서 춤을 추었다.

"도대체 무슨 뜻으로 하시는 말씀입니까?"

잭슨 씨는 의자에서 자세만 약간 바꾼 채 아처의 달아오른 얼굴을 조용히 응시했다.

"이 일에 관해 나보다 확실한 소식통은 없을걸세. 사실은 캐서린 노부인 본인 입에서 나온 말이네. 가족들은 올렌스카 백작 부인이 남편에게 돌아가기를 거부하자 그녀에게 주는 생활비를 확 줄였어. 게다가 그녀는 남편의 제안을 거절하는 바람에 결혼할 때 그녀 몫으로 정해진 돈을 못 받게 되었어. 올렌스키는 그녀가 돌아와야 이를 돌려주겠다고 했거든. 자, 이보게, 대체 자네야말로 무슨 뜻으로 나한테 그런 질문을 하는 건가?" 잭슨 씨가 부드럽게 응수했다.

아처는 벽난로 쪽으로 가서 허리를 굽혀 쇠살대에 담뱃재를 털었다.

"저는 올렌스카 부인의 속사정이야 전혀 모릅니다. 알 필요도 없고. 암시하신 바가 확실하다면……."

"오, 나도 마찬가지일세. 그런 사람은 레퍼츠지." 잭슨 씨가 중간에 한마디 했다.

"레퍼츠라고……, 그녀에게 수작을 걸다가 퇴짜 맞은 주제에!" 아처가 경멸조로 외쳤다.

"아……, 그가 그랬다고?" 상대방이 바로 이 사실을 알아내려고 덫을 놓았다는 투로 날카롭게 말했다. 그는 여전히 난롯가에 비스듬히 앉아 있었으므로, 그의 노회한 시선은 강철 용수철처럼 아처의 얼굴을 주시했다.

"좋아, 좋아. 보퍼트가 패가망신하기 전에 그녀가 돌아갔더라면 좋았을걸." 잭슨 씨가 다시 한번 말했다. "그녀가 지금 돌아간다면, 그리고 그가 파산한다면, 세간의 소문을 확인시켜 주는 꼴밖에 안 되겠지. 어쨌거나 레퍼츠야 아무 상관없겠지만."

"아, 그녀는 이제 돌아가지 않을 겁니다. 결단코!" 아처는 이 말을 입 밖에 내자마자 다시 한번 잭슨 씨가 바로 그 말을 기다리고 있었다는 느낌이 들었다.

노신사는 그를 찬찬히 뜯어보았다. "그건 자네 의견인가? 글쎄, 자네는 틀림없이 그렇게 믿는 모양이군. 하지만 미도라 맨슨이 남긴 몇 푼 안 되는 돈마저도 모두 보퍼트의 수중에 있다는 걸 모르는 이가 없어. 두 여자가 그의 도움이 없다면 어떻게 빚을 지지 않고 자기들 수입으로 살아갈 수 있을지 나로서는 도통 짐작이 안 되는군. 물론 올렌스카 부인이 아직은 캐서린 노부인의 마음을 돌릴 여지도 있겠지. 그녀가 여기 남는 데 누구보다도 격렬하게 반대한 이가 노부인이긴 하지만. 캐서린 노부인이 그녀에게 얼마간 수입을 마련해 줄지도 모르지. 하지만 우리 모두 잘 알듯이 노부인은 큰 돈을 내놓기는 싫어해. 다른 가족들은 올렌스카 부인이 여기 머물러서 득 볼 것이 하나도 없고."

아처는 무력한 분노에 휩싸였다. 어리석은 짓인 줄 뻔히 알면서도 그런 짓을 저지르고야 말 것 같은 기분이었다.

그는 잭슨 씨가 올렌스카 부인과 그녀의 할머니를 비롯한 다른 친척들 간의 의견 차이를 그가 모르고 있다는 사실에 크게 놀랐으며, 가족 간의 논의에서 아처가 배제된 이유에 대해 나름대로 결론을 내렸다는 사실을 눈치 챘다. 아처는 이 사실을 신중히 행동하라는 경고로 받아들여야 했으나, 보퍼트와의 관계에 대한 암시가 나오자 무모한 짓을 했다. 그러나 그는 자신이 어떤 위험을 초래했는지까지는 생각하지 못했어도, 최소한 잭슨 씨가 어머니의 지붕 밑에 있고, 그의 손님이라는 점은 잊지 않았다. 옛 뉴욕에서는 손님 접대에 관한 예절을 엄격하게 지켰고, 손님과의 논쟁은 어떤 일이 있어도 다툼으로 악화되어서는 안 되었다.

"올라가서 어머니와 자리를 함께할까요?" 잭슨 씨가 마지막 담뱃재를 바로 곁에 놓인 청동 재떨이에 떨어 내자 아처는 퉁명스럽게 말했다.

집으로 돌아오는 길에 메이는 이상할 정도로 말이 없었다. 어둠 속에서 그는 여전히 메이가 위협하듯이 온통 얼굴을 붉히고 있음을 감지했다. 그 위협이 무엇을 의미하는지 그로서는 짐작도 할 수가 없었으나, 올렌스카 부인의 이름 때문이라는 사실 하나만으로도 충분히 그를 긴장시켰다.

그들은 계단을 올라갔고, 그는 서재로 들어갔다. 그녀는 평소처럼 그의 뒤를 따랐으나, 곧 침실로 가는 복도로 들어가는 소리가 들려왔다.

"메이!" 그는 참지 못하고 소리쳐 불렀다. 그녀는 그의 어조에 약간 놀란 얼굴로 되돌아왔다.

"이 램프가 또 연기가 나는군. 하인들이 심지를 적당히 잘라 두었는지 확인했으면 좋겠는데." 그가 신경질적으로 투덜거렸다.

"정말 미안해요. 다시는 그런 일이 없도록 할게요." 메이는 어머니에게서 배운 한결같이 밝은 어조로 대답했다. 그녀가 자기를 벌써부터 젊은 웰랜드 씨처럼 다루기 시작했다고 생각하니 아처는 더욱 화가 치밀어 올랐다. 그녀는 허리를 굽혀 심지를 낮추었다. 아처는 빛이 그녀의 하얀 어깨와 얼굴의 선명한 곡선 위로 떨어지는 것을 보면서 문득 이런 생각을 했다. '메이는 아직 한참 젊군! 앞으로 살아야 할 기나긴 세월이 얼마나 펼쳐져 있는 것일까!'

그는 약간 두려운 마음으로 자신의 강인한 젊음과 혈관 속에서 용솟음치는 피를 느꼈다. "여보." 그가 불쑥 말을 꺼냈다. "며칠간 워싱턴에 가야 할지도 모르겠소. 곧. 다음 주쯤 되지 않을까 싶은데."

그녀는 램프의 갓에서 손을 떼지 않은 채 천천히 그 쪽으로 몸을 돌렸다. 등불의 열기로 그녀의 얼굴은 다시 발갛게 달아올라 있었지만, 올려다보자 창백해졌다.

"업무상 출장인가요?" 다른 이유가 있을 리 없겠지만, 단지 그의 말을 받아 주느라 의례적으로 묻는다는 투였다.

"당연히 일 때문이지. 대법원에 올라갈 특허 건이 하나 있어서……." 그가 발명가의 이름을 말해 주고 로렌스 레퍼츠처럼 능숙하게 세부적인 부분들을 술술 꾸며 붙일 동안, 메이는 차분히 들으면서 간간이 "예, 알겠어요."라고 응수했다.

"기분 전환을 좀 하는 게 당신에게도 좋을 거예요." 그가 말을 마치자, 그녀는 이렇게만 말했다. "엘렌을 꼭 만나 보셔야 해요." 그녀는 티 없이 웃는 얼굴로 그의 눈을 똑바로 쳐다보면서, 가족에 대한 성가신 의무를 무시하지 말아 달라고 간곡히 권할 때 쓰는 말투로 이 말을 덧붙였다.

그 화제를 놓고 그들 사이에 오간 말은 이것이 전부였다. 그러나 둘 다 오래 익혀 몸에 밴 암호로 하자면 이런 의미였다. "물론 당신도 알겠지만, 전 다들 엘렌을 놓고 입방아를 찧고 있고, 우리 가족이 엘렌을 남편에게 돌아가게 하려고 애썼지만 실패한 데 진심으로 동정하고 있는 줄 알아요. 또 우리 할머니를 비롯해 집안 어른들은 엘렌이 돌아가기를 원하셨는데도, 당신은 내게는 말하지 않기로 한 모종의 이유로 그녀에게 이와 상반되는 충고를 했다는 것도 알아요. 엘렌이 우리 모두와 맞서게 된 것도 당신이 부추긴 결과죠. 그래서 당신은 매우 화를 냈지만 결국은 실러턴 잭슨 씨가 오늘 저녁 당신에게 귀띔해 주었던 그런 추문에 시달리게 된 것이고……. 지금껏 암시는 줄 만큼 줬어요. 하지만 당신이 다른 사람들의 얘기에 도통 귀를 기울이려 하지 않았기 때문에, 내가 나서서 우리처럼 교양 있는 사람들이 서로에게 불쾌한 얘기를 할 때 쓰는 유일한 방식으로 당신에게 제안하는 거예요. 당신이 워싱턴에 있으면서 엘렌을 만날 생각이고, 어쩌면 그 목적 때문에 일부러 거기 가려 한다는 것을 내가 알고 있음을 암시해 주는 식으로 말이죠. 당신은 틀림없이 그녀를 만나겠지만, 그건 어디까지나 나의 분명한 동의하에서예요. 또한 이 기회에 당신이 부추긴 대로 행동한 결과가 어떻게 될지도 그녀에게 알려 줬으면 좋겠군요."

그녀는 이 말없는 전언이 끝까지 그에게 전달될 때까지 램프의 나사에서 손을 떼지 않았다. 그녀는 심지를 낮추고 전구를 올린 다음, 잘 타지 않는 불을 입으로 불었다.

"등불을 불어서 꺼 버리면 냄새가 덜 날 거예요." 그녀는 주부다운 태도로 설명했다. 문 앞에서 그녀는 몸을 돌려 잠시 그와 키스했다.

27

다음 날 월스트리트는 보퍼트의 상황에 대해 더 밝은 소식을 전했다. 정확하지는 않지만 희망적이었다. 그가 긴급 사태를 대비해 유력가들을 방문하여 상당한 성과를 거두었다는 얘기가 널리 퍼졌다. 그날 저녁 보퍼트 부인이 예전과 다름없는 미소를 띠고 목에는 새 에메랄드 목걸이를 걸고 오페라하우스에 나타나자, 사교계는 안도의 한숨을 내쉬었다.

뉴욕은 사업상의 부정행위는 가차 없이 단죄했다. 지금까지 정직의 원칙을 어긴 자들은 대가를 치러야 한다는 묵시적인 규칙이 깨진 적은 한번도 없었다. 보퍼트와 그의 아내도 반드시 이런 원칙에 제물이 되어야 한다는 것이 모두의 생각이었다. 그러나 그들을 제물로 바치는 일은 고통스러울 뿐 아니라 불편했다. 보퍼트 부부가 사라지면 그들의 작고 조밀한 원에 제법 큰 구멍이 뚫릴 것이다. 너무 무식하거나 경박해서 도덕적 파국에 몸서리칠 줄도 모르는 자들은 뉴욕에서 가장 훌륭한 무도회장을 잃게 될 것만 앞질러 슬퍼했다.

아처는 워싱턴에 가기로 굳게 마음을 정했다. 그는 방문 일자와 맞추려고 메이에게 얘기했던 소송이 개시될 날만 기다렸다. 그러나 다음 주 화요일 레터블레어 씨로부터 그 사건이 몇 주 연기될지 모른다는 말을 들었다. 그럼에도 불구하고 그는 그날 오후 귀가하면서 다음 날 저녁 무슨 일이 있어도 출발하기로 결심했다. 그의 회사 일에 대해서는 전혀 모를뿐더러 관심을 보인 적도 없는 메이로서는 소송이 연기된 사실을 알 턱이 없을 테고, 설령 알게 된다 해도 소송 관련자들의 이름도 들은 적이 없으니 잘 넘어갈 수 있을 것 같았다. 어찌 되건 올렌스카 부인을 만나는 일을 더 이상 미룰 수 없었다. 그녀에게 해야 할 얘기가 너무나도 많았다.

수요일 아침 그가 사무실에 도착하자, 레터블레어 씨가 걱정스러운 얼굴로 그를 맞았다. 결국 보퍼트가 '위기를 넘기지' 못했다는 것이었다. 그러나 위기를 넘겼다는 소문을 퍼뜨려서 예금주들을 안심시켰고, 전날 밤까지는 상당한 금액이 은행에 쏟아져 들어왔으나, 다시 부정적인 소문이 우세해지기 시작했다. 그 결과 은행에서 예금 인출이 쇄도했고, 오늘이 다 가기 전에 은행은 문을 닫게 될 것 같았다. 보퍼트의 비겁한 술책에 대해 갖은 추문들이 난무하는 중이고, 그의 파산은 월스트리트 역사에서 가장 불명예스러운 사건 중 하나가 될 것이다.

레터블레어 씨는 엄청난 재난에 하얗게 질려 속수무책이었다. "살면서 산전수전 다 겪어 봤지만, 이번 일만 한 것은 없었어. 우리 모두 어떤 식으로든 타격을 피할 수 없을 걸세. 그리고 보퍼트 부인은 어찌 될지? 부인에게 무슨 일이 생기게 될까? 다른 누구보다도 맨슨 밍고트 부인이 안됐어. 그만큼 사셨으니 이번 일로 어떤 피해를 입을지 모르실 리가 없지. 항상 보퍼트를 신뢰하셨고 친구로 삼아 주셨는데! 게다가 댈러스의 친척들은 또 어떻고. 불쌍한 보퍼트 부인은 자네 집안과도 남이 아니지. 부인에게 남은 유일한 기회는 남편을 떠나는 것뿐이겠지만, 차마 그럴 수야 있겠나? 마땅히 남편 곁을 지켜야지. 그래도 남편의 사생활 문제는 전혀 모르고 살았으니 그나마 다행이랄까."

문 두드리는 소리에 레터블레어 씨는 고개를 홱 돌렸다. "무슨 일인가? 지금은 방해하지 말게."

사환이 아처에게 온 편지를 가져다 놓고 물러갔다. 아처는 아내의 필적을 알아보고 봉투를 열어 보았다.

> 되도록 일찍 들어와 주실래요? 어젯밤 할머니께서 가벼운 뇌졸중 발작을 일으키셨어요. 어찌 된 일인지 모르겠지만 다른 누구보다도 빨리 은행에 대한 끔찍한 소식을 알게 되셨어요. 로벨 외삼촌은 사냥을 하러 가셔서 안 계시고, 불쌍한 아빠는 남부끄러운 꼴이 되었다는 생각에 신경이 너무 날카로워지셔서 열이 올라 방에서 한 발짝도 나가실 수가 없어요. 엄마도 당신이 꼭 있어 주기를 바라시니, 할머니 댁으로 곧장 와 주셨으면 해요.

아처는 상사에게 이 편지를 보여 주었고, 잠시 후 붐비는 철도마차를 타고 북쪽으로 천천히 향했다. 그는 14번가에서 5번가를 운행하는 심하게 비틀대는 합승 마차로 바꿔 탔다. 힘들게 달려온 마차가 그를 캐서린 노부인의 집 앞에 내려 주었을 때는 12시가 지나 있었다. 노부인이 평소 앉아 있던 1층의 거실 창가 자리를 딸인 웰랜드 부인이 어울리지 않는 모습으로 대신 차지하고 있다가, 아처의 모습이 눈에 들어오자 초췌한 모습으로 반겼다. 메이가 문에서 그를 맞아 주었다. 방은 평온한 일상을 보내던 중 병마가 급습한 집 특유의 부자연스러운 모습이었다. 웃옷과 모피가 의자들 위에 쌓여 있고, 의사의 가방과 외투가 탁자 위에 놓여 있었으며, 그 옆에는 편지와 카드가 쌓여 있었지만 누구 하나 거들떠보지 않았다.

메이는 안색이 창백했으나 웃어 보였다. 지금 막 두 번째로 왕진 온 벤컴 박사는 좀 더 희망적인 진단 결과를 내놓았고, 살아서 건강을 되찾겠다는 밍고트 부인의 불굴의 의지가 벌써 가족들에게 효과를 발휘하고 있었다. 메이는 아처를 노부인의 거실로 안내했다. 침실로 들어가는 미닫이문은 닫혀 있었고, 두꺼운 노란색 다마스크 천 커튼이 그 위에 쳐져 있었다. 여기에서 웰랜드 부인은 겁에 질린 목소리로 나직이 재난의 전모를 상세히 전해 주었다. 전날 저녁 무시무시하고 불가사의한 사건이 터진 모양이었다. 8시경, 밍고트 부인이 평소처럼 저녁 식사 후의 솔리테어 게임을 막 끝냈을 때 초인종 소리가 울리더니, 하인도 즉시 알아보지 못할 만큼 베일로 얼굴을 꽁꽁 가린 숙녀 한 사람이 들여보내 달라고 청했다.

집사는 귀에 익은 목소리를 듣고 거실 문을 열어젖히며 알렸다. "줄리어스 보퍼트 부인이십니다." 그런 다음 두 부인을 남겨 놓고 문을 다시 닫았다. 그들은 한 시간쯤 자리를 함께했던 것 같다고 했다. 밍고트 부인이 종을 울렸을 때는 보퍼트 부인은 이미 사라진 뒤였고, 핏기가 싹 가시고 공포에 질린 얼굴로 큰 의자에 혼자 앉아 있던 노부인은 손짓으로 집사에게 들어와 도와

달라는 뜻을 전했다. 부인은 그때 한눈에도 괴로운 기색이 역력했지만, 정신적으로나 육체적으로나 별 이상은 없어 보였다. 혼혈 하녀가 부인을 침대에 눕히고 평소대로 차 한 잔을 가져다주고, 방을 정돈한 다음 나갔다. 그러나 새벽 3시쯤 종이 다시 울렸다. 보통 캐서린 노부인은 아이처럼 깊이 잤기 때문에, 두 하인이 이런 이례적인 호출에 놀라 황급히 달려가 보니 여주인이 얼굴을 웃는 것처럼 일그러뜨리고 육중한 팔 끝에 매달린 작은 손을 힘없이 축 늘어뜨린 채 베개에 기대어 앉아 있었다.

부인이 말을 알아듣게 할 수 있고, 의사 표현을 할 수 있는 것으로 보아 심각한 발작은 아닌 것이 분명했다. 의사가 처음 방문한 후 곧 부인은 안면 근육을 다시 뜻대로 움직이기 시작했다. 그러나 놀라움은 컸다. 가족들은 밍고트 부인이 띄엄띄엄 뱉어놓은 말에서 레지나 보퍼트가 뻔뻔스럽게도 부인에게 남편을 지원해 주고 자기들의 뒤를 보아달라고 부탁하러 왔다는 사실을 알게 되자, 놀라움 못지않게 분노했다. 그녀의 표현을 빌리면 자기들을 '버리지' 말아 달라는 부탁은 사실상 그들의 끔찍스러운 불명예를 감싸고 묵인해 주도록 온 가족을 설득해 달라는 청이나 다름없었다.

"내가 이렇게 말해 주었지. '맨슨 밍고트의 집에서는 명예는 명예고, 정직은 정직이다. 내가 이 집에서 죽어서 나갈 때까지 그럴 거다.'" 노부인은 딸의 귀에 대고 반쯤 마비된 둔탁한 목소리로 더듬더듬 말해 주었다. "그랬더니 이러더라. '하지만 고모님, 제 이름은 레지나 댈러스예요.' 그래서 내가 말했지. '그가 널 보석으로 휘감아 줄 때는 보퍼트였으니, 네게 오명을 씌우게 된 지금도 보퍼트여야지.'"

웰랜드 부인은 이야기를 하면서 눈물범벅이 되어 두려움에 숨을 헐떡였다. 부인은 불쾌하고 불명예스러운 일을 직면해야 하는 익숙지 않은 상황을 맞아 하얗게 질려 다 죽어 가는 몰골이었다. "자네 장인을 이런 일에서 멀리할 수만 있다면 얼마나 좋겠나. 그이는 늘 이런 소리를 하신다네. '오거스타, 제발 부탁인데, 내 마지막 환상은 깨지 말아 주오.' 어떻게 하면 이런 끔찍한 일이 그이 귀에 안 들어가게 할 수 있을까?" 불쌍한 부인이 탄식했다.

"어머니, 아버진 끝까지 그 사실을 모르실 거예요." 딸의 말에 웰랜드 부인은 한숨을 쉬었다. "아, 그래. 네 아버지가 침대에 있을 동안은 괜찮으실 테지. 가엾은 어머니가 나아지실 때까지 벤컴 박사님이 그이를 침대에 묶어 두겠다고 약속해 주셨고, 레지나는 어딘가로 사라져 버렸으니까."

아처는 창가에 앉아 정적에 싸인 거리를 멍하니 내다보았다. 그가 딱히 도울 일이 있어서라기보다는, 비탄에 빠진 부인네들을 위로하도록 불려 온 것이 확실했다. 로벨 밍고트 씨에게는 전보를 쳤고, 뉴욕에 사는 친지들에게는 인편으로 소식을 보내는 중이었다. 그럴 동안 보퍼트의 치욕과 그 아내의 정당화될 수 없는 행동이 가져올 결과에 대해 숨죽여 소곤소곤 의견을 나누는 것 외에는 할 일이 없었다.

다른 방에서 편지를 쓰던 로벨 밍고트 부인이 곧 다시 나타나 대화에 끼었다. 나이 든 부인네들은 자기들 젊은 시절에는 사업상 불명예스러운 짓을 저지른 남자의 아내라면 최대한 남의 눈에 띄지 않도록 몸을 사리고, 남편과 함께 사라지는 것 외에는 생각도 하지 않았다고 입을 모았다. "불쌍한 스파이서 할머니 경우를 봐. 네 증조할머님 말이다, 메이." 웰랜드 부인이 서둘러 덧붙였다. "네 증조할머니가 겪으신 금전 문제야 개인적인 것이었지. 카드 게임에서 돈을 잃었다던가, 남의 어음에 서명을 해 준다던가. 어머니는 절대 그런 일을 말씀하시는 법이 없었기 때문에 난 전혀 알지도 못했어. 하지만 할머니는 뭔지는 몰라도 불명예스러운 일을 겪고 나서 뉴욕을 떠나셔야 했기 때문에, 어머니는 시골에서 자라셨지. 두 분은 어머니가 열여섯 살이 될 때까지 허드슨에서 겨울과 여름을 보내셨지. 외할머니는 레지나처럼 가족한테 '너그럽게 봐달라'고 부탁할 생각은 꿈에도 하지 않으셨어. 무고한 사람들 수백 명을 망하게 만든 스캔들에 비하면 개인적인 불명예쯤이야 아무것도 아니었는데도 말이지."

"맞아, 레지나는 다른 사람들한테 봐달라고 하기보다는 자기 얼굴이나 숨기는 편이 더 나을 텐데." 로벨 밍고트 부인이 맞장구를 쳤다. "지난주 금요일에 레지나가 오페라하우스에 걸고 나온 에메랄드 목걸이도 오후에 볼 앤 블랙[1]에서 한번 걸어 보고 마음에 들면 사겠다고 하고 가져왔던 거래. 돌려주기나 하려나 몰라?"

아처는 무자비한 수다를 아무 느낌 없이 들었다. 신사가 지켜야 할 첫 번째 규칙은 금전 문제에서의 정직성이라는 생각이 그의 마음속에 너무나 깊이 박혀 있어서, 감상적인 생각이 파고들 여지가 없었다. 레뮤얼 스트루더스 같은 모험가는 수상쩍은 거래로 수백만 달러 대의 구두약 회사를 일으켰을지도 모르지만, 절대적인 정직성은 옛 뉴욕 재계의 노블레스 오블리주였다. 보

1) 뉴욕의 보석상.

퍼트 부인의 운명도 아처의 마음을 그다지 움직이지 못하기는 마찬가지였다. 그녀의 분개한 친척들보다는 분명히 동정심을 느꼈지만, 그의 생각에 부귀영화를 누릴 때는 아내와 남편 사이의 유대 관계가 깨어질 수 있어도 불운이 닥쳤을 때는 굳건히 버텨야 마땅했다. 레터블레어 씨의 말처럼, 남편이 곤경에 처했을 때 아내가 있어야 할 자리는 남편 곁이었다. 그러나 사교계는 남편 곁에 있지 않았고, 보퍼트 부인은 주제넘게 나섰다가 거의 남편의 공범으로 몰리는 분위기였다. 무엇보다 여자가 친정에 남편의 사업상의 불명예를 감싸 달라고 호소한다는 것은 명문가에서는 있을 수 없는 일이기에 용납될 수 없었다.

혼혈 하녀가 로벨 밍고트 부인을 방으로 불렀다. 잠시 후 부인은 이맛살을 찌푸리고 돌아왔다.

"엘렌 올렌스카한테 전보를 치라셔. 물론 엘렌과 미도라한테도 편지를 썼지. 하지만 이젠 그것으로는 안 될 것 같아. 당장 전보를 쳐서 혼자서라도 오라고 해야겠어."

그 말에 아무도 대꾸가 없었다. 웰랜드 부인은 체념한 듯 한숨을 쉬었고, 메이는 자리에서 일어나 마룻바닥에 흩어진 신문들을 주워 모았다.

"어쩔 수가 없겠어." 로벨 밍고트 부인이 누군가 반대해 주기를 바라는 듯한 태도로 말을 계속했다. 메이가 방 가운데로 돌아왔다.

"물론 그렇게 해야죠. 할머니는 당신이 무엇을 원하시는지 알고 계시니까, 뜻대로 해 드려야 해요. 제가 대신 전보를 칠까요, 외숙모? 바로 연락한다면 엘렌은 아마 내일 아침 기차를 탈 수 있을 거예요." 메이는 은종 두 개를 두들기듯이 특히 또렷하게 그 이름을 한 음절씩 발음했다.

"음, 당장 연락할 수는 없을 거야. 재스퍼와 심부름하는 아이 둘 다 전보랑 편지를 가지고 나갔잖아."

메이는 남편을 향해 미소를 지어 보였다. "하지만 여기 뉴랜드가 있잖아요. 이이는 무슨 일이든 기꺼이 도와줄 거예요. 전보를 좀 쳐 주겠어요, 여보? 점심 식사 전까지는 시간이 좀 있을 거예요."

아처가 기꺼이 하겠다고 중얼거리며 일어서자, 메이는 캐서린 노부인의 작은 자단 책상 앞에 앉아 어린아이 같은 큼직한 필체로 전보 내용을 적었다. 다 적고 나자 깔끔하게 압지로 찍어 내고 아처에게 건넸다.

"당신과 엘렌이 서로 길이 엇갈리게 되다니 어쩜 좋아요!" 메이는 어머니와 외숙모를 향해 몸을 돌리고 이렇게 덧붙였다. "이이는 대법원으로 올라갈 특허 관련 소송 때문에 워싱턴에 가야 하거든요. 내일 밤 로벨 외삼촌이 돌아오실 테고, 할머니도 상태가 호전되셨으니 뉴랜드에게 중요한 회사 일로 잡힌 일정을 취소하라고 부탁하기는 어려울 것 같아요. 그렇지 않아요?"

메이가 대답을 기다리듯 잠시 말을 멈추자, 웰랜드 부인이 재빨리 힘주어 말했다.

"안 되고말고. 할머니야말로 절대 그건 원치 않으실 거다." 아처가 전보를 들고 방을 나설 때, 장모가 아마도 로벨 밍고트 부인에게 하는 듯한 말이 귓가에 흘러 들어왔다. "하지만 대체 어째서 엘렌 올렌스카한테 전보를 치라고 하신 걸까……." 그러자 메이가 맑은 목소리로 대꾸했다. "무엇보다도 엘렌의 의무는 남편 곁에 있는 것이라는 사실을 다시 일깨워 주시려는 것이겠죠."

아처는 뒤에서 대문이 닫히자 서둘러 전신국을 향해 걸어갔다.

28

"올……, 올……, 철자를 뭐라고 쓰신 건가요?" 아처가 아내의 전보를 웨스턴 유니언 전신국의 놋쇠 선반 너머로 내밀자, 여직원이 딱딱거리며 물었다.

"올렌스카, 올-렌-스카요." 그는 메이가 휘갈겨 쓴 글씨 위에 외국어 철자를 적어 주려고 쪽지를 도로 가져오면서 되풀이해 말했다.

"뉴욕 전신국에는 흔치 않은 이름이지요. 적어도 이 동네에서는 말이오." 예상치 못한 목소리가 들려왔다. 몸을 돌려 보니 바로 옆에 로렌스 레퍼츠가 서서 쪽지에 관심 없는 척 언제나 제 모습 그대로인 콧수염을 쓰다듬고 있었다.

"안녕하시오, 뉴랜드. 여기에서라면 당신과 마주칠 줄 알았소. 밍고트 노부인이 발작을 일으키셨다는 소식 나도 막 들었소. 그래서 그 집으로 가느라고 이쪽 거리로 들어서니 마침 당신 모습이 눈에 띄어서요. 그 집에서 온 거지요?"

아처는 고개를 끄덕이고 창구로 전보를 밀어 넣었다.

"정말 안됐군요." 레퍼츠가 다시 말했다. "가족에게 연락하는 중인가 보군요. 올렌스카 백작 부인한테도 연락할 정도라면 정말 심각하신가 본데."

아처의 입가가 딱딱하게 굳어졌다. 자기 옆에 있는 그의 허영심이 가득하고 갸름한 미남형의 얼굴에 주먹을 날리고 싶은 충동이 격렬하게 솟구쳤다.

"어째서요?" 그가 물었다.

논쟁을 피하기로 유명한 레퍼츠는 상대방에게 창구 뒤에서 아가씨가 보고 있지 않느냐는 듯 빈정거림이 담긴 찡그린 얼굴로 눈썹을 들어 보였다. 아처에게는 공공장소에서 성난 기색을 보이는 것보다 그 표정이 상기시키는 '예의범절'이야말로 최악이라고 느껴졌다.

아처는 예의범절이야 전혀 상관할 기분이 아니었지만, 로렌스 레퍼츠에게 물리적인 위해를 가하고 싶은 충동은 잠깐에 불과했다. 이런 때 어떤 이유로든 엘렌 올렌스카의 이름을 그와 주고받는다는 것은 생각도 할 수 없는 일이었다. 그는 전보 요금을 치렀고, 두 젊은이는 나란히 거리로 나왔다. 거리에서 아처는 평상심을 되찾고 이렇게 말했다. "밍고트 부인은 훨씬 좋아지셨습니다. 의사 선생님도 전혀 걱정하지 않으시더군요." 레퍼츠는 과장되게 안심한 척을 하고는 그에게 보퍼트에 대한 끔찍한 소문을 들었느냐고 물었다…….

그날 오후 보퍼트의 파산 발표가 온 신문을 도배했다. 맨슨 밍고트 부인이 발작을 일으켰다는 소식은 이 사건에 가려졌고,

두 사건 사이의 은밀한 인과 관계에 대해 들은 극소수의 사람들만이 캐서린 노부인이 발병한 데 비만과 고령 말고도 다른 원인이 있다고 짐작했다.

보퍼트의 불명예에 관한 이야기는 뉴욕 전체에 먹구름을 드리웠다. 레터블레어 씨의 말처럼 그가 기억하는 한은 물론이고, 회사에 자기 이름을 붙인 레터블레어 씨의 먼 선조 대까지 더듬어 봐도 이보다 더 나쁜 사건은 없었다. 보퍼트의 은행은 파산이 확실해진 후에도 온종일 예금을 계속해서 받았다. 고객 중 상당수가 이런저런 유력 가문 사람들이었던 터라, 보퍼트의 이중성은 한층 더 부정적으로 비쳤다. 보퍼트 부인이 이러한 불운(본인의 표현에 따르면)은 "우정의 시험대"라는 소리만 하지 않았어도 그녀에 대한 동정심 때문에 남편에 대한 공분이 누그러졌을지도 모른다. 하지만 사정은 그와 반대였던 데다가, 특히 그녀가 맨슨 밍고트 부인을 한밤중에 방문한 목적이 알려진 후로는 남편보다 더 믿지 못할 사람으로 통하게 되었다. 그녀가 '외지인'이라서 그렇다는 변명도 통하지 않았고, 그녀에 대한 험담만 무성했다. 위험을 피한 사람들은 보퍼트의 실체를 재확인했다는 것으로 조금이나마 위안을 삼았다. 그러나 결국 사우스 캘리포니아의 댈러스 가에서 이 사건에 대한 보퍼트의 주장을 받아들여 그가 곧 "다시 재기할 것"이라고 호언장담했으므로 뒷말은 수그러들었고, 사람들은 결혼이라는 끈이 얼마나 끊을 수 없이 질긴 것인지 보여 주는 증거를 받아들이는 수밖에 없었다. 사교계는 보퍼트 부부 없이 지내야 하게 되었고, 사건은 그것으로 일단락되었다. 미도라 맨슨과 불쌍한 래닝 양을 포함해 판단 착오를 저지른 다른 양가집 규수들 같은, 이 재난의 운 나쁜 희생자들은 예외였지만, 그들이 헨리 밴 더 루이든 씨의 말을 귀담아 듣기만 했더라도…….

아처 부인은 진단을 내리고 치료법을 처방하는 태도로 사건을 이렇게 요약했다. "보퍼트 가가 택할 수 있는 최선의 길은 노스 캐롤라이나로 가서 거기 있는 레지나의 작은 집에서 사는 것이지. 보퍼트는 항상 경주마를 길렀고 좋은 준마를 거느렸지. 그 정도면 말장수로 성공할 자질은 두루 갖춘 셈이야." 모두가 부인의 말에 동의했지만, 보퍼트 부부가 정말로 어떻게 할 셈인지 아무도 묻지는 않았다.

다음 날 맨슨 밍고트 부인은 훨씬 상태가 좋아졌다. 목소리도 충분히 회복되어 아무도 자기 앞에서 보퍼트의 이름을 꺼내지 말도록 명령할 수 있을 정도가 되었고, 벤컴 박사가 오자 가족들이 대관절 무슨 생각으로 자기 건강을 놓고 이렇게 소란을 피우느냐고 물었다.

"나 같은 늙은이가 저녁에 치킨 샐러드를 먹었으니 이런 사단이 나지 않고 배기겠나?" 부인의 말이었다. 의사는 이 기회에 부인의 식습관을 교정해 줄 셈으로 발작이 아니라 소화불량으로 인한 급체라고 말을 바꾸었다. 그러나 단호한 어조에도 불구하고 캐서린 노부인은 이전의 태도를 완전히 되찾지는 못했다. 고령으로 점점 사람들과 멀어지게 되면서, 이웃들에 대한 호기심은 줄지 않았어도 그들의 어려움에 대한 깊은 동정심은 무뎌진 지 오래였다. 부인은 힘들이지 않고 보퍼트의 재난을 머릿속에서 떨쳐 버린 듯했다. 그러나 처음으로 자신의 병세에 깊은 관심을 쏟게 되었으며, 가족 중에서 이때까지 경멸스럽게 냉대했던 이들에 대해서도 감상적인 관심을 갖게 되었다.

웰랜드 씨는 특히 부인의 관심을 한몸에 받는 특권을 누렸다. 그는 부인의 사위들 중에서도 늘 가장 무시를 당해 왔다. 남편을 강인한 성격에 뛰어난 지적 능력을 지닌 인물로 보이게 하려는 아내의 노력은 비웃음과 조롱만 샀다. 그러나 이제 그는 건강 염려증 환자로서는 따를 자가 없다는 점 때문에 관심을 독차지하는 대상이 되었고, 캐서린 노부인은 그에게 고열이 진정되는 대로 빨리 와서 식단을 비교해 보라는 특명을 내렸다. 부인은 이제 발열에 주의하고 또 주의해도 모자란다는 것을 누구보다 잘 이해하는 사람이 되었다.

올렌스카 부인에게 전보를 띄운 지 만 하루가 채 되지 않아서, 다음 날 저녁 그녀가 워싱턴에서 왔다는 소식이 들렸다. 그때 마침 뉴랜드 아처는 웰랜드 가에서 점심을 먹던 참이었는데, 누가 그녀를 맞으러 저지시티에 나갈 것인지가 문젯거리가 되었다. 웰랜드 가 식구들은 마치 그곳이 변경의 전초기지라도 되는 양 구체적인 난점들을 놓고 치열한 격론을 벌였다. 웰랜드 부인은 그날 오후 남편과 함께 캐서린 노부인에게 가야 하니까 저지시티에 갈 수 없고, 웰랜드 씨가 발작을 일으킨 후 처음으로 장모의 모습을 보았다가 '충격을 받으면' 즉시 집으로 옮겨와야 할 테니 브루엄도 내줄 수 없다는 데에는 모두 동의했다. 웰랜드 가 아들들은 당연히 '시내'에 나가 있을 테고, 로벨 밍고트 씨는 사냥에서 이제 막 귀가를 재촉하는 참이고, 밍고트 가의 마차도 그를 맞으러 나가야 한다. 메이에게 자기 마차가 있다 해도 겨울 저물녘에 저지시티까지 혼자 배를 타고 가라고 할 수도 없는 일이었다. 그렇다고 올렌스카 부인을 역에서 아무도 맞아 주지 않는다면 냉대하는 것처럼 보일 수도 있을뿐더러, 캐서린 노부인의 간절한 소망을 거스르는 일이었다. 웰랜드 부인의 지친 목소리가 넌지시 비치듯이, 가족들을 이런 난처한 처지에 몰아넣다니 엘렌다웠다. "산 너머 산이라니까." 딱한 처지가 된 부인이 간만에 팔자소관을 하며 탄식했다. "엘렌을 맞으러 나가기가 이렇게 힘든 지경인데도 이상할 정도로 당장 부르기를 고집하신 걸 보면, 아무래도 어머니의 상태가 벤컴 박사님이 말씀하신 것보다 좋지 않은 것이 틀림없어."

참다못해 튀어나오는 말이 흔히 그렇듯이, 부인의 말은 경솔했다. 웰랜드 씨는 그 말을 놓치지 않았다.

"오거스타, 벤컴에게 전보다 신뢰가 덜 간다고 생각할 무슨 이유라도 있단 말이오? 그가 나나 장모님의 병세를 정기적으로 진찰하면서 평소 같지 않게 뭔가 숨긴다는 느낌이 들었소?" 그가 얼굴이 창백해져 포크를 내려놓고 말했다.

자신의 실수가 눈앞에서 걷잡을 수 없는 결과로 퍼져 나가자, 이번에는 웰랜드 부인의 얼굴이 창백해졌다. 그러나 부인은 가까스로 웃으며 가리비를 두 그릇째 뜨면서 오래 몸에 밴 명랑함으로 다시 자신을 무장하여 입을 열었다. "여보, 어떻게 그런 생각을 하실 수가 있어요? 제 말뜻은 단지 어머니가 엘렌의 의무는 남편한테 돌아가는 것이라고 단호한 입장을 취하신 뒤이고, 게다가 어머니를 도와드릴 손주들이 이렇게 많이 있는데도 엘렌을 보겠다고 변덕을 부리시니 이상하다는 얘기였지요. 하지만 어머니가 놀랄 정도로 원기왕성하시다고는 해도, 연세가 많으시다는 점을 잊어서는 안 되겠지요."

웰랜드 씨는 여전히 어두운 얼굴이었고, 불안에 빠져 이 마지막 말에서 생각을 돌리지 못하고 있음이 분명했다. "그렇소. 장모님은 연세가 아주 많으시오. 또 벤컴이 노인들은 잘 보지 못할 수도 있지. 당신 말마따나 산 너머 산이구려. 십 년이나 십오 년쯤 후면 새로운 의사를 찾아 돌아다니는 유쾌한 의무가 생길지도 모르지. 더 이상 피할 수 없게 되기 전에 바꾸는 편이 나을 거요." 이러한 스파르타 식의 결단에 이르자 웰랜드 씨는 포크를 굳게 쥐었다.

웰랜드 부인이 점심 식탁에서 일어나 자주색 새틴과 공작석이 어지러이 널린 뒤쪽 거실로 향하면서 다시 말했다. "하지만 엘렌이 내일 저녁 여기 어떻게 도착할는지 아무리 생각해도 모르겠군요. 적어도 만 하루 전에는 만사를 해결해 놓았으면 좋겠는데."

아처는 줄마노로 빙 둘러 장식한 팔각형의 흑단 액자 속에서 주연을 벌이고 있는 추기경 두 명을 그린 작은 그림에 사로잡힌 듯 뚫어지게 그것을 들여다보다가 눈을 돌렸다.

"제가 엘렌을 데리러 가면 어떨까요?" 그가 제안했다. "메이가 브루엄을 선착장에 보내 준다면, 제가 사무실에서 잠시 짬을 내어 거기로 나가서 브루엄을 맞지요." 말하면서 그의 가슴은 두방망이질 쳤다.

웰랜드 부인은 고맙다는 듯 긴 한숨을 토했고, 창가로 가 있던 메이도 그에게 찬성의 뜻으로 환한 미소를 보냈다. "그럼 보세요, 엄마. 앞으로 만 하루 안에 모든 일이 해결되겠네요." 그녀는 어머니의 근심에 찬 이마에 몸을 구부려 입을 맞추었다.

메이의 브루엄이 문간에서 그녀를 기다리고 있었다. 그녀는 아처가 브로드웨이 마차를 잡아타고 사무실까지 갈 수 있도록 유니언 스퀘어로 데려다 줄 참이었다. 그녀는 자기 자리에 앉자 이렇게 말했다. "새로운 문제를 끄집어내 엄마를 걱정시키고 싶지 않아서 말하지 않았는데요, 당신은 워싱턴에 가야 하는데 어떻게 내일 엘렌을 마중하러 나갈 수 있겠어요?"

"아, 난 가지 않을 거요." 아처가 대답했다.

"가지 않는다고요? 저런, 무슨 일이 생겼나요?" 그녀의 목소리는 종소리처럼 맑았고, 아내다운 걱정으로 가득했다.

"그 사건이 연기되었소."

"연기되었다고요? 이상도 해라! 오늘 아침 레터블레어 씨가 엄마한테 보낸 편지에는 대규모 특허 소송 건으로 대법원 앞에서 변론하기 위해 내일 워싱턴에 갈 예정이라고 했던데. 당신이 말씀하신 것도 특허 소송 아니었어요?"

"음, 바로 그거요. 사무실 전체가 다 갈 수는 없소. 레터블레어 씨가 오늘 아침에 가기로 했소."

"그럼 연기된 것이 아니잖아요?" 계속 재우쳐 묻는 품이 그녀답지 않게 고집스러워서, 아처는 그녀가 전통적인 조심성을 전례 없이 모두 내던지다니 보기 민망하다는 듯 얼굴을 확 붉혔다.

"아니오. 하지만 난 안 갈 거요." 그는 이렇게 대답하면서 워싱턴에 가겠다는 뜻을 밝힐 때 공연한 설명을 했던 것을 저주했다. 교활한 거짓말쟁이들은 세세한 부분까지 말해 주지만, 아예 말하지 않는 사람이야말로 진짜 거짓말쟁이라는 글을 어디선가 읽은 기억이 떠올랐다. 메이에게 거짓말을 하는 괴로움은 그녀가 눈치 채지 못한 척하려고 애쓰는 모습을 봐야 하는 괴로움에 비하면 별것 아니었다.

"나중에나 가게 될 거요. 덕분에 당신 가족들이 짐을 덜었잖소.” 그는 빈정거림을 가장해 태연한 척했다. 말하면서 자신을 쳐다보는 메이의 눈길이 느껴지자, 눈길을 피하는 것처럼 보이지 않으려고 자기도 눈을 돌려 마주 보았다. 그들의 시선이 잠깐 마주치면서, 의도했던 것보다 더 깊이 서로의 속내를 드러냈다.

“예, 어쨌거나 당신이 엘렌을 맞아 줄 수 있게 되어서 정말 잘 됐어요. 당신이 그렇게 하겠다고 하니까 엄마가 얼마나 고마워 하시는지 보셨죠.” 메이가 밝은 투로 동의했다.

“아, 내게도 기쁜 일이지.” 마차가 멈추었고, 그가 뛰어내리자 메이는 그를 향해 몸을 내밀고 자기 손을 그의 손 위에 포갰다. “잘 가요, 여보.” 그녀의 눈은 너무나 푸르러서 눈물이 맺혀 반짝이는 것이 아닐까 싶었다.

그는 몸을 돌려 유니언 광장을 가로질러 발길을 재촉하면서 속으로 노래를 부르듯이 거듭 중얼거렸다. ‘저지시티에서 캐서린 노부인 댁까지는 도합 두 시간이 걸려. 두 시간……, 그 이상이 될 수도 있지.’

29

결혼식 때 칠한 색 그대로인 아내의 검푸른 브루엄이 선착장에서 아처를 기다리고 있다가 저지시티의 펜실베이니아 종점으로 그를 편안하게 데려다 주었다.

눈발이 휘날리는 음산한 오후였다. 시끄러운 역에는 가스등이 밝혀져 있었다. 그는 승강장으로 걸어가 워싱턴 발 기차를 기다리면서, 언젠가 펜실베이니아 철도 기차가 허드슨 강 아래 터널을 통해 뉴욕까지 곧장 갈 날이 올 거라고 예측하는 사람들을 생각했다. 닷새 안에 대서양을 횡단하는 배를 건조한다던가, 비행기나 전등, 전선을 쓰지 않는 통신 수단을 비롯해 『아라비안나이트』에 나올 법한 신기한 물건들의 발명을 예언하는 몽상가 부류의 사람들이었다.

아처는 생각했다. '그들의 공상이 실현될지 여부는 관심 없어. 어쨌든 터널은 아직 만들어지지 않았으니.' 그는 분별없는 학생처럼 행복에 잠겨 상상의 나래를 폈다. 올렌스카 부인이 기차에서 내리면 그는 의미 없는 얼굴들 속 멀리서 그녀를 발견할 것이다. 마차로 안내할 동안 그녀는 그의 팔에 꼭 매달릴 것이고, 미끄러지는 말들, 짐을 가득 실은 수레들, 고래고래 소리 지르는 마부들을 헤치고 선창으로 천천히 걸어가서 놀랄 만큼 정적에 싸인 나룻배에 올라 눈을 맞으며 고요히 서 있는 마차에 나란히 앉으면, 땅은 그들 아래에서 미끄러지듯 나아가 태양의 반대편으로 굴러갈 것이다. 그녀에게 해야 할 말이 이렇게나 많은데 그 말들이 그의 입술 위에서 물 흐르듯 술술 흘러나오도록 순서를 잡고 있다니 믿기 어려운 일이다…….

기차는 종을 울리고 삐걱거리며 점점 가까워졌고, 먹잇감을 지고 굴 속으로 들어가는 괴물처럼 역으로 천천히 요동치며 들어왔다. 아처는 높이 난 객차 창문에서 눈을 떼지 않고 팔꿈치로 인파를 밀어젖히면서 앞으로 나아갔다. 그때 갑자기 올렌스카 부인의 창백하고 놀란 얼굴이 바로 곁에 보였고, 그녀가 어떻게 보이는지 잊고 있었다는 실망감에 새삼 사로잡혔다.

그들은 서로에게 다가가 손을 잡았다. 그가 엘렌의 팔을 잡아끌었다. "이쪽으로. 마차를 가지고 왔소."

그런 다음은 그가 상상했던 대로였다. 그는 훗날 가방을 받아든 뒤 브루엄에 오르도록 그녀를 도와주고, 할머니에 대해 적당히 안심시키고 보퍼트의 처지를 간단히 요약해 들려주었던 일을 희미하게 기억했다. 그는 엘렌의 차분한 반응에 크게 놀랐다. "불쌍한 레지나!" 그럴 동안 마차는 역 주변의 북새통을 가까스로 뚫고 나갔다. 그들은 휘청휘청하는 석탄 마차와 갈피를 못 잡고 허둥대는 말들, 마구잡이로 짐을 실은 운송용 마차, 아무것도 싣지 않은 영구차 — 아, 그 영구차! — 를 아슬아슬하게 피하면서 미끄러운 비탈길을 따라 부두 쪽으로 천천히 나아갔다. 그녀는 영구차가 지나갈 때 눈을 꼭 감고 아처의 손을 꽉 잡았다.

"별 뜻이 아니라면 좋으련만……. 불쌍한 할머니!"

"오, 아니, 아니오. 할머니는 많이 좋아지셨어요. 정말로 괜찮아요. 저기 봐요, 이제 지나갔잖소!" 그는 대단한 변화라도 생겼다는 듯이 큰 소리로 외쳤다. 그녀는 여전히 그의 손을 잡은 채였다. 마차가 나룻배로 건너가는 널판을 지나자, 그는 몸을 굽혀 그녀의 꼭 끼는 갈색 장갑의 단추를 풀고 유물에 입 맞추는 듯한 태도로 손바닥에 입을 맞추었다. 그녀는 살짝 웃으며 손을 뺐았다. 그는 이렇게 말했다. "오늘 내가 올지 모른다는 기대를 했나요?"

"오, 아뇨."

"당신을 만나러 워싱턴에 갈 생각이었소. 준비를 다 해 두었지. 하마터면 기차에서 당신과 엇갈릴 뻔했지 뭐요."

"저런……." 엘렌은 그들이 그렇게 가까스로 위험을 모면했다니 오싹하다는 듯이 탄성을 질렀다.

"알아요? 난 당신을 거의 잊다시피 하고 있었다오."

"날 거의 잊고 있었다고요?"

"그래요. 어떻게 설명해야 할까? 항상 그랬어요. 당신이 내 앞에 나타날 때마다 처음 보는 듯한 기분이었소."

"아, 그래요. 알아요! 알겠어요!"

"난 그랬소. 당신도?" 그가 되물었다.

그녀는 창밖을 내다보며 고개를 끄덕였다.

"엘렌, 엘렌, 엘렌!"

그녀는 아무런 대답도 하지 않았고, 그는 말없이 앉아 창 너머로 휘날리는 눈발과 함께 짙어 가는 어스름을 배경으로 점점 흐릿해져 가는 그녀의 옆모습을 바라보았다. 그녀는 넉 달이란 기나긴 시간 동안 무엇을 하고 지냈을까? 무엇보다도, 그들은 서로에 대해 얼마나 아는 것이 없는지! 귀중한 순간들이 새어 나가고 있었지만, 그는 그녀에게 하려던 말을 모조리 잊어버렸고, 어째서 이렇게 가까이 있어도 멀게만 느껴지는지 무력하게 곰곰이 따져 볼 따름이었다. 그들이 서로 닿을 만큼 가까이 앉아 있으면서도 서로의 얼굴을 쳐다볼 수도 없다는 사실이 그러한 수수께끼를 상징하는 듯했다.

"마차가 정말 예쁘네요! 메이의 것인가요?" 그녀가 갑자기 창에서 얼굴을 돌리면서 물었다.

"그래요."

"그럼 메이가 저를 데리러 오라고 당신을 보냈군요? 친절하기도 하지!"

그는 잠시 대답하지 않다가, 폭탄선언을 하듯 불쑥 내뱉었다. "우리가 보스턴에서 만난 다음 날 당신 남편의 비서가 나를 만나러 왔었소."

그녀에게 보낸 짤막한 편지에는 리비에르 씨의 방문에 대해 전혀 비치지 않았고, 그는 가슴속에 그 사건을 묻어 둘 생각이었다. 그러나 그들이 아내의 마차에 타고 있음을 그녀가 일깨우자 보복하고 싶은 충동이 일었다. 내 앞에서 메이를 들먹인 것과 그녀에게 리비에르를 들먹인 것 중 어느 쪽이 더 심한지 보라지! 그러나 그녀의 평상시의 침착한 태도를 흔들어 놓을 것이라고 기대했던 다른 경우와 마찬가지로, 그녀는 전혀 놀란 기미를 드

러내지 않았다. 그는 곧 이렇게 결론지었다. '그에게서 편지를 받은 모양이군.'

"리비에르 씨가 당신을 만나러 갔었다고요?"

"그래요. 몰랐소?"

"예." 그녀는 짧게 대답했다.

"그런데도 놀라지 않는단 말이오?"

그녀는 머뭇거렸다. "왜 놀라야 하죠? 그는 보스턴에서 내게 당신과 아는 사이라고 말했어요. 영국에서 당신을 만난 적이 있나 보다 했죠."

"엘렌, 한 가지만 묻겠소."

"그러세요."

"그를 만나고 나서 묻고 싶었지만, 편지에는 적을 수가 없었소. 당신이 남편을 떠났을 때, 당신이 도망치도록 도와주었던 사람이 리비에르였소?"

그는 심장이 하도 쿵쾅거려서 숨을 쉴 수가 없었다. 그녀는 이 질문에도 똑같이 침착한 태도로 반응할까?

"예. 그 사람한테는 큰 빚을 졌어요." 그녀는 조금도 흔들림 없는 차분한 목소리로 대답했다.

그녀의 어조는 자연스럽다 못해 무심하게 들려서, 아처의 동요하던 마음도 가라앉았다. 다시 한번 그녀는 단순한 대응을 통해 그가 인습을 내팽개치고 있다고 여겼던 바로 그 순간에도 어리석게 인습에 사로잡혀 있음을 깨닫게 해 주었다.

"당신처럼 솔직한 여자는 만나 본 적이 없어요!" 그가 외쳤다.

"아, 아니에요. 하지만 가장 까다롭지 않은 여자들 축에는 낄 수도 있겠네요." 그녀는 웃음을 담아 대답했다.

"표현이야 좋을 대로 해요. 당신은 뭐든 있는 그대로 보는군요."

"아, 그래야만 했어요. 난 고르곤[1]을 보아야만 했어요."

"흠, 그것이 당신을 눈멀게 하지는 못했소! 당신은 고르곤이 별 볼일 없는 늙은 요괴에 불과하다는 것을 알았던 거지."

"고르곤은 아무도 눈멀게 하지 않아요. 하지만 사람들의 눈물을 말려 버리죠."

그 대답에 아처는 달리 할 말을 찾지 못했다. 그 말은 그의 손이 닿을 수 없는 깊은 경험에서 나온 것 같았다. 천천히 나아가던 나룻배가 멈추면서 뱃머리가 거칠게 조선대(造船臺)에 충돌하는 바람에 브루엄이 기우뚱거렸고, 아처와 올렌스카 부인은 서로 심하게 부딪쳤다. 아처는 몸을 떨면서 그녀의 어깨가 세게 닿는 것을 느끼고 팔로 그녀를 감싸 안았다.

"당신이 눈멀지 않았다면, 이런 것이 오래 갈 수는 없다는 것도 모를 리가 없을 거요."

"무엇이 오래 갈 수 없다고요?"

"우리가 같이 있으면서도 하나가 아닌 것."

"아니에요. 당신은 오늘 오지 말았어야 했어요." 그녀의 목소리가 달라졌다. 갑자기 몸을 돌려 양팔을 벌려 그를 부둥켜안고 그의 입술에 자신의 입술을 포갰다. 바로 그 순간 마차가 움직이기 시작했고, 조선대 맨 앞의 가스등 불빛이 창문 안까지 비추었다. 그녀는 몸을 뺐고, 그들은 브루엄이 선착장 주변에 붐비는

---

1) 그리스 신화에 나오는 여성의 형상을 한 세 괴물 중 하나로, 머리카락은 뱀으로 묘사된다. 신화에 따르면 이를 본 사람은 누구나 돌로 변한다. 단수로 쓰면 메두사를 가리킨다.

마차들 속을 뚫고 지나갈 동안 말없이 꼼짝도 않고 앉아 있었다. 그들이 거리로 들어서자, 아처가 다급하게 입을 열었다.

"나를 두려워하지 말아요. 그렇게 스스로를 궁지로 몰아넣지 않아도 돼요. 억지로 당신 입술을 훔치고 싶지는 않소. 이것 봐요. 당신 옷깃도 스치지 않으려 하고 있잖소. 우리 사이의 이런 감정을 흔해 빠진 은밀한 불륜으로 전락하게 만들고 싶지 않은 마음을 내가 몰라 준다고 생각지 말아요. 멀리 떨어져 당신을 만나게 되기만을 고대하던 어제만 해도 모든 생각이 온통 불꽃처럼 활활 타오르고 있었기 때문에 이런 말은 할 수 없었을 거요. 하지만 이제 당신이 왔소. 당신은 내가 기억했던 모습을 훨씬 뛰어넘어 그 이상이오. 내가 당신에게 원하는 것은 기다림에 애태우며 시간을 허비하면서 가끔씩 한두 시간 만나는 정도로는 어림도 없소. 실현되리라고 남몰래 믿는 다른 꿈을 내 마음속에 품고 있지 않다면 이렇게 당신 옆에 침착하게 앉아 있을 수 없을 거요."

잠시 그녀는 아무 말이 없었다. 그러더니 속삭이듯 물었다.

"실현될 거라고 믿는다니 무슨 뜻인가요?"

"당신도 알고 있어요. 그렇지 않소?"

"당신과 내가 함께 있게 되는 당신의 꿈 말인가요?" 그녀가 갑자기 미친 듯이 웃음을 터뜨렸다. "나한테 그런 얘기를 할 장소를 잘도 골랐군요."

"내 처의 브루엄을 타고 있다고 그런 말을 하는 거요? 그럼 나가서 얘기할까요? 눈을 좀 맞아도 괜찮겠소?"

그녀는 다시 이번에는 좀 더 부드럽게 웃었다. "아니에요. 나가서 걷지는 않겠어요. 전 되도록 빨리 할머니께 가야 하니까요.

그리고 내 옆에 앉아서 꿈 말고 현실을 보세요."

"현실이라니 무슨 뜻으로 하는 말인지 모르겠군요. 내게 유일한 현실은 이것뿐이오."

그녀는 이 말에 한참 동안 침묵을 지켰다. 침묵이 흐를 동안 마차는 어슴푸레한 골목길을 달려 조명이 휘황하게 빛나는 5번가로 들어섰다.

"그럼 당신 생각은 내가 당신의 정부가 되어 같이 살아야 한다는 것인가요? 당신의 아내는 될 수 없으니." 그녀가 물었다.

그는 노골적인 질문에 흠칫 놀랐다. 상류계급의 여성들이라면 대화가 그런 주제에 바짝 접근할 때라도 그 말은 애써 피할 것이다. 그는 올렌스카 부인이 익숙하게 쓰는 어휘인 것처럼 그 말을 발음했음을 알아차렸고, 그녀가 도망쳐 온 몸서리쳐지는 삶에서는 면전에서 숱하게 쓰였던 것이 아닐까 의심이 들었다. 그녀의 질문에 그는 갑자기 허를 찔린 듯 허둥거렸다.

"내가 바라는 건……, 난 어떻게든 그런 말, 그런 구분 자체가 존재하지 않을 세계로 당신과 함께 떠나고 싶소. 우리가 서로를 사랑하고 서로에게 삶의 전부가 되는, 인간 대 인간으로 있을 수 있는 곳, 그 밖의 어떤 것도 중요치 않을 그런 곳으로."

그녀는 다시 깔깔대고 웃더니 긴 한숨을 내쉬었다. "오, 당신, 그런 나라가 어디에 있나요? 그런 곳에 가 본 적이 있어요?" 그녀가 물었다. 그녀는 그가 언짢은 기색으로 잠자코 있자 말을 이었다. "내가 아는 사람들 중에도 그런 곳을 찾으려는 시도를 한 사람이 한둘이 아니에요. 내 말을 들어요. 그들은 모두 잘못된 역에서 내렸어요. 불로뉴, 피사, 몬테카를로 같은 곳 말이죠. 그곳은 그들이 뒤에 두고 떠나온 세계와 전혀 다르지 않았어요.

더 작고 음침하고 난잡하다는 것만 빼고 말이죠."

그녀가 이런 투로 말하는 것을 한번도 들어 본 적이 없었다. 그는 그녀가 조금 전에 한 말을 기억해 냈다.

"그래, 고르곤이 당신의 눈물을 말려 버렸군요." 그가 말했다.

"흠, 고르곤은 내 눈을 띄워 주기도 했어요. 고르곤이 사람들을 눈멀게 한다는 얘기는 틀린 말이에요. 그 반대죠. 사람들의 눈꺼풀을 뜨고 있게 고정시켜서 다시는 축복 같은 어둠 속에 있지 못하게 만들죠. 그런 식의 중국 고문이 있지 않아요? 틀림없이 그럴 거예요. 아, 내 말을 믿어요. 거긴 비참하고 작은 나라일 뿐이라니까!"

마차가 42번가를 통과했다. 메이의 브루엄을 끄는 억센 말은 켄터키 산 준마처럼 그들을 북쪽으로 데려가고 있었다. 아처는 헛된 말로 시간을 낭비하고 있다는 느낌에 숨이 막혀 왔다.

"그렇다면 우리를 위한 당신의 계획은 정확히 뭐요?" 그가 물었다.

"우리를 위해서라고? 그런 의미에서의 우리는 없어요! 우리는 서로 멀리 떨어져 있어야만 서로 가까이 있는 거예요. 그때는 우리 자신으로 있을 수 있죠. 그러지 않으면 우린 우리를 신뢰하는 사람들의 등 뒤에서 행복해지려고 애쓰는 엘렌 올렌스카의 사촌의 남편인 뉴랜드 아처와 뉴랜드 아처의 아내의 사촌인 엘렌 올렌스카일 뿐이에요."

"아, 난 그런 건 뛰어넘었소." 그가 신음처럼 내뱉었다.

"아뇨, 당신은 그렇지 않아요! 당신은 결코 그 테두리 밖으로 나온 적이 없어요. 난 넘어가 봤어요." 그녀가 처음 들어 보는 목소리로 말했다. "그리고 난 거기가 어떤 모습인지 알아요."

그는 형언할 수 없는 고통으로 망연자실해져 조용히 있었다. 그러다가 어두운 마차 안을 더듬어 마부에게 신호를 보내는 작은 종을 찾았다. 그는 메이가 마차를 세우고 싶을 때면 종을 두 번 울리던 것을 기억했다. 그가 종을 울리자, 마차가 길가에 섰다.

"왜 서는 거예요? 여긴 할머니 댁이 아니잖아요." 올렌스카 부인이 소리쳤다.

"그렇소. 난 여기에서 내리겠소." 그는 더듬더듬 말하고는 문을 열고 인도로 내려섰다. 가로등 불빛으로 놀란 표정의 그녀가 무심결에 자신을 붙잡으려 하는 모습을 보았다. 그는 문을 닫고 잠시 창으로 몸을 구부렸다.

"당신 말이 옳아요. 오늘 오지 말았어야 했소." 그는 마부 귀에 들리지 않도록 목소리를 낮추어 속삭였다. 그녀는 몸을 앞으로 구부리고 뭔가 말하려는 듯했으나, 그가 마차를 출발시키라는 지시를 내렸다. 마차는 모퉁이에 선 그를 남겨 두고 떠나갔다. 눈은 멎었고, 살을 에는 듯한 바람이 멍하니 선 그의 얼굴을 세차게 때렸다. 갑자기 속눈썹에 뭔가 빳빳하고 차가운 느낌이 들었다. 그제야 자신이 울고 있었고, 바람에 눈물이 얼었다는 것을 깨달았다.

그는 주머니에 손을 찔러 넣고 잰걸음으로 5번가를 지나 집으로 걸어갔다.

30

그날 저녁, 식사 시간이 되기 전에 내려와 보니 거실이 텅 비어 있었다.

맨슨 밍고트 부인이 병석에 눕고부터는 모든 가족 모임이 연기되었기 때문에, 그와 메이 단 둘이 저녁 식사를 했다. 둘 중 시간을 더 잘 지키는 쪽은 메이였으므로, 아처는 그녀가 먼저 와 있지 않자 놀랐다. 그가 옷을 갈아입을 동안 메이의 방에서 기척이 들렸으므로, 그녀가 집에 있는 것은 확실했다. 무엇 때문에 늦어지는지 궁금했다.

그는 현실에 생각을 묶어 두기 위한 방편으로 이런 추측에 정신을 집중했다. 가끔씩 장인이 사소한 문제에 집착하는 이유를 조금 알 것도 같았다. 어쩌면 웰랜드 씨도 아주 오래전에 일탈과 공상을 경험한 적이 있고, 그것으로부터 자신을 지키기 위해 집 안의 온갖 소소한 일상 잡사를 다 들춰 내는 것일지도 모른다.

메이가 나타나자, 아처는 그녀가 지쳐 보인다고 생각했다. 메이는 밍고트 가에서 하는 대로 가장 편안한 자리에서만 입는, 목 부분을 깊이 파고 끈으로 꽉 졸라맨 만찬용 드레스를 입고, 금발은 평소처럼 감아 올렸다. 그녀의 얼굴은 이와는 대조적으로 파리하다 못해 거의 죽은 사람 같았다. 그러나 평소와 다름없이 상냥한 얼굴로 그를 대했으며, 눈은 전날처럼 푸르게 반짝였다.

"어찌 된 거예요, 여보?" 메이가 물었다. "할머니 댁에서 기다리고 있는데 엘렌이 혼자 와서는 당신은 급한 볼일이 생겨서 도중에 내렸다고 하더군요. 무슨 문제라도 생겼나요?"

"편지 몇 통을 잊고 있다가 기억이 나서 저녁 식사 전에 부쳐야겠다고 생각했을 뿐이오."

"아……." 그녀는 잠깐 있다가 말했다. "할머니 댁에 왔으면 좋았을 텐데. 편지가 급한 것이 아니었다면요."

"급한 편지였소." 그는 그녀가 자기주장을 내세우는 데 놀라며 대꾸했다. "게다가, 왜 내가 할머님 댁에 갔어야 했다는 건지 모르겠소. 당신이 거기 있는 줄도 몰랐는데."

메이는 몸을 돌려 벽난로 선반 위에 걸린 거울 쪽으로 다가갔다. 거기 서서 긴 팔을 들어 복잡하게 말아 올린 머리에서 삐쳐 나온 부분을 매만졌다. 아처는 메이의 태도가 축 처지고 뻣뻣한 데 놀라는 한편, 아내도 그들의 단조롭기 짝이 없는 일상에 짓눌리고 있는지 모른다는 생각이 들었다. 그때 비로소 그가 그날 아침 집을 나설 때, 메이가 계단에서 그를 불러 할머니 댁에서 만나 함께 마차를 타고 집으로 돌아가자고 말했던 기억이 떠올랐다. 자기도 흔쾌히 좋다고 대답해 놓고서는 다른 공상에 몰두하느라고 약속을 까맣게 잊었던 것이다. 이제야 양심의 가책으로 마음이 찔렸으나, 한편으로는 결혼한 지 거의 이 년이 지나가는 마당에 그녀가 이런 사소한 실수를 고깝게 마음에 담아 두고 있다니 짜증이 났다. 그는 언제까지나 미적지근한 신혼 상태로 살아가는 데 싫증이 났다. 메이도 나름대로 불만이 적지 않을 텐데, 그녀가 자기의 불만을 털어놓는다면 그는 웃어넘겼을 것이다. 그러나 메이는 스파르타 식의 미소로 극기하며 가공의 상처를 감추도록 단련되어 있었다.

그는 곤혹감을 감추려고 할머니의 용태를 물었다. 메이는 밍고트 부인의 병세가 많이 호전되기는 했지만 보퍼트 가에 대한 최근 소식으로 좀 심란해하신다고 대답했다.

"무슨 소식인데?"

"그이들이 뉴욕에 머물 것 같아요. 보험 사업 같은 데 뛰어들려나 봐요. 작은 집을 알아보는 중이라더군요."

너무나 터무니없는 일이라 더 말할 가치도 없었으므로, 그들은 저녁 식탁에 앉았다. 저녁 식사를 할 동안에도 그들의 대화는 평소의 제한된 범위를 넘지 않았다. 그러나 아처는 아내가 올렌스카 부인이나 캐서린 노부인이 그녀를 어떻게 맞아 주었는지에 대해 입도 벙긋하지 않는다는 사실을 눈치 챘다. 그 사실이 고마우면서도 한편으로 막연히 불길한 느낌이 들었다.

그들은 커피를 마시러 서재로 자리를 옮겼다. 아처는 담배에 불을 붙이고 미슐레[1]의 책을 한 권 뽑아 들었다. 메이는 그가 시집을 들고 있는 모습을 보면 꼭 큰 소리로 읽어 달라고 부탁하기 일쑤였으므로, 저녁에는 역사물을 탐독했다. 자기 목소리가

---

1) 1798~1874. 『프랑스사』로 유명한 19세기 프랑스 역사가.

마음에 안 들어서가 아니라, 그가 읽는 내용에 대해 그녀가 뭐라고 의견을 달지 안 들어도 뻔했기 때문이다. 이제야 깨달은 것이지만, 약혼 시절에 메이는 그가 해 준 얘기를 앵무새처럼 따라 읊기만 했다. 그러나 이제 그가 더 이상 의견을 제공해 주지 않자 과감히 자기 의견을 개진하기 시작했고, 메이의 비평은 그가 작품을 즐기는 데 크게 방해가 되었다.

메이는 그가 역사책을 고른 것을 보고 바느질 바구니를 들고 왔다. 그녀는 녹색 갓을 씌운 독서용 램프 가까이 안락의자를 끌어다 놓고, 그의 소파에 두려고 수를 놓고 있는 쿠션을 끄집어냈다. 메이는 바느질 솜씨가 썩 좋은 편은 못 되었다. 그녀의 큼직하고 날렵한 손은 승마나 노 젓기 등 야외 활동에 잘 맞았다. 그러나 다른 아내들이 으레 남편을 위해서 쿠션에 수놓기를 했으므로, 메이도 남편을 위한 내조라면 하나라도 빠뜨리지 않으려 했다.

메이가 곁에 가만히 앉아 있었으므로, 아처는 눈만 살짝 들어도 수틀 위에 구부린 모습이며 단단하고 통통한 팔에서 미끄러져 내리는 주름 장식을 단 소맷자락, 왼손에 낀 금으로 된 두꺼운 결혼반지와 빛나는 사파이어 약혼반지, 천에 느릿느릿 힘겹게 바늘을 꽂는 오른손을 볼 수 있었다. 그녀가 깨끗한 이마에 램프 불빛을 받으면서 그렇게 앉아 있을 동안, 그는 그 이마 속에 든 생각을 항상 속속들이 알고 있고, 아무리 긴 세월을 살아도 그녀가 예기치 못한 분노라든가 새로운 생각, 결점, 잔인성이나 어떤 감정으로 자신을 놀라게 하는 일은 결코 없을 것이라고 낙담한 심정으로 남몰래 혼잣말을 했다. 짧은 연애 기간에는 메이에게도 자기의 시와 로맨스가 있었지만, 더 이상 필요하지 않게 되자 거들떠보지도 않았다. 이제 그녀는 자기 어머니의 닮은꼴이 되어 가고 있었고, 기이하게도 바로 그 과정을 통해 남편을 웰랜드 씨로 바꿔 놓으려 하는 중이었다. 그는 초조함에 사로잡혀 책을 내려놓고 일어섰다. 그러자 그녀도 고개를 들었다.

"왜 그러세요?"

"방이 답답하군. 바람을 좀 쐬어야겠소."

그는 서재의 커튼을 거실처럼 금박 입힌 커튼 칸막이에 고정시켜 겹겹이 늘어뜨린 레이스 위로 묶어 두는 대신, 저녁이면 닫을 수 있도록 봉에 끼워 앞뒤로 움직이게 해야 한다고 주장했다. 그는 커튼을 젖히고 창문을 열어 차가운 밤공기 속으로 몸을 내밀었다. 그의 램프 아래 탁자 옆에 앉아 있는 메이에게서 눈을 돌려 다른 집들의 지붕과 굴뚝을 보고, 뉴욕을 벗어난 다른 도시, 그의 세계 밖의 전혀 새로운 세계, 그의 삶 바깥에 놓인 다른 삶을 느껴 보는 것만으로도 머릿속이 맑아지고 숨쉬기가 편해졌다.

잠시 어둠 속으로 몸을 내밀고 있는데 메이의 목소리가 들려왔다. "뉴랜드! 창문 닫아요. 그러다가 독감에 걸리겠어요."

그는 창문을 닫고 돌아섰다. "독감에 걸린다고!" 그가 되풀이했다. 이렇게 덧붙이고 싶었다. "이미 걸렸소. 난 죽었어요. 오래전에 벌써 죽은 몸이라오."

갑자기 터무니없는 생각이 꼬리를 물고 번쩍 떠올랐다. 죽은 사람이 메이라면! 그녀가 죽는다면……. 가까운 시일 내에……. 그래서 그가 자유의 몸이 된다면! 따스하고 익숙한 방에서 아내를 바라보며 그녀가 죽기를 바라는 기분은 너무나 이상야릇하면서도 거부할 수 없을 만큼 매혹적이어서, 그 순간에는 그것이 얼마나 엄청난 생각인지도 바로 와 닿지 않았다. 단지 우연히 자신의 병든 영혼이 집착할 만한 새로운 가능성이 주어졌다고만 느꼈을 따름이었다. 그렇다, 메이가 죽을 수도 있다. 누구나 다 죽으니까. 메이처럼 젊고 건강한 사람들이라도. 그녀가 죽어서 그가 갑자기 자유가 될 수도 있다.

그는 그녀와 시선이 마주치자, 휘둥그레진 그녀의 눈을 보고 자기가 이상하게 보인다는 것을 알았다.

"뉴랜드! 어디 아파요?"

그는 고개를 가로젓고 안락의자 쪽으로 갔다. 그녀는 수틀 위로 몸을 구부렸다. 그는 지나가면서 그녀의 머리에 손을 올려놓았다. "가엾은 메이!"

"가엾다고요? 무슨 소리예요?" 그녀가 억지웃음을 지으면서 그의 말을 따라했다.

"내가 창문을 열면 꼭 당신을 걱정시키게 되니까." 아처도 웃으면서 대꾸했다.

잠시 동안 메이는 말이 없다가, 머리를 일감 위에 숙인 채 들릴 듯 말 듯한 목소리로 말했다. "당신이 행복하다면 아무 걱정 안 할 거예요."

"아, 여보, 창문도 열 수 없다면 내가 어떻게 행복할 수 있겠소!"

"이런 날씨에 말인가요?" 그녀가 항의했다. 그는 한숨을 지으며 책으로 얼굴을 돌렸다.

일주일 남짓 시간이 흘렀다. 아처는 올렌스카 부인의 소식을 전혀 듣지 못했고, 가족들 중 누구도 자기 앞에서는 그녀의 이름을 입에 올리지 않는다는 사실을 깨달았다. 그는 그녀를 만나려고도 하지 않았다. 그녀가 캐서린 노부인 댁에 있을 동안은 거의 불가능할 듯했다. 미래를 알 수 없는 상황에서 그는 몹시 추운 밤 서재 창문에서 몸을 내밀었을 때 떠올랐던 결심을 되새기면서 생각의 표면 아래 어딘가를 표류하도록 자신을 내버려 두었다. 그 결심에 기대어 겉으로는 아무런 티도 내지 않고 기다릴 수 있었다.

그러던 어느 날 메이가 맨슨 밍고트 부인이 그를 보고 싶어 한다고 말했다. 노부인은 꾸준히 회복되는 중이었고, 손녀사위들 중에서 아처가 제일 마음에 든다고 항상 공언해 왔으므로 그 청이 새삼스러울 것은 전혀 없었다. 메이는 이 말을 전하면서 기쁨을 감추지 않았다. 그녀는 할머니가 남편의 진가를 알아 준다고 자랑스럽게 여겼다.

잠시 침묵이 흘렀고, 아처는 이렇게 말해야만 할 것 같았다.
"좋소. 오늘 오후에 함께 가기로 할까?"

아내의 얼굴이 밝아졌으나, 이내 이렇게 대답했다. "오, 당신 혼자 가는 편이 낫겠어요. 같은 얼굴을 너무 자주 보면 할머니도 지루하실 테니까."

밍고트 노부인 댁 초인종을 울리면서 아처의 심장은 터질 듯이 고동쳤다. 그는 이 방문에서 올렌스카 백작 부인과 단 둘이 한마디라도 나눌 기회를 얻을 수 있을 것이라고 확신했기 때문에, 무슨 일이 있어도 혼자 가고 싶었다. 그는 기회가 자연스럽게 제 발로 찾아올 때까지 기다리기로 했었다. 그러다가 드디어 기회가 왔고, 이렇게 문 앞에 서게 된 것이다. 문 뒤, 복도 옆방의 노란색 다마스크 천 커튼 뒤에서 그녀가 틀림없이 그를 기다리고 있을 것이다. 이제 곧 그녀를 보게 될 것이고, 그녀가 그를 병실로 안내하기 전에 몇 마디라도 건네어 볼 수 있을 것이다.

그가 하고 싶은 질문은 딱 한 가지였다. 그러고 나면 자신이 취할 길이 확실해질 것 같았다. 그가 묻고 싶은 것은 그녀가 워싱턴에 돌아갈 날짜뿐이었다. 그 질문에도 대답을 거부하지는 않을 것이다.

그러나 노란 거실에서 기다리는 이는 혼혈 하녀뿐이었다. 하녀는 피아노 건반처럼 하얀 이를 빛내면서 미닫이문을 밀고 캐서린 노부인 앞으로 나가도록 재촉했다.

노부인은 침대 옆 옥좌같이 생긴 커다란 안락의자에 앉아 있었다. 그 옆에는 조각한 갓을 두른, 청동 램프가 달린 마호가니 스탠드가 있고, 그 옆에 녹색 종이 가리개를 세워 두었다. 가까이에 책이나 신문은 물론 여자다운 소일거리를 한다는 증거는 아무것도 없었다. 대화만이 밍고트 부인의 유일한 취미였고, 그녀는 수놓기에 대한 경멸감을 숨기려 하지도 않았다.

부인에게서 발작으로 인해 일그러졌던 부분은 흔적도 찾을 수 없었다. 안색이 약간 더 창백해지고, 살이 접혀 들어간 곳에 그늘이 좀 더 짙어졌을 뿐이었다. 부인은 늘어진 겹턱 사이에 빳빳이 풀 먹인 리본을 묶어 고정시킨, 주름 장식 달린 모브캡[2]을 쓰고, 낙낙한 자주색 실내복 위에 모슬린 스카프를 두르고 있어, 풍성한 식탁을 마음껏 즐기려는 영리하고 인정 많은 노부인처럼 보였다.

그녀는 애완동물처럼 거대한 무릎 사이 움푹한 곳에 묻고 있

2) 18~19세기에 유행한 실내용 여성 모자.

던 작은 손을 뽑아 하녀를 불렀다. "아무도 들이지 마라. 딸애가 불러도 자고 있다고 해."

하녀가 나가자 노부인은 손녀사위에게로 몸을 돌렸다.

"자네, 내 몰골이 말도 못 하게 끔찍스러운가?" 부인은 명랑하게 물으면서 한 손을 들어 엄청나게 비대한 가슴 위 모슬린 천의 주름을 더듬었다. "딸애들은 내 나이에 그게 뭐 대수냐고 하지. 숨기려 해 봤자 소용없는데도 끔찍한 몰골 따위는 문제도 안 된다는 듯이 말이야!"

"무슨 소리세요, 예전보다 훨씬 더 보기 좋으십니다!" 아처도 같은 투로 말을 받았다. 부인은 고개를 뒤로 젖히고 웃음을 터뜨렸다.

"아, 그래도 엘렌만은 못할 테지!" 부인은 불쑥 내뱉고는 심술기 가득한 눈빛을 그에게 보냈다. 그가 대답하기도 전에 이런 말을 덧붙였다. "나룻배에서 마차로 그 애를 데려오던 날도 그렇게 예쁘던가?"

그가 웃자, 부인이 말을 계속했다. "그래서 그 애더러 도중에 내려 달라고 했나? 내 젊을 때는 젊은 남자들이 어쩔 수 없는 상황이 아니라면 예쁜 여자를 버려 두고 가지는 않았는데!" 부인은 다시 클클대며 웃더니, 웃음을 삼키고 불평처럼 투덜댔다. "그 애가 자네랑 결혼하지 않다니 안됐지 뭔가. 그렇게 하라는 말을 수도 없이 했건만. 그랬으면 내가 지금 같은 걱정은 안 해도 됐을 텐데. 하지만 할머니가 걱정하든 말든 누가 그런 걸 신경이나 쓰던감?"

아처는 부인이 병 때문에 정신이 흐려진 것이 아닌가 의심스러웠다. 그러나 갑자기 부인이 외쳤다. "자, 어쨌든 다 끝난 일이야. 그 앤 다른 가족들이 뭐라고 하건 나와 함께 있을 걸세! 그 애는 내가 저를 잡아 두려고 무릎을 꿇고 빌기 전에는 오 분 이상 여기 머물려고 하지도 않았지. 그렇게 해서 할 수만 있다면, 난 지난 이십 년간 마루에서 눈도 떼지 않았을 거야."

아처가 조용히 듣기만 하자, 부인이 말을 계속했다. "자네도 물론 알겠지만, 다들 날 설득하려고 했어. 로벨이고 레터블레어고 오거스타 웰랜드고 다들 한통속이 되어서 내가 딱 버티고 생활비를 끊어서 그 애한테 올렌스키에게 돌아가는 것이 자기 의무라는 걸 깨닫게 해 줘야 한다는 거야. 비서 나부랭이인지가 마지막 제안을 갖고 왔을 때는 나도 더 할 말이 없을 거라고들 생각했지. 솔직히 말하면 꽤 괜찮은 제안이더군. 무엇보다도, 혼인 관계는 그대로 두고 돈은 돈대로 챙길 수 있으니까, 양쪽 다 손해 볼 것 없지……. 뭐라고 대답해 줘야 할지 모르겠더군……." 부인은 힘에 부친 듯 말을 끊고 길게 숨을 들이쉬었다. "하지만 막상 그 애를 앞에 두고서는 이렇게 말했다네. '요 예쁜 새 같은 것아! 다시 그 새장에 널 가둘 셈이냐? 아서라!' 그래서 이제 그 애가 여기 머물면서 돌봐 줘야 할 할머니가 있는 한 이 할미를 도와주기로 한 거지. 뭐 그리 즐거운 생활은 못 되겠지만, 그 애는 마음 쓰지 않아. 물론 레터블레어에게는 그 애한테 적당한 생활비를 주도록 말해 뒀지."

부인의 말을 듣고 아처는 흥분으로 온몸이 달아올랐다. 그러나 이 소식에 기쁜지 괴로운지 스스로도 갈피를 잡을 수가 없었다. 그는 자신이 취할 방도를 이미 확실히 정해 둔 터였으므로, 잠시 생각을 가다듬을 수가 없었다. 그러나 어려움은 뒤로 밀려나고 기회가 기적처럼 찾아왔다는 달콤한 생각이 점차 마음속에 스며들었다. 엘렌이 와서 할머니와 사는 데 동의했다면, 그를 포기할 수 없다는 것을 깨달았음이 틀림없다. 이건 일전에 그가 마지막으로 했던 호소에 대한 그녀의 대답이다. 그가 간청했던 극단적인 방법까지는 아니더라도, 결국은 임시방편이라도 써 보기로 한 것이다. 그는 모든 것을 내던질 준비를 했다가 갑자기 안전해지자, 위험스러운 달콤함을 맛보게 된 자의 무의식적인 안도감을 느꼈다.

"그녀는 돌아갈 수 없어요. 그건 말도 안 됩니다!" 그가 외쳤다.

"아, 난 늘 자네가 그 애 편인 줄 알고 있었어. 그래서 오늘 자네를 부른 거고, 자네의 예쁜 처가 같이 오겠다기에 이렇게 말한 거야. '아니다, 얘야, 뉴랜드를 만나려는 거다. 우리 얘기에 다른 사람이 끼어드는 건 싫다.' 이보게, 자네……." 부인은 턱을 당길 수 있는 데까지 머리를 뒤로 젖히고 그를 똑바로 쳐다보았다. "우린 이제 한판 싸움을 하게 될 걸세. 가족들은 그 애가 여기 있는 걸 원치 않아. 병들고 약한 노인네를 그 애가 재주 좋게 구워삶았다고들 할 거야. 난 아직 가족들을 한 사람씩 상대할 만큼 상태가 좋진 않으니, 자네가 날 좀 도와줘야겠어."

"제가요?" 그가 놀라 말을 더듬었다.

"자네 말이야. 안 될 게 무언가?" 부인은 동그란 눈을 갑자기 칼날처럼 날카롭게 치켜뜨면서 쏘아붙였다. 부인은 안락의자 팔걸이에 놓았던, 새의 발톱처럼 핏기 없는 작은 손톱이 난 손으로 그의 손을 꽉 움켜쥐었다. "안 되겠나?" 부인은 날카롭게 그를 꿰뚫어보며 한 번 더 물었다.

아처는 부인의 눈길을 고스란히 받으면서 정신을 가다듬었다.

"오, 저는 안 됩니다. 제 힘은 너무나 미약합니다."

"자네는 레터블레어와 일하잖나? 레터블레어를 통해서 그들과 접촉하면 되잖아. 자네한테 그럴 이유가 없다면……." 부인이 주장했다.

"할머님, 제 도움이 없어도 할머님이 가족들에게 맞서 버티시도록 지원하겠습니다. 마음만 먹으면 잘 해내실 겁니다." 그는 부인의 자신감을 북돋아 주었다.

"그래야 우리가 안전하단 말이지!" 부인은 탄식을 토했다. 그러고는 노회하기 짝이 없는 표정으로 그에게 미소를 지으면서, 머리를 쿠션에 묻으며 덧붙였다. "자네가 우리 편이라는 거야 내 익히 알았지. 딴 식구들은 집으로 돌아가는 것이 그 애의 의무라고 다들 입을 모으면서도 자네 의견은 한번도 입에 올린 적이 없었거든."

그는 부인의 소름이 끼칠 정도의 통찰력에 약간 움츠러드는 기분이 들었고, "그럼 메이는요, 가족들이 그녀의 의견은 얘기하던가요?"라고 묻고 싶었다. 그러나 질문의 방향을 바꾸는 편이 더 안전하겠다고 판단했다.

"그러면 올렌스카 부인은요? 언제 그녀를 만나 볼 수 있겠습니까?"

노부인은 눈꺼풀에 주름이 자글자글하도록 킬킬 웃으면서 짓궂은 몸짓을 했다. "오늘은 안 돼. 한번에 한 명씩이야. 그 아이는 외출했단다."

그는 실망하여 얼굴을 붉혔다. 부인이 다시 말했다. "그 앤 나갔어. 내 마차를 타고 레지나 보퍼트를 만나러 갔지."

부인은 이 발표의 효과를 더하려고 잠시 말을 멈췄다. "내게 진작부터 그렇게 해야 한다고 했어. 여기 온 다음 날 제일 좋은 보닛을 쓰고 얼음처럼 차가운 얼굴로 레지나 보퍼트를 방문하러 가겠다고 하더군. '난 그 여자 몰라. 누구지?' 내가 그랬지. '할머니의 조카손녀고, 누구보다도 불행한 여자이지요.' 그러더군. '그 여잔 악한의 마누라야.' 내가 대답했지. '글쎄요, 그건 저도 마찬가지인걸요. 그런데도 가족들은 다들 제가 남편에게 돌아가기만 바라잖아요.' 그 말에 두 손 들고 그 애를 보내 줬지. 어제는 결국 비가 너무 심하게 와서 걸어갈 수가 없으니 마차를 좀 쓰게 해 달라고 하더구나. '뭣 때문에?' 내가 물었더니, 이러지 않겠니. '사촌 레지나를 보러 가려고요.' 사촌이라고! 창밖을 내다보니 비가 싹 그쳤어. 하지만 그 애 말뜻을 이해하고 마차를 내줬지……. 무엇보다도, 레지나는 용감한 여자고 엘렌도 그렇지. 난 항상 용감한 여자들을 제일 좋아했어."

아처는 허리를 굽혀 아직도 자기 손을 잡고 있는 작은 손에 입을 맞추었다.

"어, 어, 어! 자네 누구 손인 줄 알고 키스하는 건가, 처의 손인 줄 아나?" 노부인은 놀리듯 깔깔 웃어젖혔다. 그가 가려고 일어서자 그의 뒤에 대고 외쳤다. "메이한테 안부 전해 주렴. 하지만 우리가 나눈 얘기는 일체 함구하는 편이 좋겠구나."

31

아처는 캐서린 노부인의 얘기에 벌린 입을 다물 수가 없었다. 올렌스카 부인이 할머니의 부름을 받고 워싱턴에서 부랴부랴 달려온 것이야 당연한 일이었지만, 할머니와 한 집에서 계속 있기로 했다니, 그것도 밍고트 부인의 건강이 거의 회복된 지금에는 더욱이 설명하기 힘들었다.

아처는 올렌스카 부인의 결정이 금전적 상황 때문은 아니라고 확신했다. 그는 남편이 별거하면서 그녀에게 주었던 보잘것없는 수입의 액수를 정확히 알고 있었다. 할머니가 보태 주지 않는 한 밍고트 가의 상식으로는 도저히 살아가기 어려운 액수였다. 그녀와 함께 생활하던 미도라 맨슨마저도 파산한 마당이니, 그렇게 적은 금액으로 두 여자가 의식(衣食)을 해결하기란 거의 불가능할 것이다. 그러나 아처는 올렌스카 부인이 타산적인 동기로 할머니의 제안을 받아들이지는 않았음을 분명히 알았다.

그녀는 큰 재산을 지니고 살아 본 사람답게 앞뒤 재지 않고 남에게 잘 베풀었고, 가끔씩 낭비를 하기도 했으며, 대체로 돈에 초연했다. 그러나 친척들에게는 필수품인 것들 없이도 잘 지낼 수 있었다. 로벨 밍고트 부인과 웰랜드 부인은 올렌스키 백작 집의 국제적인 사치를 즐겨 본 이라면 "세상이 어떻게 돌아가는지" 관심이나 두겠느냐고 개탄하곤 했다. 게다가, 아처도 알고 있듯이 수입이 확 줄어든 후에도 여러 달이 흘렀지만, 그 사이에 할머니의 호의를 되찾으려는 노력은 전혀 하지 않았다. 그러니 그녀가 행동을 바꾸었다면 틀림없이 다른 이유 때문이었다.

그는 그 이유를 멀리서 찾으려 하지 않았다. 나룻배에 실려 오는 길에 그녀는 그에게 서로 떨어져 있어야 한다고 말했다. 그러나 그 말을 하면서도 그의 가슴에 머리를 대고 있었다. 아처는 그녀의 말에 계산된 교태 따위는 전혀 없음을 잘 알고 있었다. 그녀는 그가 자기 운명과 싸우듯이 자신의 운명과 싸우는 중이었고, 그들을 믿는 사람들의 신뢰를 깨서는 안 된다는 결심을 지켜 내려 안간힘을 썼다. 그러나 뉴욕으로 돌아온 후 지난 열흘 동안 아마도 그의 침묵에서, 그녀를 만나려는 시도를 전혀 하지 않는다는 사실로부터 그가 어떤 결정적인 조치를 취해 돌아올 수 없는 다리를 건널 계획을 하는 중이라는 것을 짐작했을지도 모른다. 거기 생각이 미치자 갑자기 자기도 버텨 낼 수 없으리라는 공포에 사로잡혔을 테고, 이런 경우에는 타협을 받아들이고 저항을 최소한으로 줄이는 길을 택하는 편이 낫겠다고 생각했을 수도 있다.

그는 한 시간쯤 전에 밍고트 부인 댁 초인종을 울리면서, 자기가 갈 길이 분명히 정해졌다고 생각했다. 올렌스카 부인과 단둘이 얘기를 나눠 보고, 그것이 안 되면 할머니로부터 그녀가 언제, 어느 기차로 워싱턴에 돌아갈지라도 알아 둘 셈이었다. 그 기차에서 그녀를 만나 워싱턴까지, 혹은 그녀가 원한다면 더 멀리까지라도 여행할 생각이었다. 그의 공상은 일본까지 뻗어 갔다. 어쨌거나 그녀는 어디로 가든 그를 떨칠 수 없다는 사실을 알게 될 것이다. 메이에게는 다른 가능성은 모두 단념하도록 편지를 남겨 둘 생각이었다.

이런 무모한 도박을 생각하면 힘이 솟을 뿐 아니라, 당장이라도 실행에 옮기고 싶어 못 견딜 지경이었지만, 상황의 흐름이 바뀌었음을 들었을 때 첫 느낌은 안도감에 가까웠다. 그러나 이제 밍고트 부인 집을 나와 돌아오면서 아처는 자기 앞에 펼쳐질 상황에 대한 혐오감이 커져 가는 것을 느꼈다. 그가 밟게 될 길은 전혀 새롭지도, 낯설지도 않았다. 그러나 예전에 그 길을 밟았을 때는 자기 행동에 대해 누구에게도 책임질 필요가 없었고, 그 역할이 요구하는 대로 경계하고 발뺌하고 숨기고 순종하는 게임에 즐거이 태연자약하게 임할 수 있는 자유로운 몸이었다. 선배들은 "여성의 명예를 보호하기 위해서"라는 그럴듯한 명목 아래 저녁 식사 후의 잡담에서 이미 오래전에 그에게 이 게임의 세부 절차를 낱낱이 전수해 주었다.

이제 그 일을 새로운 각도에서 보게 되니, 그 사건에서 그의 역할은 미미했던 것 같았다. 사실 그는 솔리 러시워스 부인이 아무것도 모르는 다정한 남편에게 미소를 머금고 조롱조로, 혹은 농담처럼, 경계를 늦추지 않고 끊임없이 거짓말을 하면서 그를 갖고 노는 모습을 멍청하게 지켜보았다. 그녀는 밤낮을 가리지 않고 거짓말을 했고, 손놀림 하나, 표정 하나 거짓이 섞이지 않은 것이 없었다. 애무를 하건 다툼을 하건, 말을 하건 침묵을 지키건 다 거짓투성이였다.

대개 아내들은 남편 앞에서 더 수월하게, 악의 없이 이런 역할을 해 냈다. 여자들에게는 암묵적으로 정직의 기준이 더 낮게 적용되었다. 여자들은 예속적인 존재라서, 예속된 자들의 기교에 능했다. 여자들은 항상 기분이나 신경과민 따위를 변명으로 삼을 수 있고, 자신을 엄밀하게 설명하지 않아도 될 권리가 있다. 아무리 엄격한 사회에서라도 비웃음을 사는 쪽은 항상 남편이었다.

그러나 아처의 작은 세계에서는 기만당한 아내를 비웃는 사람은 아무도 없었고, 결혼 후에도 다른 여자와 계속 노닥거리고 다니는 남자들은 어느 정도 경멸의 대상이 되었다. 철따라 수확물을 거두다 보면 야생 귀리를 거두어야 할 때도 있는 법이지만, 한 번 이상 야생 귀리 씨를 뿌리지는 않는다.

아처는 항상 이런 의견에 동의했다. 마음속으로는 레퍼츠를 비열하기 짝이 없는 놈이라고 생각했다. 그러나 엘렌 올렌스카를 사랑한다고 해서 자신도 레퍼츠와 같은 부류의 남자가 되지는 않았다. 아처는 처음으로 개별적인 사례를 놓고 보면 얼마만한 차이가 있는가를 깨달았다. 엘렌 올렌스카는 다른 어떤 여자들과도 달랐고, 그도 다른 남자가 아니었다. 그러므로 그들의 상황은 다른 누구와도 닮은 데가 없었고, 스스로의 판단 외에는 다른 어떤 판결에도 기댈 수가 없었다.

그렇다. 하지만 십 분이면 그는 자기 집 문 앞 계단을 다 오를 것이다. 거기에는 메이와 습관, 명예, 그와 주변 사람들이 한결같이 믿어 온 오래된 예의범절이 전부 다 있다…….

그는 길모퉁이에서 잠시 망설이던 끝에, 5번가를 따라 걸어

내려갔다.

겨울밤, 그의 앞에 불 꺼진 대저택이 어렴풋이 나타났다. 그는 가까이 다가가면서 그 집이 등불로 휘황하게 빛나고, 계단에 차양이 드리워지고, 카펫이 깔리고, 보도의 연석에 마차들이 두 줄로 늘어서서 기다리던 모습을 얼마나 자주 보았던가 생각했다. 그가 메이의 입술을 처음 빼앗은 것도 지금은 거대한 그림자를 골목길까지 늘이고 있는 온실에서였다. 무도회장의 무수히 많은 촛불 아래에서 메이가 젊은 다이애나 여신처럼 큰 키에 은빛으로 온몸을 빛내며 등장하는 모습을 보았다.

이제 그 저택은 지하실에서 흘러나오는 희미한 가스등 불빛과 차양을 미처 내리지 않은 위층의 방 하나에서 새어 나오는 불빛을 제외하면 무덤처럼 어두웠다. 모퉁이로 가다가 문간에 세워진 마차를 보니 맨슨 밍고트 부인의 마차였다. 실러턴 잭슨이 우연히 지나쳤더라면 얼마나 좋은 기회라고 했을까! 아처는 올렌스카 부인이 보퍼트 부인을 어떻게 대했는지 캐서린 노부인에게서 듣고 큰 감동을 받았다. 뉴욕의 정당한 비난도 귀에 들어오지 않았다. 그러나 클럽과 거실에서는 엘렌 올렌스카가 사촌을 방문한 일을 어떻게 해석할지 불 보듯 훤했다.

그는 발을 멈추고 불 켜진 창을 올려다보았다. 틀림없이 저 방에는 두 여자가 함께 앉아 있을 것이다. 보퍼트는 아마도 다른 어딘가에서 위안을 찾고 있겠지. 그가 패니 링과 뉴욕을 떠났다는 소문까지 떠돌았다. 그러나 보퍼트 부인의 태도로 보아 그 소문은 사실이 아닌 듯했다.

아처는 5번가의 한밤의 전망을 자기 안에만 간직했다. 다들 집 안에서 저녁 식사를 위해 옷을 갈아입을 시간이었으므로, 엘렌의 외출이 누구의 눈에도 띄지 않겠다고 남몰래 기뻐했다. 그런 생각을 하고 있을 때, 문이 열리더니 엘렌이 나왔다. 그녀의 뒤로 길을 밝혀 주려고 계단 아래를 비추고 있는지 희미한 불빛이 새어나왔다. 엘렌은 몸을 돌리고 누군가와 얘기를 나누었다. 그런 다음 문이 닫혔고, 그녀는 계단을 내려왔다.

"엘렌." 그녀가 보도에 내려서자, 그가 나지막이 불렀다.

그녀는 좀 놀란 듯 발길을 멈추었다. 바로 그때 멋 부린 젊은 남자 둘이 길을 가로질러 가까이 다가왔다. 그들의 외투나 세련된 실크 머플러를 흰색 타이 위로 맨 차림새에서 어딘가 낯익은 분위기가 풍겼다. 이 정도 신분이 되어 보이는 젊은이들이 어떻게 이렇게 이른 시간에 저녁을 먹으러 나왔을까 의아스러웠다. 그 순간 몇 집 건너편에 있는 레기 치버스 가에서 「로미오와 줄리엣」에 출연한 아델라이드 닐슨[1]을 보기 위해 그날 저녁 대규모 파티를 연다는 사실이 기억났다. 두 젊은이도 아마 초대받은 사람들일 것이다. 아처는 그들이 가로등 아래를 지나쳐 갈 때 로렌스 레퍼츠와 젊은 치버스임을 알아보았다.

올렌스카 부인의 손에서 온몸으로 전해지는 온기를 느끼자, 그녀가 보퍼트 저택 앞에 있는 모습이 남의 눈에 뜨이지 않았으면 좋겠다는 치졸한 바람은 흔적 없이 사라졌다.

"이제야 당신을 만나게 되었군. 우린 함께 있게 될 거요." 그는 자신이 무슨 말을 하고 있는지도 모르는 채 불쑥 말했다.

"아, 할머니한테 들었어요?" 그녀가 대답했다.

---

1) 1846~1880. 셰익스피어의 줄리엣 역으로 유명해진 영국 여배우.

그는 그녀를 보고 있는 동안 레퍼츠와 치버스가 거리 모퉁이 맨 끝에 닿자마자 조심스럽게 5번가를 가로질러 사라졌음을 알았다. 아처 자신도 남성들끼리의 동지 의식을 실천으로 옮긴 적이 여러 번이었지만, 그들의 묵인에는 구역질이 났다. 엘렌은 정말로 그들 둘이 이런 식으로 살아갈 수 있다고 생각하는 것일까? 만약 그렇지 않다면, 다른 무엇을 생각하고 있을까?

"내일 당신을 만나야겠소. 우리 둘이서만 있을 수 있는 곳이라면 어디든 좋아요." 아처는 자기가 듣기에도 거의 화난 듯이 들리는 목소리로 말했다.

엘렌은 주저하다가 마차 쪽으로 발걸음을 옮겼다.

"하지만 전 할머니 댁에 있을 거예요. 당분간은 그래야 해요." 그녀는 자신의 계획이 바뀐 데 설명을 할 필요를 느낀 듯 덧붙였다.

"우리 둘만 있을 수 있는 곳이라면 어디든 상관없다니까." 그가 고집스럽게 말했다.

엘렌은 그를 불쾌하게 만드는 희미한 웃음을 지었다.

"뉴욕에서요? 하지만 교회도 없고…… 유적도 없잖아요."

"미술관이 있어요. 센트럴 파크에."[2] 그녀가 당혹스러운 표정을 짓자 그가 말했다. "2시 반에 봅시다. 문 앞에서 기다리겠소……."

그녀는 대답하지 않고 몸을 홱 돌려 재빨리 마차에 올랐다. 마차가 떠나자 그녀는 몸을 앞으로 내밀었고, 어둠 속에서 그녀가 손을 흔드는 모습을 본 듯도 했다. 그는 모순되는 감정들의

2) 메트로폴리탄 미술관을 가리킨다.

소용돌이 속에서 그녀의 모습을 눈으로 좇았다. 사랑하는 여자가 아닌 다른 여자; 한때는 쾌락을 얻었지만 이제는 싫증난 여자에게 말한 것 같은 느낌이었다. 이렇게 케케묵은 어휘에 갇힌 죄수 같은 자신의 모습이 혐오스러워졌다.

"올 거야!" 그는 거의 경멸조로 중얼거렸다.

주철 타일과 채색 타일이 기묘하게 뒤범벅된 건물인 메트로폴리탄 미술관의 주요 전시실들 중 하나를 가득 메운 '올프 콜렉션'[3]에는 관람객이 들끓었다. 그들은 그 전시실을 피해 '세스놀라 유물'[4]이 찾는 이 없이 고적하게 방치된 방으로 이어진 통로에서 배회했다.

그들은 이 음울한 은둔처로 물러 나와 중앙의 스팀 난방기 주변에 빙 둘러 놓은 긴 의자에 앉아, 트로이 유물의 복원한 파편들을 넣어 흑단색 나무 위에 올려놓은 유리 상자를 말없이 응시했다.

"이상도 해라. 내가 전에는 여기에 한번도 와 보지 않았다니." 올렌스카 부인의 말이었다.

"아, 언젠가는 훌륭한 미술관이 될 거요."

"그렇겠죠." 그녀가 무심하게 동의했다.

그녀는 일어나서 방 안을 이리저리 거닐었다. 아처는 그대로

---

3) 캐서린 올프가 소장하고 있다가 1870년대 초 메트로폴리탄 미술관에 기증한 143점의 회화 작품.

4) 미국 영사 루이지 팔마 디 세스놀라(1832~1904)가 키프로스 섬에서 발굴하여 1876년 미술관에 기증한 1만여 점의 이집트, 아시리아, 페니키아, 고대 그리스 유물.

앉아서 무거운 모피를 걸쳤는데도 소녀처럼 보이는 그녀의 가벼운 움직임, 털모자에 맵시 있게 꽂은 백로 깃털, 귀 위의 양볼에 납작하게 누른, 덩굴처럼 소용돌이치며 늘어진 검은 고수머리를 관찰했다. 그는 그들이 처음 만났을 때처럼 항상 그녀를 다른 누구도 아닌 그녀 자신으로 만들어 주는 사랑스러운 자태 하나하나에 마음을 온통 빼앗겼다. 그는 곧이어 일어나 그녀가 서 있는 상자 앞으로 걸어갔다. 유리 안에는 산산이 부서진 작은 파편들이 가득했다. 유리나 점토, 변색된 청동이며 그밖에 세월의 흐름에 무뎌져 거의 알아보기도 힘든 가재도구, 장식품과 자질구레한 개인 소지품 들이었다.

"세월이 흐르면 아무것도 중요하지 않게 되고…… 이렇게 작은 부스러기에 불과한 것이 되어, 이제는 확대경 밑에 놓여 '용도 불명'이란 딱지를 붙이고 있어야 한다니 잔인한 일이에요. 잊혀진 이들에게 한때는 꼭 필요하고 소중한 것이었을 텐데."

"그래요. 하지만 그런 반면에……."

"아, 반면에……."

긴 물개가죽 외투를 입고, 손은 작고 동그란 머프에 넣고, 베일을 코끝까지 투명한 마스크처럼 드리운 채 그가 준 제비꽃 다발을 들고 가볍게 밭은 숨을 내쉬는 그녀의 모습을 보니, 선과 색채의 이렇게 완벽한 조화가 어리석은 변화의 법칙에 무너지리라고는 믿을 수 없었다.

"반면에 당신과 관계된 것이라면 무엇이든 소중하죠." 그가 말했다.

그녀는 그를 찬찬히 바라보더니, 긴 의자로 돌아갔다. 그는 그녀의 옆에 앉아 기다렸다. 그러나 갑자기 멀리서 발자국 소리가 빈 방들을 울리며 들려오자, 시간이 얼마 없다는 조급함을 느꼈다.

"내게 하고 싶은 말이 뭔가요?" 그녀도 똑같은 경고를 느낀 듯, 질문을 던졌다.

"내가 당신에게 하고 싶은 말?" 그가 대꾸했다. "난 당신이 겁이 나서 뉴욕으로 왔다고 생각해요."

"겁이 나서라고요?"

"내가 워싱턴으로 올까 봐."

그녀는 머프를 내려다보았다. 그녀의 손이 침착성을 잃고 떨렸다.

"그렇지요?"

"글쎄……, 그래요." 그녀가 말했다.

"두려웠어요? 알고 있었나요……?"

"예, 알고 있었어요……."

"그래서요?" 그가 다그쳤다.

"그러니까, 이 편이 낫잖아요?" 그녀가 긴 한숨을 내쉬며 되물었다.

"더 낫다고?"

"다른 사람들을 덜 상처 입히겠죠. 무엇보다도 당신이 항상 원했던 것 아닌가요?"

"당신 말은, 여기 이렇게 손 닿지만 만날 수 없는 곳에 있겠다는 건가요? 이런 식으로 남들 눈을 피해 만나자는 거요? 그건 내가 원하는 것과는 정반대요. 내가 무얼 원하는지는 예전에 말했을 텐데."

그녀는 주저했다. "그럼 당신은 이게 더 나쁘다고 생각하는 거예요?"

"천배 만배 더 나쁘지!" 그는 잠시 말을 멈추었다. "당신에게 거짓말을 하려면 얼마든지 할 수 있겠지요. 하지만 그건 죽기보다도 싫소."

"아, 나 역시 그래요!" 그녀는 안도의 한숨을 깊이 내쉬며 외쳤다.

그는 더 참지 못하고 벌떡 일어섰다. "자, 그럼 이제 내가 물을 차례요. 신에게 맹세코, 당신이 더 낫다고 생각하는 것이 뭐요?"

그녀는 고개를 떨어뜨리고 계속 머프 속에서 손을 맞잡았다 놓았다 했다. 발걸음 소리가 가까워지더니, 장식 끈을 테두리에 두른 모자를 쓴 관리인이 묘지를 지나가는 유령처럼 방을 맥 빠진 걸음으로 지나갔다. 그들은 동시에 맞은편의 상자에 시선을 고정시켰다. 관리인의 모습이 미라와 석관들 너머로 사라지자, 아처가 다시 입을 열었다.

"당신은 뭐가 더 낫다고 생각하는 거요?"

엘렌은 대답 대신 중얼거렸다. "여기가 더 안전할 것 같아서 할머니께 같이 머물겠다고 약속했어요."

"나한테서?"

그녀는 그를 쳐다보지 않고 머리를 가볍게 끄덕였다.

"나를 사랑하게 될지도 모를 가능성에서 더 안전할 것 같아서?"

그녀의 옆모습은 미동도 없었으나, 그는 눈물 한 방울이 그녀의 속눈썹을 타고 흘러내려 베일의 망사에 맺히는 모습을 보았다.

"돌이킬 수 없는 파국을 면할 수 있을 것 같아서요. 남들처럼 되지는 말자고요!" 그녀가 부르짖었다.

"어떤 다른 사람들 말이오? 내가 이곳 사람들과 다르다고는 하지 않겠소. 나도 똑같은 결핍과 똑같은 갈망에 시달리고 있으니까."

그녀는 두려움에 질린 시선을 그에게 보냈다. 그녀의 뺨에 희미한 홍조가 퍼져 나갔다.

"이제 당신을 한 번 만났으니, 집으로 가야겠지요?" 그녀가 갑자기 나지막하지만 분명한 목소리로 과감하게 말했다.

아처는 머리로 피가 확 쏠리는 기분이었다. "엘렌!" 그가 붙박인 듯 선 채 외쳤다. 물이 가득 차서 조금만 움직여도 금세 넘쳐 버릴 컵처럼, 손에 심장을 쥐고 있는 듯했다.

그녀의 마지막 말에 그의 얼굴이 어두워졌다. "집으로 간다고? 집으로 간다니 그게 무슨 소리요?"

"내 남편이 있는 집으로요."

"그럼 당신은 내가 그 말에 동의할 거라고 생각했소?"

그녀는 괴로움이 가득한 눈을 들어 그를 보았다. "그밖에 다른 무슨 수가 있겠어요? 여기 머물면서 내게 친절을 베풀어 준 사람들에게 거짓말을 할 수는 없어요."

"그러니까 내가 당신에게 같이 떠나자고 한 것 아니오!"

"내가 새 삶을 살도록 도와주고 있는 사람들의 삶을 망쳐 놓으라고요?"

아처는 벌떡 일어나 가슴이 무너지는 듯한 절망 속에서 그녀를 내려다보았다. 지금 당장이라도 그녀가 "그래요, 가요, 당장 가요."라고 말할 것 같았다. 그렇게 동의만 한다면 자신이 얼마만한 힘을 얻을지 알고 있었다. 남편에게 돌아가지 말라고 그녀를 설득하는 것쯤이야 간단할 것 같았다.

그러나 무엇 때문인지 입이 떨어지지 않았다. 그녀에게서 보이는 열정적인 정직성 때문에 차마 그녀를 익숙한 함정으로 끌어넣을 수가 없었다. '내가 그녀를 오게 만들었다면, 다시 가게 만들 수도 있을 거야.' 그는 혼자 생각했다. 그런 것은 상상도 하기 싫은 일이었다.

그러나 그녀의 젖은 뺨에 드리운 속눈썹 그림자를 보고 마음이 흔들렸다.

그가 다시 입을 열었다. "어쨌든 우리에게도 우리의 삶이 있지 않소……. 불가능한 일을 시도해 보아야 소용없는 일이지요. 당신은 어떤 경우에는 정말 편견이 없고, 당신이 말했듯이 고르곤을 보는 데에도 익숙해져 있는데 왜 우리 일은 정면으로 맞서 있는 그대로 보기를 두려워하는지 알 수가 없군요. 희생할 가치가 없다고 생각한다면 몰라도."

엘렌도 잔뜩 찌푸린 얼굴로 입술을 꽉 다문 채 일어섰다.

"좋을 대로 생각해요. 그럼 난 가 보겠어요." 그녀는 품 안에서 작은 시계를 꺼내더니 말했다.

그녀가 얼굴을 돌리자, 그는 뒤쫓아 가 그녀의 손목을 낚아챘다. "저, 나를 한 번 더 만나 줘요." 그녀를 잃을지도 모른다는 생각이 갑자기 그의 머리를 스쳤다. 짧은 순간 그들은 서로 적을 보듯 노려보았다.

"언제가 좋겠소?" 그가 고집스레 몰아붙였다. "내일?"

그녀가 망설였다. "모레요."

"엘렌!" 그가 다시 불렀다.

그녀는 잡힌 손목을 빼냈다. 그러나 잠시 동안 그들은 계속 서로의 눈을 응시했고, 그는 백지장처럼 창백해졌던 그녀의 얼굴에 내면 깊은 곳에서부터 광채가 솟아나와 흘러넘치는 것을 보았다. 경외감으로 가슴이 두근거렸다. 이렇게 사랑을 가시적인 형태로 목도한 적은 한번도 없었다.

"아, 늦겠어요. 안녕. 아니, 그 이상 나오지 마요." 엘렌은 그의 눈에서 반사되어 나온 광채가 두려운 양 긴 방을 따라 황황히 걸어 나가며 외쳤다. 그녀는 문에 닿자 돌아서서 작별의 표시로 잠깐 손을 흔들어 주었다.

아처는 혼자 집으로 돌아왔다. 집에 들어섰을 때는 어둠이 깔리고 있었다. 그는 무덤 건너편에서 보는 듯한 기분으로 복도의 낯익은 물건들을 둘러보았다.

그의 발소리를 들은 하녀가 계단을 달려 내려와 층계참 위쪽의 가스등에 불을 밝혔다.

"마님은 안에 계신가?"

"아뇨. 점심 식사 후 마차를 타고 나가셔서 아직 돌아오지 않으셨습니다."

그는 안도감을 느끼며 서재로 들어가 안락의자에 몸을 던졌다. 하녀가 독서용 램프를 들고 뒤따라 들어와 꺼져 가는 난롯불에 석탄을 넣었다. 하녀가 나간 뒤에도 아처는 무릎에 팔꿈치를 얹고, 맞잡은 손 위에 턱을 괴고, 붉게 달아오른 쇠살대에 눈길을 고정시킨 채 꼼짝도 않고 앉아 있었다.

그는 아무런 생각도 하지 않고, 시간의 흐름도 느끼지 못한 채 삶을 자극하기보다는 정지시키는 깊고도 엄숙한 경이감에 잠겼다. "그때는 이렇게 할 수밖에 없었어……. 어쩔 수 없었어."

그는 운명의 손아귀에 잡힌 사람처럼 되풀이해 중얼거렸다. 예전과 전혀 다른 꿈을 꾸게 된 지금, 그의 황홀감에는 치명적인 한기가 있었다.

문이 열리고 메이가 들어왔다.

"제가 너무 늦었죠? 걱정하진 않으셨겠죠, 그렇지요?" 메이가 평소의 그녀답지 않게 애교스러운 태도로 그의 어깨에 손을 올려놓으며 물었다.

그는 놀란 얼굴로 올려다보았다. "시간이 늦었소?"

"7시가 넘었어요. 당신이 잠들었을 줄 알았어요!" 메이가 웃음을 터뜨리면서 모자를 고정시킨 핀을 뽑고 벨벳 모자를 소파 위에 던졌다. 그녀는 평소보다 더 창백해 보였으나, 드물게도 활기로 반짝였다.

"할머니를 뵈러 갔어요. 막 나오려는데 마침 엘렌이 산책에서 돌아왔더라고요. 그래서 좀 더 머물면서 엘렌과 긴 얘기를 나눴지요. 우리가 흉금을 터놓고 얘기를 해 본 게 얼마만인지……." 메이는 그의 의자 맞은편에 놓인 늘 앉는 안락의자에 몸을 파묻으면서 헝클어진 머리털을 손가락으로 빗어 내렸다. 메이는 그가 무슨 말이든 해 주기를 기다리는 것 같았다.

"정말 좋았어요." 그녀는 아처의 눈에 부자연스러울 만큼 생기 넘치는 모습으로 미소를 지으며 얘기를 이었다. "엘렌이 얼마나 사랑스러웠는지. 옛날 모습 그대로였다니까요. 요즘 엘렌에게 공정하게 대해 주지 못한 것이 아쉬워요. 가끔씩 드는 생각인데……."

아처는 일어나서 램프 불빛이 닿지 않는 곳으로 나와 벽난로에 몸을 기대었다.

"그래, 당신 생각이?" 그는 메이가 잠시 말을 쉰 틈에 되풀이했다.

"음, 어쩌면 엘렌을 있는 그대로 판단하지 못했던 것 같아요. 엘렌은 너무 다르니까……, 적어도 겉보기에는 말이에요. 이상한 사람들과 어울리고……, 튀고 싶어 하는 것 같아요. 방탕한 유럽 사회에서 그런 식으로 살아서 그렇겠지요. 틀림없이 엘렌한테는 우리가 끔찍하게 지루할 거예요. 하지만 엘렌이 부당하게 비난을 받는 건 싫어요."

그녀는 평소답지 않게 긴 얘기를 하느라고 약간 숨을 헐떡이며 다시 말을 멈추었다. 그녀의 입술은 살짝 벌어져 있었고, 양 볼은 새빨갛게 달아올랐다.

아처는 그녀를 보면서 세인트 오거스틴의 선교사 정원에서 그녀의 얼굴에 흘러넘쳤던 빛을 떠올렸다. 그녀에게서 그때와 똑같이 잘 드러나지 않지만 자기 눈이 닿지 않는 곳에 있는 뭔가를 향해 손을 내뻗으려는 안간힘을 의식했다.

'엘렌을 미워하고 있군. 그래서 그 감정을 극복하려고 애쓰면서, 내게 극복하도록 도와달라고 요청하고 있는 거야.' 그는 생각했다.

그는 이 생각에 마음이 움직여 잠시 그들 사이에 깔린 침묵을 깨고 그녀의 자비를 구할 뻔했다.

메이가 다시 말을 이었다. "가족들이 왜 가끔씩 짜증을 냈는지 당신도 알지요? 우리 모두 처음에는 그녀를 위해서 할 수 있는 것은 다 했어요. 하지만 도무지 아는 것 같지가 않더군요. 그런데 이제는 할머니의 마차를 타고 거기가 어디라고 보퍼트 부인을 만나러 갈 생각까지 하다니! 밴 더 루이든 부부하고도 사이가 완전히 벌어질까 걱정스러워요……."

"아." 아처는 참지 못하고 웃으며 입을 열었다. 그들 사이에 열렸던 문이 다시 닫혔다.

"옷을 갈아입을 시간이군. 나가서 저녁을 먹을까?" 그는 난롯가에서 움직이며 말했다.

메이도 일어섰으나 난롯가에서 잠시 꾸물거렸다. 그가 옆을 지나쳐 가자, 그를 붙잡으려는 듯 갑자기 앞으로 나섰다. 그들의 시선이 마주치자, 그의 눈에 그녀 곁을 떠나 저지시티로 가던 때 보았던, 눈물이 그렁그렁한 푸른 눈이 들어왔다.

그녀는 그의 목에 팔을 감고 그의 뺨에 자기 뺨을 눌렀다.

"오늘은 제게 키스해 주지 않으셨어요." 그녀가 속삭였다. 팔 안에서 그녀가 떨고 있는 것이 느껴졌다.

32

"튈르리 궁전에서는 이런 것쯤은 너그러이 봐줬는데." 실러턴 잭슨 씨가 회상에 잠겨 미소를 띠고 말했다.

장소는 매디슨 가에 있는 밴 더 루이든 가의 검은색 호두나무로 꾸민 식당이었고, 때는 아처가 미술관을 찾은 다음 날 저녁이었다. 밴 더 루이든 부부는 보퍼트의 파산 발표에 다급하게 몸을 피해 스키터클리프에서 며칠을 보내다가 뉴욕으로 돌아온 참이었다. 이 개탄스러운 사건으로 사교계가 혼란에 빠진 만큼, 뉴욕에는 그 어느 때보다도 그들의 존재가 필요했다. 아처 부인의 표현대로, 이런 시국에는 오페라하우스에 모습을 드러내고 자기 집 대문을 열어 주는 것이 그들의 '사교계에 대한 의무'였다.

"루이자, 절대로 레뮤얼 스트루더스 부인 같은 사람들이 레지나 자리를 대신 꿰차고 앉게 해서는 안 돼요. 이런 때야말로 새로운 사람들이 밀고 들어와서 눌러앉기 딱 좋은 기회예요. 스트루더스 부인이 처음 사교계에 등장한 것도 겨우내 뉴욕에 수두가 유행하는 바람에 부인네들이 아이들 방에 틀어박혀 있을 동안 유부남들이 그 여자 집을 슬금슬금 드나들면서 그렇게 된 거잖아요. 루이자, 당신과 헨리가 늘 그랬듯이 틈이 생기지 않도록 딱 버티고 있어야 해요."

밴 더 루이든 부부는 이런 부름을 못 들은 척할 수 없었으므로, 내키지 않지만 결연히 뉴욕으로 돌아와 집 안 가구에 씌웠던 덮개를 벗기고 두 차례의 만찬과 저녁의 환영회 초대장을 발송했다.

이 특별한 저녁에 그들은 실러턴 잭슨, 아처 부인, 뉴랜드와 그의 처에게 그해 겨울 「파우스트」를 첫 상연하는 오페라하우스에 함께 가자고 초대했다. 밴 더 루이든 가에서는 무슨 일이든 반드시 예법을 따랐으므로, 손님은 네 명뿐이었지만 서두르지 않고 코스 별로 식사를 한 뒤 신사들이 끽연을 즐길 수 있도록 식사를 정확히 7시에 시작했다.

아처는 그날 저녁 이후 아내를 보지 못했다. 그는 일찍 사무실에 나가서 잔뜩 쌓인 자질구레한 일거리에 몰두했다. 오후에는 상사들 중 한 명이 근무시간 이후 예정에 없던 호출을 했다. 그가 집에 너무 늦게 도착했으므로, 메이가 먼저 밴 더 루이든 가로 가서 마차를 돌려보냈다.

지금, 스키터클리프의 카네이션과 풍성한 접시 너머 메이의 모습은 그에게 창백하고 기운이 없어 보인다는 인상을 주었다. 그러나 눈은 반짝반짝 빛났고, 과장된 활기에 넘쳐 떠들었다.

실러턴 잭슨 씨가 옛일을 끄집어낸 것은 여주인이 처음 내놓은 화제 때문이었다. 아처가 보기에는 분명한 의도가 있었다. 보퍼트의 파산, 그보다는 파산 이후 보퍼트의 태도는 거실의 도덕

론자들에게 여전히 할 말이 많은 주제였다. 이 문제를 샅샅이 훑고 비난한 다음, 밴 더 루이든 부인은 메이 아처에게 준엄한 시선을 돌렸다.

"내가 들은 얘기가 사실인가요? 당신 할머니 밍고트 부인의 마차가 보퍼트 부인의 집 앞에 서 있는 것을 본 사람들이 있다던데." 부인은 그 혐오스러운 여성의 이름을 입에 올리기도 싫은 모양이었다.

메이의 얼굴이 붉어졌고, 아처 부인이 재빨리 끼어들었다. "만약 그랬다면, 틀림없이 밍고트 부인 모르게 벌어진 일일 거예요."

"아, 그렇게 생각하신단 말이죠?" 밴 더 루이든 부인은 말을 끊고 한숨을 쉬더니 남편에게 눈길을 돌렸다.

"올렌스카 부인이 마음이 곱다 보니 경솔하게도 보퍼트 부인을 방문한 모양이오." 밴 더 루이든 씨의 말이었다.

"아니면 이상한 사람들을 좋아하는 취향 때문이든가." 아처 부인이 무심히 아들을 쳐다보며 감정이 실리지 않은 목소리로 덧붙였다.

"올렌스카 부인이 그런 짓을 했다니 유감이에요." 밴 더 루이든 부인의 말에 아처 부인이 투덜거렸다. "아, 당신이 스키터클리프에 두 번이나 초대해 줬는데 말이에요!"

잭슨 씨가 이 기회를 놓치지 않고 그가 즐기는 옛날이야기를 꺼냈다.

"튈르리에서는 어떤 면에서는 기준이 지나칠 정도로 느슨했죠. 모르니[1]의 돈이 어디서 왔는지 생각해 보세요! 아니면 누가

1) 1811~1865. 투기와 사탕무 사업에서 큰 돈을 벌었고, 1842년 프랑스 국회의원으로 선출된 뒤 1848년 루이 나폴레옹을 실각시킨 쿠데타를 지원했다.

궁정의 미녀들의 빚을 갚아 줬는지…….” 그는 자신에게 쏟아지는 좌중의 기대에 찬 눈길을 보면서 되풀이했다.

“실러턴, 우리도 그런 기준을 받아들여야 한다는 얘기는 아니겠지요?” 아처 부인이 말했다.

“그런 뜻은 전혀 아닙니다.” 잭슨 씨가 침착하게 대꾸했다. “하지만 올렌스카 부인은 외국에서 자랐다는 점을 고려해 줘야지요.”

“아.” 두 부인이 한숨을 내쉬었다.

“그렇다 해도 할머니 마차를 빚 떼어먹은 사람 집 앞에 버젓이 세워 두다니!” 밴 더 루이든 씨가 불만스레 내뱉었다. 아처는 그가 23번가의 작은 집에 보냈던 카네이션 바구니를 기억해 내고 분개하는 것이라고 짐작했다.

“엘렌은 무슨 일에서고 우리하고는 보는 관점이 영판 다르다고 내가 누누이 말했잖아요.” 아처 부인이 한마디로 정리했다.

이마까지 새빨갛게 물든 메이가 식탁 건너편의 남편을 마주보며 다급하게 말했다. “엘렌은 친절을 베풀려는 뜻이었어요.”

“경솔한 사람들이 보통 친절하지.” 아처 부인은 정상을 참작해 줄 여지가 없다는 투로 말했다. 밴 더 루이든 부인이 투덜댔다. “누군가한테 의논이라도 좀 했으면 좋았을걸.”

“아, 엘렌이 그런 행동을 할 리가 있겠어요!” 아처 부인이 대답했다.

이때 밴 더 루이든 씨가 아내에게 시선을 돌리자, 그녀는 아처 부인 쪽으로 약간 머리를 숙였다. 신사들이 편안하게 자리를 잡고 담배를 피울 동안, 세 여인은 화려한 자태로 줄지어 문밖으로 빠져나갔다. 밴 더 루이든 씨는 오페라가 열리는 날 밤에는 담배를 약간 내놓았는데, 질이 너무나 훌륭해서 손님들로서는 그가 공연 시간에 맞춰 미련 없이 일어서는 것이 아쉬울 따름이었다.

아처는 1막이 끝난 후 일행에서 떨어져 나와 박스석 뒤편으로 향했다. 거기에서 치버스 가 사람들 여럿과 밍고트, 러시워스의 어깨 너머로 이 년 전 엘렌 올렌스카와 재회한 날 밤 보았던 것과 똑같은 장면을 보았다. 그는 엘렌이 밍고트 노부인의 박스석에 다시 나와 있을지도 모른다는 기대도 없지 않았으나, 박스석은 텅 비어 있었다. 가만히 앉아서 박스석에 눈을 못 박고 있는데 갑자기 닐슨 부인의 청아한 소프라노가 정적을 깼다. "사랑한다, 사랑하지 않는다……."

아처는 무대로 눈을 돌렸다. 거기에는 거대한 장미와 펜닦개처럼 생긴 팬지꽃으로 꾸민 눈에 익은 배경에서, 그때와 똑같은 몸집 큰 금발의 희생자가 똑같은 작은 몸집의 갈색 머리 남자의 유혹에 넘어가고 있었다.

그의 눈길은 무대를 떠나 메이가 로벨 밍고트 부인과 갓 도착한 '외국' 사촌 사이에 앉아 있었던 그 옛날의 저녁처럼 두 부인 사이에 앉아 있는 U자형 좌석 끝까지 옮겨 갔다. 그날 저녁처럼 메이는 온통 흰색으로 치장하고 있었다. 그때까지 그녀가 무엇을 입었는지 몰랐던 아처는 푸른빛이 도는 흰색 새틴과 웨딩드레스에 썼던 고풍스러운 레이스를 알아보았다.

옛 뉴욕에서는 신부들이 결혼한 지 한두 해 동안은 이렇게 값비싼 의상을 걸치고 나오는 것이 관례였다. 제이니는 진줏빛 도는 회색 포플린 옷을 입어야 하고 더는 신부 들러리 역할이 '어울리지 않을' 나이에 이르렀지만, 어머니는 언젠가 제이니가 입게 되기를 바라는 마음에서 딸의 옷가지를 얇은 종이에 잘 싸 두었다.

아처는 메이가 유럽 여행에서 돌아온 후로 결혼식 때 입었던 새틴 옷을 입은 모습을 거의 본 적이 없다는 생각을 문득 떠올렸다. 그는 그 옷을 입은 아내의 모습에 놀라면서 이 년 전 행복한 기대에 넘쳐 바라보던 처녀의 모습과 비교해 보았다.

메이의 외형은 약간 살이 붙었으나, 그녀의 여신 같은 자태에서 미리 예상했듯이 운동으로 다져진 곧게 뻗은 몸가짐과 소녀처럼 티 없이 맑은 표정은 여전했다. 아처가 최근 들어 그녀에게서 느낀 약간 피곤한 기색만 아니면 약혼식 날 저녁 은방울꽃 부케를 들고 장난치던 소녀의 모습 그대로였을 것이다. 그 생각에 안쓰러운 마음이 들었다. 그녀의 순수에는 어린아이가 의심 없이 손을 꼭 잡는 것처럼 마음을 움직이는 데가 있었다. 그때 그 무심한 침착함 밑에 숨은 열정적인 관대함이 기억났다. 그가 보퍼트의 무도회에서 약혼 발표를 해야 한다고 주장했을 때 그녀의 이해한다는 눈빛을 회상했다. 그녀가 선교사 정원에서 했던 말이 귓가를 맴돌았다. "다른 누군가에게 잘못된 행동을 하고 저만 행복해질 수는 없어요." 그녀에게 진실을 말하고 그녀의 관대함에 호소하여 한때는 스스로 뿌리쳤던 자유를 간청하고 싶은 충동이 강렬하게 그를 사로잡았다.

뉴랜드 아처는 조용하고 자제할 줄 아는 젊은이였다. 작은 사회에서 규범에 순응하는 태도가 거의 제2의 천성이 된 지 오래였다. 지나치게 감상적이거나 튀는 행동, 밴 더 루이든 씨 같은 사람의 반대에 부딪치거나 박스석에서 나쁜 처신이라고 비난할 만한 행동이라면 어떤 것이든 진저리를 쳤다. 그러나 언제부터

인가 문득 박스석, 밴 더 루이든 씨, 온기 어린 은신처처럼 자신을 그렇게 오랜 세월 감싸 왔던 모든 관습이 더는 신경 쓰이지 않게 되었다. 그는 건물 뒤편의 반원형 복도를 따라 걸어가 미지의 세계로 들어가는 문을 열듯 밴 더 루이든 부인의 박스석 문을 열었다.

"사랑한다!" 환희에 넘친 마르그리트의 목소리가 날카롭게 메아리쳤다. 박스석에 앉아 있던 이들이 아처가 들어오자 놀라서 고개를 들었다. 그는 가수가 독창을 할 동안에는 박스석에 들어와서는 안 된다는 그의 세계의 규칙 중 하나를 이미 깬 셈이었다.

그는 밴 더 루이든 씨와 실러턴 잭슨 씨 사이로 비집고 들어가 아내 쪽으로 몸을 기울였다.

"머리가 깨질 듯이 아파요. 다른 사람들한테는 말하지 말고 집으로 가지 않겠소?" 그가 속삭였다.

메이가 그에게 알겠다는 눈빛을 던지고 시어머니에게 속삭이자, 어머니가 고개를 끄덕였다. 그런 다음 메이는 밴 더 루이든 부인에게 양해를 구하고 마르그리트가 파우스트의 팔에 쓰러질 때 자리에서 일어났다. 아처는 아내가 연극 관람용 외투를 입도록 도와주면서 노부인들끼리 의미심장한 미소를 주고받는 모습을 보았다.

그들이 마차를 타고 나오는데 메이가 수줍게 그의 손을 잡았다. "몸이 좋지 않다니 걱정스러워요. 사무실에서 또 당신을 너무 혹사시키는가 봐요."

"아니오. 그렇지는 않소. 창문 좀 열어도 괜찮겠소?" 그가 허둥대며 대꾸하고 자기 옆의 창을 내렸다. 그는 거리를 내다보면서 옆에 앉은 아내의 말은 않지만 궁금증이 가득한 눈길을 느끼며 지나가는 집들만 계속 바라보았다. 집 앞에 닿은 메이는 마차 계단에서 치맛자락을 밟아 그의 쪽으로 넘어졌다.

"다치지 않았소?" 그가 팔로 아내를 부축하고 물었다.

"예. 하지만 치마가…… 찢어져 버렸어요!" 메이가 소리쳤다. 그녀는 허리를 숙여 진흙투성이가 된 치마폭을 모아 쥐고 그의 뒤를 따라 계단을 내려와 복도로 들어섰다. 하인들은 그들이 이렇게 일찍 올 줄 몰랐으므로, 위층 층계참에서는 가스등 하나만 희미하게 빛났다.

아처는 계단을 올라 불을 켜고 서재 벽난로 양쪽 선반에 성냥을 놓았다. 커튼이 쳐진 방의 따스하고 익숙한 광경이 솔직히 말할 수 없는 용건으로 왔다가 만난 낯익은 얼굴처럼 그를 맞았다.

그는 아내의 안색이 몹시 나쁜 것을 알아채고 브랜디를 좀 갖다주겠다고 했다.

"오, 아니에요." 메이는 외투를 벗다가 얼굴을 확 붉히며 소리쳤다. "하지만 지금 바로 잠자리에 드는 편이 좋지 않을까요?" 그가 탁자 위의 은상자를 열어 담배를 한 개비 꺼내자 그녀가 말했다.

아처는 담배를 내려놓고 난롯가의 늘 앉는 자리로 걸어갔다.

"아니오, 그 정도로 두통이 심하지는 않아요." 그는 잠시 말을 쉬었다. "그리고 얘기하고 싶은 것이 있소. 중요한 얘기요. 지금 당장 해야겠소."

그녀는 안락의자에 앉아 있다가 그의 말에 고개를 들었다. "예, 여보?" 그녀의 대답이 너무나 부드러워서, 그는 이런 서두에도 아내가 전혀 놀라지 않는 것이 도리어 놀라웠다.

"메이……." 그는 그녀의 의자에서 몇 발짝 떨어진 곳에 서서, 그들 사이의 짧은 거리가 건널 수 없는 심연이기라도 한 듯 그녀를 쳐다보며 말을 시작했다. 그의 목소리가 아늑한 정적을 뚫고 섬뜩하게 울려 퍼졌다. 그는 다시 한번 되풀이했다. "당신에게 해야 할 얘기가 있소……. 나 자신에 대해서……."

메이는 속눈썹 하나 떨지 않고 조용히 앉아 있었다. 여전히 핏기 하나 없는 창백한 얼굴이었지만, 그 얼굴에는 어떤 비밀스러운 내면의 근원에서 끌어온 듯한 기이할 정도의 고요함과 평온이 서려 있었다.

아처는 판에 박힌 자책의 말이 입 끝에서 튀어나오려는 것을 막았다. 쓸데없이 서로 비난하거나 변명하지 말고 정면 돌파하자고 결심했다.

"올렌스카 부인 말인데……." 그가 말했다. 그러나 아내는 그 이름에 그의 입을 막으려는 듯이 손을 들었다. 그녀가 그런 동작을 취하자 금으로 된 결혼반지가 가스등 불빛을 받아 빛났다.

"아, 왜 우리가 오늘밤에 엘렌 얘기를 해야 하죠?" 그녀는 조바심으로 입을 약간 삐죽거리며 물었다.

"진작 했어야 했던 얘기니까."

그녀의 얼굴은 여전히 침착했다. "정말로 그럴 가치가 있을까요, 여보? 제가 가끔씩 엘렌에게 부당하게 대했다는 건 알아요. 아마 우리 모두 그랬을 거예요. 당신은 물론 우리보다 엘렌을 더 잘 이해해 주었죠. 항상 친절하게 대해 주었어요. 하지만 이제 다 끝난 마당에 왜 굳이 그 얘기를 해야 하나요?"

아처는 멍하니 그녀를 바라보았다. 그를 사로잡은 비현실감을 아내에게 전한다는 것이 가당키나 할 것인가?

"다 끝났다니……, 그게 무슨 소리요?" 그가 알아듣기 힘들게 더듬거리며 물었다.

메이는 여전히 맑디맑은 눈으로 그를 바라보았다. "엘렌이 이렇게 빨리 유럽으로 되돌아가게 됐으니까요. 할머니도 찬성하고 이해하시고, 엘렌이 남편에게서 독립하도록 일을 처리해 주셨어요."

그녀는 말을 중단했고, 아처는 벌벌 떨리는 한 손으로 벽난로 모서리를 꽉 잡고 몸을 지탱한 채 어지러이 빙글빙글 도는 생각을 최대한 다스리려는 부질없는 노력을 했다.

아내의 차분한 목소리가 귀에 들려왔다. "오늘 저녁은 일 때문에 사무실에 계속 계신 줄 알았어요. 오늘 아침에 결정된 일이에요." 그녀는 아무것도 들어오지 않는 그의 시선 밑으로 눈을 내리깔았고, 다시 한번 얼굴에 홍조가 잠깐 스치고 지나갔다.

그는 자기 눈빛에서 모든 것이 다 드러나고 말 것만 같아서 몸을 돌려 벽난로 선반에 팔꿈치를 괴고 얼굴을 가렸다. 귓가에서 뭔가 격렬하게 쿵쾅거리는 소리가 울렸다. 자신의 혈관을 흐르는 핏소리인지, 벽난로의 시계가 똑딱이는 소리인지 구분할 수가 없었다.

메이는 시곗바늘이 오 분쯤 천천히 지나갈 동안 꼼짝 않고, 말도 하지 않고 앉아 있었다. 아처는 석탄 덩어리가 쇠살대에서 앞으로 굴러 떨어져 메이가 일어나서 도로 집어넣는 소리를 듣고, 마침내 돌아서서 그녀의 얼굴을 마주 보았다.

"그건 말도 안 돼." 그가 외쳤다.

"말도 안 된다니요?"

"지금 한 얘기를 당신이 어떻게 아는 거요?"

"어제 엘렌을 만났어요. 할머니 댁에서 봤다고 했잖아요."
"당신에게 그때 말한 건 아니지?"
"예. 오늘 오후 편지를 받았어요. 보여 드릴까요?"
그는 목소리가 나오지 않았다. 메이는 방을 나갔다가 곧 되돌아왔다.
"당신도 아는 줄 알았어요." 그녀는 그렇게만 말했다.
그녀가 탁자 위에 종이를 놓자, 아처는 손을 뻗어 집어 들었다. 편지에는 몇 줄뿐이었다.

사랑하는 메이, 결국 할머니도 내 방문이 방문 이상이 될 수는 없다는 것을 이해하셨어요. 할머니가 그렇게까지 친절하고 너그러우셨던 적은 없었어요. 내가 유럽으로 간다 해도 나 혼자서, 아니면 나와 함께 가게 될 불쌍한 미도라 고모와 함께 살아야 한다는 걸 이젠 할머니도 알고 계세요. 곧 서둘러 워싱턴으로 돌아가 짐을 꾸려서 다음 주에 배를 탈 거예요. 내가 없어도 당신이 할머니를 잘 보살펴 주겠지요. 나한테도 항상 친절했으니까. 엘렌.

혹여 내 친구 중 누구든 내 마음을 돌리려 한다면, 헛수고일 뿐이라고 말해 주세요.

아처는 편지를 두 번 세 번 거듭해서 읽었다. 그런 다음 편지를 내던지고 미친 듯이 웃음을 터뜨렸다.
자기 웃음소리에 자신도 놀랐다. 결혼 날짜가 앞당겨졌음을 알리는 메이의 전보를 받고 이해할 수 없는 환희에 휩싸인 모습을 본 제이니가 한밤중에 놀라 어쩔 줄 모르던 모습이 떠올랐다.

"왜 그녀가 이런 편지를 쓴 거요?" 그는 온 힘을 다해 가까스로 웃음을 참으며 물었다.

메이는 흔들림 없이 솔직한 태도로 그 질문을 맞받았다. "어제 우리가 나눈 얘기 때문일 거예요."

"무슨 얘기?"

"엘렌에게 부당하게 대해서 미안하다고 했거든요. 여기 있으면서 친척이지만 낯선 이방인들, 사정도 알지 못하면서 비판할 권리가 있다고 생각하는 사람들 틈에서 홀로 얼마나 힘들었을지 이해해 주지 못했어요." 그녀가 잠시 말을 쉬었다. "엘렌이 늘 의지할 수 있었던 친구가 당신이었다는 거 알아요. 저나 당신이나 모든 점에서 같은 생각이라는 것을 엘렌에게 알려 주고 싶었어요."

메이는 그가 말하기를 기다리는 듯 잠시 주저하다가 천천히 덧붙였다. "엘렌은 이 말을 하고 싶어 했던 내 심정을 헤아려 주더군요. 모든 것을 다 이해했을 거예요."

메이는 아처에게 다가와 그의 차가운 손을 잡고 재빨리 자기 뺨에 갖다 댔다.

"저도 머리가 아파요. 안녕히 주무세요, 여보." 그녀는 이 말을 남기고 문 쪽으로 돌아서서 찢어지고 진흙이 묻은 웨딩드레스 자락을 질질 끌면서 방을 가로질러 갔다.

33

아처 부인이 웰랜드 부인에게 웃으며 말했듯이, 신혼부부가 처음으로 큰 만찬을 연다는 것은 대단한 일이었다.

뉴랜드 아처는 살림을 차린 후 약식으로 제법 많은 손님을 치렀다. 아처는 친구를 서넛씩 식사에 초대하기를 좋아했고, 메이는 어머니가 보여 준 모범대로 밝은 모습으로 기꺼이 손님을 맞았다. 그녀가 마음대로 하도록 맡겨 두었다면 집에 누군가를 청했을지 의문스러웠다. 그러나 그는 전통과 훈육으로 형성된 모습에서 아내의 진짜 자아를 해방시키려는 시도를 포기한 지 이미 오래였다. 뉴욕의 유복한 신혼부부라면 비공식적인 접대를 많이 치르는 것이 당연했고, 아처와 결혼한 웰랜드 집안 딸은 남들보다 배로 전통을 준수할 의무가 있었다.

그러나 요리사를 부르고, 하인을 두 명 빌려오고, 로만 펀치, 헨더슨 꽃집에서 가져온 장미, 금테 두른 카드에 적은 메뉴판을 놓아야 하는 대규모 만찬은 다른 문제였고, 선불리 시작할 일이 아니었다. 아처 부인이 지적했듯이, 로만 펀치는 그 자체로서보다는 그것에 담긴 복합적인 의미 때문에 모든 차이를 가져왔다. 로만 펀치는 들오리나 식용 거북 요리, 따듯한 것과 차고 달콤한 것 두 종류의 수프, 소매가 짧은 데코르타주,[1] 자리를 빛내 줄 비중 있는 손님들을 의미하기 때문이다.

젊은 부부의 첫 초대는 제삼자에게는 항상 흥미진진한 행사였으므로, 이런 행사를 많이 다녀 본 사람들이나 초대가 몰린 인기인이라도 그들의 초대를 거절하는 일은 드물었다. 그렇다 해도 밴 더 루이든 가가 메이의 청을 받아들여 올렌스카 백작 부인을 위한 작별 만찬에 참석하기 위해 더 머물기로 한 것은 누가 보아도 대단한 성공이었다.

행사 당일 오후, 시어머니와 장모가 메이의 거실에 앉아, 아처 부인은 티파니의 금박으로 테를 두른 두꺼운 판지에 메뉴를 적고, 웰랜드 부인은 종려나무와 기둥에 세운 램프들의 위치를 점검했다.

아처가 사무실에서 늦게 돌아와 보니 그들은 아직도 거기 있었다. 아처 부인은 식탁에 놓을 명찰로 관심을 돌렸고, 웰랜드 부인은 커다란 금박 입힌 소파를 옮겨 와서 피아노와 창문 사이에 '구석 자리'를 하나 더 만들면 어떨까 따져 보는 중이었다.

그들은 메이가 긴 식탁 중앙에 장식해 둔 자크미노 장미와 공작고사리, 나뭇가지 모양 촛대 사이에 놓은 성기게 짠 은바구니에 담은 메이야르 봉봉의 위치를 점검하러 식당에 갔다고 말해 주었다. 피아노 위에는 밴 더 루이든 씨가 스키터클리프에서 보

1) 목선을 많이 판 드레스.

낸 커다란 난 바구니가 놓여 있었다. 한마디로 모든 것이 중요한 행사에 걸맞게 준비되어 있었다.

아처 부인은 목록을 세심하게 훑어보며 뾰족한 금색 펜으로 하나씩 대조하여 표시했다.

"헨리 밴 더 루이든, 루이자, 로벨 밍고트 부부, 레기 치버스 부부, 로렌스 레퍼츠와 거트루드,(그래, 메이 말대로 그이들을 부르기를 잘했어.) 셀프리지 메리 부부, 실러턴 잭슨, 밴 뉴랜드와 그의 아내,(세월이 빠르기도 하지! 그가 네 신랑 들러리를 섰던 것이 엊그제 같은데, 뉴랜드.) 그리고 올렌스카 백작 부인. 자, 이것으로 다 된 것 같은데……."

웰랜드 부인은 애정 어린 눈길로 사위를 훑어보았다. "뉴랜드, 다들 입을 모아 자네와 메이가 엘렌에게 근사한 송별식을 치러 주었다고 인정할 거야."

"그러게 말이에요. 메이는 자기 사촌이 외국 사람들한테 우리가 절대 야만인이 아니라고 말해 주기를 바라는 마음에서 이런 생각을 했을 거예요." 아처 부인이 말했다.

"엘렌도 틀림없이 감사하게 여길 거야. 오늘 아침에 도착했을 텐데. 마지막으로 아주 좋은 추억이 되겠지. 배 타기 전날 저녁은 으레 따분하게 마련인데." 웰랜드 부인이 명랑하게 말을 이었다.

아처가 문 쪽으로 몸을 돌리자, 장모가 그를 불렀다. "가서 식탁 좀 살짝 보고 오게. 그리고 메이가 너무 지치지 않게 해 줘." 그러나 그는 못 들은 척하고 계단을 뛰어올라 자기 서재로 들어가 버렸다. 그 방은 그에게 공손한 척 꾸민 표정을 짓고 있는 낯선 이방인의 얼굴처럼 보였다. 방은 싹 '정리되어' 있었고, 신사들이 들어와서 담배를 피울 수 있도록 재떨이와 삼나무 상자가 세심하게 준비되어 있었다.

'어쨌든 잠깐이면 될 테니까…….' 그는 이렇게 생각하고 옷방으로 건너갔다.

올렌스카 부인이 뉴욕을 떠난 지 열흘이 지났다. 그 열흘 동안 아처는 종이에 싸서 그녀가 손수 겉봉을 적은 봉투에 넣은 열쇠를 사무실에서 전달받은 이외에는 아무런 소식도 받지 못했다. 그의 마지막 호소를 이렇게 받아쳤다는 것은 익숙한 게임에서라면 뻔한 수법으로 해석될 수도 있었다. 그러나 아처는 다른 의미로 받아들이기로 했다. 그녀는 아직도 자신의 운명에 맞서 싸우고 있다. 그러나 그녀는 유럽으로 가더라도 남편에게 돌아가지는 않을 것이다. 그러니 그녀를 뒤따라가지 못하도록 아처를 막을 것은 아무것도 없었다. 일단 그가 돌이킬 수 없는 조치를 취하고, 그녀에게도 돌이킬 수 없다는 것을 보여 주고 나면, 그녀도 그를 뿌리치지는 못할 거라고 믿었다.

미래에 대한 이러한 확신이 있었기에, 그는 현재의 자기 맡은 바를 착실히 해 나가면서, 그녀에게 편지를 쓰거나 비참하고 상심한 마음을 어떤 식으로든 드러내지 않고 견딜 수 있었다. 그들 사이에서 벌어지는 견디기 힘든 침묵의 게임에서 마지막 패는 아직 자기가 쥐고 있다고 느꼈으므로 기다렸다.

그럼에도 불구하고 무사히 넘기기 어려운 순간도 있었다. 올렌스카 부인이 떠난 다음 날 레터블레어 씨가 그를 불러 맨슨 밍고트 부인이 손녀를 위해 만들고자 하는 신탁 재산의 세부 사항을 검토하도록 시켰다. 아처는 두세 시간 동안 상사와 증서의 문구를 검토하면서, 그가 조언을 요청받는다면 친척이라서기보다는 뭔가 다른 이유 때문일 것이고, 논의가 끝나면 그 사실이 드러날 것 같은 느낌이 어렴풋이 들었다.

"자, 그 부인도 이 정도면 일처리가 잘 됐다고 인정하겠지." 레터블레어 씨는 결론의 개요를 중얼중얼 읽어 본 후 요약해서 말했다. "사실 모든 면에서 꽤 대우를 잘 받았다고 해야겠지."

"모든 면에서요?" 아처가 코웃음을 치며 되받았다. "그녀의 돈을 본인에게 되돌려 주겠다는 남편의 제안 말씀이십니까?"

레터블레어 씨는 숱 많은 눈썹을 약간 추켜세웠다. "이보게, 법은 법이야. 자네 처의 사촌은 프랑스 법에 따라 결혼했다고.[2] 그게 무슨 의미인지 그녀도 모를 리야 없겠지."

"안다고 하더라도, 그 후로 일어난 일은……." 그러나 아처는 말을 끊었다. 레터블레어 씨는 펜 손잡이를 주름진 커다란 코에 댄 채, 무지가 결코 미덕이 될 수는 없다는 점을 젊은이들이 알아 주었으면 할 때 너그러운 연장자들이 짓는 표정으로 그것을 내려다보았다.

"백작의 부당한 행위를 변명해 줄 생각은 전혀 없네. 하지만 그렇다고…… 경솔한 짓을 하다니……. 흠, 눈에는 눈이라는 식으로 맞대응해서는 안 되지……. 젊은 추종자하고……." 레터블레어 씨는 서랍을 열어 아처에게 접은 종이 한 장을 내밀었다. "이 문서는 신중히 조사한 결과라네……." 아처가 종이를 거들떠보려고도, 그렇다고 물리치려고도 하지 않자, 변호사는 다소

2) 프랑스에서는 1816년부터 1886년까지 이혼이 불법이었고, 아내가 간통을 저질렀을 경우 남자들은 법적인 별거를 할 수 있었다. 간통으로 기소된 여자는 삼 개월에서 이 년까지 투옥되었다. 남자가 부정을 저질렀을 경우에는 벌금을 물거나 아내에게 법적 별거를 요청할 권리를 주었다.

단호한 어조로 말을 이었다. "이것으로 다 마무리되었다고는 말하지 않겠네. 자네도 보았겠지만, 오히려 정반대지. 하지만 한 가닥 희망이라도 있으니까. ……대체로 보아 이만큼 체면을 살린 해결책에 도달해서 당사자들 모두 대단히 만족하고 있네."

"오, 대단히 말이죠." 아처는 종이를 도로 밀어놓으며 동의했다.

하루 이틀 후, 맨슨 밍고트 부인에게서 호출을 받자, 그의 마음은 더욱 괴로웠다.

노부인은 침울하고 불만 가득한 모습이었다.

"그 애가 날 버리고 떠난 거 아는가?" 부인은 이렇게 말문을 열더니 그의 대답은 기다리지도 않고 말을 이었다. "아, 이유는 묻지 말게! 그 애가 댄 이유가 하도 많아서 다 잊어버렸다네. 내 혼자 생각인데, 그 앤 지루함을 못 견딘 게야. 어쨌거나 오거스타와 내 며느리들 생각도 그렇다네. 나도 같이 그 애를 욕해야 하는 건지 모르겠구먼. 올렌스키는 세련된 악당이야. 하지만 5번가에서 사느니 그 놈이랑 사는 편이 훨씬 더 즐거울 텐데. 가족들은 그걸 인정하려 하지 않아. 5번가를 뤼 드 라 페가 있는 천국인 줄 안다니까. 물론 불쌍한 엘렌은 남편한테 돌아갈 생각이 전혀 없어. 그 어느 때보다도 완강히 버티더구먼. 그래서 그 얼간이 미도라하고 파리에 정착할 셈이지……. 어쨌든 파리는 파리야. 자네 같은 사람이라면야 거기에서도 별로 달라질 게 없겠지. 하지만 그 애는 새처럼 명랑했어. 보고 싶을 거야." 노인의 말라 버린 눈에서 두 줄기 눈물이 통통한 뺨으로 흘러내려 깊이 팬 가슴 속으로 사라졌다.

부인이 결론지었다. "내가 바라는 건, 가족들이 더 이상 날 괴롭히지 말았으면 좋겠다는 거야. 환자용 죽이나 맘 편히 먹게 놔두라고……." 그러면서 부인은 아처에게 약간 아쉬운 듯 눈을 반짝였다.

바로 그날 저녁, 집에 돌아오자 메이가 사촌에게 작별 만찬을 베풀어 주겠다는 뜻을 밝혔다. 올렌스카 부인이 워싱턴으로 간 날 밤 이후 그들 사이에서 한번도 그녀의 이름이 나온 적이 없었다. 아처는 놀라서 아내를 쳐다보았다.

"만찬이라니……, 어째서?" 그가 물었다.

그녀의 얼굴이 빨개졌다. "당신은 엘렌을 좋아하잖아요……. 당신이 기뻐할 거라고 생각했는데."

"아주 훌륭하오. 당신이 그런 생각을 하다니. 하지만 정말로 영문을 모르겠는걸……."

"그렇게 하고 싶어요, 뉴랜드." 메이는 조용히 일어나서 자기 책상으로 향하며 말했다. "여기 초대장도 다 써 두었어요. 어머니가 도와주셨어요. 어머니도 찬성이시고요." 그녀는 부끄러운 듯 미소를 짓고 말을 멈추었다. 아처의 눈앞에 갑자기 가족의 구체화된 이미지가 떠올랐다.

"아, 좋아요." 그는 멍한 눈으로 그녀가 손에 쥐어 준 손님 명단을 보면서 말했다.

그가 만찬 전에 거실에 들어가 보니, 메이는 불 위로 몸을 구부리고 깨끗한 타일로 된, 사용법이 익숙지 않은 난로에서 타고 있는 통나무 위치를 바로잡느라 애쓰고 있었다.

메이는 키 큰 등을 모두 밝히고, 밴 더 루이든 씨가 보낸 난을 현대적인 자기나 은으로 된 울퉁불퉁한 병 등 여러 가지 화병에 꽂아 눈에 잘 띄는 곳에 놓아 두었다. 다들 뉴랜드 아처 부인의 거실이 매우 훌륭하다고 극찬했다. 구식인 사람들은 퇴창으로 향하는 통로에 밀로의 비너스를 축소한 청동상이 더 어울린다고 생각했겠지만, 그곳에는 앵초와 시네라리아를 때맞춰 갈아 꽂은 금박 입힌 대나무 화병이 놓여 있었다. 소파와 은은한 무늬를 넣은 안락의자들은 은제 장식품들, 도자기로 만든 동물, 사진을 넣은 액자들을 빽빽이 올려놓은 작은 플러시 천 테이블 주변에 세련되게 배치해 두었다. 장밋빛 갓을 씌운 키 큰 램프들이 종려나무 사이에서 열대의 꽃처럼 빛을 발했다.

"엘렌은 이 방에 불을 켜 둔 것을 본 적이 없을 거예요." 애를 쓰느라 붉게 상기된 메이가 몸을 일으키며 자랑스러움을 감추지 못하는 눈빛으로 주위를 둘러보았다. 메이가 난롯가에 기대어 세워 둔 놋쇠 부젓가락이 요란한 소리와 함께 쓰러지는 바람에 남편의 대답을 삼켜 버렸다. 그가 부젓가락을 제자리에 세우기 전에 밴 더 루이든 부부의 도착을 알리는 외침이 들렸다.

밴 더 루이든 부부는 제시간에 저녁을 먹고 싶어 한다는 것을 모두 알고 있었으므로, 다른 손님들도 속속 뒤이어 도착하여 방이 거의 꽉 찼다. 아처는 웰랜드 씨가 메이에게 크리스마스 선물로 주었던 광택이 번쩍이는 페르베크호벤[3]의 소품 「양의 습작」을 셀프리지 메리 부인에게 보여 주느라 정신을 팔던 중, 올렌스카 부인이 옆에 와 있음을 알아차렸다.

그녀는 시체같이 창백했는데, 안색 때문에 검은 머리채가 전에 없이 숱이 많고 묵직해 보였다. 그 때문인지 아니면 목에 건

3) 1798~1881. 네덜란드 화가.

여러 줄짜리 호박 구슬 목걸이 때문인지, 아처는 미도라 맨슨이 뉴욕에 그녀를 처음 데려왔을 때 아이들의 파티에서 함께 춤추었던 어린 엘렌 밍고트의 모습을 갑자기 떠올렸다.

호박 목걸이는 그녀의 안색에는 어울렸지만, 옷과는 맞지 않았다. 얼굴은 광채를 잃고 거의 보기 싫을 정도였지만, 그는 그 순간만큼 그 얼굴을 사랑한 적이 없었다. 그들이 손을 맞잡자, 귓가에 그녀의 목소리가 들리는 듯했다. "그래요, 우리 내일 러시아로 배를 타고 떠나요……." 그때 문이 열리는 소리가 들리더니, 잠시 후 메이의 목소리가 귓전을 때렸다. "뉴랜드! 만찬이 시작된대요. 엘렌을 안내해 줄래요?"

올렌스카 부인은 그의 팔에 손을 올렸다. 그는 그녀가 장갑을 끼지 않았음을 눈치 채고, 23번가의 거실에서 그녀와 함께 보냈던 저녁에 그 손에서 눈을 떼지 못했던 기억을 떠올렸다. 그녀의 얼굴을 떠난 모든 아름다움이 그의 소매를 잡은 길고 흰 손가락과 약간 팬 손가락 마디를 피난처 삼아 깃든 것만 같아서, 그는 속으로 중얼거렸다. '이 손을 다시 볼 수만 있다면 따라가겠어……'

밴 더 루이든 부인은 주인의 왼쪽에 앉음으로써 이 만찬이 '외국 손님'을 위한 것이라는 사실을 분명히 드러냈다. 올렌스카 부인이 이 세계 사람이 아니라는 것을 이 작별 선물보다 더 교묘하게 강조할 수는 없을 것이다.[4] 밴 더 루이든 부인은 이러한 자리 배치를 당연한 것으로 인정하고 기분 좋게 받아들였다. 반드

4) 만찬 파티에서 자리에 앉는 차례는 예의범절에 따른 엄격한 위계질서의 원칙으로 결정된다. 외국인은 보통 제일 상석에 앉힌다. 그렇지 않다면 옛 뉴욕 귀족 사회의 맨 윗자리에 있는 밴 더 루이든 부인이 주인의 오른편에 앉았을 것이다.

시 해야 하는 것, 일단 하기로 했으면 깔끔하고 완벽하게 해내야 하는 것들이 있다. 옛 뉴욕의 관례에서는 이런 일 중 하나가 가문에서 추방되는 여성을 둘러싸고 모이는 가족 행사였다. 웰랜드 가와 밍고트 가는 올렌스카 백작 부인이 유럽으로 떠나기로 한 만큼, 그녀에게 영원히 변치 않을 애정을 공언하기 위해서라면 못 할 것이 없었다. 식탁 상석에 앉은 아처는 가족 전체가 똘똘 뭉쳐 그녀의 인기를 되살리고, 그녀에 대한 불만을 잠재우고, 과거를 너그러이 눈감아 주고, 현재를 빛내 주고자 지칠 줄 모르고 물밑 작업을 벌이는 데 놀라움을 금치 못했다. 밴 더 루이든 부인은 그녀에게 희미하게나마 나름대로 최대한 온정을 보이려는 선의를 쏟았고, 밴 더 루이든 씨는 메이의 오른편[5]에 앉아 그가 스키터클리프에서 카네이션을 보낸 뜻을 알아 달라는 듯한 시선을 식탁에 던졌다.

아처는 샹들리에와 천장 사이에 붕 떠 있는 듯 무게가 느껴지지 않는 기묘한 상태가 되어, 그 절차에서 자신의 역할을 더 이상 의심치 않았다. 그는 평온하고 살진 얼굴 하나하나로 눈길을 옮겼다. 메이의 들오리 요리에 정신을 팔고 있는 순박하게만 보이는 사람들이 말 없는 음모자들의 무리처럼 보였고, 자신과 자기 오른편에 앉은 창백한 여인은 그들의 음모 중심에 있는 것 같았다. 그때 그들 모두에게는 그와 올렌스카 부인이 연인 사이이며, 그것도 '외국인들이 쓰는' 용어에 내포된 극단적인 의미에서의 연인들이라는 사실이 숱한 단편적인 징후들을 통해 벼락처럼 강렬하게 그의 뇌리를 쳤다. 여러 달 동안 말없이 주시하는 무수한 눈

5) 밴 더 루이든 가의 사회적 지위를 감안하여, 밴 더 루이든 씨가 안주인인 메이의 오른편에 앉는다.

초리와 참을성 있게 엿듣는 귀가 그를 둘러싸고 있었으리라. 아처는 이제야 모든 것을 꿰뚫어 보았다. 그들은 아직 그에게는 알려지지 않은 수단을 써서 그와 불륜 상대자를 성공적으로 갈라놓았다. 이제 일족 전체가 그런 내막은 알지도 못하고 상상해 본 적도 없다는 듯이 시침 뚝 떼고, 메이 아처가 단지 친구이자 사촌에게 애정을 담아 작별 인사를 하고 싶은 마음에 접대 행사를 마련했을 뿐이라는 묵계에 따라 그의 아내 주위에 모여든 것이다.

그것이 '피를 흘리지 않고' 목숨을 빼앗는 옛 뉴욕의 방식이었다. 질병보다 추문을 더 두려워하고, 용기보다 체면을 중히 여기고, 소동을 일으킨 사람들의 행동을 제외하면 '소동'보다 더 교양 없는 것은 없다고 생각하는 사람들의 방식이었다.

이런 생각들이 꼬리를 물고 떠오르자, 아처는 자신이 무장한 군대 한가운데 있는 죄수같이 느껴졌다. 식탁을 둘러보면서, 사람들이 플로리다에서 가져온 아스파라거스를 놓고 보퍼트와 그의 처를 거론하는 어조에서 그를 사로잡은 자들의 무자비함을 느꼈다. '나에게도 무슨 일이 일어날지 보여 주려는 것 같군.' 직접적인 행동보다 암시와 비유에서, 성급한 말보다 침묵에서 더 많은 것이 전해져 오는 죽음과 같은 느낌이 가족 납골당의 문처럼 그를 서서히 죄어 왔다.

그는 웃음을 터뜨리다가 밴 더 루이든 부인의 놀란 눈과 마주쳤다.

"그게 웃을 일이라고 생각해요?" 부인은 비꼬는 듯한 웃음을 지으며 말했다. "물론 불쌍한 레지나가 뉴욕에 남을 생각을 하다니 우스꽝스러운 면이 있기는 하죠." 아처가 중얼거렸다. "물론이죠."

그는 그제야 올렌스카 부인 옆 사람이 그녀와 대화에 열중하고 있었음을 의식했다. 같은 순간 밴 더 루이든 씨와 셀프리지 메리 씨 사이에 차분히 정좌한 메이가 식탁에 슬쩍 눈치를 주는 모습을 보았다. 주인과 그의 오른편에 앉은 부인이 식사 내내 서로 말 한마디 나누지 않을 수는 없었다. 그가 올렌스카 부인 쪽으로 몸을 돌리자, 그녀는 창백한 얼굴에 미소를 지어 보였다. "자, 끝까지 잘 해내자고요." 이렇게 말하는 듯했다.

"여행이 힘들었지요?" 그는 이렇게 물으면서 너무나 자연스러운 어조에 스스로 놀랐다. 그녀는 의외로 별 불편 없이 여행했다고 대답했다.

"아시다시피, 기차 안이 끔찍이 더웠다는 점만 빼면요." 그녀가 덧붙였다. 그는 그녀가 가게 될 나라에서는 적어도 그런 고생은 하지 않을 거라고 대꾸했다.

"칼레와 파리 사이를 오가는 기차를 4월에 탔다가 얼어 죽을 뻔한 적이 있거든요." 그는 힘주어 말했다.

그녀는 그럴 법한 일이니 항상 여분의 담요를 갖고 다녀야 한다는 말과 함께, 여행을 하다 보면 나름대로 힘든 점이 있게 마련이라고 했다. 그는 이 말에 멀리 떠날 수 있는 축복에 비하면 그런 고생쯤이야 아무것도 아니라고 불쑥 대답했다. 그녀의 얼굴색이 바뀌자, 그는 갑자기 목소리를 높여 덧붙였다. "오래지 않아 저도 긴 여행길에 오르게 될 거라는 뜻에서 하는 말입니다." 그녀의 얼굴에 전율이 스치고 지나갔다. 그는 레기 치버스 쪽으로 몸을 기울이고 큰 소리로 외쳤다. "레기, 세계 일주나 한번 하면 어떻겠나? 다음 달쯤 말이야. 자네만 좋다면 나도 하지…….” 그 말에 레기 부인이 마사 워싱턴 무도회[6] 후 부활절 주간에 장님들을 위한 정신병원을 건립할 때까지 레기를 보낼 생각이 없다고 반대하고 나섰다. 남편은 국제 폴로 경기 대회를 위해 그때까지 연습을 하고 있어야 한다고 차분히 대꾸했다.

그러나 셀프리지 메리 씨는 '세계 일주'라는 말을 놓치지 않았다. 그는 자기 증기 요트를 타고 세계를 한 바퀴 돈 경험이 있었으므로, 그 기회를 놓치지 않고 지중해의 항구가 얼마나 수심이 얕은지에 대해 얘깃거리를 식탁에 풀어 놓아 사람들의 관심을 끌었다. 그는 중요한 문제는 아니라고 덧붙이면서도, 아테네와 스미르나와 콘스탄티노플을 보았다면 볼 것은 다 본 셈 아니겠느냐고 말했다. 메리 부인은 벤컴 박사가 열병 때문에 나폴리에는 가지 말라는 약속을 그들에게 받아 내 주어서 얼마나 고마운지 모르겠다고 말했다.

"하지만 인도를 제대로 구경하려면 삼 주는 있어야 해." 남편은 자기가 콧바람이 들어 세계 곳곳을 하릴없이 떠돌아다니는 사람이 아니라는 점을 주지시키고 싶은 마음에 이렇게 말했다.

이를 끝으로 부인네들은 거실로 옮겨 갔다.

서재에서는 로렌스 레퍼츠가 더 비중 있는 거물들을 제치고 분위기를 주도했다.

대화는 평소처럼 보퍼트 사건으로 흘러갔고, 밴 더 루이든 씨와 셀프리지 메리 씨까지도 자기들을 위해 알아서 비워 둔 명예로운 안락의자에 자리 잡고 젊은이들의 지탄에 조용히 귀를 기

---

6) 매년 2월 22일 18세기의 역사적 인물 중 하나를 골라 그를 본떠 옷을 차려입고 나오는 무도회.

울였다.

레퍼츠가 그렇게 열을 올려 기독교적인 남성다움을 미화하고 가정의 신성함을 찬미한 적이 없었다. 그는 분노에서 힘을 얻어 신랄한 열변을 토해 냈다. 다른 이들도 그의 모범을 본받아 그가 말한 대로 행동한다면, 사교계가 나약해져서 보퍼트 같은 외국 출신 벼락부자를 받아들이는 일 따위는 다시는 일어나지 않을 것이 분명했다. 그가 댈러스 가 사람이 아니라 밴 더 루이든 가나 래닝 가 출신과 결혼하더라도 어림없는 일이다. 레퍼츠는 보퍼트가 낸 길을 따라 교묘히 파고 들어온 레뮤얼 스트루더스 부인 같은 사람들처럼, 그가 이미 어떤 가문들 속에 슬며시 파고 들어가지 않았더라면 어떻게 댈러스 같은 집안과 혼인할 기회를 잡았겠느냐고 분노에 차서 반문했다. 무엇을 얻을 수 있을지 불확실하지만, 큰 문제를 일으키지는 않을 테니 사교계가 천박한 여인들에게 문을 열어 줄 수는 있다. 그러나 출신이 불확실하고 부정한 방법으로 부를 얻은 남자들을 너그럽게 받아 준다면, 그 결과로 사회는 완전히 붕괴될 것이다. 그것도 머지않은 시일 내에 그렇게 될 것이다.

"사태가 이런 속도로 진행된다면, 우리 자식들이 사기꾼들의 집에 초대받으려고 다투고, 보퍼트의 사생아들과 결혼하는 꼴을 보게 될 겁니다." 레퍼츠는 풀[7]의 옷을 입고 아직 돌멩이 세례를 받은 적 없는 젊은 예언자 같은 모습으로 우레처럼 고함을 질렀다.

"아, 말 삼가시오!" 레기 치버스와 젊은 뉴랜드가 항의했다.

---

7) 헨리 풀. 턱시도를 처음 만들었고, 귀족계급과 상류층 남성들의 옷을 만들어 명성을 날렸다.

셀프리지 메리는 크게 놀란 표정이었으며, 밴 더 루이든 씨의 섬세한 얼굴에는 고통과 혐오의 빛이 역력했다.

"그에게 사생아가 있기라도 하던가?" 실러턴 잭슨 씨가 귀를 쫑긋 세우고 외쳤다. 레퍼츠가 이 질문을 웃어넘기려 하자, 노신사는 아처의 귀에 대고 속삭였다. "이상도 하지, 항상 사태를 바로잡고 싶어 안달 난 녀석들이 있단 말일세. 제일 형편없는 요리사를 둔 녀석들이 꼭 밖에 나가서 식사할 때는 식중독에 걸렸네 어쩌네 트집을 잡는다니까. 하지만 우리 친구 로렌스의 통렬한 비난에는 절박한 이유가 있다더군. 요즘 타자수랑 말일세……."

대화는 무심한 강물이 계속해서 흐르듯이 끝날 줄 모르고 아처를 스쳐 지나갔다. 그는 자기 주변의 즐겁다 못해 심지어 환희에 찬 얼굴들을 둘러보았다. 젊은이들의 웃음소리와, 밴 더 루이든 씨와 메리 씨가 아처 가의 포도주를 칭찬하는 소리에 귀를 기울였다. 그 모든 것을 통해, 그는 간수가 감금된 죄수의 마음을 달래 주려는 것처럼 모두가 자신에게 호의를 베풀고 있다는 사실을 희미하게 깨달았다. 이를 깨닫자 자유로워져야겠다는 강렬한 결의는 더욱 굳어졌다.

곧이어 부인들과 거실에서 합석하면서, 그는 메이의 승리에 찬 눈빛에서 만사가 훌륭하게 '처리되었다.'는 확신을 읽었다. 메이가 올렌스카 부인 옆에서 일어나자, 곧 밴 더 루이든 부인이 올렌스카 부인을 자기가 앉은 금박 입힌 소파로 불렀다. 셀프리지 메리 부인은 방을 건너가 그들과 합석했는데, 아처의 눈에는 여기에서도 복권시켰다가 제거하는 음모가 진행 중이라는 것이 뚜렷하게 보였다. 그의 작은 세계에 난 균열을 접합하려는 침묵의 조직은 올렌스카 부인의 올바른 처신과 아처의 가정의 완벽한 행복을 한순간도 의심치 않았다고 기록하기로 결정했다. 이 상냥하고 냉혹한 사람들은 단호한 태도로 이와 배치되는 것이라면 아무리 사소한 암시라도 들은 적도, 의심해 본 적도, 가능하다고 생각해 본 적도 없는 척했다. 이렇게 서로 정교하게 얽어 짠 거짓 연극 속에서, 아처는 다시 한번 뉴욕이 그를 올렌스카 부인의 정부로 믿고 있음을 알았다. 아내의 눈에서 반짝이는 승리감을 눈치 채고, 처음으로 아내도 똑같이 믿고 있다는 사실을 발견했다. 그 사실을 깨닫고 나자, 레기 치버스 부인과 젊은 뉴랜드 부인과 함께 마사 워싱턴 무도회 얘기를 하려고 아무리 애써도 마음속에서 악마의 웃음소리가 계속 울렸다. 그렇게 그날 저녁은 어떻게 멈춰야 좋을지 모르는 무심한 강물처럼 흐르고 또 흘러갔다.

마침내 그는 올렌스카 부인이 일어나 작별 인사를 하는 모습을 보았다. 곧 그녀가 가 버릴 것이라는 사실을 알고 만찬에서 그녀에게 무슨 말을 했던가 기억해 내려고 애썼으나, 그들이 나누었던 얘기를 단 한마디도 되살려 낼 수가 없었다.

그녀가 메이에게 다가오자, 다른 일행들이 그녀 주변을 둥그렇게 에워쌌다. 두 젊은 여인은 손을 맞잡았다. 메이가 몸을 앞으로 내밀어 사촌에게 키스했다.

"물론 안주인이 훨씬 더 멋있지요." 아처는 레기 치버스가 젊은 뉴랜드 부인에게 소리 죽여 말하는 것을 들었다. 메이의 조화 같은 아름다움에 대한 보퍼트의 야비한 조소가 기억 속에서 떠올랐다.

잠시 후 그는 복도에서 올렌스카 부인의 외투를 어깨에 걸쳐 주었다.

정신이 온통 뒤죽박죽인 와중에도, 그는 그녀를 놀라게 하거나 심란하게 만들 말은 하지 않겠다는 결심만은 굳게 다졌다. 이제 어떤 힘도 그가 원하는 것을 좇지 못하도록 막을 수 없다는 굳은 확신에 찼으므로, 사태가 어떻게 되든 흘러가는 대로 내버려 둘 수 있었다. 그러나 올렌스카 부인의 뒤를 따라 복도로 나가면서, 갑자기 그녀의 마차 문 앞에서 잠시라도 단 둘이 있고 싶다는 갈망을 느꼈다.

"여기 당신 마차가 있소?" 그가 물었다. 그때 위풍당당하게 검은담비털을 두른 밴 더 루이든 부인이 부드러운 어조로 말했다. "우리가 엘렌을 집까지 데려다 줄 거예요."

아처는 갑자기 가슴이 턱 막히는 기분이었다. 올렌스카 부인은 망토 끈을 매고 한 손에는 부채를 쥐고 그에게 다른 손을 내밀었다. "안녕히." 그녀가 말했다.

"안녕히. 하지만 곧 파리에서 만나게 될 거요." 그가 큰 소리로 대답했다. 그의 귀에는 외침같이 들렸다.

"아, 당신과 메이가 오면 얼마나 좋겠어요!" 그녀가 작은 소리로 말했다.

밴 더 루이든 씨가 앞으로 나서 그녀에게 팔을 내밀었고, 아처는 밴 더 루이든 부인에게로 몸을 돌렸다. 잠시 동안 그는 대형 란다우 마차 안의 어둠 속에서 갸름한 얼굴과 빛나는 눈을 희미하게 보았다. 그녀는 가 버렸다.

계단을 올라가다가 그는 아내와 내려오던 로렌스 레퍼츠와 마주쳤다. 레퍼츠는 아처의 소맷자락을 잡고 뒤로 물러서 거트루드를 먼저 지나가게 했다.

"이보게, 친구, 내일 저녁 클럽에서 자네와 식사를 하고 싶은

데, 괜찮겠나? 고맙네, 친구! 잘 있게."

"정말 멋있게 치렀지요, 그렇지 않아요?" 메이가 서재 문 앞에서 물었다.

아처는 깜짝 놀라 몸을 일으켰다. 마지막 마차가 떠나자마자, 그는 서재로 올라와 아직도 아래층에서 서성이고 있는 아내가 곧장 자기 방으로 갈지도 모른다는 기대를 품고 혼자 틀어박혀 있었다. 그러나 그녀는 창백하고 지쳤지만 피로를 넘어서는 어떤 부자연스러운 힘을 내뿜으며 그 자리에 서 있었다.

"들어가서 얘기 좀 할 수 있어요?" 그녀가 물었다.

"물론 당신이 좋다면 얼마든지. 하지만 무척 졸려 보이는데……."

"아니에요, 졸리지 않아요. 잠시 당신하고 앉아 있고 싶어요."

"좋소." 그는 그녀의 의자를 난롯가로 끌어당겼다.

그녀가 앉자 아처도 다시 자리에 앉았다. 그러나 한참 동안 둘 다 입을 열지 않았다. 마침내 아처가 불쑥 말을 꺼냈다. "당신이 피곤하지 않고 얘기를 하고 싶다니, 나도 당신에게 할 얘기가 있소. 예전에 하려던 얘기인데……."

그녀가 재빨리 그를 쳐다보았다. "예, 여보, 당신에 대한 얘기인가요?"

"나에 대한 거요. 당신은 피곤하지 않다고 했지만, 음, 난 피곤하오. 너무 피곤해서……."

그러자 그녀의 얼굴 가득 부드러운 근심이 떠올랐다. "오, 이런 일이 생길 줄 알았어요, 뉴랜드! 당신은 지나치게 과로했어요."

"그런 모양이오. 여하튼, 좀 쉬고 싶소."

"쉰다고요? 변호사 일을 그만두고요?"

"그거야 어찌 되었든, 일단은 좀 떠나고 싶소. 아주 먼 곳으로, 긴 여행을 떠났으면 해요. 모든 것을 뒤로 하고……."

그는 변화를 갈망하다 못해 변화가 다가와도 반갑게 맞이할 힘도 없을 만큼 지친 사람답게 무관심한 태도로 말하려 했으나, 뜻대로 잘 되지 않자 말을 멈추었다. 하려던 말을 어서 하라고 목구멍이 간질거렸다. "모든 것으로부터 멀리……." 그가 되풀이했다.

"아주 먼 곳으로요? 예를 들면, 어디로요?" 그녀가 물었다.

"나도 모르겠소. 인도나……, 일본도 좋고."

그녀가 일어났다. 그는 고개를 숙인 채 손으로 턱을 받치고 앉아서, 그녀가 향기를 풍기며 따듯하게 자기 주위를 서성이는 것을 느꼈다.

"그렇게 멀리요? 하지만 유감스럽게도 그렇게는 안 되겠네요, 여보……." 그녀는 고르지 못한 목소리로 말했다. "저를 함께 데려가시지 않는다면 못 가요." 그가 대답이 없자, 그녀는 음절 하나하나가 그의 뇌를 작은 망치로 때리는 듯 아주 또렷하고 차분한 어조로 말을 이었다. "그러니까, 의사들이 제게 가도 좋다고 허락한다면……. 하지만 아마 허락하지 않을 거예요……. 뉴랜드, 오늘 아침 제가 그토록 바라고 기대해 왔던 일이 이루어졌다고 확신하게 되었답니다……."

그는 힘없이 눈을 들어 그녀를 올려다보았다. 그녀는 눈물을 뿌리며 무너지듯 주저앉아 그의 무릎에 얼굴을 묻었다.

"아, 여보." 그는 찬 손으로 그녀의 머리를 쓰다듬으면서 그녀를 끌어안았다.

오랜 침묵이 계속되었고, 내면의 악마들이 귀에 거슬리는 웃음을 터뜨렸다. 메이가 그의 팔을 풀고 일어섰다.

"짐작 못하셨어요?"

"했소……, 아니, 못했소. 물론 기대하긴 했지만……."

그들은 잠시 서로를 바라보다 다시 침묵에 잠겼다. 그는 그녀에게서 눈을 돌리며 불쑥 질문을 던졌다. "다른 사람에게도 얘기했소?"

"친정어머니와 시어머님한테만 말씀드렸어요." 그녀는 잠시 말을 쉬었다가, 이마까지 새빨갛게 물들이며 서둘러 덧붙였다. "그리고…… 엘렌한테도요. 우리가 얼마 전 오후에 긴 이야기를 나눴다고 그랬죠. 그리고 그녀가 제게 얼마나 따듯이 대해 줬는지도요."

"아……." 아처는 심장이 멎는 것 같았다.

그는 자신을 뚫어지게 살피는 아내의 시선을 느꼈다. "제가 엘렌한테 먼저 말해서 마음 상하셨어요, 뉴랜드?"

"마음 상했다고? 내가 왜 그러겠소?" 그는 젖 먹던 힘까지 짜내어 마음을 가라앉혔다. "하지만 그건 보름 전의 일이잖소? 오늘까지는 확신을 못했다면서."

그녀는 얼굴이 더 빨갛게 달아올랐으나, 그의 시선을 똑바로 맞받았다. "예, 그때는 확신은 못했어요. 하지만 엘렌에게는 확실하다고 말했어요. 그리고 제 말이 옳았어요!" 그녀는 승리감에 취해 푸른 눈에 눈물을 가득 담고 외쳤다.

34

뉴랜드 아처는 이스트 가 39번지 그의 서재의 필기용 탁자에 앉아 있었다.

그는 메트로폴리탄 미술관의 새 전시실 개막을 축하하는 큰 공식 피로연에서 지금 막 돌아온 참이었다. 고대의 유물로 가득 찬 훌륭한 전시실에서 세련된 신사 숙녀들이 과학적으로 분류된 보물들 사이를 순회하는 광경을 보고 있노라니, 갑자기 옛 추억이 녹슨 용수철처럼 튀어 올랐다.

"이곳은 세스놀라 전시실 중 하나였는데……." 누군가의 목소리가 귓가에 들려왔다. 순간 그의 주위에서 모든 것이 연기처럼 사라졌다. 긴 물개가죽 망토를 두른 호리호리한 형상은 옛 미술관의 초라한 내부와 함께 자취를 감추었고, 그는 난방기 앞에 바짝 붙여 놓은 딱딱하고 긴 가죽 의자 위에 홀로 앉은 채였다.

그 환영은 무수한 다른 연상들을 불러왔고, 그는 삼십 년 이상 그의 고독한 명상과 가족 간의 담소의 장이 되었던 서재를 새삼스러운 눈으로 바라보았다. 신세대 여성들이라면 실소를 금치 못할 일이지만, 저기에서 아내가 26년 전 얼굴을 붉힌 채 빙빙 돌려서 아이를 가졌다는 소식을 전했다. 그들의 첫 아들 댈러스가 너무나 섬약해 한겨울에 교회에 데려갈 수가 없어서, 저기에서 그들의 오랜 지기이며 아주 오랫동안 교구의 자랑거리이자 영예였던 훌륭한 뉴욕 감독 교회 목사에게서 세례를 받았다. 저기에서 댈러스가 처음으로 "아빠."를 외치며 아장아장 마루를 가로질러 걸음마를 하고, 메이와 유모는 문 뒤에서 웃었다. 저기에서 어머니를 쏙 빼닮은 둘째 메리가 레기 치버스 가의 하고많은 아들들 중에서도 제일 아둔하지만 믿을 만한 녀석과 약혼 발표를 했다. 저기에서 아처가 그들을 그레이스 교회로 데려다 줄 차로 내려가기 전에 면사포를 들추고 딸애에게 키스했다. 다른 모든 것은 뿌리째 뽑혀 정신없이 돌아가는 세상에서도, '그레이스 교회에서의 결혼식'만은 변치 않는 관례로 남아 있었다.

그와 메이가 늘 아이들의 장래를 놓고 의논하던 곳도 바로 이 서재였다. 메리는 아무리 애를 써도 '교양'을 쌓는 데는 관심이 없고 스포츠와 자선 활동에만 열성을 쏟았으며, 한 자리에 있지 못하고 호기심 많은 댈러스는 '예술'에 대한 막연한 취향을 키워 결국 뉴욕에서 떠오르는 건축 설계 사무소에 자리 잡게 되었다.

요즈음 젊은이들은 법과 사업에서 떠나 온갖 종류의 새로운 일에 뛰어드는 중이었다. 정치나 시정 개혁에 몰두하지 않으면, 중앙아메리카의 고고학, 아니면 건축이나 조경에 심취한다던가, 자기들 나라의 혁명 전 건축물에 날카롭고 박식한 관심을 갖고 조지 시대 형식을 연구하고 변형하면서 '식민지 시대'라는 용어를 아무 데나 갖다 붙이는 데 반대하기도 했다. 요즘은 교외의 백만장자 잡화상들 외에는 아무도 '식민지 시대' 건물을 짓지 않았다.

그러나 아처가 이따금 무엇보다도 중요한 일로 꼽는 것으로, 어느 날 저녁 만찬을 대접받고 하룻밤 묵으러 올버니에서 온 뉴욕 주지사가 주인 쪽으로 몸을 돌리더니 이를 악물고 불끈 쥔 주먹으로 탁자를 내리치며 이렇게 말했던 것도 바로 이 서재에서였다. "쳐 죽일 직업 정치꾼 놈들! 당신이야말로 조국이 원하는 그런 사람입니다, 아처. 외양간을 깨끗이 청소하려면[1] 당신 같은 분들이 힘을 빌려 주셔야 합니다."

'당신 같은 분…….' 아처가 그 표현에 얼마나 가슴 뿌듯했던지! 그런 부름이라면 얼마든지 열 일 제치고 응할 용의가 있었다! 예전에 소매를 걷어붙이고 진창으로 뛰어들라던 네드 윈셋의 말이 귓가에 메아리쳤다. 그런 행동의 본보기를 보인 사람이 그에게 따라오라고 부르니 이번에는 거부하기 어려웠다.

옛일을 돌아보면 자신이 정말 조국이 필요로 하는 사람이었다던가, 적어도 시어도어 루스벨트가 말했던 적극적인 봉사에 어울리는 사람이었다는 확신은 들지 않았다. 사실 시의회에서 일 년을 일한 뒤 재선에 실패하고, 의정에 도움이 되기를 바라면서 기꺼이 뒤로 물러나 다시 조국을 무관심에서 흔들어 깨우고자 개혁 성향의 주간지에 가끔 논설을 썼던 것을 상기하면, 그렇지 않다고 생각하는 편이 맞을 것 같았다. 돌이켜 보면 미진했으나, 자기와 같은 세대와 계급의 젊은이들이 기대했던 것이

1) 아우게이아스의 외양간을 청소하라는, 헤라클레스에게 내려진 불가능해 보이는 임무를 빗댄 말.

라고는 제한적이고 상투적인 돈벌이와 젊은이들의 꿈을 협소한 테두리에 가두는 오락과 사교 정도였음을 떠올리면, 벽돌 하나 하나가 모여 번듯한 담을 이루듯 새로운 세상을 위한 자신의 작은 기여도 의미 있게 생각되었다. 그는 공직 생활에서는 별로 이룬 것이 없었다. 그는 천성적으로 사색가이고 딜레탕트였다. 그러나 좋은 사색거리들, 기쁨을 찾을 훌륭한 일거리, 위대한 인물과의 교분이 그의 힘이 되고 자랑이 되었다.

요컨대 그는 요즘 쓰는 말로 '선량한 시민'이었다. 뉴욕에서 지나간 오랜 세월 동안 사람들은 자선 활동이나 시정, 예술 등에 새로운 움직임이 있으면 언제나 그의 의견을 구했고, 그의 이름을 빌리고 싶어 했다. 장애 아동을 위한 최초의 학교 개교, 미술관 개편, 그롤리에 클럽[2] 설립, 새 도서관 개관, 새 실내악단 구성 등 문제가 있을 때마다 "아처에게 물어보라"고들 했다. 그의 전성기는 충만했고, 매일이 고상한 일로 빽빽이 채워졌다. 남자라면 누구나 살아 볼 만한 삶이었다.

그가 놓친 것이 있다면 인생의 꽃이었다. 그러나 이제 와서 생각하면 너무나 얻기 어렵고 가망 없는 것이어서, 복권에서 1등을 뽑지 못한 것처럼 놓쳤다고 절망스럽지도 않았다. 그의 복권에는 셀 수도 없이 많은 표가 있었지만 상은 딱 하나뿐이었으므로, 그 기회를 잡는다는 건 그에게는 꿈도 꿀 수 없는 일이었다. 엘렌 올렌스카를 생각하면 책이나 그림 속 가공의 연인을 생각할 때처럼 막연하고 평온한 기분이었다. 그녀는 그가 놓친 것 전부를 한데 뭉뚱그린 환상이 되었다. 희미하고 미약했으나, 그 환

---

2) 16세기 프랑스 장서가인 장 그롤리에 드 세비에(1479~1565)를 기념하여 1884년 이스트 60번가에 세워진 클럽.

상 때문에 다른 여자를 마음에 품어 본 적이 없었다. 그는 성실한 남편이라는 평을 받았고, 메이가 막내를 간호하다가 옮은 폐렴으로 갑자기 죽었을 때에도 진심으로 슬퍼했다. 그들이 함께 한 긴 세월을 통해 그는 결혼이 지루한 의무일지라도, 의무의 존엄성을 유지하는 한 그렇게 중요한 문제가 되지는 않는다는 사실을 깨달았다. 결혼에서의 일탈은 추악한 욕정과의 투쟁이 될 뿐이었다. 그는 주변을 돌아보면서 자신의 과거를 자랑스러이 여기는 한편으로 슬퍼했다. 어쨌거나 흘러간 옛날이 좋았다.

그는 댈러스가 영국제 메조틴트,[3] 치펀데일 양식의 수납장, 푸른색과 흰색의 경쾌한 갓을 씌운 전기 램프로 꾸며 준 방을 한 바퀴 휘둘러보다가, 한번도 내다 버릴 생각을 해 본 적이 없는 낡은 이스트레이크 필기용 탁자와 잉크스탠드 옆에 아직도 놓여 있는 메이의 첫 번째 사진으로 시선을 돌렸다.

사진 속의 메이는 그가 선교사 정원의 오렌지 나무 밑에서 보았던 모습 그대로 빳빳이 풀 먹인 모슬린 옷을 입고 펄럭이는 밀짚모자를 쓰고 있었으며, 키가 크고 봉긋한 가슴에 날씬하고 우아한 자태였다. 그날 그가 보았던 상태 그대로, 그녀는 그 높이에서 올라가지도, 내려가지도 않은 채 남았다. 너그럽고 충실하고 늘 한결같았지만, 상상력이 너무나 빈약하고 절대 성숙할 줄 몰라서 젊은 시절의 세계가 산산이 와해되고 재건되어도 끝내 변화를 눈치 채지 못했다. 이 견고하고 낙천적인 무지 덕분에, 그녀는 자기 코앞의 세계는 늘 변하지 않은 채 예전 모습 그대로라고 믿었다. 변화를 인식할 줄 모르는 그녀의 무능력함 때

3) 동판화의 일종.

문에 아처가 자기 견해를 그녀에게 감추듯이, 자식들도 엄마 앞에서 자기들 생각을 드러내지 않았다. 처음부터 아버지와 아이들이 무의식적으로 협력하여 꾸며 낸 속임수랄까, 순진한 가족의 위선 같은 것이 있었다. 메이는 세상이 자기 집처럼 사랑과 조화 넘치는 가정으로 가득한 좋은 곳이라고 믿으며 죽었다. 무슨 일이 일어나든 뉴랜드는 계속해서 댈러스에게 부모의 삶을 형성했던 것과 똑같은 원칙과 편견을 심어 줄 것이고, 뉴랜드가 그녀의 뒤를 따른다면 댈러스가 차례대로 어린 빌에게 신성한 믿음을 전수해 줄 것이라는 확신이 있었기에 마음 놓고 눈을 감았다. 메리는 자신의 분신이라고 믿었다. 그래서 죽음의 문턱까지 갔던 어린 빌을 구하느라 자기 생명을 내놓고서, 세인트 마르코 교회에 있는 아처 집안 납골당의 자기 자리에 더 바랄 것 없는 심정으로 누웠다. 그곳에는 벌써 아처 부인이 며느리는 눈치 채 본 적조차 없는 무시무시한 '유행'으로부터 안전히 누워 있었다.

메이의 사진 맞은편에는 딸의 것이 놓여 있었다. 메리 치버스는 엄마 못지않게 늘씬한 미인이었지만, 허리가 굵고 가슴이 납작한 데다가 요즘 유행에 따라 자세를 약간 구부정하게 하고 있었다. 메이 아처가 푸른색 허리띠로 감았던 21인치 허리로는 메리 치버스의 근사한 운동 실력은 꿈도 꿀 수 없었을 것이다. 그 차이는 상징적이었다. 어머니의 삶은 그녀의 몸매처럼 단단히 조여져 있었다. 인습에 덜 얽매이고 덜 똑똑한 메리는 더 폭넓은 삶을 영위했고, 더 포용력 있는 관점을 가졌다. 새로운 질서에도 역시 좋은 점이 있다.

전화가 딸깍 소리를 울렸다. 아처는 사진에서 눈을 떼고 옆에 있는 송화기를 들었다. 놋쇠 단추 달린 제복을 입은 사환의 다리가 뉴욕의 유일한 긴급 연락 수단이었던 시절에서 얼마나 멀리 왔는가!

"시카고에서 온 전화입니다."

아, 댈러스에게서 온 장거리 전화가 틀림없다. 그는 재기 넘치는 한 젊은 백만장자가 주문한 레이크사이드의 대저택 설계에 대해 상담을 하러 시카고에 출장을 가 있었다. 회사에서는 늘 이런 일에 댈러스를 보냈다.

"아버지, 안녕하세요. 예, 댈러스에요. 수요일에 배를 타면 어떠시겠어요? 모리타니아 호[4] 말이에요. 예, 다음 주 수요일에요. 우리 고객들이 결정하기 전에 이탈리아 정원 몇 군데를 좀 봐 달라고 하더군요. 다음 배로 떠나 달래요. 전 6월 1일에 돌아가야 해요……." 그의 목소리가 유쾌한 웃음으로 바뀌었다. "그러면 우리가 무사할 수 있을 거예요. 아빠, 도움이 필요해요. 꼭 와 주셔야 해요."

댈러스가 방에서 말하고 있는 것 같았다. 그의 목소리는 난롯가의 가장 좋아하는 안락의자에 푹 파묻혀 있는 것처럼 가까이, 자연스럽게 들렸다. 장거리 전화가 이제는 전기 조명이나 닷새 걸리는 대서양 횡단 여행만큼이나 당연한 일이 되었으므로, 평소라면 아처도 이런 사실에 놀라지는 않았을 것이다. 그러나 웃음소리에는 깜짝 놀랐다. 숲과 강, 산, 평원, 활기 넘치는 도시들과 무관심하게 바삐 움직이는 수많은 군중들을 비롯해 그 먼 거리를 가로질러 댈러스의 웃음소리가 이러한 속뜻을 전할 수 있

4) 큐나드 선박 회사 소유의 대서양 횡단 여객선.

다니 여전히 놀랍게 느껴졌다. "물론이죠, 무슨 일이 있어도 1일에는 돌아갈 거예요. 패니 보퍼트와 전 5일에 결혼할 테니까요."

목소리가 다시 울렸다. "생각해 보시겠다고요? 안 돼요. 지금 당장 결정하셔야 해요. 지금 응낙해 주셔야 한다니까요. 안 될 이유가 뭐가 있으세요? 이유를 하나라도 내세우실 수 있다면……. 안 돼요, 그건 저도 알고 있었어요. 그럼 결정하신 거예요, 예? 내일 눈뜨시면 제일 먼저 큐나드 선박 회사에 전화부터 하실 거라고 믿고 있을게요. 마르세유에서 출항하는 배를 타고 돌아오시도록 예약해 두시는 게 좋을 거예요. 아버지, 우리가 이런 식으로 함께 시간을 보낼 수 있는 마지막 기회가 될 거예요. 오, 좋아요! 그렇게 알고 있을게요."

통화가 끝났고, 아처는 방을 이리저리 거닐기 시작했다.

이런 식으로 함께하는 마지막 기회가 될 것이라는 아들의 말은 옳았다. 물론 댈러스가 결혼하고 나서도 다른 '기회'들이 많이 있을 것이다. 부자는 오랫동안 친구 같은 관계로 지냈고, 패니 보퍼트는 남들이 그녀를 어떻게 생각하든지 간에 그들의 친밀한 관계를 방해하고 싶어 할 것 같지는 않았다. 오히려 아처가 그녀를 보아 온 바로는, 그 안에 자연스럽게 융화될 것 같았다. 그래도 변화가 생기고, 예전과 달라지리라는 것은 부정할 수 없는 사실이었다. 장래의 며느리도 마음에 들었지만, 아들과 단 둘이 있을 이런 마지막 기회를 뿌리치기는 어려웠다.

여행하는 습관이 없어졌다는 것 말고는 이 기회를 포기해야 할 이유가 하나도 없었다. 메이는 아이들을 바다나 산에 데려간다는 식의 뚜렷한 구실이 아니면 움직이기를 싫어했다. 메이에게는 굳이 39번가의 집이나 뉴포트의 웰랜드 가의 안락한 보금

자리를 떠나야 할 이유가 없었다. 댈러스가 학위를 받고 나자 메이는 육 개월간 여행하는 것이 어머니로서의 의무라고 생각했다. 그래서 온 가족이 옛날 식대로 영국, 스위스, 이탈리아를 도는 여행을 했다. 이유는 아무도 몰랐지만 시간이 빠듯하다며 프랑스는 뺐다. 아처는 랭스와 샤르트르 대신 몽블랑 구경을 한다는 말에 댈러스가 분통을 터뜨렸던 일을 떠올렸다. 그러나 메리와 빌은 등산을 하고 싶어 했고, 댈러스의 뒤를 따라 영국의 대성당들을 둘러볼 때부터 벌써 연신 하품을 해 댔다. 메이는 항상 아이들에게 공정했으므로, 아이들의 운동을 좋아하는 취향과 예술 쪽 취향 사이에서 공평하게 균형을 잡아야 한다고 했다. 메이는 남편에게 댈러스를 데리고 보름쯤 파리로 가 있다가, 나머지 가족들이 스위스를 '둘러본' 후 이탈리아 호반에서 합류하자고 제안했다. 그러나 아처는 거부했다. "가족이 다 함께 다녀야지." 아버지가 댈러스에게 이렇게 좋은 본보기를 보여 주자 메이의 얼굴이 밝아졌다.

이 년쯤 전 메이가 죽은 후로는 똑같은 일상을 고집할 이유가 없어졌다. 아이들은 그에게 여행을 가자고 졸라 댔다. 메리 치버스는 해외로 나가서 '미술관들을 보면' 아버지에게 도움이 될 거라고 확신했다. 이러한 처방이 자신으로서는 도통 이해 불가라는 점에서 그녀는 그 효능을 더욱 확신했다. 그러나 아처는 그 역시 습관에, 기억에 꽉 매인 몸이 되어 새로운 것이라면 화들짝 놀라 움츠리게 되었음을 깨달았다.

이제 그는 과거를 돌이켜보면서 자신이 관습 속으로 얼마나 깊이 가라앉아 버렸는가를 절감했다. 의무를 다한다는 것의 가장 나쁜 점은 그 밖의 다른 일을 하는 데는 분명히 맞지 않는다는 것이다. 적어도 그의 세대 사람들은 그랬다. 옳은 것과 그른 것, 정직과 부정직, 존경할 만한 것과 그렇지 못한 것 사이에 명확한 경계가 그어져 있어서 미처 예측하지 못한 것이 존재할 여지가 거의 없었다. 자신이 사는 세계에 너무나 쉽게 길들여져 있던 상상력이 갑자기 평범한 일상을 뚫고 솟아올라 널따랗게 펼쳐진 운명을 조망하는 순간이 있다. 아처는 거기에 매달려서 의아해했다…….

그가 성장해 온 작은 세계에서 남은 것은 무엇이며, 누구의 기준이 그를 굴복시키고 속박했던가? 아처는 오래전 바로 이 방에서 가련한 로렌스 레퍼츠가 했던 냉소적인 예언을 떠올렸다. "이런 식으로 세상이 변한다면, 우리 자식들은 보퍼트의 사생아들과 결혼하게 될 겁니다."

그의 평생의 자랑거리인 장남이 지금 바로 그 예언대로 하려는 참이지만, 놀라는 사람도, 비난하는 사람도 없었다. 아직도 애늙은이처럼 굴던 젊은 시절과 똑같은 식으로 세상을 보는 아들의 고모 제이니마저도 어머니의 에메랄드와 분홍 솜에 넣어 두었던 작은 진주알을 꺼내 와서 떨리는 손으로 미래의 신부에게 건네주었다. 패니 보퍼트는 파리 보석상에서 '세트'로 받지 못했다고 실망하는 기색 없이, 고풍스러운 아름다움에 탄성을 지르며 그것들을 걸치면 이자베이의 세밀화 같을 거라고 좋아했다.

패니 보퍼트는 부모의 사망 후 열여덟의 나이에 뉴욕에 나타나, 삼십 년 전 올렌스카 부인이 그랬듯이 뉴욕을 온통 사로잡았다. 사교계는 그녀를 못미더워하고 꺼리기는커녕 기꺼이 받아들여 주었다. 패니는 예쁘고 쾌활한 데다 교양도 있었다. 무엇이 더 필요하겠는가? 아버지의 과거라든가 출신 따위 케케묵은 사실을 끄집어낼 만큼 편협한 사람은 아무도 없었다. 나이 든 사람들이나 보퍼트의 파산을 뉴욕 경제계에서 희미해진 사건으로 기억하거나, 아내가 죽은 후 보퍼트가 악명 높은 패니 링과 소리 소문 없이 결혼해서 새 아내와 어머니의 미모를 물려받은 어린 딸을 데리고 미국을 떠났던 일을 떠올리는 정도였다. 나중에 그는 콘스탄티노플에 있다고 했다가, 그 다음에는 러시아에서 소식이 들려왔다. 십여 년 후 미국 여행자들은 그가 보험 중개소를 크게 차린 부에노스아이레스에서 그에게 극진한 환대를 받았다. 보퍼트와 아내는 그곳에서 부귀영화를 누리다가 죽었는데, 어느 날 고아가 된 그들의 딸이 메이 아처의 올케인 잭 웰랜드 부인에게 맡겨져 뉴욕에 왔다. 웰랜드 부인의 남편이 이 소녀의 후견인으로 지명되었던 것이다. 이로 인해 패니는 뉴랜드 아처의 아이들과 거의 사촌같이 지내게 되었고, 댈러스의 약혼 발표에도 아무도 놀라지 않았다.

세상이 얼마나 변했는지 이보다 더 극명하게 보여 주는 것도 없었다. 요즘 사람들은 개혁과 '운동'들, 유행과 물신숭배와 온갖 시시껄렁한 일거리로 너무나 바쁜 나머지 이웃을 성가시게 할 시간이 없었다. 게다가 모든 사회 구성원들이 똑같은 판 위에서 빙빙 돌아가는 거대한 만화경 속에서, 남의 과거 따위가 무엇이 중요하겠는가?

뉴랜드 아처는 흥청거리는 눈부신 파리 거리를 호텔 창으로 내려다보면서, 젊은 시절의 혼란과 열망으로 가슴이 뛰는 것을 느꼈다.

그렇게 조끼 밑에서 심장이 미친 듯이 쿵쾅거리다가, 다음 순간 가슴이 헛헛해지고 관자놀이가 뜨겁게 달아오르는 경험이 얼마 만인지 몰랐다. 아들도 패니 보퍼트 양과 함께 있으면 그런 심정일까 궁금했으나, 아무래도 아닐 것 같았다. '뛰기야 팔팔하게 뛰겠지만, 박동은 다를 거야.' 아들은 약혼을 발표하고 가족의 동의를 당연하게 받아들이면서 침착하고 냉정한 태도를 잃지 않았다.

'차이가 있다면 이 아이들은 원하는 것이라면 뭐든 당연히 얻을 줄 알지만, 우리는 거의 항상 당연히 얻지 못할 거라고 생각했다는 점이지. 단지 궁금한 것은……, 앞일을 훤히 예상할 수 있다면, 그래도 심장이 거칠게 뛸 수 있을까?'

그들이 파리에 도착한 다음 날이었다. 봄 햇살이 팔레 방돔의 드넓은 은빛 전경 위를 굽어보는 그의 열린 창으로 비쳐 들어왔다. 그가 댈러스와 함께 해외여행을 떠나기로 하면서 내건 거의 유일한 조건 한 가지는, 파리에서 그를 억지로 최신 유행의 '호화 건물'에 데려가지 않겠다는 것이었다.

"아, 좋아요. 물론 그렇게 하죠." 댈러스는 흔쾌히 동의했다. "아버지를 구닥다리 명소로 모셔다 드릴게요." 아버지는 오래전 왕과 황제들의 거처가 이제는 구닥다리 호텔로 통하며, 색다른 불편함이나 그 지역의 특색을 좋아하는 사람들이나 찾는 곳이 되었다는 아들의 말을 묵묵히 듣기만 하는 수밖에 없었다.

아처는 처음 몇 년간은 초조함을 못 이겨 파리로 떠나는 장면을 수도 없이 머릿속에 그려 보았다. 가슴속의 환상이 희미해져 가면서, 그 도시를 단지 올렌스카 부인이 살아가는 공간으로만 보려고 애썼다. 밤에 식구들이 잠자리에 든 후 서재에 홀로 앉아 있노라면, 마로니에가 늘어선 거리, 공원의 꽃과 조각상 들, 꽃수레에서 풍겨 오는 라일락 향기, 훌륭한 다리들 아래로 웅장하게 굽이쳐 흐르는 강물, 힘찬 동맥마다 터질 듯 충만하게 흘러넘치는 예술과 학문과 쾌락의 삶이 눈부신 광채를 뿜으며 그의 눈앞에 펼쳐졌다. 이제 그 광경이 그의 앞에서 자태를 뽐내고 있었지만, 그는 밖을 내다보며 왠지 움츠러들고 시대에 뒤떨어져 어울리지 않게 된 기분이었다. 그가 한때 꿈꾸었던 거칠 것 없고 위대한 인물과 비교하면 자신이 보잘것없는 무명인에 불과하다는 생각이 들었다…….

댈러스가 활기차게 그의 어깨에 손을 올렸다. "안녕하세요, 아버지. 여기 근사하죠, 그렇지 않아요?" 그들은 잠시 말없이 바깥을 내다보았고, 아들이 다시 말했다. "그건 그렇고, 아버지께 드릴 말씀이 있어요. 올렌스카 백작 부인이 5시 반에 우리를 만나고 싶으시대요."

그는 내일 저녁 그들이 탈 피렌체 행 열차 출발 시각처럼 어쩌다 생각난 정보를 전한다는 듯 예사로운 투로 가볍게 말했다. 아처는 그의 쾌활한 젊은 눈에서 증조할머니 밍고트 같은 악의가 반짝이는 것을 보았다.

"아, 제가 말씀 안 드렸나요?" 댈러스가 말을 이었다. "파리에 있을 동안 패니가 세 가지를 꼭 하라고 저한테 맹세를 시켰어요. 드뷔시[5]의 최신 악보를 구해다 달라는 거랑, 그랑 기뇰[6]에 가 보라는 것, 그리고 올렌스카 부인을 만나라는 거였어요. 보퍼트 씨가 부에노스아이레스에서 성모승천일에 패니를 보냈을 때 올렌스카 부인이 패니한테 얼마나 정성껏 잘해 주셨는지 아버

5) 1862~1918. 프랑스의 피아니스트, 작곡가, 지휘자.

6) 19세기 파리의 카바레(특히 테아트르 뒤 그랑 기뇰)에서 얻은 단막극.

지도 아시죠. 패니는 파리에 아는 사람이 아무도 없었는데, 올렌스카 부인이 패니에게 친절하게 대해 주시고 휴일마다 데리고 다니셨대요. 올렌스카 부인은 보퍼트 씨의 전 부인하고도 좋은 친구였다고 들었어요. 게다가 우리 친척이기도 하잖아요. 그래서 오늘 아침 나오기 전에 전화를 드려서 이틀 동안 여기 머물게 되었는데 만나 뵙고 싶다고 말씀드렸죠."

아처는 계속 그를 빤히 쳐다보았다. "내가 여기 있다는 말도 했느냐?"

"물론이죠. 안 될 게 뭐 있나요?" 댈러스가 눈썹을 치켜떴다. 그러더니 대답도 기다리지 않고 아버지의 팔을 슬쩍 끼고 은근히 눌렀다.

"저기, 아버지, 올렌스카 부인은 어떤 분이었나요?"

아처는 아들의 뻔뻔스러운 시선에 얼굴이 확 달아올랐다. "자, 솔직히 털어놔 보세요. 아버지랑 그분은 보통 사이가 아니었지요? 그렇게 아름다운 분이었나요?"

"아름답다고? 모르겠다. 그녀는 달랐어."

"아, 바로 그거였군요! 항상 그런 식으로 사랑이 시작되는 거죠. 척 보니 다르더라. 왜 그런지는 아무도 몰라도. 제가 패니한테 바로 그런 걸 느꼈거든요."

아버지는 한 발짝 물러서면서 팔을 빼냈다. "패니한테? 하지만 얘야, 부디 그랬으면 좋겠구나! 난 정말 모르겠다……."

"나 원 참, 아버지, 구닥다리 노인네처럼 굴지 마세요. 그분은 적어도 한때는 아버지의 패니가 아니었어요?"

댈러스는 몸도 마음도 신세대였다. 그는 뉴랜드와 메이 아처의 첫 아이였지만, 내성적인 성격은 손톱만큼도 닮지 않았다.

"비밀로 하실 필요가 뭐 있어요? 오히려 남들 호기심만 더 돋울 뿐이지." 그는 신중을 기하라는 말만 들으면 항상 반발했다. 그러나 아처는 그의 눈을 마주 보면서 아버지를 놀리는 눈빛 뒤에 숨겨진 아들로서의 애정을 엿보았다.

"나의 패니였다고……?"

"그 왜, 그녀를 위해서라면 모든 것을 다 버려도 좋을 여자 말이에요. 물론 아버진 그렇게 하지는 않으셨지만." 사람을 기절초풍시킬 아들의 말이었다.

"그러지 않았지." 아버지가 엄숙한 투로 그 말을 받았다.

"예. 아시다시피 아버지는 시대에 뒤떨어졌다고요. 하지만 어머니 말씀이……."

"네 어머니 말이냐?"

"예, 돌아가시기 전날이었죠. 저만 곁에 부르셨을 때 말이에요. 기억나시죠? 우리가 아버지와 함께 있으면 안심할 수 있고, 앞으로도 늘 그럴 거라고 하셨어요. 왜냐하면 옛날에 아버지가 어머니의 청에 따라 가장 원하는 것을 포기하신 적이 있기 때문이래요."

아처는 이 이상한 이야기를 말없이 들었다. 그는 창문을 통해 들어온 햇살이 그린 네모에 멍한 눈길을 박은 채로 있었다. 마침내 그가 무겁게 입을 열었다. "네 어머니는 내게 한번도 청한 적이 없었다."

"예, 저도 잊었어요. 아버지와 어머니는 서로에게 무언가를 요구하신 적이 한번도 없었어요, 그렇죠? 그저 앉아서 서로를 쳐다보고 그 밑에서 무엇이 움직이고 있는지 짐작하셨을 따름이죠. 사실 귀머거리에 벙어리들 수용소 같았달까. 하지만 우리가 우리 자신에 대해 알 수 있는 것보다, 부모님 세대가 서로의 은밀한 속마음을 더 많이 알고 계셨다고 생각해요. 아버지……."
댈러스가 말을 끊었다. "저한테 화나신 건 아니지요? 화나셨다면 푸시고 우리 앙리에 가서 점심 먹어요. 전 그 다음에는 베르사유로 서둘러 달려가야 해요."

아처는 아들과 함께 베르사유에 가지 않았다. 그보다는 파리를 홀로 배회하며 오후를 보내고 싶었다. 갑자기 한꺼번에 몰려드는 무수한 회한과 한평생 억눌러 온 형언할 수 없는 기억들을 감당해야만 했다.

잠시 지나자 댈러스의 경솔함이 유감스럽지 않았다. 누군가가 사정을 헤아리고 동정했다는 것을 알고 나니 그의 심장에 둘러 놓았던 쇠로 된 테가 벗겨져 나가는 듯했다……. 게다가 그 사람이 바로 그의 아내였다는 사실에 말할 수 없이 감동했다. 댈러스는 애정 넘치는 통찰력에도 불구하고 그것은 이해하지 못했을 것이다. 청년에게 그 이야기는 헛된 좌절, 허비한 힘에 관한 가슴 아픈 일화에 불과할 것이다. 그러나 정말로 그뿐이었나? 아처는 오랫동안 샹젤리제의 벤치에 앉아 삶이 흘러갈 동안 무슨 일이 있었을까 생각했다…….

단 몇 개의 거리를 건너, 몇 시간만 지나면 엘렌 올렌스카가 있다. 그녀는 끝까지 남편에게 되돌아가지 않았고, 몇 년 전 남편이 죽은 후에도 생활 방식을 전혀 바꾸지 않았다. 이제 그녀와 아처를 갈라놓는 것은 아무것도 없었다……. 그날 오후 그녀를 만날 것이다.

그는 일어나서 콩코르드 광장과 튈르리 정원을 가로질러 루브르로 걸어갔다. 예전에 엘렌에게서 거기에 자주 간다는 말을 들은 적이 있었으므로, 그녀가 최근에 머물렀을지도 모를 장소에서 그 사이의 시간을 보내고 싶었다. 그는 한 시간 넘게 오후의 눈부신 햇살 속에서 전시실들을 배회했다. 그림들이 하나씩 반쯤 잊혔던 광휘를 내뿜으며 긴 여운을 남기는 아름다움으로 그의 영혼을 가득 채웠다. 무엇보다도, 그의 삶은 너무나 피폐해져 있었다…….

갑자기 눈부시게 빛나는 티치아노[7]의 작품 앞에서, 그는 자기도 모르게 중얼거렸다. "하지만 난 이제 겨우 쉰일곱이야……." 그러고는 발길을 돌렸다. 이런 한여름날의 꿈을 꾸기에는 너무 늦었다. 그러나 그녀 가까이 복된 고요함 속에서 우정이나 동지애를 조용히 나누는 것이야 안 될 리 없을 것이다.

그는 댈러스와 만나기로 했으므로 호텔로 돌아왔다. 그들은 함께 콩코르드 광장을 다시 가로질러 하원 의회당으로 가는 다리를 건넜다.

아버지의 마음속에 무슨 생각이 펼쳐지고 있는지 모르는 댈러스는 흥분해서 베르사유에 대해 쉴 새 없이 떠들어 댔다. 그는 베르사유를 전에 딱 한 번 휴가 여행을 가서 슬쩍 구경한 적이 있었는데, 가족들과 스위스에 가느라 볼 기회를 놓쳤던 모든 경치를 휴가 여행 동안 다 몰아서 보느라고 고생했다. 그는 열렬한 예찬과 독단적인 비판을 번갈아 거침없이 주워섬겼다.

아처는 듣고 있을수록 자신이 무력하고 감정을 표현하는 데 서투르다는 느낌이 점점 강해졌다. 아들은 섬세하지는 않았지

7) 1477~1576. 이탈리아의 화가.

만, 운명을 자신의 주인이 아닌 동등한 상대로 보는 데서 비롯된 여유와 자신감이 있었다. '바로 그거야. 저들은 뭐든 충분히 감당할 수 있다고 생각해. 자기들의 길을 알고 있어.' 그는 아들을 옛 표석들을 다 쓸어다 버리면서 길 표지판과 위험신호까지 같이 갖다 버리는 신세대의 대변자로 여기면서 깊은 생각에 잠겼다.

갑자기 댈러스가 발을 멈추고 아버지의 팔을 꼭 잡았다. "아, 저것 좀 보세요." 그가 외쳤다.

그들은 앵발리드[8] 앞의 나무를 심어 놓은 근사한 구역으로 들어섰다. 망사르 지붕[9]이 새잎이 돋아나는 나무들과 건물의 긴 회색 전면 위로 공기처럼 가볍게 떠 있었다. 그 지붕은 오후의 햇살을 모두 끌어 모아 인류의 영광을 보여 주는 가시적인 상징처럼 거기 걸려 있었다.

아처는 올렌스카 부인이 앵발리드에서 뻗어 나오는 거리들 중 하나와 인접한 구역에 산다는 것을 알고 있었다. 그는 그곳까지 환하게 밝힌 중앙의 화려한 광채는 잊고, 그 구역을 조용하다 못해 외진 곳으로 상상해 왔다. 이제 어떤 기묘한 연상 과정에 의하여 그 황금빛은 그녀가 살고 있는 곳까지 밝게 비추어 주는 빛이 되었다. 근 삼십 년간, 이상하리만치 그는 그녀의 삶에 대해 거의 알지 못했지만, 그녀는 그가 이미 그의 폐에는 너무나 짙고 자극적이라고 느끼는 이런 공기 속에서 삶을 보냈던 것이다. 그는 그녀가 갔음 직한 극장들, 그녀가 보았을 그림들,

8) 원래 부상을 입거나 병든 퇴역 군인들을 수용하기 위해 지었던 18세기 파리의 복합 건물.

9) 건축가 망사르(1598~1666)가 설계한 앵발리드 기념관 부속 예배당의 돔.

그녀가 자주 찾았을 법한 화려한 옛 건물들, 그녀가 얘기를 나누었을 것만 같은 사람들, 잇따라 떠오르는 생각, 호기심, 이미지, 그리고 고풍스러운 배경에서 대단히 사교적인 민족을 보며 떠오르는 연상들을 생각했다. 갑자기 한 젊은 프랑스인이 했던 말이 기억났다. "아, 좋은 대화……. 그만한 것이 없지요, 그렇지 않습니까?"

아처는 거의 삼십 년 동안 리비에르 씨를 보지 못했고, 그의 소식을 듣지도 못했다. 올렌스카 부인의 생활에 대해 그가 얼마나 모르고 지냈는지 그 사실만으로도 알 수 있었다. 생애의 반이 넘는 시간 동안 그들은 갈라져 살았고, 그녀는 그 긴 세월을 그가 알지 못하는 사람들 속에서, 그로서는 희미하게 추측해 볼 뿐인 사회에서, 그가 결코 완전히는 이해하지 못할 조건들 속에서 보냈다. 그 시간 동안 그는 그녀에 대한 젊은 날의 추억을 지니고 살았다. 그러나 그녀에게는 틀림없이 손으로 만질 수 있는 다른 현실의 친구들이 있었을 것이다. 어쩌면 그녀도 그에 대한 기억을 한구석에 따로 간직해 두었을지도 모른다. 하지만 그랬다 해도 작고 음침한 성당에 안치된 유물 같은 것이 틀림없었고, 매일 그곳에서 기도할 시간도 없었을 것이다…….

그들은 앵발리드 광장을 가로질러 건물 옆으로 난 도로를 걸어 내려갔다. 유서 깊고 화려하다 해도 그곳은 조용한 동네였다. 이런 광경은 소수의 무심한 사람들의 눈에만 띄게 될 것이므로, 파리가 끌어내야 할 풍요로움이 얼마나 무한한지 다시 생각해 보게끔 만들었다.

부드러운 햇살로 물든 아지랑이 속으로 하루가 저물고, 여기저기에서 노란 가로등이 빛을 내뿜었다. 그들이 들어간 작은 동네에는 인적이 드물었다. 댈러스는 다시 발을 멈추고 올려다보았다.

"여기가 맞을 거예요." 그는 수줍은 아처가 몸을 빼지 못하도록 아버지의 팔에 자기 팔을 꼈다. 그들은 나란히 서서 그 집을 올려다보았다.

특별한 구석이라고는 없는 현대식 건물이었지만, 창문이 많고 크림색의 널찍한 전면에는 쾌적해 보이는 발코니가 있었다. 길가에 선 마로니에의 둥그스름한 꼭대기 위로 뻗어 나온 위층 발코니 중 하나 위로는 방금 전까지도 햇살이 비쳤는지 차양이 낮게 걸려 있었다.

"몇 층이더라?" 댈러스가 고개를 갸웃거렸다. 그는 건물 입구 쪽으로 가서 수위실에 고개를 들이밀더니 다시 고개를 빼고 말했다. "5층이래요. 차양이 쳐진 층일 거예요."

아처는 순례지에 다다랐다는 듯이 위층 창문을 올려다보며 꼼짝도 하지 않았다.

"아버지, 6시가 다 됐어요." 아들이 마침내 그에게 상기시켰다.

아버지는 나무 아래 빈 벤치로 시선을 돌렸다.

"잠시 저기 좀 앉아야겠구나." 그가 말했다.

"왜요, 어디가 편치 않으세요?" 아들이 소리쳤다.

"아니, 말짱하다. 그저 너 혼자 올라갔으면 한다."

댈러스는 당황한 기색을 감추지 못했다. "하지만 아버지, 올라가지 않겠다는 말씀이세요?"

"나도 모르겠다." 아처가 느릿느릿 대꾸했다.

"올라가지 않으시면 백작 부인이 이해 못하실 거예요."

"가렴, 얘야. 뒤따라가마."

댈러스는 어스름 속에서 그를 한참 동안 바라보았다.

"하지만 도대체 제가 뭐라고 말씀드리면 좋겠어요?"

"얘야, 넌 무슨 말을 해야 할지 항상 알고 있지 않니?" 아버지가 웃음 지으며 대꾸했다.

"좋아요. 아버지가 너무 구식이라 승강기를 싫어하셔서 5층까지 걸어 올라오신다고 할게요."

아버지는 다시 웃음을 지었다. "내가 구식이라고 해라. 그거면 충분해."

댈러스는 다시 아버지를 보더니, 믿을 수가 없다는 몸짓을 해 보이고는 둥근 천장이 있는 현관 아래로 사라졌다.

아처는 벤치에 앉아 차양이 쳐진 발코니를 계속 뚫어지게 바라보았다. 아들이 승강기를 타고 5층까지 올라가 초인종을 울리고 복도로 들어선 다음 거실로 안내되기까지 걸릴 시간을 계산해 보았다. 댈러스가 빠르고 자신감 넘치는 걸음걸이로 환한 미소를 띠고 방으로 들어가는 모습을 그려 보면서, 그의 아들이 "그를 쏙 빼닮았다."고 하는 사람들의 말이 맞는지 생각해 보았다.

그는 이미 방에 들어와 있을 사람들의 모습을 떠올려 보려고 애썼다. 사람들이 모여드는 시간이니 한 명 이상은 있을 것이다. 그들 가운데 검은 머리의 창백하고 가무잡잡한 부인이 재빨리 아들을 훑어보며 몸을 반쯤 일으켜 반지 세 개를 낀 가늘고 긴 손을 내밀 것이다……. 그녀 뒤의 탁자 위에는 진달래가 무더기로 꽂혀 있고, 그녀는 난롯가 가까이 소파 구석에 앉아 있을 것이다.

"올라가는 것보다 여기 있는 편이 내게는 더 현실 같지." 그는 갑자기 자기도 모르게 중얼거렸다. 그리고 시간이 흐를수록 현실의 마지막 그림자가 희미해질까 두려워 의자에 못 박힌 듯 꿈쩍도 하지 못했다.

그는 짙어 가는 어스름 속에서 발코니에 눈을 고정시킨 채 오랫동안 벤치에 앉아 있었다. 마침내 창문으로 불빛이 새어나왔고, 잠시 후 하인이 발코니로 나와 차양을 걷고 덧문을 닫았다.

그것이 마치 기다리던 신호이기라도 한 듯, 뉴랜드 아처는 천천히 일어나 호텔로 혼자 걷기 시작했다.

작품 해설

이디스 워튼은 대표작 『순수의 시대』를 1차 세계대전이 끝난 후 1919년부터 집필하기 시작했다. 워튼은 전후의 황폐해진 유럽에서 남북전쟁 후 눈부신 번영과 발전을 구가했던 뉴욕 사회를 돌아보며 이 작품을 썼는데, 여기에는 작가 자신이 유년기를 뉴욕의 상류사회에서 보낸 경험이 큰 역할을 했다. 『순수의 시대』는 1920년 출간되어 1921년 퓰리처 상을 수상하는 등 높은 평가를 받았으나, 심사위원들은 제목에 담긴 역설과 비판적 의미를 알아차리지 못했다. "미국의 건전한 생활 분위기와 미국인들의 예의범절 및 남성적 미덕의 가장 높은 기준을 표현했다."라는 것이 심사위원들이 밝힌 수상 이유였다. 심사위원들조차 제목의 역설적 의미를 파악하지 못한 데에는 워튼 본인도 놀라움을 표시했다고 한다. 이처럼 과거 뉴욕 사회를 그린 이디스 워튼의 관점이 전쟁 전 풍요롭고 화려했던 뉴욕에 대한 향수인가, 아니면 위선과 기만으로 얼룩진 억압적인 사회에 대한 비판인가를 놓고 비평가들 사이에서도 논란이 있었다. 『순수의 시대』는 1870년대 뉴욕 상류사회의 관습과 풍속을 세밀화처럼 정교하게 복원한 풍속소설로 분류되기도 했으나, 소설 제목에서부터 거론되는 '순수'와 등장인물들의 성격, 그리고 그들을 통해 워튼이 그려 내는 미국 사회의 모습은 논란을 불러일으킬 만한 복잡한 아이러니와 역설을 내포하고 있다.

주요 등장인물인 뉴랜드 아처, 메이 웰랜드, 엘렌 올렌스카도 저마다 어떤 각도에서 어떤 시각으로 보느냐에 따라 다른 모습을 보이는 다면적인 인물들이다. 뉴랜드 아처는 "여성도 우리들처럼 자유로워져야 한다."라고 공공연히 선언하며 스스로를 진보적이고 개방적인 인물로 생각한다. 그러한 신조에 따라 유일하게 엘렌의 이혼을 지지하며, 독서를 즐기고, 기자인 네드 윈셋 같은 보헤미안적 인물과도 교류한다. 그러나 겉으로는 진보적이고 남들과 다른 척하지만 실제로는 똑같이 뉴욕의 방식을 따르는 생활을 하면서도 그 속에 내재한 모순과 균열을 인식하지 못하고 자기만족에 빠진 삶을 살고 있다. 그러던 중 폴란드 백작인 남편과 헤어지고 뉴욕으로 돌아온 엘렌 올렌스카와 만나면서 비로소 자신을 둘러싼 현실에 새롭게 눈을 뜨게 된다. 엘렌 올렌스카는 일찍 부모를 여의고 괴짜인 고모 미도라 맨슨의 손에 양육되면서, 어려서부터 뉴욕 사회의 규범과는 다른 특이한 방식으로 교육을 받아 자유분방하고 대담한 아이로 자랐다. 또한 유럽의 부유한 귀족과 결혼 생활을 한 덕분에 폐쇄적이고 고루한 뉴욕 사회에서는 경험해 볼 수 없는 폭넓고 다양한 예술적 경험을 누리고 자유로운 생활을 만끽했다. 모든 것이 판에 박힌 예의범절과 규칙에 따라 이루어지는 뉴욕 사회에 답답함과 염증을 느끼고 있던 아처에게, 자연스러운 대담성으로 관습을 무시하는 엘렌의 존재는 거부할 수 없는 매력으로 다가온다. 결혼 전 이미 남자들에게 용인된 통과의례처럼 유부녀와의 불장난도 경험해 본 아처였지만, 엘렌은 그가 알았던 그 어떤 뉴욕 여성과도 다르다.

『순수의 시대』는 워튼이 1896년 발표한 우화 「아이들의 골짜기(The Valley of Childish Things)」와 비슷한 점이 있다. 「아이들의 골짜기」에서는 한 소녀가 어린 시절을 보낸 골짜기를 떠나 바깥 세상을 경험하고 돌아온다. 그러나 골짜기의 사람들은 그녀가 떠나기 전의 어린 시절과 똑같이 조금도 성장하지 않은 상태에 머물러 있고, 넓은 세상을 보고 성숙해져서 돌아왔다는 사실 때문에 그녀를 적대시하고 배척한다. 『순수의 시대』에서는 엘렌 올렌스카가 바로 이 골짜기를 떠났다가 돌아온 소녀인 셈이다. 엘렌은 고르곤의 눈을 보고 진실에 눈을 뜬 자이다. 그리고 엘렌 자신도 고르곤이 되었다. 아처는 엘렌이 지닌 고르곤의 눈을 통해 지금껏 사회를 지탱하기 위해 당연한 것으로 여기고 자연스럽게 받아들였던 관습의 허구성과 기만을 직시하게 된다. 엘렌의 말처럼 더는 '축복받은 어둠' 속에 안주할 수 없게 된 아처는 이전까지의 거짓된 삶을 버리고 엘렌과 더불어 자신의 내적 욕망에 충실한 새로운 삶을 꿈꾼다. 그러나 아처보다 더 많은 경험을 했고, 더 넓은 시야를 갖고 있는 엘렌은 유럽의 자유로움을 사랑하는 동시에 뉴욕 사회가 중시하는 전통과 관습의 힘도 무시하지 않는다. 엘렌은 아처가 과거의 삶을 버리고 새로운 삶을 산다는 것은 불가능하며, 자신들이 탈출하여 새 인생을 영위할 낙원은 지상에 존재하지 않는다는 냉정한 현실도 잘 알고 있다. 또한 엘렌은 사촌 메이를 비롯해 인습에 사로잡혀 자신을 배척하는 친척들일지라도, 그들의 삶을 망가뜨리기를 원치 않는다.

아처는 사회적 관습에서 벗어나 자기 자신이 되기 위하여 치러야 하는 대가가 어떤 것인지 알지 못한다는 점에서 순진하다. 그는 메이가 성적으로나 세상일에나 무지하고 순진하다고 믿고, 이렇게 부족한 위치에 있는 배우자를 모든 면에서 이끌어 주어 자신처럼 성숙한 인간으로 만들어 주겠다는 남성적인 만족감에 젖지만, 실제로는 아처 역시 골짜기 안에서 한 발짝도 벗어나지 못하고 어린아이 같은 유치한 놀이에 만족하는 순진한 인물에 불과하다. 이는 어느 정도 아처와 엘렌의 성차에서 비롯된 것으로 볼 수 있는데, 여성에게 유독 가혹하고 엄격한 도덕과 행동 규범을 적용하는 사회에서 엘렌은 남들과 다르다는 사실만으로도 배척을 당하면서 국외자이자 소수자로 살아남는 법을 터득한다. 그러나 남성의 일탈은 너그럽게 용인하는 사회에서 아처는 충분히 이중적인 도덕 기준의 이점을 누려 왔다. 그런 아처로서는 마음으로는 자신이 꿈꾸는 이상을 좇아 지금까지 누려 온 안온한 일상을 포기할 수 있을 것 같지만, 실제로 결행하기란 쉽지 않다. 아처에게는 잃을 것이 너무나 많다. 그렇기 때문에 아처는 메이와의 생활을 놓지 않으면서도 엘렌과 관계를 유지하기를 바라는 이기적인 모습을 보이기도 한다. 그러나 자유롭고 퇴폐적인 유럽에서 살았으므로 도덕관념도 느슨할 것이라는 뉴욕 사람들의 편견 어린 시선과는 달리, 엘렌의 도덕관은 자신의 부정을 감추기 위해 남의 허물을 들추는 뻔뻔스러운 로렌스 레퍼츠 같은 위선적인 뉴욕 사람들로서는 따라갈 수 없을 만큼 확고하다. 엘렌은 아처에게 자기 자신에게나 타인에게나 항상 진실할 것을 요구한다. 엘렌은 보퍼트가 파산하자 모두가 외면한 그의 아내 레지나 보퍼트를 당당히 찾아갈 때처럼, 사회의 시선을 의식하여 도덕적인 체하는 게 아니라 자신의 내적 기준을 따르는 강인함을 지니고 있다.

아처의 순진함은 제목의 '순수'에 비추어 역설적인 의미를 갖는데, 그는 메이가 아무것도 모르며 순진무구하다고 생각하지만 사실 함정에 빠지는 인물은 아처 자신이다. 아처는 결국 엘렌이 뉴욕 사회에서 추방되는 마지막 순간에야 그를 제외한 모두가 침묵의 카르텔을 형성하고 상형문자와도 같은 부호로 자기들끼리 정보를 나누고 의견을 모으고 있었다는 사실을 깨닫게 된다. 그는 사람들의 눈에 의심의 여지없이 이미 엘렌의 정부로 비치고 있었던 것이다. 아무것도 모르는 척하던 메이 역시 실제로는 아처와 엘렌의 관계를 이미 다 알고 있었으며, 자신이 쓸 수 있는 모든 수단을 동원하여 엘렌을 공격하고 추방한다. 메이는 활을 쏘는 모습에서 엿보이듯이, 아처가 믿고 있는 것처럼 연약하고 무지하며 수동적인 존재가 아니다. 메이는 사회가 요구하는 '순수'한 여성의 조건을 두루 꿰뚫고 이에 부합하는 완벽한 여성상을 연기하도록 철저하게 훈련된 인물이다. 아처는 메이가 상상력도 부족하고 이해력도 떨어져서 세상의 어두운 면에 대해서는 모른다고 믿었다. 그러나 메이가 죽고 난 뒤 아들의 입을 통해 메이가 엘렌에 대한 그의 감정이 어떤 것인지 알고 있었고, 그럼에도 불구하고 가정을 위해 아처가 엘렌을 포기하는 희생을 치렀다는 것도 다 알고 있었다는 말을 듣는다.

본래 '순수'의 사전적 의미는 다른 것이 전혀 섞이지 않은 상태를 뜻한다. 작품 속에서 그려진 뉴욕 사회는 소위 '순수'한 상태를 지키기 위해 복잡한 사회적 관습과 규범을 만들어 내어 이질적인 요소가 유입되는 것을 철저히 차단하고자 한다. 공연을 하기에 음향 상태가 좋지 못한데도 신흥 부자들이 접근하기 힘들다는 이유 하나로 오래된 오페라하우스를 고집하는 것이 그 한 예이다. 그러나 기실 그들이 그렇게 필사적으로 지키고자 하는 순수는 실체가 없는 것이다. 뉴욕 상류사회는 엄격한 예법으로 고상한 귀족 사회의 면모를 과시하려 하지만, 아처 부인이 갈파했듯이 그들의 선조는 한밑천 잡아 보겠다고 신대륙으로 건너와 운 좋게 성공을 거둔 상인 등 평범한 사람들이었지, 귀족이 아니었다. 뉴욕 사람들이 실제로 가장 중요하게 여기는 것은 사업상의 신용이라는 점에서도, 뉴욕 사회의 본질은 귀족 사회가 아니라 상업 사회라는 점이 여실히 드러난다. 그러므로 보퍼트는 아무리 과거가 수상쩍고 출신이 비천한 인물일지라도 사교계에 근사한 무도회장을 제공하고 사업적 수완을 발휘하는 동안에는 못마땅하게나마 받아들여지지만, 일단 사업상의 신용을 잃고 난 후에는 가차 없이 추방된다.

뉴욕 사회는 그들에게 귀족의 혈통과 역사적 전통, 문화적 자산이라는 알맹이가 없으므로 귀족으로서의 사회적 지위를 구축하고 정당화하기 위해 오히려 유럽의 귀족들보다 더욱 필사적으로 형식과 예법에 집착한다. 유럽 귀족 사회의 모사품인 뉴욕 상류사회가 이러한 진실을 가리기 위해 선택할 수밖에 없는 방법이다. 그 사회 안에 있는 사람은 그러한 허구성을 인식하지 못하지만, 국외자인 엘렌은 뉴욕 사회에서 최고의 권위를 자랑하는 밴 더 루이든 가의 힘이 실은 그들의 희소성에서 나온 것일 뿐, 어떠한 실체도 없음을 지적하는 날카로운 통찰력으로 이를 꿰뚫어본다. 가장 순수한 여성으로 여겨지는 메이가 실제로는 사회의 정교한 관습과 예법에 따라 훈련된 인물인 것처럼, 뉴욕 사회가 표방하는 순수는 인공적으로 구성된 것이라는 역설적인 의미를 띤다.

이는 미국이 집착하는 순수의 딜레마를 드러낸다. 미국을 건설한 청교도들은 신대륙에서 구세계의 타락과 부패로부터 벗어난 새로운 국가를 건설하겠다는 열망을 품었다. 그들이 도착한 신대륙은 새로운 역사가 펼쳐질 가나안이었고, 그 땅에서 새롭게 태어난 미국인은 '미국의 아담(American Adam)'이었다. 그러나 미국인들은 역사와 문화가 부족하다는 점에서 유럽에 대한 열등의식에 시달렸으며, 유럽의 도덕적 타락을 비난하면서도 한편으로는 세련된 문화와 전통에 이끌리는 양가적인 의식을 보였다. 이러한 미국인의 딜레마는 헨리 제임스의 소설 『어느 귀부인의 초상(The Portrait of a Lady)』에서도 다루어지고 있다. 그런 점에서 『순수의 시대』가 아처를 주인공으로 한 『어느 신사의 초상(The Portrait of a Gentleman)』으로 불리는 것이다. 유럽인에 가까운 엘렌에게 뉴욕 사람들이 느끼는 매혹과 선망, 반감과 두려움이 뒤섞인 복잡한 감정은 당대의 미국인들이 유럽에 대해 가졌던 감정을 반영한다. 그러나 모순투성이에 실체 없는 허구에 불과할지라도 '미국적인 순수'를 자기 정체성의 핵심으로 믿는 뉴욕 사람들에게 이 모순과 허구성을 드러내는 엘렌의 존재는 너무나 위협적이다. 뒤집어 말하면, 그들의 피라미드는 견고해 보이지만 실은 이질적인 존재 한 명을 받아들이기 어려울 만큼 허약하고 협소하다. 따라서 그들은 뉴욕 사회의 동질성을 보존하기 위해 엘렌을 추방하는 쪽을 택한다.

아처는 엘렌을 통해 이러한 뉴욕 사회의 허구성에 눈을 뜨게 되었지만, 그 틀을 깨고 나와 새로운 삶을 찾아가는 행동에까지는 이르지 못한다. 아처는 엘렌과 헤어진 후, 예전부터 막연하게 동경해 왔던 예술적이고 자유분방한 삶에 대한 열망을 엘렌의 기억과 함께 그의 마음속 가장 깊은 곳에 마련한 제단에 안치해 놓고, 사회적 지위와 인정을 얻는 성공적인 삶을 산다. 성실한 가장, 존경받는 시민으로서의 삶은 엘렌으로 상징되는 그의 내밀하고 본질적인 욕망을 희생시킴으로써 가능했다. 세월이 흐름에 따라 점점 더 그에게 엘렌은 그가 자기 삶에서 간절히 원했으나 가질 수 없었던 모든 것, 자신의 현실을 무너뜨리지 않기 위해 버려야 했던 이상, 그의 '인생의 꽃'이 되어 간다. 마침내 엘렌은 그의 삶 속으로 들어와 그와 관계 맺을 수 있는 살아 있는 인간이 아니라 추상화된 하나의 개념과 같은 존재가 되었다.

작품 결말에서 노년에 이른 아처는 파리에서 엘렌과 조우할 기회를 얻는다. 이제 메이도 죽고 없으므로 더 이상 그들의 결합을 막을 장애물은 아무것도 없지만, 그는 결국 엘렌의 아파트로 올라가지 않고 건물 앞에 앉아 시간을 보낸 끝에 '이편이 더 낫다.'라고 생각하며 발길을 돌린다. 이제 영원히 그가 소유할 수 없고 손 닿지 않는 환상이 된 지 오래인 엘렌이 그의 삶에 들어와 자리 잡을 공간은 없다. 누구의 삶에나 이루지 못한 것, 살아가기 위해 버려야 했던 것에 대한 회한이 있다.

『순수의 시대』를 읽는 독법에는 여러 가지가 있다. 엘렌 올렌스카와 뉴랜드 아처의 끝내 이루어지지 못한 사랑 이야기로 읽어도 좋고, 풍속소설로서 요즘 유행하는 뉴욕을 배경으로 한 드라마들처럼 1870년대에도 당대 유행의 선두를 달렸던 화려한 옛 뉴욕의 모습을 엿보는 재미도 쏠쏠하다. 더 깊이 파고들어 읽는다면 당대의 미국 사회에 대한 은유이기도 하다. 또한 인습에 저항하는 자유로운 영혼의 이야기이며, 현실에 묻혀 젊은 시절의 이상을 포기할 수밖에 없었던 안타까움과 회한에 대한 이야기이기도 하다.

2008년 7월
송은주

작가 연보

1862 이디스 뉴볼드 존스가 1월 24일 뉴욕 시에서 프레드릭(1846년 출생)과 해리(1850년 출생)에 이어 셋째로 출생.

1866 가족과 함께 유럽으로 이주.

1872 유럽에서 가족과 돌아옴.

1877 열다섯 살이 된 직후 남몰래 쓴 중편소설 「속임수」를 완성.

1878 시집 『시편』을 비밀리에 출간. 《애틀랜틱 먼슬리》에 시가 실림.

1879 뉴욕 사교계의 관습보다 일 년 빨리 사교계에 데뷔함.

1880 아버지의 건강 문제로 가족과 함께 다시 유럽으로 떠남.

1882 아버지 조지 프레더릭 존스가 프랑스 칸에서 사망. 어머니와 함께 3월에 다시 미국으로 돌아옴. 8월에

해리 레이든 스티븐스와 약혼. 10월에 결혼식을 연기, 파혼함.

1885 에드워드 ('테디') 워튼과 4월 29일 결혼. 예전 약혼자였던 해리 스티븐스가 몇 주 후 결핵으로 사망.

1890 단편 「맨스티 씨의 관점」이 《스크리브너스》에 실림.

1897 오그던 코드맨과 함께 쓴 『실내 장식』 출간.

1899 첫 단편집 『위대한 습성』 출간.

1900 『시금석』 출간.

1901 어머니 루크리셔 라인랜더 존스 사망. 두 번째 단편집 『결정적 사실』 출간.

1902 첫 번째 장편소설 『결정의 계곡』 출간. 남편과 함께 서부 매사추세츠에 설계한 저택인 마운트로 이주.

1903 『성역』 출간.

1904 세 번째 단편집 『인간의 유래』 출간.

1905 『환락의 집』 출간.

1907 『나무의 과일』 출간.

1908 이후 약 이 년에 걸쳐 지속된 모턴 풀러턴과의 불륜 관계 시작. 여행기 『프랑스 비행기 여행』 출간.

1909 시집 『악타이온에게 아르테미스가』 출간. 프랑스 영주권자가 됨.

1911 『이선 프롬』 출간.

1912 『암초』 출간.

1913 테디 워튼과 이혼. 『지방의 관습』 출간.

1914 프랑스에 정착하여 살면서 전쟁 구호 활동에 활발하게 참여.

1915	프랑스 전선을 여덟 차례 방문하면서 목격한 참화를 묘사한 『싸우는 프랑스』 출간.
1916	전쟁 구호 사업을 위한 기금 마련 목적으로 편집한 『집 없는 사람들의 책』 출간. 「싱구와 그 밖의 이야기들」 수록.
1917	『여름』 출간.
1918	전쟁소설 『마른 전투』 출간.
1919	1차 세계대전에 참전한 미국 병사들에게 프랑스 문화를 설명하기 위해 쓴 에세이집 『프랑스 식과 그 의미』 출간.
1920	『순수의 시대』 출간. 북아프리카와 서구 문명 사이의 문화적 비교를 강조한 여행기 『모로코에서』 출간.
1921	『순수의 시대』로 퓰리처 상 수상.
1922	『달의 섬광』 출간.
1923	예일 대학교에서 명예박사 학위 받음. 마지막으로 미국 방문. 전쟁소설 『전선의 아들들』 발표.
1924	네 편의 중편소설을 묶은 『옛 뉴욕』 출간. 예술원에서 금메달 수여.
1925	『어머니의 보상』 출간. 이론적인 글을 묶은 『소설 작법』 발표.
1926	예술원 회원으로 선출됨.
1927	『박명의 잠』 출간.
1928	테디 워튼 사망. 『아이들』 출간.
1929	『괄호로 묶은 허드슨 강』 발표.
1930	단편집 『어떤 사람들』 발표.

1932 『괄호로 묶은 허드슨 강』의 후편 『신들이 오다』 출간.

1934 회고록 『회상』 출간. 미완성 유작으로 남게 되는 소설 『해적』 집필.

1937 8월 11일 사망. 프랑스 베르사유의 고나드 묘지에 안장됨. 자신의 작품 중 최고의 초자연적인 이야기가 되리라 기대했던 단편집 『유령들』이 사후 출간됨.

1938 미완성 소설 『해적』을 유언 집행자인 가일라르 랩슬레이가 편집하여 출간.

세계문학전집 183

순수의 시대

1판 1쇄 펴냄 2008년 7월 18일
1판 30쇄 펴냄 2024년 5월 9일

지은이 이디스 워튼
옮긴이 송은주
발행인 박근섭, 박상준
펴낸곳 (주)민음사

출판등록 1966. 5. 19. (제 16-490호)
서울특별시 강남구 도산대로1길 62(신사동) 강남출판문화센터 5층 (우편번호 06027)
대표전화 02-515-2000 팩시밀리 02-515-2007
www.minumsa.com

ISBN 978-89-374-6183-5 04800
ISBN 978-89-374-6000-5 (세트)

* 잘못 만들어진 책은 구입처에서 교환해 드립니다.

세계문학전집 목록

1·2 변신 이야기 오비디우스·이윤기 옮김 서울대 권장도서 100선
3 햄릿 셰익스피어·최종철 옮김 서울대 권장도서 100선 | 미국대학위원회 선정 SAT 추천도서
4 변신·시골의사 카프카·전영애 옮김 서울대 권장도서 100선
5 동물농장 오웰·도정일 옮김 미국대학위원회 선정 SAT 추천도서 | 《타임》 선정 현대 100대 영문소설
6 허클베리 핀의 모험 트웨인·김욱동 옮김 《뉴스위크》 선정 100대 명저
7 암흑의 핵심 콘래드·이상옥 옮김 미국대학위원회 선정 SAT 추천도서 | 《뉴스위크》 선정 10대 명저
8 토니오 크뢰거·트리스탄·베네치아에서의 죽음 토마스 만·안삼환 외 옮김 노벨 문학상 수상 작가
9 문학이란 무엇인가 사르트르·정명환 옮김
10 한국단편문학선 1 김동인 외·이남호 엮음 국립중앙도서관 선정 청소년 권장도서
11·12 인간의 굴레에서 서머싯 몸·송무 옮김
13 이반 데니소비치, 수용소의 하루 솔제니친·이영의 옮김 노벨 문학상 수상 작가
14 너새니얼 호손 단편선 호손·천승걸 옮김
15 나의 미카엘 오즈·최창모 옮김
16·17 중국신화전설 위앤커·전인초, 김선자 옮김
18 고리오 영감 발자크·박영근 옮김
19 파리대왕 골딩·유종호 옮김 노벨 문학상 수상 작가 | 《타임》 선정 현대 100대 영문소설
20 한국단편문학선 2 김동리 외·이남호 엮음
21·22 파우스트 괴테·정서웅 옮김 서울대 권장도서 100선 | 미국대학위원회 선정 SAT 추천도서
23·24 빌헬름 마이스터의 수업시대 괴테·안삼환 옮김
25 젊은 베르테르의 슬픔 괴테·박찬기 옮김 논술 및 수능에 출제된 책(1998~2005)
26 이피게니에·스텔라 괴테·박찬기 외 옮김
27 다섯째 아이 레싱·정덕애 옮김 노벨 문학상 수상 작가
28 삶의 한가운데 린저·박찬일 옮김
29 농담 쿤데라·방미경 옮김
30 야성의 부름 런던·권택영 옮김
31 아메리칸 제임스·최경도 옮김
32·33 양철북 그라스·장희창 옮김 노벨 문학상 수상 작가 | 서울대 권장도서 100선
34·35 백년의 고독 마르케스·조구호 옮김 노벨 문학상 수상 작가 | 서울대 권장도서 100선
36 마담 보바리 플로베르·김화영 옮김 서울대 권장도서 100선
37 거미여인의 키스 푸익·송병선 옮김
38 달과 6펜스 서머싯 몸·송무 옮김
39 폴란드의 풍차 지오노·박인철 옮김
40·41 독일어 시간 렌츠·정서웅 옮김
42 말테의 수기 릴케·문현미 옮김
43 고도를 기다리며 베케트·오증자 옮김 노벨 문학상 수상 작가 | 서울대 권장도서 100선
44 데미안 헤세·전영애 옮김 노벨 문학상 수상 작가
45 젊은 예술가의 초상 조이스·이상옥 옮김 서울대 권장도서 100선
46 카탈로니아 찬가 오웰·정영목 옮김
47 호밀밭의 파수꾼 샐린저·정영목 옮김 《타임》 선정 현대 100대 영문소설 | 미국대학위원회 선정 SAT 추천도서 | 《뉴스위크》 선정 100대 명저 | BBC 선정 꼭 읽어야 할 책
48·49 파르마의 수도원 스탕달·원윤수, 임미경 옮김
50 수레바퀴 아래서 헤세·김이섭 옮김 노벨 문학상 수상 작가 | 국립중앙도서관 선정 청소년 권장도서

51·52 **내 이름은 빨강** 파묵 · 이난아 옮김 노벨 문학상 수상 작가
53 **오셀로** 셰익스피어 · 최종철 옮김 서울대 권장도서 100선
54 **조서** 르 클레지오 · 김윤진 옮김 노벨 문학상 수상 작가
55 **모래의 여자** 아베 코보 · 김난주 옮김
56·57 **부덴브로크 가의 사람들** 토마스 만 · 홍성광 옮김 노벨 문학상 수상 작가
58 **싯다르타** 헤세 · 박병덕 옮김 노벨 문학상 수상 작가
59·60 **아들과 연인** 로렌스 · 정상준 옮김 《뉴스위크》 선정 100대 명저
61 **설국** 가와바타 야스나리 · 유숙자 옮김 노벨 문학상 수상 작가 | 서울대 권장도서 100선
62 **벨킨 이야기 · 스페이드 여왕** 푸슈킨 · 최선 옮김
63·64 **넙치** 그라스 · 김재혁 옮김 노벨 문학상 수상 작가
65 **소망 없는 불행** 한트케 · 윤용호 옮김 노벨 문학상 수상 작가
66 **나르치스와 골드문트** 헤세 · 임홍배 옮김 노벨 문학상 수상 작가
67 **황야의 이리** 헤세 · 김누리 옮김 노벨 문학상 수상 작가
68 **페테르부르크 이야기** 고골 · 조주관 옮김
69 **밤으로의 긴 여로** 오닐 · 민승남 옮김 노벨 문학상 수상 작가 | 미국대학위원회 선정 SAT 추천도서
70 **체호프 단편선** 체호프 · 박현섭 옮김
71 **버스 정류장** 가오싱젠 · 오수경 옮김 노벨 문학상 수상 작가
72 **구운몽** 김만중 · 송성욱 옮김 서울대 권장도서 100선 | 국립중앙도서관 선정 청소년 권장도서
73 **대머리 여가수** 이오네스코 · 오세곤 옮김
74 **이솝 우화집** 이솝 · 유종호 옮김 논술 및 수능에 출제된 책(1998~2005)
75 **위대한 개츠비** 피츠제럴드 · 김욱동 옮김 《타임》 선정 현대 100대 영문소설
76 **푸른 꽃** 노발리스 · 김재혁 옮김
77 **1984** 오웰 · 정회성 옮김 《타임》 선정 현대 100대 영문소설 | 《뉴스위크》 선정 100대 명저
78·79 **영혼의 집** 아옌데 · 권미선 옮김
80 **첫사랑** 투르게네프 · 이항재 옮김
81 **내가 죽어 누워 있을 때** 포크너 · 김명주 옮김 노벨 문학상 수상 작가
82 **런던 스케치** 레싱 · 서숙 옮김 노벨 문학상 수상 작가
83 **팡세** 파스칼 · 이환 옮김
84 **질투** 로브그리예 · 박이문, 박희원 옮김
85·86 **채털리 부인의 연인** 로렌스 · 이인규 옮김
87 **그 후** 나쓰메 소세키 · 윤상인 옮김
88 **오만과 편견** 오스틴 · 윤지관, 전승희 옮김 미국대학위원회 선정 SAT 추천도서
89·90 **부활** 톨스토이 · 연진희 옮김 논술 및 수능에 출제된 책(1998~2005)
91 **방드르디, 태평양의 끝** 투르니에 · 김화영 옮김
92 **미겔 스트리트** 나이폴 · 이상옥 옮김 노벨 문학상 수상 작가
93 **페드로 파라모** 룰포 · 정창 옮김
94 **차라투스트라는 이렇게 말했다** 니체 · 장희창 옮김 국립중앙도서관 선정 청소년 권장도서
95·96 **적과 흑** 스탕달 · 이동렬 옮김 국립중앙도서관 선정 청소년 권장도서
97·98 **콜레라 시대의 사랑** 마르케스 · 송병선 옮김 노벨 문학상 수상 작가 | BBC 선정 꼭 읽어야 할 책
99 **맥베스** 셰익스피어 · 최종철 옮김 서울대 권장도서 100선 | 미국대학위원회 선정 SAT 추천도서
100 **춘향전** 작자 미상 · 송성욱 풀어 옮김 서울대 권장도서 100선
101 **페르디두르케** 곰브로비치 · 윤진 옮김
102 **포르노그라피아** 곰브로비치 · 임미경 옮김
103 **인간 실격** 다자이 오사무 · 김춘미 옮김
104 **네루다의 우편배달부** 스카르메타 · 우석균 옮김

105·106 **이탈리아 기행** 괴테 · 박찬기 외 옮김
107 **나무 위의 남작** 칼비노 · 이현경 옮김
108 **달콤 쌉싸름한 초콜릿** 에스키벨 · 권미선 옮김
109·110 **제인 에어** C. 브론테 · 유종호 옮김 BBC 선정 꼭 읽어야 할 책
111 **크눌프** 헤세 · 이노은 옮김 노벨 문학상 수상 작가
112 **시계태엽 오렌지** 버지스 · 박시영 옮김 《타임》 선정 현대 100대 영문소설 | 《뉴스위크》 선정 100대 명저
113·114 **파리의 노트르담** 위고 · 정기수 옮김 미국대학위원회 선정 SAT 추천도서
115 **새로운 인생** 단테 · 박우수 옮김
116·117 **로드 짐** 콘래드 · 이상옥 옮김 《뉴스위크》 선정 100대 명저
118 **폭풍의 언덕** E. 브론테 · 김종길 옮김 미국대학위원회 선정 SAT 추천도서
119 **텔크테에서의 만남** 그라스 · 안삼환 옮김 노벨 문학상 수상 작가
120 **검찰관** 고골 · 조주관 옮김
121 **안개** 우나무노 · 조민현 옮김
122 **나사의 회전** 제임스 · 최경도 옮김 미국대학위원회 선정 SAT 추천도서
123 **피츠제럴드 단편선 1** 피츠제럴드 · 김욱동 옮김
124 **목화밭의 고독 속에서** 콜테스 · 임수현 옮김
125 **돼지꿈** 황석영
126 **라셀라스** 존슨 · 이인규 옮김
127 **리어 왕** 셰익스피어 · 최종철 옮김 서울대 권장도서 100선 | 《뉴스위크》 선정 100대 명저
128·129 **쿠오 바디스** 시엔키에비츠 · 최성은 옮김 노벨 문학상 수상 작가
130 **자기만의 방 · 3기니** 울프 · 이미애 옮김
131 **시르트의 바닷가** 그라크 · 송진석 옮김
132 **이성과 감성** 오스틴 · 윤지관 옮김
133 **바덴바덴에서의 여름** 치프킨 · 이장욱 옮김
134 **새로운 인생** 파묵 · 이난아 옮김 노벨 문학상 수상 작가
135·136 **무지개** 로렌스 · 김정매 옮김
137 **인생의 베일** 서머싯 몸 · 황소연 옮김
138 **보이지 않는 도시들** 칼비노 · 이현경 옮김
139·140·141 **연초 도매상** 바스 · 이운경 옮김 《타임》 선정 현대 100대 영문소설
142·143 **플로스 강의 물방앗간** 엘리엇 · 한애경, 이봉지 옮김 미국대학위원회 선정 SAT 추천도서
144 **연인** 뒤라스 · 김인환 옮김
145·146 **이름 없는 주드** 하디 · 정종화 옮김
147 **제49호 품목의 경매** 핀천 · 김성곤 옮김 《타임》 선정 현대 100대 영문소설
148 **성역** 포크너 · 이진준 옮김 노벨 문학상 수상 작가 | 퓰리처상 수상 작가
149 **무진기행** 김승옥
150·151·152 **신곡(지옥편 · 연옥편 · 천국편)** 단테 · 박상진 옮김 《뉴스위크》 선정 100대 명저
153 **구덩이** 플라토노프 · 정보라 옮김
154·155·156 **카라마조프가의 형제들** 도스토옙스키 · 김연경 옮김
157 **지상의 양식** 지드 · 김화영 옮김 노벨 문학상 수상 작가
158 **밤의 군대들** 메일러 · 권택영 옮김 퓰리처상 수상 작가
159 **주홍 글자** 호손 · 김욱동 옮김 서울대 권장도서 100선 | 미국대학위원회 선정 SAT 추천도서
160 **깊은 강** 엔도 슈사쿠 · 유숙자 옮김
161 **욕망이라는 이름의 전차** 윌리엄스 · 김소임 옮김
162 **마사 퀘스트** 레싱 · 나영균 옮김 노벨 문학상 수상 작가
163·164 **운명의 딸** 아옌데 · 권미선 옮김

165 **모렐의 발명** 비오이 카사레스·송병선 옮김
166 **삼국유사** 일연·김원중 옮김 서울대 권장도서 100선
167 **풀잎은 노래한다** 레싱·이태동 옮김 노벨 문학상 수상 작가
168 **파리의 우울** 보들레르·윤영애 옮김
169 **포스트맨은 벨을 두 번 울린다** 케인·이만식 옮김
170 **썩은 잎** 마르케스·송병선 옮김 노벨 문학상 수상 작가
171 **모든 것이 산산이 부서지다** 아체베·조규형 옮김 《타임》 선정 현대 100대 영문소설
172 **한여름 밤의 꿈** 셰익스피어·최종철 옮김 미국대학위원회 선정 SAT 추천도서
173 **로미오와 줄리엣** 셰익스피어·최종철 옮김 미국대학위원회 선정 SAT 추천도서
174·175 **분노의 포도** 스타인벡·김승욱 옮김 노벨 문학상 수상 작가 | 《타임》 선정 현대 100대 영문소설
176·177 **괴테와의 대화** 에커만·장희창 옮김
178 **그물을 헤치고** 머독·유종호 옮김 《타임》 선정 현대 100대 영문소설
179 **브람스를 좋아하세요...** 사강·김남주 옮김
180 **카타리나 블룸의 잃어버린 명예** 하인리히 뵐·김연수 옮김 노벨 문학상 수상 작가
181·182 **에덴의 동쪽** 스타인벡·정회성 옮김 노벨 문학상 수상 작가
183 **순수의 시대** 워튼·송은주 옮김 《뉴스위크》 선정 100대 명저 | 퓰리처상 수상작
184 **도둑 일기** 주네·박형섭 옮김
185 **나자** 브르통·오생근 옮김
186·187 **캐치-22** 헬러·안정효 옮김 《타임》 선정 현대 100대 영문소설
188 **숄로호프 단편선** 숄로호프·이항재 옮김 노벨 문학상 수상 작가
189 **말** 사르트르·정명환 옮김
190·191 **보이지 않는 인간** 엘리슨·조영환 옮김 《타임》 선정 현대 100대 영문소설
192 **왑샷 가문 연대기** 치버·김승욱 옮김 퓰리처상 수상 작가
193 **왑샷 가문 몰락기** 치버·김승욱 옮김 퓰리처상 수상 작가
194 **필립과 다른 사람들** 노터봄·지명숙 옮김
195·196 **하드리아누스 황제의 회상록** 유르스나르·곽광수 옮김
197·198 **소피의 선택** 스타이런·한정아 옮김 퓰리처상 수상 작가
199 **피츠제럴드 단편선 2** 피츠제럴드·한은경 옮김
200 **홍길동전** 허균·김탁환 옮김
201 **요술 부지깽이** 쿠버·양윤희 옮김
202 **북호텔** 다비·원윤수 옮김
203 **톰 소여의 모험** 트웨인·김욱동 옮김
204 **금오신화** 김시습·이지하 옮김
205·206 **테스** 하디·정종화 옮김 미국대학위원회 선정 SAT 추천도서 | BBC 선정 꼭 읽어야 할 책
207 **브루스터플레이스의 여자들** 네일러·이소영 옮김
208 **더 이상 평안은 없다** 아체베·이소영 옮김
209 **그레인지 코플랜드의 세 번째 인생** 워커·김시현 옮김 퓰리처상 수상 작가
210 **어느 시골 신부의 일기** 베르나노스·정영란 옮김
211 **타라스 불바** 고골·조주관 옮김
212·213 **위대한 유산** 디킨스·이인규 옮김 서울대 권장도서 100선 | BBC 선정 꼭 읽어야 할 책
214 **면도날** 서머싯 몸·안진환 옮김
215·216 **성채** 크로닌·이은정 옮김
217 **오이디푸스 왕** 소포클레스·강대진 옮김 서울대 권장도서 100선
218 **세일즈맨의 죽음** 밀러·강유나 옮김
219·220·221 **안나 카레니나** 톨스토이·연진희 옮김 서울대 권장도서 100선

222 **오스카 와일드 작품선** 와일드·정영목 옮김
223 **벨아미** 모파상·송덕호 옮김
224 **파스쿠알 두아르테 가족** 호세 셀라·정동섭 옮김 노벨 문학상 수상 작가
225 **시칠리아에서의 대화** 비토리니·김운찬 옮김
226·227 **길 위에서** 케루악·이만식 옮김 《타임》 선정 현대 100대 영문소설 | 《뉴스위크》 선정 100대 명저
228 **우리 시대의 영웅** 레르몬토프·오정미 옮김
229 **아우라** 푸엔테스·송상기 옮김
230 **클링조어의 마지막 여름** 헤세·황승환 옮김 노벨 문학상 수상 작가
231 **리스본의 겨울** 무뇨스 몰리나·나송주 옮김
232 **뻐꾸기 둥지 위로 날아간 새** 키지·정회성 옮김 《타임》 선정 현대 100대 영문소설
233 **페널티킥 앞에 선 골키퍼의 불안** 한트케·윤용호 옮김 노벨 문학상 수상 작가
234 **참을 수 없는 존재의 가벼움** 쿤데라·이재룡 옮김
235·236 **바다여, 바다여** 머독·최옥영 옮김
237 **한 줌의 먼지** 에벌린 워·안진환 옮김 《타임》 선정 현대 100대 영문소설
238 **뜨거운 양철 지붕 위의 고양이·유리 동물원** 윌리엄스·김소임 옮김 퓰리처상 수상작
239 **지하로부터의 수기** 도스토옙스키·김연경 옮김
240 **키메라** 바스·이운경 옮김
241 **반쪼가리 자작** 칼비노·이현경 옮김
242 **벌집** 호세 셀라·남진희 옮김 노벨 문학상 수상 작가
243 **불멸** 쿤데라·김병욱 옮김
244·245 **파우스트 박사** 토마스 만·임홍배, 박병덕 옮김 노벨 문학상 수상 작가
246 **사랑할 때와 죽을 때** 레마르크·장희창 옮김
247 **누가 버지니아 울프를 두려워하랴?** 올비·강유나 옮김
248 **인형의 집** 입센·안미란 옮김
249 **위폐범들** 지드·원윤수 옮김 노벨 문학상 수상 작가
250 **무정** 이광수·정영훈 책임 편집 서울대 권장도서 100선
251·252 **의지와 운명** 푸엔테스·김현철 옮김
253 **폭력적인 삶** 파솔리니·이승수 옮김
254 **거장과 마르가리타** 불가코프·정보라 옮김
255·256 **경이로운 도시** 멘도사·김현철 옮김
257 **야콥을 둘러싼 추측들** 욘존·손대영 옮김
258 **왕자와 거지** 트웨인·김욱동 옮김
259 **존재하지 않는 기사** 칼비노·이현경 옮김
260·261 **눈먼 암살자** 애트우드·차은정 옮김 《타임》 선정 현대 100대 영문소설
262 **베니스의 상인** 셰익스피어·최종철 옮김
263 **말리나** 바흐만·남정애 옮김
264 **사볼타 사건의 진실** 멘도사·권미선 옮김
265 **뒤렌마트 희곡선** 뒤렌마트·김혜숙 옮김
266 **이방인** 카뮈·김화영 옮김 노벨 문학상 수상 작가 | 미국대학위원회 선정 SAT 추천도서
267 **페스트** 카뮈·김화영 옮김 노벨 문학상 수상 작가 | 국립중앙도서관 선정 청소년 권장도서
268 **검은 튤립** 뒤마·송진석 옮김
269·270 **베를린 알렉산더 광장** 되블린·김재혁 옮김
271 **하얀 성** 파묵·이난아 옮김 노벨 문학상 수상 작가
272 **푸슈킨 선집** 푸슈킨·최선 옮김
273·274 **유리알 유희** 헤세·이영임 옮김 노벨 문학상 수상 작가

275 **픽션들** 보르헤스·송병선 옮김 서울대 권장도서 100선
276 **신의 화살** 아체베·이소영 옮김
277 **빌헬름 텔·간계와 사랑** 실러·홍성광 옮김
278 **노인과 바다** 헤밍웨이·김욱동 옮김 노벨 문학상 수상 작가 | 퓰리처상 수상작
279 **무기여 잘 있어라** 헤밍웨이·김욱동 옮김 미국대학위원회 선정 SAT 추천도서
280 **태양은 다시 떠오른다** 헤밍웨이·김욱동 옮김 《타임》 선정 현대 100대 영문 소설
281 **알레프** 보르헤스·송병선 옮김
282 **일곱 박공의 집** 호손·정소영 옮김
283 **에마** 오스틴·윤지관, 김영희 옮김
284·285 **죄와 벌** 도스토옙스키·김연경 옮김 미국대학위원회 선정 SAT 추천도서
286 **시련** 밀러·최영 옮김
287 **모두가 나의 아들** 밀러·최영 옮김
288·289 **누구를 위하여 종은 울리나** 헤밍웨이·김욱동 옮김 노벨 문학상 수상 작가
290 **구르브 연락 없다** 멘도사·정창 옮김
291·292·293 **데카메론** 보카치오·박상진 옮김
294 **나누어진 하늘** 볼프·전영애 옮김
295·296 **제브데트 씨와 아들들** 파묵·이난아 옮김 노벨 문학상 수상 작가
297·298 **여인의 초상** 제임스·최경도 옮김 미국대학위원회 선정 SAT 추천도서
299 **압살롬, 압살롬!** 포크너·이태동 옮김 노벨 문학상 수상 작가
300 **이상 소설 전집** 이상·권영민 책임 편집
301·302·303·304·305 **레 미제라블** 위고·정기수 옮김
306 **관객모독** 한트케·윤용호 옮김 노벨 문학상 수상 작가
307 **더블린 사람들** 조이스·이종일 옮김
308 **에드거 앨런 포 단편선** 앨런 포·전승희 옮김 미국대학위원회 선정 SAT 추천도서
309 **보이체크·당통의 죽음** 뷔히너·홍성광 옮김
310 **노르웨이의 숲** 무라카미 하루키·양억관 옮김
311 **운명론자 자크와 그의 주인** 디드로·김희영 옮김
312·313 **헤밍웨이 단편선** 헤밍웨이·김욱동 옮김 노벨 문학상 수상 작가
314 **피라미드** 골딩·안지현 옮김 노벨 문학상 수상 작가
315 **닫힌 방·악마와 선한 신** 사르트르·지영래 옮김
316 **등대로** 울프·이미애 옮김 《타임》 선정 현대 100대 영문소설 | 《뉴스위크》 선정 100대 명저
317·318 **한국 희곡선** 송영 외·양승국 엮음
319 **여자의 일생** 모파상·이동렬 옮김
320 **의식** 노터봄·김영중 옮김
321 **육체의 악마** 라디게·원윤수 옮김
322·323 **감정 교육** 플로베르·지영화 옮김
324 **불타는 평원** 룰포·정창 옮김
325 **위대한 몬느** 알랭푸르니에·박영근 옮김
326 **라쇼몬** 아쿠타가와 류노스케·서은혜 옮김
327 **반바지 당나귀** 보스코·정영란 옮김
328 **정복자들** 말로·최윤주 옮김
329·330 **우리 동네 아이들** 마흐푸즈·배혜경 옮김 노벨 문학상 수상 작가
331·332 **개선문** 레마르크·장희창 옮김
333 **사바나의 개미 언덕** 아체베·이소영 옮김
334 **게걸음으로** 그라스·장희창 옮김 노벨 문학상 수상 작가

335 **코스모스** 곰브로비치 · 최성은 옮김
336 **좁은 문 · 전원교향곡 · 배덕자** 지드 · 동성식 옮김 노벨 문학상 수상 작가
337·338 **암 병동** 솔제니친 · 이영의 옮김 노벨 문학상 수상 작가
339 **피의 꽃잎들** 응구기 와 시옹오 · 왕은철 옮김
340 **운명** 케르테스 · 유진일 옮김 노벨 문학상 수상 작가
341·342 **벌거벗은 자와 죽은 자** 메일러 · 이운경 옮김 퓰리처상 수상 작가
343 **시지프 신화** 카뮈 · 김화영 옮김 노벨 문학상 수상 작가
344 **뇌우** 차오위 · 오수경 옮김
345 **모옌 중단편선** 모옌 · 심규호, 유소영 옮김 노벨 문학상 수상 작가
346 **일야서** 한사오궁 · 심규호, 유소영 옮김
347 **상속자들** 골딩 · 안지현 옮김 노벨 문학상 수상 작가
348 **설득** 오스틴 · 전승희 옮김
349 **히로시마 내 사랑** 뒤라스 · 방미경 옮김
350 **오 헨리 단편선** 오 헨리 · 김희용 옮김
351·352 **올리버 트위스트** 디킨스 · 이인규 옮김
353·354·355·356 **전쟁과 평화** 톨스토이 · 연진희 옮김
357 **다시 찾은 브라이즈헤드** 에벌린 워 · 백지민 옮김
358 **아무도 대령에게 편지하지 않다** 마르케스 · 송병선 옮김
359 **사양** 다자이 오사무 · 유숙자 옮김
360 **좌절** 케르테스 · 한경민 옮김 노벨 문학상 수상 작가
361·362 **닥터 지바고** 파스테르나크 · 김연경 옮김 노벨 문학상 수상 작가
363 **노생거 사원** 오스틴 · 윤지관 옮김
364 **개구리** 모옌 · 심규호, 유소영 옮김 노벨 문학상 수상 작가
365 **마왕** 투르니에 · 이원복 옮김 공쿠르상 수상 작가
366 **맨스필드 파크** 오스틴 · 김영희 옮김
367 **이선 프롬** 이디스 워튼 · 김욱동 옮김 퓰리처상 수상 작가
368 **여름** 이디스 워튼 · 김욱동 옮김 퓰리처상 수상 작가
369·370·371 **나는 고백한다** 자우메 카브레 · 권가람 옮김
372·373·374 **태엽 감는 새 연대기** 무라카미 하루키 · 김난주 옮김
375·376 **대사들** 제임스 · 정소영 옮김
377 **족장의 가을** 마르케스 · 송병선 옮김 노벨 문학상 수상 작가
378 **핏빛 자오선** 매카시 · 김시현 옮김
379 **모두 다 예쁜 말들** 매카시 · 김시현 옮김
380 **국경을 넘어** 매카시 · 김시현 옮김
381 **평원의 도시들** 매카시 · 김시현 옮김
382 **만년** 다자이 오사무 · 유숙자 옮김
383 **반항하는 인간** 카뮈 · 김화영 옮김 노벨 문학상 수상 작가
384·385·386 **악령** 도스토옙스키 · 김연경 옮김
387 **태평양을 막는 제방** 뒤라스 · 윤진 옮김
388 **남아 있는 나날** 가즈오 이시구로 · 송은경 옮김
389 **앙리 브륄라르의 생애** 스탕달 · 원윤수 옮김
390 **찻집** 라오서 · 오수경 옮김
391 **태어나지 않은 아이를 위한 기도** 케르테스 · 이상동 옮김 노벨 문학상 수상 작가
392·393 **서머싯 몸 단편선** 서머싯 몸 · 황소연 옮김
394 **케이크와 맥주** 서머싯 몸 · 황소연 옮김

395 월든 소로 · 정회성 옮김
396 모래 사나이 E. T. A. 호프만 · 신동화 옮김
397·398 검은 책 오르한 파묵 · 이난아 옮김 노벨 문학상 수상 작가
399 방랑자들 올가 토카르추크 · 최성은 옮김 노벨 문학상 수상 작가
400 시여, 침을 뱉어라 김수영 · 이영준 엮음
401·402 환락의 집 이디스 워튼 · 전승희 옮김
403 달려라 메로스 다자이 오사무 · 유숙자 옮김
404 아버지와 자식 투르게네프 · 연진희 옮김
405 청부 살인자의 성모 바예호 · 송병선 옮김
406 세피아빛 초상 아옌데 · 조영실 옮김
407·408·409·410 사기 열전 사마천 · 김원중 옮김 서울대 권장도서 100선
411 이상 시 전집 이상 · 권영민 책임 편집
412 어둠 속의 사건 발자크 · 이동렬 옮김
413 태평천하 채만식 · 권영민 책임 편집
414·415 노스트로모 콘래드 · 이미애 옮김
416·417 제르미날 졸라 · 강충권 옮김
418 명인 가와바타 야스나리 · 유숙자 옮김 노벨 문학상 수상 작가
419 핀처 마틴 골딩 · 백지민 옮김 노벨 문학상 수상 작가
420 사라진 · 샤베르 대령 발자크 · 선영아 옮김
421 빅 서 케루악 · 김재성 옮김
422 코뿔소 이오네스코 · 박형섭 옮김
423 블랙박스 오즈 · 윤성덕, 김영화 옮김
424·425 고양이 눈 애트우드 · 차은정 옮김
426·427 도둑 신부 애트우드 · 이은선 옮김
428 슈니츨러 작품선 슈니츨러 · 신동화 옮김
429·430 세계의 끝과 하드보일드 원더랜드 무라카미 하루키 · 김난주 옮김
431 멜랑콜리아 I–II 욘 포세 · 손화수 옮김 노벨 문학상 수상 작가
432 도적들 실러 · 홍성광 옮김
433 예브게니 오네긴 · 대위의 딸 푸시킨 · 최선 옮김
434·435 초대받은 여자 보부아르 · 강초롱 옮김
436·437 미들마치 엘리엇 · 이미애 옮김
438 이반 일리치의 죽음 톨스토이 · 김연경 옮김
439·440 캔터베리 이야기 제프리 초서 · 이동일, 이동춘 옮김
441·442 아소무아르 에밀 졸라 · 윤진 옮김

세계문학전집은 계속 간행됩니다.